A
SIMPLE
PLAN

심플 플랜

스콧 스미스 장편소설
조동섭 옮김

비채

내 부모님께,

그리고 앨리스 퀸, 게일 호치먼, 빅토리아 윌슨, 엘리자베스 힐에게

감사의 마음을 담아

악하기 때문에 악을 선택하는 사람은 없다.
단지 선을 추구하고 행복을 찾다가 그렇게 될 뿐이다.

메리 울스턴크래프트

일러두기

1. 본문 내 주는 모두 옮긴이주입니다.
2. 본문 내 인명, 지명 등 외국어의 우리말 표기는 국립국어원 외래어 표기법을 따르되,
   상표 등 굳은 표현은 예외로 했습니다.
3. 본문 내 성경은 대한성서총회의 개역한글판(1997) 성경전서를 인용했습니다.

1

우리 아버지와 어머니는 내가 결혼하기 일 년 전에 교통사고로 세상을 떠났다. 토요일 밤, 75번 인터스테이트 고속도로미국을 남북으로 잇는 주간 고속도로 중 하나로, 길이가 3000킬로미터에 가까우며 오하이오 주를 지남로 들어서는 램프에서 소들을 실은 트럭과 정면충돌했다. 아버지는 충돌하자마자 자동차 보닛에 목이 잘려서 즉사했지만 어머니는 기적적으로 살아남았다. 목과 등이 부러지고 심장에서 가슴으로 피가 새면서도 델피아 시립 병원에서 기계들에 연결된 채 하루하고도 반나절을 더 살았다.

트럭 운전기사는 그 사고에서 몇 군데 멍만 조금 들고 살아남았다. 그렇지만 트럭에 불이 붙어서 소들이 통구이가 됐고, 운전기사는 우리 어머니가 죽은 뒤 우리 부모의 재산을 놓고 손해 배상 청구를 했다. 트럭 운전기사가 재판에서 이기기는 했지만, 물질적으로는 아무 이득도 못 얻었다. 아버지의 농장은 모조리 저당 잡혀 있었고, 세상을 뜰 때에는 파산하기 직전이었기 때문이다.

내 아내 사라는 아버지가 늘어나는 빚을 감당 못 하고 자살했을 것이라는 지론을 폈다. 나는 가끔 아내의 말에 반박했지만 마음속으로는 그 말을 완전히 부인하지 않았다. 되돌아보면, 아버지는 준비를 해온 것 같았기 때문이다. 사고 일주일 전, 아버지는 픽업트럭을 타고 우리 집에 들렀다. 픽업트럭에는 가구가 실려 있었다. 아내와 내가 쓸 만한 가구는 전혀 없었지만 아버지는 우리가 다 받지 않으면 곧장 쓰레기처리장으로 가겠다고 으르며 받으라고 우겼다. 그래서 나는 아버지를 도와서 가구를 하나하나 지하실로 옮겼다. 아버지는 우리 집을 나선 뒤 내 형 제이컵의 아파트로 가서 픽업트럭을 형에게 주었다.

아버지는 유언장도 남겼다. 첫 구절은, 형과 내가 함께 있는 자리에서 해마다 빠뜨리지 않고 아버지의 생일이면 무덤에 들르겠다고 소리 내서 약속하라는 명령이었다. 그 뒤로는 이상하리만큼 상세한 서류가 여러 장에 걸쳐 쭉 이어졌다. 낡은 농장 집을 방마다 나눠가며 아무리 사소하고 하찮은 물건이라도 하나씩 우리 이름까지 정확히 거론하면서—면도용품과 빗자루와 낡은 성경은 형에게, 망가진 믹서와 부츠와 까마귀 모양을 한 검은색 돌 문진은 나에게— 남겼다. 물론 쓸모없고 헛된 노력이었다. 아버지가 남긴 빚을 갚기 위해 조금이라도 값나가는 물건은 모두 팔아야 했으며 아무 값어치도 없는 물건은 우리에게도 아무 소용 없었다. 우리가 자란 옛집인 농장도 팔아야 했다. 이웃이 그 농장을 사서 자기 땅에 붙이고 거대한 아메바처럼 흡수했다. 집은 허물고 지하실은 흙으로 메우고 마당은 콩밭을 만들었다.

형과 나는 친한 적이 없었다. 어릴 때도 그랬고 나이가 들수록 그 간격은 점점 벌어졌다. 사고가 날 즈음에는 부모가 같다는 것만 빼면 공통점이 거의 없었으며, 평범하다고 할 만한 그나마의 유대감도 아버지와 어머니의 갑작스러운 죽음으로 옅어졌다.

형은 나보다 세 살 위로, 고등학교를 중퇴하고 아셴빌의 철물점 위에 있는 작은 아파트에서 혼자 살았다. 아셴빌은 우리가 자란 마을로, 오하이오 주 남부의 시골스러움이 최대한 모여 있는 곳이다. 깜박이는 노란 불빛으로 표시되는 작은 교차로가 마을의 전부다. 형은 여름에는 건설 노동자로 일했고, 겨울에는 실업수당으로 버텼다.

나는 대학교에 들어갔다. 우리 집안에서는 최초의 일이었다. 나는 털리도 대학교 경영학과를 졸업한 뒤, 대학 동창인 사라와 결혼해서, 아셴빌에서 동쪽으로 50킬로미터 떨어져 있으며 털리도 외곽에 붙어 있는 곳인 델피아로 이사했다. 우리 부부는 번듯한 침실 세 개가 딸려 있는 교외 주택을 샀다. 암녹색 알루미늄 외벽과 검은색 덧문, 자동차 두 대가 들어가는 차고, 케이블 텔레비전, 전자레인지, 매일 저녁 어스름이 깔릴 때 현관 앞에 부드럽게 던져서 배달되는 털리도 지방신문 〈블레이드〉지. 나는 평일에는 아셴빌의 사료상으로 출퇴근했다. 내 위치는 부지배인이자 회계부장이었다.

형과 나 사이에 반목은 없었다. 불화도 없었다. 그냥 서로 편하지 않았을 뿐이다. 이야깃거리도 찾기 힘들었고, 그런 점을 숨기려고 크게 애쓰지도 않았다. 퇴근해서 거리로 나올 때, 형이 나와 마주치기를 피하려고 문으로 급히 들어가는 모습을 본 적이 한두 번이 아니었다. 그럴 때마다 나는 안쓰럽기보다 안심이 되었다.

아버지와 어머니의 사고 뒤에 우리 형제에게 남은 한 가지 공통점은, 아버지에게 한 약속이었다. 해마다 아버지의 생일이면, 형과 나는 아버지의 무덤을 손본 뒤, 딱딱하고 어색한 침묵을 지키며 무덤 옆에 선 채 서로 누가 먼저, 이 정도면 충분히 자리를 지킨 것 같다고 말하기만을, 그래서 헤어져서 각자 자신의 삶으로 돌아갈 수 있기만을 기다렸다. 오후 나절을 보내기에는 언짢은 방법이었다. 하지만 어쩌다가 약속을 못 지켰다가는 아버지가 무덤 속에서 벌로 저주를 내릴지도 모른다는 생각을 우리 둘 다 품지 않게 될 때까지는 그만두지 못할 것이었다.

아버지 생일은 12월 말로, 한 해의 마지막 날이었기에, 아버지 무덤을 방문하는 일은 점점 크리스마스와 연말연시 때 있는 일들 같은 연례행사로, 새해에 닿기 전에 넘어야 할 마지막 허들로 굳어졌다. 기본적으로 그 일은 우리 형제가 만나는 주된 자리가 됐다. 우리는 각자 어떻게 지냈는지 안부를 확인하고, 아버지와 어머니와 어린 시절에 대해 이야기하고, 더 자주 만나자는 막연한 약속을 한 뒤, 달갑지 않은 의무를 비교적 수월하게 마쳤다는 산뜻한 기분으로 묘지를 떠났다.

이런 일이 칠 년 동안 계속됐다.

팔 년째 되던 해인 1987년 12월 말일, 형이 트럭을 몰고 우리 집으로 나를 태우러 왔다. 형은 자기 개와 친구 루와 함께 삼십 분 늦게, 3시 반쯤 도착했다. 형은 겨울이면 루와 함께 얼음낚시를 즐겨했고, 그날도 얼음낚시를 하다가 오는 길이었다. 우리는 묘지로 가기 전에 아셴빌 반대쪽에 있는 루의 집까지 바래다주어야 했다.

나는 루를 좋아한 적이 없었다. 루도 그랬던 것 같다. 루는 나를 '회계 선생'이라고 불렀다. 그 말투에는 내가 안정되고 판에 박힌 내 직업을 부끄럽게 여겨야 한다는 속뜻이 담긴 듯했다. 나는 루를 보면 이상하게도 위협을 느꼈지만 그 이유를 정확히 알 수는 없었다. 루의 외모 때문은 분명 아니었다. 루는 키가 작고 머리가 약간 벗어졌다. 마흔네 살이고, 배에 군살이 막 붙기 시작했다. 금발 머리카락은 가늘고 숱이 적어서, 갈라진 사이로 분홍빛 두피가 보일 정도였다. 또한 덧니가 몇 개 있어서 가짜로 억센 척 꾸민 듯, 약간 우스꽝스러운 분위기를 풍겼다. 아동용 모험소설에 등장하는 이차원적인 나쁜 인물—늙은 권투선

수, 길거리 갱, 전과자—을 연상시켰다.

보도로 내려가자, 루가 픽업트럭에서 내려서 나에게 인사를 했다. 그래서 나는 가운데 자리에 앉을 수밖에 없었다.

"안녕, 행크."

루가 씩 웃으며 인사했다.

형은 운전석에서 나를 보고 미소를 지었다. 형의 개는 뒷자리에 있었다. 독일 셰퍼드 혈통이 대부분이지만 그 위에 래브라도 혈통이 조금 얹힌 잡종으로, 커다랗고 살찐 개였다. 수컷인데도 형은 고등학교 때 데이트한 여학생의 이름을 따서 메리 베스라고 불렀다. 메리 베스는 형의 처음이자 마지막 여자친구였다. 형은 개 이름 때문에 성별까지도 헷갈리는지 개를 암캐로 취급했다.

내가 차에 오르자 루도 뒤따랐다. 그리고 우리 집 진입로에서 후진하여 도로로 나갔다.

우리 집은 '포트오토와'라는 작은 동네에 있었다. 독립전쟁 발발 전에 닥친 눈보라에 주민들이 얼어 죽은 전초 부대의 이름을 딴 지명이다. 아주 편평한 농장 지대지만 일부러 그렇지 않은 듯이 꾸며놓았다. 도로는 있지도 않은 장애물을 피하듯 휘어져 있고, 사람들은 앞뜰에 무덤 같은 작은 언덕을 만든 뒤 관목으로 그 위를 덮었다. 도로 아래위로 있는 집들은 조그마했고, 모두 옆집에 곧장 맞대어 있었다. 이 집들을 채우고 있는 사람들은 세상에 첫발을 내디디는 신혼부부들이나—부동산업자는 그런 사람이 사는 집들을 '출발점 주택'이라고 불렀다—세상에서 내려가는 은퇴자들로, 전자는 승진과 아기랑 더 좋은 동네로 가는 이사를 계획하고, 후자는 저축한 돈이 사라지거나 건강이 갑자기 나빠지거나 자식들이 자기를 양로원으로 보내지 않을까 걱정한다. 정거장 같은 곳, 사다리의 아래쪽 단 같은 곳이었다.

물론 아내와 나는 전자에 속했다. 우리는 아셴빌 저축은행에 계좌를 만들고 저축을 하고 있었다. 전자에 속한 많은 사람들처럼, 언젠가 곧, 이사할, 세상에서 한 단계 더 높은 곳으로 오를 계획이었다. 적어도 계획은 그랬다.

우리 동네를 벗어난 뒤, 델피아를 뒤로하고 서쪽으로 향했다. 휘어진 길을 따라가는 사이, 둥근 진입로와 그네와 야외 테이블이 있는 이층집들이 다닥다닥 붙어 있는 광경은 금세 우리 뒤로 모습을 희미하게 감췄다. 도로는 직선으로 바뀌며 좁아졌다. 곳곳에서 눈이 도로 위로 가늘고 길게 먼지처럼 쌓인 선을 이루며 뱀처럼 날리다가 도로 가장자리를 따라 쌓였다. 이제 집은 서로 멀리 떨어져 서 있었고, 단순한 사각형 잔디밭이 아니라 제대로 된 들판이 집 사이의 경계를 이루고 있었다. 나무들이 자취를 감추고, 지평선이 넓어졌으며, 풍경은 바람이 휘몰아치고 희끄무레한 불모지의 모습으로 바뀌었다. 마주치는 차는 점점 줄어들었다.

차를 타고 있자니 불편했다. 형의 트럭은 십일 년이나 된 것이었고, 그 세월을 드러내지 않는 것은 아무것도 없었다. 형은 자기가 좋아하는 색인 토마토 색 같은 밝은 빨강으로 차를 칠한 적이 있었는데, 그 색도 이제 희미해져서 딱지 같은 자줏빛이 되었고, 양옆은 녹으로 얽어 있었다. 쇼크업소버는 맛이 갔고, 히터는 제멋대로였다. 뒤쪽 유리창은 없어졌고 비닐이 그 자리를 대신했다. 라디오는 망가졌고, 와이퍼는 닳아 없어졌으며, 바닥에는 야구공만 한 구멍이 있었다. 그 구멍으로 찬바람이 계속 들어와서 내 오른쪽 다리에 곧장 몰아쳤다.

형과 루는 차를 타고 가면서 날씨 이야기를 했다. 최근에 얼마나 추웠는지, 다음번 눈은 언제 올지, 지난 세밑에 비가 왔는지 안 왔는지. 나는 계속 입을 다물고 듣기만 했다. 대개 형과 단둘이 있을 때는 그저 어색하기만 하지만, 이렇게 셋이 다 함께 있을 때면 나는 어색한 동시에 소외된 느낌이 들었다. 두 사람에게는 둘만의 대화법이 있었다. 암호 같은 은밀한 말들을 썼고, 유치하고 이상한 농담을 했다. 루가 '파인애플'이라고 말하면서 '파인'에 특히 강세를 두거나, 형이 소처럼 음매 소리를 내면, 두 사람은 그 즉시 같이 마구 웃어댔다. 나는 어리벙벙했다. 두 사람이 계속 나를 놀리고 있다는 기분에서 절대 벗어날 수 없었기 때문이다.

얼어붙은 연못을 지났다. 밝은색 웃옷을 입은 아이들이 스케이트를 신고 얼음을 지치며 오가고 있었다. 검고 허름한 헛간들이 지평선에 점점이 놓여 있었다. 우리 집에서 나온 지 십 분밖에 지나지 않았는데 벌써 농장에 둘러싸이다니, 그 사실은 언제 보아도 늘 놀라웠다.

아셴빌 남쪽을 지나고 있었다. 시내를 지평선 너머 시야 밖으로 계속 두면서 그 가장자리를 돌아서, 17번 고속도로로 들어선 뒤 번트로드까지 자처럼 똑바로 갔다. 거기서 오른쪽으로 꺾어져서 북쪽으로 향한 뒤, 왼쪽으로 꺾어져서 앤더스파크로드를 탔다. 앤더스 강을 잇는 길고 낮은 시멘트 다리를 건넜다. 다리 난간에는 눈이 두껍게 쌓여서, 크리스마스 동화에 나오는 쿠키 반죽 다리 같은 가짜 다리처럼 보였다.

강 너머는 앤더스 자연보호림으로, 도로 오른쪽으로 3킬로미터에 걸쳐서 무성한 숲이 펼쳐져 있다. 앤더스 자연보호림은 카운티 정부가 운영하는 공원이다. 공원 한가운데에 작은 연못이 있다. 물고기가 많은 그 연못 주위는 잘 손질된 들판이다. 여름이면 털리도 사람들이 그곳으로 소풍을 와서 놀며, 플라스틱 원반을 던지고 연을 날린다.

그곳은 본래 버나드 앤더스의 사유지였다. 디트로이트 출신으로, 자동차 산업 초창기 거물이었던 버나드 앤더스는 1920년대에 그 땅을 사서 큰 별장을 지었다. 별장의 석조 기초가 아직도 연못 옆에 보였다.

대공황 때 죽은 버나드 앤더스의 재산은 아내에게 넘어갔다. 앤더스의 아내는 그 별장으로 이사해서 사시사철 살았으며, 무덤에 묻힐 때까지 사십 년 동안 줄곧 그곳에서 살았다. 버나드 부부에게는 자녀가 없었으므로 아내는 땅을 카운티 정부에 기증하기로 했다. 자연보호림으로 정하고, 보호림의 이름에 남편의 이름을 붙여야 한다는 조건이었다. 사방이 농장으로 둘러싸인, 아무것도 아닌 곳의 한가운데였으므로 공원이 되기에는 이상한 위치였다. 그래도 카운티 정부는 공원 부지에는 주 정부가 세금 혜택을 주는 점에 눈독을 들이고 그 조건을 받아들였다. 집을 철거하고, 야외 테이블들을 설치하고, 산책로를 냈다. 이렇게 해서 앤더스 자연보호림이 만들어졌다.

다리를 지나고 1.5킬로미터쯤 더 갔다. 공원의 남쪽 경계를 반쯤 남겨두었을 때, 여우 한 마리가 우리 앞에 튀어나왔다.

너무 급작스럽게 일어난 일이었다. 왼편, 눈 덮인 들판에서 섬광처럼 움직이는 무엇이 보였다. 그 무엇에 딱 시선을 맞출 정도의 시간밖에 없었는데, 여우였다. 큰 빨간 여우였다. 날렵하고 건강했다. 입에 죽은 닭을 물고 있었다. 우리 바로 앞에서, 도로를 쏜살같이 가로질렀다. 몸을 쫙 펴서 바닥에 딱 붙이고 지나갔다. 그러면 우리 눈에 띄지 않을 것이라고 생각한 듯했다. 형이 브레이크를 꽉 밟았다. 너무 셌다. 트럭 뒤가 왼쪽으로 밀리고, 앞 범퍼가 오른쪽으로 미끄러졌다. 트럭은 커다랗게 긁히는 소리를 내면서 도로 가장자리에 쌓인 눈에 처박혔다. 헤드라이트가 깨지면서 유리 파편이 튀는 소리가 났다. 트럭이 쿵 부딪치며 멈췄다. 우리 몸은 앞으로 쏠렸다. 개는 뒤 유리창 대신 막아놓은 비닐을 뚫고 날아와서, 겁에 질린 채 네 다리를 버둥거렸다. 개는 잠시 좌석 공간에 그대로 있다가—내 목 뒤에서 개의 차가운 털이 느껴졌다—제가 뚫어놓은 구멍으로 다시 나가서 트럭 옆을 지나더니, 여우를 쫓아서 숲속으로 사라졌다.

가장 먼저 입을 연 사람은 형이었다.

"젠장."

조용히 말했다.

"젠장, 젠장, 젠장."

루는 형의 말에 조금 낄낄거리더니 문을 열었다. 우리 셋은 도로로 내려갔다. 피해는 깨진 헤드라이트밖에 없었다. 우리는 트럭 앞에 둥글게 서서 깨진 헤드라이트를 잠시 노려보았다.

형이 소리쳐서 개를 불렀다.

"메리 베스!"

휘파람도 날카롭게 불었다.

거기 서 있는 우리를 보고 형제로 생각할 사람은 아무도 없었을 것이다. 형은 아버지를, 나는 어머니를 닮아 완전히 딴판이다. 나는 갈색 머리, 갈색 눈, 중간 키에, 중간 체격이었다. 형은 키가 나보다 20센티미터는 더 크고, 파란 눈에, 옅은 금발 머리다. 형은 아주 뚱뚱하기도 했다. 엄청나게, 기괴할 만큼 과체중으로, 비만인을 그린 캐리커처 같았다. 손도 크고, 발도 크고, 이도 크고, 두꺼운 안경을 꼈으며, 피부는 하얀 밀가루 반죽 같았다.

개 짖는 소리가 들렸다. 소리는 점점 더 멀어졌다.

"메리 베스!"

형이 소리쳤다.

이곳 나무—단풍나무, 참나무, 마로니에, 플라타너스—는 꽤 우람했고, 빽빽이 솟아 있었지만, 성장은 둔한 편이었다. 트럭 주위로 이리저리 나 있다가 저 멀리로 사라진 여우 발자국이 눈에 띄었다. 그 발자국과 나란히 나 있는 메리 베스의 발자국은 눈 속에서 조금 더 검게 보였고, 넓고 둥글었다. 숲 아래에서 하키를 해서 남은 공의 흔적 같았다. 땅은 완전히 편평했다.

우리는 점점 더 희미해지는 개 소리에 귀를 기울였다.

도로 반대편은 눈이 부드럽게 쌓인 들판이었다. 거기서도 자국이 보였다. 멀리 지평선에서 우리 쪽으로 이어진, 완벽한 일직선 자국이었다. 여우는 눈 속에 모습을 감추고 들판 고랑을 따라 걸어온 듯했다. 멀리, 조금 동쪽으로, 드와이트 피더슨의 농장을 알아볼 수 있었다. 나무들, 짙은 빨간색 헛간, 곡물 저장고, 사실은 하늘색인 것을 알지만 눈 덮인 풍경 속에서는 회색으로 보이는 이층집.

내가 말했다.

"피더슨네 닭일 거야."

루가 고개를 끄덕였다.

"이 대낮에 훔치다니."

형은 메리 베스를 부르려고 휘파람을 불었다. 개는 잠시 움직이지 않는 듯했다. 짖는 소리가 커지지도 작아지지도 않았다. 우리는 숲으로 고개를 기울이며 개 소리에 귀 기울였다. 점점 추워졌다. 들판에서 불어온 세찬 바람이 도로를 때렸다. 나는 트럭 안으로 몹시 올라가고 싶었다.

내가 말했다.

"다시 불러봐."

형은 내 말을 무시하고 루에게 말했다.

"여우를 쫓고 있어."

루는 웃옷 주머니에 양손을 깊게 찔러넣고 있었다. 루의 웃옷은 군복으로, 눈에서 입는 흰색 위장복이었다.

루가 말했다.

"소리를 들으니 그런 것 같네."

형이 말했다.

"가서 데려와야 해."

루가 고개를 끄덕인 뒤, 주머니에서 울 모자를 꺼내 분홍빛 머리에 눌러썼다.

"한 번 더 불러봐."

내 말을 형은 또 무시했다. 그래서 내가 직접 개를 불렀다.

"메리 베스!"

내 목소리는 찬 공기 속으로 한심스러울 만큼 가늘게 흘러나왔다.

"안 올 것 같아."

루가 말했다.

형은 트럭으로 가서 운전석 쪽 문을 열었다.

"행크, 넌 안 가도 돼. 여기서 기다리고 싶으면 그렇게 해."

나는 모자도 없었고 부츠도 신지 않았지만—눈 속을 걸어갈 줄은 몰랐으니까— 형과 루가 어떻게 생각하는지 알고 있었다. 내가 남아 있으리라고, 노인처럼 트럭에서 기다릴 것이라고 생각하겠지. 두 사람이 숲을 지나가는 동안 나를 두고 농담할 것이며, 돌아와서는 나를 놀릴 것도 알고 있었다. 그래서 나는 내 의지와는 반대로 말했다.

"아니, 나도 갈게."

형은 트럭 안으로 몸을 숙여서 시트 아래 공간을 더듬거렸다. 형이 다시 모습을 드러냈을 때에는 라이플총을 들고 있었다. 형은 작은 마분지 상자에서 총알 하나를 꺼내서 장전한 뒤, 상자를 다시 시트 뒤에 놓았다.

형이 말했다.

"갈 필요 없어. 춥기만 할 텐데."

"총은 뭐 하게?"

내가 물었다. 씩 웃고 있는 루의 모습이 흘낏 보였다.

형은 어깨를 으쓱했다. 겨드랑이 아래에 총을 끼우고, 파카 칼라를 세워서 귀를 가렸다. 형의 파카는 밝은 빨간색이었고, 형의 옷이 다 그렇듯, 형에게 너무 꽉 끼었다.

내가 말했다.

"여기는 자연보호림이야. 사냥하면 안 돼."

형이 빙긋 웃었다.

"보상을 받아야지. 저 여우 꼬리는 깨진 헤드라이트 값이야."

형은 루를 슬쩍 보았다.

"위대한 백인 사냥꾼처럼 총알을 하나만 넣었어. 괜찮은 것 같아?"

"어어어엄청 괜찮아."

루가 말했다. 첫 모음을 길게 끌어서 "어어어엄"이라고 들렸다.

루와 형은 둘 다 웃었다. 형이 길옆의 눈 둔덕을 서투르게 넘었다. 뒤로 넘어질 듯, 잠시 균형을 잡다가, 몸을 추스르고 숲으로 육중하게 내려갔다. 루가 계속 웃으면서 곧장 뒤따랐고, 나만 도로에 혼자 남았다.

나는 가만히 서서 망설였다. 똑같이 마음에 걸리는 두 가지, 안락과 자존심 사이에서 갈팡질팡했다. 결국, 루가 히죽히죽 웃으리라는 생각과 자존심이 이겼다. 눈 둔덕을 넘고, 쌓인 눈을 헤치며, 두 사람에게 너무 뒤떨어지지 않으려고 서두르는 내 모습을 나는 반감에 가까운 감정을 품고 지켜보았다.

숲에 쌓인 눈은 정강이까지 올라왔다. 부드러운 눈 표면 아래에 숨겨진 것들—죽은 나무 밑동, 돌, 부러진 가지, 구멍, 그루터기— 때문에 생각보다 훨씬 걷기 힘들었다. 루는 마치 추격이라도 당하는 듯, 날쌔게, 나무 사이를 쥐처럼 오가며 앞장섰다. 나는 루가 지나간 길을 곧장 따라갔다. 형은 우리 뒤로 한참 처졌다. 눈 속에서 거구를 끌고 전진하려고 애쓰다보니 얼굴은 밝은 분홍빛으로 변했다. 조금 옅을 뿐, 형이 입은 파카 색 그대로였다.

개 짖는 소리는 가까워지지 않았다.

그렇게 십오 분 동안 계속 걸었다. 그러다가 갑자기, 숲의 나무가 적어지고, 앞에 있는 땅이 넓고 얕은 접시처럼 파여 있었다. 수백만 년 전에 거대한 운석이 떨어지며 파인 자국 같았다. 그 파인 홈의 양옆으로, 병든 것 같은 왜소한 나무가 줄을 맞추어 나란히 서 있었다. 사과나무로 버나드 앤더스의 과수원 잔재였다.

루와 나는 접시처럼 땅이 꺼진 곳 가장자리에 멈춰 서서 형이 오기를 기다렸다. 우리 둘 다 입을 열지 않았다. 둘 다 숨을 헐떡였다. 형이 숲속에서 우리를 향해 뭐라고 소리쳤다. 그리고 웃었다. 그러나 루도 나도 형이 왜 그러는지 알 수 없었다. 나는 눈으로 개 발자국을 쫓아서 과수원을 훑으며 개를 찾았다. 발자국은 나무 아래로 멀리 사라졌다.

내가 말했다.

"저기에는 없어."

루는 개 짖는 소리에 귀를 기울였다. 아직 아주 멀리 있는 것 같았다.

"그래, 없네."

루도 내 말에 동의했다.

나는 지평선을 한 바퀴 삥 둘러가며 숲과 과수원을 모두 살폈다. 유일하게 보이는 움직이는 것은, 눈과 싸우듯이 걷고 있는 형이었다. 아직도 50미터쯤 남았고, 안쓰럽게 느릿느릿 움직이고 있었다. 형의 파카 지퍼는 열려 있었고, 멀리서도 형이 힘겹게 숨을 몰아쉬는 소리가 들렸다. 형은 라이플총을 지팡이로 사용하고 있었다. 개머리판을 눈 속에 찌르고 총신을 잡고 앞으로 몸을 당겼다. 형 뒤로 눈을 헤친 자국이 깊고 넓고 어지럽게 나 있었다. 숲을 지나 오는 내내, 누군가에게 끌려 오듯, 힘겹게 싸우고 발을 차면서 질질 끌려온 것 같았다.

형이 우리 옆에 도착할 즈음에는 땀으로 흠뻑 젖어서, 살갗에서 실제로 김이 났다. 루와 나는 형이 숨 고르는 모습을 지켜보며 서 있었다.

"젠장."

형이 숨을 헐떡이며 말했다.

"마실 걸 가져올걸."

형은 안경을 벗어서 파카에 닦으며, 눈 속에 놓인 물주전자를 보게 되기를 반쯤 기대하는 듯 눈을 가늘게 뜨고 바닥을 내려다보았다.

루가 마술사처럼 허공에 손을 흔들고 위장복 오른쪽 주머니에서 손가락을 튕기더니, 주머니에 손을 넣고 맥주 캔 하나를 꺼냈다. 루는 맥주를 딴 뒤 뚜껑에 올라온 거품을 후루룩 마시고, 미소를 지으며 형에게 건넸다.

"유비무환이지."

루가 말했다.

형은 맥주를 두 번 꿀꺽꿀꺽 마셨다. 숨이 차서 한 번 마신 뒤에 숨을 고르고 다시 마셔야 했다. 그런 다음, 루에게 캔을 건넸다. 루는 천천히 길게 한 모금을 삼켰다. 뒤로 젖힌 고개에서 울대뼈가 피스톤처럼 아래 위로 오르내렸다. 그런 다음, 루는 나에게 캔을 내밀었다. 버드와이저였다. 들큼한 향이 코에 닿았다.

나는 몸서리를 치며 고개를 저었다. 눈 속을 걸어오느라 땀을 흘렸고, 이제 가만히 서 있자니 젖은 피부가 얼어붙고 있었다. 다리 근육이 바르르 떨리고 벌떡거렸다.

"그러지 말고 한 모금 마셔. 안 죽어."

"마시기 싫어. 목도 안 마르고."

"틀림없이 목이 마를 텐데. 땀을 흘렸잖아."

루가 재촉했다.

내가 다시 거절하려고, 이번에는 더 강하게 거절하려고 하는데, 형이 말을 가로챘다.

"저거 비행기야?"

루와 나는 하늘을 보았다. 낮게 깔린 구름 속에서 움직이는 물체를 찾으며 엔진 소리에 귀를 기울이다가, 형이 과수원을 손가락으로 가리키고 있는 것을 알아차렸다. 형의 손가락을 따라서 접시처럼 파인 땅 한가운데를 보자, 여러 줄로 서 있는 왜소한 사과나무들 사이에, 눈에 거의 덮여서 모습을 숨긴 채 진짜 작은 경비행기가 놓여 있었다.

루와 내가 나란히 먼저 도착했다.

거대한 손이 장난감 삼아 하늘에서 끌어내린 뒤 그곳, 나뭇가지들 아래 별실에 내려놓은 것처럼, 비행기는 배를 바닥에 대고 더할 나위 없이 평평히 놓여 있었다. 손상된 흔적은 놀랄 만큼 적었다. 프로펠러의 형태가 찌그러졌고, 왼쪽 날개가 약간 휘었으며, 동체에 작은 구멍이 났지만, 불시착한 표시는 비교적 없었다. 뿌리 뽑힌 나무도 없고, 추락하면서 땅을 비죽비죽 파면서 지나온 검은 길 자국도 없었다.

루와 나는 잔해를 맴돌았지만 손댈 만큼 가까이 가지는 않았다. 비행기는 놀랄 만큼 작았다. 정말이지 형의 트럭보다도 크지 않았다. 쉬 추락할 법했다. 공중에서 사람 체중을 지탱하기에 턱없이 작아 보였다.

형이 과수원으로 천천히 내려왔다. 여기에는 눈이 더 높이 쌓여 있어서 형은 무릎으로 눈을 헤치고 나가거나 발을 질질 끌며 걷는 것처럼 보였다. 저 멀리서 메리 베스가 산발적으로 짖었다.

루가 말했다.

"이런, 새들 좀 봐."

처음에 내 눈에는 새가 보이지 않았다. 나무에는 미동도 없었다. 하지만 그러다가 갑자기, 한 마리가 눈에 띄자마자, 새들이 모두 나에게 덤벼드는 것 같았다. 온통 새들이었다. 검은 까마귀 수만 마리가 온 과수원을 꽉 채우고 어둠 속에서 꼼짝도 하지 않은 채 앙상한 사과나무 가지에 올라앉아 있었다.

루는 눈을 둥글게 뭉쳐서 까마귀를 향해 던졌다. 까마귀 세 마리가 허공으로 날아오르더니 비행기 위로 천천히 반쯤 맴돈 뒤, 부드럽게 날개를 퍼덕이며 옆 나무에 자리를 잡았다. 한 마리가 까악 하고 한 번 울었다. 그 소리는 움푹 파인 땅의 얕은 면에서 메아리쳤다.

"빌어먹게도 으스스하네."

루가 몸서리를 치면서 말했다.

형이 숨을 몰아쉬며 다가왔다. 여전히 파카 지퍼를 활짝 연 채였고, 셔츠 끝자락도 밖으로 나와 있었다. 형은 잠시 숨을 골랐다.

"안에 사람 있어?"

루도 나도 대답하지 않았다. 나는 그 생각을 아예 못 했지만, 당연히 안에 누가—죽은 조종사가— 있을 것이다. 나는 비행기를 거북하게 바라보았다. 루는 눈을 하나 더 뭉쳐서 까마귀에게 던졌다.

"안 살펴봤어?"

형이 물었다.

형은 라이플총을 루에게 건네고 비행기로 어깃어깃 다가갔다. 비행기 측면, 손상된 날개 바로 뒤에 문이 있었다. 형이 손잡이를 잡고 한 번 당겼다. 비행기에서 커다랗게 삐거걱하고 금속과 금속이 맞부딪는 소리가 나더니, 10센티미터쯤 문이 열리다가 멈췄다. 형이 체중을 실어서 다시 문을 당기자, 5센티미터가 더 열렸다. 형은 양손으로 문 가장자리를 잡고 비행기 전체가 앞뒤로 흔들릴 만큼 세게 당겼다. 비행기를 덮은 눈 껍질이 뜯어지고 그 아래에 있는 반짝이는 은빛 금속이 드러났지만, 문은 전혀 움직이지 않았다.

나는 형의 적극적인 태도에 고무되어 비행기에 더 가까이 다가갔다. 창으로 안을 엿보려고 했지만 아무것도 보이지 않았다. 자잘한 금이 창유리에 거미줄처럼 얼기설기 나 있었다. 게다가 그 위를 두꺼운 얼음이 뿌옇게 덮고 있었다.

형은 계속 문을 잡아당기고 있었다. 동작을 멈추자 형의 숨이 다시 거칠고 빨라졌다.

루는 조금 떨어져 서 있었다. 양손으로 형의 라이플총을 들고 있는 모습이 보초 같았다.

"어디 걸렸겠지."

루가 말했다. 느긋한 목소리였다.

형은 자신이 벌린 틈으로 안을 들여다본 뒤, 고개를 뒤로 뺐다.

"어때?"

루가 물었다.

형이 고개를 가로저었다.

"너무 어두워. 둘 중 하나가 안에 들어가서 살펴봐."

형은 안경을 벗고 손으로 얼굴을 훔쳤다.

루가 재빨리 말했다.

"행크가 제일 작아. 행크가 들어가는 게 제일 쉽지."

루는 형에게 윙크를 한 뒤 나를 보며 씩 웃었다.

"내가 루 형보다 작다고?"

루는 요즘 튀어나오기 시작한 자기 배를 두드렸다.

"네가 더 날씬하잖아. 그게 중요하지."

나는 형이 도와주기를 바라며 형을 보았지만, 이내 아무것도 못 얻을 것을 깨달았다. 형은 볼에 보조개가 패게 환한 미소를 짓고 있었다.

"제이컵, 네 생각은 어때?"

루가 형에게 물었다.

형은 소리 내서 웃으려다가 멈추고 진지하게 말했다.

"네가 들어가는 건 상상도 안 돼. 그 배로는 어림없지."

두 사람 다 진지한 표정으로 나를 보았다.

"도대체 왜 들어가야 하는데? 이유가 뭐야?"

내가 물었다.

루가 씩 웃기 시작했다. 까마귀 몇 마리가 무겁게 허공으로 날아올라서 다른 나무로 자리를 옮겼다. 까마귀 전체가 우리를 지켜보고 있는 것 같았다.

"그냥 개만 찾으면 되잖아. 그다음에 시내로 가서 경찰에 알리자."

"행크, 너 겁먹었지?"

루가 물었다. 루는 라이플총을 한쪽 팔에서 다른 쪽 팔로 옮겼다.

나는 그 광경에 넌더리를 내면서도 내 의지와 상관없이 말려들고 있었다. 마음속에서는 이 상황을 아주 명확하게 분석하는 소리가 들렸다. 마음속 목소리는 말했다. 내가 존중하지도 않는 저 두 사람에게 용기를 증명하려고, 쓸모없는, 아니 어리석기까지 한 일을 하러 하다니, 십대 청소년이나 할 짓이라고. 목소리는 그 말을 계속 되풀이했다. 이성적이고 합리적인 그 말에 귀 기울이며 전부 다 수긍하면서도, 나는 열린 비행기 문으로 화난 듯이 성큼성큼 걸어갔다.

형은 뒤로 물러서서 내가 움직일 공간을 내주었다. 나는 문간에 고개를 붙이고, 어둠에 눈을 익혔다. 바깥보다 안이 오히려 작은 것 같았다. 공기는 온실처럼 따뜻하고 눅눅했다. 오싹한 느낌이 들었다. 동체에 난 구멍으로 가느다란 한 줄기 빛이 들어와서 희미한 플래시 불빛처럼 어두운 조종석 실내에 내려앉으며 반대쪽 벽에 작은 초승달을 만들었다. 비행기 뒤쪽은 거의 완벽한 어둠이었다. 그러나 뒤로 갈수록 좁아지고 좁아지는, 아무것도 없는 텅 빈 금속 바닥이었다. 문 바로 안쪽에 커다란 더플백샌드백 같은 원통형에 위를 끈으로 묶는 천 가방이 모로 놓여 있었다. 손을 뻗으면 잡아서 꺼낼 수 있을 것 같았다.

앞쪽으로 좌석 두 개가 눈에 띄었다. 눈덮인 창으로 걸러진 햇빛에, 두 좌석이 잿빛으로 보였다. 좌석 하나는 비어 있었지만, 다른 하나에는 한 남자가 몸을 앞으로 수그리고 머리를 조종판에 댄 채 앉아 있었다.

나는 문에서 고개를 뺐다.

"여기서 사람이 보여."

형과 루가 나를 노려보았다.

"죽었어?"

형이 물었다.

내가 어깨를 으쓱했다.

"화요일 이후로는 눈이 안 왔잖아. 그러니까 최소한 이틀은 여기 있었을걸."

"들어가서 살펴보지그래?"

루가 말했다.

"그냥 개나 찾자."

내가 초조하게 말했다. 비행기 안으로 들어가고 싶지 않았다. 그런 일을 시키는 형과 루가 어리석어 보였다.

"살펴봐야 할 것 같아."

루가 히죽거렸다.

"무슨 소리야. 살아있을 리 없잖아."

내가 말했다.

"이틀이면 그리 오래도 아냐. 더 오래 살아남은 사람도 있다더라."

형이 말했다.

"추운 데에서는 더 그럴 만하지. 냉장고에 음식을 보관하는 셈이잖아."

루가 맞장구쳤다. 윙크가 있을 줄 알았지만, 윙크는 하지 않았다.

"안으로 들어가서 끌어내. 큰일도 아니잖아?"

형이 말했다.

나는 얼굴을 찡그렸다. 함정에 빠진 기분이었다. 다시 잠깐 비행기 안에 고개를 밀었다가 다시 뺐다.

"창에서 얼음이라도 긁어줄래?"

형에게 부탁하자, 형은 과장되게 깊은 한숨을 쉬었다. 나보다 루한테 짓는 한숨이었다. 그래도 어쨌거나 형은 비행기 앞으로 어깃어깃 걸어갔다.

나는 문에 가까스로 몸을 밀었다. 옆으로 몸을 돌려서 머리와 어깨를 안으로 밀었지만, 가슴을 넣으려 할 때는 열린 틈이 갑자기 좁아진 듯이 문틈에 꽉 끼었다. 누가 손으로 잡고 있는 것 같았다. 뒤로 몸을 빼려고 했지만, 웃옷과 셔츠가 걸린 것을 확인하게 될 뿐이었다. 파카와 셔츠가 겨드랑이까지 말려 올라가서 허리 위의 맨살이 차가운 공기에 드러났다.

형의 커다란 체구가 창을 어둡게 가렸다. 형이 장갑으로 얼음을 긁기 시작하는 소리가 들렸다. 나는 좀 더 밝아지기를 기다리면서 지켜보왔지만, 아무 일도 일어나지 않았다. 형은 창을 세게 치기 시작했다. 둔하고 묵직한 쿵쿵 소리가 심장박동처럼 비행기 동체 전체에 울렸다.

나는 할 수 있는 한 길게 숨을 내쉬고 앞으로 낮게 몸을 내밀었다. 문에 끼인 부분은 가슴뼈에서 배꼽 바로 위로 바뀌었다. 한 번만 더 몸을 밀면 될 것 같다고, 그러면 안으로 들어가서 죽은 조종사를 살피고 될 수 있는 대로 빨리 빠져나올 수 있을 것 같다고 생각하며 다시 시도하려던 참에, 이상한 것이 눈에 띄었다. 조종사가 움직이는 것 같았다. 계기판에 대고 있던 조종사 머리가 앞뒤로 아주 살짝 흔들린 것처럼 보였다.

나지막이 불렀다.

"이봐요, 이봐요. 괜찮아요?"

비행기의 금속 벽에 내 목소리가 메아리쳤다.

형은 유리를 계속 쳤다. 탕, 탕, 탕.

"이봐요."

나는 장갑으로 동체를 탁 치면서 더 크게 불렀다. 루가 눈 속에서 내 뒤로 바싹 다가오는 소리가 들렸다.

"왜 그래?"

루가 물었다.

형의 손은 계속 탕, 탕, 탕, 소리를 냈다.

조종사의 머리는 움직이지 않았다. 잘못 봤나 하는 생각이 문득 들었다. 나는 앞으로 몸을 빼려고 애썼다. 형이 유리창 치기를 멈췄다.

"얼음이 안 떨어진다고 전해."

형이 소리쳤다.

"행크 몸이 끼었어. 이것 좀 봐."

루가 재미있다는 듯이 말했다.

루의 손이 내 허리 바로 위를 붙잡는 것이 느껴졌다. 루의 손가락이 간지럼이라도 태우려는 듯 내 몸을 파고들었다. 나는 오른 다리를 뒤로 찼지만, 허공만 갈랐을 뿐 눈 속에 발을 놓을 자리도 놓쳤다. 나는 문에 낀 채 허공에 떠 있었다. 루와 형의 웃음이 걸러져서 안으로 들어왔다. 비행기 벽에 막혀서 아득하게 들렸다.

"네가 해."

루가 형에게 말했다.

이제 형이 내 몸을 밀었다가 당겼다가 하고 있었다. 내가 안으로 가고 싶은지 바깥으로 가고 싶은지 나도 알 수 없었다. 그저 몸을 빼고 싶을 뿐이었다. 두 발은 바깥의 눈에서 버둥대고 있었고, 내 체중 때문에 비행기가 흔들렸다. 그때 앞에서 갑자기 무엇이 휙 움직였다.

처음에는 무엇인지 알 수 없었다. 조종사의 고개가 옆으로 흔들린 것 같았고, 그러면서 무엇이 위로 갑자기 솟구쳐서 유리창 안쪽 위를 세차게 마구 연거푸 쳤다. 서서히 깨닫게 되었지만, 치는 것이 아니라 퍼덕거리는 것이었다. 새였다. 커다란 검은 까마귀. 바깥에 있는 사과 나무에 앉아 있는 까마귀들과 같은 까마귀였다.

까마귀는 창에서 날아올라 조종사 좌석 뒤에 앉았다. 나는 까마귀 대가리가 앞뒤로 까딱거리는 모습을 지켜보았다. 조심스럽게, 소리 없이, 몸을 뒤로 빼려고 애썼다. 그러나 그때 까마귀가 다시 날아올랐다. 한 차례 유리에 부딪치고, 퍼덕거리더니, 나한테 곧장 날아왔다. 나는 얼어붙었다. 까마귀가 오는 것을 멍하니 보고만 있었다. 맨 마지막 순간, 까마귀가 나를 치기 바로 직전이 되어서야, 머리를 당겼다.

까마귀는 내 이마 한가운데를 공격했다. 느낌으로 미루어, 부리로 공격한 것 같았다. 나도 모르게 비명을―개의 비명 같은 짧고 날카로운 소리를― 지르며 몸을 뒤로 뺐다가 앞으로 밀었다. 그러다가 웬일인지

문에서 빠져나와 비행기 안에 떨어졌다. 더플백 위에 쓰러진 채, 일어날 생각도 하지 않았다. 까마귀는 앞으로 다시 갔다가, 창에 부딪힌 뒤, 이제 열려 있는 문을 향해 다시 날아가는 듯하더니, 문에 닿기 전에 오른쪽으로 방향을 바꿔서 동체에 난 작은 구멍 쪽으로 날아갔다. 거기 잠시 올라앉아 있다가, 쥐처럼 그 구멍으로 기어나가서 사라졌다.

루의 웃음이 들렸다.

"이런 젠장. 빌어먹을 새 새끼. 제이컵, 저 새 봤어?"

나는 이마를 만졌다. 약간 쓰라렸고, 장갑에 피가 묻었다. 책이 가득 들어 있는 듯이 딱딱하고 각진 더플백에서 몸을 빼서 비행기 바닥에 앉았다. 열린 문틈으로 네모난 빛이 들어와서 내 두 다리 사이에 떨어졌다.

형이 고개를 안으로 들이밀자, 형의 몸이 빛을 가렸다.

"저 새 봤어?"

형이 물었다. 형의 얼굴은 보이지 않았지만 웃고 있는 표정이 눈에 선했다.

"날 쪼았어."

"널 쪼았다고?"

형은 내 말을 믿는 것 같지 않았다. 잠시 내 대답을 기다리다가 문에서 머리를 뺐다.

"새가 재를 쪼았대."

형이 루에게 말했다. 루가 낄낄거렸다.

형이 다시 문간을 어둡게 가렸다.

"괜찮아?"

나는 대답하지 않았다. 형과 루, 두 사람 모두에게 화가 났다. 두 사람이 나를 억지로 밀어넣지 않았다면 이런 일은 전혀 일어나지 않았을 것이다. 나는 웅크린 채 앞으로 나아갔다.

루의 목소리가 희미하게 들렸다.

"새들이 공수병 같은 걸 옮기는 거 아니야?"

형은 대답하지 않았다.

조종사는 청바지와 플란넬 셔츠를 입고 있었다. 키가 작고 몸이 마른 남자로, 이십대로 보이는 젊은이였다. 나는 조종사 뒤까지 가서 어깨를 톡톡 두드리며 나지막이 물었다.

"살아있나요?"

양팔은 옆으로 축 늘어져 있었고, 손가락 끝은 거의 바닥을 쓸다시피 하고 있었다. 양손은 말도 안 되게 크게 부어서 바람을 넣은 고무장갑 같았다. 손가락은 살짝 안으로 굽어 있었다. 셔츠 소매가 위로 걷어져 있어서 아래팔에 난 털도 보였다. 피부는 유령처럼 창백한 데 반해 털은 짙은 검은색이었다. 나는 조종사의 어깨를 붙잡고, 계기판에서 몸을 당겼다. 고개가 무겁게 뒤로 넘어가서 좌석에 닿았다. 순간, 그 모습에 소스라치게 놀라서 획 몸을 움직이다가 낮은 비행기 금속 천장에 머리를 찧었다.

조종사의 눈은 새에게 쪼아 먹히고 없었다. 검은 눈구멍이 나를 노려보고 있었다. 고개가 목에서 오른쪽으로 약간 뒤틀려 있었다. 눈 주위의 살은 완전히 뜯겨 광대뼈가 드러나 있었다. 희미한 불빛에 하얗게 드러난 광대뼈는 핏기 없이, 플라스틱처럼 반투명해 보였다. 코에서 흐른 피가 고드름처럼 얼어서 턱 끝에 매달려 있었다.

나는 밀려오는 욕지기를 애써 참으며 뒤로 물러섰다. 행동은 그렇게 했지만, 기묘하게도 앞으로 가고 싶은 욕구에 이끌렸다. 그 욕구는 호기심과 비슷했지만, 그보다 강했다. 장갑을 벗고 그 남자의 얼굴을 만지고 싶은 어처구니없는 욕구를 느꼈다. 강렬하고 병적으로 끌렸다. 뭐라 이름 붙여야 할지도 알 수 없는 욕구였지만, 나는 그 욕구와 싸웠다. 한 걸음 더 뒤로 물러서고 또 한 걸음 더, 그리고 네 번째 발걸음을 뗄 때 그 감정은 사라지고 끔찍함만 남았다. 내가 문으로 뒷걸음질하는 동안 조종사의 얼굴은 줄곧 나를 쫓으며 노려보았다. 멀리서 보니 너구리 얼굴 같은 그 얼굴은 아주 구슬프게 애원하는 듯이 보였다.

형이 물었다.

"도대체 뭐 하고 있어?"

형은 여전히 문간에 있었다.

나는 대답하지 않았다. 관자놀이에서 맥박이 세차게 뛰고 있었다. 나는 더플백에 다시 발이 걸려서 비틀거렸고, 몸을 돌려서 문 쪽을 향해 더플백을 발로 찼다. 더플백은 흙이 가득 들어 있는 듯 아주 무거웠다. 그 무게 때문에, 좀 전에 느꼈던 욕지기가 다시 솟구쳤다.

"왜 그래?"

형이 물었다.

나는 바닥에 가방을 밀면서 형 쪽으로 느릿느릿 움직였다. 형은 뒤로 물러섰다.

문가에 도착한 뒤, 어깨를 문틈에 밀고—내 몸을 지렛대 삼아— 안간힘을 써서 삐걱거리며 8센티미터쯤 더 열었다. 형과 루는 나를 지켜보고 있었다. 즐거움과 두려움 사이에서 갈팡질팡하는 어중간한 얼굴이었다. 날이 아까보다 밝아 보였지만, 눈의 착각일 뿐이었다. 나는 더플백을 문으로 밀어낸 다음, 더플백을 뒤따라서 눈밭으로 나갔다.

형이 말했다.

"야, 피가 나잖아."

형은 손을 자기 이마에 대고 루를 돌아보며 말했다.

"그 새한테 쪼였어."

루는 내 이마를 자세히 살폈다. 왼쪽 눈썹으로 흘러내리는 작은 핏줄기가 느껴졌다. 살갗에 닿은 피가 차가웠다.

"저 사람 눈도 먹어치웠어."

형과 루는 나를 멍하니 바라보았다.

"새가 그랬다고. 조종사 무릎에 앉아서 눈을 파먹고 있었어."

형이 얼굴을 찌푸렸다. 루는 나를 보며 믿기지 않는다는 표정을 지었다.

내가 말했다.

"해골까지 보여. 뼈가 보인다니까."

나는 웅크리고 앉아서 눈을 한 움큼 뜬 뒤 이마에 댔다.

바람이 살짝 불었다. 과수원 사과나무들이 바람에 흔들리며 비거덕 소리를 냈다. 사과나무 가지에 앉아 있던 까마귀들은 균형을 유지하려고 날개를 자주 쳐들어야 했다. 햇빛이 사그라지기 시작했고, 따라서 그나마 있던 온기도 낮의 기운을 다하기 시작했다.

나는 이마에서 눈을 치웠다. 눈은 피 때문에 옅은 갈색으로 변했다. 장갑을 벗고 손가락으로 상처를 어루만졌다. 눈 때문에 차가웠고, 부드러웠다. 피부 바로 아래에 작은 새알이나 구슬을 심은 듯 혹이 솟아 있었다.

형이 말했다.

"혹이 생겼어."

형은 라이플총을 왼쪽 어깨에 메고 파카 지퍼를 채우고 있었다.

루는 더플백 옆에 웅크리고 앉았다. 더플백 주둥이는 끈으로 꽉 묶여 있어서, 장갑을 벗은 뒤에야 풀 수 있었다. 형과 나는 루가 더플백 여는 모습을 지켜보았다. 루는 끈을 다 푼 뒤 가방을 열었다.

안을 들여다보면서, 루의 표정은 급격하게 변했다. 처음에는 당황한 낌새가 보였다. 초점을 더 잘 맞추려는 듯, 눈을 크게 떴다. 눈썹이 약간 올라갔다. 그러나 금방 흥분과 기쁨의 징후들이 나타났다. 얼굴이 새빨갛게 상기되고, 입술 양끝이 위로 치오르더니 덧니까지 드러나는 환한 미소가 되었다. 루를 지켜보면서, 나는 그 가방에 무엇이 들어 있는지 알고 싶지 않다고 확실히 느꼈다.

"이런 젠장 빌어먹을."

루는 가방에 손을 넣은 뒤 그 안에 있는 것에 망설이며 손을 댔다. 살아 있는 것이라도 되는 듯, 그것이 물지도 몰라서 두려운 듯, 쓰다듬는 몸짓이었다.

"뭐야?"

형이 물었다. 눈을 헤치고 루 쪽으로 무겁게 움직였다.

나는 가방 무게를 떠올리자 기분이 가라앉았다. 갑자기 안에 든 것이 시체이거나 시체 토막일 것이라는 데 생각이 굳었다.

"돈이야."

루가 미소를 지은 채 형을 올려다보면서 말했다.

"봐."

루는 가방을 앞으로 밀었다.

형은 몸을 굽힌 뒤 실눈을 뜨고 가방 안을 보았다. 입이 떡 벌어졌다. 나도 보았다. 돈이 가득했다. 가는 종이 띠로 묶은 돈다발들이었다.

"100달러짜리 지폐야."

루가 돈다발 하나를 꺼내서 얼굴 앞에 들었다.

"만지지 마. 지문이 묻을 수도 있어."

내가 펄쩍 뛰면서 말했다.

루는 시큰둥하게 나를 흘깃 보았지만, 돈다발을 가방에 도로 넣은 뒤 장갑을 다시 꼈다.

"돈이 얼마나 되는 것 같아?"

형이 물었다.

루와 형은 나를 보았다. 나의 회계 지식을 가리키는 것이었다.

"한 다발이 1만 달러야."

나는 가방을 보며 눈대중으로 안에 몇 다발이 들었을지 생각했다.

"아마 300만 달러쯤 되지 않을까?"

아무 생각 없이 그냥 튀어나온 말이었다. 말을 뱉은 뒤에 생각하자, 터무니없는 일 같았다. 믿기지 않았다.

루가 또 돈다발 하나를 집었다. 이번에는 장갑 낀 손으로 집었다.

내가 말했다.

"손대지 마."

"장갑 꼈어."

"경찰이 돈다발에서 지문을 채취할 거야. 지문을 묻힌 곳은 닦아야 해."

루는 얼굴을 찌푸렸지만 돈다발을 다시 가방에 넣었다.

"진짜 돈이야?"

형이 물었다.

"당연히 진짜지. 바보 소리 마."

루가 말했다.

"마약 자금일까?"

형은 루의 말을 무시하고 나에게 물었다.

"은행에서 나온 돈이야."

나는 어깨를 으쓱한 뒤 가방을 가리키며 덧붙였다.

"은행에서 돈을 저렇게 묶어. 한 다발에 백 장씩."

메리 베스가 갑자기 과수원 반대쪽 가장자리에서 나타났다. 눈을 헤치며 비행기를 향해 내려왔는데 풀 죽은 모습이었다. 여우를 쫓는 데 우리가 함께하지 않아서 실망한 듯했다. 우리 셋은 개가 다가오는 모습을 지켜보고 있었지만, 돌아온 개에 대해서는 한마디도 하지 않았다. 까마귀 한 마리가 개에게 경고하듯 까악 하며 울었고, 그 소리는 마치 나팔 소리처럼 서늘한 허공에 잠시 날카롭고 분명하게 매달려 있었다.

내가 말했다.

"미치겠네. 분명히 저 사람이 은행을 턴 거야."

형이 믿기지 않는 듯이 고개를 가로저으며 말했다.

"300만 달러."

메리 베스가 꼬리를 흔들며 비행기 앞으로 다가와서 슬프고 지친 표정으로 우리를 보았다. 형은 웅크리고 앉아서 멍하니 개의 머리를 쓰다듬었다.

루가 나에게 물었다.

"저 돈, 신고할 생각이지?"

나는 충격을 받아서 루를 보았다. 그 말을 듣기 전까지는 우리에게 다른 선택이 있다는 생각도 하지 않았다.

"그럼 저 돈을 갖겠다고?"

루는 응원을 바라며 형을 흘깃 보고, 나를 다시 보았다.

"각자 한 다발씩 갖는 게 뭐 어때서? 한 다발에 1만 달러라면서. 그리고 나머지는 신고하면 되잖아."

"우선, 그건 절도야."

루는 얼른 경멸조로 비웃었다.

"누구한테서? 저 시체한테서?"

그러고는 비행기 쪽으로 손을 흔들었다.

"저 시체는 상관도 안 할걸."

"큰돈이야. 사라진 걸 이미 알고 있는 사람이 있을 테고, 찾고 있을 거야. 틀림없어."

"내가 돈다발 하나를 가지면 나를 신고할 것처럼 말하는구나."

루가 돈다발 하나를 가방에서 꺼내 내 앞에 내밀었다.

"그럴 일이 아예 없어야지. 돈을 찾고 있는 사람이라면 없어진 액수가 얼마인지 잘 알고 있을 거야. 우리가 돈을 부족하게 신고하고 형이 100달러짜리 지폐를 시내에서 쓰기 시작하면, 어떻게 된 일인지 금방 들통나."

루는 그 말을 옆으로 흘렸다.

"그런 위험은 기꺼이 감수할 수 있어."

루는 그렇게 말하면서, 나와 형을 차례로 보며 미소를 번득였다. 형도 미소로 답했다.

나는 두 사람을 보며 얼굴을 찌푸렸다.

"루 형, 바보짓 하지 마."

루는 계속 씩 웃고 있었다. 루는 돈다발을 위장복 안에 넣었다. 그런 다음 가방에서 두 번째 다발을 꺼내 형에게 건넸다. 형은 돈다발을 받았지만 어떻게 해야 할지는 마음을 못 정한 것 같았다. 형은 가만히 웅크리고 앉은 채 장갑을 낀 한 손으로는 라이플총을, 다른 한 손으로는 돈을 쥐고, 기대하는 얼굴로 나를 보았다. 메리 베스가 눈 속에서 몸을 굴렸다.

루가 나에게 말했다.

"나를 신고할 생각은 아니지? 네 형을 신고하지는 않을 테고."

"전화기 근처에 가면 알게 될걸."

"나를 신고하겠다고?"

루가 물었다.

나는 우두둑 소리를 내려고 손가락을 꺾었지만 장갑을 끼고 있어서 아무 소리도 나지 않았다.

"그렇다고 할 수 있어."

"하지만 왜? 누가 해를 입는 것도 아니잖아?"

형은 여전히 손에 돈을 쥔 채 그대로 웅크리고 앉아 있었다.

"형, 도로 집어넣어."

내가 말했다. 형은 움직이지 않았다.

루가 말했다.

"너한테는 다르겠지. 너는 사료상에 일자리도 있잖아. 제이컵이랑 나는 직장도 없어. 이 돈은 우리한테 중요해."

루의 목소리는 점점 날카로워져서 우는 듯한 소리로 변했고, 그 소리를 듣자 나는 내 속에서 번득이며 드러나는 힘을 느꼈다. 우리 사이의 역학적 관계가 바뀌었음을 깨달았다. 이제 칼자루를 쥔 사람은 나였다. 내가 상수였다. 돈을 어떻게 할지 결정하는 사람이었다. 나는 루를 보며 미소 지었다.

"루 형이 돈을 가져가면 나는 계속 곤란해져. 형은 잡힐 거고, 그러면 나는 공범이 돼."

형이 일어서려다가 다시 쭈그리고 앉더니, 루와 나를 차례로 보면서 물었다.

"다 갖는 건 어때?"

"다?"

내가 물었다. 터무니없는 생각 같아서 웃으려 했지만 이마가 아팠다. 얼굴을 찡그리며 손가락으로 혹을 만졌다. 여전히 피가 조금 흐르고 있었다.

형이 말했다.

"그냥 가방을 통째로 갖고, 죽은 사람은 저기 두자. 우리는 여기 온 적도 없는 거지."

루가 그 아이디어를 덥석 물고 연신 고개를 끄덕이며 맞장구 쳤다.

"돈은 삼등분하고."

내가 말했다.

"돈을 쓰기 시작하자마자 붙잡힐 거야. 우리 셋이 갑자기 시내 가게에서 100달러짜리 지폐를 써댄다고 생각해봐."

형이 고개를 가로저었다.

"좀 기다리면 되잖아. 그런 다음에 이곳을 떠서 새 삶을 시작하는 거야."

루가 말했다.

"각자 100만씩. 생각해봐."

내가 한숨을 쉬었다.

"그만한 돈을 갖고 잘 빠져나갈 수 있을 것 같아? 결국에는 멍청한 짓을 해서 잡히고 말걸?"

형이 나에게 말했다. 형의 목소리가 주체할 수 없이 높아졌다.

"모르겠어? 이 돈은 아예 존재하지 않았던 것이나 마찬가지야. 우리 셋을 빼고는 아무도 이 돈을 몰라."

"형, 300만 달러야. 잃어버린 사람이 어딘가 분명히 있어. 그 돈을 찾는 사람이 아무도 없을 수는 없다고."

"사람들이 돈을 찾고 있다면, 벌써 우리 귀에 그 소식이 들어왔어야지. 뉴스에 뭐라도 나왔겠지."

"마약 자금이야. 완전히 검은돈이야. 정부에서는 이 돈에 대해서 아무것도 몰라."

루가 말했다.

"그건 말도 안 되는…….”

내가 입을 열었지만 루가 가로막았다.

"맙소사. 이 많은 돈이 행크 네 코앞에서 널 보고 있잖아. 이건 아메리칸드림이야. 그런데도 모른 체하겠다는 거야?”

"아메리칸드림은 노력해서 얻는 거야. 훔치는 게 아니라고.”

"그럼, 이건 아메리칸드림보다 훨씬 좋은 거네.”

형이 나에게 물었다.

"저 돈을 신고하자는 이유가 뭐야? 우리가 저 돈을 갖는다고 누가 피해를 보는 건 아니잖아? 알 사람도 없어.”

"형, 그건 도둑질이야. 그것만으로 충분하지 않아?”

형이 굳게 말했다.

"도둑질이 아니야. 이건 잃어버린 보물 같은 거야. 황금으로 가득한 보물 상자 같은 거지.”

형의 말에 일리가 있었다. 수긍할 만한 면이 있기는 했다. 하지만 동시에 무엇인가를 간과하고 있는 것 같았다. 메리 베스가 눈 속에서 낑낑거렸다. 형은 내 얼굴에서 눈을 떼지 않은 채 개를 쓰다듬기 시작했다. 까마귀들은 추위 속에 미니어처 독수리처럼 어깨를 웅숭그린 채, 주위 나무들에 조용히 앉아 있었다. 어둠은 재빨리 우리 주위를 뒤덮고 있었다.

루가 말했다.

"행크, 내 말 들어. 일을 망치지 마.”

나는 여전히 아무 말도 하지 않았다. 나는 망설였다. 갈팡질팡했다. 루와 형에게 내 힘을 행사하는 데 기뻤던 만큼, 두 사람에게 맞서겠다는 생각만으로 나중에 후회할 일을 하고 싶지는 않았다. 내 생각을 스스로 인식하기도 전에, 그런 생각을 할 의도를 품기도 전에, 나는 돈 꾸러미를 가져갈 방법을 찾기 시작했다. 그러자 마술처럼, 또 신의 선물처럼, 한 가지 해결책이 쉽게 떠올랐다. 손쉬운 계획. 체포될 걱정 없이 돈을 가질 수 있는 방법. 비행기가 발견될 때까지 내가 돈을 숨긴 채 그냥 가만히 있으면 된다. 비행기 잔해가 발견되고도 잃어버린 300만 달러에 대해서 아무 언급이 없다면, 나는 루와 형에게 각자 몫을 주고, 우리는 제 갈 길을 간다. 그러나 반대로, 돈이 없어진 것을 누가 아는 듯하면, 나는 돈을 불태운다. 나에게 불리한 증거는 더플백과 돈다발뿐이다. 루와 형에게 돈을 주기 직전까지, 나는 완벽하게 주도권을 쥘 수 있다. 들킬 듯하면 그 즉시 내 범죄의 흔적을 지울 수 있다.

그 모든 일들이 일어난 뒤인 지금, 그때를 되돌아보니 나는 그 방법을 택하면서 두려움을 너무도 느끼지 않았다. 제정신이 아니었던 것 같을 정도다. 이십 초쯤, 일 분도 아닌 그 삼분의 일쯤 되는 시간 만에 생각을 끝마쳤다. 그 짧은 순간에 나는 돈의 운명뿐 아니라 나와 우리 형과 루의 운명까지 완전히 장악하게 되었다. 그러나 그 사실을 전혀 생각도 못 했다. 내 결정의 무게에 대해 아무것도 못 느꼈다. 이제 몇 초 뒤면, 우리 세 사람의 삶을 뿌리째 바꿀 일련의 사건들에 시동을 걸게 되리라는 것을 알아챌 수 없었다. 그런 무지 속에서, 내가 선택할 바는 확실하고 분명한 것 같았다. 내가 그 자리에서 더플백을 포기하면 되돌릴 수 없는 걸음이 될 것이었다. 보안관에게 가방을 건네면 가방은 영원히 사라진다. 반면, 내 계획대로 따르면 우리에게 정보가 더 들어올 때까지 결정을 미룰 수 있다. 나는 걸음을 내디뎠다. 되돌릴 수 없는 걸음이었다.

내가 말했다.

"좋아. 돈을 도로 넣어."

형과 루, 누구도 움직이지 않았다.

"우리가 갖는 거야?"

루가 물었다.

"내가 갖겠어."

"네가 가져? 네가 갖다니, 무슨 말이야?"

형이 물었다.

"내가 여섯 달 동안 보관하는 거야. 그 기간 동안 돈을 찾는 사람이 아무도 나타나지 않으면, 돈을 나누는 거야."

형과 루가 나를 빤히 보면서 내 말을 곱씹었다.

"왜 그걸 네가 가져?"

루가 물었다.

"제일 안전하니까. 나는 가족도 있고 직업도 있어. 잃을 게 많잖아."

"왜 지금 안 나눠? 각자 자기 몫을 보관하면 되잖아?"

루가 또 물었다.

나는 고개를 저었다.

"그렇게 해야 해. 싫으면 지금 신고하고. 둘 중에 선택해."

"우리를 못 믿어?"

형이 물었다.

"응. 그렇다고 할 수 있지."

내가 대답했다.

형은 그 말에 고개를 끄덕였지만 다른 말은 하지 않았다.

"여섯 달까지 안 가도 비행기가 발견될 거야. 봄이 오면 눈에 띌걸."

루가 말했다.

"그럼 비행기 안에 돈이 있는 걸 아는 사람이 있는지 확실해지겠지."

"아는 사람이 있으면?"

형이 물었다.

"그러면 돈을 태워야지. 우리가 잡힐 염려가 전혀 없어야 돈을 가질 수 있어. 곤경에 빠질 것 같으면 그 즉시 돈을 없애겠어."

"돈을 태워?"

루가 끔찍하다는 표정으로 말했다.

"그래. 한 장도 남김없이."

루와 형, 누구도 말을 하지 않았다. 셋 다 더플백만 내려다보았다.

내가 입을 열었다.

"아무에게도 말하면 안 돼. 낸시에게도."

나는 루를 보았다.

낸시는 루의 애인으로, 실바니아에서 미용사로 일했으며 둘은 동거 중이었다.

"결국에는 알게 될 텐데. 그렇게 많은 돈이 어디서 생겼는지 안 궁금하겠어?"

"돈을 나눠도 안전하다고 결정한 뒤에는 알려도 돼. 당분간은 안 돼."

"그럼, 사라에게도 마찬가지야."

루가 말했다.

나는 두말할 필요도 없다는 듯이 고개를 끄덕였다.

"아무 일도 없었던 것처럼 계속 살면 돼. 딱 여섯 달만 기다리자는 말이야. 돈은 가만히 형들을 기다리고 있을 거야. 돈은 잘 있을 거야."

두 사람 다 입을 다물고 생각에 잠겼다.

"좋아?"

내가 물었다. 루를 본 다음, 우리 형을 보았다. 루는 화가 난 듯 나를 보며 인상 쓰고 있었지만 입은 열지 않았다. 형은 어깨를 으쓱하고, 잠시 망설이다가, 고개를 끄덕였다. 형이 쥐고 있던 돈다발을 가방에 넣었다.

"루 형?"

내가 물었다.

루는 움직이지 않았다. 형과 나는 루를 바라보며 기다렸다. 마침내 루는 그렇게 하기가 고통스러운 듯 우거지상을 한 채 위장복에서 돈다 발을 꺼내 잠시 돈을 물끄러미 바라보았다. 그런 다음, 아주 천천히 가방에 넣었다.

"네가 가져가기 전에 다 같이 돈을 세야 해."

루가 말했다. 투덜거림에 가깝게 낮은 목소리였다.

나는 루에게 미소를 지었다. 이까지 드러내는 미소였다. 루가 나를 못 믿다니 재미있었다.

"그래. 좋은 생각인 것 같네."

내가 말했다.

2

이제 날이 깜깜해지고 있었다. 우리는 트럭으로 돌아가서 돈을 세기로 했다. 도로로 걸어가는 동안, 형과 루는 새로 거머쥔 재산으로 무엇을 할지 이야기하기 시작했다. 형은 스노모빌과 대형 텔레비전을 사고, 큰 낚싯배를 사서 이름을 '숨은 보물'이라고 짓겠다고 했다. 루는 반을 주식에 투자하고, 나머지는 데크와 거품이 솟아나는 자쿠지 욕조와 칵테일바가 있는 플로리다 해변 주택을 사겠다고 했다. 나는 그냥 듣고만 있었다. 돈을 못 갖게 될 수도 있으니 계획은 세우지 말라고 계속 주의를 주고 싶었지만, 웬일인지 그냥 입을 다물고 있었다.

더플백은 루와 내가 함께 들었다. 나란히 서서 각자 한쪽 끝을 잡았다. 그러다보니 걸음이 느려져서, 형이 우리와 속도를 맞출 수 있었다. 형은 가는 내내 어린아이처럼 조잘댔다. 누구라도 형의 흥분을 느낄 수 있었을 것이다. 그 흥분의 냄새가 코에 닿는 듯했다. 형은 향을 뿜듯 흥분을 발산했다.

해가 지자마자 기온이 떨어지기 시작했다. 눈 표면은 얼어붙어서 얼음 막이 되었고, 우리는 걸음을 내디딜 때마다 그 얼음 막을 깨뜨려야 했다. 나무 사이로는 빛이 거의 들지 않았다. 걸어가는 동안 어둠 속에서 나뭇가지들이 마치 튀어나오듯이 갑자기 우리 얼굴 바로 앞에 나타났고, 우리는 몸을 움츠렸다가 팔을 휘두르며 다시 앞으로 나아갔다. 삼인조 권투선수 같았다.

도로까지 닿는 데 거의 삼십 분이 걸렸다. 차에 도착하자, 형은 트럭 앞자리 뒤에 라이플총을 놓고 플래시를 찾기 시작했다. 루와 나는 트럭 뒤 짐칸에 돈을 쏟았다. 가방에서 쏟아지는 돈다발 수에 나는, 내 생각에는 루도 몸이 조금 굳었다. 그렇게 많은 돈을 눈앞에서 보니 최면에 걸리는 것 같았다. 그 때문이었을 것이다, 보안관 트럭이 거의 우리 코앞에 올 때까지 미처 알아차리지 못한 것은. 보안관 트럭을 조금 일찍 보았다면, 지평선 끝에서 맴돌던 보안관 트럭의 헤드라이트를, 우리 쪽으로 서서히 움직이고 있던 노란 불빛 두 개를 미리 발견했다면, 나는 다르게 행동했을 것이다. 전체를 생각할 시간이, 나에게 주어진 조건들을 조금 더 신중하게 고려할 시간이 있었을 것이다. 그랬다면 트럭 천장에 봉긋 솟은 비상등이 보일 만큼 가까이까지 왔을 때, 나는 젠킨스 보안관에게 비행기 이야기를 하기로 결심했을지도 모른다. 보안관에게 돈을 보여주고 무선 통신으로 보안관에게 연락할 참이었다고 설명할 수 있었을지 모른다. 그랬다면 그때 거기서 모든 일을 올바르게 끝냈을 텐데. 가방째 깔끔하고 단정하게 돈을 보안관에게 건네고, 돈이 결국 우리 모두를 얽어놓기 전에 돈을 없앴을 텐데.

그러나 일은 그렇게 이루어지지 않았다. 우리는 트럭이 200미터 앞까지 왔을 때에야 트럭을 알아보았다. 처음에는 소리로 알았다. 자동차 엔진 소리, 언 도로에 서걱거리는 타이어 소리가 들렸다. 루와 나는 동시에 고개를 들어 서로를 보았다. 일 초도 지나지 않아서 형이 시트 뒤에서 고개를 내밀었다.

"젠장."

내 귀에 형의 목소리가 들렸다.

무의식중에, 저장한 음식을 파묻는 동물처럼 순전히 본능적인 행동으로, 나는 트럭 뒷문짝을 쾅 닫아 세웠다. 돈이 나뒹굴어 금속 바닥에 부딪으며 부드럽게 통통 소리가 났다. 몸을 숙여서 더플백을 집었다. 빈 더플백이 땅에 떨어져 있었던 것이다. 더플백으로 돈을 덮고, 최대한 잘 가렸다.

나는 루에게 속삭였다.

"앞으로 가서 형이랑 있어. 내가 보안관하고 이야기할게."

루는 고개를 숙이고 재빨리 앞으로 갔다. 그런 뒤에 보안관이 왔다. 길 맞은편에 차를 세울 때 브레이크 소리가 끼익 울렸다. 보안관이 차창을 내리려고 몸을 숙일 때, 내가 다가가서 인사를 했다.

누구나 칼 젠킨스를 보안관이라고 불렀지만, 엄밀히 따지자면 젠킨스는 진짜 보안관이 아니었다. 보안관은 카운티 전체를 총괄하는 직책이고 젠킨스는 이 마을을 담당했다. 젠킨스는 아셴빌 유일의 경관이며, 사십 년 가까이 그 자리를 지켜왔다. 사람들이 그를 보안관이라고 부르는 것은, 달리 높여 부를 만한 호칭이 없었기 때문이다.

"행크 미첼!"

보안관이 가까이 온 나를 보고 말했다. 마치 나와 마주치기를 바라고 차를 몰고 있었던 듯이 얼굴 가득 미소를 지었다. 나는 보안관과 그럴 정도로 친하지 않았다. 서로 이름을 알고 있고 마주치면 고개를 끄덕할 정도였다. 그러나 보안관이 나를 만날 때마다 늘 진심으로 반가워하는 것은 나도 느끼고 있었다. 내 생각에, 보안관은 누구에게나, 낯선 사람에게도 그런 인상을 주었던 것 같다. 그런 재능을 타고난 사람이었다. 순진하고 꾸밈없는 삼촌 같은 태도, 뜻밖의 반가운 미소.

보안관은 키가 작았다. 나보다 작았다. 얼굴은 완전히 동글동글했다. 이마는 넓고 빛났고 입은 작고 입술이 얇았다. 품위 있고 점잖은 분위기가 풍겼다. 카키색 유니폼은 흠 하나 없이 완벽하게 다려져 있고, 손톱도 단정하고, 두꺼운 백발은 가르마를 세심하게 타서 잘 빗어놓았다. 항상 웃는 얼굴이고, 늘 방금 목욕한 듯 깔끔하고 신선한 냄새가 났다. 탤컴파우더와 구두약이 달콤하게 섞인 향이었다.

나는 보안관 트럭을 몇 걸음 앞두고 멈춰 섰다.

"엔진 고장인가?"

보안관이 물었다.

"아뇨. 개 때문이에요."

나는 기묘하게 침착했다. 돈에 대한 생각은 머리 저 안쪽에 아주 작은 자리만 차지하고 있었다. 보안관이 트럭에서 나오지 않을 것임을 확신할 수 있었고, 그래서 아무 문제도 없으리라는 것을 알았다. 나는 보안관에게 여우 이야기를 했다.

"개가 쫓아갔어?"

보안관이 물었다.

"그랬겠죠. 그렇지만 공원 안으로 100미터도 채 못 가서 되돌아왔어요."

보안관은 반쯤 내린 차창 끝 너머로 나를 빤히 보았다. 얼굴에 걱정스러운 표정이 돌았다.

"이마는 왜 그랬어?"

나는 손으로 이마에 난 혹을 만진 뒤, 숲 쪽으로 손을 흔들었다.

"걷다가 나뭇가지에 부딪쳤어요."

맨 처음 든 생각이었다.

보안관은 나를 잠시 더 빤히 보다가 형과 루가 있는 쪽으로 시선을 돌렸다. 형과 루는 보안관이 차를 세웠을 때 손을 흔들어서 인사했지만, 이제는 두 사람 다 트럭 안에 들어가 있었다. 두 사람은 얼굴을 마주 댄 채 거의 맞붙이다시피 한 채 이야기를 나누고 있었는데, 모의를 꾸미고 있다고 생각할 수밖에 없는 모습이었다. 루는 손을 격렬하게 움직이며 말하고, 형은 그 말에 고개를 끄덕이고 있었다. 메리 베스는 형의 무릎에 앉아서 차창을 통해 나와 보안관을 보고 있었다.

"술 마셨어?"

보안관이 나직이 물었다.

"아뇨, 아직. 형이랑 오늘 오후에 묘지에 있었어요."

"묘지?"

나는 고개를 끄덕였다.

"부모님 무덤요. 오늘이 늘 가는 날이거든요."

"새해 전날?"

보안관의 얼굴이 밝아졌다. 그 이야기가 마음에 든 모양이었다.

"그래서 오늘 휴가를 냈어요."

보안관은 손을 앞으로 뻗어서 계기판에 있는 스위치를 눌러 히터 온도를 높였다. 차 안에 따뜻한 윙 소리가 울렸다.

"자네 형은 아직도 일을 못 구했나?"

보안관이 물었다.

"찾고 있어요."

나는 거짓말을 했다. 몹시 부끄러웠다. 우리 형의 실직이 이야깃거리가 될 때마다 늘 느끼는 부끄러움이었다.

"루는 취직했어?"

"아뇨, 아닐걸요."

보안관은 길 건너 두 사람을 바라보며 안타깝다는 듯 고개를 가로저었다.

"불공평한 일이야. 그렇지? 다 큰 남자 둘이 다 일하고 싶어하는데, 이 나라는……."

보안관이 말끝을 흐렸다. 생각에 잠긴 듯했다.

내가 입을 열었다.

"그럼 이만, 저희는……."

보안관이 내 말을 가로막았다.

"루는 야구 코치도 했는데. 미시건에 있는 남학생 캠프에서 말이야. 예전에는 뛰어난 유격수였어. 그거 아나?"

"아뇨. 처음 듣습니다."

"지금의 루를 보면 상상이 안 되겠지. 그렇지만 예전에는……."

형의 트럭에서 버거덕하는 소리가 났다. 형이 차 문을 여는 소리였다. 보안관은 입을 다물었고, 보안관과 나는 형이 간신히 차에서 빠져나온 뒤 길을 건너서 우리 쪽으로 쿵쿵대며 오는 모습을 지켜보았다.

"안녕, 제이컵."

보안관이 인사했다.

"자네가 나를 피하는가 하는 생각이 들 참이었어."

형이 수줍게 미소 지었다. 형은 권위 있는 인물 앞에 서면 늘 그런 표정을 지었다. 그 표정을 보자마자 어린 시절이 떠올랐다. 학교에서 선생이 형을 부르면, 형은 바로 그 표정을 지었다.

"추워서요. 트럭 안에서 몸 좀 녹이려고 그랬어요."

"행크 말이, 자네 둘이서 오늘 부모님 무덤에 갔다고."

형은 나를 흘깃 본 뒤 보안관을 향해 어정쩡하게 고개를 끄덕였다.

"좋은 일이지. 정말 좋은 일이야. 내 자식들도 내가 세상을 떠난 뒤에 그렇게 해주면 좋겠군."

"아버지가 시킨 일입니다. 유언에 있었어요."

보안관은 형의 이야기를 듣지 않는 것 같았다.

"자네 아버지도 기억나네."

보안관이 말을 시작했지만, 그러다가 자신이 떠올린 사람이 실제로 우리 아버지인지 아니면 세상을 떠난 다른 아셴빌 토박이인지 갑자기 확신이 들지 않는 듯 더 골똘히 생각하는 것 같았다.

보안관은 고개를 가로저었다.

"좋은 분이셨어. 아주 좋은 분이셨지."

형도 나도 그 말에 어떻게 대답해야 할지 몰랐다. 잠시 정적이 흘렀다. 마침내 형이 입을 열었다.

"보안관께 비행기 이야기 말씀드렸어?"

나는 충격에 싸여 형을 보았다. 형은 환하게 웃고 있었다. 뚱뚱한 양볼에 보조개가 패고, 입술 양끝이 올라가서 이가 다 드러났다. 형은 나를 보고 있었고, 나는 일순, 형이 윙크를 할까 두려웠다.

"무슨 말인가?"

보안관이 물었다. 보안관은 형과 나를 차례로 보았다.

"화요일 날, 제가 행크랑 여기, 그러니까 바로 이 도로 위를 지나고 있었는데요. 비행기가 불시착하는 소리를 들은 것 같아서요."

"비행기?"

형이 고개를 끄덕였다.

"눈이 엄청 심하게 왔으니 확실하지는 않은데, 고장을 일으킨 비행기 엔진 소리 같았어요."

보안관이 눈썹을 치켜세우고 형을 똑바로 보면서 다음 말을 기다렸다. 나는 화제를 바꾸려고 다른 이야깃거리를 떠올리려 애썼지만, 아무것도 떠오르지 않았다. 형의 입을 닥치게 하고 싶다는 성난 기분만 안은 채 가만히 서 있었다.

"비행기 실종 신고는 없었나요?"

형이 물었다.

"없었어."

보안관은 형이 한 말을 진지하게 받아들이고 생각을 곱씹고 있다는 것을 증명이라도 하듯 천천히 말을 끌면서 대답했다.

"그런 사고가 있었다는 말은 못 들은 것 같은데."

보안관은 다시 나를 흘깃 보았다.

"그냥 엔진 소리만 들었어? 추락 소리는 없었고?"

나는 억지로 고개를 끄덕였다.

"그럼 다른 것일 수도 있지. 오토바이, 스노모빌, 전기톱."

보안관은 남동쪽 들판을 향해서 손을 저었다.

"어쩌면 드와이트 피더슨이 뭘 고치는 소리였을 수도 있고."

우리 모두 고개를 돌려서 피더슨의 집을 보았다. 일층 유리창은 불빛으로 빛났지만 헛간과 외부 건물들은 어둠 속에서 보이지 않았다.

형은 여전히 광대 같은 미소를 지은 채 말했다.

"사고 신고가 들어오면 저희한테 전화하세요. 그때 저희가 어디에 있었는지 알려드릴 수 있습니다."

"사고가 있었으면 진작 보고가 들어왔겠지. 비행기가 하늘에서 떨어졌는데 실종 신고가 없을 리 없잖아?"

나는 형이 또 무슨 말을 하기 전에 이야기를 끝마치려고 손목시계를 보았다.

"이제 집에 들어가셔야죠. 5시가 넘었어요."

보안관은 고개를 가로저으며 한숨을 쉬었다.

"오늘은 야근이야. 새해 전날이잖아. 술 마시고 운전하는 사람들이 있기 마련이지."

보안관이 형을 보았다.

"자네는 그런 사람이 안 되리라 믿네."

형의 얼굴에서 미소가 사라졌다.

"그럼요. 염려하지 마세요."

보안관은 형이 무슨 말을 더 하리라 기대하는 듯 잠시 형을 바라보았다. 그런 다음 고개를 돌려서 나를 보았다.

"사라는 잘 지내나? 내 기억이 틀리지 않다면, 예정일이 다 됐을 텐데?"

"1월 말입니다."

아내는 첫 아이를 임신한 지 여덟 달째였다.

"사라에게 새해 복 많이 받으라고 해주게."

보안관은 그렇게 말한 뒤, 차창을 올리기 시작했다.

"루에게 다음에는 수줍어 말라고 전해. 내가 물어뜯지는 않는다고."

형과 내가 트럭으로 가는 사이 보안관의 트럭은 떠났다. 보안관은 아셴빌 반대쪽, 서쪽으로 계속 갔다.

내가 말했다.

"잠깐 차를 돌려, 형. 보안관 뒤를 따라가지 마. 시내 쪽으로 돌아가."

형은 시동을 걸었다. 좁은 도로에서 차를 돌리느라 시간이 걸렸다.

내가 말했다.

"천천히 가."

너무 빨리 가면 짐칸에서 돈다발이 날아갈까 걱정스러웠다.

갈 길에 제대로 들어설 때까지 아무도 입을 열지 않았다. 그러다가 앤더스 강 다리를 지날 때 내가 말했다.

"보안관에게 비행기에 대해서 물어? 누구 생각이었어?"

나는 형과 루를 다 볼 수 있게 몸을 앞으로 숙였다. 루는 무릎에 개를 안고 가운데에 앉아 있었다. 양팔로 개를 감싸고 가슴에 끌어안고 있었다. 두 사람 다 내 말에 대답하지 않았다.

"루, 형 생각이었어?"

두 사람이 한 일이 얼마나 위험했는지 이성적으로 보여주기 위해서 조용히 질문을 던질 생각이었지만, 생각과 딴판으로 분노에 가득한 새된 목소리가 튀어나왔다.

루가 어깨를 으쓱했다.

"둘이 같이 꾸민 생각이야."

"왜?"

"비행기를 찾는 사람이 있는지 알아볼 수 있잖아."

형은 나보다 재치가 뛰어나다고 생각하는 듯 의기양양한 목소리로 말했다.

"그것뿐이 아니지. 이제 누가 비행기를 찾으면 보안관이 우리에게 먼저 전화할 거잖아. 그렇게 되면 우리가 깜짝 놀랄 일은 없지."

"방금 300만 달러를 훔치기로 결정했는데 처음 한 일이 보안관에게 캐묻는 거라니. 그게 바보 같다는 생각이 요만큼도 안 들어?"

"비행기를 찾는 사람이 아무도 없다는 사실을 알았잖아. 물어보지 않았으면 절대 알 수 없는 일이야."

"형, 그건 멍청한 짓이었어. 이제 사람들이 비행기를 발견하고 돈이 없어진 걸 알면, 누가 가져갔는지 곧장 알게 돼."

"그러니까 더 멋진 일이지. 돈을 가져간 사람이 우리라는 말은 한마디도 하지 않았잖아."

"다시는 이런 짓 안 한다고 약속해."

형은 나에게 미소를 지었다.

"감쪽같지 않았어? 비행기에 대해서 물어본 덕분에 우리가 보안관의 정보를 캘 수 있었잖아."

"위험한 일이었어. 멍청한 짓이었다고."

"그래도 그럴 만한 값어치가 있었잖아. 우리는 이제……."

"형, 이건 놀이가 아니야. 우리는 범죄를 저질렀단 말이야. 오늘 밤에 한 일로 감옥에 갈 수도 있어."

루가 말했다.

"진정해, 행크. 이 일로 우리를 감옥에 보낼 사람은 아무도 없어. 우리 셋 중에 전과가 있는 사람도 없어. 우리는 범죄자가 아니야. 누구라도 우리처럼 행동했을 거야."

"우리가 범죄를 저지르지 않았다는 말이야?"

"이 일로 감옥에 가지는 않을 거란 말이야. 우리가 유죄 판결을 받더라도 기소 유예일걸."

형이 말했다.

"게다가 아직 한 푼도 안 건드렸잖아. 내 생각에는……."

"형 생각은 상관없어."

내 목소리는 고함에 가깝게 올라가고 있었다.

"형들이 불필요하게 위험한 일을 하려는 낌새만 보여도 돈을 불태우겠어. 내 말 알겠어?"

나는 형과 루를 차례로 보았다.

두 사람 다 아무 말 하지 않았다.

"나는 두 얼간이가 저지른 멍청한 짓거리 때문에 감옥에 가기 싫어."

두 사람은 내 외침에 크게 놀라서 나를 보았다. 메리 베스가 루의 팔 안에서 낑낑거렸다. 나는 차창 밖을 내다보았다. 우리는 번트로드에서 남쪽으로 향하고 있었고 주위에는 들판뿐이었다.

나는 심호흡을 하며 마음을 가라앉히려 했다.

"형들이 조심하기를 바라서 한 말이야."

"조심할게, 행크. 당연히 조심하지."

형이 재빨리 말했다.

루는 아무 말도 하지 않았지만, 나는 창문 쪽으로 고개를 돌리고 있었음에도 루가 형에게 씩 웃음 짓는 것을 느낄 수 있었다.

"트럭 세워. 여기쯤이면 돈을 셀 수 있겠어."

내가 말했다.

형은 도로 가장자리에 차를 세웠다. 우리는 바깥 추위 속으로 나갔다. 시내에서 서쪽으로 5킬로미터쯤 떨어진 곳이었다. 도로 양쪽 모두 눈 덮인 들판이었으며, 눈길 닿는 곳에는 집도, 어떤 불빛도 없었다. 어느 쪽에서든 차가 다가오면, 2킬로미터 전에 알아볼 수 있는 곳이었다.

형과 루가 돈을 셌고, 나는 뒤에서 플래시를 비췄다. 메리 베스는 빈 차 안에 남아서 시트 위에서 잠을 잤다. 형과 루는 돈다발을 열 개씩 쌓아서 정리했다. 돈을 세는 일이 영원히 끝나지 않을 것 같았다. 나는 돈 더미와 주위에 똑같이 주의를 기울이며, 불빛이 다가오지 않는지 경계했다.

몹시 추웠다. 바람이 텅 빈 벌판으로 휘휘 불어대고, 눈이 길옆에 쌓이며 가끔씩 사각사각 소리를 냈다. 그리고 그 위로, 형과 루가 돈을 센 뒤 돈뭉치를 쌓는 소리가, 카지노 딜러가 카드를 나누는 소리처럼 계속 되는 종이 뒤적이는 소리가, 나지막하지만 끈덕지게 들려왔다.

다 마치자, 트럭 뒷문을 따라서 마흔네 줄이 나란히 쌓여 있었다. 440만 달러였다.

그 생각을 받아들이기까지는 조금 시간이 걸렸다. 우리는 돈을 바라보며 가만히 서 있었다. 루가 집게손가락으로 각 더미 맨 위의 다발을 짚으면서 다시 셌다.

"각자 얼마씩이지?"

형이 나지막이 물었다.

내 입에서는 곧장 대답이 나오지 않았다.

"거의 150만 달러야."

우리는 얼어붙은 채로 계속 돈을 바라보았다. 결국 내가 추위에 몸서리를 치며 입을 열었다.

"치우자."

나는 형에게 더플백을 주었다. 흐물흐물하던 가방은 형이 천천히 돈을 넣으면서 형태를 갖춰갔다.

돈이 모두 가방 안에 들어가자, 나는 차 안으로 가져갔다.

루는 아셴빌 남서쪽에 살았다. 우리 집과는 반대 방향이었다. 우리는 루의 집으로 먼저 갔다. 점점 더 추워졌다. 앞 유리창 가장자리에 성에 꽃이 끼고 있었다. 뒤쪽 찢어진 비닐 창이 펄럭이며 바람이 들어왔고, 매섭게 찬 공기가 계속 좌석 안으로 밀려들었다. 메리 베스는 뒤에 탄 채 좌석 앞으로 몸을 반쯤 내밀고 우리 목에 머리를 걸쳤다. 내 귀 바로 밑에서 개의 숨소리가 들렸다. 돈 가방은 바닥에 있었다. 나는 두 다리 사이에 가방을 꽉 끼우고, 한 손으로 위를 굳게 잡고 있었다.

루의 집에 도착한 시각은 7시 십오 분 전이었다.

냇시의 차가 마당에 있었고 집에는 불이 켜져 있었다. 커다랗고 허름한 농장 주택으로, 이 근처에 남아 있는 집 가운데 가장 오래된, 낡고 낡은 집이었다. 루와 냇시는 소니 메이저에게서 그 집을 빌렸다. 소니 메이저의 할아버지는 대공황 전 호경기 때 이 지역 유지로 주변 땅을 모두 소유하고 옥수수와 양배추를 길렀다. 그 뒤로는 내리막길이었다. 소니의 아버지는 여러 해에 걸쳐서 땅을 거의 모두 팔았고, 남은 것은 도로 주위의 가는 띠 같은 땅 두 자락뿐이었다. 그 두 곳 중 하나가 이 농장 주택이 있는 곳이었다. 다른 하나, 남쪽으로 1.2킬로미터가량 떨어진 곳의 더 작은 땅에는 녹슬고 조그마한 주거용 트레일러가 있었다. 소니는 그 트레일러에서 살았다. 자신이 자란 집이 보이는 곳에서 혼자 살았다. 소니는 자칭 목수였지만, 수입은 루와 냇시에게서 받는 집세가 거의 전부였고, 그 돈으로 근근이 살았다.

형은 진입로에 차를 세우고 시동은 끄지 않았다. 루가 문을 열고 내리더니 닫기 전에 잠시 망설였다.

루가 말했다.

"지금 한 다발씩만 나눠 가지면 어떨까 생각하고 있었어. 그냥 축하하는 의미로."

루가 나를 보며 미소 지었다.

나는 문 쪽으로 몸을 미끄러뜨렸다. 다리 사이에 더플백을 계속 끼운 채였다. 메리 베스가 비닐 창 사이로 들어왔다. 털에서 신선하고 차가운 냄새가 났다. 메리 베스는 몸을 털더니 시트 위에 앉아서 형에게 몸을 기댔다. 형은 한쪽 팔로 개를 감쌌다.

"돈 생각은 하지도 마."

내가 루에게 말했다. 루는 손으로 코를 닦았다.

"무슨 말이야?"

"앞으로 여섯 달 동안 형 인생에서 변하는 건 아무것도 없어."

형이 메리 베스의 옆을 토닥였다. 퉁퉁 하고 소리가 울렸다. 루의 집 주변에는 나무들이 빽빽했다. 두꺼운 회색 몸통의 커다란 나무들이 밤하늘의 어둠을 뚫고 높이 솟아 있었다. 나뭇가지가 바람에 조금씩 흔들리며 타닥타닥 서로 부딪었다. 길 아래, 소니의 트레일러는 완전히 깜깜했다. 소니는 집에 없었다.

"내가 바라는 건……."

루가 말을 꺼냈지만, 나는 고개를 저으며 말을 막았다.

"루 형, 형은 내 말을 안 듣는구나. 내가 말하는 게 바로, 바라지 말라는 거야."

나는 몸을 기울이고 문을 당겨 닫았다. 루는 차창 너머로 잠시 나를 노려보다가 형과 짧은 시선을 주고받았다. 그러고는 몸을 돌리고 진입로를 따라서 천천히 걸어갔다.

루의 집에서 우리 집까지는 사십 분이 걸렸다. 형과 나는 이 거리를 가는 동안 대부분 침묵을 지켰다. 각자 생각에 잠겨 있었다. 나는 보안관과 마주친 일을 되새겼다. 보안관에게 거짓말을 했다. 거짓말이 쉽고 자연스럽게 나왔다. 그 사실에 놀랐다. 전에는 누구를 속이는 일에 성공한 적이 없었다. 어릴 때도 거짓말을 못 했다. 거짓말을 할 때는 반드시 침착해야 하는데, 그럴 자신이 없었다. 그래서 늘 처음부터 아예 포기하거나 시작했다 해도 도중에 들통이 나서 사실대로 털어놓았다. 그러나 보안관과 나눈 이야기를 되돌아보니, 내 이야기에는 허점도 빈틈도 없었다. 비행기에 대해서 묻다니, 형이 앞서나간 것은 사실이다. 그러나 이제 생각해보니 형의 변명이 처음 내가 느꼈던 것만큼 빈말은 아니었다. 어쩌면 형의 주장처럼 우리에게 도움이 될지도 모르겠다는 생각이 들었다.

돈 생각은 거의 하지 않았다. 아직 내 돈으로 여기지 않았다. 내가 받아들이기에는 너무 많은 액수였다. 추상적인 단순한 숫자, 그 이상은 아무것도 아닌 듯했다. 나는 무법자가 된 기분을—잡힐지도 모른다는 끔찍한 두려움과 함께 출렁이는 멋지고 즐거운 기분을— 느꼈다. 그 기분은 진짜였지만, 우리가 큰돈을 훔쳤다는 생각보다는 내가 보안관에게 거짓말을 하는 데 성공했다는 생각이 더 큰 원천이었다.

형은 조수석 사물함에서 초콜릿바를 꺼내서 운전하는 동안 씹고 있었다. 개는 형 옆자리에 앉아서 귀를 세우고 형이 초콜릿바 먹는 모습을 지켜보았다. 이제 17번 고속도로에서 델피아의 끝자락으로 들어서고 있었다. 길옆으로 가로수가, 집들이 모여 있는 구획이 모습을 드러내기 시작했다. 차들이 서서히 늘어났다. 우리 집에 가까워졌다.

갑자기 퍼뜩 어떤 생각이 들었다. 그 생각에 조금 두려웠다. 우리가 잡힌다면 루 때문일 것이라는 생각이었다.

"루 형이 낸시한테 말하지 않을까?"

"너는 제수씨한테 말할 거야?"

형이 되물었다.

"말하지 않겠다고 약속했잖아."

내가 말했다.

형은 어깨를 으쓱하고 초콜릿바를 한 입 깨문 뒤 말했다.

"루도 낸시에게 말하지 않겠다고 약속했어."

당황한 나머지 얼굴이 찌푸려졌다. 나는 집에 들어서자마자 아내에게 돈 이야기를 할 것이었다. 아내에게 말하지 않는 것은 상상할 수도 없었다. 내가 그러니 루도 그럴 것이라고 확신한 게 아닐까. 루도 낸시에게 말하겠지. 그래서 루나 낸시가 일을 망치겠지.

나는 백미러에 손을 뻗어서 이마가 보이게 조절했다. 형이 나를 위해서 실내등을 켰다. 손을 대보니 혹은 자갈처럼 매끈하고 딱딱했다. 혹이 난 곳은 피부가 팽팽해져서 반들반들했고, 그 주변 피부는 손상된 세포 속의 피가 응고되면서 진홍빛을, 아파 보이는 어두운색을 띠기 시작했다. 나는 장갑의 엄지손가락 부분을 혀로 핥은 뒤 상처를 대강 닦으려 했다.

형이 물었다.

"그놈은 사람이 그 안에 있는지 어떻게 알았을까?"

"새?"

형이 고개를 끄덕였다.

"까마귀도 독수리랑 비슷해. 그냥 아는 거지."

"그렇지만 독수리는 눈으로 보잖아. 사막에서 사람이 기어가는 게 보이잖아. 그래서 독수리는 죽어가는 사람을 알아보는 거야. 죽어가는 사람은 기어다니거나 가만히 누워 있으니까. 그렇지만 그 까마귀는 비행기 안을 들여다볼 수 없었잖아."

"냄새를 맡았겠지."

"얼어서 냄새가 안 나."

"형, 새는 그냥 알아."

형은 고개를 끄덕였다. 세 번, 짧고 빠르게 고개를 움직였다.

"맞아. 그게 바로 내 말의 요점이야."

형은 초콜릿바를 또 한 입 베었다. 그런 뒤에 마지막 조각을 메리 베스에게 주었다. 개는 씹지도 않고 삼키는 것 같았다.

우리 집 진입로에 차를 세웠을 때, 나는 잠시 가만히 앉아서 앞 유리창 너머를 물끄러미 보았다. 현관 앞의 전등이 앞뜰 나무들을 비추고 있었다. 나뭇가지를 감싼 얼음이 빛났다. 거실 커튼은 내려져 있었으며 굴뚝에서는 연기가 났다.

"오늘 밤에 루 형이랑 놀러 가? 송년 파티?"

트럭 안은 추웠다. 입김이 보였다. 개의 입김도 보였다. 바깥 하늘에는 구름이 끼어서 별도 없었다.

"그렇겠지."

"낸시도?"

"낸시가 같이 간다면."

"술 마셔?"

"잠깐만. 너 그렇게 루에게 딱딱거릴 필요 없어. 괜찮을 테니 루를 믿어. 루도 돈에 대해서는 너만큼 간절해. 아니, 어쩌면 너보다 간절해. 일을 망치지는 않아."

"내가 언제 루 형을 못 믿는다고 했어? 루 형이 무식하고 술에 잘 취하니까 하는 말이야."

"행크, 제발……."

"아니, 끝까지 들어."

나는 형이 고개를 돌려 나를 볼 때까지 기다렸다가 말을 이었다.

"지금 형한테 루 형을 책임지라고 부탁하는 거야."

"책임지라니, 무슨 말이야?"

형은 메리 베스에게 팔을 둘렀다.

"다시 말하면, 루 형이 일을 망치면 형 잘못이라는 거야. 나는 그 잘못을 형에게 묻겠어."

형은 나한테서 고개를 돌린 뒤 밖을 보았다. 거리 아래위, 우리 이웃들의 유리창은 모두 환하게 불을 밝히고 있었다. 사람들은 저녁을 다 먹고, 샤워를 하고, 옷을 입고, 새해 축하를 바삐 준비하고 있었다.

"나는 누가 책임져?"

형이 물었다.

"내가. 내가 우리 둘 다 책임질게."

나는 형을 보며 미소 지었다.

"내가 형의 보호자가 될게."

농담처럼 나온 말이었다. 말 그대로의 뜻은 반밖에 담겨 있지 않았다. 어릴 적부터 줄곧 들어온 아버지의 가르침이 있었다. 아버지는 서로를 돌보아야 한다고, 형제가 아닌 다른 누구에게도 의지할 수 없다고 가르쳤다. 아버지는 늘 말했다.

"결국 찾게 되는 것은 언제나 가족이야. 핏줄이지."

형과 나는 그 말을 지킨 적이 없었다. 어릴 때도 우리는 늘 서로를 저버렸다. 형은 체중 때문에 학교에서 무자비하게 놀림을 당했고, 계속 싸움에 휘말렸다. 나는 형을 도와야 한다는 것을, 뛰어들어서 형의 편이 되어야 한다는 것을 알고 있었지만, 어떻게 해야 하는지 그 방법을 전혀 몰랐다. 나는 뼈만 앙상한 말라깽이로, 내 나이치고는 약하고 작았다. 나는 그저, 형과 형을 괴롭히는 아이들을 둥글고 빽빽하게 둘러싼 다른 아이들 틈에 서서, 형이 맞는 동안 완전히 입을 다물고 지켜보았다. 그런 모습은 나이를 먹어가며 끊임없이 반복되는 우리 형제 관계의 밑바탕이 되었다. 형은 이런저런 이유로 실패를 하고, 나는—무능하고 부끄럽고 비겁한 기분을 느끼며— 지켜보는 것밖에 달리 아무것도 하지 않았다.

나는 메리 베스의 머리 너머로 손을 뻗어서 형의 어깨를 가볍게 두드렸다. 억지로 우애를 나타내려는 시도였다. 내가 하면서도 한심한 기분이 들었다.

"내가 형을 돌볼게. 형이 나를 돌봐."

형은 아무 반응도 보이지 않았다. 내가 문을 연 뒤 트럭에서 더플백을 질질 끌어내서 어깨에 메는 모습을 지켜보기만 했다. 내가 눈 속에서 집으로 올라가는 길을 조심스레 골라 가고 있는 동안, 형의 차는 진입로를 내려가서 사라졌다.

나는 조용히 집으로 들어가서 현관 입구 벽장 안쪽, 바닥 깊은 곳에 가방을 넣었다. 그 위에 내 웃옷을 덮었다.

입구 양쪽에는 각각 미닫이문이 있었다. 오른쪽 미닫이문은 다이닝룸으로 향하고, 왼쪽 문은 거실로 향했다. 두 문 다 닫혀 있었다. 다이닝룸 문을 열어놓는 일은 거의 없었다. 아주 드물게 손님을 초대한 경우를 제외하고, 우리 부부는 늘 주방에서 밥을 먹었다. 반면 거실 문은 벽난로를 켤 때만 닫아두었다.

곧장 들어가면 입구는 왼쪽의 계단과 오른쪽의 길고 좁은 복도로 나뉜다. 계단을 올라가면 이층이고, 복도를 지나면 집 뒤에 있는 주방이다. 계단과 복도 모두 어둠에 잠겨 있었다.

거실 문을 열었다. 아내는 거기 있었다. 벽난로 옆 의자에 앉아서 책을 읽고 있었다. 내가 들어가자 아내가 고개를 들었다. 아내는 키가 크고 뼈대가 가늘었다. 어깨까지 내려온 짙은 금발 머리, 큰 갈색 눈. 입술에는 밝은 빨간색 립스틱을 바르고 있었다. 머리카락은 머리핀으로 단정히 뒤로 모았다. 두 가지—립스틱과 머리핀— 때문에 아내는 실제 나이보다 더 젊고 연약해 보였다. 아내는 가운을 입고 있었다. 가슴 위에 파란 실로 이니셜을 수놓은, 텐트처럼 커다란 흰 테리 천 가운이었다. 배가 부른 곳 위에 가운이 접혀서 무릎에 베개를 올려놓은 것처럼 보였다. 그 옆, 탁자 위에는 반쯤 먹은 시리얼 그릇이 놓여 있었다.

내가 시리얼 그릇을 바라보자 아내가 나를 보고 말했다.

"배고팠어. 자기가 언제 올지 알 수가 있어야지."

아내의 이마에 키스를 하려고 다가갔지만, 몸을 숙이는 순간 아내가 "아!" 하고 소리치며 내 손을 잡아서 배에 댔다. 아내는 꿈을 꾸는 듯한 미소를 지은 채 나를 보며 물었다.

"느껴져?"

고개를 끄덕였다. 아기가 발로 차고 있었다. 기묘한 심장박동 같았다. 확실하게 울리는 것이 두 번, 부드럽게 울리는 것이 한 번. 나는 아내가 자기 배에 내 손을 갖다대는 것이 싫었다. 무엇인가가 아내의 몸속에서 살면서 기생충처럼 아내의 영양분을 먹고 있다는 사실을 확인하면 기분이 찜찜했다. 나는 억지로 미소를 지으며 손을 치웠다.

"저녁 먹을래? 오믈렛은 만들 수 있어."

아내는 거실 뒤쪽, 주방으로 이어진 열린 문을 향해 손을 흔들었다.

나는 고개를 가로저었다.

"괜찮아."

벽난로 앞 다른 의자에 앉았다. 아내에게 돈 이야기를 어떻게 꺼내는 게 가장 좋을지 생각하려고 계속 애썼다. 이야기를 잘 풀어야 한다는 생각을 하다가, 갑자기, 아내가 찬성하지 않을지도 모른다는 생각이 들었다. 그러자 심란하게도, 뜻밖의 사실을 발견했다. 내가 돈을 정말이지 간절히 원한다는 것을 처음으로 깨닫게 됐던 것이다. 그때까지는 형과 루에게 돈을 넘기지 않겠다고 계속 협박했다. 그러다보니, 내가 형과 루에 비해서 그 횡재에 비교적 관심이 없다는 환상을 품게 됐다. 돈을 보관하겠다, 그러나 상황이 여의찮으면 곧장 없애겠다는 환상이었다. 이제 돈을 돌려주어야 할지도 모르는 가능성에 맞닥뜨리자, 그런 조건들이 정말이지 얼마나 가식적인지 깨달았다.

나는 깨달았다. 나는 돈을 원한다. 돈을 갖기 위해서라면 어떤 일이라도 하겠다.

아내는 무릎에 책을 놓고 가만히 앉아 있었다. 배에 손을 얹고 얼굴에 꿈결 같은 미소를 짓고 있다가, 서서히 거기서 벗어났다.

"그래, 별일 없었어?"

아내가 물었다.

"별일은 뭐."

내가 대답했다. 머릿속으로는 계속 생각중이었다.

"계속 묘지에 있었어?"

나는 대답하지 않았다. 거실은 어두웠다. 아내가 앉은 의자 옆 탁자에 놓인 작은 스탠드 불빛과 벽난로 불빛이 전부였다. 벽난로 선반에는 미니어처 추시계가, 벽난로 앞 바닥에는 곰 가죽 러그가 있었다. 둘 다 우리 아버지 어머니가 준 결혼 선물이었다. 곰 가죽은 가짜였다. 눈은 동그란 유리구슬로, 이는 흰 플라스틱으로 된, 그림책 속 곰이었다. 맞은편 벽에는 유리창만 한 나무틀 거울이 걸려 있었다. 거울에 내 뒤의 공간이 비쳤다. 내 모습과 아내와 벽난로까지 보였다.

아내는 앉은 채 내 쪽으로 몸을 기울였다.

"이마는 왜 그랬어?"

나는 혹을 만졌다.

"부딪쳤어."

"부딪쳐? 어디에?"

"있지, 들어봐. 만약에 이런 일이 있으면 어떡할래? 심리 테스트 같은 거야."

아내는 책을 탁자에 놓고 시리얼 그릇을 들었다.

“해봐.”

“윤리 의식에 관한 거야.”

아내는 시리얼을 한 숟가락 먹고 손등으로 입을 닦았다. 손등에 립스틱이 묻었다.

“밖에서 걸어가다가 돈 가방을 발견했다 쳐.”

“얼마나?”

나는 생각하는 척했다.

“400만 달러.”

아내가 고개를 끄덕였다.

“그 돈을 가질래? 아니면 신고할래?”

“다른 사람 돈이야?”

“당연하지.”

“그러면 그 돈을 가지면 훔치는 셈이네?”

나는 어깨를 으쓱했다. 그쪽은 내가 바란 방향이 아니었다. 아내는 생각할 필요도 없다는 듯 얼른 말했다.

“신고할래.”

“신고해?”

“당연하지. 400만 달러로 뭘 하겠어? 내가 그렇게 큰돈을 집에 가져오는 모습이 상상이 돼?”

아내는 웃었다. 시리얼을 또 한 숟가락 후루룩 소리 내며 먹었다.

“그렇지만 400만 달러로 할 수 있는 일들을 생각해봐. 인생을 완전히 새롭게 시작할 수 있어.”

“훔치는 거잖아. 결국 붙잡힐걸.”

“붙잡히지 않는다고 확신할 수 있으면 어떡할래?”

“어떻게 확신해?”

"그 돈을 찾는 사람이 아무도 없다는 걸 알았다던가."

"그렇지만 내 생활이 바뀐 건 어떻게 설명해? 화려한 옷, 카리브 해 여행, 보석, 밍크…… 사람들이 물어보기 시작할걸."

"이사를 가야지. 아는 사람이 없는 곳으로 이사하는 거야."

아내는 고개를 가로저었다.

"잡히지 않을까 늘 마음 졸이겠지. 밤에는 잠도 못 잘걸."

아내는 손톱을 내려다보았다. 밝은 빨간색 매니큐어가 칠해져 있었다. 형의 파카와 같은 색이었다. 아내는 손으로 립스틱을 닦았다.

"아냐, 신고할래."

나는 아무 말도 하지 않았다. 아내는 시리얼 그릇을 들어서 입에 대고 우유를 마시며, 그릇 테두리 너머로 나를 지켜보았다.

"자기는 가질 거야?"

아내의 얼굴은 그릇에 반쯤 숨어 있었다.

나는 어깨를 으쓱했다. 몸을 숙이고 한쪽 신발 끈을 풀었다.

아내는 시리얼 그릇을 내려놓았다.

"내가 보기에는 힘든 일이 끔찍하게 많을 것 같아."

"붙잡힐 걱정은 없다고 치면?"

나는 무언가를 뚝 자르는 손짓을 했다.

"체포되는 일은 절대로 일어나지 않는다고 가정하면?"

아내는 얼굴을 찌푸렸다.

"그게 누구 돈인데?"

"무슨 말이야? 자기 돈이지."

"그렇지만 내가 어떤 사람에게서 훔친 거잖아. 그 사람이 누구야?"

"마약 밀매인. 은행 강도."

"은행 강도면, 은행 돈이지."

“알았어. 그럼 마약 밀매인.”

“내가 갖겠다고 말하기만 바라는구나?”

“하지만 갖겠다는 게 더 있음직한 대답 아냐?”

“신고하기 전에 한 번 더 생각하긴 하겠지.”

그 말에 더 할 말이 없었다. 내가 바란 반응이 전혀 아니었다.

아내가 나를 흘깃 보았다.

“왜 이런 걸 물어보는데?”

갑자기, 방법이 잘못됐다는 생각이 들었다. 나는 깨달았다. 가정해서 생각할 때는 나 역시 돈을 갖지 않겠다고 말할 것이었다. 나는 일어서서 복도로 나갔다.

“어디 가?”

아내가 뒤에서 소리쳤다. 나는 살짝 손을 흔들었다.

“잠깐만.”

현관 벽장으로 간 뒤 웃옷 아래에서 가방을 꺼냈다. 복도 타일 바닥에 가방을 끌며 거실로 갔다. 아내는 다시 무릎에 책을 펼쳐 두고 있었다. 그러나 내가 가방을 들고 온 것을 보더니 책을 덮었다.

“무슨······.”

아내가 말을 꺼냈다.

나는 가방을 아내 바로 앞에 놓았다. 끈을 풀었다. 아내의 발치에 가방을 과장되게 확 뒤집었다.

쏟아진 돈이 더미를 이뤘다. 곰 가죽 러그 위로 돈다발이 굴러갔다.

아내는 충격에 싸여 돈더미에서 눈을 못 떼더니, 탁자에 책을 놓았다. 입을 벌리고 있었지만 아무 말도 하지 않았다.

나는 빈 가방을 든 채 아내 앞에 서 있었다.

“진짜야.”

내가 말했다.

아내는 계속 돈을 보고 있었다. 가슴을 맞은 듯 아픈 표정이었다.

"놀라지 마."

내가 말했다. 나는 돈을 다시 넣으려고 몸을 숙였지만, 계속 돈을 만지기만 했다. 손가락 끝에 닿은 지폐는 차가웠다. 종이는 닳아서 천처럼 부드러웠다. 낡은 지폐로, 가장자리가 약간 나달나달했다. 내 손에 닿기 전에 이 돈을 만졌을 수많은 손들이 떠올랐다. 수백만 명의 지갑과 핸드백과 금고를 들락날락하다가, 마침내, 여기, 우리 집 거실 바닥에 더미로 쌓이게 된 지폐들.

"사료상에서 가져왔어?"

아내가 물었다.

"아니. 우연히 발견했어."

"그렇지만 남의 돈이잖아. 분명히 누가 찾을 텐데."

나는 고개를 저었다.

"찾고 있는 사람은 아무도 없어."

아내는 내 말을 듣지 않는 것 같았다.

"400만 달러야?"

"440만."

"아주버님이랑 같이 발견했어?"

나는 고개를 끄덕였고, 아내는 얼굴을 찌푸렸다.

"어디서?"

나는 여우와 메리 베스 일, 공원 안으로 걸어가서 비행기를 발견한 일을 이야기했다. 까마귀 이야기를 할 때, 아내는 실눈을 뜨고 내 이마를 보며 안됐다는 듯이 가슴 아픈 표정을 내비쳤지만, 말을 하지는 않았다.

이야기가 끝난 뒤, 우리는 잠시 정적 속에 앉아 있었다. 나는 돈다발 하나를 집어서 아내 앞에 내밀었다. 아내가 돈을 만지기를, 빽빽하게 모여 벽돌 같은 돈의 느낌을 맛보기를 바랐지만 아내는 받지 않았다.

"자기는 갖고 싶은 거지?"

아내가 물었다. 나는 어깨를 으쓱했다.

"그런 것 같아. 내 말은, 갖지 말아야 할 이유가 없어."

아내는 아무 말도 하지 않았다. 배에 양손을 얹고 배를 내려다보고 있었다. 정신을 다른 데 팔고 있었다. 아기가 배를 차고 있었다.

"저 돈이 있으면 다시는 돈 걱정을 안 해도 돼."

"지금도 돈 걱정은 안 하잖아. 좋은 직장도 있고. 이 돈은 필요 없어."

나는 생각에 잠겨서 물끄러미 벽난로를 보았다. 불이 사그라들고 있었다. 불꽃이 낮게 일렁였다. 나는 일어서서 장작을 더 넣었다.

물론 아내 말이 옳았다. 우리는 그 돈이 꼭 필요하다고, 그 돈 없이는 살 수 없다고—형과 루는 아마도 그렇게 주장했을 것이고, 우리 부모가 더 오래 살아서 함께 이 상황에 처했다면 역시 그렇게 주장했을지 모르지만—주장할 수 없었다. 그런 식으로 보자면, 우리 부부의 삶이 힘겨운 투쟁은 아니었다. 우리는 탄탄한 중산층이었다. 미래를 걱정한다 해도, 어떻게 먹고살지, 고지서를 어떻게 낼지, 아이들을 어떻게 키울지 걱정하는 게 아니라, 더 큰 집, 더 좋은 차, 더 세련된 가전제품을 장만하기 위해서 어떻게 저축할지를 걱정하는 것이었다. 그러나 우리에게 그 돈이 절실하지 않다고 해서, 우리가 돈을 원하지 않을, 다른 구제 수단으로 보지 않을, 그 돈을 갖기 위해 애쓰지 않을 이유는 없다.

나는 변호사가 되려고 대학교에 갔지만 성적을 올리지 못해서 포기했다. 고향 마을에서, 벗어나고야 말겠다고 어린 시절 내내 맹세하던 바로 그 마을에서, 사료상의 회계로 일하고 있었다. 어릴 때 꿈꿨던 것보다 못한 처지에 안주했고, 그 정도면 충분하다고 스스로를 달랬다. 그러나 깨달았다. 그것으로 충분하지 않았다. 아내와 내 삶에는 한계가 있었다. 우리가 할 수 있는 일과 우리가 갈 수 있는 곳에는 한계가 있었다. 그리고 내 발밑에 놓인 돈더미는 가능성에 불을 밝혔다. 우리 포부가 얼마나 시시한지, 우리 꿈이 얼마나 어두운지 강조하고 있었다. 우리에게 더 많은 기회를 비추고 있었다.

이런 사실을 아내에게 설명할 방법을 찾으려 애썼다.

"내 직업으로 큰돈을 벌 일은 절대 없어."

나는 부지깽이로 장작을 쑤시며 말했다.

"언젠가 지배인이 되겠지. 톰 버틀러가 죽거나 은퇴한 뒤에. 그렇지만 톰 버틀러의 나이가 나보다 썩 많지도 않아. 그러니까 그 사람이 죽거나 은퇴하는 일은 조만간 일어나지도 않겠지. 그리고 그런 일이 일어날 즈음이면 나도 노인이 되어 있을 거야."

지난 몇 년 동안 그런 생각을 몇 번인가 한 적이 있었다. 미래에 대한 우울한 잿빛 전망. 그러나 소리를 내서 말한 것은 처음이었다. 그 순간, 내 입에서 나오는 말을 들으며 스스로도 놀랐다. 다른 사람의 입에서 나오는 말 같았다. 그 말이 가라앉을 때까지 잠시 말을 멈춰야 했다.

아내가 고개를 끄덕였다. 아내의 얼굴은 침착했고, 무표정했다. 나는 그 모습에 더 충격을 받았다. 내 말에 아내가 놀라지 않다니. 아내는 사료상에서 기대할 수 있는 내 미래에 대해 나만큼 잘 알고 있었던 것이다. 나는 아내가 무슨 말을 하기를, 어떻게든 내 말에 반박하기를 기다렸지만, 아내는 가만히 있었다.

내가 나직이 말했다.

"우리 아기에게 줄 수 있는 삶을 생각해봐. 안정, 특권."

아내를 흘긋 보았지만, 아내는 나를 보고 있지 않았다. 돈다발을 내려다보고 있었다. 나는 부지깽이로 장작을 계속 쑤셔댔다.

"이건 눈먼 돈이야. 아무도 몰라. 원하기만 하면 우리 돈이야."

"그렇지만 훔치는 거잖아. 잡히면 감옥에 가게 돼."

"우리가 저 돈을 갖는다고 피해를 볼 사람은 아무도 없어. 누가 해를 입어야 죄가 되지. 안 그래? 누가 해를 입어?"

아내가 고개를 가로저었다.

"법에 위배되니까 범죄인 거야. 누가 해를 입건 안 입건 상관없이 체포돼. 자기가 어리석은 일을 해서 결국 감옥에 가고 나 혼자 아이를 키우게 되는 걸 가만히 앉아서 보고만 있을 순 없어."

"그렇지만 좋은 의도로 돈을 가질 수도 있잖아. 그 돈으로 선행을 할 수도 있어."

나는 버둥거리기 시작했다. 나는 돈을 원했다. 아내도 돈을 원하게 하고 싶었다.

아내는 역겹다는 듯이 한숨을 쉬었다. 아내가 다시 입을 열었을 때, 목소리는 한 단계 올라가 있었다. 화가 난 것이었다.

"윤리적인 문제에 신경 쓰는 게 아니야. 체포될 게 걱정인 거지. 현실적인 건 그것뿐이야. 나머지는 그냥 말뿐이야. 잡히면 감옥에 가게 돼. 그럴 위험이 없다면 돈을 가지라고 하겠어. 하지만 분명 위험이 있으니까, 안 된다는 거야."

나는 그 말에 깜짝 놀라서 몸이 굳었다. 처음에는, 아내가 돈 갖기를 꺼린다면 그것은 비윤리적이라는 생각 때문이라고 추측했고, 그렇다면 어찌할 도리가 없다고 느꼈다. 비윤리적이라는 생각을 반박할 논리가 없다는 사실을 나도 잘 알고 있었다. 그러나 이제, 훨씬 단순한 이유 때문임을 깨닫게 됐다. 아내는 돈다발을 갖고 싶지만, 잡힐까 두려운 것이다. 처음부터 깨달아야 했다. 아내는 무엇보다 실용적인 면을 중요시하는 사람이었다. 내가 아내의 성격 가운데 가장 좋아하는 면이었다. 아내는 어떤 일이든 가장 근본적인 수준에서 그 일을 대했다. 돈을 가질지 말지에 대한 아내의 결정은 두 가지 단순한 조건에 따라 정해질 것이었다. 첫째는—내가 이미 언급했던 것으로— 우리 행동으로 해를 입을 사람이 아무도 없다는 확신이었다. 둘째는 우리가 어떤 곤경에도 처하지 않으리라는 확신이었다. 그밖에 다른 것은 모두, 아내의 말대로 그저 말뿐이며 중요한 문제를 흐트러뜨릴 뿐이었다.

나는 아내에게 내 계획을 들려주었다.

"우리가 범죄를 저질렀다는 유일한 증거는 돈뿐이야. 그대로 갖고 있으면서 무슨 일이 일어나는지 살피는 거야. 돈을 찾는 사람이 나타나면, 돈을 태울 거야. 그러면 돼."

아내는 입술을 내밀었다. 아내의 표정을 보자, 내가 탄탄한 거점을 확보했음을 알 수 있었다.

"위험은 없어. 주도권을 쥔 건 전적으로 우리야."

"위험은 언제나 있어."

"그렇지만 위험이 없다고 생각하면 돈을 가질 거지?"

아내는 대답하지 않았다.

"가질 거야?"

내가 밀어붙였다.

"벌써 단서를 많이 남겼잖아."

"단서?"

"눈 속의 발자국. 발자국이 도로에서 비행기로 곧장 나 있고, 다시 도로로 나 있을걸."

"내일, 눈이 온대."

내가 의기양양하게 맞받아쳤다.

"내일 밤이면 발자국은 사라져."

아내는 반쯤 고개를 끄덕이고 반쯤 어깨를 으쓱했다.

"조종사를 만졌다며?"

형이 보안관에게 비행기에 대해서 물었던 일이 떠올랐다. 얼굴이 찌푸려졌다. 그 일이 영리하기보다 다시 어리석게 느껴지기 시작했다.

아내가 말했다.

"어떤 이유로든 일단 의심을 받게 되면, 비행기에 다녀온 게 들통날 거야. 머리카락 한 가닥, 옷에서 나온 실 1센티미터만 있어도 될걸."

나는 손바닥을 쳐들었다.

"그렇지만 내가 왜 의심을 받아?"

답을 바란 질문이 아니었지만 아내는 재빨리 대답했다. 나는 아내가 입을 열기도 전에 그 입에서 무슨 말이 나올지 알 수 있었다.

"아주버님과 루 때문에."

"형은 괜찮아. 형은 뭐든 내 말대로 할 거야."

말을 하면서도 스스로 내 말을 확신할 수 없었다.

"루는?"

"돈이 우리 수중에 있는 한, 루는 우리 말을 따를 수밖에 없어. 언제라도 돈을 태워버리겠다고 으름장을 놓으면 돼."

"돈을 나눈 뒤에는?"

"위험 요소가 되겠지. 우리가 안고 살아야 할 짐이 되겠지."

아내가 얼굴을 찌푸렸다. 생각하느라 이마에 주름이 생겼다.

"작은 대가라고 할까."

내가 말했다. 아내는 여전히 아무 말도 하지 않았다.

"돈은 언제라도 태울 수 있어. 아주 막판에도 태울 수 있어. 아직 아무 문제도 없는데 지금 포기하는 건 바보짓이야."

아내는 조용했다. 그러나 나는 아내가 결론에 이르고 있음을 알 수 있었다. 나는 부지깽이를 스탠드에 다시 세워놓고, 돌아와서 돈다발 앞에 웅크리고 앉았다. 아내는 나를 보지 않았다. 자기 손만 내려다보고 있었다.

"비행기로 다시 가야 해. 가서, 돈을 조금 놓고 와야 해."

아내가 말했다.

"놓고 와?"

나는 아내의 말뜻을 이해할 수 없었다.

"일부만. 내일 아침 일찍 가야 해. 그래야 오후에 눈보라가 칠 때 발자국이 지워지지."

"돈은 우리가 갖는 거지?"

내가 물었다. 흥분의 전율이 살짝 내 온몸을 훑었다.

아내는 고개를 끄덕였다.

"50만 달러를 비행기에 두고, 나머지를 갖자. 그러면 비행기가 발견되었을 때, 먼저 다녀간 사람이 없는 듯이 보일 거야."

"액수가 너무 많잖아."

"그만큼은 가져가야 해."

"100만 달러의 반이야."

아내가 고개를 끄덕였다.

"그러면 삼등분할 때도 딱 떨어져."

"20만 달러를 떼도 딱 떨어져."

"그걸로는 부족해. 50만이 딱 좋아. 그렇게 큰돈을 보고 그냥 돌아설 사람은 없어. 그러니까 우리가 의심받을 일은 없지."

"내 생각에는……."

내가 말을 꺼냈지만, 아내는 내 말을 잘랐다.

"50만 달러야. 50만 달러를 비행기에 가져가거나, 전부 신고하거나, 둘 중 하나야."

나는 아내의 단호한 어조에 놀라서 아내를 흘깃 올려다보았다.

"우리가 붙잡히게 되면 그건 탐욕 때문이야."

아내가 말했다.

나는 잠시 깊이 생각했다. 그런 뒤에 마지못해 인정했다.

"알았어. 50만 달러."

나는 아내가 마음을 바꾸지 않을까 겁먹은 듯, 바로 그 자리에서 돈다발 쉰 개를 셌다. 신전에 제물을 바치듯이 아내 발치에 돈뭉치를 쌓고, 나머지는 더플백에 넣었다. 아내는 의자에 앉은 채 내 행동을 지켜보았다. 가방이 다 차자, 나는 끈을 꽉 당겨서 가방을 닫고 아내를 보며 미소를 지었다.

"만족해?"

아내는 파리를 쫓는 듯 모호한 손짓을 했다.

"우리가 잡히지 않아야 해. 그게 중요해."

나는 고개를 가로저으며 가방 너머로 몸을 숙여 아내의 손을 잡았다.

"그래, 잡힐 리 없어."

아내는 얼굴을 찌푸렸다.

"일이 잘못되면 돈을 태우겠다고 약속하는 거지?"

"그렇고말고."

나는 벽난로를 가리켰다.

"바로 저기서 태울게."

나는 우리 부부가 자는 침대 밑에 돈 가방을 숨겼다. 벽으로 쑥 밀어 넣고 빈 여행 가방 두 개를 그 앞에 놓아서 보이지 않게 가렸다.

우리는 늦게까지 잠을 자지 않고 텔레비전의 송년 방송을 보았다. 오케스트라가 '올드랭사인'을 연주할 때, 아내는 따라서 노래를 불렀다. 높고 떨렸지만, 아주 예쁜 목소리였다. 우리는 거품이 있는 사과 와인을 마셨다. 아기 때문에 무알코올 와인이었다. 자정이 되자 서로 새해 복 많이 받으라는 인사를 하며 건배를 했다.

잠들기 전에 우리는 사랑을 나눴다. 부드럽게, 천천히. 아내가 내 위에 올라앉았다. 아내의 묵직한 아랫배가 내 복부에 닿았고, 아내의 젖가슴은 내 얼굴 위 어둠 속에서 크고 무겁게 흔들렸다. 나는 양손으로 아내의 젖가슴을 조심스레 잡고 손가락 끝으로 젖꼭지를 비틀었다. 아내의 가슴 깊은 곳에서 동물 같은 낮은 신음이 희미하게 흘러나왔다. 아내의 신음을 들으며 아기를 생각했다. 양수가 가득한 풍선 속에 갇힌 채 아내의 몸속에서 흔들리며 태어나기를 기다리고 있는 아기의 모습을 떠올렸다. 그러자 그 모습에, 기묘하고 에로틱한 흥분을 느꼈고, 살 갖에 전율이 일었다.

아내는 내 옆에 바로 누워서 불룩 솟은 자기 배에 내 손을 대고 있었다. 담요 속에서도 나는 몸을 아내에게 딱 붙이고 있었다. 방은 추웠다. 창유리 가장자리에 성에가 끼고 있었다.

나는 아내가 잠들었는지 알아보려고 숨소리에 귀를 기울였다. 느리고 일정한 숨소리였다. 잠들었을지도 모른다는 신호였지만, 몸은 무슨 일이 일어날지 열심히 귀를 기울이고 있는 듯, 딱딱하게 긴장되어 있었다. 나는 깃털처럼 가벼운 손길로 아내의 배를 쓰다듬었다. 반응이 없었다.

우리 바로 아래 바닥에 놓여 있는 돈 가방을, 까마귀로 가득한 과수원과 얼음 가운데 어두운 비행기 안에 있는 죽은 조종사를 생각하며, 나도 서서히 잠들기 시작했다.

그때 아내가 고개를 돌리고 무어라 속삭였다.

"뭐라고?"

나는 잠에서 애써 깨면서 물었다.

"그냥 태웠어야 하는 게 아닐까?"

나는 팔꿈치를 대고 윗몸을 일으킨 뒤 어둠 속에 있는 아내를 내려다보았다. 아내가 눈을 깜박이며 나를 올려다보았다.

"이런 일이 잘됐다는 이야기는 들어본 적이 없어."

나는 아내 배에 댔던 손을 들어서 아내 얼굴에 내려온 머리카락을 쓸어넘겼다. 아내의 피부는 아주 하얘서 빛이 나는 것 같았다.

"잘될 거야. 우리는 우리가 하는 일을 정확히 알고 있잖아."

아내는 고개를 가로저었다.

"아니. 우리는 그냥 보통 사람이야. 약삭빠르지도 않고, 똑똑하지도 않아."

"우리는 똑똑해."

나는 아내의 얼굴을 손으로 어루만지며 눈을 감겼다. 그런 다음, 아내의 베개에 머리를 누이고, 아내의 따뜻한 품속으로 파고들었다.

"우리는 안 잡혀."

정말 우리가 잡히지 않으리라고 믿었는지는 지금 나도 모르겠다. 분명, 그때에도 나는 우리가 하려는 일의 위험을 잘 알고 있었으며, 아직 다가오지 않은 온갖 역경들을 헤아리면서 두려움도 느꼈다. 형과 루와 보안관과 비행기를 비롯해서, 생각만 해도 문제가 생겨서 발각되지 않을 수 없을 것 같은 일이 수백 가지였다. 가장 밑바탕에서는, 범죄를 저지르고 있다는 이유로 겁먹었던 게 분명했다. 범죄는 이전에 생각조차 해본 적 없는 일이었다. 내 경험의 영역을 훨씬 뛰어넘는 일이므로, 그 자체만으로도, 오라처럼 그 주위에 온통 붙어 있는 처벌에 대한 두려움이 아니더라도 잘못된 느낌이 들었다. 그러나 지금 되돌아보니, 그때에는 이런 생각들이 지금처럼 큰 무게를 지니지 않았다. 지금 생각하니, 그때 나는 행복했다. 안전하다고 느꼈던 것 같다. 새해 전날이었다. 나는 서른 살이었고, 결혼 생활도 만족스러웠고, 곧 태어날 첫 아이도 있었다. 아내와 나는 함께 몸을 감고 침대에 누워 있었다. 방금 사랑을 나눴고, 우리 밑에는 말 그대로 보물처럼 숨겨진 440만 달러가 있었다. 잘못된 일은 아직 아무것도 없었다. 모든 것이 새로웠고, 앞날은 밝았다. 이제 되돌아보면, 그때가 여러 면에서 내 인생의 완전한 정점이었다고 말할 수 있다. 이전의 모든 것이 발전되어 상승한 상태고, 이후의 모든 것은 하락하는 지점. 지금 돌아보니, 그때에는 우리가 벌인 일로 벌을 받을지도 모른다는 생각을 전혀 할 수 없었다. 우리 범죄는 너무 사소해 보였고 우리 행운은 너무 커 보였다.

아내가 한참 동안 침묵을 지키다가 마침내 입을 열었다.

"약속해."

그리고 내 손을 잡아서 자기 배 위에 댔다. 나는 고개를 돌려서 아내의 귀에 속삭였다.

"잡히지 않겠다고 약속할게."

그런 뒤에 우리는 잠이 들었다.

3

이튿날 아침, 8시에 잠에서 깼다. 아내는 벌써 침대에서 나가고 없었다. 욕실에서 샤워하는 소리가 들렸다. 나는 아직 잠에서 덜 깬 채 따뜻한 이불 속에 그대로 몸을 웅크리고, 수압으로 끼익하는 수도관 소리를 들었다.

내가 자란 집의 수도관에서도 누가 수도꼭지를 틀 때마다 비슷한 소리가 났다. 어릴 적 형은 나에게 그 소리가 벽 속에 갇힌 유령이 빠져나가려고 신음하는 소리라고 말했고 나는 그 말을 믿었다. 어느 밤, 우리 어머니와 아버지가 술을 마시고 집에 와서 주방에서 춤을 추기 시작했다. 내가 예닐곱 살 때였을 것이다. 시끄러운 소리에 잠에서 깬 나는, 어머니와 아버지가 서로 껴안은 채 의자에 부딪히고 아버지의 머리가 뒤로 젖혀지면서 벽에 주먹만 한 구멍을 내는 바로 그 순간, 주방을 들여다보게 됐다. 나는 깜짝 놀라서 쌓아놓은 신문지를 들고 주방으로 달려들었다. 유령들이 빠져나오기 전에 구멍을 막기 위해서였다. 그리고 내 모습—깡마른 아이가 자다 깨서 머리가 엉클어진 채 잠옷 차림으로 겁을 내며 미친 듯이 벽을 신문으로 틀어막는 모습—에 둘은 마구 웃어댔다. 부끄럽고 창피한 기분이 무엇인지 처음으로 깨달았던 순간이었다. 그러나 그날 아침, 어릴 적 일을 되돌아볼 때, 어머니와 아버지에게 쓸쓸한 마음은 전혀 들지 않았다. 그저 기묘한 향수와 그리움 같은 것만 느껴졌다. 나는 잠에서 덜 깬 채 내가 어머니와 아버지를 그리고 있음을 깨달았다. 반쯤 꿈에 잠긴 채 생각이 붕붕 떠다녔다. 그래서 어머니와 아버지를 떠올리자, 두 사람이 어찌어찌하여 아내와 나의 공간을 차지하고 있었다. 임신한 젊은 우리 어머니가 욕실에서 씻고 있고, 우리 아버지는 이불 속에 누워서 기다리고 있었다. 커튼은 내려져 있고, 방은 어둑어둑하고, 아버지는 머리 위 벽 뒤에서 조용히 끼익끼익 하는 수도관 소리를 듣고 있었다.

나는 우리 부모를 늘 그렇게 떠올렸다. 함께 결혼 생활을 방금 시작한 젊은—나와 사라처럼—부부. 회상이라기보다 상상이었다. 내가 태어난 뒤로 얼마 지나지 않아서 상황이 나빠졌으니, 내가 우리 어머니 아버지에게서 받은 기억들, 진짜 기억들, 저절로 떠오르는 기억들은 두 사람이 이미 나이 들었을 때, 두 사람 다 술을 너무 많이 마시고 있었을 때, 농장이 몰락해갈 때의 것들이었다.

내가 살아있는 아버지의 모습을 마지막으로 보았을 때 아버지는 술에 취해 있었다. 어느 아침, 아버지가 사료상으로 나를 찾아왔다. 아버지는 부끄럽고 창피한 듯 입을 열었다. 언제 집에 들러서 아버지의 회계 장부를 보아줄 수 없는지 물어보러 온 것이었다. 나는 기꺼이 그러겠다고 했다. 나도 약간 부끄러웠지만 한편으로는 뿌듯하기도 했다. 아버지가 나에게 도움을 청한 것은 처음이었기 때문이다.

그날 저녁, 퇴근하자마자 아버지의 농장으로 차를 몰고 갔다. 아버지는 주방 바로 옆에 작은 서재 공간을 만들어서, 포커를 칠 때 쓰는 간이 탁자를 두고 책상으로 썼다. 나는 거기서 오십 분 동안 아버지의 재정 상태를 확인했다. 아버지는 커다란 가죽 표지 원장에 계산서를 모아두었다. 서둘러 갈겨쓴 숫자들, 칸이 안 맞는 기록들, 여백에 알아볼 수 없이 쓴 수치들이 어지럽게 쌓인 장부였다. 아버지는 대부분을 잉크로 썼고 실수를 했을 때에는—아주 자주 나타났는데—지우지 않고 글자 위에 줄을 찍찍 그었다. 이 무질서의 늪만 보아도, 우리 부모가 농장을 잃게 될 처지임을 금방 확실히 알 수 있었다.

어머니 아버지가 곤경에 처했음은 나도 알고 있었다. 내 머리에 기억이라는 게 남아 있는 시절부터 줄곧 그래 왔다. 그러나 이렇게 손을 못 쓸 지경에 이르리라고는 상상하지 않았다. 밀리지 않은 돈이 없었다. 전기요금, 전화요금, 수도요금, 보험비, 병원비, 세금. 가축을 전혀 키우지 않는 게 다행이었다. 그랬다면 라이클리 사료상에도 빚이 있었을 것이다. 빚은 수확기 수리비, 기름값과 종자비, 비료값이었다. 물론 그냥 두어서 좋을 것은 없지만, 그래도 현금 빚일 뿐이었다. 결국에는 갚아야 하겠지만 그것 때문에 농장을 잃게 되지는 않는다. 부동산을 빼앗아가는 것은 은행이다. 아버지는 은행에 큰 빚을 졌다. 지나치게 대출을 받았고 관리도 잘 못했다. 집을 저당 잡히고, 땅을 저당 잡혔다. 이제 몇 주 사이에 둘 다 잃게 될 판이었다.

나는 뭐라 말을 꺼내기 전에 잠시 일을 했다. 칸에 맞춰서 숫자를 정리하고, 자산에서 차변을 기입하고, 합계를 냈다. 아버지는 내 뒤, 스툴에 앉아서 어깨너머로 보고 있었다. 아버지와 어머니는 이미 저녁을 먹었고, 아버지는 이제 주스잔에 위스키를 따라서 마시고 있었다. 서재 문은 열려 있어서, 어머니가 주방에서 설거지하는 소리가 내 귀에 들렸다. 마침내 내가 연필을 내려놓고 몸을 돌려서 아버지를 마주 보았을 때 아버지는 나를 보며 미소를 지었다. 아버지는 몸집이 크고 뚱뚱했다. 배도 상당히 나왔다. 금발 머리는 벗어져 있었다. 얼굴에 비해서 작은 눈은 옅은 파란색이었다. 아버지가 술을 너무 많이 마셨을 때는 그 두 눈에서 눈물이 조금 흘렀다.

"어떠냐?"

"담보권을 행사할 거예요. 올해 말까지 기한을 줄 것 같지 않네요."

나는 아버지가 그렇게 예상하고 있었음을 알 수 있었다. 아버지는 알고 있을 수밖에 없었다. 은행이 몇 달 동안 아버지를 위협해왔을 것이었다. 그러나 지금 생각하면, 아버지는 내가 빠져나갈 구멍을 찾아주기를 기대했던 것 같다. 가방끈이 짧고, 복잡한 회계에 익숙하지 않아서 아버지가 못 발견한 탈출구를 내가 찾아주기 바랐던 것 같다. 아버지는 스툴에서 일어서서 문 앞으로 가더니 문을 닫고 다시 스툴에 앉았다.

"어떻게 할까?"

아버지가 물었다. 나는 두 손을 들었다.

"어쩔 도리가 없을 것 같아요. 너무 늦었어요."

아버지는 그 말을 곰곰 생각하면서 얼굴을 찌푸렸다.

"그렇게 더하고 빼고를 계속하고도 도울 방법을 모르겠다는 말밖에 못 하냐?"

"여기저기 빚을 진 곳이 너무 많아요. 그 사람들한테 다 갚을 길이 없잖아요. 못 갚으면 농장을 내놓아야죠."

"농장은 못 내놓는다."

"은행에서 상담해보셨어요? 은행이⋯⋯."

"은행이라."

아버지가 코웃음을 쳤다.

"넌 내가 은행에 이 농장을 넘겨줄 거라고 생각하냐?"

그제야 나는 아버지가 취했다는 것을 알았다. 심하게 취한 것은 아니고, 혈관으로 술이 따뜻하게 흐르면서 수면제처럼 지각 능력을 무디게 하고 반응 능력을 약하게 하는 것을 아버지 스스로 느낄 정도로 취했다.

"선택의 여지가 없어요."

내 말에 아버지는 손을 내저었다.

"선택의 여지가 많아."

아버지는 일어서서 잔을 스툴 위에 놓았다.

"네가 보고 있는 건 이 숫자들뿐이야. 그렇지만 그건 이야기의 반도 안 돼."

"아버지, 어쩔 수 없이 그렇게 해야……."

아버지는 고개를 가로저으며 내 말을 막았다.

"해야 할 일은 없다."

나는 입을 다물었다.

"나는 자러 간다. 네가 저 문제를 해결할 방법을 찾을 수 있지 않을까 해서 그냥 깨어 있었던 것뿐이야."

나는 서재에서 아버지를 따라나서며 할 말을 떠올리려 애썼다. 아버지와 어머니가 생각해야 할 일들이 있었다. 살 곳을 새로 찾는 것도 큰일이었다. 그러나 나는 그런 이야기를 꺼낼 방법을 찾을 수 없었다. 우리 아버지가 아닌가. 아들인 내가 그런 충고를 해보아야, 아버지를 욕되게 하는 일만 될 것 같았다.

어머니는 여전히 주방에 있었다. 설거지는 다 마치고 조리대를 닦고 있었다. 지금 생각하니, 어머니는 아버지와 내가 일을 끝내고 나오기를 기다리고 있었던 것이 틀림없다. 우리가 나타나자 곧장 수세미를 놓고 우리 옆으로 왔기 때문이다. 아버지는 어머니를 그냥 지나쳐서 계단으로 갔다. 나는 아버지를 따라가려 했다.

"가지 마."

어머니가 나를 막으며 속삭였다.

"아버지는 괜찮을 거다. 잠이 좀 부족한 것뿐이야."

어머니는 내 팔꿈치를 잡고 대문으로 밀었다. 어머니는 체구가 작았지만 역시 힘이 셌고 다른 사람에게 자신이 원하는 바를 정확히 알렸다. 그 순간 어머니는 내가 집에 가기를 바랐다.

나는 떠나기 전에 현관에서 잠시 어머니와 이야기를 나누었다. 바깥은 가랑비가 내리고 추웠다. 어머니가 포치에 불을 켜자 세상이 다 반짝였다.

"엄마도 알고 있어?"

어머니는 고개를 끄덕였다.

"어떻게 할지 아버지랑 의논해봤어?"

"우리가 알아서 할게."

어머니가 조용히 말했다.

어머니의 침착한 모습과 아버지의 부인하는 모습에 나는 당황하지 않을 수 없었다. 두 사람은 얼마나 큰 곤경에 빠졌는지 전혀 모르는 것 같았다.

"엄마, 상황이 심각해. 앞으로 우리는……."

"다 괜찮아. 뚫고 나갈 수 있어."

"내가 몇천 달러쯤 보낼게. 어쩌면 대출도 받을 수 있을 거야. 내가 은행에 부탁할 만한 사람을 찾아볼게."

어머니는 고개를 가로저었다.

"나랑 네 아버지랑 조금 희생하면 돼. 그러면 돼. 우리 둘이 알아서 할 수 있어. 넌 걱정 마라."

어머니는 미소를 짓고, 나에게 입을 맞추라고 볼을 내밀었다.

내가 어머니의 볼에 입을 맞추자, 어머니는 덧문을 위로 올렸다. 나는 어머니가 이야기하기 꺼리는 것을, 내 도움을 받지 않으리라는 것을 알 수 있었다. 어머니는 나에게 가라고 손짓했다.

"빗길 조심해. 비 때문에 길이 미끄러울 거야."

나는 가랑비를 뚫고 차로 달려갔다. 차 안으로 들어가는 사이, 뒤의 포치 불빛이 꺼졌다.

이튿날 아침, 출근한 뒤에 아버지에게 전화를 했다. 아버지에게 시내로 오라고 할 생각이었다. 같이 은행에 가서 지점장과 의논하고 싶었다. 그러나 아버지는 싫다고 했다. 아버지는 나에게 염려해주어서 고맙다고 했다. 그런 다음, 내 도움이 필요하면 부탁하겠다고, 부탁이 없으면 만사가 다 잘되고 있다고 생각하라고 했다. 아버지는 그렇게 말하고 전화를 끊었다.

그것이 아버지와 나눈 마지막 대화였다. 이틀 뒤 아버지는 세상을 떠났다.

아내가 샤워기를 껐다. 그러자 갑작스러운 침묵을 깨뜨리기 위해서인 듯, 목소리 하나가 내 머릿속에서 속닥거렸다.

'묘지에 안 갔잖아.'

새해 첫날이었다. 즉 형과 나는 무덤에 들르지 않고 한 해를 보낸 것이다. 나는 그 일을 떠올리며 그 중요성을 깊이 따져보았다. 내가 보기에는 무덤에 들르는 것보다 그 의례, 그 간단한 추모 의식 밑에 깔린 생각이 중요한 듯했다. 우리가 실제로 무덤에 모습을 드러냈다고 해서 달리 얻을 수 있는 것은 아무것도 없었다. 게다가 한나절이면 할 수 있는 일이었다. 오후에 갈 수도 있었다. 약속보다 스물네 시간 늦을 뿐이었다. 상황을 고려해서 그 정도 늦는 것은 아버지도 용서할 것이라고 나는 확신했다.

그러나 그러자, 그와 동시에, 나는 깨달았다. 무덤을 들르는 일은 그 약속을 철저히 지킬 때, 즉 우리가 해마다 특정한 날의 오후 시간을 무슨 일이 있어도 비워놓고 어떤 외부의 방해도 막고 아버지와 어머니를 추모하는 데 전적으로 쏟을 때, 비로소 중요한 의미를 띨 수 있었다. 사소한 불편이 있기 때문에 그 일이 그만큼 무게를 가질 수 있었다. 새해는 경계선이며 데드라인인데 우리는 그것을 넘겼다.

나는 약속을 어긴 잘못을 벌충할 방법들을 생각하기 시작했다. 어느 방법이든 올해에는 무덤에 더 자주 들르는 것이 조금씩 형태를 달리한 것이었다. 매달 한 번씩 열두 번을 가는 것까지 올라가고 있을 때 아내가 욕실에서 돌아왔다.

아내는 머리에 두른 노란 수건을 빼고 알몸이었다. 가슴이 완전히 불어나서 작은 체구에 우스꽝스러워 보일 정도였다. 사춘기 소년이 그린 낙서 같았다. 젖꼭지는 선명한 진홍빛으로, 핏기 없이 하얀 피부 위에 있으니 딱지 두 개가 앉은 듯이 보였다. 배는 무겁게 아래로 처져 있었다. 걸을 때에는 양손으로 배 아래를 받쳤는데, 자연스럽게 나온 자신의 몸을 안은 것이 아니라 선물 상자를 안고 가는 듯했다. 아내는 어색하고 서툴러 보였다. 아내가 기품 있게 보일 때는 쉬는 순간뿐이었다. 그 기품도 임신 팔 개월째인 자기 몸무게를 견디고 있는 기묘한 품위, 동물적인 우아함이었다. 나는 아내가 창으로 어깆어깆 걸어가서 커튼을 한 번에 한 쪽씩 여는 모습을 지켜보았다.

방이 희끄무레하게 밝아졌다. 찌푸린 하늘은 추워 보였다. 창 너머 나무들은 검고 헐벗었다.

나는 반쯤 눈을 감고 있었다. 아내는 침대로 눈길을 돌렸지만 내가 잠에서 깬 것은 눈치 못 챈 듯했다. 머리에 감았던 수건을 풀고, 몸을 숙여서 머리를 닦았다. 나는 창틀이 액자인 양, 창 너머 겨울 하늘을 배경으로 액자 속 그림처럼 들어 있는 아내의 몸을 지켜보았다.

"묘지에 들르는 걸 잊었어."

내 말에 아내가 깜짝 놀라서 고개를 들었다. 몸은 여전히 약간 숙인 채였다. 그러다가 다시 머리를 닦기 시작했다. 아내는 힘껏 머리를 닦았다. 수건이 두피에 닿는 소리만 들렸다. 머리를 다 닦자, 몸을 펴고 가슴에 수건을 감았다.

"묘지는 오늘 오후에 가면 돼. 비행기에 다녀온 뒤에."

아내가 말했다. 그러고는 다가와서 침대에 걸터앉았다. 다리를 넓게 벌리고, 손바닥으로 등 뒤쪽 바닥을 짚어서 팔로 체중을 지탱했다. 나는 아내를 더 잘 보려고 윗몸을 일으켜 앉았다. 아내가 나를 보더니 손으로 입을 가렸다.

"어머, 세상에. 피투성이야."

나는 손을 올려서 혹을 만졌다. 혹은 거의 사라졌지만, 혹에서 이마로 넓게 퍼진 피가 굳어 있었다.

"밤사이 피가 났나봐."

내가 말했다.

"아파?"

나는 손가락 끝으로 상처를 확인하며 고개를 가로저었다.

"거의 나은 것 같아."

아내는 고개를 끄덕였지만 아무 말도 하지 않았다.

"새가 내 눈을 쪼았다고 생각해봐."

내가 말했다.

아내가 내 이마를 살폈다. 그러나 다른 곳에 정신이 팔린 표정이었다. 나는 아내가 다른 생각에 빠져 있음을 알 수 있었다.

"아주버님한테 비행기로 다시 간다고 말해야 해. 아주버님이랑 같이 가도 되고."

"왜?"

"그게 현명한 방법인 것 같아. 아주버님이나 루가 차를 몰고 지나가다가, 우리 차가 공원 옆에 서 있는 걸 보면 안 돼. 절대 안 돼. 그러면 아주버님이나 루는 일이 벌어졌다고, 속고 있다고 생각할 테니까."

"형이나 루한테 들킬 리가 없어. 내가 다 마치고 올 시각에도, 두 사람은 여전히 자고 있을걸."

"조심하자는 거야. 지금부터는 무조건 조심해야 해. 항상 앞일을 생각해야 해."

나는 잠시 생각했다. 그러다가 반쯤 진심으로 고개를 끄덕였다. 아내는 내가 시비 걸기를 기다리듯이 나를 빤히 지켜보고 있었다. 내가 그러지 않자, 아내는 이불 아래로 내 다리를 살짝 꼬집었다.

"그렇지만 돈을 돌려놓는다는 말은 아주버님한테 하면 안 돼. 옷 속에 돈을 숨겨서 비행기 안에는 자기 혼자만 들어가."

"형이 다시 가서 그 돈을 훔칠지도 모른다는 말이야?"

"그럴 수도 있지. 아주버님도 사람이야. 그런 행동은 너무나 당연해. 아니면 아주버님이 루에게 얘기할지도 모르지. 루라면 돈을 훔치고도 남아."

아내는 손으로 머리카락을 쓸어 넘겼다. 물에 젖은 머리카락은 실제보다 더 짙게, 거의 갈색으로 보였다.

"그렇게 해두면 걱정 없어. 돈은 확실히 거기 있을 거고, 돈이 거기 있는 한, 우리는 안전해."

아내가 내 발을 어루만졌다.

"됐지?"

내가 고개를 끄덕였다.

"그래."

아내는 웃으며 나를 향해 침대 위로 몸을 움직이더니 앞으로 몸을 숙여서 내 코에 입을 맞추었다. 레몬 향 같은 샴푸 냄새가 났다. 나는 답례로 아내의 입술에 입을 맞추었다.

샤워를 하려고 일어났다. 아내는 진녹색 임산부용 옷을 입고 아래층으로 아침을 만들러 갔다.

물을 틀고 더운물이 제대로 나올 때까지 기다리는 사이, 거울로 가서 이마를 살폈다. 정확히 가운데에 작은 구멍이 있었다. 여드름 흉터보다 크지 않았다. 그 구멍에서 나선형으로 피가 말라붙어서, 과녁 정중앙처럼 그 구멍을 강조했다.

거울에 김이 서리기 시작할 때까지 계속 내 모습을 뚫어져라 보았다. 엄지손가락으로 피를 좀 닦고 잠옷을 벗었다. 무겁고 몽롱했다. 내 몸이 오늘이 새해 첫날인지 알고, 내가 숙취에 시달리고 있을 것이라고 자동적으로 가정하고 있는 듯했다.

샤워기 아래로 들어가려고 준비하는 동안 욕실에 수건이 없는 것을 알아차렸다. 수건을 가져오려고 문을 열자, 아내가 등을 돌리고 웅크려 앉아 있었고, 더플백이 아내 옆, 바닥에 놓여 있었으며, 돈다발이 카펫에 쌓여 있었다.

내가 방으로 들어가자 아내는 고개를 돌려서 나를 올려다보며 죄지은 듯한 미소를 지었다. 아내의 표정을 보자 의심이 섬광처럼 온몸을 스쳤지만, 그 즉시 아무 근거 없는 의심임을 깨달았다. 아내가 아래층 주방에 있을 것이라고 생각하고 있었는데, 침실에서 돈 옆에 있는 아내를 보게 되어서 그저 놀랐을 뿐이었다. 그리고 일순 나는 느꼈다. 내가 어떻게든 아내를 오해했다. 아내가 잘못한 양 함부로 몰아붙였다.

"수건이 없어."

나는 문간에 미동도 없이 서 있었다. 벌거벗으니 바보가 된 기분이었다. 옷을 벗은 채 돌아다니는 것은 딱 질색이었다. 아내 앞이라도 싫었다. 나는 내 몸이―그 생김새, 체격, 피부색 등이― 부끄러웠다. 아내는 정반대였다. 특히 더운 여름날이면, 아내는 집 안에서 옷을 다 벗고 돌아다니기를 좋아했다.

"아, 미안. 내가 갖다준다는 게 그만……."

아내는 그렇게 말하면서도 일어서지 않았다. 양손에 돈다발을 하나씩 쥐고 있었다. 나는 복도로 걸음을 옮기려다가 멈췄다.

"뭐 하고 있어?"

아내는 더플백 쪽으로 고개를 끄덕였다.

"순서대로인지 확인하려고."

"순서대로?"

"은행 강도가 훔친 돈이면 지폐 일련번호가 순서대로일 거야. 그런 돈은 못 써."

"순서대로야?"

아내는 고개를 가로저었다.

"전부 헌 돈이야."

나는 바닥에 놓인 돈다발들을 내려다보았다. 아주 잘 정리되어 있었다. 한 줄에 다섯 개씩 쌓여 있었다.

"가방에 넣는 것, 도와줄까?"

내가 물었다.

"아니. 아직 세는 중이야."

"세?"

아내가 고개를 끄덕였다.

"벌써 셌어. 형과 루와 내가 어젯밤에 셌어."

아내는 어깨를 살짝 으쓱했다.

"나도 세어보고 싶었어. 내가 직접 세어보지 않으면 실감이 전혀 안 날 것 같아."

내가 샤워를 마치고 나오자, 아내는 아래층으로 내려가고 없었다. 주방에서 달그락거리는 소리가 들렸다. 나는 침대 옆에 웅크리고 앉아서 침대 아래를 살폈다. 빈 여행 가방 하나를 옆으로 치웠다. 더플백은 거기 있었다. 안전하게, 벽에 딱 붙어서, 내가 전날 밤 넣어둔 그 모습 그대로.

나는 여행 가방을 다시 제자리로 밀고 재빨리 옷을 입은 뒤 서둘러 아래층으로 아침을 먹으러 갔다.

아침을 먹은 뒤, 형에게 전화를 걸어서 비행기에 다시 가야 한다고 말했다.

"비행기에 다시 가?"

형이 물었다. 아직 잠도 다 깨지 않은, 취한 목소리였다.

"혹시 두고 온 게 없는지 확인해야 해."

나는 주방에 있었다. 아내는 식탁에 앉아서 아기 스웨터를 뜨며 내 통화를 듣고 있었다. 전날 밤 내가 세어둔 돈이 아내 옆에 쌓여 있었다.

"두고 왔을 게 뭐 있어?"

형이 물었다. 형의 모습이 눈에 선했다. 얼굴은 붓고 수염이 무성한 채 전날 밤 입었던 옷차림 그대로, 좁은 아파트 침대에 누워 있겠지. 더러운 이불이 발치에 뭉쳐져 있고 창은 커튼에 덮여 있고 실내에는 시큼한 맥주 냄새가 떠돌겠지.

"어제는 신경을 못 썼잖아. 다시 가서 살펴봐야 해."

"뭐가 걱정인데?"

"루 형이 맥주 캔을 놓고 왔어."

형은 진력나고 짜증 섞인 목소리를 냈다.

"루의 맥주 캔?"

"내가 조종사를 건드리기도 했어. 처음 자세 그대로 돌려놓아야 해."

형은 전화기에 대고 한숨을 쉬었다.

"내가 비행기 바닥에 피를 흘렸을지도 몰라."

"피?"

"이마에서 난 피. 피가 큰 단서야. 지문보다 심각해."

"맙소사. 피 한두 방울을 누가 알아차려?"

"요행을 바라면 안 돼."

"거기까지 걸어가는 일은 사양하겠……."

"다시 갔다 와야 해."

내가 목소리를 높였다.

"형이 게으름 피우느라 일을 망치는 걸 내가 보고만 있을 것 같아?"

의도한 것보다 훨씬 격한 목소리가 나왔고, 내 말을 듣고 있는 두 사람에게 즉각적인 효과를 나타냈다. 아내는 깜짝 놀란 표정으로 나를 올려다보았다. 형은 아무 말도 없었다.

내가 아내를 보며 안심하라는 미소를 짓자, 아내는 다시 뜨개질을 시작했다.

"내가 차를 가지고 형 집으로 갈게. 그 일을 마친 뒤에 묘지에 가자."

형의 낮은 신음은 점차 뜻을 갖춘 말이 되었다.

"알았어."

"한 시간 안에 갈게."

"루한테 전화할까?"

나는 조그마한 노란색 스웨터를 뜨고 있는 아내를 바라보며 잠시 따져보았다. 루와 함께, 특히 숙취에 시달리는 루와 함께 오전 시간을 보낼 생각은 전혀 없었다.

"아니. 루 형까지 같이 갈 필요는 없어."

"그렇지만 루에게 우리가 다녀온다는 말은 해도 되지?"

"물론이지. 이 일에서 우리는 하나야. 비밀을 만드는 건 절대 안 될 일이지."

형에게 들키지 않게 돈을 숨길 방법을 찾기란 쉽지 않았다. 돈다발 쉰 개였다. 내 몸에 작은 문고본 책 쉰 권을 숨기는 셈이었다. 주머니를 채우고, 소매에, 양말에, 허리띠 뒤에 처박았다. 그러나 내 몸 어딘가 수상쩍게 부풀어올랐고, 옷이 처지고, 속에 무엇을 넣은 게 드러났다. 그래도 더는 넣을 자리가 없는 돈다발이 몇 개 남았다.

"안 되겠어."

마침내 내가 말했다.

우리는 계속 주방에 있었다. 파카를 입고 있어서 몸에 열이 났다. 짜증도 났다. 옷 속에 넣은 돈다발 때문에 몸이 무거웠다. 움직임 하나하나가 로봇처럼 어색했다. 아내와 나는 둘 다 장갑까지 끼고 있었다.

아내는 몇 걸음 물러서서 나를 아래위로 살폈다. 표정을 보니 내 모습이 형편없는 게 틀림없었다.

"그냥 가방에 넣어서 가져가면 안 될까?"

"가방? 가방은 안 돼. 형한테는 뭐라고 말해?"

파카 지퍼를 내렸다. 돈다발 세 개가 빠져나오며 연달아 툭툭 바닥에 떨어졌다. 나는 아내가 무릎을 쪼그리며 앉아서 돈을 집는 모습을 지켜보았다.

"돈을 좀 줄여서 가져가자."

아내는 내 말을 무시했다.

"방법을 찾았어."

아내는 그 말을 남기고 돌아서서 서둘러 걸어나갔다.

나는 주방에서 뚱뚱한 허수아비처럼 양팔을 양옆으로 뻣뻣이 뻗은 채 기다렸다. 아내는 작은 냅색을 들고 돌아왔다.

"앞으로 매는 아기 포대기야."

아내가 냅색을 내 앞에 내밀었다. 보라색 나일론 천 포대기로, 앞에는 공룡 만화가 그려져 있었다. 아내는 아주 흡족한 표정이었다.

"카탈로그를 보고 주문했어."

나는 파카를 벗었다. 어깨에 포대기를 메고, 배에 닿을 때까지 끈을 늘렸다. 아내는 쓰레기를 담는 비닐봉지에 돈을 싼 뒤—비행기에 갔을 때 돈다발들을 흩뿌릴 수는 없었으니까— 포대기 안에 비닐봉지를 넣었다. 나는 파카 지퍼를 올렸다. 배가 확실히 불룩했다. 그러나 파카가 큼직해서 가려졌다.

"조금 살쪄 보이네."

아내가 내 배를 톡톡 두드리며 말했다.

"그렇지만 아주버님은 전혀 못 알아차릴 거야."

"살쪄 보이는 게 아니라 임신한 것처럼 보이네. 자기처럼 보여."

내가 말했다.

아셴빌은 작고 볼품없는 동네다. 도로는 정말로 딱 두 개다. 메인스트리트와 타일러스트리트가 만나는 교차로에는 노란 불이 늘 깜박인다. 교차로 네 모퉁이에는 이 작은 마을의 필수 시설이 각기 자리 잡고 있다. 시청, 라이클리 사료상, 세인트주드 감독교회, 아셴빌 저축은행. 이 네 건물 주위, 타일러스트리트와 메인스트리트의 양옆을 따라, 잡다하게 모인 일층이나 이층 건물 들이 나머지 기능들을 맡고 있다. 우체국, 자원봉사 소방서, 작은 식료품점, 주유소, 약국, 식당, 잡화상, 세탁소, 술집 두 곳, 총포점, 피자 가게.

일률적인 회색 건물들, 그 거대한 하나의 폐허 덩어리를 볼 때마다 나는 우울해질 수밖에 없었다. 판자로 된 건물 옆면에는 페인트가 털갈이를 하듯 벗겨져서 나무껍질을 드러내고 있었고, 깨진 창유리들은 누렇게 바랜 신문으로 덮여 있었다. 홈통은 늘어지고, 셔터는 바람에 덜컹거리고, 지붕에 점점이 뚫린 커다란 검은 구멍들은 폭풍우에 날려서 빈 공간이 된 지붕널 자리를 드러내고 있었다. 가난한 마을이었다. 육십 년 전, 대공황 전에 최고의 전성기를 누렸던 농촌 마을. 1930년 이후로 인구조사 때마다 인구가 계속 감소한 마을. 그리고 그곳은 이제, 그 주위 땅에 거머리처럼 들러붙어서, 가느다란 삶을 유지만 할 수 있을 정도의 영양분을 빨며 초췌한 모습으로 웅크린 채 죽어가고 있었다.

내가 형의 집 아래층 잡화상 앞에 차를 댔을 때는 9시 반이었다. 아셴빌은 조용했다. 보도는 거의 텅 비어 있었다. 구름에 가린 희미한 햇빛 때문에 마을에는 지치고 무기력한 분위기가 감돌았다. 마을은 마치 그 주민들 대부분처럼 숙취를 앓고 있는 듯, 비틀거리는 다리와 바싹 마르고 입맛이 쓴 입으로 새해를 맞고 있었다. 도로를 따라 줄지어 선 가로등 기둥에 크리스마스 장식들이 매달려 있었다. 눈사람, 산타클로스, 순록, 막대 사탕 등 요란스러운 초록, 빨강, 하양 장식들. 벼룩시장에서 볼 수 있는 물건처럼 낡고, 후줄근하고, 추레한 모습이었다.

형은 주차 미터기에 기대선 채 메리 베스와 함께 도로에서 기다리고 있었다. 형이 나와 있는 것을 보자, 마음이 놓였다. 형의 아파트에 들어갈 필요가 없었기 때문이다. 형의 아파트는 형이 이 세상에서 현실적으로 실패했다는 점을 강조하고 있어서, 그곳에 가면 늘 기분이 언짢았다. 형의 생활은 비참했다. 가난한 사람들이 사는 아파트는 조명도 형편없고, 더럽고, 망가진 가구와 남긴 음식으로 가득 차 있었다. 거기서 형이 깨어나고, 먹고, 잠든다는 생각을 하면, 동정과 경멸이 기분 나쁘게 섞인 감정에 휩싸였다.

나는 몇 차례 형을 도우려 했다. 그러나 잘된 적이 없었다. 마지막으로 형을 도우려 한 것은 칠 년 전, 우리 부모의 사고 직후였다. 사료상에서 파트타임으로 배달 트럭을 운전하는 일자리를 형에게 제안했다. 우리가 어릴 때, 그 배달 일을 하던 사람은 약간 모자란 남자였다. 몸집이 거대하고 얼굴이 다운증후군 환자처럼 생긴 그 남자는 동작이 굼떴으며, 계속 고개를 끄덕이면서 낄낄 웃었고 높은 목소리로 아무도 알아들을 수 없는 말을 했다. 오래전의 일이라 나는 그 일을 까맣게 잊고 있었다. 그러나 형은 잊지 않고 있었다. 형은 모욕을 당했다고 느끼고는 내가 본 중에서 가장 크게 화를 냈다. 한순간 형이 나를 때리지 않을까 하는 생각까지 들었다.

"그냥 형을 돕고 싶은 것뿐이야."

"나를 도와?"

형이 콧방귀를 뀌었다.

"그냥 놔둬. 그게 돕는 거야. 그냥 내 인생에 끼어들지 마."

그래서 기본적으로 나는 형의 인생에 끼어들지 않았다.

형이 내 스테이션왜건 뒷자리에 메리 베스를 밀어넣은 뒤, 조수석에 탔다. 형은 계단 한 층을 전력질주한 듯, 입을 벌리고 소리를 내며 숨을 쉬었다. 커피를 가득 담은 스티로폼 컵을 들고 있었다. 형은 차 문을 닫은 뒤, 재킷 주머니에서 더러운 키친타월에 싼 것을 꺼냈다. 달걀프라이를 넣은 샌드위치였다. 형은 토마토케첩을 많이 뿌린 그 샌드위치를 곧장 먹기 시작했다.

나는 도로로 서서히 들어서면서 형의 상태를 살폈다. 형은 늘 입던 빨간 파카를 입었다. 선명한 파카 색 때문에 창백한 얼굴이 더 두드러졌다. 면도는 하지 않았다. 머리카락은 기름지고 헝클어져 있었다. 안경알은 얼룩덜룩 더러웠다.

"어젯밤에 루 형네에 갔었어?"

내가 물었다. 내 배에 매달린, 커다랗고 무거운 축구공 같은 아기 포대기가 느껴졌다. 포대기 위로 파카가 튀어나와서 핸들 끝에 닿았다. 그 느낌이 말도 안 될 정도로 너무 확연해서, 나는 내려다보고 싶은 유혹을 꾹 눌러 참아야 했다.

형은 고개를 끄덕였다. 샌드위치로 입이 꽉 차 있었다.

"재밌었어?"

내가 물었다. 형은 다시 고개를 끄덕이며 손등으로 입술을 닦았다.

"어디 갔었어?"

형은 입에 있는 것을 삼키고 스티로폼 컵에 담긴 커피를 한 모금 마셨다. 커피에서는 김이 전혀 나지 않았다. 차가운 커피였다. 그 생각을 하자 약간 속이 울렁거렸다.

"메타모라에 있는 펠리스."

"형이랑 루 형이랑 낸시랑?"

형은 고개를 끄덕였다. 그리고 한참 아무 말 없이 갔다. 메리 베스는 앞자리로 고개를 내밀고 형의 어깨에 턱을 대고 있었다. 시 경계를 벗어나서 서쪽으로 달리고 있었다. 멀리, 등이 휜 듯이 지붕이 꺼진 낡은 갈색 헛간이 눈에 띄었다. 그 뒤로 젖소 몇 마리가 무리 지어 있었다. 사위는 여전히 잿빛이었다. 딱히 춥지도 덥지도 않았다. 기온은 영하 바로 아래였다. 일기예보대로 눈이 온다면, 눈이 녹아서 질척질척해질 것 같았다.

나는 목청을 가다듬고 말을 하려 했으나 입을 열지는 않았다. 형은 샌드위치를 마저 먹었다. 키친타월을 돌돌 말아서 대시보드에 놓았다. 나는 그 모습을 못마땅하게 흘깃 보았다.

형에게 물어보고 싶은 것이 있었지만, 형이 그 질문을 오해할 것이라는 예감이 들었다. 그러나 결국 묻고 말았다.

"루 형이 낸시에게 말했을까?"

형은 어깨를 으쓱했다.

"루는 그냥 놔둬."

나는 형의 표정을 읽으려고 시선을 돌렸다. 그러나 형은 고개를 돌리고 창밖을 스치는 풍경만 바라보고 있었다. 어깨의 자세가 부루퉁해 보였다.

나는 브레이크를 밟으며 바깥쪽으로 차선을 바꿨다. 메리 베스가 다리를 버둥거리며 뒷자리 바닥으로 미끄러졌다.

"루 형이 말했지? 아니야?"

우리는 전날 밤 돈을 셌던 곳 근처를 지나고 있었다. 눈길 닿는 곳에는 집 한 채, 차 한 대 없었다. 땅은 나무 한 그루 없는 백색이었다.

형이 차창에서 고개를 돌렸다. 지치고 찡그린 얼굴이었다.

“진정해. 그냥 거기 가서 할 일만 하자.”

나는 공원에 차를 세웠다. 개는 제자리에 다시 기어오르려고 낑낑거렸다. 형과 나는 개를 못 본 체했다.

형이 말했다.

“언젠가는 낸시한테 말해야 하잖아. 말 안 하고 어떻게 자기 몫을 갖겠어?”

“낸시가 이미 알고 있다는 말이야?”

나는 숨을 깊이 들이쉬었다. 내 목소리는 내가 듣기에도 몹시 흥분해 있었다.

“설마 제수씨에게 아무 말도 안 했다고 말하려는 건 아니지?”

“말 안 했어.”

형은 내가 마음을 바꾸기를 기다리듯이 나를 바라보았다.

“루 형이 말했어, 안 했어?”

형은 계속 나를 노려보았다. 잠시 무슨 생각을 하다가 접는 듯했다. 형은 차창으로 고개를 돌렸다.

“난 몰라.”

나는 기다렸다. 생각했다. 당연히 루가 낸시에게 말했겠지. 내가 사라에게 말했듯이. 그리고 형은 나와 루가 말했다는 것을 잘 알고 있어. 나는 그 일의 또 다른 의미를 헤아렸다. 형은 나에게 거짓말을 했고, 나 역시 형에게 거짓말을 했으며, 우리 둘 다 상대가 거짓말을 하고 있다는 것을 잘 알고 있었다. 일순 재미있게 느껴져서, 얼굴에 미소가 떠올랐다.

형은 아래쪽, 길을 향해서 손을 내저으며 지친 목소리로 말했다.

“가자. 얼른 해치우자.”

전날 갔던 방향 그대로, 자연보호림으로 들어갔다. 앤더슨 강 위의 낮은 시멘트 다리를 건너서, 공원의 남쪽 경계를 따라서 드와이트 피더슨의 농장을 지나 내려갔다. 피더슨 집 진입로 끝에는 개 한 마리가 앉아 있었다. 몸집이 큰 콜리로, 차가 지나가자 우리를 향해 짖었다. 가슴 전체에서 울리는 큰 소리였다. 메리 베스가 높은 소리로 따라 짖는 통에 형과 나는 깜짝 놀랐다. 메리 베스는 꼬리를 세우고 뒤 차창으로 멀어지는 콜리를 지켜보았다.

전날 형의 트럭이 눈 둔덕에 남긴 홈 옆에 차를 세우고 시동을 껐다. 우리가 그런 자국을 남겼다니, 깜짝 놀랐다. 그 자리부터 숲으로, 발자국들이 곧바로 길게 나 있었다. 지나가는 사람 누구라도 금방 알아볼 만했다. 왼쪽으로는 여우 발자국들이, 눈 위에 줄줄이 이어진 작은 점들로 들판을 가로질러서 피더슨 농장까지 뻗어 있었다. 나는 눈으로 여우 발자국을 쫓았다.

"여기 주차하려고? 이렇게 탁 트인 곳에?"

형이 물었다. 나는 잠깐 생각했다. 물론 형의 말이 옳았다. 그러나 다른 방법이 생각나지 않았다.

"달리 숨을 만한 곳이 보여?"

내가 물었다.

"공원 입구로 가서 차를 안에 둘 수도 있잖아."

나는 고개를 가로저었다. 이미 생각하고 제친 일이었다. 나는 하나씩 이유를 늘어놓았다.

"정문이 잠겨 있을 거야. 안쪽 도로는 눈을 치우지 않아서 우리가 지나온 자국을 따라가지 않으면 비행기 있는 곳을 못 찾고 헤매게 돼."

형은 다리 쪽을 힐끗 보았다.

"차를 이렇게 두면 위험할 것 같아."

"어제도 형 트럭을 여기 뒀어."

"어제는 저기에 뭐가 있는지 몰랐잖아."

"괜찮아, 형. 빨리 끝날 거야. 순식간에 다녀오면 돼."

"그냥 아무 일도 안 하는 게 좋지 않을까?"

형은 심하게 땀을 흘리고 있었다. 숙취 때문에 흘리는 땀으로, 농익은 과일 같은 자극적인 냄새가 났다. 나는 깨달았다. 형은 누가 차를 볼까 걱정하는 게 아니었다. 형의 걱정은 공원으로 걸어가는 것이었다.

"어젯밤에 술을 너무 많이 마셨지?"

형은 내 질문을 못 들은 척하고, 파카 소매로 얼굴을 훔쳤다. 소매 천에 짙은 색으로 자국이 남았다.

"어제는 내 트럭, 오늘은 네 차. 사람들이 이상하다고 생각하기 시작할걸."

나는 안전벨트를 풀고 차에서 내릴 준비를 했다. 돈이 든 봉투가 내 배를 무겁게 누르고 있었다. 갑자기 깨달았다. 형을 데려가지 않으면 더 쉬워지잖아. 고개를 돌려서 형을 보았다. 형의 턱에 케첩이 묻어 있었다.

"이렇게 하자. 형은 여기 있어. 내가 다녀올게. 가서 비행기에 남은 흔적들을 지우고, 가능한 한 빨리 돌아올게. 내가 없는 동안 지나가는 차가 있으면, 형은 자동차를 고치는 척하면 돼."

"지나가던 차가 도와주려고 서면?"

"말을 하면 되지."

"말을 해? 그 사람들이랑 도대체 무슨 말을 해?"

형의 목소리는 가늘고 뻑뻑하게 흘러나왔다. 피곤하기 때문인지 싫기 때문인지 구분할 수 없었다.

"괜찮다고 말해. 방금 다 고쳤다고 말해."

"발자국은 어쩌고?"

형이 숲 쪽으로 손을 저었다.

"내가 개를 데려갈게. 누가 물으면, 메리 베스가 달아나서 루 형이랑 내가 개를 쫓아갔다고 말하면 돼."

"누가 지나가면 결국 문제가 생길 거야. 나중에 비행기가 발견되면, 우리가 여기 있었던 걸 기억하는 사람이 나타날 거야."

"비행기는 봄이 돼야 발견될 거야. 그렇게 한참 뒤에는 우리가 여기 있었던 걸 아무도 기억 못 해."

"보안관이 또 지나가면 어떡해?"

나는 얼굴을 찌푸렸다. 보안관 생각은 억지로 떠올리지 않으려 하고 있었다.

"보안관은 안 지나갈 거야. 어젯밤에 늦게까지 야근을 했을 테니 분명히 아직 자고 있을 거야."

"아니면?"

"보안관이 지나가면, 어젯밤에 여기서 뭘 잃어버렸다고 말해. 내가 숲에서 모자를 떨어뜨려서 찾으러 왔다고 해."

"어제는 나더러 위험을 자초한다고 고함을 치더니, 이건 내가 한 일보다 더 위험해 보이잖아."

"형, 이건 어쩔 수 없이 감수해야 하는 위험이야. 그건 달라."

"나는 뭐가 그렇게 어쩔 수 없는지 모르겠다."

나는 짐짓 무관심한 척 어깨를 으쓱했다.

"정 그렇다면 당장 돈을 태우지, 뭐. 그러면 내가 숲까지 갈 필요도 없잖아."

"돈을 태우자는 게 아냐. 여기서 나가고 싶은 거지."

"형, 나는 저기로 갈 거야. 형은 여기서 망을 보든가 나랑 같이 가."

형은 벗어날 방법을 찾으며 한참 말이 없었지만, 방법을 못 찾은 듯
했다.

"여기 있을게."

형이 말했다. 나는 울 모자를 썼다. 파카와 장갑과 같은, 감색 모자였
다. 나는 자동차 키를 뽑아서 주머니에 넣었다.

숲으로 들어가는 동안, 메리 베스가 나를 앞서 달려갔다. 숲속으로
사라졌다가 털에 눈을 묻힌 채 목걸이에 걸린 이름표를 찰랑이며 전속
력으로 달려왔다. 메리 베스는 나에게 딱 붙어서 내 주위를 몇 바퀴 맴
돌다가 다시 뛰어가서 사라졌다. 나는 메리 베스를 뒤쫓으며 성큼성큼
걸었다. 기분이 좋았다. 차가운 공기가 내 기운을 북돋고 나를 깨웠다.

과수원 가장자리에 닿기까지는 십오 분이 걸렸다. 거기서 잠깐 걸음
을 멈추고 주변을 살폈다. 비행기는 얕게 움푹 들어간 둥근 땅 한가운
데에 있었다. 비행기의 금속 껍질은 사과나무 가지들 아래 어둠 속에서
은처럼 반들거렸다. 비행기 주위로 루의 발자국이 눈 위에 검은 구멍으
로 남아 있었다.

바람이 불어왔다. 내 주변 나무 사이로 쉭쉭 소리를 냈다. 바람 속에
깃든 미묘한 습기에서 곧 닥칠 변화의 낌새가 느껴졌다. 하늘을 흘긋
보았다. 서서히 움직이는 짙은 잿빛 하늘은 눈을 뿌릴 것이라는 약속을
가득 품고 있었다.

까마귀는 여전히 과수원에 있었다. 꺼진 땅 가장자리에서는 까마귀
가 있는 줄 몰랐다. 그러나 그 아래로 내려가기 시작하자, 갑자기 온통
까마귀 천지였다. 이 나무에서 저 나무로 쉴 새 없이 움직이며, 논쟁을
벌이듯 끝없이 깍깍 울었다.

나는 비행기 잔해로 갔다. 한 손으로 배를 감싸서 포대기의 무게를 받쳤다. 메리 베스가 내 뒤를 바싹 따라왔다.

비행기 문은 우리가 두고 온 그대로 열려 있었다. 내가 더플백을 눈 위로 끌어낼 때 생긴 자국이 보였다. 길고 얕게 쭉 나 있는 자국. 메리 베스는 비행기 잔해 주위를 맴돌며 허공을 킁킁거렸다.

나는 문 안으로 고개를 들이밀었다. 잠시 어둠에 눈을 익혔다. 그런 뒤에 안으로 몸을 밀어넣었다. 차에서 밖으로 몸을 빼고 앉아 있을 형과 그로 인해 생길 수 있는 온갖 문제들을 생각하며 서두르고 있을 때, 전날 내 얼굴에서 느꼈던 부자연스러운 따뜻함과 똑같은 느낌을, 공기의 무거운 정적을 느꼈고, 새에게 쪼인 기억이 머릿속을 스쳤다.

나는 바닥에 웅크려 앉았다. 더플백이 있던 바로 그 자리였다. 균형을 잡으려고 벽에 손을 대고 조종사를 뚫어지게 보았다.

조종사는 제자리에 있었다. 전날 오후, 내가 두고 온 자세 그대로였다. 고개가 완전히 뒤로 젖혀져서 눈은 거꾸로 비행기 뒤를 향하고 있고, 팔은 십자가에 매달린 듯 양쪽으로 뻗쳐 있었다. 얼굴은 전처럼 슬픈 표정이었다. 눈 주위의 둥근 흰 뼈 때문에 우수에 젖은 광대 같았다. 코에서 흐른 피 고드름이 벌어진 입 쪽으로 튀어나와 있었고, 입술 사이로 부푼 검은색 혀끝이 비죽 나와 있었다.

나는 비행기 동체를 손으로 찰싹 때리며, 크게 소리쳤다.

"야! 얼른 꺼져!"

목소리는 메아리가 되어서 돌아왔다. 돌아오는 내 목소리를 들으며 가만히 기다렸다. 메리 베스가 소리를 내어 킁킁거리며 열린 문으로 다가왔다. 메리 베스는 조금 낑낑거렸지만 안으로 고개를 들이밀지는 않았다. 움직이는 것은 전혀 없었다.

"야!"

나는 다시 소리쳤다. 바닥에 발을 굴렀다. 기다렸지만 아무 일도 일어나지 않았다. 마침내 비행기 안에 살아있는 존재는 나 하나뿐이라는 데에 만족하며, 일어서서 전날 흘린 핏자국이 없는지 바닥을 살폈다. 핏자국이 보이지 않자 앞쪽으로 조금씩 움직였다. 움직이면서 파카 지퍼를 내렸다.

조용히 조종사 뒤로 갔다. 돈을 어디에 놓을지 생각하며 아주 조금씩 걸음을 옮겼다. 앞서 머릿속으로 계획했을 때는 돈을 부조종석에 놓으면 되겠다고 생각했지만, 다시 보니 안 될 계획이었다. 불시착할 때 봉지가 바닥으로 떨어질 수밖에 없다. 죽은 조종사의 발밑에 두어야 했다. 비행기 앞쪽 공간에 꽉 끼어 있게 두어야 했다.

파카 지퍼를 끄르고 포대기에서 돈을 뺐다. 장갑으로 비닐봉지를 닦아서 지문을 지우고 바닥에 놓은 뒤 몸을 웅크려서 비행기 앞쪽으로 밀었다. 좌석 두 개를 지나고, 조종사의 부츠를 지나고, 비행기 앞까지 계속 밀었다. 그사이, 등에서 땀이 흐르기 시작했다. 차갑고 끈적끈적한 느낌. 숨을 참고 있어서 어지러웠다.

봉지를 움직이지 않는 곳까지 최대한 멀리 민 뒤, 일어서서 조종사의 어깨를 꽉 쥐고, 앞으로 밀었다. 조종사의 허리는 놀랄 만큼 쉽게 구부러졌고, 두 발은 바닥에서 뒤로 미끄러졌다. 마지막 순간에 고개가 앞으로 툭 떨어지면서, 공을 친 배트처럼 탕 소리를 내며 계기판에 부딪쳤다. 피 고드름이 부러져서 바닥에 떨어지며 산산조각이 났다.

나는 심호흡을 하고 뒷걸음쳤다. 나도 모르게 허리가 펴져서, 모자 끝이 비행기 금속 천장에 살짝 부딪었다. 그런 뒤에 가만히 멈춘 뒤, 머릿속으로 하나씩 점검해보았다. 내 핏자국을 확인했고, 돈도 놓았고, 조종사의 자세도 바로잡았다. 더 할 일은 없었다.

파카 지퍼를 올리고, 돌아서서, 한 걸음을 내디뎠다. 그리고 얼어붙었다. 열린 문 바로 안쪽에 까마귀 두 마리가 앉아서 나를 지켜보고 있었다. 아주 기묘하게도, 내 두 눈으로 까마귀들을 확인기도 전에, 머릿속으로 새들이 있다고 생각했던 것 같다. 몸을 돌릴 때 머릿속에 새들의 이미지가, 비행기 안의 어둠 속에서 나타나서 나에게 맞서는 두 그림자가 떠올랐던 것이다. 등골이 오싹했다. 내가 새들을 불러들인 것 같았다.

새들을 노려보았다. 새들은 움직이지 않았다.

팔을 휘젓고 소리쳤다.

"꺼져!"

한 마리가 문에 바짝 붙었다. 다른 한 마리는 가만히 있었다.

나는 아주 천천히 앞으로 한 걸음을 내디뎠다. 문 쪽으로 간 새는 재빨리 문을 향해 날아가다가 문간에 멈춰서 나를 지켜보았다. 과수원에서 흘러드는 빛에 깃털이 빛났다. 가만히 있던 새는 나를 위협하듯 양 날개를 쳐들었다. 고개를 갸우뚱거렸다. 그런 뒤에 목을 길게 빼고 깍 소리를 냈다. 울음소리는 비행기 사방 벽에 울렸다. 그 소리가 잦아들자, 새는 다시 날개를 몸에 붙이고, 주저하며 내게로 한 걸음 다가왔다.

"나가!"

문에 있던 새는 작게 한 번 울더니 재빨리 한번 날아올라서 문밖으로 사라졌다. 문밖에서 퍼덕이는 날개 소리가 들렸다. 또 다른 한 마리는 그 자리에 가만히 앉아서 한쪽 눈을 나에게 돌리더니, 고개를 돌려서 나를 똑바로 보았다.

나는 부츠로 바닥을 쿵쿵 구르면서 앞으로 걸어갔다.

새는 문에서 멀리, 뒤로 물러났다 다시 날개를 쳐들었다.

나는 잠자코 새를 지켜보다가, 바보처럼 소리를 내서 말했다.

"나는 나갈게."

발을 질질 끌면서 두 걸음을 앞으로 내디뎌 문에 다가갔다.

새는 여전히 양 날개를 쳐든 채 물러나며 비행기 뒤쪽 어둠 속에 묻혔다. 나는 허리를 굽히고 어깨를 움츠린 채 움직여야 했다. 부츠가 바닥을 긁어 거친 소리가 났다.

문을 나갈 때는 까마귀에게서 눈길을 떼지 않고 지켜보며, 뒷걸음질로 나갔다. 새는 날개를 조금 더 높이 쳐든 채, 고개를 돌려서 내가 사라지는 모습을 지켜보고 있었다.

"나는 나갈게."

다시 말하면서 몸을 문틈으로 밀어서 밖의 눈밭으로 나갔다.

바깥으로 나오니, 전날과 마찬가지로 세상이 더 밝아 보였다. 어깨를 문에 대고 아주 힘껏 밀어서 문을 닫았다. 문은 거친 쇳소리를 내며 닫혔다.

메리 베스가 보이지 않았다. 눈으로 메리 베스의 발자국을 쫓았다. 자국은 도로 쪽으로 이어져 있었다. 반쯤 건성으로 개의 이름을 두 번 부른 뒤, 메리 베스가 이미 차로 돌아가서 형과 있으리라고 생각하며 포기했다.

비행기 잔해를 뒤로하고 완만한 경사를 오르기 시작할 때, 과수원이 뭔가 다르다는 느낌이 들었다. 빛이 바뀌어서 다르게 느껴지는 것이 아니었다. 땅이 파인 곳 가장자리까지 온 뒤에야 그 다른 점이 무엇인지 깨달았다. 스노모빌이었다. 낮은 윙 소리가 벌 소리처럼 내 주위 공기에 떠돌았다. 그 소리는 도로 쪽에서 들려왔다.

나는 꼼짝 않고 섰다. 온몸이 긴장됐다. 귀를 기울이며 그 소리가 무슨 의미일지 해답을 찾으려고 애썼다. 바람이 가라앉았다. 날씨는 더 따뜻해진 듯했다. 하늘을 흘깃 보니, 예고된 폭풍우를 앞두고 짙어지기는커녕 맑아지고 있었다. 남쪽에서 커다랗게 구름이 뚫린 푸른 하늘까지 보였다.

스노모빌 소리가 서서히 커졌다. 아직 멀리 떨어져 있었지만 그래도 가까워지고 있었다. 과수원의 까마귀들은 서로 크게 울음소리를 주고받고 있었다.

나는 움푹 꺼진 땅바닥에서 흐릿하게 빛나는 비행기를 마지막으로 한 번 보았다. 그런 뒤에 몸을 돌려서 도로를 향해 달리기 시작했다.

달리면서도 스노모빌 소리에 귀를 기울이려고 있는 힘을 다 했지만, 들리지 않았다. 내 숨소리, 양팔이 파카에 스치는 소리, 부츠가 눈에 뽀드득거리는 소리, 빠르게 스치는 나무 소리, 이 모두가 스노모빌 엔진 소리를 가렸다. 발이 미끄럽고 부츠가 무거워서 나는 금세 지쳤다. 몇 분 뒤, 아직 도로까지 반도 가지 못했지만, 속도를 늦춰서 걷기 시작했다. 달리기를 멈추자마자 엔진 소리가 들렸다. 이제 엔진 소리가 가까워졌다. 내 바로 앞에 있는데 나무에 가려서 보이지 않을 뿐인 듯했다. 메리 베스가 짖는 소리도 들렸다. 심장박동이 조금 가라앉도록 20미터 정도 걸으면서 귀를 기울였다. 그런 다음 심호흡을 한 번 하고 다시 달리기 시작했다.

길옆에 서 있는 내 암녹색 스테이션왜건이 먼저 눈에 들어왔다. 내 차는 그림자처럼 내 앞에 나타났다. 마치 나무줄기 사이로 갑자기 모습을 드러낸 듯했다. 그다음, 자동차 앞에 거대한 붉은 망루처럼 서 있는 형이 눈에 들어왔다. 형 옆에는 체구가 작은 사람이 있었다. 그 사람 밑에는, 그 사람의 두 다리 사이에는 스노모빌이 있었다. 스노모빌 엔진은 이제 허연 연기를 짙게 내뿜으며 공회전하고 있었다.

형 옆에 선 사람은 조그마한 노인으로, 주황색 사냥용 외투를 입고 있었다. 누구인지 금세 알아보았다. 드와이트 피더슨이었다. 드와이트 피더슨은 어깨에 라이플총을 메고 있었다.

누구인지 안 뒤에는 뛰지 않고 다시 걷기 시작했다. 도로까지 30미터쯤 남았지만, 내가 숲에서 빠져나와서 형과 피더슨을 향해 미친 듯이 달려가면, 형이 피더슨과 대화를 나누다가 위험을 자초할 확률이 더 높아질 뿐임을 즉시 깨달았기 때문이다. 이제 먼저 행동을 취하기보다 상대의 행동에 반응하며 천천히 움직일 때였다. 양손을 주머니에 넣고, 조심스레 나무 사이로 길을 골랐다. 차분하게, 침착하게, 아무렇지 않게 보이려고 애썼다.

피더슨이 먼저 나를 보았다. 나를 못 알아보는지 뚫어지게 보다가, 손을 위로 쳐들어서 인사를 했다. 나도 손을 흔들며 미소를 지어서 답했다. 형은 아주 빨리 입을 놀리고 있었다. 무슨 말인지는 들리지 않았지만, 피더슨 노인과 입씨름을 하는 듯했다. 형은 팔로 허공을 가르는 몸짓을 하고 고개를 가로저었다. 형은 피더슨이 나에게 손을 흔드는 모습을 보고 몹시 당황한 표정으로 숲을 보았지만, 말을 멈추지는 않았다. 피더슨은 형의 말을 귀담아듣지 않는 것 같았다. 스노모빌 엔진 속도를 높이고, 우리 형에게 뭐라 말한 뒤, 눈밭 앞으로 나아가려 하고 있었다.

그다음 일들은 아주 순식간에 일어났다.

형이 피더슨 노인 앞으로 한 걸음 나오더니, 뒤를 한 번 돌아보고, 주먹을 크게 휘둘러서 피더슨의 옆머리를 때렸다. 피더슨은 옆으로 쓰러졌다. 피더슨의 몸이 완전히 맥없이 도로 가장자리에 엎어졌다. 왼쪽 다리 일부는 여전히 스노모빌 시트에 걸쳐져 있었고, 라이플총은 어깨에서 미끄러져 내려와 있었다. 형은 주먹을 세게 휘두르느라 중심을 잃고 넘어지며 스노모빌 위에 구르더니, 피더슨의 몸을 깔고 쓰러졌다.

메리 베스가 짖기 시작했다.

형은 피더슨의 몸 위에서 일어나려고 안간힘을 썼다. 장갑을 낀 손은 눈에 미끄러지기만 했다. 다리에 힘을 못 주는 것 같았다. 넘어질 때 안경이 떨어져서, 여전히 엎드린 채로, 안경을 찾느라 주변 눈밭을 더듬었다. 안경을 찾아서 쓰고, 일어서려고 또 안간힘을 썼다. 마침내 무릎을 땅에 대고 윗몸을 일으키더니, 잠시 움직이지 않고 쉰 뒤, 초인적인 노력을 기울이는 듯이 보일 정도로 힘겹게 일어섰다.

스노모빌은 계속 공회전했다. 짙은 부르릉 소리가 계속됐다. 도로 한가운데에 있던 메리 베스가 형에게 조심스레 다가갔다. 머뭇대며 꼬리를 천천히 한 번 흔들었다.

형은 꼼짝도 않고 그 자리에 서 있었다. 장갑 낀 손을 얼굴에 댔다가 멀찍이 들어서 노려보더니 내려놓았다.

나는 그 일들이 일어나는 내내 움직이지 않았다. 그 자리에 선 채로 얼어붙어서, 공포에 질려 지켜보았다. 아직도 고개만 조금 절레절레할 수 있을 뿐이었다. 나는 도로로 한 걸음을 내디뎠다.

형은 뒤로 물러서서 노인을 발로 찼다. 두 번, 온 힘을 다해서 한 번은 가슴을, 한 번은 머리를 발로 찼다. 그런 다음 멈췄다. 한 손으로 얼굴을 가린 채, 몸을 돌려서 나를 보았다.

메리 베스가 다시 짖기 시작했다.

나는 혼잣말을 하듯 아주 나지막이 말했다.

"형, 어떡해."

그런 다음, 형을 향해 눈밭을 빨리 달리기 시작했다.

형은 가만히 서 있었다. 장갑 낀 손 하나로 입과 코를 가린 채, 내가 다가오는 모습을 지켜보고 있었다.

스노모빌 엔진은 곧 멎을 듯이 쿨럭거렸다. 도로에 다다르자 무엇보다 우선 몸을 숙여서 엔진을 껐다.

형은 울고 있었다. 어릴 때 이후로는 형이 우는 모습을 본 적이 없었고, 형이 정말 울고 있음을 깨닫기까지도 시간이 조금 걸렸다. 형은 흐느끼지도 훌쩍이지도 않았다. 과장되거나 격한 구석이 없는 울음이었다. 그저 눈물이 떨어지고 있을 뿐이었다. 눈물은 천천히 형의 뺨을 타고 흘렀다. 평소보다 아주 조금 빠른 형의 호흡에는 어떤 흔들림이, 떨림과 망설임이 깃들어 있었다. 코에서는 코피가 흐르고 있었다. 피더슨 위에 넘어질 때 코를 부딪었던 것이다. 이제 형은 손가락으로 콧등을 집어서 코피를 막고 있었다.

나는 노인을 내려다보았다. 노인은 옆으로 쓰러져 있었다. 왼쪽 다리는 여전히 스노모빌 시트에 얹혀 있었다. 청바지를 입고 검정 고무장화를 신었다. 주황색 사냥용 외투는 허리까지 올라와 있었다. 두꺼운 고동색 허리띠가 보였으며, 허리띠 위로 3센티미터쯤 올라온 보온 내복도 보였다. 형에게 맞았을 때 모자가 벗겨져서 머리통이 드러나 있었다. 듬성듬성한 긴 회색 머리카락은 기름지고 지저분해 보였다. 주황색 울 목도리가 얼굴 대부분을 가리고 있었다. 형이 노인을 발로 찬 곳이 어디인지 알 수 있었다. 왼쪽 귀 바로 위였다. 빨갛게 긁힌 자국이 거칠게 나 있고, 그 주위 살갗이 벌써 검게 멍들기 시작했다.

메리 베스가 마침내 짖기를 멈췄다. 형 옆으로 다가가서 형의 부츠를 잠깐 킁킁거리다가 도로 중앙으로 다시 달아났다.

나는 피더슨 옆에 웅크리고 앉았다. 장갑을 벗고, 피더슨의 목에 손을 댔다. 숨을 쉬지 않는 것 같았다. 다시 장갑을 끼고 일어섰다.

"죽었어. 형이 죽였어."

"여우를 뒤쫓고 있었대. 여우가 닭을 훔쳤대."

형이 조금 더듬거리며 말했다. 나는 손으로 얼굴을 비볐다. 어떻게 해야 할지 알 수 없었다.

"맙소사. 도대체 왜 그랬어?"

"비행기 옆으로 곧장 갔을 거야. 비행기를 발견했을 거야."

"이제 다 끝났어."

내가 말했다. 화가 나서 가슴이 답답해지기 시작했다.

"형이 다 망쳤어."

형과 나는 피더슨을 내려다보았다.

"형은 감옥에 가게 될 거야."

형은 겁에 질린 표정으로 나를 보았다. 형의 안경은 눈이 묻어서 젖어 있었다. 형이 울먹였다.

"어쩔 수 없었어. 우리 일이 들통날 판이었어."

형의 살찐 흰 얼굴에 어울리지 않게 박혀 있는 조그마한 두 눈이 눈물에 반짝였다. 뺨도 눈물로 젖어 있었다. 형은 당황하고, 겁먹었다. 그런 형을 보자 내 분노는 흩어졌고, 그 즉시 그 자리에 동정심이 밀려왔다. 나는 깨달았다. 나는 형을, 내 친형을 구할 수 있다. 형에게 손을 내밀어 이 곤경에서 건져낼 수 있다. 그러면서 나 자신도 구할 수 있다.

나는 재빨리 도로를 아래위로 살폈다. 도로는 텅 비었다.

"지나가는 차가 있었어?"

형은 내 말을 못 알아듣는 것 같았다. 코에서 손을 떼고 뺨의 눈물을 닦았다. 형의 윗입술 위 살갗에 피가 얼룩져 있었다. 가짜 콧수염을 단 듯, 우스꽝스러운 모습이었다.

"차?"

형이 물었다. 나는 초조하게 도로를 가리켰다.

"지나가는 게 있었어? 내가 공원에 가 있는 동안?"

형은 먼 곳을 응시했다. 잠시 생각하다가 고개를 가로저었다.

"아니, 없었어."

형은 손을 다시 코에 댔다.

나는 도로 너머, 피더슨 농장 쪽을 흘긋 보았다. 멀리 있는 집이 아주 작게 보였다. 굴뚝에서 연기가 나는 것 같았지만 확실하지는 않았다. 스노모빌 자국은 여우 발자국과 나란히, 들판 한가운데로 곧장 이어져 있었다.

"이제 어쩌지?"

형이 물었다. 형은 아직도 조금 울고 있었고, 눈물을 감추느라 내게 등을 돌리고 메리 베스를 보는 척했다. 메리 베스는 아직 도로 위에 앉아 있었다.

"사고처럼 보이게 만들어야 해. 차에 싣고 여기를 벗어나서 스노모빌 사고처럼 꾸며야 해."

형은 겁에 질린 표정으로 나를 보았다.

"괜찮아. 다 해결할 수 있어."

나는 형이 공포에 휩싸인 것을 보자 웬일인지 침착해지기만 했다. 자신감이 생기며, 어떻게 해야 할지 정확히 알 수 있었다.

"사람들이 흔적을 따라올 거야. 여기로 와서 우리 흔적을 보고 비행기까지 가게 될 거야."

형이 말했다.

"아니야. 눈보라가 오고 있어."

나는 하늘을 향해 손을 흔들었다. 그러나 내 말과는 달리, 하늘은 계속 맑았다. 나는 그 사실을 무시하고 내 생각을 고집했다.

"곧 눈이 내리기 시작할 거야. 그러면 이 모든 게 덮여."

형은 반대할 기세로 얼굴을 찌푸렸다. 그러나 아무 말도 하지 않았다. 형이 다시 손으로 얼굴을 가렸다. 형의 장갑에 피가 스머든 것이 내 눈에 보였다.

"피더슨한테 피는 안 묻혔지?"

"피?"

나는 피더슨 옆에 웅크려 앉아서 옷을 자세히 살폈다. 외투 어깨 쪽에 짙은 갈색 자국이 있었다. 눈을 한 줌 퍼서 그 얼룩에 문질렀다. 조금밖에 지워지지 않았다.

형은 체념한 표정으로 나를 지켜보았다.

"안 될 것 같아. 붙잡힐 거야."

형이 말했다. 나는 계속 피를 문질렀다.

"별것 아니야. 사람들은 못 알아차릴 거야."

형은 손을 앞으로 들고 자기 장갑을 뚫어져라 보았다.

"피가 지문보다 더 나쁘다면서?"

형이 말했다. 다급하고 멍한 목소리였다.

"형, 진정해."

나는 엄하게 말하며 일어서서 형의 팔을 쓰다듬었다.

"알았어? 침착하기만 하면 해낼 수 있어."

"행크, 난 사람을 죽였어."

"그래. 그렇지만 이미 엎질러진 물이야. 지금은 해결을 해야 해. 형이 체포되지 않도록 덮어야 한다고."

형이 눈을 감았다. 손을 다시 코에 댔다.

형이 있으면 방해가 될 뿐이라는 것을 깨닫고 주머니에서 자동차 키를 꺼냈다.

"형은 메리 베스를 데리고 다리까지 차를 몰고 가. 거기서 만나."

나는 앤더스 강 쪽으로 손짓을 했다.

형은 당황하며 눈을 떴다.

"다리에서?"

나는 고개를 끄덕였다.

"스노모빌에 피더슨을 태우고 거기까지 갈게. 다리 옆으로 피더슨을 밀면, 사고로 떨어진 것처럼 보일 거야."

"제대로 안 될 게 뻔해."

"돼. 잘되게 만들 거야."

"피더슨이 왜 다리에서 떨어지겠어?"

"형, 나는 지금 형을 위해서 이러는 거야. 알아? 형은 나를 믿어야 해. 다 잘될 거야."

나는 자동차 키를 장갑 낀 손바닥에 놓고 내밀었다. 형은 몇 초 동안 키를 바라보다가, 손을 내밀어서 집었다.

"나는 도로에서 보이지 않게 공원을 가로질러 갈게. 형이 먼저 다리에 도착하겠지만, 거기 차를 두지는 마. 계속 차를 몰다가 되돌려서 와. 형이 다리에 차를 둔 걸 다른 사람에게 들키면 안 돼."

형은 아무 말도 하지 않았다.

"알았지?"

형은 숨을 깊이 들이쉬고 천천히 내쉰 뒤, 뺨을 훔쳤다. 형의 손에서 자동차 키가 쟁강거렸다.

"이 일은 못 덮어."

"덮을 수 있어."

형은 고개를 가로저었다.

"생각할 게 너무 많아. 우리가 미처 못 알아차린 게 잔뜩 있을 거야."

"어떤 것?"

"우리가 못 헤아린 것. 우리가 놓친 것."

나는 점점 조급해졌다. 시간이 흘러가고 있었다. 언제 지평선에서 자동차가 나타나 우리 쪽으로 달려올지 알 수 없었다. 우리가 여기 이렇게 있는 모습을 지나가는 사람이 보면, 만사가 끝장이었다. 나는 형의 팔꿈치를 잡고 스테이션왜건으로 데려갔다. 형을 움직이게 할 수만 있으면 다 괜찮을 것이라는 직감이 들었다. 우리는 도로로 나왔다. 개는 일어서서 기지개를 펴고 있었다.

"놓친 건 없어."

내가 말했다. 나는 미소를 지어서 형을 안심시키려 했지만, 그 미소 때문에 내 말이 변명처럼 보였다. 나는 형을 앞으로 살짝 밀었다.

"형, 나만 믿어."

형이 시동을 걸고 출발한 지 십 초도 지나지 않았을 것이다. 피더슨을 들어서 스노모빌에 태우려고 돌아서는데, 노인의 입에서 고통스러운 신음이 길게 새어나왔다.

피더슨이 살아있었다.

나는 충격에 싸여 피더슨을 내려다보았다. 머릿속이 어지러웠다. 피더슨이 다리를 조금 버둥거리자, 다리가 스노모빌 시트에서 바닥으로 떨어졌다. 부츠가 바닥에 떨어지면서 쿵 소리가 크게 났다. 나는 길 아래를 흘깃 보았다. 형은 사라지고 없었다.

피더슨이 울 목도리 속에서 뭐라고 중얼거린 뒤 다시 신음하고, 장갑을 낀 한 손으로 주먹을 쥐었다.

나는 허리에 양손을 얹은 채 가만히 서 있었다. 머릿속은 마구 내달리고 있었다. 두렵게도, 내 앞에 두 가지 길이 선명하게 보였다. 둘 중 무엇을 택해도 나는 그 자리에서 문제를 해결할 수 있었다. 피더슨을 스노모빌에 태우고 집까지 데려간 뒤 보안관에게 전화를 건다. 보안관에게 모두 털어놓고 돈을 신고한다. 그렇게 한다면, 내가 완전히 정직해진다면, 그리고 피더슨이 형에게 당한 폭행을 견디고 살아남는다면, 나는 징역 선고는 면할 가능성이 높지만, 형은 면하기 힘들 것이다. 보안관은 다리로 사람을 보내서 형을 데려올 것이다. 형은 폭행 혹은 살인 미수로 기소될 것이다. 감옥에 가게 될 것이다. 어쩌면 형기가 길지도 모른다. 그리고 돈은 사라질 것이다.

물론 다른 길도 있었다. 이미 준비된 길, 이미 반쯤 걸어간 길이었다. 나에게는 형을 구하고 돈도 구할 힘이 있었다. 지금 생각하니 결국에는, 나에게 그럴 힘이 있었기 때문에, 가능해 보였기 때문에, 내가 잡히지 않을 것 같았기 때문에, 그렇게 했던 것 같다. 내가 돈을 취한 것도 같은 이유 때문이었다. 그 이후의 모든 일들도 같은 이유 때문에 저질렀다. 한 가지 잘못된 일을 저지름으로써 그 모든 일을 잘할 수 있다고 생각하게 됐던 것이다.

피더슨은 신음했다. 고개를 들려고 하는 듯했다.

피더슨은 꽤 분명하게 말했다.

"나……."

그러나 더는 아무 말도 없었다. 피더슨이 다시 주먹을 쥐었다.

나는 피더슨 위로 몸을 숙였다. 모호한 행동이었다. 누가 우리를 멀리서 지켜보고 있었다면, 내가 노인을 도우려는 줄로만 알았을 것이다.

피더슨의 목도리는 얼굴 아래쪽 절반을 꽉 감고 있었다. 눈은 감고 있었다.

형이 피더슨을 때리는 모습을 보았을 때, 나는 아주 순식간에 그 광경을 자연스러운 일로, 예상했던 일로 여겼다. 놀라기는 했지만 충격을 받지는 않았다. 나는 즉시 그 일을 받아들였다. 나는 스스로에게 말했다. 형이 피더슨을 죽였군. 그 순간, 내 마음속에서 피더슨은 이미 죽은 사람이었다. 그리고 피더슨 옆에 웅크리고 앉아 있던 그때도, 나는 스스로에게 그렇게 타일렀다.

'이미 죽은 사람이야.'

나는 스스로에게 말했다.

'이미 죽은 사람이야.'

처음에는 형이 했던 것처럼 피더슨을 때릴 계획이었다. 목을 때리겠다고 생각했다. 이유는 알 수 없지만, 신체 중 특히 취약한 곳이 목이라는 생각이 들었다. 그러나 피더슨의 목을 보자, 밝은 주황색 목도리가 보였다. 그 목도리를 보는 순간, 마음이 바뀌었다.

나는 도로 아래위를 훑어보며 다가오는 차가 없는지 확인했다. 그다음, 앞으로 몸을 숙이고 손으로 목도리를 잡아서 살짝 둥글게 만 뒤 그것으로 피더슨의 입을 꽉 눌렀다. 다른 손으로는 피더슨의 코를 막았다.

지금 되돌아보니, 어떤 그 무엇이, 방해가 되거나 가책을 느낄 만한 무엇이, 힘겹게 대항해야 할 장벽이 더 있었어야 하지 않았을까 싶다. 공포심, 본능적인 반감, 내가 속한 사회에서 그 행위를 범죄라고 부르기 때문이 아니라 그것이 살인이라는 근본적인 범죄이기 때문에 내가 하고 있는 일이 명백히 잘못되었다는 깨달음 등을 최소한이라도 느꼈어야 하지 않을까. 그러나 그런 것은 전혀 없었다. 어쩌면 놀라운 일이 아닐지도 모른다. 그런 성찰의 깨달음을, 한 사람이 갑작스레 운명의 두 갈래 길을 마주하고 선택을 망설이는 기분을 기대하는 것은 어쩌면 낭만에 불과할지 모른다. 현실에서 그런 엄청난 순간에는, 내 경우처럼 중요한 것을 거의 늘 놓치기 마련이다. 나중에 되돌아보면 그 중요한 것을 깨닫게 되지만, 그러기 전까지는 사소한 것들—장갑 사이로 전해지는 목도리의 촉감, 내가 피더슨의 코를 너무 세게 쥐고 있는 것은 아닌지, 코를 멍들게 하는 것은 아닌지, 그래서 부검에서 발견되는 것은 아닌지 하는 걱정— 아래에 묻힌다.

악의 기운은 느껴지지 않았다. 긴장되고 두려웠다. 그것이 전부였다.

피더슨은 아주 약간 저항했다. 손을 한 번 움직였다. 무엇을 지우려는 듯, 손으로 땅을 쓰는 동작 한 번. 그것이 전부였다. 두 눈은 계속 감고 있었다. 소음도, 임종 때의 가래 끓는 소리도, 마지막 신음도 없었다. 나는 목도리를 한참 동안 그대로 누르고 있었다. 이제 해가 나올 정도로 하늘은 개어 있었고, 내 등이 따뜻했다. 들판 끝을 따라 도로를 가로지르며 천천히 움직이는 구름 그림자가 보였다. 나는 구름이 지나가는 모습을 지켜보면서 속으로 수를 세기 시작했다. 머릿속에서 울리는 숫자의 소리에 정신을 집중하면서 숫자 사이에 간격을 한참 띄우며 아주 천천히 셌다. 200까지 센 뒤, 목도리를 뗐다. 장갑을 벗었다. 조심스레 노인의 맥박을 확인했다.

맥박은 전혀 없었다.

나는 동쪽을 향해 자연보호림을 지나서 달렸다. 오른쪽에 있는 도로에서 내가 눈에 띄지 않을 것이 확실한지 계속 확인했다. 일 분쯤 지나서 연못에 도착했다. 연못은 단단하게 얼어 있었다. 야외용 간이 테이블들이 연못가에 아무렇게나 흩어져 있었다. 눈에 덮이지 않은 것이 없었다.

연못을 지나자 숲은 더 울창해졌고, 나는 더 신중하게 길을 골라서, 빽빽하게 엉클어진 키 낮은 잡목숲 사이로 구불구불 들어가야 했다. 나뭇가지들은 나를 못 가게 붙잡아두려는 듯이 내 파카를 긁어댔다.

피더슨의 시체는 내 앞 시트에 양다리를 벌리고 앉아서, 비행기에 있던 조종사의 시체처럼 앞으로 구부러져 있었다. 나는 스노모빌을 조종하기 위해서 죽은 피더슨의 등에 몸을 바짝 붙여야 했다.

나는 머릿속을 전적으로 내 계획으로만 채우려 애썼다. 그날 아침에 이미 일어난 일들을 되새기는 것은 위험하다고, 그렇게 해보아야 혼란과 분노만 끌어낼 뿐이라고, 변할 수 있는 앞일을 생각하는 것이 가장 안전한 길이라고 느꼈다.

나는 알고 있었다. 다리 위의 눈은 치워져 있고 그 위에 소금이 뿌려 있을 것이었다. 다리 양 가장자리로 눈이 두껍게 쌓여 있을 것이었다. 피더슨이 시멘트에 스노모빌 바닥을 대지 않고 다리를 건너려면, 양쪽 눈 둔덕 중 하나를 따라 달렸어야 했을 것이다. 눈 둔덕은 스노모빌을 딱 받칠 만큼의 너비였고, 가드레일 위를 딱 가릴 만큼의 높이였다.

피더슨이 거기서 무엇을 하고 있었는지, 왜 피더슨이 다리를 건너려고 했는지 의아하게 여기는 사람들도 있겠지만, 그렇다고 수상하게 여길 만한 일은 아닐 것이다. 그저 고개를 가로저을 미스터리일 뿐 더는 아무것도 아닐 것이다. 물론 눈이 오기 전에 비행기가 발견되지 않는다는 가정 아래의 일이다. 눈이 오지 않는다면 스노모빌의 자취와 공원 안으로 이어지는 발자국이 남아 있을 것이다. 도로를 따라 질질 끌고 간 표식이 있을 것이다.

나는 하늘을 올려다보았다. 하늘은 깜짝 놀랄 만큼 빨리 개고 있었다. 이제 푸른 하늘이 더 넓게 드러나 있었고, 나뭇가지들 사이로 햇볕이 내리쬐었으며, 공기는 차갑고 건조했다. 남아 있는 구름들은 날씨가 좋을 때 보이는, 희고 복슬복슬한 구름이었다. 눈이 곧 내릴 것이라는 징후는 전혀 없었다.

공원 경계와 그 너머 다리에 점점 가까이 갈수록 내 계획에 정신을 집중하기가 힘들어졌다. 다른 생각들이 끼어들었다. 그 생각들은 내 가슴에 닿은 시체가 주는 감각에서 시작되었다. 피더슨의 머리는 내 턱 아래에 뉘어 있었다. 피더슨의 모자 사이로 헤어토닉 냄새가 났다. 피더슨의 몸 자체는 작고 단단했다. 내가 예상한 시체의 느낌과는 전혀 다른 느낌이었다. 살아있는 사람의 느낌이었다.

그 생각을—피더슨이 죽었다는, 내가 살해했다는, 내 두 손으로 직접 피더슨을 질식시켜서 그 생명을 앗았다는 생각을— 하자마자, 심장은 심하게 쿵쾅대며 목까지 심장 고동이 차올랐다. 내가 한계를 넘어섰음을, 끔찍하고 잔혹한 어떤 일, 내가 할 수 있으리라고는 상상조차 해본 적 없는 어떤 일을 했음을 깨달았다. 나는 다른 사람의 생명을 빼앗았다.

그 생각으로 혼란에 빠졌다. 내 생각은 정당화와 합리화와 자기부정을 오락가락하며 들뛰었다. 엄청난 의지력을 발휘해야만 자제력을 되찾을 수 있었다. 나는 침잠하며, 생각을 바꾸고, 오로지 앞으로 십오 분 안에 일어날 일에만 억지로 정신을 집중했다. 피더슨의 시체를 양팔로 받친 채 나무들 사이로 스노모빌을 몰면서 공원의 동쪽 경계로 계속 갔다. 머릿속 반은 다리와 형과 보안관 생각에 빼앗기고, 나머지 반은 내가 이제 저주를 받았고 함정에 빠졌다는, 이 단 하나의 우발적인 행동에 내 남은 인생이 좌우될 것이라는, 형을 구하려다가 결국 우리 둘 다 망쳤다는, 무시무시하게 위협적이고 낯선 느낌과 싸우려고 필사적으로 애쓰고 있었다.

공원 남동쪽 구석은 시멘트 다리 끝으로 곧장 이어졌다.

나는 숲 가장자리에서 잠시 멈춘 뒤, 눈에 보이는 곳에 사람이 아무도 없는지 확인했다. 이 지점의 강 너비는 15미터였다. 단단하게 얼어 있었고, 얼음 위에 눈이 얇게 쌓여 있었다. 피더슨의 농장은 내 뒤, 길 아래에 있었다. 강 건너편은 들판이었고 지평선까지 아무것도 없었다. 형은 아직 도착하지 않았다.

스노모빌을 길옆에 세웠다. 밑에서 스노모빌 엔진이 쿨럭거렸다. 동쪽을 내다본 뒤, 서쪽을 보았다. 시선이 닿는 곳에는 차가 없었다. 이제 피더슨 노인의 집이 보였다. 숲 경계 주위로 딱 보였다. 집은 내가 생각한 것보다 가까웠다. 창문을 분간할 수 있었고, 포치 계단 위에 앉아 있는 콜리도 볼 수 있었다. 누가 거기 서서 지켜보고 있다면, 그쪽에서도 나를 볼 수 있었을 것이다.

나는 스노모빌을 다시 출발시켰다. 눈을 치워서 쌓은 둔덕으로 스노모빌을 몰았다. 둔덕 위로 천천히 움직이며 다리 중앙까지 갔다. 다리에서 아래 얼음판까지는 3미터 높이였다. 가드레일은 눈에 묻혀 있었다.

스노모빌 스로틀에 피더슨의 손을 얹고, 시트에 앉은 자세로 피더슨의 몸을 조절했다. 그러고는 뒤로 약간 민 뒤, 발판에 피더슨의 발을 얹었다. 라이플총을 어깨에 메고, 모자를 귀까지 내리고, 목도리를 얼굴에 꽉 감았다. 스노모빌 엔진이 중얼거리듯 살짝 쿨럭거려서, 나는 기름이 들어가도록 밸브를 열었다.

다시 도로 아래위를 흘깃 보았다. 차는 없었다. 움직이는 것은 아무것도 없었다. 콜리는 여전히 피더슨네 포치에 앉아 있었다. 누가 그 집 창문에서 지켜보고 있는지 아닌지는 당연히 확인할 길이 없었지만, 그래도 창문들 역시 재빨리 훑어보았다. 창문은 하늘만, 집을 둘러싼 헐벗은 나뭇가지들만 비추고 있었다. 나는 스노모빌 다리를 강 쪽으로 돌려놓았다. 천천히 앞으로 밀어서, 눈 둔덕 끝에서 균형을 맞추며 스노모빌의 스키 다리가 허공으로 일부 나오게 했다.

눈을 꼭 감고 잊은 것이 없는지 생각하려 했다. 그러나 내 머리는 협조하지 않았다. 아무 생각도 나지 않았다.

콜리가 짖었다. 한 번.

나는 다리의 노면으로 내려왔다. 포장도로에 두 발을 굳게 붙이고 어깨로 스노모빌을 밀었다. 스노모빌은 놀랄 만큼 쉽게 아래로 떨어졌다. 한순간 여기 있다가, 다음 순간 사라졌다. 얼어붙은 강 표면에 부딪치자, 엄청난 충돌음이 들렸다. 스노모빌 엔진은 저절로 꺼졌다.

나는 확인하려고 다시 눈 둔덕을 올라갔다.

스노모빌은 허공에서 뒤집혀 피더슨 위에 떨어졌고, 그 밑에 깔린 피더슨은 스노모빌의 무게 때문에 으스러져 있었다. 얼음이 깨지기는 했지만 완전히 강물로 꺼지지는 않고, 노인과 스노모빌을 둘러싸고 접시처럼 움푹하게 내려앉았다. 강물이 서서히 스며들며 노인의 몸을 적셨다. 모자가 다시 벗겨져 있었고, 은발 머리는 흩어져서 얼음물에 떠 있었다. 목도리가 재갈처럼 얼굴에 딱 달라붙어 있었다. 한 팔은 스노모빌 아래에 눌려 있었다. 다른 한 팔은 손바닥을 위로 한 채 옆으로 뻗어 있어서, 빠져나가려고 안간힘을 쓰다가 죽은 듯이 보였다.

몇 분 뒤, 형이 동쪽에서 도착했다. 형이 탄 차는 속도를 줄이다가 내 옆에 섰다. 나는 차에 올라탔다. 속도를 내서 빠져나가는 사이, 다리를 돌아보았다. 노인의 시체가 다리 아래 확연하게 눈에 띄었다. 얼음 위의 주황색 얼룩이었다.

그날 들어서 두 번째로 피더슨의 집 앞을 지나갔다. 콜리는 또 우리를 향해 짖었지만, 메리 베스는 뒷자리에 몸을 둥글게 말고 누운 채 콜리의 소리를 못 알아차리는 것 같았다. 아까 보았던 것이 정확했다. 굴뚝에서 연기가 나고 있었다. 피더슨의 아내가 거실 벽난로 옆에 앉아서 남편이 돌아오기를 기다리고 있다는 뜻이다. 그런 생각이 들자 가슴이 뻐근했다.

여우가 도로를 건넌 지점을 지날 때, 형이 숨을 가쁘게 쉬는 소리가 들렸다.

"세상에나."

형이 말했다. 창밖을 보았다. 사방에 흔적이—여우, 개, 형, 루, 나의 흔적이— 남아 있었다. 형의 트럭이 눈 둔덕에 낸 구멍, 길 건너편, 피더슨의 스노모빌이 지나간 자국. 누가 보아도 분명히 알아차릴 수밖에 없을 정도로 온통 엉망이었다. 발자국들은 숲으로 사라지면서 화살표처럼 비행기가 있는 곳을 곧장 가리키는 것 같았다.

형이 또 아주 조용히 울기 시작했다. 눈물이 얼굴을 타고 흐르고, 입술이 떨리기 시작했다.

나는 애써 아주 침착한 목소리를 내며 말했다.

"괜찮아. 이제 곧 눈이 와. 눈이 오자마자 다 사라져."

형은 아무 말도 하지 않았다. 가슴으로 꺽꺽 소리를 내기 시작했다.

"그만해. 잘되고 있어. 일을 잘 해결하고 있잖아."

형은 뺨에 흐른 눈물을 훔쳤다. 개가 형을 위로하려는 듯 앞자리로 몸을 내밀고 형의 얼굴을 핥으려 했다. 그러나 형은 개를 밀쳤다.

"다 괜찮아. 눈이 오자마자 다 괜찮아져."

형은 숨을 크게 들이쉬었다. 그리고 고개를 끄덕였다.

"형, 그런 반응을 보이면 안 돼. 어떻게든 우리가 정신을 못 차리는 일은 없어야 해. 그러지 않는 한, 잡힐 리 없어. 침착해야 해."

형이 다시 고개를 끄덕였다. 눈은 충혈되고 부어 있었다.

"마음을 가다듬어."

"그냥 피곤해서 그래."

형이 말했다. 목소리에 힘이 없었다. 중얼거림이나 다름없는 말이었다. 형은 눈을 깜빡거리며 앞을 보았다. 코피는 멎었지만, 입술 위에 묻은 핏자국은 닦지 않은 채 그대로였다. 그 때문에 형의 얼굴은 살찐 찰리 채플린 같았다.

"어젯밤에 너무 늦게 잤어. 이제 피곤하네."

자연보호림 주위를 도는 내내 형에게 운전을 맡겼다. 자연보호림 남쪽 경계를 따라서 태프트로드를 타고 시내로 향했다.

남쪽에서 본 자연보호림은 다른 쪽에서 본 모습과 똑같았다. 그저 나무뿐이었다. 플라타너스, 마로니에, 단풍나무, 상록수 몇 그루, 드문드문 보이는 자작나무의 흰 곡선. 소나무 몇 그루는 화요일 눈보라에 내린 눈에 여전히 덮여 있었다. 벌거벗은 나뭇가지 사이에서 휙 움직이는 새들이 가끔씩 보였지만, 다른 야생동물은 흔적도 없었다. 토끼나 사슴도, 너구리나 주머니쥐나 여우도 없었다. 비행기가—돈이 가득한 가방과 죽은 조종사도— 거기 있다고 생각하니, 또한 그 잔해 너머, 보호림 반대쪽에, 내가 질식시켜 죽인 피더슨이 앤더슨 강 얼음물 속에 누워 있다고 생각하니 기묘했다.

형과 내가 폭력을 행사할 수 있으리라는 생각은 해본 적이 없었다. 앞서도 말했듯, 형은 학교에서 싸움에 휘말렸다. 그러나 놀림을 당하고 당해서 결국 주먹을 들지 않을 수 없었던 것뿐이다. 형은 자신을 놀리는 아이들을 입으로 상대할 만큼 영리하지 않았으므로, 대신 손발을 썼다. 그러나 결과는 마찬가지로 비참하기만 했다. 형은 싸우는 법을 제대로 익힌 적이 없었다. 진짜 싸움꾼이라면 상대에게 고통을 주려고 마음먹어야 하지만 형에게는 그런 마음도 없었다. 아무리 분노에 휩싸여 있어도 늘 상대에게 상처를 입히기 두려운 듯 참고 있는 것 같았고, 그래서 형의 몸짓은 무성영화에서 나온 코미디 연기 같았다. 형은 눈물이 흐르는 얼굴로, 수영을 하듯 손을 편 채 어색하게 상대를 향해 팔을 흔들었다. 그러면 아이들은 형에게 욕을 퍼부으며 웃어댔다.

우리 형제는 둘 다 아버지의 기질을 물려받았다. 아버지는 평화주의자로, 가축을 키우지 않았다. 소도 닭도 돼지도 키우지 않았다. 가축이 도살되는 모습을 차마 볼 수 없었기 때문이다. 그런데도 어쩌다가, 우리 형제가 사람을 죽이게 됐다.

형은 아셴빌에 도착해서 자기 아파트 앞에 차를 세웠다. 주차장에 차를 댔지만, 시동을 끄지는 않았다. 새해 첫날이어서 대부분은 문을 닫았다. 거리에는 사람도 몇 되지 않았다. 추위에 어깨를 움츠리고 집으로 서둘러 가고 있었다. 바람이 한 줄기 불었다. 도로에 이런저런 물건들이 날려왔다. 하늘은 이제 더할 나위 없이 맑았다. 철물점 유리창에 햇살이 춤을 추며 포장도로에 반짝였다. 아름다운 겨울 낮으로 변해 있었다.

형은 차에서 내리지 않았다. 자신이 어디에 있는지 모르는 사람인 양, 앞 차창 너머를 멍하니 바라보고 있었다. 손가락 끝으로 콧잔등을 만졌다.

"부러진 것 같아."

형이 말했다.

"안 부러졌어. 그냥 코피만 났어."

내가 형을 안심시켰다.

형은 여전히 겁먹은 표정이었다. 떨고 있었다. 그 모습을 보자, 형이 걱정스러웠다. 형을 이렇게 두고 갈 수는 없었다. 나는 시트 너머로 손을 뻗어서 엔진을 껐다.

"내가 무슨 생각을 했는지 알아? 형이 그 사람을 때린 순간에 말이야."

형은 대답하지 않았다. 여전히 코를 살피고 있었다.

"형이 로드니 샘플과 주먹다짐을 벌였던 일을 생각했어."

나는 손으로 머리를 톡톡 쳤다.

"내 머릿속 깊은 곳에서 갑자기 번쩍 떠오른 거야. 형이 로드니한테 주먹을 휘두르다가 넘어지는 모습이었어."

형은 아무 말도 하지 않았다.

"그때 형이 몇 살이었지? 기억나?"

형은 고개를 돌려서 심란한 얼굴로 나를 보았다. 손에는 다시 장갑을 끼고 있었다. 오른쪽 장갑에는 핏자국이 검게 나 있었다. 집게손가락 부근에는 달걀노른자가 말라붙어 있었다.

"로드니 샘플?"

"체육시간에. 형이 팔을 휘둘러서 로드니를 쳤고, 두 사람 모두 넘어졌잖아."

형은 고개를 끄덕였지만 아무 말도 하지 않았다. 장갑을 내려다보며 달걀노른자 자국을 발견했다. 형은 손을 들어서 마른 달걀노른자를 혀로 핥은 뒤, 바지에 닦았다.

"이제 우리는 공범이야. 그렇지?"

형이 물었다.

"그래. 맞아."

내가 고개를 끄덕였다.

"맙소사."

형이 한숨을 쉬었다. 잠시 형은 다시 울기 직전인 듯이 보였다. 양팔로 자기 배를 감싸고, 윗몸을 앞뒤로 조금 흔들며, 팔꿈치를 긁기 시작했다.

"형, 이러지 마. 침착해. 이미 지난 일은 지난 일이야."

형은 고개를 가로저었다.

"행크, 내가 죽였어. 부검을 하면, 다 드러날 거야."

"아니."

내가 말했다. 그러나 형은 내 말을 무시했다.

"너는 침착하기가 쉽겠지. 감옥에 가게 될 사람은 네가 아니니까."

형은 숨을 헐떡이다가 이제 심호흡을 하고 있었다.

"형이 죽이지 않았어."

내 말에 내가 놀랐다. 나는 형의 공황 상태에 겁먹었다. 형을 진정시키려고 애쓰고 있었다. 형은 영문을 모르겠다는 표정으로 나를 흘깃 보았다.

벌써 이야기를 꺼내기는 했지만, 그 즉시, 마음속으로는 형에게 알리고 싶지 않다는 것을 깨달았다. 나는 말을 얼버무리려고 애썼다.

"우리 둘 다 죽인 거야."

나는 그렇게 말한 뒤, 형이 흘려버리기를 바라면서 차창 너머 거리를 보았다. 형은 흘려버리지 않았다.

"그게 무슨 뜻이야?"

나는 미소를 지으려 했다.

"아무 뜻도 없어."

"내가 죽인 게 아니라면서?"

나는 형을 똑바로 보았다. 머릿속으로는 빠져나갈 궁리를 했다. 어릴 때부터 나는 내가 형에게 의지할 수 없음을—형은 굼뜨고, 잘 잊어버리고, 게으름이나 무지 때문에 나를 실망시킬 것임을— 잘 알고 있었고 그래서 나는 더 똑똑해야 했다. 그래도 친형이 아닌가. 나는 형을 믿고 싶었다. 위험이 도사리고 있는 것을 느꼈지만, 좋은 점도 있을 것이라고 생각했다. 형도 내가 자신을 구했다는 사실을 알고 있는 것이 좋을 성싶었다. 그러면 형이 나에게 빚을 지는 셈이니까.

"형이 떠난 뒤에도 그 노인은 여전히 살아있었어. 노인을 스노모빌에 태우려고 내려간 뒤에야 그 사실을 알았지. 그때는 이미 형이 사라진 뒤였고."

"내가 죽인 게 아니야?"

형이 물었다. 나는 고개를 끄덕였다.

"내가 노인의 목도리로 질식시켰어."

형이 내 말을 받아들이기까지는 잠시 시간이 걸렸다. 형은 자기 무릎만 바라보았다. 고개를 가슴까지 숙여서 턱 밑의 살이 여러 겹으로 접혔다.

"왜?"

그 질문에 나는 화들짝 놀랐다. 나는 왜 그런 일을 했는지 분석하려고 애쓰며, 형에게 바싹 얼굴을 붙이고 형을 보았다.

"형을 위해서 했어. 형을 보호하려고."

형은 눈을 감았다.

"그러지 말았어야지. 노인을 살렸어야지."

"맙소사, 형, 내 말 안 들었어? 형을 위해서 했단 말이야. 형을 구하려고 그랬어."

"나를 구해?"

형이 물었다.

"네가 노인을 살렸으면 그냥 폭행으로 끝났을 일이야. 돈을 신고하면 되고 이 지경이 될 일이 아니었어. 이제는 살인이 됐잖아."

"형이 시작한 일이야 난 마무리만 했어. 우리가 같이 저지른 일이야. 애당초 형이 일을 내지 않았으면, 내가 그럴 필요도 없었어."

그 말에 형이 입을 다물었다. 형은 안경을 벗어서 파카로 렌즈를 닦은 뒤, 다시 썼다.

"붙잡힐 거야."

형이 말했다.

"아니. 안 잡혀. 이미 저지른 일이고 숨기면 돼. 형이 정신을 못 차려서 사람들 이목을 끄는 일만 없으면, 붙잡히지 않아."

"정신 차릴게."

"그러면 우리는 안 붙잡히겠네."

형은 '두고봐야지'라고 말하듯 어깨를 으쓱했다. 차 앞으로 어린 남자아이가 자전거를 타고 지나갔다. 형과 나는 그 아이를 지켜보았다. 아이는 바람에 맞서려고 용을 쓰면서 도로 한가운데로 페달을 밟고 지나갔다. 아이가 검정 스키 마스크를 쓰고 있어서, 테러리스트처럼 위험해 보였다.

"루에게 말해야 하나?"

형이 물었다.

"아니."

"왜?"

형이 왜냐고 물었을 때 내 속에서 무엇이 흔들리며 무겁게 내려앉는 것을 느꼈다. 내 머릿속 어디에서 '공범'이라는 말이 떠올랐다. 어쩌면 난생처음으로 그 뜻이 이해되었다. 큰 힘을 지닌 말이었다. 사람들을 연결하고 서로 결속시킨다. 형과 나는 함께 범죄를 저질렀다. 우리 두 사람의 운명은 이제 헤어날 수 없을 정도로 연결되었다. 우리가 저지른 일 때문에 지금 형이 나보다 더 겁먹은 듯 보이는 것은 전혀 문제가 아니었다. 형의 힘과 나의 힘은 동등했다. 우리는 서로의 손아귀 안에 있다. 지금은 형이 너무 겁먹어서 그 점을 미처 못 깨달았더라도, 조만간 깨닫게 될 것이었다.

나는 형 쪽으로 몸을 돌렸다.

"루에게 말하고 싶은 이유가 뭐야?"

"그냥 루도 알아야 할 것 같아서."

"형, 이건 엄청난 일이야. 이 일 때문에 앞으로 평생을 감옥에서 보낼 수도 있어."

형이 다시 눈을 감았다.

"루에게 말하지 않겠다고 약속해."

형은 망설이며 장갑만 내려다보았다. 그런 뒤에 어깨를 으쓱했다.

"알았어."

"얼른 약속해."

형은 한숨을 쉬고 나를 지나쳐서 차창 밖을 보았다. 길 맞은편에 형의 픽업트럭이 세워져 있었다.

"루에게 말하지 않겠다고 약속할게."

형이 말했다. 그런 뒤에 침묵이 흘렀다. 형은 차에서 내릴 듯하다가 내리지 않았다.

"돈은 어디에 숨겼어?"

형이 물었다. 나는 형을 매섭게 흘겨보았다.

"차고에."

거짓말을 했다.

"차고?"

"집 안에 숨기면 아내가 볼지도 모르니까."

형은 고개를 끄덕인 뒤, 할 말을 생각하려고 애쓰는 듯 잠시 가만히 있었다. 그런 뒤에 팔을 뻗어서 차 문을 열었다. 뒤에서 개가 일어섰다.

"무덤에 가는 걸 잊었네."

내가 말했다. 형은 피곤한 기색으로 나를 보았다. 한쪽 입술 끝을 올리며 빈정거렸다.

"지금 갈래?"

나는 고개를 가로저었다.

"그냥 잊었다고 말한 거야."

형은 손을 내저었다.

"우리 문제 중에서도 가장 사소한 것 아냐?"

형이 물었다. 형은 내 대답을 기다리지 않았다. 그냥 일어서서 휘파람으로 메리 베스를 불렀다. 개가 뒤에서 앞자리로 넘어온 뒤 차에서 내리자 형은 차 문을 닫았다.

아내는 내가 오는 기척을 듣고 위층에서 나를 불렀다. 침실로 가니, 커튼이 쳐 있고 조명은 어둑어둑했다. 아내는 그곳에 있었다. 막 낮잠 잘 준비를 갖추고 이불 속에 누워 있었다. 머리카락을 하나로 모아서 위로 올리고 핀을 꽂아두었다.

나는 아내 옆, 매트리스 끝에 걸터앉은 뒤, 아침에 있었던 일들을 설명하기 시작했다. 맨 처음의 일부터 순서대로 천천히 풀어나갔다. 피더슨과 마주친 클라이맥스는 적절한 때에 폭탄처럼 터뜨리려고 뒤로 미뤘다. 아내는 눈을 감고 이불을 턱까지 끌어 올린 채 모로 누워 있었다. 내 말에는 반응하지 않았다. 그냥 졸린 미소만 계속 지은 채 가만히 누워 있었다. 내 말을 듣지도 않는 것 같았다.

그러나 그런 뒤, 내가 비행기에서 빠져나오는 모습을 설명하고 있을 때, 아내는 고개를 살짝 들고 눈을 떴다.

"맥주 캔은 어쨌어?"

아내가 물었다. 아내는 내가 놓친 것을 집어냈다.

"맥주 캔?"

"루의 맥주 캔 말이야."

그제야 깨달았다. 맥주 캔을 잊고 있었다. 돈을 놓은 뒤에 캔을 찾을 계획이었는데, 까마귀 두 마리 때문에 당황해서 잊었다.

"못 봤어."

내가 모호하게 말했다.

"살펴보긴 했어?"

나는 거짓말을 할까 말까 망설이며 잠시 말을 멈췄다. 그러나 망설이는 사이에 거짓말을 할 필요가 없어졌다.

"까먹었구나."

아내가 말했다. 힐난조의 무거운 목소리였다.

"안 보였어. 비행기 근처에는 없었어."

아내는 윗몸을 일으켜서 앉은 뒤, 속사포처럼 쏘아댔다.

"맥주 캔이 사람들 눈에 띄면, 거기 다녀간 사람이 있었다는 게 알려지잖아."

"그냥 맥주 캔이야. 아무도 못 알아봐."

아내는 아무 말도 하지 않고, 침대만 내려다보았다. 입술을 굳게 다물고, 이마 근육에 힘을 주는 듯했다. 그 모습으로, 아내의 화가 점점 커지는 것을 알 수 있었다.

"지난여름에 누가 떨어뜨린 캔이라고 생각하겠지. 과수원으로 소풍 나온 사람이 떨어뜨렸다고."

"언제 떨어진 캔인지 조사할지도 몰라. 실험을 하면 녹슨 지 얼마나 됐는지 밝혀질걸?"

"그러지 마. 실험 같은 걸 할 리가 없어."

나는 아내의 어조에 놀랐다. 내가 용서받을 수 없는 실수를 저지르고 제 무덤을 파기라도 한 듯한 어조였다. 아내는 내 행동이 어리석었다고 생각하고 있었다.

"캔에서 루의 지문이 나올 거야."

"루는 장갑을 끼고 있었어."

내가 말하면서도, 그게 사실인지 아리송했다.

"숲에 떨어져 있는 맥주 캔이야. 그냥 그뿐이야. 누가 유심히 보겠어?"

"보겠지. 돈이 사라졌다는 의심이 조금이라도 들면, 과수원을 한 치도 남김없이 샅샅이 뒤지겠지. 맥주 캔을 발견해서 루의 지문이 나오면, 우리는 붙잡히는 거야."

나는 아내의 말을 생각해보았다. 아내가 화를 내는 바람에 나는 상처를 입었고, 나도 아내에게 상처를 주고 싶은 마음이 희미하게 일었다. 아내는 지나치게 일을 부풀리고 있었다. 나도 그 점을 알고 있었지만, 그와 동시에, 아내가 자기 두려움을 정당화하고 있는지도 모른다는 생각이 들었다. 우리가 무엇을 두고 왔다. 작은 것이지만, 그래도 단서, 즉 우리 존재를 암시하는 작은 증거가 될 가능성은 있었다.

"돈을 당장 태우는 게 좋겠어."

아내가 말했다.

"그러지 마."

아내는 눈을 감고 고개를 가로저었다.

"돈은 안 태워."

내가 말했다.

아내는 아무 말도 하지 않았다. 배 위의 이불을 똑바로 폈다. 뾰로통한 표정이었다. 나는 아내를 지켜보다가 갑자기 내가 피더슨 이야기를 아내에게 숨길 생각이었음을 깨달았다. 그 생각에 나는 충격을 받았다. 우리 부부 사이에는 비밀이 없었다. 늘 모든 것을 터놓았다. 그러나 적어도 그때 그 자리에서는 피더슨 일을 아내에게 말하지 않을 작정임을 깨달았다. 훗날 언젠가, 십 년 혹은 이십 년 뒤, 그 돈으로 행복하게 살고 있을 때, 내가 저지른 일에서 얻은 결과로 그 일이 정당화되었을 때, 그때는 말할 수도 있을 것 같았다. 그때가 되면 나는 아내에게 이야기할 것이다. 발각될 위험에서 내가 어떻게 우리 가족을 구했는지, 아내와 태어나지 않은 우리 아기를 위험에서 보호하기 위해 내가 어떻게 혼자 뒤집어썼는지 이야기할 것이다. 아내는 내 용맹에, 그 오랜 세월 동안 내가 비밀로 숨겨온 것에 충격을 받고 나를 다 용서하겠지.

하지만 사실은 아내가 나를 어떻게 생각할지 두려웠다. 아내의 심판이 무서웠다.

"자기 이마는 나은 것 같네."

아내는 나를 보지도 않은 채 말했다. 생각을 바꾸려는 노력이었다.

이마를 만져보았다.

"이제 안 아파."

내가 말했다. 그런 뒤에 우리는 말없이 앉아 있었다. 아내가 다시 베개에 머리를 누이고 내 쪽으로 돌아누웠다. 나는 아내를 보지 않았다. 아내가 미안하다고 말하기를 기다리고 있었다. 아내가 미안하다고 말했다면, 나는 아내에게 털어놓았을지도 모른다. 그러나 아내는 미안하다는 말을 하지 않았고, 결국 나는 포기했다.

"계속해봐."

아내가 속삭였다.

"그게 다야. 문을 닫고 숲을 지나서 도로로 갔어. 그리고 집에 온 거야."

오후 내내 눈은 오지 않았다. 나는 안절부절 집 안을 돌아다녔다. 가끔씩 창밖으로 하늘을 보았다. 한 시간마다 라디오를 켜서 일기예보를 들었다. 오후에서 저녁까지 계속 눈이 오고 이따금 폭설이 내린다는 예보였다. 그러나 저녁때가 되도록 구름 하나 눈에 보이지 않았다. 그리고 마침내 해가 지자, 하늘은 얼음 같은 흰 별들이 펼쳐진 밝은 바다가 되어서, 어둠을 뚫고 땅으로 빛을 내려보냈다.

피더슨의 사고가 지역 뉴스에 나왔다. 나와 아내는 저녁을 먹기 전에 텔레비전으로 그 뉴스를 보았다. 오후에 촬영한 다리 모습이 나왔다. 스노모빌은 여전히 물속에 반쯤 잠겨 있었고 노인의 모자가 그 옆에 떠 있었다. 그러나 시체는 이미 치워져 있었다. 강 둔덕 아래위로 발자국들이 나 있었다. 놀라고 당황한 사람들이 노인이 아직 죽지 않았을지도 모른다는 헛된 희망을 품은 채, 스크럼을 짜고 노인을 끌어 올리는 모습을 떠올릴 수 있었다.

뉴스 진행자는 정오 직전에 자동차를 타고 지나가던 사람이 시체를 발견했다고 전했다. 살인에 대한 언급도 없었고, 수상한 점이 발견되었다는 암시도 없었다. 화면 속 멀리, 보안관의 트럭이 보였다. 보안관의 트럭은 비상등을 깜박이며 도로 가장자리에 서 있었다. 보안관은 트럭 옆에 서서 밝은 녹색 오리털 조끼를 입은, 키가 크고 마른 남자와 이야기를 나누고 있었다. 그 남자가 이름이 밝혀지지 않은 발견자인 듯했다. 화면 한구석, 멀리 떨어진 곳에, 피더슨의 집도 보였다. 마당에는 자동차 서너 대가 있었다. 미망인을 위로하러 온 친구들이었다.

아내는 뉴스에 대해서 별말이 없었다. "안됐네. 새해 첫날에 세상을 뜨다니"라는 말밖에 하지 않았다. 그 강이 자연보호림과 얼마나 가까운지에는 생각이 못 미친 듯했다.

나는 깊은 우울에 빠져서 침대로 갔다.

나는 사람을 죽였다. 되돌아볼 때마다 그 사실이 떠올랐다. 내가 저지른 일이었다. 마음으로는 내가 변하지 않았다고, 예전 모습 그대로라고 느꼈지만, 머리로는 내가 이제 다른 사람임을 알았다. 나는 살인자였다.

그다음으로 아내 문제가 있었다. 나는 아내에게 진실을 말하지 않았다. 우리 사이에 처음 나타난 커다란 거짓말이었다. 나는 시간이 흐를수록 점점 더 말하기 힘들어질 뿐이라는 것도 깨닫고 있었다. 이십 년 뒤에 고백하리라는 내 환상은 말 그대로 환상일 뿐이었다. 아내에게 말하지 않은 채 지낸다면, 원래의 거짓말을 계속 이어가고 더 키우게 될 뿐이었다.

그날 밤 나는 아내의 배에 한쪽 팔을 얹고 잠을 청했다. 꿈속에서도 아기가 배를 차는 것을 느끼고 싶었다. 그러나 잠들기 전 마지막으로 떠오른 것은, 아기 생각도, 아내 생각도, 돈 생각도 아니었다. 잠들기 전 마지막으로 떠오른 것은 형 생각이었다. 내 감은 눈 위로, 자기가 피더슨을 죽였다고 믿으며 피더슨 옆에 서 있는 겁먹은 형의 표정이 보였다. 그리고 잠으로 호흡이 깊어지면서, 내 가슴에 온기가 밀려왔다. 형의 뺨에서 반짝이는 눈물을 보았을 때 느꼈던 형에 대한 동정심의 물결을 그대로 느꼈다. 그러나 이제는 형에 대한 동정심만이 아니었다. 그 온기와 동정심. 그것은 나 자신에 대한 것이기도 했다. 그리고 아내와 아기와 피더슨과 피더슨의 아내를 위한 것이었다. 나는 모두에게 미안했다.

　아침, 침실에 들어오는 빛만으로도 눈이 오고 있음을 알 수 있었다. 어둑어둑하고, 잿빛이며, 움직이는 느낌이 있고, 고요도 있었다. 나는 침대에서 나와서 조용히 창으로 갔다. 하늘에서 내려오는 거대하고 눅눅한 눈송이들은 나부끼고 맴돌고 닿는 곳 어디에나 달라붙었다. 지난밤 내내 눈이 내리고 있었던 것이 분명했다. 마당의 발자국들은 눈으로 가려졌고 나뭇가지들은 아래로 휘어져 있었다. 모든 것이, 온 세상이, 눈으로 하얬다. 눈에 덮이고 숨겨지고 묻혔다.

4

내 사무실 창은 정남향으로 나 있다. 라이클리 사료상의 오른쪽 앞, 길 건너편 세인트주드 감독교 교회를 향해 있다. 1월 6일 수요일, 나는 내 책상에 앉아서 미지근한 커피를 마시며 흰 설탕을 뿌린 도넛을 먹고 있었다. 그때 교회 옆문에서 검은색 옷을 입은 사람들이 나왔다. 사람들은 천천히 걸어서, 자갈이 깔린 주차장을 지나고, 사슬을 채운 묘지 정문을 지나고, 40미터쯤 더 가서, 방금 파서 어둡고 검은 무덤구덩이로 갔다.

드와이트 피더슨의 장례식이었다.

주차장에는 묘지 정문 바로 옆에 세워진 은색 영구차까지, 차가 모두 여섯 대였다. 추모객으로는 적은 수였다. 피더슨은 외로운 사람이었다. 친구가 별로 없었다. 나는 무덤으로 가고 있는 미망인 루스를 알아볼 수 있었다. 목사가 미망인의 작은 팔을 잡고, 어깨를 숙이고, 성경을 잡은 왼손을 가슴에 댔다. 무덤은 그 끝만 보였다. 나머지는 교회 건물에 가려서 보이지 않았다. 조문객들은 그 경계에 모여 있었다.

교회 종이 울리기 시작했다.

나는 도넛을 마저 먹은 뒤, 일어서서 커피를 들고 창으로 갔다. 묘지는 창에서 100미터쯤 떨어져 있었다. 무덤 주위에 있는 사람들을 하나하나 알아보기에는 먼 거리였다. 교회 건물 뒤에 가려서 보이지 않는 사람들도 있었다. 건물에 가려지지 않은 사람들도 고개를 숙이고 추위를 막느라 두껍게 옷을 입어서, 대부분은 내가 아는 사람임이 분명했지만, 전혀 모르는 사람처럼 얼굴을 알아볼 수 없었다. 거리에서 늘 마주치는 사람들, 내가 그 사연과 우스운 일화와 소문 들을 알고 있는 사람들이었다.

나는 그 사람들이 목례를 한 뒤 고개를 들어서 서로 이야기를 주고받고 다시 목례를 하는 모습을 지켜보았다. 등을 돌리고 있어도 루스를 알아볼 수 있었다. 루스는 다른 사람들과 달리, 다시 고개를 들지 않았다. 계속 고개를 숙이고 있었다. 나는 루스가 울고 있을 것이라고 생각했다. 목사는 내 시야 안에 없었다.

장례식이 끝나고 사람들이 천천히 주차장으로 걸음을 옮기기 시작할 때까지 유리창 앞을 떠나지 않았다. 속으로 사람들을 세어보았다. 영구차 운전기사와 목사까지 합쳐서 모두 열일곱 명이었다. 열일곱 명의 사람이 드와이트 피더슨을 추모하느라 아침도 거르고 애도를 표했다. 모두가 피더슨이 사고로, 끔찍한 비극으로, 스노모빌 아래에 깔려서 얼음물에 15센티미터나 잠긴 채 양다리와 갈비뼈 두 대가 부러지고, 두개골이 깨지고, 숨을 막고 있는 울 목도리를 치우려고 헛되이 안간힘을 쓰다가 죽었다고 믿고 있었다.

형과 나만 진실을 알고 있었다.

나는 알았다. 이제부터는 일이 더 쉬워지겠지. 하루하루 지날수록 내가 저지른 일에 대한 불안은 점점 줄어들겠지. 피더슨은 땅에 묻혔고,

부검으로 무엇이 드러날 위험도 없어졌다. 비행기는 눈에 묻혔으며, 비행기 주변의 발자국들은 영원히 지워졌다.

그러나 무엇보다 큰 위안은 내가 스스로를 여전히 좋은 사람이라고 여기는 것이었다. 나는 자연보호림 가장자리에서 일어난 사건이 나를 변화시킬 것이라고, 내 성격이나 특질에 영향을 미칠 것이라고, 내가 죄책감에 황폐해져서 내 범죄에 대한 공포로 돌이킬 수 없는 손상을 입을 것이라고 예상했다. 그러나 변한 것은 아무것도 없었다. 나는 여전히 예전 그대로였다. 피더슨의 죽음은 내가 발견한 돈과 같았다. 일부러 생각하면 늘 떠올랐다. 그러나 생각하지 않으면 사라졌다. 굳이 그 일을 떠올리지 않는 한, 그 일 때문에 내 평소 생활이 달라진 바는 전혀 없었다. 그 일을 떠올리지 않는 것이 중요했다.

내가 새해 첫날에 저지른 일은 예외적인 일이라고 믿었다. 특별한 상황, 내 힘이 미치지 않는 상황 때문에 달리 어쩔 도리가 없었고, 모든 것이 아주 납득할 만한 일, 심지어 용서될 수 있는 일 같았다.

그러나 그랬을까? 그 당시 나를 괴롭힌 문제가 있었다 해도, 그 문제는 체포될지 모른다는 걱정과는 아무 상관이 없었다. 돈이나 내 범죄의 기억과도 아무 상관이 없었다. 하지만 아내와는 상관이 있었다. '내가 저지른 일을 아내가 용서할까?' 하는 문제였다.

창을 통해 눈보라가 몰려오는 기운을 느꼈다. 창틀 바깥쪽을 비닐로 막아놓았는데, 그 비닐이 찢어져서 바람에 힘없이 휘날렸다. 나는 조문객들이 주차장에서 잠시 이야기를 나누는 모습을 지켜보았다. 조문객들은 루스 피더슨 주위에 모여들더니, 한 사람씩 차례로 루스를 포옹했다. 남자들은 서로 악수를 나눴다. 마침내 모두가 제 차에 타고 주차장을 빠져나가서 천천히 메인스트리트로 접어든 뒤, 마을 서쪽 경계로 향했다.

피더슨의 집으로 가고 있었다. 그 광경이 눈에 선했다. 사람들은 커다란 나무 식탁에 둘러앉아서 점심을 먹겠지. 뚜껑 달린 두꺼운 냄비와 세 가지 콩으로 만든 샐러드, 차가운 햄과 감자튀김. 스티로폼 컵에 담긴 뜨거운 음료—홍차, 커피, 핫초콜릿—도 있겠지. 디저트로는 젤리, 당근 케이크, 초콜릿칩 쿠키를 먹겠지. 이제 검은 상복을 갈아입은 루스 피더슨이 식탁 상석에 앉겠지. 다른 사람들이 먹는 모습을 보며, 모두 배불리 먹는지 확인하겠지. 사람들은 루스 피더슨 옆으로 와서 다정한 말을 건네겠지. 그러면 루스 피더슨은 그 말에 미소를 짓겠지. 모두가 뒷정리를 돕겠지. 설거지를 하고 그릇을 찬장 제자리가 아닌 곳에 두겠지. 그런 뒤, 오후가 저녁으로 기울어가고, 햇빛이 자연보호림이 있는 서쪽으로 저물어가면, 사람들은 하나씩 각자의 삶으로 슬며시 돌아가고, 마침내 루스는 텅 빈 집에 혼자 남겠지.

머릿속에 그림이 떠올랐다. 루스 피더슨이 가만히 앉아 있고, 집은 그림자에 잠기고, 손님들은 떠나고 없으며, 손님들이 호의로 집을 치워 루스 피더슨은 바삐 움직일 일도 없어서 한탄만 하고 있는 그림. 나는 그 그림에 양심의 가책을 느껴야 한다는 것을 잘 알고 있었음에도, 전혀 느끼지 않았다. 죄책감도 느끼지 않았다. 단지, 아득하고 희미하며 추상적인 연민 같은 것만 느꼈다. 나는 루스 피더슨에게서 남편을 빼앗았다. 그런 사실을 짊어지고 살아갈 수 있으리라고는 생각조차 못 했다. 그러나 나는 살아있었다.

나는 블라인드를 닫고 커피를 마저 마시고 빈 컵을 휴지통에 떨어뜨렸다. 그런 다음, 책상 앞에 앉아서 책상 위의 작은 스탠드를 켰다. 셔츠 주머니에서 펜을 꺼내고 일할 준비를 갖췄다.

그날 밤, 사료상에서 집으로 가는 길에 자연보호림 옆을 드라이브하기 위해 멀리 돌아서 갔다. 자연보호림 위쪽을 돌다가 서쪽에서 안으로 들어가서, 공원 남쪽 경계를 따라 천천히 차를 몰았다. 막 어두워지기 시작하고 있었다. 나는 상향등을 켜고 우리 발자국이 없는지 도로 가장자리를 훑으며 운전했다. 아무것도 없었다. 우리가 지나간 흔적은 전부, 형의 트럭이 눈 둔덕에 움푹 파놓은 홈조차, 지워지고 없었다.

피더슨 농장 옆을 지나갈 때, 그 집 창문 몇 개가 불을 밝히고 있는 것이 보였다. 콜리는 포치에 앉아 있었다. 그러나 이번에는 콜리가 짖지 않았다. 그저 내 스테이션왜건을 노려보기만 했다. 콜리는 귀를 쫑긋 세우고, 차가 도로를 지나 앤더슨 강 위를 가로지르는 다리를 향해 가는 내내 그 뾰족한 얼굴을 천천히 돌리며 눈으로 차를 쫓았다.

일주일이 꼬박 지났다. 형과 전화로 두 번 이야기를 했지만 만나지는 않았다. 우리는 간단한 대화만 나눴다. 두 번 다 피더슨 이야기를 했고, 우리가 사건을 덮는 데 성공했다고 서로를 안심시켰다. 나는 루와는 전혀 이야기를 하지 않았다.

목요일 오후, 사무실에서 일하고 있을 때 아내가 나타났다. 아내의 얼굴은 추위로 상기되어 있어서, 화난 표정으로 보였다. 아내는 부산스럽기도 했다. 눈을 이리저리 바쁘게 굴렸으며 손으로 머리를 만졌다가 얼굴을 만졌다가 옷을 만졌다가 했다. 나쁜 일이 일어났음을 알 수 있었다. 나는 빨리 일어나 책상 앞으로 나와서 아내가 웃옷을 벗는 것을 거들었다. 웃옷 아래에는 임신복을 입고 있었다. 흐린 청색 바다에 떠 있는 작은 범선들 그림. 값싸 보이는 천. 임신복은 아내의 배에서 돔처럼 부풀어 있었다. 나는 아내의 배를 뚫어져라 보지 않을 수 없었다. 거대한 과일이 떠올랐다. '아내의 몸속에 아기가 있다.' 이제 아내를 볼 때마다 그 생각에 기분이 불쾌했다. 가슴 깊은 곳이 답답했다.

아내는 내 책상 옆에 있는 안락의자에 무겁게 앉았다. 고객들이 외상 기한을 연장해달라고 나에게 부탁하러 올 때 앉는 의자였다. 아내는 머리카락을 핀으로 고정해놓았다. 짙은 빨간색 립스틱을 발랐다.

"루가 낸시에게 말했어."

아내가 말했다. 나는 문으로 걸어가서 문을 닫았다. 그런 뒤에 책상 뒤에 앉았다.

"식료품점에서 낸시를 만났어. 애플소스를 사러 갔거든. 신문에서 오린 쿠폰을 찾느라 핸드백을 뒤지는데, 낸시가 뒤로 오더니 뭐 하러 그런 것에 신경 쓰냐는 거야."

"쿠폰?"

아내가 고개를 끄덕였다.

"우리가 받은 새해 선물이 있으니 걱정할 게 뭐냐고 하잖아."

나는 얼굴을 찌푸리며 책상 위로 손을 뻗었다.

"계산원 바로 앞에서 그런 말을 했어. 날씨 이야기라도 하듯이."

"그래서 뭐라고 대꾸했어?"

"아무 말도 안 했어. 못 알아듣는 척했어."

"잘했어."

"그렇지만 낸시는 알아. 내가 자기 말을 다 이해하고 있는 걸 분명히 알고 있어."

"루가 낸시에게 입을 다물었을 리 없지. 애당초 기대도 안 했잖아?"

"돈을 태우고 싶어."

"낸시도 조만간 알 수밖에 없는 일이야."

"우리가 실수를 했어. 인정해. 우리 힘으로 어쩔 수 없는 상황이야."

“과민반응이야.”

내가 말했다. 아내의 손을 잡으려고 몸을 숙였다. 그러나 아내는 내 손을 밀쳤다. 나는 책상 모서리에서 아내를 똑바로 보았다.

“이러지 마.”

“아니야. 우리가 잡힐 판이야. 돈을 태우고 싶어.”

“돈을 태울 수는 없어.”

“모르겠어? 상황이 손쓸 수 없게 돌아가잖아! 우리 넷만 알고 있을 때는 괜찮았어. 그렇지만 다른 사람에게 말할 수도 있다는 건 누가 봐도 뻔해. 이제 아는 사람이 다섯이야. 조만간 더 많아지겠지. 아는 사람이 점점 늘어나다가 결국 우리는 잡히는 거야.”

“돈을 태울 수는 없어.”

내가 다시 말했다.

“여긴 작은 마을이야. 그리 오래 걸리지 않을걸. 손쓸 수 있을 때 멈춰야 해.”

“처음처럼 간단하지가 않아.”

나는 천천히 말했다. 아내는 반대하려 하다가 내 얼굴을 보았다.

“무슨 뜻이야?”

“뉴스에서 드와이트 피더슨 사고 소식 본 것 기억나? 스노모빌이 강으로 추락해서 죽은 노인?”

아내는 고개를 끄덕였다.

“새해 첫날이었지.”

“사고로 죽은 게 아니었어.”

아내는 못 알아듣는 것 같았다. 멍한 눈으로 나를 보았다.

“그 사람이 자연보호림에서 형과 나를 보았어. 그래서 우리가 죽였어.”

나는 그 말을 하면서, 내 어깨의 짐이 가벼워지는 것을 느꼈다. 계획에 없이 순간적으로 고백을 하고 있었다. 나는 결백해지고 있었다. 아내는 가만히 앉아서 내 말을 파악하려 했다.

"자기가 죽였어?"

아내가 물었다. 얼굴에는 기묘한 표정이 서렸다. 내가 가장 겁내던, 끔찍하다는 표정은 아니었다. 그 표정은 두려움에―당혹감이 깃든 이해에―가까웠다. 그리고 그 모든 것 아래에, 아주 희미하게나마, 그 자리에 씨처럼 가만히 앉은 채 싹을 틔우고 자라기 전에 더 알게 되기를 기다리는, 불신의 기미도 있었다. 그 모습을 보자 나는 망설였다. 그리고 생각도 하지 않은 채, 그래서 내 입에서 나오는 말을 내가 들으면서도 그 단어들 때문에 깜짝 놀랐는데, 다시 거짓말을 시작했다.

"형이 그랬어. 형이 스노모빌에 타고 있는 노인을 때려서 쓰러뜨렸고 머리를 발로 찼어. 그런 다음, 다리로 데리고 가서 사고처럼 보이게 위장했어."

내 고백은 나와 아내 사이에 놓여 있었다. 책상 위에 흩어진 서류 위로 피를 흘리는 사산된 아이.

"맙소사."

아내가 말했다. 나는 내 손만 내려다본 채 고개를 끄덕였다.

"아주버님이 그렇게 하도록 그냥 보고만 있었어? 왜 그랬어?"

아내가 물었다. 훈계조의 말이 아니라 정말로 호기심에서 나온 질문이었다. 그 질문에 어떻게 대답해야 할지 떠오르지 않았다.

"아주버님을 말릴 수는 없었어?"

나는 고개를 가로저었다.

"너무 순식간에 일어났어. 형이 시작하자마자 다 끝이 났어."

나는 아내를 올려다보았다. 아내와 눈이 마주쳤다. 아내의 표정에 마음이 놓였다. 그 표정에 끔찍한 느낌은, 비탄은 없었다. 그저 혼란뿐이었다. 아내는 어찌된 영문인지 이해되지 않았던 것이다.

"그 노인은 여우를 쫓고 있었어. 형이 노인을 죽이지 않았다면 노인은 비행기를 발견했을 테고, 그 주위에 있는 우리 발자국들을 봤겠지."

아내는 그 말을 잠시 생각했다.

"그래도 돈을 태우면 돼."

아내가 말했다. 나는 또 고개를 가로저었다. 나는 돈을 태우지 않을 작정이었다. 나는 돈 때문에 살인을 했다. 지금 포기해야 한다면, 아무 대가 없이 살인을 한 셈이 된다. 그렇다면 앞뒤가 맞지 않고, 용서될 수 없는 범죄가 된다. 그런 점을 잘 깨닫고 있었지만 아내에게 그렇게 말할 수 없다는 것도 잘 알고 있었다. 나는 얼굴을 찌푸린 채 책상을 내려다보며, 손바닥과 책상 사이에 연필을 놓고 천천히 굴렸다.

"안 돼. 돈은 못 태워."

내가 말했다.

"아니면 붙잡혀. 이게 마지막 기회야."

아내의 목소리는 말을 할수록 점점 높아졌다. 나는 문 쪽을 보았다. 손가락 하나를 입술에 댔다.

아내는 낮게 속삭였다.

"우리가 돈을 태우면 아주버님은 괜찮을 거야. 동기도 없고, 우리를 피더슨 씨와 연결할 이유도 없어. 그렇지만 가만히 있다가 붙잡히면, 보안관은 모든 일을 연결할 거야."

"우리는 괜찮아."

내가 침착하게 말했다.

"아무 위험도 없어. 위험해지는 낌새가 보이면, 그때 돈을 태우면 돼. 그래도 우리가 범죄를 저질렀다는 유일한 증거는 돈밖에 없으니까."

"그렇지만 이제는 그냥 돈만 훔친 게 아니잖아. 살인이야."

"그 일을 아는 건 우리뿐이야. 우리 두 사람과 형. 이건 우리 비밀이야. 다른 누가 조금이라도 의심할 이유는 전혀 없어."

"붙잡힐 거야."

아내가 배에 양손을 대고 의자 깊숙이 몸을 묻었다.

"아니야."

나는 실제로 느끼는 확신보다 더 확신에 차서 말했다.

"안 붙잡혀. 아무도 몰라. 피더슨에 대해서도 돈에 대해서도."

아내는 아무 말도 하지 않았다. 눈물을 흘리기 직전인 듯했지만, 적어도 그 순간에는 나 때문에 울지 않고 있음을 알 수 있었다. 아내는 사건들을 있는 그대로 둘 작정이었다. 기다리면서 어떤 일이 일어나는지 두고 볼 작정이었다. 나는 의자에서 일어난 뒤 책상을 돌아서 아내 옆으로 갔다. 아내의 머리카락을 쓰다듬다가 몸을 숙여서 아내를 안았다. 꼴사나운 동작이었다. 아내는 뒤로 기대서 앉아 있었고, 아내의 배가 우리 사이를 막았다. 나는 아내에게 닿기 위해서 안락의자 팔걸이에 기대야 했다. 그렇지만 그 행동은 바라던 효과를 냈다. 아내가 내 어깨에 고개를 기대고 내 목에 양팔을 둘렀다.

전화가 울리기 시작했다. 다섯 번 울린 뒤 멈췄다.

"내가 약속했잖아. 우리가 잡히게 두지 않겠다고 약속했잖아."

아내는 내 목에 기댄 채 고개를 끄덕였다.

내가 속삭였다.

"정말로 잡히게 두지 않을게. 낸시 이야기를 루에게 해볼게. 다 잘될 거야. 그냥 기다리고 있으면 다 잘될 거야."

그날 저녁, 폐점 시간이 가까워졌을 때 로비에서 형의 목소리가 들렸다. 계산원과 말다툼을 하고 있었다. 나는 재빨리 일어나서 내 사무실 문 쪽으로 갔다.

형은 계산대에 서 있었다. 파카 지퍼를 목까지 끌어 올려 두었다. 형은 셰릴 윌리엄스를 애원하듯 바라보고 있었다. 셰릴 윌리엄스는 파트타임으로 계산원 일을 하는, 두껍게 화장을 하고 작달막한 중년 여자였다. 셰릴은 손을 떨고 있었다.

"미안합니다, 미첼 씨. 저는 어쩔 수가 없어요. 미첼 씨가 직접 길 건너 은행에 다녀오셔야 합니다."

셰릴이 말했다.

"그러지 말아요. 은행은 문을 닫았어요."

형이 애걸했다.

"그러면 아침까지 기다리셔야 합니다."

"아침까지 기다릴 수 없어요."

형의 목소리가 높아지고 있었다.

"지금 필요해요."

형이 서 있는 자세가 평소와 달랐다. 커다란 형의 몸 아래, 두 발이 놓인 위치에서 시각적인 단서를 찾을 수 있었다. 그 모습으로 보아서 형이 취했음을 갑자기 확실히 알 수 있었다.

"형."

내가 셰릴의 대답을 가로막으며 형을 불렀다. 형과 셰릴은 동시에 내 쪽으로 고개를 돌렸다. 두 사람의 얼굴에 똑같이 안도의 표정이 나타났다.

"이걸 현찰로 바꿔주지 않겠대."

형이 말했다. 형은 손에 수표를 들고 있었고, 셰릴 앞에 그 수표를 흔들었다.

"여기는 은행이 아니야. 수표를 현찰로 바꿔주지 않아."

내가 말했다.

그날 매상을 정리하는 일로 이미 돌아간 셰릴은 얼굴에 얼른 미소를 지었다.

"행크……."

형이 말을 꺼냈지만, 내가 그 말을 잘랐다.

"내 사무실로 들어와."

형은 로비를 지나서 내 사무실로 왔다. 나는 문을 닫았다.

"앉아."

내가 말했다. 형은 그날 오후에 아내가 앉았던 바로 그 안락의자에 앉았다. 형의 체중에 눌린 의자가 비거덕비거덕 소리를 냈다.

나는 창으로 가서 블라인드를 열었다. 해는 거의 지고 있었다. 마을에는 전등이 켜지고 있었다. 교회와 묘지는 이미 어둠에 잠겨 있었다.

"취했구나."

나는 창에서 몸을 돌리지 않은 채 말했다. 형이 의자에서 불안하게 몸을 움직이는 소리가 들렸다.

"무슨 말이야?"

"술 냄새가 나. 아직 5시도 안 됐어. 그런데 형은 벌써 취했어."

"맥주 두 잔 마셨어. 안 취했어."

나는 창문에서 돌아서서 창틀에 기대섰다. 형은 나를 보려고 안락의자에서 몸을 틀어야 했다. 교장실에 불려온 어린아이처럼 겁먹고 당황한 것 같았다.

"무책임해."

내가 말했다.

“난 정말 돈이 필요해. 오늘 밤에 필요해.”

“형이 루 형보다 나빠.”

“그러지 마, 행크. 맥주 두 잔 마셨다니까.”

“루 형이 낸시에게 말했지?”

형은 한숨을 쉬었다.

“대답해.”

“왜 그 얘기를 계속하는데?”

“그냥 사실을 알고 싶어서.”

“내가 그걸 어떻게 알겠어?”

“형이 생각하는 바를 알고 싶어.”

형은 얼굴을 찌푸렸다. 구부정하게 몸을 숙였다. 나를 보지 않았다.

“낸시랑 루는 애인이야. 같이 살잖아.”

“루 형이 낸시에게 말했다는 뜻이야?”

“루가 나한테, 네가 제수씨에게 말을 했는지 안 했는지 물으면, 나는…….”

“루 형이 그걸 형에게 물었어?”

“왜 이래, 행크. 그냥 나는 짐작만 할 뿐이라고 말하려던 거야. 아무것도 확실하게 아는 건 없어.”

“형이 아는 바를 묻는 게 아냐. 형의 생각을 묻는 거야.”

“아까도 말했지만, 낸시랑 루는 애인이야.”

“말했다는 뜻이야?”

“그렇겠지.”

“우리가 한 말 기억해? 형이 루 형을 책임지기로 한 것?”

형은 대답하지 않았다.

“루 형이 이 일을 망치게 되면, 그건 형의 잘못이야. 나는 형을 비난

할 거야."

"그건 상황이 다른 게……."

"돈을 태우겠어. 루 형이랑 형이 이 일을 망칠 것 같은 생각이 들기만 하면, 돈을 태우겠어."

형은 수표만 내려다보았다.

"루 형을 잘 단속해. 지금 당장. 루 형한테 낸시를 책임지라고 말해. 내가 형한테 루 형을 책임지라고 말했듯이."

형은 나를 올려다보며 생각에 잠겼다. 혀를 이 사이로 움직이며, 이를 청소하듯이 숨을 빨아들였다. 형의 길고 좁은 이마 여기저기에 뾰루지가 있었다. 피부는 기름졌다. 내 책상 스탠드의 불빛에 번들거렸다.

"먹이사슬 같네. 그렇지?"

형이 말했다.

"먹이사슬?"

형은 미소를 지었다.

"루는 낸시를 책임지고, 나는 루를 책임지고, 너는 나를 책임지고."

나는 그 말을 생각한 뒤 고개를 끄덕였다.

"그러니까 결국, 너는 우리 모두를 책임지네."

형이 말했다. 그 말에 뭐라 말해야 할지 생각나지 않았다. 창문 옆에서 걸음을 옮겨 책상으로 갔다. 그리고 책상 뒤에 앉았다.

"수표가 얼마야?"

내가 물었다. 형은 손에 든 수표를 흘깃 보았다. 손에는 아직 장갑을 끼고 있었다.

"47달러."

나는 책상 너머로 손을 뻗어서 수표를 받았다.

"어디서 받았어?"

"소니 메이저가 줬어. 내가 톱니바퀴 세트를 팔았거든."

나는 수표를 살핀 뒤 펜과 함께 형에게 건넸다.

"내 앞으로 서명해."

형이 서명을 하는 사이, 나는 지갑에서 20달러짜리 지폐 두 장과 10달러짜리 한 장을 꺼냈다. 수표를 받고 돈을 건넸다.

"형이 3달러 빚졌어."

형은 주머니에 돈을 넣고, 일어설까 하다가 일어서지 않기로 한 것 같았다.

형은 내 이마를 보며 물었다.

"혹은 어때?"

나는 손가락으로 혹을 만졌다. 작은 딱지만 남았다.

"나았어."

형은 고개를 끄덕였다.

"형 코는?"

형은 코에 주름을 짓고 코로 숨을 들이쉬었다.

"괜찮아."

그 뒤로 우리는 침묵 속에 앉아 있었다. 내가 일어서서 형을 문까지 배웅하려고 준비하는 찰나, 형이 물었다.

"아빠 코가 부러졌던 일, 생각나?"

나는 고개를 끄덕였다. 내가 일곱 살 때 아버지는 밭에 물을 대는 데 쓰려고 우편주문으로 풍차를 샀다. 아버지가 조립을 거의 끝마쳤을 때, 볼트를 꽉 조이려고 사다리 위에 올라가 있을 때, 갑자기 돌풍이 불어와서 풍차의 알루미늄 날개가 돌아갔다. 아버지는 날개에 얼굴을 맞고, 사다리에서 바닥으로 떨어졌다. 어머니는 집에서 그 광경을 다 보았다. 아버지가 금세 일어나지 않고 손으로 머리를 받친 채 잠시 가만히 누워 있었으므로, 어머니는 전화기로 달려가서 구급차를 불렀다. 아센빌의 소방서는 자원봉사자들로 이루어져 있었고, 그래서 농장으로 급히 달려온 사람들은 아버지의 친구들이었다. 아버지 친구들은 그 일을 두고 몇 년 동안 아버지를 놀렸다. 아버지는 그런 창피를 당하게 한 것에 대해서 어머니를 절대 용서하지 않았다.

"그 풍차가 아직 있어. 차를 타고 지나가다 보면 보일 거야."

형이 말했다.

"아버지가 만든 것 중에서 실제로 작동한 건 그 풍차뿐일걸."

내가 말했다.

형은 미소를 지었다. 아버지는 손재주가 없었고, 우리 가족은 그 점에 대해 농담을 즐겨했다. 그러나 형이 다시 입을 열었을 때는 상실과 후회로 가득한, 애도하는 목소리였다.

"두 분이 아직 살아계시면 좋겠다."

나는 형을 바라보았다. 창에 커튼이 다시 드리운 듯이, 갑자기 언뜻 형의 외로움의 깊이를 엿볼 수 있었다. 형은 나보다 훨씬 아버지 어머니와 가까웠다. 아버지 어머니의 교통사고가 있기 일 년 전까지 농장집에서 함께 살았고, 독립을 한 뒤에도 그 집에서 허드렛일을 하고 이야기를 나누고 텔레비전을 보면서 많은 시간을 보냈다. 농장은 형이 세상에서 숨는 안식처였다. 나에게는 아내가 있고 이제 태어날 아기도 있지만, 형의 가족은 모두 과거 속에 있었다. 형에게는 아무도 없었다.

나는 할 말을 떠올리려고 애썼지만 허사였다. 어떻게든 손을 내밀고 싶었고, 형을 안심시킬 말을 하고 싶었지만, 적절한 말을 찾을 수 없었다. 나는 친형과 대화하는 방법도 몰랐다.

형은 마침내 침묵을 깨고 입을 열었다.

"나를 비난하다니 무슨 뜻이야?"

나는 충격을—형의 그 말이 나오기 전에 내가 형에 대해 느꼈던 연민을 순식간에 모두 무너뜨리는 충격을— 받으며 깨달았다. 형을 조종하고 싶다면 '비난'이라는 단순하고 추상적인 말보다 확실한 위협을 내놓았어야 했던 것이다. 한 가지 위협을 떠올리는 데에는 일 초밖에 걸리지 않았다. 명백한 선택이었다. 정말 형을 겁줄 수 있다고 확신할 유일한 일이었다.

"루 형 때문에 우리가 붙잡히면 나는 피더슨 이야기를 할 거야. 형이 피더슨을 죽였다고 말하겠어. 나는 형이 그 살인을 감추는 걸 도왔을 뿐이라고 할 거야."

형은 나를 빤히 보았다. 내 말을 못 알아들었다.

"형을 말렸지만, 형이 나를 밀치고 피더슨을 죽였다고 말하겠어."

형은 그 말에 정말로 충격을 받은 듯했다. 형이 입을 열었을 때, 말 한마디 한마디를 더듬더듬 찾고 있었다.

"행크, 네가 죽였잖아."

나는 손을 들며 어깨를 으쓱했다.

"거짓말을 할 거야. 루 때문에 우리가 붙잡히면, 형이 그 대가를 치르게 하겠어."

형은 아픈 듯이 얼굴을 찡그렸다. 콧물이 흘러서 장갑으로 콧물을 닦았다. 그리고 그 장갑을 바지에 닦았다.

"나는 루를 책임지기 싫어."

형이 말했다.

"그렇지만 그게 약속이었어. 우리 둘 다 동의했잖아."

형은 고개를 가로저었다. 턱 아래 접힌 대리석처럼 하얀 살은, 형이 고개를 젓는 동작을 멈춘 뒤에도 잠시 계속 떨렸다.

"내가 루를 어쩌겠어?"

"형이 루 형이랑 이야기를 해야 해."

"이야기를 해?"

형이 물었다. 화난 목소리였다.

"루는 이야기가 통하는 사람이 아니야. 말로는 루를 못 막아."

"협박해."

"뭘로 협박해? 내가 두들겨 패겠다고 말하라는 거야? 집을 불태우겠다고 말하라는 거야?"

형은 혐오스러운 듯 코웃음을 쳤다.

"협박하라니."

우리는 둘 다 침묵에 빠졌다. 집으로 퇴근할 준비를 하며 로비를 오가는 사람들 소리가 들렸다.

"나는 루를 책임지기 싫어."

형이 말했다.

"그러면 문제가 있네."

형이 고개를 끄덕였다.

"그럼 그냥 돈을 태울 수밖에."

진심이 아닌 으름장이었고, 형도 그 말에 대꾸하지 않았다. 형은 이마에 주름을 지은 채 책상만 노려보고 있었다. 열심히 생각에 빠져 있었다.

"루 때문에 우리가 붙잡힐 일은 없을 거야."

형이 말했다.

"그래. 형이 그렇게 되도록 루를 내버려두지 않을 테니까."

형은 내 말을 듣지 않는 것 같았다. 여전히 생각에 잠겨 있었다. 마침내 입을 열었을 때, 나를 보지도 않은 채 말했다.

"루가 말썽을 일으킬 것 같으면 언제라도 사고를 당할 수 있어."

“사고?”

“피더슨처럼.”

“형 말은, 우리가 죽인다고?”

내가 깜짝 놀라서 물었다. 형은 내 책상만 내려다본 채 고개를 끄덕였다.

“맙소사, 형. 루 형은 형이랑 제일 친한 친구야. 진심이 아니지?”

형은 대답하지 않았다.

“완전히 살인마군.”

“행크, 이러지 마. 나는 그냥…….”

“루 형을 얼리게? 총으로 쏘지 왜?”

내가 비웃었다. 나는 목소리를 높여서 형의 목소리를 흉내 냈다.

“'언제라도 사고를 당할 수 있어.' 형이 누구인 것 같아? 갱?”

형은 나를 보지 않았다.

“역겨워.”

형은 얼굴을 찌푸리며 한숨을 쉬었다.

“어떻게 하고 싶었어? 계획은 세웠어?”

내가 물었다.

“교통사고처럼 보이게 만들 수 있을 것 같았어.”

“교통사고라. 그것 참 교묘하네. 어떻게 꾸밀 생각이었는데?”

형은 어깨를 으쓱했다.

“루 형을 제 차에 넣고 앤더슨 강 다리에서 아래로 밀까?”

내가 물었다. 형이 무슨 말을 하려 했지만, 나는 형이 말하게 두지 않았다.

“피더슨 일은 우리가 운이 좋았어. 모든 일이 우리에게 유리하게 돌아갔어. 그런 일은 두 번 다시 일어나지 않아.”

"내 생각에는 그냥……."

"형은 생각이라고는 없어. 그게 문제야. 형은 멍청해. 형이 보호림에서 어땠는지 기억나? 울고 있었어. 어린애처럼 질질 짜고 있었어. 그걸 다시 겪고 싶어?"

형은 대답하지 않았다.

"창밖을 봐. 길 건너, 묘지를 봐."

형은 창밖을 내다보았다. 이제 완전히 어두웠다. 밖은 보이지 않았다. 유리는 내 사무실만 거울처럼 비출 뿐이었다.

"지난주에 드와이트 피더슨을 묻었어. 그 사람이 저기 누워 있어. 형 때문에. 형이 탐욕스럽고 겁에 질렸기 때문에. 기분이 어때?"

나는 책상 너머로 형을 노려보았다. 형이 내 눈을 볼 때까지 계속 노려보았다.

"내가 그렇게 하지 않았으면, 그 사람은 비행기를 발견했을 거야."

"그 사람이 비행기를 발견하게 놔뒀어야지."

형이 당황한 표정으로 나를 보았다.

"넌 그 사람을 죽였잖아. 너도 그 사람을 구했어야 했는데, 안 했어."

"나는 형을 구하려고 죽인 거야. 그 사람과 형, 둘 중 하나에서 나는 형을 택했어."

나는 잠시 말을 멈추었다가 덧붙였다.

"그게 실수였나봐."

형은 그 말에 어떻게 반응해야 할지 모르는 듯했다. 형은 다시 나를 물끄러미 보았다. 여전히 혼란스러운 표정이었다.

"그렇지만 두 번 다시 하지 않아. 다음에는 형을 포기할래."

"나는 루를 책임질 수 없어."

형이 나지막이 말했다.

"그냥 루 형한테 말만 해. 내가 그러더라고, 루 형이 일을 망칠 것 같으면 돈을 태운다고 했다고. 그 말만 전해."

형은 고개를 숙이고 시무룩이 자기 무릎만 내려다보았다. 나는 처음으로 형의 머리가 빠지고 있는 것을 보았다. 깜짝 놀랐다. 형은 살만 좀 빼면 죽을 당시의 아버지와 꼭 닮았다. 실패하고 지친 모습이었다.

"지금 당장 돈을 나눌 수 있으면 좋겠다. 돈을 나눠서 달아났으면."

"형, 그건 우리 계획이 아니야."

"알아."

형이 한숨을 쉬었다.

"그냥 내 바람이 그렇다고."

이튿날은 금요일이었다. 그날 저녁, 저녁을 먹으며 아내는 나에게 루와 이야기를 해보았냐고 물었다.

나는 고개를 저었다.

"형이 할 거야."

우리는 스파게티를 먹고 있었다. 아내가 자기 그릇에 스파게티를 한 번 더 담다가 물었다.

"아주버님이?"

아내는 서빙 스푼을 허공에 두고 스파게티를 접시에 떨어뜨렸다. 아내는 짙은 파랑 원피스를 입고 있었다. 조명이 밝은 주방에서 그런 색의 옷을 입고 있으니 아내의 얼굴이 약하고 파리해 보였다.

내가 고개를 끄덕였다.

"자기가 직접 안 하고?"

"형이 하는 게 더 나을 것 같아서. 루 형이 우리 형 말은 잘 들을 거야. 내 말은 안 들어.”

아내는 음식을 다 덜고 냄비를 식탁 가운데에 놓았다.

“아주버님이 잘 깨달았을까? 이 일이 얼마나 심각한지?”

“내가 겁을 좀 줬어.”

아내가 나를 보았다.

“겁을 줘?”

“루 때문에 우리가 붙잡히게 되면 경찰에서 피더슨 이야기를 하겠다고 했지.”

“그러니까?”

“처음에는 좀 놀라더라. 그런데 먹힐 것 같아. 루를 죽이자는 제안까지 하던걸.”

내가 미소를 지었다.

아내는 그 말에 그리 큰 감명을 느끼지 않는 듯했다.

“어떻게?”

아내가 물었다.

“뭘 어떻게?”

“어떻게 죽이겠다고 했어?”

“교통사고처럼 꾸미겠대.”

아내가 얼굴을 찌푸렸다. 포크를 들고 포크에 스파게티를 돌돌 만 뒤, 입에 넣고 씹다가 삼켰다.

“아주버님을 협박한 건 실수야.”

“협박한 게 아냐. 정신을 차리게 한 거지.”

아내가 고개를 가로저었다.

“아주버님이 자기랑 손잡고 루에게 음모를 꾸밀 수 있다면, 루랑 손잡고 우리에게 음모를 꾸밀 수도 있어.”

"형이 우리한테 음모를 꾸밀 리 없어."

나는 아내의 생각이 터무니없다는 듯이 말했다.

"어떻게 확신해?"

"내 친형이야. 피붙이잖아."

"그렇지만 누가 아주버님이랑 친해? 자기야, 루야? 아주버님한테는 루가 자기보다 형제 같을걸."

나는 그 말을 생각해보았다. 물론 사실이었다.

"우리 형이 돈 때문에 나를 죽인다는 말이야?"

"아주버님을 겁주지 말라는 말이야. 그렇게 해봐야, 아주버님을 루 품에 떠미는 일밖에 안 돼. 아주버님이나 루는 자기 같은 가족도 없잖아. 그냥 여기로 들어와서 자기를 총으로 쏜 뒤에 돈을 갖고 달아나면 그만이야."

"돈은 잘 숨겼잖아. 돈이 어디 있는지 형이나 루는 몰라."

"두 사람이 총을 가지고 여기로 왔다고 치자. 총을 자기 머리에 겨누고, 돈이 어디 있는지 털어놓으라고 하면 어쩔래?"

"형이나 루가 그런 짓을 할 리 없어."

"두 사람이 나한테 총을 들이대면?"

아내가 자기 배를 두드렸다.

"바로 여기에 총을 겨누면?"

나는 포크로 스파게티를 감았다.

"우리 형이 그런 일을 할 거라고는 정말이지 상상도 안 돼. 자기는 상상이 돼?"

"아주버님이 피더슨을 죽이는 건 상상이 됐어?"

나는 대답하지 않았다. 다시 그 일이 언급되었다. 그 말이 나를 부추기는 느낌이었다. 그리고 망설였다. 그저 말만 하면 될 것이었다. 몇 마디 되지 않는, 간단히 단언하는 말. 나는 삼십 초쯤 가만히 앉아 있었다. 사라를 뚫어지게 보며 말하는 것과 침묵을 지키는 것, 두 가지 모두에서 나올 수 있는 결과들을 빠짐없이 살피려고 필사적으로 애썼다. 그러나 그것들은 나를 빠져나갔다. 내 시야를 벗어난 곳에 떠돌았다. 그래서 결국에는 눈먼 선택을 했다.

"상상이 돼?"

아내가 대답을 재촉했다.

"형은 피더슨을 죽이지 않았어."

내가 말했다. 그리고 전날 내 사무실에서처럼, 고백과 함께 내 짐이 가벼워지는 기분이 들었다. 나는 아내의 반응을 살피려고 의자에서 몸을 틀었다.

아내는 무표정하게 식탁 너머로 나를 똑바로 보았다.

"나한테 말하기로는……."

나는 고개를 가로저었다.

"형은 피더슨을 때려눕히기만 했어. 우리는 피더슨이 죽은 줄 알았어. 그런데 내가 피더슨을 스노모빌에 태우려고 일으키니까, 피더슨이 신음을 하는 거야. 그래서 내 손으로 끝낼 수밖에 없었어."

"자기가 죽였어?"

나는 고개를 끄덕였다. 큰 안도감이 물결치며 나를 스치고 지나갔다.

"내가 죽였어."

아내는 식탁 앞으로 몸을 숙였다.

"어떻게?"

"그 사람이 매고 있던 목도리. 그걸로 질식시켰어."

아내는 충격받은 표정으로 손가락 끝을 턱에 댔다. 아내의 얼굴이 잠시 투명해져서 내가 그 얼굴 안을 들여다보고 내 말이 서서히 효과를 발휘하는 것을 볼 수 있는 듯했다. 나는 거기서 당혹감을, 이어 순식간에 스치는 두려움을 보았다. 그런 다음, 혐오 따위의 감정이 담긴 아내의 눈길이, 우리 사이에 거리를 두고 나를 멀리 밀어내는 눈길이 나를 스쳤다. 잠시 아내는 겁먹었지만, 곧 그 겁은 온 만큼 빨리 사라졌다. 투명했던 아내의 얼굴이 닫히고 아내는 다시 나를 채근했다.

"왜 아주버님에게 시키지 않았어?"

아내가 물었다.

"이미 가고 없었어. 내가 다리에서 만나자고 형을 먼저 보냈거든."

"혼자 있었어?"

내가 고개를 끄덕였다.

"왜 이제야 말하는 거야?"

나는 진실을 말하려고 애썼다.

"그 말을 하면 자기가 겁먹을지도 모른다고 생각했어."

"내가 겁을 먹어?"

"화를 낼지도 모른다고."

아내는 아무 말도 하지 않았다. 머릿속으로 생각만 하고 있었다. 이 새로운 시나리오에 맞게 일을 다시 정리하고 있었다. 나는 그런 아내를 보고 있자니 아내가 나로부터 숨는 듯한, 아내가 짐짓 태연한 척 꾸미고 있는 듯한, 무시무시한 기분이 들었다.

"그래?"

내가 물었다. 아내는 잠깐 나를 보았다. 그러나 건성으로 본 것이었다. 눈으로만 보았을 뿐, 그 이상은 없었다. 아내의 생각은 여전히 다른 곳에 가 있었다.

"뭐가 그래?"

"화났냐고."

"음……."

아내는 입을 열기는 했지만, 적당한 단어를 찾으려고 집중해야 했다.

"됐어."

"됐어?"

"자기가 그런 일을 했으면 하고 일부러 바라지는 않았겠지. 그렇지만 이미 일어난 일이잖아. 이해할 수 있어."

"그래도 내가 그런 일을 안 했더라면 좋았겠다고 생각하지 않아?"

"모르겠어."

아내는 그 말을 한 뒤 고개를 가로저었다.

"아닌 것 같아. 자기가 그 일을 안 했다면 우리는 돈을 뺏기고 아주버님은 체포됐겠지."

나는 잠깐 그 말을 생각하면서 아내의 반응을 더 알아보려고 표정을 살폈다.

"자기도 똑같이 했을까? 나 대신 그 자리에 있었다면?"

"어머, 내가 어떻게……."

"그럴 수 있을지 그냥 궁금해서 그래."

아내는 눈을 감았다. 자기가 피더슨 옆에 웅크리고 앉아서 목도리를 손에 감는 상상을 하는 듯했다. 마침내 입을 열었다. 나지막한 목소리였다.

"어쩌면. 어쩌면 했을 거야."

그 말을 믿을 수 없었다. 믿었다 해도, 내 스스로 그 말을 사실로 인정하지 않으려 했다. 아내가 나와 똑같은 행동으로 사람을 죽일 가능성도 있었다. 어쨌거나 형이 노인을 때려눕히고 가슴과 머리를 발로 찰 것이라는 상상도 해본 적이 없지 않나? 그 점을 더 파고들자면, 내가 노인을 목도리로 질식시켜 죽이리라는 상상은 해본 적이 있나? 없다.

당연히 없다.

나는 몸서리치며 깨달았다. 내 주위 사람들의 행동을 예측할 수 없는 것은 물론, 나의 행동도 확실하게 예측할 수 없었다. 나쁜 징후 같았다. 지도도 없이 낯선 땅에서 헤매게 됐다는 표시 같았다. 우리는 길을 잃은 것이나 다름없었다.

"아주버님은 몰라?"

아내가 물었다. 나는 고개를 가로저었다.

"내가 말했어."

아내가 얼굴을 찌푸렸다.

"왜?"

"형이 정신을 못 차릴 것 같았어. 울고 있었어. 우리가 같이 죄를 지었다는 사실을 알면 형이 마음을 좀 가라앉히겠다고 생각했어."

"아주버님이 그걸 이용할 거야."

"이용해? 형이 그걸 어떻게 이용해? 우리 둘 중 하나가 곤경에 빠지면 다른 한 사람도 곤경에 빠져."

"자기가 아주버님을 협박하면 더 그럴 수 있지. 아주버님은 루 편이 되고, 두 사람이 그 일을 미끼로 우리에게 계략을 쓸 거야."

"그건 망상이야. 비현실적이야."

"우리는 아주버님에게 비밀이 있잖아."

나는 고개를 끄덕였다.

"그리고 아주버님이랑 자기는 루에게 비밀을 두고 있지?"

나는 또 고개를 끄덕였다.

"그러면 아주버님이랑 루가 우리에게 비밀을 두고 있지 않다고 확신할 근거가 어디 있어?"

나는 대답할 말이 없었다.

그날 밤늦게, 11시쯤, 장모가 마이애미에서 아내에게 장거리 전화를 했다. 장모는 아내의 새어머니였다. 아내도 나처럼 부모를 여의었다. 아내의 어머니는 아내가 아주 어릴 때, 아버지는 나와 결혼한 직후에 세상을 떠났다.

지금의 장모는 아내가 아직 십대 초반일 때 새어머니로 들어왔지만, 아내와 장모는 아주 가까워진 적이 한 번도 없었다. 두 사람이 마지막으로 얼굴을 맞댄 것은 장인의 장례식 때였다. 그렇지만 한 달에 한 번 전화 통화를 했다. 두 사람 다, 서로 이야기를 나누고 싶은 욕구보다 가족 간의 의무감에서 하는 의례적인 일이었다.

아내는 오하이오 주 남부, 강만 건너면 바로 켄터키 주인 곳에서 자랐다. 아내의 친어머니는 그곳 병원에서 백혈병으로 서서히 죽어갔고 장인은 그 병원에서 일하는 간호사와 만나서 결혼에 이르게 됐다. 아내의 새어머니는 웨스트버지니아 주가 고향이었고, 마이애미에서 꼬박 십 년을 살았으므로 남부 억양이 약간 남아 있었다. 아내는 장모와 통화할 때는 그 남부 억양을 자연스레 따라 했다.

두 사람의 통화는 독백을 길게 모아놓은 것 같았다. 장모는 몇 안 되는 친구들의 사소한 일들을 늘어놓았고, 전반적으로는 마이애미가, 특별히는 자기가 살고 있는 주상복합 건물이, 점점 노후해가고 있다고 한탄했으며, 별 연관이 없는 장인 생전의 일화 한두 가지로 이야기를 끝냈다. 아내는 임신 이야기, 내 이야기, 우리가 겪은 추위 이야기, 최근 신문에서 읽거나 텔레비전에서 본 이야기 등을 했다. 서로 질문은 전혀 하지 않았다. 통화는 이십 분가량 이어졌고, 그 뒤, 미리 약속해둔 시간 제한이 있기라도 한 듯 인사를 하고 전화를 끊었다.

그날 밤, 장모는 우리가 잠자리에 막 들려는 참에 전화를 했다. 나는 누구 전화인지 눈치챈 뒤에, 아내에게 아래층에 가서 간식을 먹겠다고

속삭였다. 아내가 전화 통화를 할 때는 같은 방에 있기 싫었다. 내가 엿
듣고 있는 기분이 들었다.

나는 주방에서 우유를 따르고 치즈 샌드위치를 만들었다. 그러고는
어둠 속 조리대 앞에 서서 먹었다. 옆 창 너머 좁은 잔디밭 건너 10미
터쯤 떨어진 곳에 옆집 건물이 있었다. 내 집이 거울에 비친 듯한 모습
이었다. 좌우만 뒤집어졌을 뿐 모든 게 똑같았다. 옆집 안방에는 텔레
비전이 있었다. 위층 창을 통해 수영장에 반사된 불빛처럼 푸르스름하
게 깜박거리는 텔레비전 빛이 보였다.

나는 몇 분 동안 어둠 속에 가만히 서서 샌드위치를 마저 먹었다. 그
러면서 아내와 나누었던 대화를 곱씹었다. 내 고백에 아내가 침착한 반
응을 보인 것에 마음이 놓였다. 헤아릴 수 없이 크게 마음이 놓였다. 내
가 저지른 일 때문에 아내가 겁먹지 않을까, 그래서 갑자기 나를 사이
코패스 괴물 같은 존재로 대하지 않을까 걱정해왔지만, 그런 일은 전혀
일어나지 않았다. 이제 알게 됐다. 그런 걱정을 할 이유가 없었다. 내가
범죄를 저지르고도 스스로를 좋은 사람이라 여기고 있듯, 아내도 나를
그렇게 여겼다. 그 우발적인 일 하나를 중요시하기에는 우리 부부가 함
께한 과거가 너무 많았다. 물론 아내도 처음에는 충격을 받았다. 내 두
눈으로 보았다. 아내의 얼굴에 공포와 혐오가 번득였다. 그러나 아내는
순식간에 그 감정을 어딘가에 묻었다. 평소처럼 실용적인 태도였다. 그
리고 이미 저질러진 일은 체념했다. 됐어. 아내는 그렇게 말하고 앞으
로 나아갔다. 과거보다 미래에 초점을 맞추었다. 아내는 아주 실용적인
염려—형이 내 범죄를 아느냐 모르느냐, 이 일이 형과 루와 우리 관계
에 어떤 영향을 미칠 것인가—만 했다. 아내는 굳건한 바위였다. 나는
주방에 가만히 서서 깨달았다. 온갖 일이 실패해도, 아내는 우리를 이
끌 것이다.

옆집 텔레비전이 꺼지고, 집 전체가 깜깜해졌다. 나는 빈 유리잔을 개수대에 넣었다.

위층으로 올라가려다가 다이닝룸 문이 조금 열린 것을 보았다. 불을 켜고 안을 들여다보았다. 나무 식탁에 종이들이 흩어져 있었다. 잡지와 브로셔 들이었다.

위층에서 전화 통화를 하는 아내의 목소리가 들렸다. 아내의 목소리는 마치 혼잣말인 양 부드럽게, 벽에 막혀서 웅웅거리며 들렸다. 나는 다이닝룸 문을 활짝 열고 안으로 들어갔다.

의식적으로 생각해서 한 행동은 아니었지만, 아내에게 내 소리가 들릴까 겁내는 듯이 주저하며 식탁으로 다가갔다. 식탁 위를 훑어보았다. 갖가지 브로셔가 최소한 스무 개, 아마 그 이상이 있었다. 밝은색 비키니를 입고 갈색으로 몸을 태운 여자들 사진, 스키를 타거나 승마를 하는 가족들 사진, 테니스 코트나 골프장에 있는 남자들 사진, 이국적인 음식들이 가득 차려진 식탁들 사진 등이 있는 여행 브로셔들이었다. '벨리즈로 오세요!' '봄에는 역시 파리!' '신들의 섬, 크레타!' '함께 태평양을 항해해요!' 모두가 반짝이고 반들반들해 보였다. 누구나 미소를 짓고 있고, 모든 문장이 느낌표로 끝났다. 〈콩데나스트 트래블러〉 〈아일랜드〉 〈캐리비언〉 〈글로브트로터스 컴패니언〉 등의 잡지도 브로셔보다 크기만 더 클 뿐 똑같았다.

옆에는 공책 한 권이 놓여 있었다. 펼쳐진 면에 아내의 글씨가 있었다. 그 면 맨 위에는 '여행'이라고 적혀 있었다. 그 아래로 세계 도시와 나라들이 적혀 있고, 다 숫자가 매겨져 있었다. 가고 싶은 순서임이 분명했다. 첫째는 로마, 둘째는 오스트레일리아였다. 맞은편 면에는 다른 목록이 있었다. 제목은 '배울 것'이었다. 그 아래에는 요트 운전, 스키, 스쿠버다이빙, 승마 같은 것들이 적혀 있었다. 목록은 아주 길어서 공책 맨 밑까지 이어졌다.

나는 격렬한 통증을 느끼며 깨달았다. 그것은 아내가 자신의 희망을 적은 목록이었다. 아내가 그 돈으로 하고자 꿈꾸는 것들이었다. 내 눈은 그 두 면을 아래위로 훑어봤다. 스위스, 멕시코, 안티구아, 모스크바, 뉴욕, 칠레, 런던, 인도, 헤브리디스 제도……. 테니스, 프랑스어, 윈드서핑, 수상스키, 독일어, 미술사, 골프……. 목록은 이어지고 이어졌다. 아내가 언급하는 것을 들어본 적도 없는 장소들, 아내가 품었으리라고 꿈꾼 적도 없는 야망들.

나는 아내를 처음 만난 이후로 늘, 아내가 나보다 자신 있고 결단력 있다고 생각해왔다. 첫 데이트를 신청한 사람도 아내였다. 첫 섹스를 주도한 사람도 아내였다. 약혼하자고 제안한 사람도 아내였다. 결혼식 날짜(4월 17일)도 아내가 정했고, 신혼여행(플로리다 주 네이플스로 열흘 여행)도 아내가 계획했으며, 아기를 갖기로 노력할 시기도 아내가 결정했다. 아내는 원하는 바를 얻기 위해 늘 노력하는 것 같았다. 그러나 이제, 식탁 위에 흩어진 잡지와 브로셔들을 내려다보며 선 채, 나는 깨달았다. 얻고자 애쓰던 아내의 모습은 진심에서 우러난 것이 아니었다. 자기주장과 추진력으로 가린 아내의 얼굴 뒤에는 실망이 거대한 저수지를 이루고 있었다.

아내는 털리도 대학교 석유화학공학과를 졸업했다. 내가 처음 아내를 만났을 때 아내는 텍사스로 내려가서 석유산업계의 고연봉 일자리를 구하겠다는 계획을 세우고 있었다. 아내는 저축해서 언젠가는 목장을 사고, 말과 소, 하트 무늬 안에 'S'자를 넣은 자기만의 상표를 갖겠다는 꿈을 품었다. 목장을 일컬을 때면 '스프레드'라는 서부식 단어를 썼다. 그러나 대신 우리는 결혼을 했고, 나는 4학년 마지막 학기에 아센빌에 있는 사료상에 취직했으며, 갑자기, 정말 선택한 일이 아닌데도 아내는 델피아에 살게 됐다. 석유화학공학과를 졸업한 사람이 오하이오 주 북서부에서 찾을 수 있는 기회는 많지 않았다. 그래서 아내는 지역 도서관에서 파트타임으로 일하게 됐다. 아내는 충실한 일꾼이었다. 늘 최고의 결과를 만들었다. 그러나 그 모든 일에 후회가 없을 수 없었다. 가끔 뒤돌아보지 않을 수 없었고, 학창 시절에 꿈꿨던 자신의 존재와 지금의 존재 사이의 큰 간극에 한탄하지 않을 수 없었다. 아내는 결혼 생활을 위해서 자신을 희생했지만, 그 사실에 관심을 가져달라고 티를 낸 적이 없었다. 그래서 나는 아내의 희생을 자연스러운 일로, 어쩔 수 없는 일로 여겼다. 그날 밤이 되어서야 비로소 나는 그것을 있는 그대로 비극으로 보게 되었다.

이제 돈이 생겼고, 아내는 다시 꿈꿀 수 있었다. 희망 사항을 적고, 잡지를 넘기고, 새 인생을 계획할 수 있었다. 그런 아내의 모습을—희망과 동경에 부풀어서, 스스로에게 확실히 이룰 수 있는 약속을 하고 있는 모습을— 머릿속에 그리자니 기분이 좋았다. 그러나 거기에는 끔찍하게 슬픈 구석도 있었다. 나는 깨달았다. 우리는 함정에 빠졌다. 우리는 한계를 넘어섰으며, 돌아갈 수 없다. 그 돈 덕분에 꿈꿀 기회를 얻었지만 그 때문에 현재의 삶을 경멸하게 되었다. 사료상의 일, 알루미늄으로 옆면을 댄 집, 주변 마을. 우리는 그 모두를 이미 과거의 것으로 보고 있었다. 백만장자가 되기 전의 과거, 형편없고 우울하고 시시한 과거. 그러므로 어찌어찌하여 그 돈을 돌려주어야 한다 해도, 의미 있는 일이 전혀 일어나지 않았던 듯이 다 잊고 옛 생활로 돌아갈 수는 없게 되었다. 옛 생활을 멀리 떨어진 것으로 보았던 때로, 옛 생활을 평가하고 값어치 없게 여겼던 때로 되돌아갈 것이기 때문이다. 회복될 수 없는 상처였다.

"자기야!"

아내가 위층에서 나를 불렀다.

"여보!"

전화 통화가 끝난 모양이었다.

"올라가고 있어."

내가 소리쳤다. 그런 뒤에 불을 끄고 조용히 등 뒤의 문을 닫았다.

토요일 오후, 아내와 내가 막 점심을 다 먹었을 때, 초인종이 울렸다. 형이었다. 놀랍게도 형은 회색 플란넬 바지와 가죽 구두를 신고 포치에서 기다리고 있었다. 형이 청바지나 면 작업복 바지가 아닌 다른 옷을 입은 모습은 아버지 어머니의 장례식 이후 처음이었다. 그 모습에 나는 약간 놀라서 주의가 산만해졌고, 잠시 시간이 걸린 뒤에야 형의 외모에 생긴 더 큰 변화를 알아차렸다. 머리카락이 짧아졌다. 형은 이발소에 가서 머리를 깎았던 것이다. 아주 짧게 바짝 깎아 머리가 몸에 비해 너무 커 보였다. 바람을 너무 많이 넣은 풍선이 어깨 위에 앉은 듯했다.

형은 가만히 서서 내 반응을 기다렸다. 나는 형을 보며 미소를 지었다. 바지가 확실히 꽉 끼었지만, 갈색 구두가 파란색 양말과 너무 안 어울렸지만, 형은 스스로 제 모습에 만족한 듯했고 그런 일은 드물었다. 그래서 나는 형에게 살가운 마음을 느꼈고, 형을 칭찬하고 싶었다.

"머리 잘랐네."

내가 말했다. 형은 수줍게 미소를 지으며 손으로 머리를 쓰다듬었다.

"오늘 아침에 막 잘랐어."

"보기 좋다. 맘에 들어."

형은 계속 미소를 지은 채, 이제 쑥스러워하며 먼 곳으로 눈길을 돌렸다. 길 건너편에서 이웃 아이가 하키 스틱으로 자기 집 차고 문에 테니스공을 치고 있었다. 공이 젖어서 차고 문에 튕길 때마다 자국이 남았다. 메리 베스가 차에서 그 아이를 지켜보고 있었다.

"이야기할 시간 있어?"

"물론이지."

내가 문을 활짝 열었다.

"점심 먹었어? 샌드위치 만들어줄까?"

형은 내 뒤의 집 안을 살폈다. 형은 아내를 내외했다. 어떤 여자라도 내외했다. 그래서 아내가 집에 있으면 들어오지 않으려 했다.

"드라이브를 하면 어떨까?"

형이 말했다.

"여기서 말하면 안 돼?"

"돈 이야기야."

형이 속삭였다.

나는 포치로 내려간 뒤 문을 닫았다.

"무슨 문제라도 있어?"

"문제는 없어."

"피더슨 때문에?"

형이 고개를 가로저었다.

"그냥 너한테 보여주고 싶은 게 있어. 깜짝 선물."

"깜짝 선물?"

형은 고개를 끄덕였다.

"마음에 들 거야. 좋은 거야."

나는 잠시 망설이며 형을 보다가 문을 다시 열며 말했다.

"외투 입고 올게."

트럭에 타자마자 나는 무슨 일이냐고 물었지만 형은 밝히지 않았다.

"기다려. 보여줄게."

델피아에서 서쪽, 아셴빌 쪽으로 달렸다. 자연보호림으로 가는 줄 알았지만, 그러다 오른쪽이 아닌 왼쪽, 번트로드로 접어들어서 남쪽으로 향했다. 날씨는 차갑고 맑았다. 들판의 눈은 표면이 얼어서 어디에서 보든지 반짝였다. 거의 다 도착해서야, 한때 진입로였던 흙길로 접어들어서야, 나는 형이 아버지의 옛 농장으로 나를 데려왔음을 깨달았다.

트럭이 속력을 줄이고 멈추는 동안, 나는 창밖으로 들판을 뚫어지게 보고 있었다. 몇 년 만에 처음 와보았다. 지금 보니 놀라웠다. 어릴 적 내가 살던 고향 집이지만, 흔적조차 온데간데없어서 충격을 받았다. 집과 헛간과 별채 들은 철거되어 사라졌고, 지하실도 메워서 씨를 뿌려놓았다. 한때 앞뜰 울타리처럼 서서 커다랗게 둥근 그늘을 만들던 나무들은 베어져서 목재로 팔려나갔다. 그 땅에 희미하게나마 남은 우리 가족의 존재는, 서쪽으로 400미터쯤 떨어진 데 여전히 ─이제 약간 비스듬하게─ 서 있는 아버지의 풍차뿐이었다.

"여기 자주 와?"

형에게 물었다. 형이 어깨를 으쓱하고 대답했다.

"가끔."

형은 우리 집이 있었던 쪽을 뚫어지게 보고 있었다. 1킬로미터 너머도 모두 똑같은 모습이었다. 평평한 땅. 모든 것을 덮은 눈. 누구라도 두리번거리지 않을 수 없었다. 콕 집어서 눈길을 둘 만한 것이 전혀 없었기 때문이다. 하늘을 쳐다보는 것 같았다.

"내릴래?"

형이 물었다. 나는 내릴 마음이 없었지만 형은 내리고 싶은 것 같아서, "물론이지"라고 대답하고 차 문을 열었다.

예전에 자갈 진입로였을 성싶은 길을 따라서 들판으로 곧장 걸어갔다. 메리 베스가 무릎까지 쌓인 눈을 뚫고 우리를 앞질러 달려가며, 이따금 우리 눈에 보이지 않는 것들을 향해 코를 킁킁댔다. 도로에서 100미터쯤 가다가, 예전에 우리 집이 서 있던 자리에 도착해서 걸음을 멈췄다. 그 자리가 아닐지도 모른다. 위치를 알 만한 단서는 전혀 없었다. 받침돌도, 펌프 손잡이도 없었고, 지하실을 메워서 땅이 조금 꺼진 자국조차 없었다. 주변 어디와도 마찬가지였다. 왼쪽 멀리, 풍차가 쓸모없이 버려진 모습으로 서 있었다. 북쪽에서 한 줄기 바람이 불었다. 그 바람이 휙 지나갈 때, 풍차 날개가 돌아갔다. 풍차 날개는 갑자기 움직이느라 낡은 흔들의자처럼 삐걱거렸지만, 그 소리가 우리 귀에 닿기까지는 잠깐 시간이 걸렸고, 우리가 돌아보았을 때 이미 풍차는 멈춰 있었다.

형은 예전에 갖가지 것들이—헛간, 트랙터 차고, 곡식 창고, 아버지가 씨앗을 저장하던 철제 헛간 등이— 있던 자리를 생각하려고 애쓰고 있었다. 형은 몸을 돌리며 이곳저곳을 손가락으로 가리켰다. 형의 가죽 구두가 눈에 젖어 있었다.

"형."

내가 마침내 형을 방해하며 입을 열었다.

"왜 날 여기로 데려왔어?"

형이 나를 보며 씩 웃었다.

"내 몫의 돈으로 뭘 할지 결정했어."

"그게 뭔데?"

"농장을 다시 사고 싶어."

"이 농장?"

형은 고개를 끄덕였다.

"다시 지을 거야. 집도, 헛간도, 모두 다 예전처럼."

나는 소스라치게 놀라서 말했다.

"그러면 안 돼. 멀리 가야 해."

개가 우리 근처에서 눈을 파고 있었다. 형은 대답을 미루고 잠시 개를 바라보았다. 그런 뒤에 고개를 들어서 나를 보았다.

"내가 어디로 가?"

형이 물었다.

"너희는 달라. 너한테는 제수씨가 있고, 루한테는 낸시가 있어. 하지만 나한테는 아무도 없어. 내가 혼자서 멀리 가면 좋겠어?"

"형, 이 농장을 사면 안 돼. 사람들한테 돈을 어디서 구했다고 말할래?"

"내가 생각해봤는데, 제수씨가 유산을 받았다고 말하면 돼. 이 근처 사람 중에 제수씨 가족에 대해서 조금이라도 아는 사람은 아무도 없어. 네 부부가 떠나기 전에 이 농장을 사서 나한테 맡겼다고 말하면 돼."

나는 텅 빈 들판을, 눈 위에서 도로까지 구불구불 이어진 우리 발자국을 바라보았다. 그리고 형이 여기 머물며 집을 다시 짓고, 울타리를 치고, 농사짓는 모습을 상상하려고 애썼다. 그런 일이 이루어질 수 있다고는 믿기지 않았다.

"네가 좋아할 줄 알았어. 이건 우리 농장이야. 내가 되살릴 거야."

나는 형을 보며 얼굴을 찌푸렸다. 형은 잘못 알았다. 나는 전혀 좋아할 수 없었다. 나는 평생 이 농장에서 달아나고 싶다는 생각을 품어왔다. 내 기억이 남아 있는 아주 어릴 때부터 줄곧, 내 머릿속에서 농장은 온갖 것들이 무너지고 쇠락하는 곳, 계획대로 이루어지는 일이 아무것도 없는 곳이었다. 지금도, 한때 우리 집이 있었던 텅 빈 공간을 바라보자니, 속에서 절망이 치솟았다. 여기서는 좋은 일이라고는 일어난 적이 없었다.

"형, 너무 힘든 일이야. 알아? 사기만 한다고 끝나는 일이 아니야. 형이 농장 일을 해야 해. 농기계도 알아야 하고, 묘종, 비료, 제초제, 관개, 수로, 날씨도 알아야 해. 정부 정책도 알아야 해. 그런 건 아무것도 모르잖아. 결국 아빠처럼 될 거야."

그 말을 뱉자마자, 내가 너무 심했음을 깨달았다. 형이 서 있는 자세만 보아도 내 말에 상처를 입었음을 알 수 있었다. 외투가 위로 올라가고, 어깨가 구부정해지고, 양손은 플란넬 바지 주머니 깊숙이 들어갔다. 시선은 나를 피했다.

형은 말했다.

"내가 농장을 물려받기로 돼 있었어. 아빠가 그러겠다고 약속했는데……."

나는 여전히 내가 한 말에 부끄러워하며 고개를 끄덕였다. 우리 아버지는 우리 형제 중 한 사람이 농부가 되고 다른 한 사람은 변호사가 되기를 바랐다. 내가 성적이 더 좋았기 때문에 대학에는 내가 가게 되었다. 그러나 우리 형제는 둘 다 아버지의 기대를 저버렸다. 둘 중 누구도 아버지의 꿈을 실현하지 못했다.

"나는 지금 너한테 도움을 청하는 거야. 내가 너한테 한 번이라도 도움을 청한 적이 있었어? 지금 이렇게 부탁하잖아. 농장을 되찾게 도와줘."

나는 아무 말도 하지 않았다. 나는 우리가 돈을 나눈 뒤에 형이 여기에 머무는 것이 싫었다. 그래 봐야 나쁜 일밖에 생기지 않을 것이 뻔했다. 그러나 형에게 그 말을 할 방법을 찾을 수 없었다.

"너한테 돈을 달라는 것도 아니잖아. 그냥 마을 사람들한테 제수씨가 유산을 받았다는 말만 해달라는 거야."

"뮬러가 형한테 농장을 팔지 안 팔지도 모르잖아."

"네가 돈을 충분히 내겠다고 하면 팔 거야."

"다른 농장을 사면 안 돼? 사람들이 우리를 모르는 곳, 서쪽 어디에?"

형이 고개를 가로저었다.

"나는 이 농장을 원해. 나는 우리가 자란 여기서 살고 싶어."

"내가 돕지 않겠다고 하면?"

형은 잠깐 생각하더니 어깨를 으쓱했다.

"모르겠어. 다른 이야기를 꾸며보겠지."

"위험하다는 생각은 안 들어? 형이 여기 남아 있으면 우리 모두 위험해질 수도 있다는 생각은 없어? 우리가 정말 안전해지려면 모두 싹 사라져야 해."

"나는 못 떠나. 갈 곳이 없어."

"세상이 다 형 차지야. 원하는 곳 어디라도 정착하면 돼."

"내가 가고 싶은 곳은 여기야."

형은 눈에 발을 꾹 눌렀다.

"바로 여기. 고향 집."

그 뒤로 일 분 가까이 둘 중 누구도 입을 열지 않았다. 또 한 번 산들바람이 불어서 우리는 풍차를 보았지만, 풍차는 움직이지 않았다. 나는 형에게 안 된다고 말하기 위해, 그 일은 절대로 잘될 수 없다고 이야기하기 위해, 스스로에게 자신감을 불어넣고 있었다. 그때 형은―아마도 내가 하려는 일을 눈치채고― 나에게 탈출구를 제시했다.

"지금 결정하지 않아도 돼. 생각해보겠다는 약속만 해."

"알았어."

나는 잠시 모면하게 된 것에 고마워하며 말했다.

“잘 생각해볼게.”

　형의 픽업트럭에서 내려서 우리 집 현관문을 열 때, 그제야 나는 형이 나를 만나러 오기 전에 머리를 깎고 옷을 빼입은 이유를 깨달았다. 형은 나에게 감명을 주려고 했던 것이다. 자신을 성숙하고 책임감 있는 사람으로 보게 만들려고, 자신이 한 사람의 성인으로서 그 역할을—기회만 있다면—나만큼 잘할 수 있다고 나에게 내보이려 했던 것이다. 그 생각을 하자, 지저분한 아파트에서 구두를 닦고 있었을 형을 떠올리자, 불편한 바지에 다리를 억지로 넣은 뒤 벨트를 꽉 매고 양말을 올린 다음, 효과를 살피려고 욕실 거울 앞에 몇 분 동안 서 있었을 형을 생각하자, 나와 형과 우리 각자가 취한 길이 가엾다는 끔찍한 기분에 사로잡혔다. 그러자 형에게 농장을 주고 싶었다.

　그러나 내가 아무리 하고 싶더라도, 그런 일은 절대 일어나지 않으리라는 것을 나도 잘 알고 있었다. 그날 오후 더 늦은 시각에 그 일을 아내에게 이야기했다. 아내의 생각도 나와 같았다.

　“아주버님은 떠나야 해. 머무를 수 있는 방법은 없어.”

　우리는 거실, 벽난로 앞에 앉아 있었다. 아내는 또 뜨개질을 하고 있었다. 아내가 말을 하는 동안 뜨개바늘은 아내의 말을 모스부호로 번역하는 듯이 딸각거렸다.

　“자기가 아주버님을 이해시켜야 해.”

　“나도 알아. 그냥 거기 있는 동안에는 말을 못 한 것뿐이야. 월요일에 말해야지.”

　아내는 고개를 가로저었다.

　“어쩔 수 없이 해야 할 상황이 되기 전에는 말하지 마.”

“무슨 뜻이야?”

“시간을 둘수록 아주버님은 그 일을 대수롭지 않게 보게 될 거야.”

아내의 말뜻을 알 수 있었다. 아내는 형의 반감을 사서 형을 루의 품에 안기는 셈이 되지 않을까 염려했다. 나는 아내의 말에 반박할까, 형을 겁낼 이유가 없다고, 내 친형이고 믿을 수 있다고 말할까, 잠시 생각했다. 그러나 그 말을 아내에게 납득시킬 방법이 전혀 없음을, 형의 충성을 증명할 객관적이고 틀림없는 증거가 전혀 없음을 깨달았다. 그래서 나는 한마디밖에 할 수 없었다.

“형에게 농장을 줄 수 있으면 좋겠어.”

딸각거리던 뜨개바늘 소리가 멈췄다. 벽난로 너머로 아내가 나를 보고 있는 것이 느껴졌다.

“아주버님이 여기 남아 있으면 안 돼. 엄청난 증거를 남기는 꼴이야.”

“나도 알아. 그냥 어떻게든 형을 도울 수 있으면 좋겠다는 말을 한 것뿐이야.”

“그러면 떠나겠다는 약속을 받아. 그게 아주버님을 돕는 길이야.”

“그렇지만 형이 무슨 일을 하겠어? 그 생각은 해봤어? 형이 갈 데가 어디 있어?”

“100만 달러를 손에 쥐게 되잖아. 어디든 마음대로 갈 수 있어.”

“여기만 빼고.”

아내가 고개를 끄덕였다.

“그렇지. 여기만 빼고.”

뜨개바늘이 다시 움직이기 시작했다.

“나는 늘 형한테 미안한 기분이야. 어릴 때에도 그랬어. 내가 늘 형을 배반하고 있는 기분이었어.”

"요 몇 년 동안 아주버님도 자기한테 그리 잘한 것 없어."

그 말은 귀담아듣지 않았다. 아내는 내 말을 못 알아듣고 있었다.

"학교에 입학하기 전까지는 형을 존경했어. 그런데 학교에서 형이 뚱뚱하다고 아이들에게 놀림을 당하는 걸 봤어. 그때 나는 내가 형의 동생인 게 부끄럽고 창피했어. 형을 깔보기 시작했지. 형도 그걸 알았어. 내가 변한 것을 느꼈겠지."

아내의 뜨개바늘이 계속 딸각딸각 소리를 냈다.

"자연스러운 거야. 어렸잖아."

나는 고개를 가로저었다.

"형은 수줍음도 많고 걱정도 많은 아이였어."

"그래서 이제 수줍음도 많고 걱정도 많은 어른이 됐지."

나는 아내를 보며 얼굴을 찌푸렸다. 나는 형에 대한 내 감정이 어떤지 아내에게 설명하려고 애쓰고 있었다. 그날 오후, 형이 나를 집에 내려준 뒤에 나에게 밀려왔던 절망감을 조금이라도 아내에게 알리려 애쓰고 있었다.

"밤에 오줌을 쌌던 것 알아?"

내가 물었다.

"아주버님이?"

아내는 내 말에 비웃듯 웃었다.

"중학교 1학년 때, 밤마다 방광 조절력을 잃기 시작했어. 겨우내 계속 그러다가 봄까지 이어졌어. 엄마가 알람시계를 맞춰두고 밤중에 형을 깨워서 화장실로 데려갔지만 소용없었어."

아내는 뜨개질을 계속했다. 내 말에 귀를 기울이지 않는 듯했다.

"끝 무렵에 내가 친구에게 그 이야기를 했어. 그러자 금세 모르는 사람이 없게 됐어. 전교생이 다 알았어."

"아주버님이 화냈어?"

"아니. 형은 그냥 부끄러워하기만 했어. 그게 더 나빴지. 엄마나 아빠한테도 내가 그런 일을 했다고 이르지 않았어. 그래서 야단도 안 맞았어."

나는 그 일을 떠올리며 잠시 말을 멈췄다.

"내가 한 일 중에서 가장 잔인했어."

"옛날 일이야. 아주버님은 기억도 못 할 게 틀림없어."

나는 고개를 저었다. 그리고 깨달았다. 그 이야기를 꺼내지 말았어야 했다. 이야기가 제대로 나오지 않았다. 내가 말하고자 하는 바를 전달할 수 없었다. 나는 형을 돕고 싶었다. 형에게 좋은 일을 하고 싶다는 것, 형의 삶을 더 좋아지게 만들고 싶다는 것이었다. 그러나 그런 뜻을 어떻게 전해야 할지 방법이 떠오르지 않았다.

"형이 기억하는지 아닌지는 중요하지 않아."

내가 말했다.

그날 밤, 우리 집 진입로에서 공회전하는 자동차 엔진 소리에 잠에서 깼다. 아내는 내 옆에 똑바로 누운 채 깊고 느리게 숨을 쉬며 자고 있었다. 방에 불빛이라고는 디지털 알람시계에서 나오는 것밖에 없었다. 희미한 녹색 빛이 탁자 너머에서 떠올라서, 임신으로 부푼 아내의 이불 덮은 몸 위에 부드럽게 내려앉았다.

1시 십오 분 전이었다. 밖의 자동차 엔진 소리가 꺼졌다.

나는 침대에서 빠져나와서 창으로 살살 걸어갔다. 하늘은 맑았다. 흰색에 가까운 노르스름한 반달이 하늘 한가운데에 걸려 있었다. 나뭇가지들 사이로 별들이 밝고 선명하게 빛났다. 앞뜰에 쌓인 눈이 별빛에 반짝였다. 진입로 끝에 우리 집을 마주 보고 서 있는 차는 루의 자동차였다.

나는 얼른 아내를 흘긋 보았다. 아내는 여전히 숨이 고르고 나지막했다. 나는 발끝으로 살살 걸어서 방을 가로지른 뒤, 복도로 나갔다.

계단을 내려가는데, 자동차 문이 잘가닥 열리는 소리가 들렸다. 잠시 후, 천천히, 조용히, 다시 잘가닥 닫혔다.

현관문 창 사이로 살짝 내다보았다. 루가 조심스레 진입로를 걷고 있었다. 흰 위장복 외투를 입고, 술 취한 듯이 걸었다. 확실하지는 않지만, 차에서 누가 기다리고 있는 듯했다. 내가 지켜보고 있자니 루는 차고 쪽으로 방향을 바꿨다.

차고는 집 왼쪽에 붙어 있었다. 차고 앞은 내 시야가 닿지 않는 곳이어서, 루가 차고 가까이 갔을 때는 루의 모습이 시야에서 사라졌다.

집에는 무기가 전혀 없었다. 떠올릴 수 있는 것은 주방식 칼들뿐이었으며, 칼을 가지러 가느라 창문 옆을 떠나기는 싫었다.

루는 차고에서 한참 시간을 보냈다. 차고 문들은 잠겨 있지 않았지만, 차고 안에 루가 훔칠 만한 것은 아무것도 없었다. 나는 루의 차를 자세히 살폈다. 분명히 누가 있었다. 두 사람인 듯도 했다.

거실의 미니어처 괘종시계 소리가 고요 속에서 크게 울렸다. 그 소리에 고요가 더욱 강조되었다.

불을 켜서 저 사람들을 겁주고 쫓는 게 어떨까 잠시 생각했다. 그러나 그렇게 하지 않았다. 창밖을 몰래 내다보기만 했다. 파자마 바람이고 맨발이어서 몸이 떨렸지만, 루가 다시 나타나기를 기다렸다.

마침내 루가 다시 나타났을 때, 루는 자동차가 아니라 우리 집 현관으로 곧장 다가왔다.

나는 몸이 굳어서, 현관 복도 안으로 두 걸음 뒷걸음쳤다.

루는 포치로 올라왔다. 루의 부츠에 나무 바닥이 울렸다. 둥둥거리는 북소리 같았다. 루는 손잡이를 흔들며 문을 열려 했지만, 현관문은 잠겨 있었다. 그러다가 루가 아주 조용히, 장갑 낀 손으로 문을 톡톡 두드렸다.

나는 움직이지 않았다.

루가 다시 노크를 했다. 이번에는 주먹으로 좀 더 크게 노크했다. 위층에서 자고 있는 아내가 생각났다. 나는 앞으로 걸어가서 잠금장치를 끌렀다.

문을 아주 살짝 열고 밖을 내다보았다.

"루 형, 뭐 하는 거야?"

내가 속삭였다. 루는 빠진 이를 드러내며 큰 미소를 지었다. 루의 눈에서 빛이 나는 듯했다. 루는 내 얼굴을 본 것이 놀랍다는 듯 말했다.

"회계 선생!"

나는 얼굴을 찌푸렸다. 그러자 루의 표정도 재빨리 변했다. 즉시 진지하고 어두워졌다.

"행크, 돈을 조금 찾으러 왔어."

그다음, 웃음을 못 참겠다는 듯 낄낄 웃었다. 루는 장갑 낀 손으로 입을 닦았다. 숨결에서 술 냄새가 났다.

"집에 가. 돌아서서 집에 가."

내가 말했다. 열린 문틈으로 차가운 공기가 계속 들어와서 맨발에 쏟아졌다. 발이 시렸다.

"행크, 여기 아주 추워. 안으로 들여보내줘."

루가 문에 몸을 누르고—내가 무심결에 뒤로 물러섰을 때— 안으로 들어왔다. 루는 등 뒤로 문을 닫았다. 얼굴은 함박웃음을 짓고 있었다.

"돈을 나눌 때가 됐다고 결정했어. 내 몫을 내놔."

루는 장갑을 맞비비며 더플백이 거기, 훤한 곳에 바로, 그냥 놓여 있기를 기대하고 있는 듯, 복도를 흘깃거렸다.

"여기 없어."

"차고에 있나?"

"여기 있다 해도 주지 않을 거야."

루가 화를 내며 몸을 곧추세웠다.

"네가 돈을 보관하고 있다고 그 돈이 다 네 돈이야? 일부는 내 돈이야."

루가 손가락 하나로 제 가슴을 가리켰다.

"다 같이 약속했잖아."

내가 단호하게 말했다. 루는 내 말을 무시했다. 옆으로 몸을 기울인 채 복도 너머 주방을 훑어보았다.

"은행에 넣었어?"

"당연히 아니지. 숨겼어."

"행크, 현찰이 좀 필요해. 지금 당장."

"약속을 잘 지켜야 돈을 손에 넣을 수 있어."

"회계 선생, 이러지 마."

루는 부드럽게 아부하는 목소리를 냈다.

"정정당당하게 하자."

"자동차에 있는 사람은 누구야?"

"자동차?"

"형을 기다리는 사람."

나는 현관 너머를 가리켰다.

"아무도 없어. 나뿐이야."

"루 형, 차에 누가 있는 걸 봤어. 낸시야?"

루는 살짝 미소를 지었다.

"계속 나를 지켜보고 있었어?"

루는 그 사실이 재미있는 모양이었다. 루의 미소가 더 짙어졌다.

"낸시랑 또 누구야? 우리 형이야?"

루가 고개를 가로저었다.

"낸시뿐이야."

루는 잠시 말을 멈췄다가, 내가 얼굴을 찌푸리는 것을 보더니, 거짓말을 들킨 어린아이처럼 다시 미소를 지었다.

"낸시와 소니."

"소니 메이저?"

내가 놀라서 물었다. 두 사람이 친구라는 생각은 해보지 않았다.

루가 고개를 끄덕였다.

"소니가 집세를 받으러 왔어. 그래서 낸시와 내가 소니에게 같이 나가자고 했지."

씩 웃던 루의 입술이 더 늘어나서 엉큼한 웃음이 되었다.

"그래서 돈이 필요해, 회계 선생. 우리 집주인에게 술을 사야 해."

"낸시와 소니에게 비행기 이야기를 했어?"

루가 넌더리를 내며 코웃음을 쳤다.

"당연히 안 했지. 너한테 빌려준 돈이 있다고 했어."

내가 얼굴을 찡그렸다. 집은 우리를 둘러싼 어둠 속에서 삐걱삐걱 소리를 내며 골격을 바로잡고 있었다.

"내가 요구하는 건 정당한 내 몫이야."

루는 발을 앞뒤로 약간 흔들었다. 루를 지켜보고 있자니 조바심이 밀려왔다. 루가 떠나기를 바랐다. 루가 당장 떠나기를 바랐다.

"내 몫을 다 달라는 것도 아니야. 한 다발만 줘. 나머지는 나중에 가져가면 돼."

나는 목소리를 낮고 조용하게 유지하며 아주 천천히 말했다.

"나한테 한 번만 더 돈을 달라고 하면, 내일 아침에 일어나자마자 돈을 태우겠어. 알았어?"

루는 그 말에 히죽히죽 웃었다. 루가 나지막하게 말했다.

"헛소리. 헛, 소, 리."

"마음대로 생각해. 어떻게 되는지 보면 알 테니까."

루가 또 히죽히죽 웃었다.

"회계 선생, 나는 비밀을 알고 있어. 네 형이 나한테 작은 비밀을 알려줬거든."

나는 루를 노려보았다.

"드와이트 피더슨에게 무슨 일이 있었는지 알고 있어."

잠깐 동안이었지만, 내 몸이 굳었다. 그러다가 스스로 자제했다. 놀랄 만큼 침착을 유지했다. 머리가 아주 빨리 돌아가며 생각이 이쪽저쪽으로 내달렸다. 그러나 몸이 따르지 않았다. 형이 피더슨 이야기를 하다니. 전혀 예상 못 한 일이었고, 내 몸은 얼어붙었다.

루는 나를 보며 씩 웃었다. 나는 루의 눈을 똑바로 보려고 정신을 집중했다.

"드와이트 피더슨?"

내가 말했다. 루의 미소가 더 커져서 얼굴 전체를 차지했다.

"회계 선생, 네가 그 사람을 죽였잖아. 너와 네 형이."

"루 형, 술을 너무 많이 마셨구나. 횡설수설하고 있잖아."

루는 미소를 거두지 않은 채 고개를 가로저었다.

"돈을 태우게 그냥 두지 않겠어. 그건 내 돈을 훔치는 것이나 마찬가지야. 네가 돈을 태우면, 나는 널 살인죄로 고발하겠어."

거실의 시계가 정각을 알렸다. 깊은 종소리가 한 번 울렸다. 종소리가 가라앉자, 복도는 더 어둡고 고요한 듯했다.

나는 루의 외투에, 가슴 한가운데에 손을 얹었다. 힘을 주지는 않았다. 그냥 손바닥을 거기 얹었다. 루와 나 둘 다 그 손을 내려다보았다.

"집에 가."

내가 나지막이 말했다. 루는 다시 고개를 가로저었다.

"돈이 필요해."

나는 복도 벽장으로 걸어갔다. 재킷 안주머니를 더듬어서 지갑을 찾았다. 지갑에서 20달러짜리 지폐 두 장을 꺼내서 루에게 내밀었다. 루는 그 돈을 보지도 않았다.

"돈다발 하나가 필요해."

"여기 없어. 집에서 먼 곳에 숨겼어."

"어디?"

"이 돈 받아."

내가 지폐를 흔들었다.

"내 몫을 줘."

"올여름이면 갖게 될 거야. 약속했잖아."

"아니. 지금 줘."

"내 말 못 들었어? 못 줘. 여기 없다니까."

"그러면 내일 아침에 다시 오지. 나랑 같이 가서 가져오면 되겠네."

"그건 약속이랑 다르잖아."

"누가 보안관에게 쪽지를 보내면 어떻게 될까? 드와이트 피더슨의 사고에 수상쩍은 구석이 있다는 쪽지를."

나는 루를 차갑게 노려보았다. 루를 때리고 싶은 절박한 욕구를 간신히 누르고 있었다. 주먹을 날려서 비뚤비뚤한 이들이 목구멍 아래로 넘어가게 만들고 싶었다. 목을 분지르고 싶었다.

"이 20달러짜리나 받아."

"드와이트 피더슨이 다리에서 추락했다? 그 말을 믿어?"

루가 짐짓 못 믿겠다는 듯이 고개를 가로저었다.

"내가 보기에는 아주 이상해."

루는 씩 웃으며 말을 잠시 멈췄다.

"새해 첫날 아침에 너희 둘이 그 길에 있지 않았어?"

"고발은 절대 안 돼."

"행크, 난 절박해. 한 푼도 없고, 빚까지 졌어."

"우리를 고발하면, 루 형 돈도 다 날아가."

"여름까지 못 기다려. 지금 필요해."

"이 돈 가져."

내가 말했다. 루 앞에 지폐를 내밀었다. 루가 고개를 가로저었다.

"아침에 다시 올게. 최소한 한 다발은 있어야 해."

나는 공황에 빠지기 시작했지만, 아주 잠깐으로 끝났다. 그런 다음 탈출구가 보였다.

"아침에 못 가. 차를 타고 가도 하루가 꼬박 걸려. 집사람이 아이를 낳은 뒤에야 갈 수 있어."

루는 나를 믿어야 할지 말아야 할지 결정을 못 내리는 듯했다.

"하루를 꼬박 차를 타고 가야 한다고?"

"미시건에 있는 창고야."

"왜 빌어먹을 미시건까지 갔어?"

"가까이에 두고 싶지 않았어. 어찌어찌하다가 우리가 의심을 살 경우를 대비했어. 멀리 두고 싶었어."

루의 머릿속에서 싸움이 일어난 것이 내 눈에 선했다.

"아기가 언제 나오는데?"

"두 주 뒤."

"그럼, 그 뒤에는 갈 거야?"

"그래."

내가 말했다. 그냥 루를 쫓아내고만 싶었다.

"약속해?"

내가 고개를 끄덕였다.

"그리고 돈도 나누는 거지?"

나는 한 번 더 고개를 끄덕였다.

"이 돈은 가져."

루는 돈을 내려다보았다. 그런 뒤에 돈을 받아서 외투 주머니에 처박고, 나를 보며 미소를 지었다.

"깨워서 미안."

루가 문 쪽으로 두 걸음, 어정쩡하게 뒷걸음쳤다. 내가 문을 열어주었다. 루가 포치로 나간 뒤, 나는 현관문을 닫고 잠갔다.

나는 창으로 루를 지켜보았다. 루가 앞 계단에 가만히 서 있다가, 주머니에서 20달러짜리 지폐를 꺼내고 천천히 돈을 살핀 뒤, 조금 서두르며 진입로를 내려가서 제 차로 갈 때까지 계속 지켜보았다.

루가 차 문을 열 때, 실내등이 잠깐 켜졌다. 차 안에 있는 두 사람이 내 눈에 들어왔다. 조수석에는 낸시가 앉아 있었다. 루를 보며 미소를 지었다. 그림자에 가린 뒷자리에 또 한 사람이 있었다. 처음에 나는 그 사람이 소니 메이저일 것이라고 생각했다. 그러나 루가 문을 닫고 실내등이 꺼질 때, 순간, 의심이 번득였다. 소니 메이저는 체구가 작았다. 루보다 작았다. 하지만 뒷자리에 있는 사람은 커 보였다. 거대해 보이기까지 했다. 우리 형 같았다.

나는 자동차가 진입로를 내려가는 모습을 지켜보았다. 도로로 빠져나가서 루가 헤드라이트를 켰다. 나는 차가운 마룻바닥에 닿아서 무감각해진 발로 가만히 선 채, 자동차 엔진 소리가 멀리 사라지고 집이 다시 고요에 잠길 때까지 기다렸다.

어떻게 해야 할지 대충이라도 생각하려 했다. 그러나 아무 생각도 떠오르지 않았다. 일이 더 힘들어지고 있다는 생각밖에 할 수 없었다. 이제 나는 곤경에 빠졌다. 빠져나갈 방법이 없는 것 같았다.

침대로 돌아가려고 몸을 돌렸을 때, 아내의 모습이 보였다. 계단 맨 위, 어둠 속에서, 흰 타월 천으로 된 가운을 입은 아내가 유령처럼 나를 내려다보고 있었다.

우리는 바로 그 자리, 계단에서 이야기를 나눴다. 나는 아내 옆으로 올라갔고, 어둠 속에서, 나와 아내는 어린아이들처럼 맨 위 바로 아래 단에 나란히 앉았다.

"들었어?"

아내는 고개를 끄덕였다. 내 무릎에 손을 얹었다.

"전부?"

"응."

"형이 루에게 피더슨 이야기를 했대."

아내가 내 무릎을 살짝 쥐면서 다시 고개를 끄덕였다. 나는 아내의 손 위에 내 손을 얹었다.

"이제 어쩔 생각이야?"

아내가 물었다. 나는 어깨를 으쓱했다.

"아무것도."

“아무것도?”

“돈을 잘 지켜야지. 기다려야지.”

아내는 몸을 내 반대쪽으로 기울였다. 내 얼굴을 바라보는 아내의 시선이 느껴졌다. 나는 현관문만 내려다보았다.

“그러면 안 돼.”

아내가 말했다. 아내는 목소리를 전혀 높이지 않았지만, 그럼에도 그 목소리에는 긴박감이 미묘하게 깃들어 있었다.

“루에게 돈을 주지 않으면, 루가 고발할 거야.”

“그러면 돈을 줘야지.”

“안 돼. 루 때문에 우리 모두 붙잡힐 거야. 아무 데서나 돈을 쓰기 시작해서 사람들의 시선을 끌 테니까.”

“알았어. 그럼 주지 않을게. 으름장을 놓아야지.”

“그러면 고발하잖아.”

“달리 방법이 없잖아. 두 가지 방법 중에 하나를 택해야 해.”

좌절감으로 내 목소리가 높아졌다.

“돈을 태워.”

“안 돼. 그럼 루가 피더슨 일을 고발하겠지. 결국 나는 살인죄로 체포돼.”

“아주버님에게 뒤집어씌워. 돈을 내놓고 아주버님에게 불리한 증언을 하겠다고 약속하면 자기는 사면될 수 있어.”

“형한테 어떻게 그런 짓을 해?”

“아주버님이 자기한테 한 짓은? 이건 모두 아주버님 잘못이야.”

“내 친형이야. 그런 짓은 못해.”

아내의 숨소리가 들렸다. 숨소리가 점점 빠르고 얕아졌다. 나는 아내의 손을 꼭 잡았다.

"루는 아무 말 안 할 거야. 굳게 버티면, 여름까지 기다리겠지."

"아니면?"

"아니면 우리는 곤경에 빠지겠지. 그것도 우리가 감수할 몫이야."

"그냥 앉아서 루가 자기를 고발하기를 기다리고만 있어?"

"나더러 어쩌라고? 루를 죽이기라도 해? 형이 말한 것처럼?"

아내는 그 말에 얼굴을 찌푸리며 손을 내저었다.

"내 말은, 뭔가 조치를 취하자는 거야. 루를 협박할 방법을 찾아야 해."

"협박?"

"지금까지 우리는 돈을 쥐고 있는 것으로 루를 조종했어. 그렇지만 이제 루가 우리를 조종하고 있어. 힘을 되찾을 방법을 찾아야 해."

"루를 협박하면 일이 더 악화되기만 할 텐데? 판돈을 올리는 셈이야. 루는 칩을 더 낼걸."

"포기하고 싶다는 말이야?"

나는 아내의 손을 놓고 얼굴을 문질렀다. 우리를 둘러싼 집 안은 온통 완전히 고요했다. 집이 우리 말에 귀를 기울이고 있는 듯했다.

내가 말했다.

"그냥 계획한 대로 지키고 싶은 것뿐이야. 여름까지 기다리고 싶어."

"그렇지만 루가 고발할 거야."

"고발한다고 해서 루가 이익 볼 게 아무것도 없어. 루도 그걸 알아. 우리가 감옥에 가면 돈도 사라지니까."

"화풀이로 고발할 수도 있어. 시키는 대로 하지 않는다는 이유만으로도 충분히 그럴 사람이야."

나는 눈을 감았다. 몸이 피로로 쑤시기 시작했다. 몸이 잠을 원했다.

"내가 보기에, 자기는 이 일이 얼마나 심각한지 잘 모르는 것 같아."

"침대로 돌아가자."

내 말에도 아내는 움직이지 않았다.

"이제 자기가 루한테 휘둘리게 됐어. 루가 시키는 일은 뭐든 해야 할 판이야."

"아직 돈은 내 수중에 있어. 루는 돈이 어디에 있는지 몰라."

"자기는 돈을 태우겠다는 협박으로 영향력을 행사했지만, 이제 그게 사라졌어."

"형한테 말하는 게 아닌데……."

"루를 잘 알잖아. 루는 그 일을 써먹을 수 있는 데까지 써먹을 거야."

"나한테 이런 짓을 하다니 믿기지가 않아."

"여름까지 잘 버텨서 돈을 나눈다고 해도, 루는 그걸로 계속 협박할 거야. 십 년이 지난 뒤에도 자기 몫을 다 쓰면 우리를 찾겠지. 우리한테 협박 편지를 보낼 거야. 결국 우리는 감옥에 가겠지."

나는 아무 말도 하지 않았다. 내가 생각하고 있는 사람은 루가 아니었다. 형이었다.

아내가 내 손을 다시 잡았다.

"루가 그런 짓을 하게 놔두면 안 돼. 통제권을 되찾아야 해."

"하지만 우리가 할 수 있는 일이 없잖아. 루를 협박하라는 말만 계속 하는데, 무슨 수로 협박을 해? 협박할 거리가 없잖아."

아내는 아무 말도 하지 않았다.

"내가 어떡하면 좋겠어? 계획이라도 있어?"

아내는 나를 뚫어져라 보았다. 일순, 나는 아내가 루를 죽이라고 말하지 않을까 생각했다. 그러나 아내는 그런 말을 하지 않았다. 그냥 고개만 가로저었다.

"아니, 없어."

나는 고개를 끄덕였다. 일어서서 침실로 돌아가려는데, 아내가 내 손을 쥐고 자기 배에 댔다. 아기가 발로 차고 있었다. 손바닥 아래로 아기의 발이 느껴졌다. 어둡고 신비로운 무엇, 아내 몸속의 따뜻한 부드러움이 내 피부를 힘차게 밀었다. 아기는 몇 초 동안 계속 발로 찼다.

아기의 발차기가 마침내 멈추자, 나는 나지막이 말했다.

"다 잘될 거야. 나를 믿어. 잘 헤쳐 나갈 수 있어."

그 말을 뱉자마자 깨달았다. 그런 말은 버틸 수 없는 상황에 빠졌을 때 사람들이 늘 하는 말이었다. 내가 마지막으로 우리 어머니를 보았을 때, 어머니도 그런 말을 했다. 용기를 북돋우기는 하지만 잘못된 말, 눈을 피하고 귀를 닫는 말, 자신이 처한 위험을 부정하는 말. 그런 말을 해야 한다고 느끼다니, 나쁜 징조였다. 아내가 내 손을 자기 배에 대고 꽉 잡고 있는 것을 보니, 아내도 그렇게 느끼고 있음을 알 수 있었다. 우리 부부는 곤경에 처했다. 순진한 자신감과 확신에 가득 차서 위험한 일을 함께 시작했지만, 이제 그 일이 우리 손에서 빠져나가는 것을 지켜보고 있었다.

"무서워."

아내가 말했다. 나는 고개를 끄덕였다.

"다 잘될 거야."

내가 다시 나지막이 말했다. 이번에는 그 말이 어리석게 느껴졌다. 그러나 달리 할 말은 아무것도 없었다.

이튿날 아침, 일찍 일어났다. 아내를 깨우지 않으려고 복도에서 옷을 입고 아래층에서 이를 닦았다. 주방에서 커피를 만든 뒤, 전날 신문을 읽으면서 커피를 마셨다.

그런 다음, 형의 집으로 차를 몰았다.

형의 아파트 건너편, 형의 픽업트럭 바로 뒤에 차를 세웠다. 아름다운 아침이었다. 차갑고, 청명하고, 구름 한 점 없었다. 모든 것이 솔로 문질러 닦은 듯 깨끗해 보였다. 식료품점의 줄무늬 비닐 차양, 주차 미터기의 은빛 기둥, 시청 앞에서 바람에 나부끼는 깃발. 아직 8시가 조금 못 된 이른 시간이었지만, 아셴빌은 벌써 완전히 깨어 있었다. 겨드랑이 아래에 선물을 끼고 손모아장갑을 낀 손에 김이 모락모락 나는 커피를 든 사람들이 거리를 오갔다. 모두가 미소를 짓고 있는 듯했다.

형은 내가 예상한 대로 자고 있었다. 문을 크게 두드리고, 기다리다가, 또 두드린 뒤에야 형이 천천히 문 쪽으로 어깃어깃 다가오는 소리가 들렸다. 형이 마침내 문까지 왔다. 밖에 내가 서 있다는 사실이 탐탁스럽지 않은 듯했다. 복도에서 들어오는 빛에 눈을 가늘게 뜨고 잠시 문기둥에 기대서 있는 형은 깊게 실망한 표정이었다. 형은 그러다가 툴툴거리듯 인사를 한 뒤 돌아서서 어둑어둑한 아파트 안으로 들어갔다.

나도 문을 닫으며 안으로 들어갔다. 어둠에 눈이 익기까지는 잠시 시간이 걸렸다. 형의 아파트는 비좁고 환기도 안 됐다. 카펫도 없는, 큰 사각형의 그냥 방이었다. 왼쪽에는 작은 욕실로 통하는 문이 하나 있었다. 그 옆에 60센티미터 깊이로 쑥 들어가 있는 벽감이 벽 끝까지 이어져 있었다. 그곳이 주방이었다. 침대 하나, 의자 두 개와 탁자 하나, 낡고 부서진 소파 하나, 텔레비전 한 대. 더러운 옷들이 소파 위에 흩어져 있었다. 빈 맥주병들이 바닥에 점점이 놓여 있었다.

코를 찌르는 가난. 볼 때마다 역겨웠다.

형은 침대로 돌아가서 누웠다. 침대 스프링이 형의 몸무게에 눌려 신음했다. 형은 긴 내복 바지와 티셔츠를 입고 있었다. 보온 내복은 형의 부드럽고 굵은 허벅지에 그로테스크하게 달라붙어 있었다. 티셔츠 아래로 8센티미터는 족히 살이 드러나 있었다. 하얗고 투실투실하고 주름진 살덩어리였다. 내 눈에는 역겹게 보였다. 담요로 형을 가리고 싶었다.

창가로 가서 창문 두 개에 달린 블라인드를 열자, 햇살이 방에 찼다. 형은 눈을 감았다. 먼지가 자욱했다. 먼지는 미니어처 눈처럼 햇살 속에서 사선으로 날아다녔다. 앉을까 하고 잠깐 생각했지만, 못마땅한 눈길로 소파를 흘깃 본 뒤 앉지 않기로 했다. 나는 창틀에 등을 기대고 서서 팔짱을 꼈다.

"어젯밤에 뭐 했어?"

내가 물었다. 메리 베스가 침대 발치에서 앞발에 턱을 댄 채, 한쪽 귀만 세우고 한쪽 눈만 뜬 상태로 나를 지켜보고 있었다.

형은 눈을 감은 채 어깨를 으쓱했다.

"아무것도 안 했어."

잠에서 덜 깨서 갈라진 목소리였다.

"외출했어?"

형이 다시 어깨를 으쓱했다.

"루 형이랑?"

"아니."

형이 기침을 하고 목을 가다듬었다.

"감기에 걸렸어. 안 나갔어."

"루 형을 만났어."

형은 담요를 끌어 올리고 옆으로 돌아누웠다. 여전히 눈은 감고 있었다.

"우리 집에 왔더라."

형이 눈을 떴다.

"그래서?"

"낸시도 같이 왔어. 또 다른 사람도 있었어. 그 사람이 형일지도 모른다고 생각했어."

형은 아무 말도 하지 않았다.

"거기 있었어? 차 안에?"

"말했잖아. 어젯밤에 안 만났다고. 난 아파."

나를 비난하는 듯한 목소리였다.

"정말이야?"

"행크, 왜 이래? 내가 왜 너한테 거짓말을 하겠어?"

형이 팔꿈치를 침대 바닥에 대고 윗몸을 일으켰다.

"그럼 그 사람은 소니였을까?"

"소니?"

"소니 메이저. 차에 있던 사람이 소니였을까?"

"몰라. 내가 어떻게 알아?"

형이 다시 베개에 얼굴을 뉘었다. 그러나 이제 형은 완전히 잠에서 깼다. 목소리로 알 수 있었다.

"그 두 사람이 친해?"

"그렇지. 소니가 루네 집주인이잖아."

"같이 놀러 다니기도 해?"

"몰라. 같이 놀러 다닌들 그게 뭐?"

형이 피곤한 듯 말했다.

"소니가 돈에 대해서 알고 있을까?"

"돈?"

"그래. 루 형이 소니에게 돈 이야기를 했을까?"

내가 몹시 화를 내며 소리쳤다. 옆방에서 누가 벽을 쳤다. 우리는 둘

다 얼어붙었다.

잠시 후, 형이 침대에 걸터앉았다. 다리를 침대 밖으로 내놓고 아래팔을 무릎에 댄 채 앞으로 몸을 숙이고 앉았다. 나는 형의 맨발만 내려다보았다. 형의 발을 보면 그 크기에 늘 깜짝 놀랐다. 털이 뽑힌 닭 두 마리 같았다.

"행크, 너 좀 진정해라. 점점 강박증에 시달리는 것 같아. 우리 셋이랑 낸시와 제수씨밖에, 아무도 몰라."

"집사람은 몰라."

형이 나를 쳐다본 뒤 어깨를 으쓱했다.

"그럼, 우리 셋이랑 낸시. 그게 다야."

개가 침대 옆에서 일어나서 기지개를 편 뒤 욕실로 갔다. 욕실 안으로 사라진 다음, 변기에서 물을 마시는 소리가 크게 들렸다. 우리는 개가 물을 다 마실 때까지 그 소리를 듣고 있었다.

"형, 나는 형을 위해서 피더슨을 죽였어."

형이 몸을 폈다.

"뭐?"

"형을 위해서 피더슨을 죽였다고."

"젠장, 왜 그 말을 계속하는 거야? 무슨 뜻이야?"

"내가 형을 위해서 스스로를 기꺼이 위험에 빠뜨렸다는 뜻이지. 그런데도 형은 등을 돌리고 나를 배신했어."

"널 배신해?"

"루 형에게 돈을 어디에 숨겼는지 말했잖아."

"행크, 오늘 대체 왜 이래?"

"돈이 차고에 있는 걸 루 형이 알고 있었어."

형은 입을 다물었다. 개가 욕실에서 나왔다. 개의 발톱이 타일 바닥에 딸각거렸다.

"나한테 말하면 안 된다고 한 적 없잖아."

형이 우물거렸다.

나는 아주 나지막이 말했다.

"루 형에게 피더슨 이야기도 했잖아."

"안 했……."

"형은 나를 배신했어. 말하지 않겠다고 약속했잖아."

"아무 말도 안 했어. 그냥 루가 추측한 거야. 루는 나한테도 같은 말을 했어."

"루 형이 왜 그런 추측을 하겠어?"

"그날 아침에 비행기에 다시 갔던 일을 내가 루에게 말했거든. 그때 막 피더슨 사고 뉴스를 본 루가 묻더라. '네가 죽였어?'"

"아니라고 했어?"

형은 망설였다.

"나는 말 안 했어."

"아니라고 했어?"

"루가 추측한 거야, 행크."

형이 말했다. 거짓말인 듯 초조한 목소리였다.

"그냥 눈치챈 거야."

"그것 참 잘됐네. 이제 루 형이 그걸 무기로 나를 협박하고 있으니까."

"널 협박해?"

"자기 몫을 내놓지 않으면 고발하겠대."

형이 내 말에 대해 생각했다.

"돈을 줄 거야?"

"안 돼. 루 형은 마을 곳곳에서 100달러짜리 지폐들을 쓰기 시작할 거야. 보안관에게 피더슨 이야기를 하는 것만큼이나 빨리 우리를 붙잡히게 만들 거야."

"루가 정말 고발할 거라고 생각해?"

"형 생각은 어때?"

형이 얼굴을 찌푸렸다.

"모르겠어. 아마 안 할 거야. 요즘 루가 도박을 해서 그래. 그래서 돈이 부족한가봐."

"도박?"

형이 고개를 끄덕였다.

"어디서 도박을 하는데?"

도박이라니, 왠지 어이없었다.

"털리도에서. 경마로 돈을 좀 잃었대."

"많이?"

형이 어깨를 으쓱했다.

"조금. 나도 정확히는 몰라."

나는 손으로 얼굴을 문질렀다.

"제기랄."

그 말을 뱉은 뒤 창문가로 갔다. 창 바깥쪽 턱에 비둘기 한 마리가 추위에 숨을 헐떡이고 있었다. 내가 주먹으로 유리창을 툭툭 두드리자 비둘기는 날아갔다. 비둘기의 날개가 햇살에 번득였다.

"일이 어떻게 돌아가고 있는지 알겠어?"

내가 물었다. 형은 아무 말도 하지 않았다.

"이제 루 형 때문에 우리 둘 다 감옥에 갈 수도 있어."

"루는 그런 일을 하지 않을……."

"그런데도 우리는 루 형을 어찌할 수도 없어. 전에는 돈을 태우겠다고 협박할 수 있었는데, 이제는 그것도 안 통해. 우리가 돈을 태우면, 우리를 경찰에 고발할 테니까."

"돈을 태우면 안 돼."

나는 그 말에 손을 내저었다.

"문제가 뭔지 알아? 문제는, 형이 루 형을 믿을 만한 사람으로 생각하고 있는 거야. 가장 친한 친구니까, 배신하지 않을 거라고 생각하는 거지."

"그러지 마. 루는 그냥……."

나는 고개를 저었다.

"형은 이 일에 대해서 전혀 객관적일 수 없어. 루 형이랑 너무 가까워서 참모습을 못 보는 거야."

"루의 참모습이 뭔데? 네가 나한테 루의 참모습을 알려줄 수 있다는 말이야?"

형이 기막히다는 듯이 물었다.

"내가 알려줄 수 있는 건……."

형이 내 말을 가로막았다. 말을 할수록 형의 목소리는 분노로 높아졌다.

"루는 내 가장 친한 친구야. 넌 루에 대해서 아무것도 몰라. 루가 술 취한 모습을 몇 번 봤겠지. 그래서 루를 다 안다고 생각하는 거야. 하지만 너는 몰라. 나한테 그렇게 함부로 말하지 마."

나는 몸을 돌려서 형을 똑바로 보았다.

"루 형이 우리를 위험에 빠뜨리지 않을 거라고 보장할 수 있어?"

"보장?"

"형이 전적으로 혼자서 드와이트 피더슨을 죽였다고 자백서를 써서

서명을 하고 나한테 줄 수 있어?"

형은 겁먹은 표정으로 나를 보았다.

"자백서? 왜 그런 걸 달래?"

"루가 우리를 고발하면 경찰에 보여주게."

형은 말을 잃었다. 그 말에 굴욕감을 느낀 듯했다. 내가 바라던 그대로였다. 자백서를 정말 바란 것은 아니었다. 그냥 형을 겁주려 했던 것이다. 안주하고 있는 형에게 충격을 주려 했던 것이다.

"우리가 이런 혼란에 빠진 건 형 잘못이야. 루 형한테 우리 일을 털어놓은 사람은 형이란 말이야."

형은 아무 말도 하지 않았다. 나는 잠시 기다린 뒤, 창가로 다시 돌아섰다.

"이제 루 형은 내가 줄 수 없는 것을 나한테 요구하고 있어. 내가 주지 않겠다고 하면, 루 형은 경찰에 고발하겠지. 우리를 감옥에 보낼 거란 말이야."

"이러지 마, 행크. 결국 우리가 붙잡히게 되면 그건 너 때문이야. 네가 모든 일을 다 꾸몄……."

"내가 오늘 아침에 여기 온 이유는 형이 누구 편인지 확인하기 위해서야."

나는 창에서 몸을 돌리지 않은 채 말했다.

"편?"

"선택해."

"나는 누구 편도 아니야. 둘 다 나한테 계속 편을 이야기하는데……."

"루 형도 편 이야기를 했다고?"

형은 내 질문을 무시했다.

"나는 너나 루나 똑같이 생각해. 우리는 하나야. 하나가 되기로 약속도 했잖아."

"편을 하나 골라야 한다면……."

"그럴 일 없어."

"형이 편을 골라야 해. 알고 싶어. 루 형이야, 아니면 나야?"

등 뒤로도 형의 혼란, 형의 당황을 느낄 수 있었다. 형이 몸을 기울일 때마다 매트리스가 끽끽거렸다.

"나는……."

"하나만 골라."

침묵 속에서 꼬박 십 초가 흘렀을 것이다. 그동안 나는 숨을 참으며 기다렸다.

그다음, 형이 말했다.

"널 고를게. 넌 내 동생이야."

나는 유리창에 이마를 댔다. 유리는 차가웠다. 살갗이 아렸다. 바로 아래, 바깥 거리에서는 한 노인이 신문을 떨어뜨렸다. 신문은 바람에 날려 흩어졌다. 지나가던 두 사람이 노인을 도와서 신문을 주웠다. 세 사람이 잠시 이야기를 나누며, 노인은 힘껏 고개를 끄덕였다. 세 사람이 헤어질 때 노인의 입 모양이 보였다.

'고맙습니다, 고맙습니다.'

메리 베스의 하품 소리가 들렸다. 형이 메리 베스를 쓰다듬는 소리도 들렸다.

"형, 잊지 마. 무슨 일이 있어도, 그 말을 잊지 마."

내가 말했다. 내 숨 때문에 앞의 유리창에 김이 서렸다.

화요일 오후, 사무실 문에서 노크 소리가 났다. 내가 답을 하기도 전에 문이 삐걱 열렸다. 루가 문틈으로 고개를 내밀었다. 나를 보며 이를 다 드러낸 미소를 지었다. 날카롭고 누런 이가 쥐의 이빨 같았다.

"회계 선생, 안녕?"

루가 말했다. 그런 다음 안으로 들어와서 문을 닫았다. 내 책상 앞까지 왔지만 앉지는 않았다. 루는 늘 입던 흰 위장복 외투를 입고 워커를 신었다. 추위로 얼굴이 발그레했다.

지난 사흘 동안 두려워하던 순간이었다. 그러나 결국 그 순간이 닥치자, 겁도, 화도 나지 않았다. 그저 피곤할 뿐이었다.

"왜 왔어?"

나는 한숨을 쉬었다. 루가 온 이유는 알 수 없었지만, 내가 들어줄 수 없는 일이라는 것은 확실했다.

"돈이 좀 필요해."

루는 그 말만 했다. 협박은 꺼내지도 않았다. 피더슨이나 우리 형을 언급하지도 않았다. 그러나 협박이 루와 나 사이에 향기처럼 떠도는 것을 느낄 수 있었다.

"이미 말했지만……."

내가 말을 꺼냈지만 루는 손을 내저으며 내 말을 잘랐다.

"그걸 달라는 게 아니야. 그냥 돈을 좀 빌리겠다는 거야."

"빌려?"

"그 돈을 나누자마자 갚을게."

나는 얼굴을 찌푸렸다.

"얼마나?"

"2000이 필요해."

루가 말했다. 루는 나를 보며 미소를 지으려 했지만, 좋지 않은 생각임을 금방 깨달았는지 미소는 짓지 않았다.

"2000달러?"

루는 음울하게 고개를 끄덕였다.

"그렇게 큰돈이 왜 필요해?"

"빚이 있어."

"빚이 2000달러? 누구한테?"

루는 대답하지 않았다.

"행크, 돈이 필요해. 정말 심각해."

"도박 빚이야?"

루가 조금 움찔하는 듯했다. 내가 도박에 대해 알고 있어서 아마 놀랐을 것이다. 그러나 루는 다시 미소를 지었다.

"큰 빚이지."

"2000달러를 잃었어?"

루가 고개를 가로저었다.

"그것보다 조금 많아."

루는 나에게 윙크를 했다.

"2000은 보증금 같은 거야. 내 몫을 받을 때까지만 사람들을 안심시키려고."

"얼마나 잃었는데?"

"행크, 나는 2000만 있으면 돼."

"얼마나 잃었는지 알고 싶어."

루가 다시 고개를 가로저었다.

"회계 선생, 선생이랑은 아무 상관도 없는 일이잖아? 안 그래?"

루는 내 앞에 가만히 서 있었다. 외투 주머니에 양손을 넣은 채 끈질기게 움직이지 않고 있었다.

"내가 그렇게 큰돈을 가지고 다닐 리 없잖아. 그냥 책상 서랍에 손만 넣으면 2000달러를 줄 수 있을 것 같아?”

내가 말했다.

“은행은 바로 길 건너잖아.”

“시간이 필요해. 오늘 퇴근 시간에 와.”

루가 떠난 뒤, 나는 은행에 갔다. 우리 부부 계좌에서 2000달러를 인출했다. 사무실로 돈을 가져와서 봉투에 넣어 봉하고 책상 서랍 맨 위 칸에 넣었다.

일하려고 애썼지만 허사였다. 아무 일에도 집중할 수 없었다. 서류의 여백에 낙서만 했다. 누가 내 사무실에 두고 간 사냥 잡지를 읽었다.

돈 봉투를 루에게 주고 난 뒤에는 돈을 나누지 않을 수 없으리라는 것은 나도 잘 알고 있었다. 루가 나에게 돈을 갚을 수 있는 길은 돈을 나누어 갖는 것뿐이었다. 그 사실을 알고 있었지만, 그 두 가지 일 사이에 아무 관련이 없는 척하려고 애썼다. 시간을 벌기 위해서 하는 일뿐이라고 스스로를 타일렀다. 분명히 탈출구가 있을 것이며, 여유를 갖고 조금만 정신을 집중하면 그 탈출구를 찾을 수 있다고 확신했다. 생각을 해야 했다. 모든 일들을 자세히 살펴야 했다.

5시가 되기 직전에 루가 다시 왔다. 내 사무실 문을 노크하더니, 또 내가 대답도 하기 전에 들어왔다.

“준비했어?”

루가 물었다. 아주 다급해 보였다. 나는 아주 천천히 움직였다.

손을 뻗어서 책상 서랍을 연 뒤, 봉투를 꺼내서 책상 끝에 놓았다.

루가 앞으로 다가와서 봉투를 집었다. 봉한 면을 찢고 돈을 셌다. 숫자를 읊느라 입술을 달싹거렸다. 그런 뒤에 나를 보며 미소를 지었다.

"행크, 정말 고마워."

루는 내가 먼저 나서서 돈을 주기라도 한 듯이 말했다.

"더는 못 빌려줘."

내가 말했다. 루는 다시 돈을 셌다. 머릿속으로 무슨 계산을 하는 것 같았다.

"예정일은 언제야?"

"24일."

"다음 주?"

루의 얼굴이 환해졌다.

"다음 주 일요일."

"그 뒤에 돈을 가져오는 거지?"

나는 어깨를 으쓱했다.

"며칠 시간이 필요해. 정리가 돼야지. 그리고 주말에 해야 해. 직장을 빼먹을 수는 없잖아."

루가 문 쪽으로 돌아서서 나가기 시작했다.

"전화할 거지?"

루가 물었다.

내가 한숨을 쉬었다.

"그래. 전화할게."

아내에게는 그 일에 대해서 아무 말도 하지 않았다.

날짜가 하루하루 흘러갔다. 24일이 왔다가 갔다. 그동안 나는 형이나 루와 만나지도 이야기를 나누지도 않았다. 아내는 다가오는 출산을 끝없이 이야기했다. 아내도 루나 낸시에 대해 전혀 언급하지 않았다.

밤이면 나는 침대에 누워서 내가 아는 사람들을 떠올렸다. 머릿속으로 사람들의 악한 면을 생각했다. 한 사람씩 나를 곤경에 빠뜨리는 상상, 나를 배신하고, 나를 등치고, 나에게 해를 입히는 상상을 했다. 꿈도 꾸기 시작했다. 루가 방망이로 나를 내려치는 꿈, 형이 포크와 나이프를 들고 내 옆으로 와서 산 채로 나를 먹으려는 꿈, 낸시가 아내에게 키스를 하고 아내의 귀에 '행크를 독살해. 행크를 독살해. 행크를 독살해'라고 속삭이는 꿈.

한밤중에 잠에서 깨어나, 과수원 가장자리의 눈 속에 놓인 루의 맥주 캔을 상상했다. FBI 요원이 고무장갑을 낀 손으로 캔을 들어서 비닐봉지에 넣고 연구실로 보내는 상상을 했다. 혹은 보안관을 생각했다. 아셴빌의 보안관 사무실에 가만히 앉아 있던 보안관이 비행기 잔해가 발견됐다는 말을 듣고, 비행기가 추락한 것 같다는 우리 형의 말과 그 이튿날 발견된 드와이트 피더슨의 시체를 하나로 연결하는 광경을 떠올렸다.

시체를 발굴하겠지. 무덤에서 다시 파내겠지. 시체를 조사하고 부검하겠지. 그러면 드러나겠지.

그러나 이상하게 아무 일도 일어나지 않았다. 돈은 가방에 든 채 침대 밑에 가만히 있었다. 나를 의심하는 사람은 아무도 없는 듯했다. 나를 모함하는 사람은 아무도 없는 듯했다. 루도 나를 건드리지 않았다. 그리고 점차, 나는 예전의 내 삶에 빠져들기 시작했다. 나는 깨달았다. 불안을 껴안은 채 살아갈 수 있다. 불안은 무한히 계속되지 않는다. 이제 금방이라도 아기가 태어날 기세다. 루의 으름장은 무시하고 이겨내면 된다. 봄이 되면 비행기가 발견된다. 발견된 뒤 몇 달만 기다리면 돈을 나누고 떠나면 된다.

그러면 다 끝난다.

1월 28일 목요일 이른 아침, 출근 준비를 하고 있을 때 아내에게 진통이 왔다. 나는 황급히 아내를 병원에 데려갔다. 델피아 반대쪽, 사십오 분 거리에 있는 병원이었다. 그리고 그 병원에서 저녁 6시 14분에, 아내는 딸을 낳았다.

5

　나흘 뒤, 아내와 아기를 집에 데려왔다. 아기는 건강한 분홍빛이었다. 몸무게는 4킬로그램이었고, 턱 밑에는 살이 접혀 있었으며, 양팔 끝에는 조그마한 손이 달려 있었다.

　집으로 차를 몰면서, 우리는 아기 이름을 아내의 할머니 이름을 따서 아만다라고 짓기로 결정했다.

　아내가 잠깐 집을 비웠는데도 집이 어찌나 지저분한지 놀라지 않을 수 없었다. 내 손으로 집을 깨끗이 유지하지 못한 것이 부끄러웠다. 개수대에는 더러운 그릇들이 쌓여 있고, 신문은 방마다 흩어져 있고, 욕실 하수구는 두꺼운 머리카락 뭉치로 막혀 있었다.

　나는 아내와 아기를 얼른 위층 침실로 몰았다. 창 아래 놓은 아기 침대에 아만다를 눕혔다. 아내는 침대에서 나를 지켜보았다. 아기 침대는 우리 아버지가 사고를 당하기 일주일 전에 가져다준 것이었다. 형과 내가 갓난아기 때 쓰던 것으로, 아버지가 손수 만들었다.

　나는 아래층으로 내려가서 아내에게 줄 홍차와 토스트를 만들었다.

쟁반에 담아서 가져왔고, 아내가 먹는 동안 우리는 대화를 나눴다. 우리는 당연히 아만다 이야기를 했다. 아만다가 배고플 때 어떤 소리를 내는지, 발바닥을 만지면 다리를 어떻게 움직이는지, 옅은 파랑 눈동자가 얼마나 맑은지. 병원 이야기도 했다. 물이 가득 차 있는 듯이 찍찍 소리가 나는 신발을 신고 어두운 복도에서 회진을 돌던 밤 근무조의 못된 간호사, 혀짤배기소리를 하면서 아내에게 공손하게 말하던 친절한 아침 근무조 간호사, 이 사이가 벌어진 입으로 아만다를 계속 사내아이 취급한 의사.

나는 대화를 나누는 내내, 아기 침대 옆을 떠나지 않고 아기를 지켜보았다. 아기는 똑바로 누워서 고개를 창 쪽으로 돌리고, 하늘이 눈부셔서 눈을 찌푸리는 듯 눈을 꼭 감은 채 자고 있었다. 손은 살짝 주먹을 쥐고, 팔은 양어깨 옆으로 벌리고 있었다. 아기는 미동도 하지 않았다. 아기를 만져서 살아있는지 확인하고 싶은 마음이 계속 일었다.

아내는 홍차와 토스트를 다 먹었다. 지난 나흘 동안 나에게 말할 이야깃거리들이 쌓인 양 쉴 새 없이 말하고 또 말했다. 나는 미소를 지은 채 고개를 끄덕이며 아내의 다음 말을 기다렸다. 그러다가 아내가 갑자기 말을 멈췄다.

"아주버님이야?"

아내가 물었다. 나는 창밖을 내다보았다.

형의 트럭이 덜컹거리며 진입로로 들어오고 있었다.

문에서 형에게 인사를 한 뒤 안으로 들어오라고 했다. 그러나 형은 시간이 없다고 말했다. 형은 아기 선물을 가져왔다. 얇은 분홍색 포장지로 싼 물건이었다. 들고 있기 부끄러운 듯 얼른 나에게 건넸다.

"곰 인형이야."

형이 말했다. 형은 트럭 시동도 끄지 않고 왔다. 메리 베스가 조수석에 앉아서 우리를 지켜보고 있었다. 개는 나를 향해 한 번 짖더니 차창에 코를 박았다. 유리에 젖은 자국이 남았다.

"들어와서 조카를 봐야지. 잠깐이면 돼. 위층에 있어."

내가 말했다. 형은 고개를 가로저으며, 내 손에 끌려갈까 무서운 듯, 뒤로 한 걸음 물러섰다. 형은 포치 끝에 서 있었다.

"아냐. 나중에 볼게. 제수씨한테 방해되기 싫어."

"방해는 무슨."

내가 말했다. 나는 받은 곰 인형을 다른 손으로 쥐었다.

형은 다시 고개를 가로저었고 헤어지기 전에 무슨 말을 해야 할지 생각하고 있었다. 어색한 침묵이 흘렀다.

"이름은 지었어?"

형이 물었다. 내가 고개를 끄덕였다.

"아만다."

"예쁜 이름이네."

"집사람 할머니 이름을 땄어. 라틴어로 사랑받을 자격이 있다는 뜻이야."

"정말 좋구나. 마음에 들어."

나는 다시 고개를 끄덕였다.

"정말 같이 올라가지 않을래?"

형은 고개를 가로저었다. 포치에서 뒤로 물러서다 걸음을 멈췄다.

"행크, 있지……."

형은 트럭을 보면서 말끝을 흐렸다.

"뭐?"

“돈 좀 빌릴 수 있을까?”

나는 얼굴을 찌푸렸다. 다시 다른 쪽 팔로 곰 인형을 옮겼다.

“얼마나?”

형은 코트 주머니에 양손을 찔러넣고 발끝만 내려다보았다.

“150 정도?”

“150달러?”

형이 고개를 끄덕였다.

“그렇게 많은 돈이 왜 필요해?”

“집세를 내야 해. 실업수당은 다음 주에 받는데, 그때까지 기다릴 수 없는 처지야.”

“언제 갚을 수 있어?”

형은 어깨를 으쓱했다.

“내 몫에서 제하면 어떨까 생각했어.”

“일자리를 구하려고 애쓰기는 했어?”

형은 그 질문에 놀란 듯했다.

“아니.”

나는 목소리에 힐난하는 느낌을 담지 않으려 했지만 헛수고였다.

“찾을 생각도 안 했지?”

형은 목소리를 낮춰서 속삭였다.

“내가 왜 일자리를 구해야 해? 루가 그러던데, 네가 돈을 나누기로 했다면서.”

나는 형의 가슴을 노려보며 그 말을 생각했다. 여름이 되기 전까지는 형과 루에게 각자의 몫을 주지 않겠다는 말을 형에게 하면 안 된다는 것이 아주 분명했다. 루를 다룰 방법을 아직 못 떠올렸는데, 형이 루에게 말할 것이기 때문이었다. 그러나 돈을 곧 나눌 척하려면, 형에게 돈을 빌려주지 않을 이유가 없었다. 형의 트럭이 진입로에서 요란하게 쿨럭거리면서 푸른 연기를 구름처럼 내뿜었다. 거리 아래위로 이웃집들은 모두 빈집인 듯이 완전히 고요했다. 창문에 그림자도 없었다. 쓰레기를 내놓는 날이어서, 플라스틱 쓰레기통들이 모퉁이에 줄지어 놓여 있었다.

"기다려. 위층에 가서 수표책을 가져올게."

내가 말했다.

내가 서랍장 앞에 서서 수표를 쓰는 동안 아내는 선물 포장을 풀었다. 아기는 아기 침대에서 쌔근거리며 자고 있었다.

"새것도 아니잖아."

아내가 속삭였다. 질색하는 기분이 깃든 목소리였다.

나는 다가가서 곰 인형을 보았다. 이상한 것은 전혀 없었다. 얼룩이나 구멍도 없고, 빠진 눈이나 속의 솜이 삐져나온 곳도 없었다. 그러나 허름해 보이는 것은 부인할 수 없었다. 낡은 중고 인형이었다. 털은 검정에 가까운 짙은 갈색이었고, 등에는 청동 손잡이가 있었다.

아내가 손잡이를 돌려 태엽을 감았다. 손잡이를 놓자, 곰 인형 가슴에서 음악이 흘러나왔다. 남자 목소리가 노래했다.

'프레르 자크, 프레르 자크, 도르메 부? 도르메 부?'

그 노래를 듣자마자, 그 곰이 왜 그렇게 낡아 보였는지 깨달았다.

"형 인형이야."

"아주버님 인형?"

"형이 어릴 때."

음악은 계속됐다. 곰 인형 털에 막혀 먹먹하고 아득하게 들려왔다.

프레르 자크, 프레르 자크,

도르메 부? 도르메 부?

소네 레 마티느. 소네 레 마티느.

딩 당 동. 딩 당 동.

아내는 곰 인형을 앞에 들고 다시 살폈다. 음악이 점점 느려졌다. 진
짜 끝날 듯이 음계 하나하나가 길게 늘어졌지만 멎지는 않았다.

"아주버님이 보기에는 이게 예쁜가봐."

아내가 곰 인형을 코에 대고 냄새를 맡았다. 나는 분홍 포장지를 집
어서 침대 옆 휴지통에 넣었다.

"그동안 저걸 어디에 보관했는지 모르겠네."

"아주버님도 올라온대?"

"아니. 바쁘대."

나는 문 쪽으로 걸어가면서 말했다. 아내가 한 번 더 태엽을 감기 시
작했다.

"수표는 뭐 하게?"

"형 줄 거야."

내가 복도로 나가면서 고개를 돌려서 말했다.

"아주버님이 돈 빌려달래?"

나는 대답하지 않았다.

내가 계단을 올라가고 있을 때 아기가 울기 시작했다. 울음은 부드
럽게―숨죽인 기침과 새가 짹짹거리는 소리 사이 어디쯤 있을 만한
소리로― 시작됐지만, 내가 방에 들어가자 갑자기 라디오 볼륨을 올린

듯, 목소리를 최대로 올리기 시작했다.

나는 아기 침대에서 아기를 들어서 우리 침대로 옮겼다. 내가 안자 아기는 더 심하게 울기 시작했다. 아기의 몸이 잔뜩 굳어 있는 것이 손에 그대로 전해졌다. 아기 얼굴은 터지기 직전인 듯 선명한 진홍색이 되었다. 아기의 몸무게는 여전히 놀라웠다. 아기가 이렇게 무거울 수 있다는 생각은 해본 적이 없었다. 아기는 물로 가득 차 있는 듯 아주 탱탱했다. 머리는 크고 둥글었다. 몸의 반을 차지하고 있는 듯했다.

아내는 나에게 두 팔을 내밀고, 내 손에서 아기를 넘겨받은 뒤, 걱정스러운 표정을 지었다.

"뚝. 아만다, 뚝."

곰 인형은 아내 옆에 놓여 있었다. 침대 헤드보드에 등을 대고, 자기도 울고 있는 갓난아기를 달래고 싶다는 듯, 작은 검정 발들을 앞으로 뻗치고 있었다.

아내는 한쪽 팔을 굽혀서 아기를 안고, 다른 한 손으로는 파자마 윗도리 단추를 끌러서 왼쪽 젖가슴을 드러냈다.

나는 몸을 돌려서 아기 침대 쪽으로 간 뒤, 창밖을 내다보았다. 아내가 아기에게 젖을 먹이는 모습은 아직도 낯설기만 했다. 아기가 아내의 몸에서 젖을 빤다는 생각을 하면, 으스스한 기분이 들었다. 부자연스럽고 무서운 느낌이었다. 거머리가 떠올랐다.

나는 앞뜰을 내려다보았다. 텅 비어 있었다. 형과 트럭은 이미 사라졌다. 날은 여전히 아름다웠다. 겨울 풍경을 담은 그림엽서 같았다. 얼어붙은 표면에 햇빛이 반짝였다. 나무는 두껍고 선명한 그림자를 눈 위에 드리웠다. 차고 홈통이 고드름에 휘어 있었다. 다음에 나가면 고드름을 깨야 한다고 머릿속에 메모했다.

내 시선이 고드름 위를 이리저리 훑고 있을 때, 차고 꼭대기에서 커다란 검은 새의 어두운 윤곽이 두 눈에 들어왔다. 나도 모르게 이마에 손을 댔다.

"차고 지붕에 까마귀가 있어."

내가 말했다. 아내는 아무 반응도 보이지 않았다. 나는 눈썹 위 피부를 만졌다. 완전히 매끈했다. 상처는 흉터 하나 없이 사라졌다. 아기는 내 뒤에서 부드럽게 빠는 소리를 내며 끈덕지게 젖을 먹고 있었다.

일 분쯤 뒤, 아내가 나를 불렀다.

"자기야."

부드러운 목소리였다. 나는 까마귀가 눈 덮인 차고 지붕 꼭대기에서 이리저리 폴짝거리는 모습을 지켜보았다.

"응?"

"병원에 있으면서 계획을 세웠어."

"계획?"

"루가 고발 못 하게 쐐기를 박을 수 있는 계획."

나는 몸을 돌려서 아내를 보았다. 창문으로 들어오는 사각형 햇살에 내 그림자가 침실 바닥으로 거대하게 드리웠다. 어깨 위의 머리는 호박처럼 기괴해 보였다. 아내는 아기 위로 몸을 숙인 채, 아이에게 과장된 미소를 짓고 있었다. 눈썹을 이마까지 추켜올리고, 콧구멍을 벌리고, 이를 드러내며 웃었다. 아기는 아내를 못 본 체하고 젖만 계속 빨고 있었다. 아내가 나에게 고개를 돌리는 사이, 그 과장된 미소는 얼굴에서 빠져나갔다.

"좀 바보 같긴 하지만, 제대로만 하면 잘될 거야."

아내가 말했다. 나는 다가가서 침대 발치에 걸터앉았다. 아내는 다시 아기를 보며, 손가락 끝으로 아기의 볼을 톡톡 두드렸다.

"아이고, 우리 아가, 배고팠어?"

아기 입술은 아내의 젖꼭지를 열심히 빨고 있었다.

"계속해봐."

내가 말했다.

"루의 자백을 테이프에 녹음해. 루가 피더슨을 죽였다는 자백."

나는 아내를 뚫어져라 보았다.

"무슨 말이야?"

"그게 내 계획이야. 그렇게 하면 자기를 고발 못 하게 막을 수 있어."

아내는 그 생각이 썩 만족스러운 듯 나를 보며 씩 웃었다.

"웃으라고 한 말이야?"

"당연히 아니지."

아내가 놀라며 대답했다.

"하지도 않은 일을 루가 왜 자백하겠어?"

"자기랑 아주버님이 루에게 술을 마시러 가자고 해서 루를 취하게 만들어. 그런 다음 다시 루의 집으로 가서, 경찰에 자백하는 장난을 시작해. 차례로 경찰에 자백하는 연기를 하는 거야. 자기가 먼저 하고, 다음이 아주버님, 루가 마지막으로 하는 거야. 루가 자백할 때, 자기는 그 말을 녹음하면 돼."

아내의 말을 다 들은 직후에는, 그 말에 논리적인 면이 숨어 있겠지 생각하고 잠시 그 논리적인 면을 찾으려 애썼다.

결국 내가 입을 열었다.

"말도 안 돼. 제대로 될 리가 없어."

"아주버님도 도와야지. 그게 중요해. 아주버님이 루를 부추기면 루도 할 거야."

"그렇지만 루에게 그 말을 하게 만든다 해도—할 수 있을지도 의심스럽지만— 아무 의미도 없잖아. 누가 그 말을 믿겠어?"

"그건 상관없어. 루를 겁줄 거리만 있으면 돼. 루의 말을 녹음하고, 루에게 그걸 들려주면, 루는 우리를 괴롭힐 수 없어."

아기가 젖을 다 먹었다. 아내는 탁자에서 수건을 집어서 어깨에 댔다. 그런 뒤에 아기를 안아서 트림을 시켰다. 아내는 가슴을 파자마로 가렸지만, 단추를 채우지는 않았다. 내가 크리스마스 선물로 준 파자마였다. 당시 아내의 몸에는 맞지 않았다. 배가 너무 불렀을 때였다. 그래서 아내가 그 파자마를 입은 모습은 지금 처음 보는 것이었다. 자잘한 녹색 꽃들이 있는 흰 플란넬 잠옷이었다. 털리도의 쇼핑몰에서 그 잠옷을 사던 일이 기억났다. 크리스마스이브에 파자마를 상자에 넣어서 포장하던 일, 이튿날 아침 상자를 열던 아내, 부푼 배에 잠옷을 대던 모습 등도 기억났다. 그러나 그 모두가 아주 오래전 일인 듯했다. 그사이에 우리는 너무 멀리 왔으며—나는 거짓말을 하고, 돈을 훔치고, 살인도 했다— 이제 그 과거는, 너무도 덧없다는 뜻에 아주 가깝게, 전혀 되돌릴 수 없었다. 당시의—타오르는 난롯불 옆, 크리스마스트리 아래 바닥에서 선물을 함께 풀던— 우리 두 사람과 여기 침실에 앉은 채 루를 협박해서 입을 막을 방법을 꾸미고 있는 우리 두 사람 사이의 간극을 깨닫자 끔찍했다. 한 번 크게 펄쩍 뛰어서 그런 간극을 만든 것이 아니었다. 거의 감지할 수 없는 작은 발걸음들이었고, 그래서 우리는 스스로가 얼마나 멀리 왔는지 정말이지 전혀 못 알아차렸다. 우리는 서서히 여기까지 왔다. 크게 변한 것도 없이 여기까지 왔다.

"루가 알아듣게만 하면 돼. 루는 자기랑 아주버님이 피더슨을 죽였다고 주장하는데, 자기도 그만큼 쉽게, 루가 피더슨을 죽였다고 주장할 수 있다는 걸 보여주는 거지. 아주버님과 자기가 한편이라는 생각을 루가 품게 되면, 루는 경찰에 찾아가는 위험을 절대 감수하지 않을 거야."

"말도 안 돼."

아내는 아기에게서 눈을 돌려서 나를 흘깃 보았다.

"한번 시도한다고 손해 볼 게 뭐 있어?"

"형이 돕지 않을걸."

"그러면 돕게 만들어야지. 아주버님 없이는 제대로 될 수 없어."

"형더러 가장 친한 친구를 배신하라고 강요하는 셈이야."

"자기는 친동생이야. 형제라는 게 얼마나 중요한지 보여주면, 아주버님이 자기 말대로 할 거야. 아주버님도 우리만큼 루를 두려워하게 만들기만 하면 돼."

아내가 머리카락을 옆으로 넘기면서 나를 흘깃 보았다. 아내의 눈 밑이 멍처럼 짙은 색으로 둥글게 움푹 패어 있었다. 아내는 잠이 필요했다.

"루가 돈을 가져도 끝나지 않을걸. 평생토록 우리를 괴롭힐 거야. 막을 방법은 하나밖에 없어. 우리가 루를 두려워하는 만큼, 루도 우리를 두려워하게 만드는 거야."

"그 녹음테이프가 있으면, 루가 우리를 두려워할 거란 말이야?"

"틀림없어."

나는 아무 말도 하지 않았다. 루가 농담으로도 피더슨을 죽였다고 말하는 모습은 여전히 상상할 수 없었다.

"최소한 시도는 해야지. 안 그래? 시도한다고 손해 볼 건 없잖아."

물론 아내 말이 옳았다. 아니, 최소한 옳은 듯했다. 그때 아내의 손쉬운 계획이 결국 그 모든 화를 불러올 줄 내가 어떻게 알 수 있었을까? 위험한 일은 없을 것 같았다. 잘만 되면 우리는 안전해진다. 잘되지 않더라도 그냥 출발점으로 돌아갈 뿐이다.

"좋아. 형한테 말할게. 형을 그 일에 끼게 설득할 수 있을지 알아볼게."

이튿날 나는 아내와 아기를 돌보기 위해서 회사에 휴가를 냈다.

오후에 아내와 아기가 낮잠을 자는 사이 나는 살며시 빠져나와서 털리도에 있는 라디오색미국의 전자제품 전문 소매 체인점으로 녹음기를 사러 갔다. 판매원에게 작고 단순한 녹음기를 찾는다고, 출퇴근길 차에서 업무상 보낼 편지들을 구술해서 녹음할 것이 필요하다고 말했다. 나는 트럼프 한 팩보다 조금 작은 녹음기를 샀다. 내 셔츠 주머니에 거의 보이지 않게 쏙 들어갔다. 옷의 천 사이로도 녹음 버튼을 느낄 수 있을 만큼 버튼이 아주 커서, 눈으로 확인하지 않고도 버튼을 누를 수 있었다.

집에 돌아오자 아내와 아기는 여전히 자고 있었다. 얼른 두 사람을 살피고 욕실로 갔다. 거울 앞에서 녹음기를 켜고 끄는 연습을 했다. 천천히 아무렇지 않은 듯, 오른손으로 가슴을 슬쩍 긁는 척하며 손바닥으로 녹음기를 고정시킨 채 검지로 버튼 누르는 연습을 계속 하고 또 했다. 내가 보기에는 괜찮은 듯했다. 루는 전혀 눈치 못 챌 듯했다.

나중에 아내가 잠에서 깬 뒤, 나는 아내에게 시험해보았다. 아내는 침대 위에 아기를 안고 있었다.

"그 돈으로 가장 먼저 뭘 사고 싶어?"

아내가 나를 흘깃 볼 때 나는 가슴을 긁으며 녹음기를 켰다. 아내는 입술을 깨물며 생각에 잠겼다. 너무 조용해서 내 주머니에서 나오는 윙 소리까지 들리는 듯했다.

"샴페인. 고급 샴페인. 샴페인을 마시고 기분 좋게 조금 취해서 돈 위에서 사랑을 나누는 거야."

"돈 위에서?"

"그래."

아내가 미소를 지었다.

"돈을 바닥에 깔아서 100달러짜리 지폐로 된 침대를 만들고 거기서 사랑을 나누는 거지."

나는 주머니에서 녹음기를 꺼낸 뒤 테이프를 되감았다.

"내가 뭘 샀는지 봐."

녹음기를 아내에게 건넸다.

"작동돼?"

내가 씩 웃었다.

"재생 버튼을 눌러봐."

아내가 버튼을 찾아서 눌렀다.

"샴페인."

아내의 목소리가 시작됐다. 한마디 한마디가 놀랄 만큼 선명하게 흘러나왔다.

"고급 샴페인. 샴페인을 마시고 기분 좋게 조금 취해서……."

목요일 저녁 5시 30분쯤, 사무실에서 형에게 전화를 걸었다. 함께 묘지에 들르자고, 아버지의 유령에게 해야 할 의무를 마침내 완수하자고 말했다. 처음에 형은 바쁘다면서 거절했지만, 내가 계속 보채자 결국 가겠다고 했다. 6시 십오 분 전에, 라이클리 사료상 앞에서 만나기로 했다.

사료상에서 막 나오는데, 형이 메리 베스와 함께 이미 보도에서 나를 기다리고 있었다. 형은 평소보다 더 뚱뚱해 보였다. 얼굴이 푸석푸석하게 부어 있었다. 파카가 너무 꽉 끼어서 양팔을 아래로 내리지도 못했다. 형은 팔을 계속 옆으로 쭉 뻗고 있었다. 마치 속을 너무 많이 채운 인형 같았다. 해는 이미 져서, 사방은 어두웠다. 가로등의 옅은 노란 불빛이 포장도로 위에 힘없이 둥근 원을 드리웠고, 그 원들은 일정한 간격으로 도로를 따라 쭉 이어져 있었다. 지나가는 차는 그다지 많지 않았다. 저 아래 약국 앞에는 십대 아이들이 크게 떠들고 웃으며 빈들거리고 있었다. 그 아이들만 빼면 시내는 고요했다.

형과 나는 길을 건너서 세인트주드 교회로 향했다. 건너편 보도에 발을 디디고 주차장으로 움직였다. 형과 나의 부츠가 자갈길에서 잘그락거렸다. 메리 베스는 앞장서서 묘지로 걸어갔다.

형이 말했다.

"돈 생각을 했어. 그러다가 우리가 그 돈을 가질 운명이었다는 생각이 들었어."

"운명?"

내가 물었다. 형이 고개를 끄덕였다. 형은 알루미늄포일로 싼 초콜릿 케이크 한 조각을 먹고 있었다. 걸어가는 동안 아주 크게 베어 먹고 있었으며, 씹고 삼키느라 한참 지난 뒤에야 다시 입을 열었다.

"일이 달라졌을 수도 있잖아. 그게 그냥 단순한 기회였다면, 절대 이루어지지 않았을 거야. 이건 처음부터 정해진 일 같아. 우리는 선택된 거야."

나는 형을 보며 미소를 지었다. 낭만적인 생각 같았다.

"어떤 게?"

"모든 게."

형은 손가락으로 하나하나 꼽으며 나열했다.

"비행기가 1킬로미터만 더 날아갔으면, 사람들 눈에 다 드러나는 곳에 추락해서 애초에 곧바로 발견됐겠지. 여우가 우리 바로 앞을 지나가지 않았으면, 우리 차가 처박히지도 않았겠지. 메리 베스가 같이 있지 않았거나 트럭에서 뛰어내려 여우를 쫓지 않았으면, 또, 여우가 비행기 바로 옆으로 달려가지 않았으면, 우리는 비행기를 못 봤겠지. 네가 조종사를 살핀 뒤에 가방을 거기 그냥 두었으면, 우리는 돈에 대해서는 까맣게 모른 채 시내로 와서 보안관에게 신고했겠지. 뭐, 계속하려면 끝도 없어."

우리는 이제 쇠사슬로 잠가둔 묘지 정문에 다다랐다. 그리고 안에 들어가기 망설이는 듯이 그 자리에서 걸음을 멈췄다. 문은 그저 장식으로, 길에 표시를 낸 것뿐이었다. 담장 같은 것은 없었다. 메리 베스가 발을 살짝 들고 묘지 문기둥에 잠시 코를 킁킁거리다가, 길을 돌아서 묘지 안으로 들어갔다.

"그렇지만 그게 왜 운명이야?"

내가 형에게 물었다. 내가 보기에는, 운명보다 행운이었다. 그리고 우리를 비껴간 그 모든 것들을 형의 입에서 들으니까, 조금 무서웠다. 나는 모든 것이 결국에는 균형을 맞춘다는 생각에서 벗어날 수 없었다. 지금 우리가 겪는 난관이 그 행운으로 말미암아 나타난 것이라면, 그 난관을 다 벗어나기 전에 행운은 우리에게 등을 돌릴지도 모른다.

"그렇지 않아? 그냥 기회라고 하기에는 너무 우연이 많잖아. 뭔가 이미 정해진 게 있는 것 같아. 우리를 도우려는 계획 같은 것 말이야."

"신의 계획?"

내가 미소를 띠며 물었다. 나는 교회를 향해 손짓을 했다.

형이 어깨를 으쓱했다.

"충분히 그럴 수 있지."

"피더슨은? 그것도 신의 거대한 계획 중의 일부였어?"

형은 열심히 고개를 끄덕였다.

"그날 피더슨이 다른 시각에 왔다면, 비행기를 발견했을 거야. 그리고 우리 발자국도 있었겠지. 우리가 붙잡혔을 거야."

"그렇다면 애당초 피더슨이 왜 왔어? 형이 직접 계획을 세운다면, 피더슨은 그냥 빼놓지 않겠어?"

형은 케이크를 마저 먹으면서 그 말을 생각했다. 알루미늄포일을 몇 번 핥은 뒤 둥글게 말아서 눈에 던졌다.

형이 말했다.

"아직 일어나지 않은 일에 중요한 영향을 미칠지 모르지. 우리가 모르는 일에."

나는 아무 말도 하지 않았다. 형이 철학적인 생각을 하려는 모습은 본 적이 없었다. 나는 형이 어떤 결론을 내리려고 하는지 알 수 없었다.

"지금도 일어나고 있어. 틀림없어. 하나씩 차례로 딱 맞는 순서대로 일어나고 있어. 우리를 위해서 이루어질 수 있게 제자리에 놓이고 있어."

형이 나를 보고 씩 웃었다. 형은 유난히 기분이 좋아 보였다. 그런 모습을 보니, 웬일인지 짜증이 났다. 형은 자족감의 냄새를 풍기고 있었다. 우리가 어떤 곤경에 처했는지 아무 개념도 없었다.

"그러면, 우리가 돈을 발견해서 형은 행복하겠네?"

형은 그 질문이 혼란스러운지 대답을 망설였다. 질문 안에 속임수가 숨어 있지 않은지 생각하는 듯했다.

"너는 안 행복해?"

"내가 먼저 물었잖아."

형은 잠시 멈췄다가 고개를 끄덕였다.

"당연하지."

형의 목소리는 진지했다.

"의심의 여지도 없어."

"왜?"

형은 이미 여러 번 생각해온 것인 양 재빨리 대답했다.

"이제 농장을 되찾을 수 있으니까."

형은 그 말을 하면서, 나를 똑바로 보며 내 반응을 살폈다. 그러나 나는 침묵을 지키며 얼굴에 아무 표정도 드러내지 않았다. 이제 몇 분 뒤면, 나는 형에게 형의 유일한 친구를 배신하라고 부탁할 참이었다. 형이 아셴빌에 머무를 수 없다고 말하기에는 적당한 때가 아닌 듯했다.

형은 계속 말을 이었다.

"가정을 꾸릴 수도 있을 거야. 전에는 못 했지. 제수씨 같은 사람을 찾아야지. 그래서……."

"집사람 같은?"

내가 화들짝 놀라며 물었다.

"적극적인 사람. 너도 그런 사람이 필요했어. 너도 네가 나서서 사람을 찾기에는 너무 수줍음이 많잖아. 제수씨 같은 사람이 다가와서 너를 데려가야 했던 거야."

형이 그런 말을 하는 것을 들으니 조금 어리둥절했다. 그러나 동시에 나는 그 말이 사실이라는 것을 깨달았다. 형을 보고 고개를 끄덕이며 다음 말을 기다렸다.

형이 말했다.

"나는 돈도 없는데 누가 나를 데려가겠어? 나는 뚱뚱하고……."

형은 배를 두드렸다.

"가난해. 혼자서 늙어갈 참이었어. 그렇지만 이제 나는 부자야. 모든 게 다 바뀌겠지. 돈 덕분에, 나를 택할 사람이 나타날 거야."

"형을 좋아하는 사람이 나타난다 한들 그게 단지 돈 때문이라면 좋을까?"

"행크, 나한테는 아무도 없었어. 평생. 지금 누가 나타난다면, 그 여자가 나를 찾는 이유 같은 건 신경 안 쓸래. 나는 내세울 게 없는 사람이야."

나는 묘지 문에 기대서서, 나에게 그 말을 하는 형을 지켜보았다. 형의 표정과 목소리는 아주 진지했다. 비하하는 농담이나 겸손이 아니었다. 아이러니 같은 것은 전혀 없었다. 살이 막 벗겨져서 드러난 뼈처럼, 차갑게 반짝이는 진실이었다. 형은 자신의 삶을 그렇게 보고 있었던 것이다.

나는 어떻게 반응해야 할지 몰랐다. 어쩔 줄 모르며 잠시 형의 거대한 부츠만 내려다보다가 입을 열었다.

"메리 베스는 어떻게 됐어?"

형은 안경을 고쳐 쓴 뒤, 눈을 가늘게 뜨고 내 뒤의 묘지를 보았다.

"저기 있어."

"죽었어?"

"죽어? 무슨 말이야? 여기 있었잖아. 너도 봤잖아."

"개 말고. 고등학교 동창, 메리 베스 새클턴."

형이 얼굴을 찌푸렸다.

"결혼했겠지. 인디애나 주로 이사했다는 게 마지막으로 들은 소식이야."

"메리 베스는 돈이 아니어도 형을 좋아했잖아?"

형은 고개를 가로저으며 웃었다.

"행크, 그 일에 대해서는 내가 너한테 진실을 이야기한 적이 없었어. 너무 창피했거든."

형은 말을 하면서 내 쪽은 보지 않았다. 내 너머, 묘지만 뚫어져라 보았다.

"메리 베스가 나와 데이트를 한 건 장난이었어. 친구들과 내기를 했대. 한 달을 못 넘긴다는 데 다들 100달러씩 걸었대. 그래서 메리 베스

228

가 한 달 동안 나랑 데이트를 한 거야."

"형도 알고 있었어?"

"모르는 사람이 없었지."

"그런데도 계속 만났어?"

"생각보다 나쁘지는 않았어. 동기는 나빴지만, 실천을 할 때는 다정했어. 손을 잡거나 키스를 하거나 그런 것은 전혀 하지 않았지만, 그래도 함께 많이 돌아다니고, 대화를 나눴어. 한 달이 지난 뒤에도 메리 베스는 지나가다가 나를 보면 걸음을 멈추고 나에게 인사를 건넸어. 굳이 그럴 필요도 없었는데."

나는 충격을 받았다.

"그런데도 형은 개한테 그 여자 이름을 붙였어?"

형은 기묘한 미소를 지으며 어깨를 으쓱했다.

"그 이름이 마음에 들었거든."

물론, 그 모든 일이 터무니없었다. 나는 형이 불쌍했다. 부끄럽기도 했다.

저 멀리 시내 아래 어디에서 자동차의 경적 소리가 들렸다. 형과 나는 잠시 멈추고 경적 소리를 들었다. 아주 고요한 밤이었다. 개는 묘지에서 돌아와서 이제 정문 옆에 앉아 있었다.

형이 말했다.

"나는 서른셋이야. 여자랑 키스 한 번 못 했어. 이건 불공평해."

나는 고개를 끄덕였다. 할 말이 아무것도 떠오르지 않았다.

"내가 부자라는 이유로 상황이 바뀐다면 그걸로 족해. 단지 돈 때문이라고 해도 난 상관없어."

그 말을 끝으로 우리는 침묵에 빠졌다. 형은 말을 너무 많이 했다. 우리 둘 다 그 사실을 느낀 것 같았다. 우리 주위에 어색한 기운이 안개처럼 깔렸다. 그 어색한 분위기가 어찌나 짙은지, 우리는 서로를 제대로 바라볼 수도 없었다.

나는 묘지 정문에 걸린 사슬을 풀었다. 묘지 안으로 들어갔다. 메리 베스가 우리 앞에서 경중경중 뛰어갔다.

"좀 으스스하지?"

형이 물었다. 형의 목소리는 크고 용감했다. 당혹감을 밀치려고 안간힘을 쓰는 불도저 같은 목소리였다. 형은 유령처럼 우우 소리를 낸 뒤, 장난으로 돌리려고 짧고 날카롭게 웃었다.

형의 말이 옳았다. 으스스했다. 교회는 어둡고 텅 비어 있었다. 하늘은 구름에 가려 있었다. 별도 숨었고, 달은 지평선 위에서 희미하게 빛을 내고 있었다. 묘지 안으로 미적미적 들어가는 우리 앞길에는 빛도 거의 없었다. 마을의 불빛도 가까스로 닿는 정도로, 조명이라기보다 자기 발광에 가까운 빛뿐이었다. 그 빛이 어찌나 약한지 우리 그림자도 생기지 않았다. 무덤 사이의 어둠은 너무도 짙어서 액체 같았다. 정문을 지나서 걸어가자니, 연못 속으로 내려가는 기분이었다. 메리 베스는 내가 지켜보고 있는 가운데 눈앞에서 사라졌다. 움직일 때마다 가볍게 찰랑거리는 목걸이의 이름표 소리만 남아 있었다. 메리 베스가 거기 있다는 사실은 소리로만 알 수 있었다.

눈으로 보아서가 아니라 기억으로 무덤을 찾았다. 아버지와 어머니의 무덤은 묘지 정중앙, 길 바로 옆에 있었다. 형과 나는 거기 도착한 뒤, 눈 속에 발을 디디며 비석 앞에 섰다. 비석은 단순한 사각형 화강암으로, 아버지와 어머니의 묘비명이 하나에 다 새겨져 있었다.

제이컵 핸슬 미첼

1927년 12월 31일 – 1980년 12월 2일

조지핀 맥도널 미첼

1930년 5월 5일 - 1980년 12월 4일

우리의 슬픔은 두 배가 되다

그 아래에 매끈하게 다듬은 빈 공간 두 개가 있었다. 형과 나를 위한 공간이었다. 아버지는 세상을 떠나기 전에 묘지 공간 네 개를 사서, 언젠가 우리가 모두 함께 묻힐 수 있게 했다.

나는 무덤 앞에 꼼짝도 않고 서 있었다. 묘비를 열심히 뚫어져라 보고 있었지만, 아버지와 어머니를 생각하지도 않았고, 생전의 모습을 떠올리지도 않았으며, 명복을 빌지도 않았다. 나는 형을 생각하고 있었다. 루에 대한 계획에 형을 끌어들일 방법을 찾고 있었다. 오늘 우리 형제가 묘지에 온 이유는 그 때문이었다. 나는 우리가 핏줄로 이어진 형제임을 형에게 일깨우고 있었던 것이다.

몇 분 동안 가만히, 우리 주위에 침묵이 쌓이게 두었다. 나는 넥타이를 맨 슈트 차림에 오버코트를 입고 있었다. 조금 추웠다. 바람이 얼음장 같은 손처럼 내 바지 다리를 뚫고 지나갔다. 바람은 내가 앞으로 걸음을 옮기기를 바라는 듯, 굳건하고 고집스럽게 불었다. 나는 시선을 묘비에서 살짝 돌려 검은 형태만 보이는 교회를 지나 내 옆에 서 있는 형에게 두었다. 꽉 끼는 파카에 둘둘 싸인 형은 조용하고 거대하고 움직임이 없어서, 거대한 붉은 부처상 같았다. 나는 형이 그렇게 가만히 서서 무슨 생각을 하고 있을지 잠깐 생각했다. 아마 아버지와 어머니의 추억을, 아니면 메리 베스 새클턴의 추억을, 아니면 운명의 신비와 그 운명이 자신에게 준 선물, 인생이 이미 너무 늦어버렸다고 생각하고 있을 때, 마침내, 이제, 그 운명이 열어주겠다고 약속한 문을 생각하고 있겠지.

"보고 싶어?"

내가 물었다. 형은 잠에서 깨어나는 듯 천천히 되물었다.

"누구?"

"엄마 아빠."

형이 그 생각을 하는 동안 잠깐 침묵이 흘렀다. 형의 부츠 아래 뭉친 눈에서 서벅서벅 소리가 났다. 형이 이쪽 발에서 저쪽 발로 몸의 중심을 바꾸고 있었다.

"그래. 가끔."

형의 목소리는 차가운 공기 속에서 단호하고 솔직하게 들렸다. 내가 아무 말도 하지 않자, 형은 설명을 덧붙이듯 말을 이었다.

"집이 그리워. 주말에 집에 가서 저녁을 먹던 일이 그리워. 그리고 저녁을 먹은 뒤에 둘러앉아서 카드 게임을 하고 술을 마시던 것도. 아빠랑 나누던 대화도 그리워. 아빠는 내가 하는 말에 귀를 기울였어. 이제 그런 사람은 없어."

형은 입을 다물었다. 그러나 형의 말이 다 끝나지 않은 것을 알 수 있었다. 그래서 그냥 가만히 선 채 하늘을 올려다보며 형이 말을 잇기를 기다렸다. 서쪽 너머, 교회 첨탑 위, 비행기 두 대가 천천히 마주 날아가면서 빛을 깜박이는 것이 보였다. 일순 두 비행기가 충돌할 것처럼 보였다. 그러나 비행기들은 서로 지나쳐 갔다. 그저 착시 현상일 뿐이었다. 저 위에서는 두 비행기가 몇 킬로미터는 떨어져 있었을 것이다.

"아빠는 우리가 하고 있는 일을 이해했을 거야."

형이 말했다.

"아빠는 돈의 중요함을 알고 계셨어. '돈이 제일 중요해. 삶의 혈액이고 행복의 뿌리야.' 아빠는 그렇게 말했지."

형은 나를 흘깃 보았다.

"아빠가 그런 말을 했던 것, 생각나?"

"나중에 그랬던 것만. 농장을 잃어갈 때."

"나는 계속 들었어. 너무 간단한 이야기여서 귀담아들은 적이 없었지. 그 말을 이해하기 시작한 건 요즘 들어서야. 돈이 없으면 밥도 못 먹고, 옷도 못 사고, 불도 못 땐다는 이야기라고 생각했어. 그러나 그게 전혀 아니었어. 아빠는 돈이 없으면 행복할 수 없다는 말을 했던 거야. 그리고 적은 돈을 이야기한 것도 아니야. 딱 살아갈 만큼의 돈을 말한 게 아니었어. 아빠는 큰돈을 말한 거지. 부자가 되는 걸 말한 거야."

"두 분은 부자였던 적이 없어."

내가 말했다.

"행복했던 적도 없지."

"한 번도?"

"없어. 특히 아빠는."

나는 얼른 아버지의 행복한 모습을 떠올리려고 애썼다. 아버지가 웃는 모습은 떠올릴 수 있었지만, 술에 취해서 웃는, 들떠서 아무렇게나 흘리는 얕은 웃음이었다. 달리 아무것도 떠오르지 않았다.

"그리고 돈이 사라질수록 점점 더 슬프고 슬퍼했지. 마지막 순간까지. 돈이 다 사라지자, 두 분은 스스로 죽음을 택했어."

형이 말했다.

나는 깜짝 놀라서 형을 흘깃 보았다. 아버지와 어머니의 죽음이 자살이라는 이론은 아내가 늘 내놓던 것이었다. 형이 그 죽음을 자살로 여기는지는 생각조차 해본 적이 없었다.

"그건 형도 알 수 없잖아. 두 분은 술을 드셨어. 사고였어."

형은 고개를 가로저었다.

"그 일이 있기 전날 밤, 엄마가 나에게 전화를 했어. 그냥 잘 자라는 인사를 하고 싶어서 전화했다고만 말했어. 술에 취한 목소리였는데 나한테 언젠가 결혼하겠다는 약속을 하라고, 죽기 전에 꼭 가정을 꾸미겠다는 약속을 하라고 했어."

형은 잠시 말을 멈췄다. 나는 기다렸다. 형은 말을 잇지 않았다.

"그래서?"

내가 물었다.

"모르겠어? 엄마는 한 번도 나한테 전화한 적이 없어. 그게 처음이자 마지막이었어. 전화는 늘 아빠가 걸었지. 그날 밤 엄마가 나한테 전화한 건, 알고 있었기 때문이야. 계획을 다 세워서, 나를 다시 못 볼 것을 알고 있었기 때문이야."

나는 방금 형이 한 말을 분석해서 허점을 찾으려고 얼른 애썼다. 형의 말을 믿고 싶지 않았다.

"자살할 생각이었으면 다른 방법을 택했을 거야. 트럭을 타고 나가지는 않았을 거야."

형은 고개를 가로저었다. 이미 그 일을 혼자서 철저하게 생각해서 내 질문을 예견한 듯했다.

"사고처럼 보이려 한 거야. 아빠는 우리가 빚을 갚으려면 생명보험금이 필요하다는 걸 알고 있었어. 빚을 갚을 방법으로 아빠가 생각할 수 있는 유일한 방법이었어. 농장은 담보로 잡혀 있었고, 두 분의 생명을 빼고 값나가는 것은 아무것도 없었어."

"그렇지만 트럭 운전기사를 죽일 뻔했어. 왜 그냥 나무를 들이받지 않았을까?"

"나무를 들이받으면 자살처럼 보이잖아. 그건 위험한 일이지."

나는 상상하려고 애를 써보았다. 아버지와 어머니가 램프 끝, 어둠 속에 앉은 채, 앞에 헤드라이트 두 개가 나타나기를 기다리는 모습. 마침내 헤드라이트 불빛이 보이자 우리 아버지가 기어를 1단으로 바꾸고, 마지막 말들, 그날 계획한 일들, 사랑한다는 확언, 그 마지막 부분은 다가오는 트럭의 굉음에, 충돌 전에 찢어지게 울리는 어쩔 수 없는 브레이크 소리에 묻힐, 마지막 말들을 나누는 모습. 나는 그 영상에 균형을 맞추기 위해서 다른 영상도 떠올렸다. 지난 칠 년 동안 내 머릿속에 자리하고 있던 영상이었다. 술에 취해서 웃고 있는 아버지와 어머니, 음악이 크게 울리는 카스테레오, 차가운 바람이 들어와서 술이 깨지 않을까 하는 환상으로 열어둔 차창. 돌이킬 수 없는 마지막 순간까지, 있을 수 없이 큰 트럭이, 탑 같은 그 거대한 금속 덩어리가 두 사람의 자동차 보닛을 덮칠 때까지, 자기들 실수를 모르는 아버지와 어머니. 나는 우리 아버지 어머니가 미리 알고 있었다는 영상과 몰랐다는 영상 중 어느 것이 마음에 드는지 결정하려고 애썼다. 그러나 둘 다 내가 받아들이기에는 너무 불쌍하고 슬펐다. 어느 것을 선택해야 할지 알 수 없었다.

"왜 전에는 이 이야기를 안 했어?"

내가 물었다. 형이 답을 찾기까지는 몇 초가 걸렸다.

"네가 알고 싶지 않을 것 같았어."

나는 고개를 끄덕였다. 형의 말이 옳았다. 그때도 나는 알고 싶지 않았다. 형이 방금 한 말을 믿고 싶지 않았다. 그 갖가지 상세한 부분들을 재며, 믿을지 말지 결정하고 싶지 않았다. 상충되는 감정이—그 마지막 밤에 어머니가 나 아닌 형에게 연락했다는 질투, 그 기나긴 시간 동안 형이 그 모든 일을 나에게 철저히 비밀에 부쳤다는 놀라움, 아버지와 어머니가—착하고 열심히 일한 사람들이— 돈 때문에 그렇게 헛된 행동에, 빚에서 자신들과 아들들을 구하려고 말 그대로 자기들 생명을 희생하고 지나가던 무고한 사람의 생명까지 위험을 무릅쓰게 한 일에 내몰렸다는 슬픔 등이 ― 맹렬히 나를 휩쓸고 지나갔다.

형은 몸을 덥히려고 발을 구르기 시작했다. 형이 그 자리를 벗어나고 싶어하는 것을 알 수 있었다.

"형."

형이 나에게 몸을 돌리고 내 얼굴을 똑바로 보았다.

"왜?"

메리 베스가 어둠 속에서 우리 쪽으로 다가오며, 사슬에 감긴 작은 유령처럼 찰카당거리는 소리를 냈다.

"아내가 돈에 대해서 알고 있어. 루가 돈을 달라고 왔을 때, 털어놓지 않을 수 없었어."

"괜찮아. 제수씨가 우리 중에서 제일 안전할 거야."

나는 어깨를 으쓱했다.

"문제는 아내가 루 형을 두려워한다는 거야. 루 형 때문에 형과 내가 피더슨을 죽인 죄로 감옥에 가게 될 거라고 겁을 내고 있어."

나는 왼쪽, 피더슨의 무덤이 있는 쪽에 손짓을 했다. 형은 눈으로 내 손이 가리키는 곳을 쫓았다.

형이 말했다.

"루는 괜찮아. 그냥 너한테 돈을 받으려고 그런 것뿐이야. 돈만 나눠 가지면 널 안 건드릴 거야."

"돈은 안 줄 생각이야. 아내랑 이야기했는데, 그러면 안 된다는 결론을 내렸어."

형은 몇 초 동안 그 말의 숨은 뜻을 생각하며 나를 쏘아보았다.

"그러면 루가 정말로 일을 저지를지도 몰라."

나는 고개를 가로저었다.

"그렇게 하도록 놔둘 수는 없지. 우리가 선수를 쳐야 해."

형이 나를 흘긋 보았다. 어리둥절한 표정이었다.

"무슨 뜻이야?"

나는 아내의 계획을 형에게 이야기했다. 형은 어깨를 파카 속에 웅크리고 양손을 파카 주머니에 넣은 채, 끝까지 귀담아들었다. 이야기를 마치자 형이 물었다.

"왜 이런 말을 나한테 하는 거야?"

"형이 도와줘야 해. 형이 돕지 않으면, 일이 안 돼."

형은 얼굴을 찌푸린 채 부츠로 눈을 찼다.

"하고 싶지 않아. 루는 위험한 사람이 아니야."

"형, 루 형은 위험해. 늘 그럴 거야."

"그렇지 않……."

"아니야. 생각해봐. 루 형은 돈을 받고도 그만두지 않을 거야. 살인에는 공소시한이 없어. 지금부터 십 년 뒤에, 루 형은 자기 몫을 다 써버린 뒤에, 형을 추적해서 자기가 알고 있는 내용으로 형을 협박할 거야."

형은 아무 말도 하지 않았다.

"형은 그런 짐을 안고 살 생각이야? 루 형이 형을 찾아서 나타나지 않을까 늘 마음을 졸일래?"

"루는 그런 짓 안 해."

"벌써 나한테 했어. 두 번이나 했어. 또 하게 놔두지 않을 거야."

메리 베스가 어둠 속에서 다시 나타나서 꼬리를 흔들며, 무엇을 뒤쫓고 있던 양 거친 숨을 바삐 몰아쉬었다. 메리 베스는 형에게 뛰어올랐고, 형은 메리 베스를 진정시켰다.

"형, 형한테는 기회가 있었어. 형이 루 형을 맡았잖아. 그런데 루 형이 제멋대로 행동하게 놔뒀어. 이제는 내가 맡겠어."

"내 잘못이라는 거야?"

"형 때문에 피더슨 일이 들통났잖아. 안 그래? 그래서 우리가 이런 지경에 놓이게 됐어."

"피더슨 이야기는 내가 한 게 아니야."

내가 그 점을 믿는 것이 형에게는 아주 중요한 일인 듯했다. 그러나 나는 그 말을 무시했다.

형은 쓸쓸하게 말했다.

"잘못을 따지자면……. 그건 네 잘못이야. 먼저 수상하게 행동한 건 너야. 네가 우리 관계를 다 어그러뜨렸어. 너는 처음부터 루가 어쩔 거라고만 생각했고, 루는 그걸 그대로 행동에 옮기고 있을 뿐이야."

나는 고개를 돌려서 형을 마주 보았다. 형의 긴장된 목소리에서, 내가 형의 감정을 상하게 했음을 알 수 있었다.

"형 잘못이라는 게 아냐. 누구의 잘못이라는 것도 아냐. 그냥 일이 그렇게 된 거고, 이제 그 일을 해결해야 해."

형은 얼굴을 찌푸리고 무덤을 내려다보았다.

"이 일을 하든지 돈을 태우든지, 둘 중 하나야."

"넌 돈을 태울 생각이 없어. 공연한 협박이야."

물론 그 말은 사실이었다. 그리고 나도 고개를 끄덕였다.

"형, 별일도 아니야. 루 형을 죽이라고 부탁하는 것도 아니잖아."

형은 그 말에 대답하지 않았다. 파카 옷깃을 세워서 얼굴 아래쪽 반을 덮고, 무덤에서 몸을 돌려서 주차장 너머 메인스트리트 쪽을 바라보았다. 나도 형의 시선을 따랐다. 라이클리 사료상이, 내 사무실 유리창이 보였다. 시청, 우체국, 식료품점도 보였다. 모두가 고요했다.

"형이 도와줘야 해."

내가 말했다.

"루를 그렇게 속일 수는 없어. 나를 절대 용서하지 않을거야."

"루 형은 술에 취할 거야. 어떻게 된 일인지 기억도 못 할 거야."

나는 그 말을 하자마자 이것이 나에게 필요했던 낚시임을 깨달았다. 형은 루를 배신한다는 생각 때문에 괴로운 것이 아니었다. 루가 형의 배신을 알게 될까 고민하는 것이었다. 나는 형을 낚아채기 위해서 재빨리 말을 이었다.

"그러고 싶다면 형은 녹음기에 대해 몰랐던 것처럼 놀라는 척하면 돼. 내가 다 꾸민 일인 척 행동하면 돼. 내가 두 사람을 다 속인 것처럼."

형이 잠시 망설였다.

"그냥 위협만 할 거지? 실제로 그 테이프를 쓸 일은 없겠지?"

나는 고개를 끄덕였다.

"루 형이 우리를 고발하지 않게 하려는 것뿐이야."

형이 망설이는 것이 느껴졌고, 그래서 나는 결정적인 말을 했다.

"형이 말했잖아. 일이 생겨서 선택을 해야 하면 나를 택하겠다고."

형은 아무 말도 하지 않았다.

"이제 그런 일이 생겼어. 형이 한 말을 지킬 거야?"

형은 나를 지켜보면서 한참 동안 침묵을 지켰다. 개는 눈 속에서 낑낑거리며 발을 버둥거렸지만, 형도 나도 개에게 눈길을 주지 않았다. 형은 아래팔로 배를 감은 채, 묘비만 내려다보았다. 내 눈은 이미 어둠에 적응되어서, 이제 형의 얼굴이 보였다. 안경 뒤로 형의 눈이 보였다. 춥고 불안해 보였다. 마침내 형은 고개를 끄덕였다.

나는 위안이 되는 말을 생각하려고 애썼다.

"오늘 저녁 먹으러 올래?"

그 말에 스스로도 놀랐다.

"집사람이 라자냐 만든대."

지금 생각해도, 왜 그런 말을 했는지 모르겠다. 형이 불쌍해서 그랬는지, 아니면 그날 밤에 형이 혼자 집에 가면 루에게 전화를 해서 우리 계획을 알릴지도 모른다는 두려움 때문에 그랬는지.

형은 무덤만 계속 뚫어지게 보고 있었다. 형의 머릿속에서 어떤 일이 일어나고 있는지 눈에 선했다. 스트레스를 받을 때 형에게 늘 일어나는 과정인 수동성이 표면으로 떠오르고 있었다. 이제 형을 계속 부추기기만 하면, 내가 바라는 대로 뭐든 하게 만들 수 있었다. 나는 주차장 쪽으로 걸음을 내디뎠다. 메리 베스가 귀를 쫑긋 세우고 눈밭에서 나왔다. 형의 바지에 꼬리를 탁탁 치며 흔들었다.

"가자. 아내는 엄마가 만들던 대로 라자냐를 만들어. 옛날 같은 맛이 날 거야."

나는 형의 팔에 손을 얹고 도로로 이끌었다.

우리가 집에 도착했을 때, 아내는 주방에 있었다.

"형이 저녁 먹으러 왔어."

나는 복도로 들어서면서 소리쳤다. 아내는 문간에서 몸을 내밀고 손을 흔들어서 인사했다. 앞치마를 입고 손에 금속 주걱을 들고 있었다. 커다란 몸집으로 수줍어하는 형은 아내의 손 인사에 답을 했지만, 간발의 차이로 조금 늦었다. 아내는 이미 주방으로 들어간 뒤였다.

나는 형을 위층 침실로 데려갔다. 메리 베스가 뒤따라왔다. 커튼이 내려진 방 안은 어두웠다. 불을 켜자, 침대가 엉망이었다. 아내는 출산 뒤에 아주 빨리 몸이 회복되었지만 아직 조금 힘들어했고, 지난 엿새 동안 아기를 옆에 재운 채 이불 속에 누워 있는 시간이 많았다.

나는 문을 닫고 형을 탁자 쪽으로 이끌었다. 매트리스 끝에 형을 앉히고 전화를 들어 엉킨 전화선을 조심스레 풀고 형의 무릎에 놓았다.

"루 형한테 전화해."

내가 말했다. 형은 전화를 뚫어지게 보고 있었다. 회전식 다이얼이 달린 검정 플라스틱 구식 전화기였다. 형은 전화기에 손대고 싶지 않은 듯했다.

"지금?"

형이 물었다. 나는 고개를 끄덕이고 형 옆에, 30센티미터 옆에 바싹 앉았다. 우리는 침대에서 내가 잠자는 쪽인 창 쪽에 앉아 있었다. 냄비들이 잘그락거리는 소리가 계단을 타고 희미하게 들렸다. 메리 베스가 쿵쿵거리면서 방 안을 돌아다녔다. 메리 베스는 처음에는 욕실을 살피고 다음에는 아기 침대를 살폈다. 그러더니 침대로 다가와서 고개를 침대 아래에 딱 붙였다. 나는 메리 베스를 발로 밀쳤다.

"저게 우리 아기 침대야."

나는 아기 침대를 손가락으로 가리키며 말했다.

"아빠가 만든 거야."

형은 별 감흥을 못 느끼는 듯했다.

"무슨 말을 해?"

형이 물었다.

"내가 형이랑 루 형에게 내일 밤 술을 마시자고 했다고 말해. 아만다가 태어난 기념으로. 내가 산다고 해."

"돈 이야기는?"

나는 잠시 망설였다.

"내가 돈을 나누기로 했다고 해."

그래야 루가 마음을 놓지 않을까 생각해서 그렇게 말했다.

"다음 주말에 가져온다고 말해."

형은 몸을 옆으로 기울였다. 형의 무릎에서 전화가 흔들거렸다. 형은 한 손을 전화기 위에 댔다.

"농장 생각은 해봤어?"

형이 물었다. 나는 형을 똑바로 보았다. 지금은 농장 이야기를 하고 싶지 않았다. 메리 베스가 침대로 뛰어올라서 형의 등 바로 뒤에 배를 깔고 엎드렸다. 메리 베스가 내 베개에 고개를 댔다.

"아직."

내가 말했다.

"네가 지금 결정을 했으면 해."

갑자기 깨달았다. 형이 나를 함정에 빠뜨리려 하고 있었다. 루를 배신하는 대가로 농장을 얻으려 하고 있었다. 침대 옆 바닥에 곰 인형이 누워 있었다. 나는 대답하기 싫어서 이어지는 침묵을 깨려고, 곰 인형을 들어서 태엽을 감았다. 음악이 흐르기 시작했다. 메리 베스가 고개를 들어서 곰 인형을 보았다.

"형, 지금 나를 협박하는 거야?"

형은 깜짝 놀란 표정을 비쳤다.

"무슨 말이야?"

"내가 농장을 약속하지 않으면 나를 안 돕겠다는 말이야?"

형은 내 말을 생각하더니 고개를 끄덕였다.

"그런 것 같아."

곰 인형이 노래했다.

'도르메 부? 도르메 부? 소네 레 마티느, 소네 레 마티느.'

"내가 널 위해서 뭘 하면, 너도 날 위해서 뭘 한다. 그게 공평하잖아."

"그래. 그게 공평한 것 같네."

"그럼, 농장을 찾게 도와줄 거야?"

곰 인형의 음악이 점점 느려졌다. 나는 그 음악이 멈출 때까지, 방이 완전히 정적에 빠질 때까지 기다렸다. 그런 다음—지킬 마음이 전혀 없는 약속을 형에게 하고 있다는 사실을 스스로 너무나 잘 알고 있으면서도— 고개를 끄덕였다.

"형이 나에게 부탁하는 건 뭐든 해줄게."

아내와 내가 식탁을—라자냐, 마늘빵, 샐러드— 차리는 사이, 형은 욕실에 다녀오겠다고 했다. 욕실은 복도 뒤쪽, 계단 아래에 있었고, 나는 형이 주방에서 쿵쿵거리며 나가는 모습을 눈으로 뒤쫓았다. 형이 욕실 안으로 사라질 때까지 계속 지켜보았다.

"하겠대?"

아내가 칼로 욕실 쪽을 가리키며 나지막이 물었다. 아내와 나는 식탁 앞에 서 있었다. 아내가 빵을 자르고, 나는 와인 두 잔을 따르고 있었다. 아내는 젖을 뗄 때까지는 술을 마실 수 없어서 밥을 먹을 때 사과주스를 마셨다.

"아까 전화했어. 내일 7시에 루를 데리러 갈 거야."

"두 사람이 대화하는 걸 들었어?"

내가 고개를 끄덕였다.

"형 바로 옆에 앉아 있었어."

"루에게 힌트 같은 건 안 줬지?"

"응. 내가 말한 그대로 말했어."

"아주버님이 꺼리지는 않았어?"

내가 주저하자 아내는 나를 빤히 보았다.

"농장을 되사도록 돕겠다는 약속을 하랬어."

"아버님 농장?"

내가 고개를 끄덕였다.

"그건 우리가 벌써 이야기했잖……."

"선택의 여지가 없었어. 약속하지 않으면 우리를 안 돕겠다는 거야."

변기 물 내리는 소리가 났다. 나와 아내는 복도 쪽을 보았다.

"그렇지만 정말로 아주버님을 이 동네에 살게 할 생각은 아니지?"

욕실 문이 열렸고, 나는 몸을 돌려서 물주전자를 냉장고로 가져갔다.

"아니. 당연히 아니지."

나는 걸어가면서 말했다.

아만다는 거실에 둔 이동식 요람에서 자고 있었다. 아내는 저녁을 먹기 전에 형이 아기를 볼 수 있도록 데려왔다. 형은 아기 앞에서 어떻게 행동해야 하는지 모르는 것 같았다. 아내가 형의 팔을 끌어서 아기를 안을 수 있게 하자 형은 얼굴을 붉혔다. 그리고 아기 몸에 무엇이 묻어서 자기 몸에도 묻을까 겁나는 듯 아기를 멀찍이 안았다. 형이 안자마자 아기는 울기 시작했고, 아내는 아기를 얼른 다시 거실로 데려가서 달래야 했다.

"정말 작네."

형은 그럴 줄 몰랐다는 듯이 중얼거렸다. 형이 생각할 수 있는 말은 그것이 전부였다.

묘한 저녁이었다. 처음에는 아내만 즐거워하는 듯했다. 아내는 예쁘고 매력적이었으며, 스스로도 그것을 잘 알고 있는 것 같았다. 임신 때문에 잃었던 날씬한 몸매를 벌써 되찾고 있었다. 아내는 분명 피곤했겠지만—병원에서 퇴원한 뒤로 아기 때문에 쭉 이어서 네 시간 이상 자 본 적이 없었다— 그래도 활기차고 건강해 보였다. 아내는 밥을 먹는 동안 발로 내 종아리를 어루만졌다.

형은 아내 옆에서 내외를 하며 음식에만 집중했다. 음식을 마구 밀어넣으며 빨리 먹느라 이마에 땀이 송골송골 맺혔다. 어느 면을 보아도 형의 사회 부적응성을 알 수 있었다. 형은 그러한 성질을 독기처럼 발산했다. 조금 시간이 지나자 그 부적응성이 전염되는 것 같았다. 나 또한 이야깃거리를 찾기가 어려워지기 시작했고, 형이나 아내의 질문에 대답하기 전에 지나치게 많이 생각하기 시작했으며, 그래서 내 대답은 부자연스럽게 간단하고 정중하게 튀어나왔다. 마치 내가 두 사람에게 화가 났는데 그 사실을 드러내기 두려워하는 듯이 보였다.

그 저녁 시간의 구세주는 와인이었다. 아내가 먼저 그 사실을 감지한 것 같았다. 형이나 내가 잔을 비울 때마다 아내는 일어나서 잔을 채웠다. 나는 술을 좋아하지 않는다. 점차 자제력을 잃게 하는 술의 마취 효과를 한 번도 즐겨본 적이 없었다. 그러나 그날 밤, 사람들이 술의 효능이라고 늘 말하는 것, 기분을 좋게 하고, 윤활제가 되고, 사람 사이의 다리를 놓아주는 효능을 그대로 몸소 느꼈다. 술을 마실수록 형과 이야기하는 게 점점 더 쉬워졌으며 형도 술을 마실수록 아내와 점점 더 쉽게 이야기했다.

술기운이 오를수록 생각하지 않은 희망이 부풀었다. 몸으로 직접 느껴졌다. 따뜻한 액체 같은 그 무엇이 가슴에서—당시 내 생각으로는, 심장에서— 퍼져서, 손가락과 발가락 끝까지 흘러갔다. 내가 줄곧 상상했던 것과 달리 형이 그리 가까이 할 수 없는 사람이 아니지 않을까 하는 생각이 들기 시작했다. 어쩌면 형을 되살려서 우리 가족과 함께 살게 하고 진심으로 형과 함께하는 게 아직 가능하지 않을까. 이제 형은 내 바로 앞에 있었다. 아내에게 무슨 말을 하고 있었다. 사실 거의 수작에 가까웠지만, 선생을 대하는 아이처럼 수줍어했고, 그 광경을 보자 내 마음속에서 두 사람에 대한 애정이 솟구쳤고, 모든 일을 제대로 이루고 싶은 욕망에 휩싸였다. 형이 서쪽 멀리 어디, 캔자스나 미주리에 땅을 사게 도우리라. 그곳을 아버지의 농장 그대로 만들 수 있게 도우리라. 우리가 자란 집과 똑같은 집을 만들도록 도우리라. 그러면 그 집은 아내와 아기와 내가 몇 년 동안 세계 여행을 하다가도 돌아가서 잠시 쉴 수 있는 곳이 되리라. 우리가 떠났다가 형 가족을 위한 선물을 들고 돌아올 수 있는 대리 고향이 되리라.

나는 아내와 형이 서로 웃고 떠드는 모습을 지켜보았다. 그리고 내 말과 행동과 생각 모두에서 내가 취한 것을 스스로도 잘 느끼고 있었지만, 그럼에도 불구하고 이제 모든 것이 다 잘될 것이라고, 모든 일이 정확히 우리가 계획한 대로 이루어질 것이라고 믿지 않을 수 없었다.

저녁을 다 먹었을 때쯤 아기가 울기 시작했다. 아내는 아기에게 젖을 먹이려고 위층으로 올라갔고 나는 설거지를 했다. 아내가 아기를 아기 침대에 재우고 다시 나타났을 때에는 이미 설거지를 마쳤고, 형은 또 욕실에 가 있었다.

우리는 모노폴리 게임을 하기로 했다. 내가 조리대를 수세미로 닦고 있을 때 아내는 식탁에 게임판을 놓기 시작했다. 저녁을 거의 다 먹었을 때 술을 그만 마셨지만, 이제 와인이 아주 무거운 망토처럼 나를 눌러서, 하는 일마다 필요한 것보다 훨씬 더 큰 노력을 기울이지 않을 수 없었다. 정말 하고 싶은 일은 위층으로 올라가서 잠을 자는 것이라는 생각이 들기 시작했다.

나는 조리대 정리를 마친 뒤, 식탁으로 가서 앉았다. 아내는 모노폴리 게임의 모형 돈을 나누고 있었다. 적은 돈에서 큰 돈으로—1달러짜리, 5달러짜리, 10달러짜리, 20달러짜리, 50달러짜리 순으로—올라갔다. 100달러짜리에 왔을 때, 아내는 의기양양한 미소를 지으며 나를 흘깃 보았다.

"뭘 해야 하는지 알아?"

아내가 물었다.

"뭐?"

아내는 돈으로 가득한 쟁반을 손가락으로 살짝 두드렸다.

"진짜 100달러짜리를 써야 해."

"진짜 100달러짜리?"

나는 너무 피곤했다. 아내의 말을 알아들을 수 없었다.

아내가 씩 웃었다.

"한 다발을 가져오면 돼."

나는 아내를 뚫어지게 보며 그 말을 생각했다. 숨긴 장소에서 돈을 빼낸다는 생각을 하자, 불안한 기분이 확실히 들었다. 공포와 당황이 비합리적으로 섞인 기분이었다. 나는 고개를 저었다.

"얼른. 재밌을 거야."

"안 돼. 싫어."

내가 말했다.

"왜 안 돼?"

"굳이 왜 위험한 일을 해?"

"무슨 위험? 그냥 게임을 하는 데 쓰려는 것뿐이야."

"쓸데없는 일에 쓰기 싫어. 나쁜 일을 불러올 것 같아."

"어머, 소심하긴. 진짜 100달러짜리 지폐로 모노폴리 게임을 해볼 기회가 언제 또 있겠어?"

대답하려고 하다가, 형의 목소리에 입을 다물었다. 형이 욕실에서 돌아와 있었다. 아내도 나도 형이 다가오는 소리를 못 들었던 것이다.

"집 안에 숨겼어?"

형이 말했다. 형은 과식하고 피곤한 표정으로 주방 문가에 서 있었다. 나는 아내를 보며 얼굴을 찌푸렸다.

"조금요. 두 다발만요."

아내가 말했다. 형이 발을 질질 끌면서 의자로 다가왔다.

"그러면 쓰지그래?"

형이 말했다.

아내는 아무 말도 하지 않았고, 형의 잔에 와인을 또 따랐다. 아내와 형은 내 말만 기다리고 있었다. 내가 무슨 말을 할 수 있었겠나? 쓰지 않을 이유가 없었다. 그저, 그건 잘못된 일이라는, 그 돈을 대하는 데 있어서 애써 엄격해야 한다는, 그 돈을 총이나 폭탄처럼 강력하고 해로운 것으로 다루어야 한다는, 나의 모호한 염려뿐이었다. 그렇지만 내 생각을 표현할 방법은 떠오르지 않았고, 말로 표현했다 하더라도 그 말은 이상하게 들렸을 것이다. 형과 아내는 그저 게임일 뿐이라고, 게임이 끝나면 제자리에 두면 된다고 말했을 것이다.

"좋아."

나는 한숨을 쉬며 의자 뒤로 몸을 기댔고, 아내는 돈을 가져오려고 얼른 위층으로 달려갔다.

형의 말은 개, 아내의 말은 모자였다. 내 말은 경주용 자동차였다. 진짜 100달러짜리 지폐로 게임을 하는 흥분은 놀랄 만큼 빨리 사라졌다. 그래서 곧 우리가 가지고 노는 다른 모형 돈과 전혀 다를 바 없어 보였다. 똑같은 사각형 색종이로, 다른 것보다 조금 크고 두꺼울 뿐 그 이상은 아무것도 아닌 것 같았다. 가상의 거래에 그 돈을 쓰고 있자니, 왠지 그 돈이 더 값싸졌다. 돈에서 가치가 빠져나갔다. 더는 진짜 돈으로 여겨지지 않았다.

몇 시간 동안 게임을 했다. 끝마쳤을 때에는 시각이 거의 자정에 가까웠다. 내가 파산한 것으로 게임을 끝냈다. 아내와 형은 서로 비긴 것으로 쳤지만, 따지자면 형이 이겼다. 재산도 더 많았고, 집과 호텔도 더 많았으며, 돈도 엄청나게 많이 쌓았다. 형이 아내를 파산시키기까지는 그리 오래 걸리지 않았을 것이다.

아내가 100달러짜리 지폐를 다 모아서 다시 위층에 가져간 사이 나는 게임판을 치웠다.

나는 형이 자리에서 일어선 뒤에야 형이 얼마나 취했는지 알았다. 형은 의자에서 간신히 몸을 일으켜서 조리대 쪽으로 힘없이 두 걸음을 걸었다. 어쩔 줄 모르는 표정으로 팔을 딱딱하게 앞으로 뻗고 있었다. 형이 갑자기 몸이 두꺼운 인형 따위로 변했고, 이제 누군가가 보이지 않는 실로 형의 움직임을 조종해서 형을 끌어내는 듯했다. 형은 그 커다란 손을 조리대에 올리고, 고개를 돌리면 손이 튀어올라서 사라지기라도 할 듯 손만 계속 내려다보고 있었다. 형이 잠깐 낄낄 웃었다.

"오늘 밤은 여기서 자는 게 어때?"

내가 말했다. 형은 식탁과 의자, 식기세척기, 개수대, 난로를 둘러보았다.

"여기서?"

"손님방에서. 위층."

형은 나를 보며 얼굴을 찌푸렸다. 형이 우리 집에서 잔 적은 한 번도 없었다. 우리가 이 집에서 산 지 꽤 오래되었지만 한 번도 없었다. 그리고 형은 그럴 생각을 하니 심기가 불편해지는 것 같았다. 형이 무슨 말을 시작하려 했지만, 나는 형의 말이 입 밖에 나오기도 전에 가로챘다.

"이 상태로는 집까지 운전 못 해. 너무 취했어."

"제수씨는 어쩌고?"

복도를 흘깃 보면서 말하는 형의 말투는 속삭이는 듯했지만 목소리는 컸다.

"괜찮아. 아내도 그러라고 할걸."

나는 형을 부축해서 이층으로 올라갔다. 형의 거대한 몸 옆에 있으니 내가 어린아이가 된 것 같았다. 그 부드러운 살을 밀며, 앞으로 나아가도록 이끄느라 안간힘을 썼다. 형은 계속 가끔씩 그냥 낄낄 웃었다.

우리 침실 맞은편에 있는 손님방에 형을 들였다. 형은 침대에 걸터앉아서 더듬더듬 셔츠를 벗었다. 나는 형 앞에 웅크려 앉아서 부츠 끈을 풀기 시작했다. 개가 우리를 따라서 위층으로 올라왔다. 개는 방 안의 가구를 하나씩 모두 킁킁대며 냄새를 맡은 뒤 침대에 올라가서 작고 둥글게 몸을 말았다.

내가 부츠를 다 벗긴 뒤 형을 올려다보자, 형은 어쩔 줄 모르는 표정으로 침대 헤드보드를 뚫어지게 보고 있었다.

"괜찮아. 형이 잠들 때까지 내가 옆에 있을게."

"내 침대야."

내가 고개를 끄덕였다.

"오늘 밤에는 여기서 자는 거야."

"내 침대야."

형이 다시 말했다. 이번에는 더 강하게 말했다. 형은 손을 뻗어서 헤드보드를 만졌다. 그러자 나는 형의 말뜻을 깨달았다. 자기가 어릴 때 자던 침대라는 뜻이었다.

"맞아."

내가 말했다.

"아빠가 돌아가시기 직전에 여기 가져오셨어."

형이 멍하니 방을 둘러보았다. 침대를 빼고 다른 형 물건은 방에 없었다.

"그렇지만 매트리스는 새것이야. 옛날 매트리스는 완전히 낡았어."

형은 내 말을 못 알아듣는 것 같았다.

"이게 이제 손님방에 있네."

형이 말했다. 형은 잠시 헤드보드를 뚫어지게 보다가 바닥에서 발을 들어서 침대로 올리고 편하게 바로 누웠다. 침대는 작은 배처럼 흔들렸다. 개가 고개를 들었다. 우리에게 얼굴을 찌푸리는 것 같았다. 나는 형이 눈을 감는 모습을 지켜보았다. 형은 곧장 잠드는 것 같았다. 몇 초 만에 숨소리가 깊어지더니 코를 골기 시작했다. 표정이 느슨해지고, 입은 벌어졌다. 형의 이가 보였다. 입에 비해서 너무 크고 너무 넓고 너무 두꺼워 보였다.

"형?"

내가 속삭였다. 형은 대답하지 않았다. 형의 안경이 그대로 얼굴에 걸려 있었다. 나는 일어서서 안경을 벗겼다. 귀에서 안경을 뺀 뒤, 접어서 침대 옆 탁자에 놓았다. 안경을 벗으니 얼굴이 훨씬 더 늙어 보였다. 실제 나이보다 몇 살은 더 들어 보였다. 나는 몸을 숙여서 형의 이마에 가볍게 입을 맞췄다. 맞은편에서 아기가 울기 시작했다. 형이 눈을 깜박이며 떴다.

"유다의 키스군."

형이 쉰 목소리로 속삭였다. 나는 여전히 형 위로 몸을 숙인 채 고개를 가로저었다.

"아니야. 그냥 잘 자라는 인사야."

형은 나를 제대로 보려고 안간힘을 썼지만 잘 되지 않는 것 같았다.

"빙글빙글 돌아."

"괜찮아질 거야. 그냥 가만히 있어."

형은 그 말에 미소를 지었다. 낄낄거리는 웃음을 참느라 지은 미소 같았다. 그러다가 갑자기 진지해졌다.

"나한테 잘 자라고 입을 맞췄다고?"

비난이 살짝 깃든 목소리였다.

"응."

형은 눈을 깜박이며 나를 똑바로 보았다. 그런 뒤에 고개를 끄덕이고 웅얼거렸다.

"잘 자."

형이 눈을 감은 뒤, 나는 조용히 방에서 나왔다.

안방으로 오니, 아내는 막 침대에 올라가고 있었다. 계속 아기를 재우고 있었던 듯했다. 아기는 아기 침대에서 잠에 빠지며 부드럽게 칭얼거리고 있었다.

돈은 서랍장 위에 쌓여 있었다. 나는 잠옷으로 갈아입은 뒤, 서랍장으로 가서 돈을 집었다.

"어리석었어. 어떻게 그런 일을 했어?"

아내는 침대에서 나를 뚫어지게 보았다. 놀라고 상처받은 표정이었다.

"재밌을 줄 알았어."

아내는 머리카락을 학교 교사처럼 위로 올려서 핀을 꽂아두었다. 옷은 팬티만 입고 있었다.

"돈에 손대지 않는다. 그렇게 약속했잖아."

"그렇지만 재밌었잖아. 자기도 인정해야지. 자기도 재밌어했잖아."

나는 고개를 가로저었다.

"돈을 꺼내면, 그 길로 우리는 잡히는 거야."

"집 밖으로 가져간 것도 아니잖아."

"다시는 손대는 일이 없어야 해. 이곳을 뜰 때까지는."

아내가 방 저쪽에서 나를 보며 얼굴을 찌푸렸다. 아내는 내가 너무 딱딱하게 군다고 생각하고 있는 게 분명했지만 나는 신경 쓰지 않았다.

"약속하지?"

내가 물었다. 아내가 어깨를 으쓱했다.

"그래."

나는 돈을 침대로 가져가서 세기 시작했다. 그러나 여전히 좀 취해 있어서 숫자를 계속 까먹었다. 마침내 아내가 입을 열었다.

"아주버님은 하나도 안 가져갔어. 벌써 내가 확인했어."

나는 깜짝 놀라서 얼어붙었다. 내가 돈을 왜 세고 있는지 스스로 미처 깨닫지 못하고 있었던 것이다.

아내와 나는 침대에 누워서 잠들기를 기다리며 속삭이고 있었다.

"어떻게 될 것 같아?"

아내가 물었다.

"형?"

어둠 속에서 아내가 고개를 끄덕이는 것이 느껴졌다. 우리는 둘 다 바로 누워 있었다. 조명은 다 껐고, 아기는 아기 침대에서 잠들어 있었다. 아내는 내가 딱딱하게 군 것을 이미 용서한 터였다.

"아마 농장을 사겠지."

내가 말했다. 옆에서 딱딱하게 긴장하는 아내의 몸이 느껴졌다.

"아주버님은 농장을 사면 안 돼. 여기 남아 있으면……."

"아버지 농장 말고 그냥 아무 농장. 뭐, 서쪽 어디, 캔자스나 미주리 같은 곳. 우리가 도울 수 있을 거야."

내 입으로 말하면서도 그런 일은 절대 일어나지 않을 것을 깨달았다. 앞서 그날 저녁에 그럴 수 있으리라고 기대했던 것은 와인 때문이었다. 그러나 술에서 조금씩 깨니, 모든 일이, 내가 바라는 모습이 아닌 있는 그대로의 모습으로 보이기 시작했다. 형은 농사일을 전혀 몰랐다. 형이 농부가 되는 데 성공할 확률은 록 스타나 우주 비행사가 되는 데 성공할 확률과 같았다. 형이 농장을 계속 꿈꾸는 것은 그저 철없는 생각, 천진난만한 고집, 자신의 진짜 모습에 대한 부정일 뿐이었다.

"여행을 할지도 모르지."

나는 상상하려 했지만 그 모습 역시 상상할 수 없었다. 형이 여러 비행기를 타고 내리고, 공항에서 여행가방을 끌고, 값비싼 호텔에 체크인을 하다니, 있음직한 모습은 하나도 없었다.

"형이 뭘 하든 지금보다 좋아지겠지? 그렇지?"

나는 옆으로 돌아누우며 한쪽 다리를 아내의 몸에 걸쳤다.

아내가 말했다.

"당연하지. 한순간에 130만 달러를 쥘 텐데. 어떻게 안 좋아져?"

"그렇지만 형이 그 돈으로 뭘 할까?"

"쓰겠지. 우리처럼. 돈은 쓰라고 있는 거니까."

"어디에 써?"

"원하는 것 뭐든. 좋은 차, 해변 별장, 화려한 옷, 비싼 음식, 이국적인 여행."

"그렇지만 형은 혼자야. 자기 자신만을 위해서 물건을 사는 데에는 한계가 있어."

아내가 내 얼굴을 어루만졌다. 부드러운 손길이었다.

"누군가를 찾게 될 거야. 아주버님은 괜찮을 거야."

나는 피곤했다. 그래서 아내의 말을 그냥 믿으려고 애썼다. 그러나 아내의 말이 어쩌면 틀렸는지도 모른다는 것을 잘 알고 있었다. 돈은 그렇게 상황을 바꿀 수 없다. 우리를 더 부자로 만들 수는 있지만, 그 이상은 없다. 형은 평생 뚱뚱하고 수줍고 불행한 채로 살 것이다.

아내의 손가락이 내 얼굴로 올라오며 내 눈앞, 어둠 속에서 그림자를 남겼다. 나는 그림자를 보지 않으려고 눈을 감았다.

아내가 말했다.

"누구나 자기 값어치만큼 얻게 되는 거야."

날이 밝기 전, 나는 누가 집 안에서 움직이는 소리에 잠에서 깼다. 팔꿈치를 괴고 윗몸을 일으켰다. 즉시 눈에 초점을 맞추었다. 아내는 내 옆에 앉아 있었다. 등을 헤드보드에 대고 아만다에게 젖을 먹이고 있었다. 칼바람에 창틀이 덜거덕거렸다.

"누가 집에 있어."

내가 말했다.

"쉿."

아내가 아기에게서 눈을 떼지 않은 채 나지막이 소리를 냈다. 아기를 안지 않은 손을 뻗어서 내 어깨를 쓰다듬었다.

"아주버님이야. 아주버님이 화장실에 간 소리야."

잠깐 귀를 기울였다. 바람에 벽이 삐걱거리는 소리에, 아기가 아내의 몸에서 젖을 빨면서 부드럽게 옹알거리는 소리에 귀를 기울였다. 그러

다가 다시 누웠다. 일 분쯤 뒤, 형이 무겁게 복도를 지나서 방으로 돌아
가는 소리가 들렸다. 형은 끙끙 소리를 내며 침대에 몸을 누였다.

"들었지? 아무 일 없어."

아내가 속삭였다. 내가 잠들기 직전까지 아내는 계속 내 어깨에 손
을 대고 있었다.

6

7시가 막 지났을 때 나는 루를 태우고 아센빌 중심가의 랭글러로 차를 몰았다. 랭글러는 마을에 있는 두 술집 중 하나다. 두 곳은 판에 박은 듯 똑같았다. 예전에 랭글러는 서부를 주제로 한 술집임을 내세웠지만, 이제 남은 것은 그 이름과 낙서로 뒤덮인 채 입구 위에 걸린, 뿔이 난 거대한 쇠머리뼈뿐이었다. 술집 안은 길고 좁고 어두웠다. 한쪽 벽을 따라서 길게 바가 있고, 그 맞은편으로 칸막이 좌석이 줄지어 있었다. 뒤쪽 미닫이문 뒤로는 커다랗게 뻥 뚫린 공간이 있고, 여기에는 당구대, 핀볼 게임기들, 망가진 주크박스가 있었다.

우리가 도착했을 때 안은 비교적 조용했다. 바에는 중년 남자 몇 명이 다들 혼자 앉아서 맥주를 마시고 있었다. 몇몇은 루를 아는지 씩 웃으면서 인사를 건넸다. 칸막이 자리에 앉아 있는 젊은 남녀도 있었다. 테이블을 사이에 두고 서로 앞으로 몸을 숙이고 열렬히 소곤거리고 있었다. 싸우고 있지만 다른 사람의 시선을 끌기는 싫은 모습이었다.

우리는 뒤쪽으로 갔다. 내가 술을 사러 간 사이, 형과 루는 당구를 칠

준비를 하고 있었다. 루에게는 보일러메이커를, 형에게는 맥주를, 내가 마실 것으로는 진저에일을 사 왔다.

형이 한 게임 졌고, 나는 한 번 더 술을 사 왔다. 이런 일을 세 번 더 한 뒤에 사람들이 들어왔고, 우리는 당구대를 양보해야 했다. 우리는 앞쪽으로 가서 칸막이 자리에 앉았다. 8시가 넘었고 술집은 분주해지고 있었다.

나는 계속 술을 샀다. 나는 루에게 내가 마시는 것을 스카치소다라고 말했고, 루는 회계원용 술이라고 놀리며 웃었다. 루는 나에게 데킬라를 한 잔 사고 싶다고 했지만, 나는 미소를 지으면서 사양했다.

루가 술에 취하는 모습을 지켜보는 일은 흥미로웠다. 얼굴이 아주 빨개졌고 눈이 축축해졌으며, 동공이 서서히 풀려서 멍하고 흐릿해졌다. 술이 한 차례 돌 때마다 화장실에 가기 시작했고, 9시가 되자 천박한 태도, 쩨쩨한 악의에 찬 루의 근본적인 모습이 드러나기 시작했다. 루는 술을 사는 사람이 나라는 사실도 깜박깜박 잊는 것 같았다. 나를 '회계 선생'이라고 부르기 시작했고, 우리 형과 늘 하던 윙크도, 비웃음과 낄낄거리는 웃음도 시작했다. 그러다가 아주 순식간에, 루는 태도를 바꿔서 내 팔을 가볍게 치고, 우리 셋은 다시 가장 친한 친구가, 공모자가, 점잖은 도둑 일당이 되곤 했다.

새로 술이 올 때마다 루는 건배를 했고, 매번 똑같은 말을 했다.

"아기 공주를 위하여. 아기의 부드러운 머리에 축복이 있기를."

내 셔츠 주머니에는 녹음기가 있었다. 나는 녹음기가 부적 같은 것이어서 행운을 위해 만지는 양, 강박적으로 일 분마다 셔츠 주머니에 손을 스쳤다.

한 시간가량 술을 마신 뒤, 루에게 말했다.

"내가 돈을 나누지 않겠다고 했으면 정말 보안관한테 고발했을 거야?”

나와 루뿐이었다. 형은 술을 사러 가고 없었다. 내가 지갑을 주고 술을 더 사오라고 보냈다. 루는 고개를 푹 숙이고 내 질문을 깊이 생각하더니, 진지하게 말했다.

“난 돈이 필요했어, 행크.”

“여름까지 기다릴 수 없었어?”

“그때 당장 필요했어.”

“다섯 달인데? 다섯 달도 못 참을 상황이었어?”

루는 테이블에 손을 뻗어서 우리 형의 맥주를 한 모금 마셨다. 맥주는 조금밖에 남아 있지 않았지만, 루가 마저 마시지는 않았다. 루는 나를 보며 힘없는 미소를 지었다.

“내가 도박 빚이 있다고 말했지?”

내가 고개를 끄덕였다.

“낸시가 저축한 돈도 좀 잃었어.”

“얼마나?”

“있지, 비행기에서 나온 돈이 곧 손에 들어올 테니까 잃어도 얼마든지 갚을 수 있다고 생각했어. 그래서 두 번 크게 걸었지. 하나만 맞아도 괜찮다고 생각했거든.”

루는 신경질적으로 들리는 웃음을 잠깐 웃었다.

“그런데 하나도 안 맞았어. 다 잃었어.”

“얼마나?”

“1만 7000. 아니, 그것보다 조금 더. 낸시 어머니 유산이야.”

나는 놀라서 입을 다물었다. 경마에 그렇게 큰돈을 걸다니 상상이 되지 않았다. 나는 루가 형의 맥주를 마저 마시는 모습을 지켜보았다.

“행크, 우리는 알거지야. 아무것도 없어. 먹을 걸 살 돈도 없고, 집세를 낼 돈도 없어. 그 돈다발을 손에 쥐기 전에는 아무것도 없다고."

"보안관에게 말했을 거란 뜻이야?"

"나는 돈이 필요했단 말이야. 비행기를 찾는 사람이 아무도 없는 게 분명한데 계속 네가 돈을 갖고 있다니 불공평한 것 같았어."

나는 테이블 너머 루 쪽으로 몸을 숙이며 말했다.

"보안관에게 말했을지를 알고 싶어."

"내가 아니라고 말하면……."

루가 미소를 지었다.

"넌 약속을 물리겠지."

"약속?"

"돈을 나누겠다는 약속."

나는 아무 말도 하지 않았다.

"나는 돈이 필요해, 행크. 그 돈이 없으면 못 살아."

"그렇지만 형이 피더슨 일을 몰랐다면, 그럼 어떻게 했을까?"

루가 입술을 비죽 내밀었다.

"너한테 사정했겠지."

루는 잠시 그 일을 생각하다가 고개를 끄덕이며 덧붙였다.

"무릎을 꿇고 사정해야 했을 거야."

이제 술집은 사람들로 붐볐다. 말소리와 웃음으로 들썩였다. 담배 연기가 뭉게뭉게 허공에 떠서, 시큼한 맥주 냄새와 뒤섞였다. 맞은편에서 우리 형이 바텐더에게 돈을 주는 모습이 보였다.

"내가 사정했으면 네가 돈을 줬을까?"

루가 물었다.

나는 루가 내 앞에 무릎을 꿇고 돈을 달라고 사정하는 모습을 상상하려고 잠시 애썼다. 여러 면에서 루가 나를 협박하는 것보다 더 위협

적인 것 같았다. 단순한 두려움에 호소하는 것이 아니라 내가 선善이라
고 생각한 것들—동정, 자애, 연민—에 호소하는 일이며, 따라서 내가
루를 거절하면—틀림없이 거절했겠지만— 비난받을 사람은 루가 아
닌 내가 되었을 것이다. 루의 가짜 자백을 녹음하면 아마도 루는 무릎
을 꿇고 사정할 것이며, 그 사실을 깨닫자 머릿속이 피곤했다.

"아니. 안 줬을 거야."

내가 말했다.

"그러면 내가 피더슨 일을 알아낸 게 잘된 일이네. 그렇지?"

우리 형이 칸막이 자리로 돌아오고 있었다. 그래서 나는 대답하지
않았다. 그냥 빈 잔을 테이블 옆으로 밀치고 말했다.

"술이 오네."

루가 손을 뻗어서 내 손목을 잡았다. 루의 손가락은 형의 맥주잔을
잡고 있던 탓에 차가웠다. 루는 재빨리 소곤거렸다.

"나는 돈을 받아야 해, 행크. 너도 이해하지? 너한테 감정은 없어."

나는 루의 손을 뚫어지게 보았다. 그 손은 짐승 발톱처럼 내 팔을 움
켜쥐고 있었다. 나는 팔을 빼고 싶다는 유혹을 억눌러야 했다.

"그래. 이해해."

나의 대답은 루에게 주는 작은 선물 같은 것이었다.

9시 반 경, 루가 약간 휘청거리며 일어서서 또 화장실로 갔다. 나는
루를 지켜보며 우리 이야기를 들을 수 없는 지점에 갈 때까지 기다렸
다. 그런 뒤에 형을 보았다.

"형은 루 형이 언제 완전히 취했는지 알 수 있지?"

형은 콧물을 흘리고 있었다. 입술 위 피부가 콧물로 번들거렸다.

"그럴 거야."

"생각을 똑바로 못 할 정도로 취해야 해. 그렇지만 말을 못 할 정도

까지 취하면 안 돼."

형은 맥주를 찔끔 마셨다. 잔에 김이 서려 있었지만, 형은 신경 쓰지 않는 것 같았다.

"루 형이 취하기 시작하는 것 같으면, 형이 일어나서 루 형네 집으로 가고 싶다고 말해. 트럭에 위스키가 있다고."

"아직도 나는……."

형이 말을 시작했지만, 나는 손을 까딱해서 형의 말을 막았다. 루가 조금 비틀거리면서 화장실에서 나왔다. 루는 바 의자에 몸을 부딪었고, 그 의자에 앉아 있던 젊은이가 고개를 돌려서 루를 보았다. 루는 그 젊은이가 발을 걸었다고 소리쳤다.

"재밌냐? 네가 무슨 코미디언이라도 되냐?"

루가 말했다. 젊은이는 수염이 무성하고 체격이 루의 두 배였다. 어안이 벙벙해진 젊은이가 루를 빤히 보았다.

"재밌냐니, 뭐가?"

젊은이는 너무 어이가 없는지 아직 화조차 못 내고 있었다. 루가 바지를 끌어 올렸다.

"화장실에서 나오는 사람에게 발을 거는 짓. 사람들을 웃음거리로 만들려고 몰래 발을 거는 짓."

젊은이가 몸을 완전히 돌려서 루를 정면으로 마주 보았다. 바가 조용해졌다.

가까운 의자에 앉아 있던 누가 말했다.

"앉아, 루. 그러다가 너 죽겠다."

몇몇 사람들이 웃었다. 루가 바를 둘러보았다.

"나를 놀려? 넘어져서 머리가 깨질 뻔했어."

루는 젊은이에게 삿대질을 했다.

"그런 짓을 했으니 맞아도 싸겠지? 세게 한 방."

젊은이는 아무 말도 하지 않았다. 루의 손가락만 노려보았다.

"내가 한 방 차주지. 발길질을 못 당해서 안달이 난 모양인데, 아주 세게 한 방 차주지."

"이봐, 친구. 내가 보기에는 술이 너무……."

젊은이가 말했다.

"누구더러 친구래?"

루가 말했다.

젊은이가 의자에서 일어서기 시작했다. 그와 동시에 우리 형이 일어섰다.

"네가 무슨 내 친구야?"

루가 말했다.

형은 술까지 마신 큰 덩치로도 놀랄 만큼 민첩하게 술집 안을 가로질렀다. 나는 형이 루의 어깨에 손을 올려놓는 모습을 칸막이 자리에서 지켜보았다. 루가 돌아서서 형을 보았을 때, 찌푸린 얼굴은 금세 환한 미소로 바뀌었다.

"네가 내 친구지."

루가 형에게 말했다. 그러고는 바텐더에게 눈길을 돌렸다.

"이 사람이 내 친구야."

루가 소리쳤다. 그런 뒤에 칸막이 자리에 있는 나를 향해 손을 흔들었다.

"저 사람도 내 친구지."

형은 루를 데리고 바에서 돌아왔다. 나는 또 한 차례 술을 주문했다.

형이 일어서서 루의 집으로 가자는 말을 했을 때는 11시가 넘었다.

개는 트럭 좌석에서 춥고 풀죽은 모습으로 우리를 기다리고 있었다. 개가 화물칸으로 가지 않으려 해서 형은 끙끙거리며 개를 일으켜서 찢어진 비닐 창 너머 뒤로 밀어내야 했다. 루는 술집 건물 옆벽에 오줌을 누었다. 그 오줌 소리는 어둠 속에서 계속 길게 이어졌다.

내가 운전을 했다. 그날 오후, 주류 전문점에서 위스키 한 병을 사두었고, 이제 나는 형에게 그 술을 꺼내서 루에게 주라고 말했다. 루는 좋아하며 술을 받았다.

그해 들어서 가장 추운 밤이었다. 구름 한 점 없었다. 달이 막 떠올랐다. 잘라놓은 멜론 조각 같은, 두껍고 하얀 은 조각이 지평선 가장자리에 비뚜름하게 걸려 있었다. 그 위에는 아주 밝은 별들이 짙고 어두운 하늘에 높고 밝게, 무수히 많이 걸려 있었다. 아센빌에서 나오는 길에는 자동차도 없었고, 형 트럭의 헤드라이트가 한쪽, 왼쪽 것밖에 켜지지 않아서 도로는 실제보다 좁아 보였다. 차를 타고 가는 동안 바람이 좌석을 차갑게 때리며 우리를 괴롭히고, 우리 외투를 잡아당기고, 우리 머리 뒤에서 비닐 창을 채찍처럼 앞뒤로 뒤흔들었다.

나는 낸시를 깨우지 않으려고 집에 도착하기 전에 헤드라이트를 껐다. 진입로 초입에 차를 세웠다.

"내릴까?"

형이 말했다. 형은 조수석에 앉아 있었고, 루는 형과 나 사이에 앉아 있었다. 루는 약간 앞으로 몸을 수그리고 한 손을 대시보드에 얹고 있었다. 형은 나를 보려고 몸을 크게 숙여야 했다.

"들어가자. 술병 잊지 마."

내 말에 루가 맞장구쳤다.

"그렇지. 술병 잊지 마."

루는 내 다리를 가볍게 쳤다.

"너 괜찮은 놈이야. 그거 알아? 너 괜찮은 녀석이야."

우리는 차에서 내렸다. 개는 트럭에 두었다. 진입로를 지나서 집으로 갔다. 형과 나는 거실로 들어가서 소파에 앉았고, 루는 화장실에 갔다. 화장실 문을 닫지 않아서 루가 오줌 누는 소리가 들렸다. 오줌발이 몇 분 동안 계속 이어지는 것 같았다.

거실은 입구에서 한 단 내려와 있었다. 길고 좁은 거실에는 털이 긴 짙은 녹색 카펫이 깔려 있었다. 의자 두 개, 검정 가죽 소파, 낡은 텔레비전, 잡지가 어질러져 있는 길고 낮은 탁자 등이 있었다. 내가 예상한 것보다는 깔끔했지만, 그렇다고 아주 깔끔하지는 않았다.

루는 소변을 다 본 뒤 주방으로 가서 잔을 가져왔다. 루가 돌아오자 형이 위스키를 따랐다. 나는 독한 술에 익숙하지 않았다. 특히 스트레이트로는 잘 마시지 않았다. 그래서 위스키가 내려갈 때 목이 타는 것 같았다. 위스키 냄새를 맡자 우리 아버지가 나에게 잘 자라고 하던 입맞춤이 생각났다. 아버지의 얼굴이 갑자기 내 침대 위로 나타나서, 점점 더 가까이 다가왔지만, 내 이마에 닿기 직전에는 내 잠을 깨울까 염려스러운 듯 늘 멈칫거렸다. 내가 눈을 뜨지 않은 날도 있어서, 그럴 때면 아버지의 숨결에 남은 들쩍지근한 술내로만, 아버지가 다가와서 내쪽으로 몸을 숙인 뒤 방을 다시 나갈 때 끽끽거리는 마루 소리로만, 아버지가 왔다가 간 것을 알 수 있었다.

루는 탁자 맞은편 의자에 앉았다. 루도 형도 말을 하고 싶지 않은 것 같았고, 나는 어떻게 말을 시작해야 할지 떠오르지 않았다. 나는 형이 돕기를 바라며 형만 계속 흘금거렸지만, 형은 반응하지 않았다. 형의 눈은 술 때문에 부어 있었고, 곧 잠이 들 것 같았다.

아무도 입을 열지 않은 채 몇 분이 흘렀다. 그러다가 루가 혼자 낄낄 웃더니 우리 형에게 팔도 없고 다리도 없이 수영장에 있는 사람을 뭐라 부르는지 아느냐고 물었다.

"밥."

우리 형이 대답하자, 루와 형은 함께 웃음을 터뜨렸다.

두 사람은 내가 모르는 어떤 사람의 이야기를 시작했다. 지난여름 공사장에서 사고로 팔을 잃은 루의 친구였다. 펄프용 목재 분쇄기에 나무를 넣다가 기계에 팔이 말려들었다. 루와 형은 그 사고가 그 남자 책임인지 아닌지를 두고 서로 다른 주장을 펼쳤다. 루는 그 사고가 부주의하거나 멍청해야 일어날 수 있다면서 그 남자의 책임이라고 말했지만, 형은 반대했다. 그 남자는 이제 자동차 부품점에서 일하고 있었다. 루에게 자기 팔의 무게가 5킬로그램이었다고 말했다. 사고 이후 체중이 그만큼 줄었기 때문에 팔의 무게를 알 수 있었다고 했다.

나는 가만히 앉은 채 조용히 술을 마시며, 녹음기의 가벼운 무게를 가슴으로 느꼈다. 형과 루는 내가 있다는 사실을 잊은 듯했다. 내가 거기 없는 듯이 둘이서만 이야기를 나누고 있었다. 나는 그 모습에서 내가 한 번도 가져본 적 없는 우정을 설핏 보았다. 두 사람의 대화에는 그 무엇이 있었다. 무뚝뚝하게 뚝뚝 끊어지는 말투, 대답 사이의 긴 침묵. 그 대화에서 나는 어깨너머로 엿들었던 우리 아버지와 친구들의 대화가 떠올랐다. 나는 남자들끼리의 대화란 그래야 한다고 늘 상상해왔으며, 우리 형이 그렇게 하는 것을 듣고 있으니 형이 갑자기 달리 보였다. 아마 난생처음으로 형이 나보다 더 성숙하고 더 현실적인 사람으로 보였다.

내가 술잔을 비우자 형이 술을 더 따랐다.

두 사람은 데빌스 호수의 낚시 자리에 대해서, 그 호수에 왜 그런 이름이 붙었는지에 대해서 이야기하기 시작했다. 형은 뿔이 두 개 달린 대가리처럼 생겨서 그렇다고 말했지만 루는 형의 말을 믿지 않았다. 나는 위스키 때문에 몸이 아주 따뜻해지기 시작했다. 그것을 깨닫자마자 동작을 멈추고 찬찬히 생각했다. 내 몸에, 재잘거리는 알람 소리처럼 약한 전율이 울렸다. 나는 잘 알고 있었다. 이 상황에서 술에 취하면 실패다. 생각을 명확하게 해야 하고, 말과 행동을 조심스럽게 선택해야 한다.

나는 탁자에 술잔을 놓고 정신을 집중하며, 두 사람의 대화에 끼어들 실마리를 찾으려고 애썼다. 미묘한 질문이나 말을, 피더슨과 돈 이야기로 우회해서 나아갈 수 있는 작은 말을 생각해내려고 애썼다. 생각을 가다듬고 또 가다듬었지만, 내 정신은 나를 도우려 하지 않았다. 생각은 계속, 팔을 잃은 그 남자에게로 돌아갔다. 내 팔을 무릎에 올려서 무게를 가늠하며 무게가 얼마일지 계속 생각하게 됐다.

나는 마침내 필사적이 되었다. 그래서 간단히 말했다.

"내가 자백해야 했다면 어떻게 됐을까?"

내 목소리는 거의 외침에 가까울 정도로 크게 튀어나왔고, 형과 루는 물론이고 나까지도 깜짝 놀랐다. 두 사람은 고개를 돌려서 나를 보았다.

"자백?"

루가 물었다. 루는 나를 보며 씩 웃었다. 루는 취했다. 루는 나도 취했다고 생각하고 있는 게 틀림없는 것 같았다.

"상상이 돼? 내가 자백하는 것?"

내가 말했다.

"뭘 자백해?"

"돈을 가져간 일. 피더슨을 죽인 일."

루는 계속 나를 보며 미소를 지었다.

"자백할 생각을 하고 있어?"

내가 고개를 가로저었다.

"내가 자백하는 상상이 되는지 그냥 궁금해서."

"당연히 되지. 왜 안 돼?"

"형도?"

형에게 물었다. 형은 내 옆에서 몸을 조금 한쪽으로 기울인 채 자기 손을 내려다보며 앉아 있었다.

"그런 것 같아."

형이 간신히 입을 열었지만 찍찍거리듯 재빨리 말하고 입을 다물었다.

"어떻게?"

형은 무서운 눈으로 나를 보았다. 대답하고 싶지 않았던 것이다. 루가 미소를 지은 채 말했다.

"넌 네 형량을 줄이려고 우리를 공범으로 고발했겠지. 네가 풀려나려고 우리를 고자질했을걸."

"내가 무슨 말을 해야 할까?"

"진실. 네가 그 사람을 목도리로 질식시켰다는 것."

내 옆에 앉은 형의 몸이 딱딱하게 굳는 것이 소파를 통해 느껴졌다. 루가 목도리에 대해서 알고 있다니, 한 가지 의미밖에 드러나는 게 없었다. 즉 형은 루에게 내가 피더슨을 어떻게 죽였는지 이야기한 것이다. 처음에는 루가 추측했는지 몰라도, 일단 그 말이 나온 뒤에는 형이 아무것도 감추지 않고 털어놓은 것이다. 나는 그 점을 머릿속에 잘 새겨서 한쪽에 저장했다. 나중에 따져야 할 문제였다.

나는 루에게 말했다.

"루 형이 나라고 가정해봐. 우리 형이 보안관이고, 루 형이 자백을 하러 보안관을 찾아갔다고 가정해봐."

루는 의심의 눈초리를 던졌다.

"왜?"

"내가 뭐라고 말했을 것 같은지 루 형의 생각을 듣고 싶어."

"말했잖아. 목도리로 피더슨을 질식시켰다고 말했을 거라고."

"그래도 루 형이 말하는 걸 듣고 싶어. 연기하는 모습을 보고 싶어."

"해봐, 루."

형이 루를 부추겼다. 형은 나를 흘깃 본 뒤, 루를 보며 음흉한 웃음을 살짝 지었다.

"네가 회계 선생인 척해봐."

루도 형을 보며 씩 웃었다. 위스키를 한 모금 마시고, 일어섰다. 문을 노크하는 시늉을 했다.

"젠킨스 보안관님?"

루는 긴장한 어린아이의 목소리처럼 높고 떨리는 목소리를 냈다.

"예?"

형이 말했다. 권위 있는 인물이라면 그럴 법하리라고 형이 생각한 깊은 저음의 목소리를 썼다.

"저 행크 미첼입니다. 말씀드리고 싶은 게 있어요."

"행크, 들어와서 앉게."

형이 왕왕거리며 말했다. 루는 문을 여는 척했다. 잠깐 멍청하게 씩 웃으며 제자리걸음을 하다가 의자 끝에 걸터앉았다. 양 무릎을 공손히 한데 모으고, 허벅지에 손을 올려놓았다.

"드와이트 피더슨 일입니다."

루가 말을 시작했다. 나는 손을 들어서 가슴을 긁었다. 버튼을 누를 때 조그맣게 찰칵 소리가 났다. 녹음기는 윙 소리를 내기 시작했다.

"뭔가?"

형이 말했다.

"저, 피더슨은 사고로 죽은 게 아닙니다."

"무슨 말인가?"

루는 신경질적으로 방을 둘러보는 흉내를 냈다. 그다음 나지막이 말했다.

"제가 죽였습니다."

루는 그 말을 한 뒤 잠시 말을 멈추고 형의 반응을 기다렸다. 형은 내가 거기서 멈추기를, 내가 간단한 진술만 받기를 바랐던 것 같다. 그러나 나는 그보다 많은 것이 필요했다. 어떻게 그 사람을 죽였는지 루의 입으로 말하게 하고 싶었다.

"자네가 드와이트 피더슨을 죽였다고?"

마침내 형이 물었다. 형은 충격받은 척했다. 루가 고개를 끄덕였다.

"목도리로 질식시켰습니다. 그리고 다리 아래, 앤더슨 강으로 밀었습니다. 사고처럼 보이게 위장했습니다."

형은 말이 없었다. 형이 앉아 있는 자세로 보아서 더는 말을 할 것 같지 않았다. 그래서 나는 손을 올려서 녹음기를 껐다. 그만하면 충분하고도 남은 것 같았다. 루를 겁주어서 나에게 고분고분해지게 만들기에 충분했다.

"좋아. 그만하면 됐어."

내가 말했다. 루가 고개를 가로저었다.

"네가 우리한테 불리한 증언을 하는 것까지 하고 싶어."

루는 형에게 손을 흔들었다.

"제이크, 계속 질문해."

형은 대답하지 않았다. 위스키를 길게 한 모금 마신 뒤 손등으로 입을 훔쳤다. 나는 셔츠 주머니에서 녹음기를 꺼내 처음으로 되감았다.

"그게 뭐야?"

루가 물었다.

"녹음기."

내가 대답했다. 기계는 되감기가 끝나자 부드럽게 탁탁 소리를 냈다.

"녹음기?"

우리 형이 영문을 모르겠다는 듯이 물었다. 나는 재생 버튼을 누르고 엄지손가락으로 볼륨을 높인 뒤, 탁자에 녹음기를 놓았다. 일이 초 정도 쉭 소리가 나다가 형의 목소리가 불쑥 튀어나왔다.

"뭔가?"

"저, 피더슨은 사고로 죽은 게 아닙니다."

루의 목소리였다.

"무슨 말인가?"

"제가 죽였습니다."

"자네가 드와이트 피더슨을 죽였다고?"

"목도리로 질식시켰습니다. 그리고 다리 아래, 앤더스 강으로 밀었습니다. 사고처럼 보이게 위장했습니다."

나는 앞으로 손을 뻗어서 정지 버튼을 눌렀다. 그리고 처음으로 되감았다.

"우리 이야기를 녹음했어?"

형이 물었다.

"행크, 이게 대체 무슨 짓이야?"

루가 물었다.

"루 형이 자백한 거야."

내가 말했다. 나는 루를 보며 미소를 지었다.

"루 형이 드와이트 피더슨을 어떻게 죽였는지 말한 거라고."

루는 영문을 모른 채 나를 뚫어지게 보았다.

"그건 네 자백이야. 내가 너인 척한 거잖아."

나는 몸을 앞으로 숙이며 재생 버튼을 눌렀다. 녹음기는 그 대화를 다시 내놓기 시작했다. 나는 끝날 때까지 기다렸다가 루에게 말했다.

"내 목소리보다는 형 목소리로 들리지?"

루는 대답하지 않았다. 루는 취했고, 내가 한 일에 기분은 상했지만, 내가 왜 그런 일을 했는지는 모르는 것 같았다.

"여름까지는 돈을 나누지 않을 거야."

내가 말했다. 루는 그 말에는 정말 놀란 것 같았다.

"다음 주말에 나누기로 했잖아."

나는 고개를 가로저었다.

"애초에 계획했던 대로 비행기가 발견될 때까지 기다릴 거야."

"행크, 그렇지만 내가 아까 말했잖아. 나는 당장 돈이 필요해."

루는 도움을 바라며 우리 형을 보았다. 우리 형은 갑자기 나타난 녹음기 때문에 받은 충격을 극복하려고 애쓰는 듯이, 녹음기만 내려다보고 있었다.

"다 고발하겠어."

루가 말했다.

"피더슨 일을 보안관에게 고발하겠어."

내 생각으로는 그제야, 그 말을 하고 나서야, 루는 내가 왜 그런 녹음을 했는지 깨닫는 것 같았다. 루는 나를 보고 코웃음을 쳤다.

"그걸 누가 믿겠어? 농담으로 들을걸?."

"나랑 둘이서 내일 젠킨스 보안관한테 갈까? 가서 서로 상대가 피더슨을 죽였다고 주장해볼까? 보안관이 누구 말을 더 믿을 것 같아? 루형 말일까?"

루는 아무 말도 하지 않았다. 그래서 내가 대신 대답했다.

"보안관은 내 말을 믿을 거야. 그건 루 형도 알지?"

"이 좆같은……."

루가 입을 열었다. 앞으로 몸을 숙여서 탁자에 놓인 녹음기를 잡으려 했다. 그러나 내가 훨씬 빨랐다. 나는 녹음기를 낚아채서 셔츠 주머니에 다시 넣었다.

"루 형은 그 누구한테도 아무 말도 못 해."

내가 말했다.

그러자 루는 탁자를 돌아서 나를 잡으려는 듯이 일어섰고, 나도 역시 일어섰다. 나는 루가 큰 위협이 되지 않는 것을 알고 있었다. 루는 나보다 작았고, 술도 취했다. 그러나 루와 주먹다짐이 벌어지면 나는 피해서 달아나야 했다. 거실을 곧장 가로질러서, 계단을 올라서 현관으로, 그리고 문밖으로 달아나야 했다. 그 생각만으로도 나는 충분히 겁이 났다. 목적을 이루었으니, 이제는 그 자리를 떠나고 싶은 마음뿐이었다.

루는 탁자 맞은편에서 나를 쏘아보았다. 그러더니 형에게 손짓했다.

"잡아, 제이컵."

루가 말했다. 우리 형은 조금 몸을 들썩여서 소파 뒤로 몸을 뉘었다.

"잡아?"

"어서. 날 도와줘."

나와 루가 우리 형의 행동을 주시하는 사이, 방에는 무거운 침묵이 짧게 내려앉았다. 형은 나에게서도 루에게서도 멀어지려는 듯 몸을 움츠리고 거북이처럼 고개를 어깨 안으로 밀어넣었다. 분명 그 순간은 형이 그날 저녁 내내 두려워하던 때, 자신이 누구 편인지 확실하게 보여주어야 하는 시점, 루와 나 둘 중 한 사람을 공공연하게 선택해야 하는 지점이었을 것이다.

"테이프 때문에 해를 입지는 않을 거야."

형의 목소리는 가여울 만큼 힘이 없었다.

"그냥 네가 행크에게 해를 입히지 못하게 하려는 거야."

루가 우리 형을 보고 눈을 깜박였다.

"뭐?"

"네가 행크를 고발하지 않으면 행크는 그 테이프를 쓰지 않을 거야. 그러면 공평하지 않아?"

형의 말은 작은 탄알 같았다. 루에게 날아가서 살갗 아래로 파고드는 것 같았다. 루는 선 채로 조금 휘청거렸다. 얼굴에 공허한 표정이 지나갔다.

"너도 이 일에 끼었구나. 그렇지?"

형은 입을 열지 않았다.

"루 형, 그러지 말고 앉자. 우리는 그래도 친구잖아."

"너희가 나를 함정에 빠뜨려? 둘이서 같이?"

루의 몸이 팽팽해졌다. 내가 전에 본 적이 없던 근육이 루의 목에 드러나서 파르르 떨렸다.

"그것도 바로 내 집에서?"

루는 주먹을 쥐고, 칠 것을 찾는 듯이 주변을 돌아보았다.

"나인 척해봐."

루는 내 목소리를 흉내 내서 말했다. 우리 형에게 코웃음을 쳤다.

"형, 형은 보안관을 해."

"난 몰랐어……."

형이 입을 열었다.

"거짓말 마."

루의 목소리는 배신으로 상처를 입어서 한 음 내려가 있었다.

"그래 봐야 더 나빠질 뿐이야."

"행크 말이 맞을지도 몰라. 비행기가 발견될 때까지 기다리는 게 더 좋을지도 몰라."

형이 말했다.

"정말 알고 있었어?"

"그때까지 버틸 수 있어. 내가 도울게. 내가 돈을 빌려줄……."

"네가 날 도와?"

루의 표정은 미소에 가까웠다.

"육시랄, 돕긴 네가 뭘 도와?"

"루 형, 우리 형은 몰랐어. 이건 모두 내 아이디어였어."

루는 나를 아예 보려 들지도 않았다. 루는 우리 형에게 손가락질을 했다.

"네 입으로 말해봐. 뭐가 진짜야?"

우리 형은 입술을 적셨다. 술잔을 내려다보았지만, 술잔은 비어 있었다. 형은 술잔을 탁자에 놓았다.

"행크가 농장을 되사는 걸 돕기로 약속했어."

"농장? 빌어먹을, 그게 무슨 소리야?"

"우리 아빠 농장."

내가 얼른 말했다.

"내가 억지로 끌어들였어. 루 형을 속일 수 있게 돕지 않으면 농장을 못 사게 하겠다고 했어."

루는 내 말을 또 무시했다. 나는 더는 존재하지 않는 사람 같았다. 루가 형에게 물었다.

"그러니까 너도 알고 있었다?"

형은 고개를 끄덕였다.

"알고 있었어."

루가 팔을 들어서 손가락으로 문을 가리켰다. 아주 천천히 그 동작을 해서 그 동작에 어떤 위엄이 느껴졌다. 루가 우리를 내쫓고 있었다. 자기 땅에서 배신자 두 명을 추방하는 왕이었다.

"나가."

루가 말했다.

바로 내가 바라던 바였다. 우리가 나갈 수만 있다면, 루가 아침에 되씹을 말을 누가 꺼내기 전에 트럭까지 갈 수만 있다면, 아무 일 없을 것이라고 생각했다.

"가자, 형."

내 말에도 형은 움직이지 않았다. 형은 루에게만 집중해서 온몸을 루 쪽으로 기울인 채 봐주기를 애걸하고 있었다.

"나도 모르겠지만……."

형이 입을 열었다.

"내 집에서 나가."

루가 말했다. 목소리가 커져서 고함에 가까웠다. 목의 근육이 팽팽하게 다시 나타났다.

나는 소파에서 외투를 집으며 형을 불렀다.

"형."

형은 움직이지 않았고, 루는 비명을 지르기 시작했다.

"나가!"

루가 소리쳤다. 발을 굴렀다.

"당장!"

"루?"

여자 목소리가 났다. 우리는 모두 얼어붙었다. 낸시였다. 우리 소리에 낸시가 잠에서 깬 것이다. 낸시의 목소리는 집 자체가 말을 하는 듯 천장에서 울리는 것 같았다.

"형."

내가 다시 명령조로 불렀고, 이번에는 형도 일어섰다.

"루? 무슨 일이야?"

낸시가 불렀다. 화난 목소리였다.

루가 우리에게서 등을 돌리고 거실을 지나 현관 쪽으로 가더니 계단 아래에 섰다.

"날 속였어!"

루가 소리쳤다.

"아침에 출근해야 해. 그렇게 소리치고 있으면 어떡해."

"나한테 자백을 하게 했어."

"뭐?"

"우리한테 돈을 안 줄 작정이야."

낸시는 아직도 루의 말을 못 알아들었다.

"제이컵네 집에 가지그래?"

낸시가 말했다. 루는 잠시 발을 약간 흔들며 그대로 서 있었다. 그런 다음 어떤 결론에 이른 듯, 갑자기 돌아서서 복도를 지나 화장실로 갔다. 형과 나는 외투를 입었다. 나는 서둘러 현관으로 갔고 형은 나를 바싹 뒤따랐다. 나는 루가 다시 나타나기 전에 그곳을 나가고 싶었다.

"루?"

낸시가 또 불렀다.

내가 문을 열고 밖으로 걸음을 막 내디디려 할 때, 왼쪽에서 커다란 소리가 들렸다. 루였다. 루는 화장실에 간 것이 아니었다. 창고로 가서 산탄총을 가져왔던 것이다. 이제 산탄총을 들고 나오면서 총알을 끼웠다.

"총을 가졌어."

형이 말했다. 형은 손을 들어서 내 등을 밀며 앞으로 재촉했다. 내가 움직이지 않자 나를 지나서 문으로 서둘러 간 뒤, 길로 내려가자, 마구 내달리기 시작했다. 나는 그 자리에 그냥 선 채 루가 다가오는 모습을 지켜보았다. 루는 문이 열린 어두운 창고를 뒤로하고 나를 향해 다가왔다. 루는 동굴에서 나오는 트롤 같았다. 나는 내가 루를 진정시킬 수 있다고 생각했다.

"뭐 하는 거야?"

내가 물었다. 루가 이런 행동을 하다니, 자기 뜻대로 되지 않아 떼를 쓰는 어린아이처럼 행동하다니 한심했다.

"루?"

낸시가 또 루의 이름을 불렀다. 낸시의 목소리는 벌써 반쯤 다시 잠든 것 같았다.

루는 낸시의 말을 무시했다. 나와 1.5미터 거리에서 걸음을 멈추고 내 가슴 높이까지 총을 들었다.

"테이프 줘."

루가 말했다.

나는 고개를 가로저으며 말했다.

"총 내려놔."

등 뒤에서 형이 트럭 문을 여는 소리가 들렸다. 잠깐 아무 소리가 없더니 문이 쾅 닫히는 소리가 났다. 그때 들었던 생각이 기억난다. '형이 나를 버리는구나. 형이 달아나고 있구나.' 나는 시동이 걸리는 소리를 기다렸다. 진입로에서 차가 빠지며 진입로의 자갈이 타이어에 자그락거리는 소리를 기다렸다. 그러나 그 소리는 나지 않았다. 대신, 형이 무겁게 쿵쿵대며 내 쪽으로 돌아오는 발소리가 들렸다. 고개를 돌려서 흘 긋 보니, 형이 진입로를 달려오고 있었다. 가슴에는 라이플총을 들고 있었다. 결국 내 친형이 그 많은 세월이 흐른 뒤에, 나를 보호하러 오고 있었다.

그러나 모두 틀렸다. 너무 틀렸다. 사실, 처음에는 그런 일이 실제로 일어나고 있는 것이 믿기지 않았다. 얼토당토않게, 형이 어릴 적에 군대놀이하던 모습이 내 머릿속에 떠올랐다. 어릴 적 나는 남쪽 들판에서 몸을 숨겼다가 나타나는 형을 보았다. 형은 진짜 군인처럼 거기서 잠시 두리번거리다가 숨을 헐떡이며 양팔에 장난감 기관총을 안은 채 집으로 달아났다. 머리에 비스듬히 쓴 우리 삼촌의 2차대전 헬멧은 형이 한 걸음 옮길 때마다 앞뒤로 흔들렸고, 그래서 형은 계속 손을 올려서 헬멧을 눈 위로 밀어야 했다. 그런 다음, 나를 잡으러, 포치에서 나를 생포하러 왔다. 가상의 무기로 노는 아이들의 놀이였다. 지금 형의 모습은 바로 그때의 모습이었다. 진지한 척하지만 놀고 있는 모습 같았다.

형의 모습, 형이 손에 라이플총을 든 모습을 보자, 내 온몸에 갑자기 공포가 밀려들었다. 찌릿한 공포였다. 손가락 끝이 감전되어서 갈라지는 듯했다. 나는 손을 들어서 형에게 가라고 손짓했다. 그러자 형은 6미터 떨어진 곳, 보도 끝에 멈췄다. 형의 숨소리가 내 귀까지 들렸다. 어둠 속에서 씨근덕거리는 소리. 나는 내 몸으로 문을 다 가리려고 애쓰며 루 쪽으로 몸을 돌렸다. 루에게 형의 모습을 보이면 안 된다는 것을 잘 알고 있었다. 두 사람이 각자 총을 들고 서로 마주 서는 지경에 이르게 되면, 무슨 일이 일어날지 알 수 없다는 것을, 그렇게 되면 나도 어찌할 도리가 없다는 것을 직감으로 깨달았다.

"테이프 줘, 행크."

루가 말했다. 목소리가 놀랄 만큼 자제되어 있었다. 나는 그런 침착한 태도에, 일순 아주 조금이나마 안심했다.

"루 형, 아침에 이야기하는 게 어때? 그때쯤 되면 모두가 진정되겠지. 그러면 일을 해결하면 돼."

루가 고개를 가로저었다.

"테이프를 내놓기 전에는 못 가."

"행크? 괜찮아?"

형이 보도 끝에서 나에게 물었다.

"형, 트럭에서 기다려."

루가 목을 길게 빼고 밖을 보았다. 그러나 내가 루의 시야를 막았다. 내가 포치로 뒷걸음질하자, 루는 내 행동을 잘못 해석했다. 루는 내가 달아나려 한다고, 내가 자기를 두려워한다고 생각했고, 그래서 자신감을 얻었다. 루는 앞으로 빨리 두 걸음 내디디고 오른손으로 문 끝을 잡아서 홱 연 뒤 총구를 내 눈앞에 흔들었다.

"테이프 내놓기 전에는 못 간다고 말했……."

루가 말을 시작했다.

"내 동생 건드리지 마!"

형이 소리쳤다. 루가 깜짝 놀라서 얼어붙었고, 나와 루는 둘 다 고개를 돌렸다. 형이 라이플총에 눈을 대고 루의 머리를 겨누고 있었다.

"하지 마, 형. 트럭에 가 있어."

그러나 형은 움직이지 않았다. 형은 루에게 정신을 집중하고, 루는 형에게 정신을 집중했다. 나는 주변으로, 두 사람의 연극에서 소도구로 밀려났다.

"제이컵, 나를 쏠 거야?"

루가 물었다. 그런 뒤에 두 사람 다 고함을 치기 시작했다. 서로 상대보다 더 크게 소리치려고 애썼다. 우리 형은 루에게 나를 건드리지 말라고, 입 닥치라고, 총을 내려놓으라고, 루를 해치고 싶지 않다고 소리쳤고, 루는 두 사람의 우정에 대해, 자기 집에서 함정에 빠진 것에 대해, 자신에게 얼마나 돈이 절실한지에 대해, 테이프를 넘기지 않으면 나를 쏘겠다는 생각에 대해 소리쳤다.

"쉿."

나는 계속 애원조로 쉿 소리를 냈지만, 두 사람 모두 나를 무시했다.

"쉿."

그 와중에 내 눈에는 위층 창문 하나에 불이 들어오는 것이 보였다. 그곳을 쳐다보며 낸시가 나타나기를 기다렸다. 낸시의 목소리가 우리 머리 위 하늘에서 천사의 목소리처럼 내려와서 이 미친 짓을 멈추기를, 두 사람의 고함을 잠재우고 둘 다 총을 내려놓게 만들기를 바랐다. 그러나 낸시는 창으로 다가오지 않았다. 대신 침실 문을 열고 복도를 달려서 계단 끝으로 왔다.

"루?"

낸시가 부르는 소리가 들렸다. 눈에 보이지는 않았지만, 그 목소리로 보건대 어떤 모습인지 짐작이 갔다. 헝클어지고 눌린 머리카락, 눈 주위가 부은 얼굴.

즉시 루는 입을 다물었다. 루가 고함을 멈추자 우리 형도 멈췄다. 두 사람의 고함 소리 때문에 내 귀가 먹먹했다. 우리를 둘러싼 밤이 내리는 눈송이처럼 부드럽고 작은 조각들이 되어 가라앉는 듯했다.

낸시가 몇 계단을 내려왔다. 이제 위쪽 문틈 사이로 발 하나가 보였다. 아주 작은 맨발이었다.

"무슨 일이야?"

낸시가 물었다. 루의 얼굴은 새빨갰으며 코는 번들거렸다. 숨을 가라앉히기도 힘겨운 듯했다. 총을 내 가슴 한가운데에 겨누고 있었지만 나를 보고 있지는 않았다. 우리 형을 보고 있었다.

"이 좆같은 자식."

루가 아주 조용히 말했다. 그리고 나를 흘깃 보았다.

"너희 둘 다. 친구인 척하다니."

루는 총을 들어올려서 내 얼굴을 겨눴다.

"네 좆같은 대갈통을 날려버리겠어."

나는 목소리를 낮고 침착하게 유지했다.

"이러지 마, 루 형. 말로 해결하자."

루가 나를 쏘리라는 생각은 하지 않았다. 개가 짖는 것처럼 그저 위협일 뿐이라고 생각했다. 낸시가 나타난 것은 좋은 일이었다. 나는 생각했다. 낸시를 그냥 두면, 우리를 이 위험에서 건져주겠지. 몇 초 뒤면 루가 총구를 내리겠지. 그런 뒤에 낸시가 루를 안으로 데려가고, 모든 일이 다 정리되겠지.

낸시가 계단 하나를 더 내려왔다. 이제 내 눈에는 두 발과 정강이가 보였다.

"자기야, 총 내려놔."

낸시가 말했다. 그 부드러운 목소리가 나에게는 연고 같았다. 그 목소리에 나도 모르게 편안해지는 것을 느꼈다. 그러나 루는 고개를 가로저었다.

"침대로 가."

루가 말했다. 루는 산탄총을 장전하고 내 얼굴에 조준했다.

"나는 이 두 자식을 쏘아버릴……."

루는 문장을 끝마치지 못했다. 내 뒤에서 폭발이 있었다. 푸른빛이 번쩍하더니 이어서 내 오른쪽 어깨로 무엇이 스치는 느낌이 들었다. 나는 눈을 꼭 감고, 머리를 홱 숙였다. 그리고 루의 총이 타일 바닥에 덜 커덕 떨어지는 소리가 들렸다.

내가 고개를 들자 루의 모습은 문간에 없었다.

일 초쯤 침묵이 흐른 뒤 낸시가 비명을 질렀다. 그 일 초도 나에게는, 내 위의 나뭇가지에서 한숨 쉬는 바람 소리를 구별하기에 충분했다. 그런 뒤에 그 소리가 지나가고, 낸시의 목소리만 남았다. 벽에 반사되는 낸시의 목소리로 집 안이 가득 찼다.

“안 돼애애애애애!”

낸시가 비명을 질렀다. 숨이 다할 때까지 계속 소리를 내지른 뒤, 다시 시작했다.

“안 돼애애애애애!”

무슨 일이 일어났는지 깨달았다. 내 뒤는 완벽한 정적이었다. 그 정적이 의미하는 철저한 공포로 인해 내 깨달음은 부인할 수 없는 것이 되었다. 형이 루를 쏘았다. 나는 앞으로 걸어갔다. 포치를 지나서 집 안으로 올라갔다. 문에서 몇 미터 떨어진 곳에 루가 똑바로 누워 있었다. 총알이 루의 이마, 눈에서 3센티미터쯤 위를 관통했다. 앞에는 아주 작은 구멍만 남았지만, 바닥에는 커다란 피 웅덩이가 있었다. 피는 집 입구로 흘러내리고 있었다. 그래서 뒤에 있는 구멍은 더 클 것이라고 짐작할 수 있었다. 루의 얼굴에는 표정이 전혀 없었다. 거의 평온했다. 입은 조금 벌어져서 이가 보였다. 고개가 살짝 뒤로 젖혀져서, 재채기를 하려는 것처럼 보였다. 오른손은 바닥에 척 펼쳐져 있었다. 왼손은 심장을 가리고 있었다. 어깨 옆에는 총이 놓여 있었다.

물론 루는 죽었다. 그 점에는 의심의 여지가 없었다. 형이 루를 죽였다. 나는 혼자 생각했다. 그리하여, 딱 이렇게, 순식간에, 끝이구나. 모든 것이 다 밝혀지겠지. 우리 비밀 모두, 우리의 범죄 모두. 우리는 일을 그르치고 말았어.

낸시가 한 번에 한 단씩 계단을 내려왔다. 덩치가 큰 여자였다. 루보다 컸다. 어깨까지 기른 머리카락은 심하게 인위적이고 별난 오렌지색으로 염색되어 있었다. 손으로 입을 가린 채 루의 시체에서 눈을 떼지 않았다.

나는 낸시가 다가오는 모습을 지켜보면서, 내가 최면 같은 것에 빠져 있는 기분이 들었다. 마치 유리판 너머에서 지켜보고 있는 듯, 모든 일이 멀리서 벌어지는 것 같았다.

"어머 세상에."

낸시가 말했다. 단어들이 서로 붙어 있는 듯, 두 배의 속도로 튀어나왔다. 낸시는 그 말을 계속해서 말하고 또 말했다.

"어머 세상에, 어머 세상에, 어머 세상에."

낸시는 디트로이트 타이거스 티셔츠를 입고 있었다. 티셔츠는 나이트가운처럼 아주 길었고 장딴지까지 내려왔다. 낸시가 걸음을 옮길 때마다 티셔츠 아래에서 크고 무겁게 흔들리는 젖가슴이 보였다.

나는 문간 너머 형을 돌아보았다. 형은 아직 보도에 서 있었다. 동상처럼 가만히 서서 집 안을 멍하니 보고 있었다. 루가 일어나기를 기다리고 있는 듯했다.

낸시는 계단을 다 내려왔다. 등을 구부린 채 입구를 지나서 루의 시체 옆에 웅크렸다. 루에게 손을 대지 않았다. 여전히 손으로 입을 가리고 있었다. 그런 낸시의 모습에 내 몸에 동정심이 물결쳤다. 나는 낸시를 안으려고 팔을 뻗은 채 앞으로 걸었다. 그러나 낸시는 내가 오는 것을 보자 펄쩍 뛰어서 거실로 뒷걸음쳤다.

"내 몸에 손대지 마."

낸시가 말했다. 티셔츠 아래로 드러난 낸시의 다리는 두 개의 짧은 대리석 기둥처럼 핏기가 없었다. 낸시는 조금 울기 시작했다. 두 줄기 눈물이 낸시의 코 양옆으로 경주를 하듯 나란히 흘렀다.

나는 낸시를 위로할 말을 떠올리려고 애썼지만, 생각할 수 있는 것은 한심한 거짓말뿐이었다. 나지막이 속삭였다.

"괜찮아."

낸시는 내 말에 대답하지 않았다. 내 너머, 현관 쪽을 노려보고 있었고, 내가 낸시의 시선을 따라가니, 거기 서 있는 우리 형이 보였다. 라이플총을 아기처럼 두 팔에 안은 형의 얼굴은 텅 빈, 마네킹 같은 표정으로 덮여 있었다.

"왜?"

낸시가 물었다. 형은 입을 열기 전에 목을 가다듬어야 했다.

"루가 행크를 쏘려 했어."

우리 형의 목소리가 나를 최면 상태에서 끌어냈다. 나는 깨달았다. 겁에 질린 한 쌍의 날개를 타고 나의 의식으로 퍼득거리며 날아오른 생각이었다. 형과 내가 함께한다면 우리는 이 혼란 속에서도 뭐든지 되살릴 수 있다. 우리는 돈을 지킬 수 있다. 그저 사물을 어떻게 볼 것인가에 대해 형과 내가 뜻을 같이하기만 하면 된다.

"루가 누구를 쏠 리 없어."

낸시가 말했다. 낸시는 이제 루의 시체를 내려다보고 있었다. 피 웅덩이는 아직도 점점 더 커지며, 타일 바닥에 서서히 번졌다.

내가 부드럽게 말했다.

"낸시, 괜찮을 거야. 해결할 수 있어."

나는 낸시를 진정시키려 했다.

"루를 죽였어."

낸시는 믿기지 않는다는 듯 말하며 형을 손가락으로 가리켰다.

“루를 쐈어.”

형은 아무 말도 하지 않았다. 라이플총을 가슴에 꼭 안고 있었다. 나는 낸시 쪽으로 두 걸음 나아가서 피 웅덩이 가장자리에 섰다.

“경찰에 전화할 거야. 경찰에 정당방위였다고 말할 거야.”

낸시가 내 쪽을 흘깃 보았다. 그러나 정확히 나를 보는 것은 아니었다. 낸시는 내 말을 못 알아듣는 것 같았다.

“루가 형을 쏘려 했다고 말할 거야. 술에 취해서 광분했다고.”

“루는 아무도 쏘지 않아.”

“낸시, 그래도 돈은 지킬 수 있어.”

내가 말했다. 낸시는 그 말에 뺨이라도 맞은 듯이 반응했다.

“개자식들. 돈 때문에 쐈지? 그렇지?”

낸시가 씩씩거렸다.

“쉿.”

나는 조용하라는 손짓을 하면서 말했다. 그러나 낸시는 주먹을 꼭 쥐고 얼굴을 분노로 일그러뜨린 채 나에게 다가오고 있었다. 나는 뒷걸음쳤다.

“너희가 그 돈을 갖게 놔둘 것 같아?”

낸시가 말했다.

“이 좆같은…….”

나는 현관에서 내내 뒷걸음으로 걸었다. 루의 시체를 지나서, 문과 형이 있는 곳으로. 낸시는 계속 나에게 다가왔다. 이제 고함을 지르고 있었다. 나에게 욕을 하며 돈에 대해서 소리쳤다. 낸시는 루의 시체를 지나다가 산탄총에 발이 걸렸다. 맨발에 총이 차였다. 총이 타일에 미끄러지면서 금속성 소리가 크게 울렸다. 우리는 모두 총을 내려다보았다.

잠시 침묵이 흘렀다. 낸시가 생각에 빠진 듯했다. 그러다가 총을 집으려고 몸을 숙였다.

나는 먼저 총을 집으려고 앞으로 발을 내디뎠다. 낸시를 협박하려는 것이 아니라, 낸시가 총을 잡지 못하게 하려는 것뿐이었다. 낸시와 나, 둘 다 총을 잡았다. 잠깐 몸싸움이 벌어졌다. 총은 검고 기름졌으며, 놀랄 만큼 무거웠다. 내가 밀었다가 당겼다가 다시 밀자, 낸시가 총을 놓쳤다. 낸시는 계단 쪽으로 넘어져서 계단에 쓰러졌고, 부들부들 떨면서 양팔을 올려 머리를 감쌌다.

낸시는 내가 자기를 죽일 것이라고 생각하고 있다. 나는 그 점을 깨닫고 충격을 받았다.

"괜찮아."

내가 재빨리 말했다. 나는 웅크려 앉아서 총을 바닥에 내려놓기 시작했다.

"해치지 않아."

낸시는 계단을 다시 오르기 시작했다.

"잠깐만. 기다려, 제발."

내가 말했다. 낸시는 계속 멀어졌다. 한 번에 한 단씩, 높이 더 높이. 나는 총을 손에 든 채 낸시를 뒤쫓았다.

"안 돼. 오지 마!"

"괜찮아. 그냥 대화를 하려는 거야."

낸시는 계단 끝까지 오른 뒤, 오른쪽으로 꺾어져서 내달렸다. 나는 낸시를 뒤쫓아 마지막 몇 단을 성큼 뛰어서 복도로 달려갔다. 낸시의 침실은 맨 끝에 있었다. 문은 열려 있었고, 안에 불이 켜져 있었다. 침대 다리가 보였다.

"해치려는 게 아니야!"

내가 소리쳤다. 낸시가 문으로 손을 뻗어서 세게 닫으려 했지만, 내가 바로 뒤에 있었다. 나는 팔로 문을 잡아서 억지로 열었다. 낸시가 뒤로 물러섰다. 방은 내 예상보다 컸다. 우리 앞에 킹 사이즈 물침대가 벽에 바싹 붙어 있었다. 그 왼쪽으로 조그맣게 앉을 공간이—텔레비전이 있는 탁자와 의자 두 개가— 있었다. 의자 뒤로 닫힌 문이 있었다. 화장실 문인 듯했다. 오른쪽으로는 커다란 옷장 두 개와 화장대가 집 앞쪽 벽에 바싹 붙어 놓여 있었다. 거기에도 문이 하나 있었다. 그 문은 열려 있었고, 걸어 들어갈 수 있는 벽장으로 이어졌다. 안에 걸려 있는 낸시의 옷들이 보였다.

"그냥 이야기를 하려는 거야. 괜찮지?"

내가 말했다. 낸시는 뒤로 물러서더니 침대에 쓰러져서 게처럼 침대 위를 기어가기 시작했다. 매트리스에서 철벅철벅 소리가 났다. 그 아래에 있는 물이 출렁이면서 커버가 오르내렸다.

나는 내가 낸시에게 총을 겨누고 있는 것을 그제야 깨달았다. 왼손으로 총을 잡고 몸에서 멀찍이 들며, 총을 쓰지 않을 것임을 낸시에게 보여주었다.

"낸시……."

"날 내버려둬!"

낸시가 소리쳤다. 헤드보드까지 올라가서 더 갈 곳이 없자 멈췄다. 얼굴은 눈물범벅이었다. 손으로 눈물을 닦았다.

"해치지 않는다고 약속할게. 나는 그냥……."

"나가."

낸시가 흐느꼈다.

"어떻게 해야 할지 생각해야 해. 마음을 가라앉히고……."

낸시가 갑자기 오른손을 불쑥 내밀어서 탁자로 손을 뻗었다. 나는 낸시가 경찰에 신고하려고 전화기를 집어드는 줄 알고 전화를 뺏으려 앞으로 걸음을 뗐다. 그러나 낸시의 손이 향한 곳은 전화기가 아니었다. 협탁 서랍이었다. 서랍을 당겨서 안에 손을 넣었다. 낸시는 눈을 산탄총과 나에게 고정한 채 공황에 빠져서 무턱대고 서랍 안을 손으로 더듬거렸다. 티슈 상자가 공허하게 통 소리를 내며 바닥에 떨어졌다. 곧이어 낸시의 손이 나타났다. 작은 검은색 권총을 들고 있었다. 낸시는 총신을 잡고 있었다.

"안 돼. 그러지 마."

나는 문으로 뒷걸음쳤다. 낸시는 권총을 앞으로 돌려서 손잡이를 바로 잡았다. 그런 다음 총을 들어서 내 배를 겨누었다.

내 머리는 모순된 순서로 뒤죽박죽된 명령을 내 몸에 마구 보내고 있었다. 앞으로 뛰어올라서 권총을 잡으라고, 달아나라고, 몸을 숙이라고, 문 뒤로 숨으라고. 그러나 내 몸은 말을 듣지 않았다. 몸은 제멋대로 움직였다. 내 팔이 산탄총을 들었고, 내 손가락이 방아쇠를, 차가운 금속 혀를 찾아서 뒤로 당겼다.

총이 발사됐다. 낸시의 몸이 헤드보드에 처박혔다. 낸시 옆에서 물이 조그맣게 솟구쳤다.

나는 충격에 싸여 가만히 서 있었다. 분수처럼 터진 물은 침대 스프레드에 닿을 때 사람의 오줌 소리 같은 소리를 냈다. 낸시의 몸은 오른쪽으로 축 늘어졌고, 잠시 침대 끝에 균형을 잡고 있더니 바닥에 쿵 미끄러졌다. 온통 피였다. 시트에도, 베개에도, 헤드보드에도, 벽에도, 바닥에도.

"행크?"

형이 불렀다. 겁먹어서 떨리는 목소리였다. 나는 대답하지 않았다. 방금 일어난 일을 받아들이려고 애쓰고 있었다. 방 안으로 한 걸음 들어가서 웅크려 앉은 뒤 총을 바닥에 놓았다.

"낸시."

내가 입을 열었다. 낸시가 죽었음을 알고 있었다. 낸시가 침대에서 떨어진 방식만 보아도 죽었음을 알 수 있었다. 그러나 나는 이 상황이 실제가 아니기를 바라는 욕망에 휩싸였다. 나는 낸시가 대답하기를 기다렸다. 모든 일이 사고 같았고, 낸시에게 해명하고 싶었다.

"행크?"

형이 또 불렀다. 형은 계단 아래에 있었지만, 목소리는 훨씬 더 멀리서 들리는 듯했다. 나는 형의 목소리를 들으려고 안간힘을 써야 했다.

"괜찮아, 형!"

내가 소리쳤다. 물론 괜찮지 않았다.

"무슨 일이야?"

나는 일어서서 낸시를 더 잘 살펴보려고 침대 옆으로 갔다. 티셔츠는 피로 검게 얼룩져 있었다. 쓰러질 때 몸이 약간 돌아가서, 이제 내 눈에는 낸시의 뒤쪽 끝이 보였다. 침대에서 샘솟는 물이 낸시의 다리로 떨어져서 다리가 번들거렸다. 낸시는 움직이지 않았다.

"올라갈까?"

형이 소리쳤다.

"내가 낸시를 쐈어!"

내가 고함쳤다.

"뭐?"

"내가 낸시를 쐈어. 죽었어."

형은 아무 말도 하지 않았다. 나는 계단에서 형의 발소리가 들리는지 귀를 기울였지만, 형은 움직이지 않았다.

"형?"

"왜?"

"지금 좀 올라올래?"

잠시 아무 소리도 나지 않았다. 그러다가 형이 계단을 오르는 소리가 들렸다. 매트리스에서 고운 물보라가 계속 솟았다. 나는 베개 하나를 집어서 물이 새는 곳 위에 올렸다. 몇 초 뒤에 침대 스프레드에 작은 웅덩이가 생기기 시작했다. 허공에는 코를 쏘는 시큼한 소변 냄새가 났다. 낸시의 방광 근육이 풀린 것이다. 소변은 바닥의 피와 물과 섞이고 있었고, 그렇게 섞인 것이 카펫을 적시고 있었다.

나는 형의 발걸음이 문간에 다가오는 소리를 듣고 고개를 돌려서 말했다.

"낸시가 권총을 들었어. 나를 쏘려고 했어."

형은 고개를 끄덕였다. 낸시의 시체를 보지 않으려고 일부러 애쓰고 있는 것 같았다. 여전히 라이플총을 들고 있었다. 형이 아래층에서 울고 있었음을 알 수 있었다. 얼굴이 젖었고 눈이 빨갰다. 그러나 이제는 울음을 그쳤다.

"어떻게 해야 하지?"

형이 물었다. 나는 할 말을 찾을 수 없었다. 내가 낸시를 쏘았다는 게 아직도 믿기지 않았다. 가만히 누워 있는 낸시의 시체를 볼 수 있었고, 피를 볼 수도, 소변 냄새를 맡을 수도 있었지만, 그 모든 것을 내가 한 일과 연결지을 수 없었다. 나는 그저 총을 들어서 방아쇠를 당겼을 뿐이었다. 그 행동은 너무 간단해서 이 엄청난 살육을 도저히 불러일으킬 수 없을 것 같았다.

"쏠 생각은 아니었어."

내가 형에게 말했다. 형은 이제 낸시의 시체를 흘긋 보았다. 부리로 쪼는 듯이 빠르고 은밀하게 본 뒤, 시선을 돌렸다. 형의 얼굴은 몹시 창백했다. 형은 침대에 앉으려는 듯 침대로 다가가기 시작했고, 나는 형을 말렸다.

"안 돼. 침대가 망가졌어."

내가 말했다. 형은 얼어붙어서 몸을 좌우로 흔들었다.

"어디에 전화를 해야 하지 않을까?"

형이 물었다.

"전화를 해?"

"보안관. 주 경찰."

나는 방 저쪽에 있는 전화기를 노려보았다. 전화기는 열린 서랍 위, 탁자에 놓여 있었다. 낸시의 시체는 그 아래 바닥에 쓰러져 있었다. 이제 머리카락은 다 젖어서, 두껍고 짙은 덩어리가 되었다. 올가미처럼 목을 감고 있었다. 물론 형의 말이 옳았다. 우리가 만든 그 혼란은 정리되어야 했다. 그럴 수 있는 사람은 경찰뿐이었다.

"우리를 믿지 않을 거야."

내가 말했다.

"믿어?"

"우리가 정당방위로 두 사람을 쏘았다는 것."

"그래, 안 믿겠지."

형이 말했다.

나는 낸시의 시체를 살살 피해서 탁자로 갔다.

"경찰에 돈 이야기를 해야 할까?"

형이 물었다. 나는 대답하지 않았다. 갑자기 아이디어가 떠올랐다. 우리 범죄를 밝히기까지 몇 분을 더 끌 수 있는 방법이었다.

"아내한테 전화할래."

내가 말했다. 나는 이것이 이성적인 순서임을 그 말 속에서 드러내려고 애썼고, 내 목소리가 확신과 결의에 차 있는 소리로 나오게끔 애썼다. 그러나 사실, 그 뒤에는 아무런 논리도 없었다. 나는 그저 아내와 이야기를 하고 싶었을 뿐이다. 아내에게 일어난 일을 이야기하고, 우리를 집어삼킬 폭풍을 경고하고 싶었을 뿐이다.

나는 형이 내 말에 반대하지 않을까 반쯤 예상하고 있었지만, 형은 반대하지 않았고, 그래서 수화기를 집었다. 짙은 갈색 전화기로, 내 사무실 전화기와 색과 모양이 똑같았다. 그 사실에 이상하게도 나도 모르게 안심이 되었다. 내가 다이얼을 누르기 시작하자, 형은 돌아서서 발을 질질 끌며 문 쪽으로 나갔다. 나는 형이 복도로 사라지는 모습을 지켜보았다.

"걱정 마, 형! 잘될 거야."

내가 형의 등 뒤에 대고 소리쳤다.

형은 대답하지 않았다.

아내는 벨이 세 번 울릴 때 전화를 받았다.

"여보세요?"

아내의 목소리였다. 뒤에서 식기세척기 소리가 들렸다. 아내가 주방에 있다는 뜻이었다. 아내는 자지 않고 나를 기다리고 있었다.

"나야."

내가 말했다.

"어디야?"

"루네 집."

"자백 받아냈어?"

"있지, 우리가 두 사람을 쐈어. 둘 다 죽었어."

전화선 너머로 일순 침묵이 흘렀다. 음반에서 노래 사이에 있는 틈 같은 침묵이었다. 그런 뒤에 소리가 들렸다.

"그게 무슨 말이야?"

나는 무슨 일이 일어났는지 아내에게 이야기했다. 이야기하는 동안 전화기를 들고 맞은편으로 걸어갔다. 낸시의 시체에서 멀어지기 위해서였다. 나는 창문으로 가서 도로를 내다보았다. 진입로 초입에 세워진 형의 트럭이 보였다. 온통 어두웠다.

"어머, 세상에."

내가 이야기를 마치자 아내가 나지막이 말했다. 낸시의 비명이 재현되었다.

"어머, 세상에."

나는 아무 말도 하지 않았다. 전화선 너머로, 아내가 울음을 터뜨리기 직전인 듯, 숨을 가다듬으려 애쓰는 소리가 들렸다.

마침내 아내가 물었다.

"어떻게 할 생각이야?"

"경찰을 불러야지. 자수해야지."

"그러면 안 돼."

아내가 말했다. 급하고 당황한 목소리였다. 그 목소리를 들으니 겁이 났다. 그제야 내가 왜 아내에게 전화를 했는지 깨달았다. 아내는 통제력을 발휘할 수 있을 것 같았다. 아내는 내가 망친 것을 되살릴 수 있을 것 같았다. 내 해결사, 나의 방벽, 사라. 그러나 아내는 나를 무너뜨리고 있었다. 일어난 일에 대해서 아내도 나만큼 당황하고 있을 뿐이었다.

"선택의 여지가 없어. 그냥 빠져나갈 수 있는 일이 아니야."

"우리를 다 끌어들이면 안 돼."

"당신은 끌어들이지 않을게. 당신은 아무것도 모른다고 말할게."

"그건 중요하지 않아. 나한테 중요한 건 당신이야. 포기하면, 감옥에 가게 돼."

"둘 다 죽었어. 숨길 방법이 없어."

"사고는 어때?"

"사고?"

"사고처럼 보이게 꾸미면 안 돼? 피더슨 때처럼?"

나는 웃을 뻔했다. 어이없는 생각 같았다. 아내는 버둥거리며 지푸라기라도 잡고 있었다.

"맙소사. 우리가 두 사람을 총으로 쐈어. 사방에 피야. 벽에도, 침대에도, 바닥에도……."

"자기는 루의 총으로 낸시를 쐈다면서?"

"그래."

"그러면 루가 낸시를 죽인 것처럼 꾸밀 수 있어. 그리고 아주버님은 정당방위로 루를 죽인 거고."

"그렇지만 왜 루가 낸시를 죽이겠어?"

아내는 아무 말도 하지 않았다. 그러나 나는 전화선 너머로 아내가 생각에 잠긴 것을 알 수 있었다. 진동처럼 느낄 수 있었다. 아내의 모습이 내 머릿속에 떠올랐다. 어깨와 볼 사이에 수화기를 끼우고 전화선을 손에 꽉 감아쥔 채 어두운 주방을 이리저리 오가는 모습. 아내는 평정을 되찾고 있었다. 탈출구를 찾고 있었다.

"낸시가 바람피우다가 루에게 들켰을 수도 있지."

아내가 말했다.

"그렇지만 왜 오늘 밤에 낸시를 쏴? 낸시가 다른 사람이랑 침대에 있는 걸 발견한 것도 아니잖아. 낸시는 쭉 혼자 있었어."

아마 십 초쯤일까, 대화가 멈췄다. 그러다가 아내가 갑자기 물었다.

"소니가 총소리를 들었어?"

"소니?"

"소니 메이저. 그 사람 집에 불 켜져 있어? 깨어 있어?"

나는 다시 창밖을 내다보았다. 길 아래에는 어둠뿐이었다. 소니의 트레일러는 그 어둠 뒤에 숨어서 보이지 않았다.

"그렇지 않은 것 같아."

"가서 그 사람을 데려와야 해."

"소니를 데려와?"

나는 아내가 무슨 말을 하고 있는지 전혀 갈피가 안 잡혔다.

"낸시와 소니가 침대에 같이 있었고, 루가 집에 와서 그걸 발견한 거지. 그렇게 꾸며야 해."

아내가 그 말을 했을 때, 내 몸에 갑자기 욕지기가 밀려와서 어지러웠다. 다 앞뒤가 맞았다. 아내는 모든 것을 짜맞추고 있었다. 소니는 돈에 대해서 알고 있는 유일한 사람이다. 우리가 소니를 죽이면 돈에 대해서 아는 사람은 우리 부부와 형뿐이다. 아내에게 전화한 것도 그 때문이었다. 문제의 해결. 그러나 아내가 나에게 해결책을 주자 나는 그 해결책이 싫었다. 너무 과했다.

"소니를 쏠 수는 없어."

내가 나지막이 말했다. 등에 땀이 흘렀다. 어깨뼈를 따라 소름이 돋았다.

"해야 해."

아내가 말했다. 아내의 목소리는 이제 애원조였다.

"그게 유일한 방법이야."

"그냥 여기로 끌고 와서 죽일 수는 없어. 이 일과는 아무 상관도 없는 사람이잖아."

"당신이 감옥에 가게 생겼어. 당신도 아주버님도. 당신부터 살고 봐야지."

"난 못 해."

"아니야, 할 수 있어."

아내가 말했다. 아내의 목소리가 높아졌다.

"해야 해. 그것밖에 방법이 없어."

나는 아무 말도 하지 않았다. 내 머리는 마비가 되어서 무뎠다. 내 생각은 다를 수 없이 바닥에 들러붙어 있었다. 아내가 하는 말을 이해할 수 있었다. 루와 낸시를 죽임으로써 우리는 심연으로 두 걸음 더 나아갔다. 지금 멈춰서 우리 아래에 있는 구덩이로 떨어지거나, 세 번째 걸음을 내디디고 안전한 곳으로 건너거나, 둘 중 하나다. 나에게는 정말 선택의 여지가 없다. 그 생각이 내 머리를 순식간에 스쳤다. 그렇게 되기를 바라는 것이 아닌, 그렇다는 확신이었다. 아주 순식간에 나는 그 생각을 믿기로 했다. 자제력을 잃었던 것이다. 단순하고 편한 기분이었다. 모든 것이 이미 결정되었다. 나는 그저 운명에 스스로를 맡기고 그 길을 따르기만 할 뿐이었다.

나는 그 기분이 사라질 때까지 기다린 뒤, 선택을 했다.

"이건 옳지 않아. 악한 일이야."

내가 말했다.

"제발. 나를 위해서라도 그렇게 해."

"소니가 집에 있는지 없는지도 모르잖아."

"가서 확인해봐. 최소한 확인은 해야지."

"루는 어떡해?"

"루?"

"형이 루를 쏜 건 어떻게 설명해?"

아내는 숨도 쉬지 않고 속사포처럼 대답했다.

"진입로에서 막 나가려 할 때 총소리를 들었다고 해. 당신은 루 집에 도둑이 든 줄 알고 트럭을 세우고 집으로 달려갔지. 아주버님은 총을 들고 갔고. 보도에 도착하자 루가 문을 열었어. 루는 술에 취하고 격분해 있었어. 아주버님이 라이플총을 들고 달려오는 걸 보고, 루가 아주버님을 향해서 산탄총을 들었어. 그러자 아주버님이 정당방위로 루를 쏜 거지.”

아내는 잠시 말을 멈췄다. 그러다가—내가 즉각 반응을 보이지 않자— 말을 이었다.

“하지만 서둘러야 해. 시간이 없어. 총을 쏜 시각이 너무 떨어져 있으면 경찰에게 발각될 거야. 누가 먼저 죽었는지 알아낼 수 있을 테니까.”

아내의 목소리에 깃든 긴박함은 전염성이 있었다. 내 가슴에서 심장 박동이 솟구쳐서 팔과 머리로 흘러가는 것이 느껴졌다. 나는 우선 탁자로 갔다. 카펫이 낸시의 피로 젖어 있었다. 나는 부츠가 젖지 않도록 벽 끝을 따라 걸어야 했다.

“아주버님은 괜찮아?”

아내가 물었다.

“응. 아까는 울고 있었지만, 지금은 괜찮은 것 같아.”

“어디 있어?”

“아래층에. 술 마시고 있을 거야.”

“자기가 아주버님과 이야기를 해야 해. 경찰이 아주버님도 심문할 거야. 아주버님에게 이 이야기를 확실하게 이해시켜야 해. 정신을 못 차리고 자백하는 일은 절대 없을 거라는 다짐도 받아.”

“형하고 이야기할게.”

“중요한 일이야. 지금 끊어지기 쉬운 연결 고리는 아주버님이야. 아주버님이 정신을 못 차리면, 당신이나 아주버님이나 다 감옥에 가게 돼.”

“알아. 형은 내가 책임질게. 내가 다 책임질게.”

그런 뒤에 전화를 끊고 아래층으로 달려갔다.

형은 거실 소파에 앉아 있었다. 파카의 지퍼도 내리지 않은 채 잔에 가득 따른 위스키를 마시고 있었다. 라이플총은 계단 발치에 위로 세워져 있었다. 나는 루의 시체를 자세히 보지 않았다. 그냥 입구를 지나가면서, 형이 시체를 움직이지 않았는지 한번 훑어보았을 뿐이다. 그런 뒤에 재빨리 거실로 걸음을 옮겼다.

소파 팔걸이에 여자의 가운이 걸쳐져 있었다. 실크 같은 하늘색 가운이었다. 나는 가운을 집어 냄새를 맡았다. 향수와 담배 냄새가 달콤하게 섞여 있었다. 외투 지퍼를 내리고 외투 안에 가운을 처박았다.

“온대?”

형이 물었다.

“누가?”

“경찰.”

“아니, 아직.”

“신고했어?”

나는 고개를 저었다. 탁자에 말보로라이트 한 갑이 놓여 있었다. 그 옆에는 라이터와 립스틱이 있었다. 나는 그 세 가지를 모두 집어서 외투 주머니에 넣었다.

“가서 소니를 데려올 거야. 루가 소니와 낸시를 쏜 것처럼 꾸며야 해.”

형이 내 말을 이해하려고 무진 애를 쓰는 것을 알 수 있었다. 형은 나를 보며 얼굴을 찌푸렸다. 이마에는 주름이 생겼고, 손에 든 위스키 잔이 조금 떨렸다.

"소니도 쏠려고?"

"그래야 해."

"싫어."

"그러거나 아니면 감옥에 가거나 둘 중 하나야. 다른 길은 없어."

형은 잠시 침묵을 지켰다. 그런 뒤에 물었다.

"도망가면 안 돼? 가서 제수씨와 아기를 데리고 돈을 실은 뒤에 차를 몰고 가면 안 돼? 멕시코로 갈 수 있어. 그래서……."

"형, 결국 잡혀. 항상 그렇잖아. 우리를 쫓아와서 다시 데려올 거야. 빠져나가려면 이 방법뿐이야."

나는 시간이 헛되이 흘러가는 것에 안절부절 어쩔 줄 몰랐다. 두 시체가 차갑게 식고, 피가 빠져나가고, 그 사망 시각을 명확하게 남기는 것이 실제로 느껴지는 것 같았다. 형과 실랑이를 해야 하는 것이 싫었다. 이미 나는 결정을 내렸다. 나는 돌아서서 입구로 향했다.

"난 감옥에 안 가."

내가 말했다. 형이 나를 뒤쫓듯이 일어서는 소리가 들렸다. 형이 입을 열었을 때, 그 목소리가 높고 팽팽해서 나는 한창 걷다가 발을 멈췄다.

"이 사람들을 다 죽일 수는 없어."

나는 돌아서서 형을 마주 보았다.

"형, 나는 우리 모두를 구하려는 거야. 형만 가만히 있으면 돼. 그러면, 내가 다 바로잡을 수 있어."

형의 얼굴에는 겁먹어서 제정신이 아닌 듯한 표정이 자리 잡았다.

"아니야. 멈춰야 해."

"나는 그저……."

내가 말을 시작했지만, 형은 내 말을 가로막았다.

"나는 떠나고 싶어. 우리가 달아났으면 좋겠어."

"형, 내 말 잘 들어."

나는 몸을 숙여 형의 소매를 잡았다. 장갑을 낀 손가락 두 개로 빨간 나일론 천을 조금 접히게, 아주 살짝 잡았지만, 그 행동으로 갑작스레 실내에는 손에 잡힐 듯한 긴장이 맴돌았다. 우리는 둘 다 말이 없었다.

"어떻게 될 건지 알려줄게."

내가 말했다. 형은 아주 잠깐 나와 눈을 맞췄다. 형은 숨을 참고 있는 듯했다. 나는 형의 옷을 놓았다.

"루가 집에 왔는데, 낸시와 소니가 침대에 같이 있는 걸 본 거야. 낸시는 루가 늦게까지 집을 비울 줄 알았던 거지. 루는 취해서 난폭해져 있었어. 산탄총을 꺼내서 낸시와 소니를 다 쏜 거야. 우리는 진입로에서 막 나가려던 참이었어. 총소리를 듣고, 루의 집에 강도가 들었다고 생각한 거야. 집으로 달려갔고, 형은 트럭에 있던 라이플총을 들고 있었어. 루가 문을 열었어. 루는 완전히 광분해서 제정신이 아니었어. 우리한테 총을 겨눴고, 그래서 형이 루를 쏜 거야."

형은 조용했다. 내 말을 형이 모두 이해했는지 알 수 없었다.

"앞뒤가 맞지?"

형은 대답하지 않았다.

"잘될 거야, 형. 내가 약속할게. 하지만 서둘러야 해."

"내가 루를 쏜 것으로 되는 건 싫어."

형이 말했다.

"좋아. 그러면 내가 쐈다고 말할게. 그건 상관없어."

한참 동안 침묵이 흘렀다. 주방 수도꼭지에서 물이 똑똑 새는 소리가 들렸다.

"나는 그냥 여기서 기다리면 돼?"

나는 고개를 끄덕였다.

"장갑을 다시 껴. 그리고 술잔들을 씻어."

"소니는 네가 쏠 거지?"

"그럼."

내가 다시 문으로 가면서 말했다.

"내가 쏠 거야."

소니는 주거용 트레일러에 살았다. 루의 집에서 도로를 따라서 1.2킬로미터쯤 떨어진 콘크리트 블록에 서 있는 작은 트레일러였다. 앞뜰에는 톱질에 받치는 나무토막들이 눈에 덮인 채 어질러져 있었고, 트레일러 옆에는 검은색으로 커다랗게 '목수 소니 메이저'라는 글자가 칠해져 있었다. 그 아래에는 '높은 품질, 낮은 가격'이라고 쓰여 있었다. 소니의 자동차인 낡고 녹슬고 심하게 찌그러진 머스탱이 도로를 따라 이어진 눈 둔덕을 자르며 박혀 있었다.

나는 그 차 옆에 형의 트럭을 세우고 시동은 끄지 않았다. 메리 베스는 앞자리에서 곤히 잠들어 있었고, 내가 트럭에서 내릴 때 고개를 들지도 않았다. 나는 눈을 치워놓은 샛길을 따라 걸어서 트레일러로 갔다. 그리고 아주 조용히 문을 열어보았다. 문은 잠기지 않았고, 희미하게 비걱 소리를 내면서 열렸다.

나는 계단을 올라서 안으로 들어갔다. 낮은 문을 지나느라 몸을 움츠렸다. 트레일러 안은 어두웠다. 일단 들어간 뒤에는 어둠에 눈이 익숙해질 때까지 숨을 참으며 삼십 초 동안 기다려야 했다. 내 주위에 움직이는 소리가 없는지 귀를 기울였지만, 아무 소리도 없었다.

내가 있는 곳은 소니의 주방이었다. 작은 조리대, 개수대, 풍로가 보였다. 창가에는 카드놀이용 탁자와 의자 세 개가 있었다. 더럽고, 어질러져 있으며, 튀긴 음식 냄새가 역겹게 났다. 나는 외투 지퍼를 내리고, 소리가 많이 나지 않게 조심하며 낸시의 가운을 꺼낸 뒤, 의자에 걸쳤다. 라이터와 담배는 탁자에 놓았다.

주방을 지나서 트레일러 뒤로 가는 데에는 천천히 시간을 들였다. 한 발을 내디디고, 잠시 멈춘 뒤, 체중을 앞으로 싣고, 또 멈추고, 다른 한 발을 앞으로 내디뎠다. 옆방에 갈 때까지 내내 그렇게 가면서 소니가 움직이는 소리에 귀를 기울였다.

다음 방은 작은 거실이었다. 소파, 탁자, 텔레비전. 나는 낸시의 립스틱을 꺼내서 소파에 던졌다. 내가 서 있는 자리에서 열린 문 너머로 소니의 침대 발치가 보였다. 소니는 거기 누워 있었다. 희끄무레한 시트 아래에서 소니의 다리 형태가 보였다.

나는 꼼짝도 않은 채 아주 세심하게 귀를 기울였다. 그러자 희미하게 소니의 숨소리를 구분할 수 있었다. 부드럽고 낮은 숨소리로, 아주 살짝 코를 고는 소리였다. 소니는 깊이 잠들어 있었다.

"소니."

내가 불렀다. 내 목소리는 트레일러 벽에 메아리쳤다.

"소니!"

문 너머로 갑작스럽게 움직이는 소리가 들렸다. 피부가 시트에 스치는 소리. 다리가 올라가서 시야에서 사라졌다. 나는 침실로 무겁게 한 걸음 다가갔다.

"소니."

내가 불렀다.

"나 행크 미첼이야. 도움이 필요해."

"행크?"

대답이 들렸다. 잠에 취한 목소리였지만, 동시에 조금 날카롭고 조금 겁먹은 목소리였다.

나는 한 걸음 더 무겁게 앞으로 내디뎠다. 침실 불이 켜지더니, 잠시 뒤에 소니가 문간에 나타났다. 소니는 체구가 작았다. 작은 엘프처럼 마르고 왜소했다. 긴 갈색 머리카락은 어깨까지 내려왔다. 흰 팬티만 입고 있었으며, 희미한 조명에 비친 피부는 쉬 멍이 들 듯, 창백하고 부드러워 보였다.

"맙소사, 행크. 너 때문에 무서워서 죽는 줄 알았어."

소니가 말했다. 소니는 스크류드라이버를 들고 있었다. 스크류드라이버가 칼인 양, 오른손으로 꽉 움켜쥐고 있었다.

"형이 아파. 피를 토하고 있어."

소니는 나를 보며 멍한 표정을 지었다.

"루 형네에서 술을 마시고 있었는데, 피를 토하기 시작했어."

"피?"

내가 고개를 끄덕였다.

"지금은 기절했어."

"앰뷸런스를 불러달라고?"

"내가 직접 데려가는 게 더 빠를 거야. 그냥 트럭에 옮겨 싣는 것만 도와줘. 루 형은 너무 취해서 도움이 안 돼."

소니는 눈물을 씻으려는 듯이 눈을 몇 차례 과장되게 빨리 깜작였다. 그러고는 손에 든 스크류드라이버를 잠시 바라보더니, 내려놓을 곳을 찾아서 주위를 둘러보았다. 아직 잠에서 완전히 깨지 않은 것이 분명했다.

"소니."

나는 목소리에 당황한 분위기를 넣으려고 애쓰며 말했다.

"서둘러야 해. 내장 출혈이 있는 것 같아."

소니가 팬티를 내려다보았다. 자신이 팬티만 입고 있어 놀란 듯했다.

"옷 좀 입어야지."

"나는 다시 가야겠어. 옷을 다 입으면 얼른 달려와."

나는 소니의 대답을 기다리지 않고 돌아서서 트레일러 앞으로 달려갔다. 밖으로 나와서 길을 따라 뛰어 내려갔다. 트럭에 올라서 후진하여 루의 집으로 가려는 순간, 메리 베스가 소니의 앞뜰 한가운데에 앉아 있는 것이 보였다. 나는 문을 열고 어둠 속으로 몸을 내민 뒤 개를 불렀다.

"메리 베스."

개는 귀를 쫑긋 세우고 똑바로 앉았다.

"어서 와."

나는 혀로 개를 부르는 소리를 냈다.

개는 눈 속에서 꼬리를 흔들었다.

"트럭에 타."

내가 애원했다. 개는 움직이지 않았다. 휘파람을 불려 했지만, 입술이 너무 얼어 있었다. 개는 나를 빤히 보기만 했다.

나는 개의 이름을 한 번 더 불렀다. 그런 뒤에 문을 쾅 닫고 도로로 속도를 높였다.

루의 집에 도착했을 때, 형은 내가 떠났을 때의 모습 그대로였다. 가죽 소파에 앉아 있었고, 장갑은 여전히 끼지 않았으며, 위스키를 홀짝이고 있었다.

나는 십 초는 족히 입구에 서서 그 광경을 이해하려 했다. 형은 부츠도 벗고 있었다.

"도대체 무슨 짓을 하고 있는 거야?"

형은 깜짝 놀라서 나를 쳐다보았다.

"왜?"

형이 말했다. 형은 내가 들어오는 소리도 못 들었다.

"그 잔들 씻어두라고 했잖아."

형은 잔을 들어서 그 안을 뚫어지게 보았다. 술이 반쯤 차 있었다.

"다 마신 뒤에 하려고 했어."

"장갑도 끼라고 했잖아. 안 그러면 지문이 남아."

형은 잔을 탁자에 내려놓았다. 손을 바지에 닦고, 장갑을 찾아서 방 안을 둘러보았다.

"깨끗이 치워야 해. 우리는 여기 안 온 것으로 보여야 해."

형은 장갑이 자기 파카 주머니에 들어 있는 것을 발견하고, 장갑을 꺼내 꼈다.

"부츠도."

형은 몸을 숙여서 부츠를 신다가 말했다.

"장갑을 껴서 부츠 끈을 못 묶어."

내가 손을 허공에 저었다.

"그러면 장갑을 벗어. 시간이 없어."

형이 장갑을 벗고 부츠 끈을 맨 뒤 다시 장갑을 꼈다. 다 마친 뒤에 일어서서 탁자에서 잔들을 집은 다음 주방으로 갔다.

"어디 가?"

내가 물었다. 형이 거실을 반쯤 지나다가 걸음을 멈추고 나를 보며 눈을 끔벅거렸다.

"잔을 씻으라면서."

나는 고개를 가로저었다.

"나중에. 소니가 금방이라도 여기 올 거야."

나는 계단 발치로 가서 루의 산탄총을 집었다.

"루 형이 총탄을 어디에 두지?"

형은 앞에 유리잔들을 든 채 가만히 서 있었다.

"창고에."

"얼른 안내해."

형은 쟁그랑 소리를 내며 탁자에 유리잔을 놓았다. 그리고 창고로 나를 따라왔다. 창고 문 바로 뒤에 열린 캐비닛이 있었고, 캐비닛 바닥에는 총탄이 가득 든 마분지 상자가 있었다. 나는 형에게 장전하는 법을 알려달라고 했다. 산탄총에는 다섯 발을 장전할 수 있었다. 총을 쏠 때마다 약실에 새 탄환을 채워야 한다. 나는 재킷 오른쪽 주머니에 탄환 한 상자를 비우고, 다시 거실로 돌아갔다.

입구로 돌아갔을 때, 나는 형의 라이플총을 집어서 형에게 건넸다.

"자, 받아."

형은 움직이지 않았다. 루의 시체에서 1.5미터쯤 떨어진 곳에 가만히 서서 라이플총을 뚫어지게 보았다. 받아야 할지 말아야 할지 결정을 못 내리는 듯했다.

"소니는 네가 쏠 거라고 말했잖아."

나는 앞으로 걸어나오면서 라이플총을 흔들었다.

"얼른. 형은 겨누고 있기만 해. 소니를 쏠 때는 루의 총을 써야 해."

형은 망설였다. 그러다가 손을 뻗어서 라이플총을 받았다.

나는 앞문으로 가서 문을 조금 열고 소니의 트레일러 쪽을 내다보았다. 이제 불이 다 켜져 있었다.

"나는 포치에서 소니를 기다릴게. 형은 여기 있어. 우리 이야기 소리

가 들리면, 밖으로 나와서 소니에게 라이플총을 겨눠. 아무 말도 하지
마. 소니가 안을 보게 해서도 안 돼. 그냥 거기 서서 총만 겨누고 있어.”

형은 고개를 끄덕였다.

나는 포치로 나가서 등 뒤로 문을 닫았다.

일 분쯤 지난 뒤 소니의 차에 시동이 걸리는 소리가 들렸다. 두 번 부
르릉거리더니 헤드라이트 불빛이 켜졌다. 그런 다음 도로로 들어와서
유턴을 하고 내 쪽으로 속도를 냈다. 소니는 진입로 맨 위, 차고 바로
옆에 차를 세웠다. 엔진을 끄고 보도를 달려 올라왔다. 문 앞까지 거의
다 와서야 내가 거기 서서 기다리고 있는 것을 보았다.

“네 형은 어디 있어?”

소니가 숨을 헐떡이며 물었다. 끝에 털이 달린 큰 후드가 있는 옅은
갈색 겨울 파카를 입고 있었다. 머리카락은 여전히 빗지 않은 채였다.
소니는 내 손에 들린 총을 내려다보았다. 그런 다음 손가락으로 눈을
비볐다. 추위 때문에 눈에 눈물이 고여 있었다. 소니는 포치 위로 올라
왔다. 문이 닫혀 있으니, 루의 집은 더할 나위 없이 평범해 보였다. 무
슨 일이 있었는지 아무도 알 수 없었다.

“나는……..”

소니가 말을 시작했지만, 그때 앞문이 열리는 소리가 들리자 말을
멈췄다. 조금 열린 문틈으로 형의 모습이 드러났다.

“괜찮아?”

소니가 놀라서 물었다. 형은 대답하지 않았다. 좁은 문 사이로 간신
히 몸을 빼서 포치로 나온 뒤 문을 닫았다. 그런 다음, 형은 라이플총을
들어서 소니의 가슴 한가운데를 겨누었다. 나는 소니가 차로 달아나려

할 경우를 대비해서 보도로 내려갔다.

소니는 잠시 우리 형의 라이플총을 뚫어지게 보았다. 그런 다음 나를 흘깃 돌아보았다.

"행크?"

소니가 말했다. 소니는 여전히 숨을 헐떡이고 있었다. 다시 눈을 비볐다.

나는 산탄총을 들어서 소니의 배를 겨냥했다. 총은 무겁게 느껴졌고, 그 무게에 나는 갑자기 권력을 쥔 듯한 기분이 들었다. 상대를 죽일 능력을 갖춘 존재인 양, 큰 힘을 가진 양, 딱 그럴 법한 기분이었다. 순간 나는 속으로 생각했다. '정상이 아니야.' 그러나 이어서 나는 스스로를 그 기분에 빠지게 그냥 두었다. 내 모든 두려움, 내 모든 불안은 사라졌다. 나는 무엇이라도 할 수 있을 것 같았다. 나는 소니를 보며 미소를 지었다.

"젠장 뭐야, 행크?"

소니가 말했다.

"장난이 지나치잖아."

"파카 벗어."

내가 말했다. 나는 목소리를 아주 조용하게 낮췄다. 소니는 그저 나를 뚫어져라 보기만 했다.

"얼른, 소니. 벗어."

소니는 나에게서 시선을 돌려서 우리 형을 보았다. 그런 다음, 다시 나를 보았다. 미소를 지으려 했지만 미소가 반밖에는 떠오르지 않았다.

"재미없어, 행크. 머리카락이 쭈뼛 서잖아."

나는 한 걸음 앞으로 나와서 총을 들어 올렸다. 소니의 얼굴 바로 앞까지 올렸다.

"벗어."

단호하게 말했다.

소니는 양손을 올리고 파카 지퍼를 찾아서 더듬거리기 시작했다. 그러다가 멈추더니 다시 손을 내렸다. 내가 말했다.

"소니. 이건 아주 중요한 일이야. 해치고 싶지 않아."

소니는 우리 형을 돌아보았다. 그런 다음, 산탄총 총구를 잠시 바라보았다.

"머리카락이 쭈뼛 섰어."

소니가 한 번 더 되풀이했다. 나는 한 걸음 더 앞으로 나아갔다. 총구를 소니의 이마에 댔다.

"파카 벗어, 소니."

소니가 나를 똑바로 보며 뒤로 물러섰다. 나는 돌처럼 굳은 표정을 지으려 애썼고, 잠시 후, 효과가 있었다. 소니가 파카 지퍼를 내렸다. 파카 속에는 파란 플란넬 셔츠와 청바지를 입고 있었다.

"받아."

나는 형에게 말했다.

형이 앞으로 나와서 파카를 넘겨받았다. 형은 조심스럽게 한쪽 팔에 파카를 걸쳤다. 소니는 우리 형의 모습을 지켜보고 있었다. 나는 소니를 지켜보고 있었다.

"이제 부츠."

내가 형에게 말했다. 소니는 오 초 정도 망설였다. 그러다가 웅크려 앉아서 부츠를 벗었다. 양말을 신지 않았다. 작고 깡마른 발은 원숭이 발 같았다.

내가 형에게 말했다.

"부츠."

형이 소니의 부츠를 집었다.

"셔츠."

내가 말했다. 소니는 슬쩍 웃으려 했다.

"그러지 마, 행크. 이만하면 됐잖아. 추워."

소니는 양팔로 가슴을 감싸고 우리 형을 돌아보았다.

"제이컵?"

소니가 말했다. 형은 시선을 다른 곳으로 돌렸다.

"셔츠 벗어, 소니."

내가 말했다. 소니가 고개를 가로저었다.

"이건 미친 짓이야, 행크. 장난도 이만하면 지나쳐."

나는 앞으로 다가가서 산탄총으로 소니의 입을 갈겼다. 기묘한 일이었다. 의식적으로 그렇게 하려는 생각은 전혀 없었다. 그냥 그런 일이 벌어졌다. 나는 평생 다른 사람을 때린 적이 없었다. 소니는 뒤로 한 걸음 물러났다. 그러나 쓰러지지도 소리치지도 않았다. 어리둥절하고 멍한 표정으로 나를 보았다.

"왜 이래?"

소니가 물었다. 소니의 입에서 피가 흐르고 있었다. 손으로 입을 가리고 눈을 감았다. 소니는 여전히 어떤 단계에서는 이것이 심한 장난이라고 생각하고 있는 듯했다. 소니는 눈을 뜬 뒤, 내 얼굴을 보았다. 내가 미소를 짓고 있으리라고, 우리가 그저 장난을 하고 있었던 것이니 이제 다 됐다고 말하기를 기대한 듯했다.

"셔츠 벗어."

내가 말했다. 소니는 셔츠를 벗어서 땅에 놓았다.

"바지."

"제발, 행크."

소니가 애원하기 시작했다. 나는 생각도 하지 않고 다시 소니를 때렸다. 이번에는 머리 옆을 때렸다. 소니는 한쪽 무릎을 꿇으며 쓰러졌다. 잠시 쓰러져 있다가 일어서기 시작했다.

"벗어."

소니는 나를 보다가 우리 형을 보았다. 우리 둘 다 소니의 가슴에 총구를 겨누고 있었다. 소니는 청바지를 벗었다.

"속옷."

내가 말했다. 소니가 고개를 가로저었다.

"행크, 이제 정말 재미없어. 장난이 너무 지나치잖아."

소니는 이제 덜덜 떨고 있었다. 추위 때문에 온몸이 부들거렸다.

"입 다물어, 소니. 또 입을 열면 다시 때리겠어."

소니는 아무 말도 하지 않았다.

"속옷."

내가 말했다. 소니는 움직이지 않았다. 나는 산탄총을 들어서 소니의 얼굴 높이에 맞췄다.

"셋을 세겠어. 그 전에 벗지 않으면 총을 쏠 거야."

소니는 그래도 움직이지 않았다.

"하나."

소니가 우리 형을 흘깃 보았다. 형은 손을 어찌나 떨고 있는지 라이플이 허공에서 떨고 있었다.

"둘."

"정말 쏘지는 않을 거지?"

소니가 말했다. 불안하고 겁먹은 목소리였다. 나는 잠깐 멈췄지만 다른 길은 없었다.

"셋."

소니는 움직이지 않았다. 나는 총을 쥔 손에 힘을 주고, 소니의 얼굴에 총구를 겨누었다.

"이렇게 하고 싶지는 않아, 소니."

내가 말했다. 소니는 내 계획을 망치고 있었다. 소니는 그저 나를 뚫어지게 보고만 있었다. 일 초 일 초 지날 때마다 소니는 자신감을 얻어가고 있었다.

"총을 내려놔."

소니가 나지막이 말했다. 그러나 그때 미처 생각하지 못한 것을 깨달았다. 여기서 소니를 쏘면 된다. 옷은 그만큼 벗었으면 충분하다. 딱 그럴듯하게 보일 것이다. 루가 두 사람을 발견하고, 침대에서 낸시를 쏘고, 소니를 쫓아 내려와서 앞문에서 죽였다. 엉망인 것이 더 현실감이 있을 것 같았다.

나는 소니에게 한 번 더 기회를 주었다.

"속옷 벗어."

내 손가락이 총 방아쇠를 가볍게 눌렀다. 소니는 나를 지켜보았다. 그 자신감이 흔들리는 듯했다. 입술에 묻은 피를 핥았다.

"왜 이러는 거야, 행크?"

"형, 이제 안으로 들어가."

내가 말했다. 형의 옷에 피가 튀지 않게 하고 싶었다. 나는 심호흡을 하고 포치 위로 올라갔다. 소니를 두고 문가로 갈 생각이었다. 그래야 내가 소니를 쏠 때 도로 쪽을 보고 쏠 수 있기 때문이었다.

형이 문을 열고 집으로 들어갔다.

소니는 우리 형이 사라지는 것을 지켜보다가, 내가 무슨 일을 하려는지 갑자기 예감한 듯, 양손을 옆으로 내렸다. 팬티를 다리 아래로 내렸다.

벌거벗은 소니는 어린아이처럼 조그맣게 보였다. 어깨는 굽고 깡말랐으며, 가슴에는 털 한 오라기 없었다. 가랑이 사이에 청바지를 끼고 있었다. 소니의 자세만 보고도 내가 소니를 완전히 굴복시켰음을 알 수 있었다. 이제 주도권을 잡으려고 힘들일 필요도 없었다. 소니는 움츠러든 채 나의 다음 명령을 기다리고 있었다.

"옷을 놓아."

내가 말했다. 소니는 청바지와 팬티를 땅에 떨어뜨렸다. 한 손은 사타구니를, 다른 한 손은 입술을 가리고 있었다. 입에서는 이제 정말로 피가 흐르기 시작했다. 턱은 온통 피였다. 가슴으로 똑똑 떨어지기도 했다.

"양손을 머리에 올려."

소니가 머리에 양손을 올리고 사타구니를 드러냈다. 나는 가슴에 산탄총을 겨누었다.

"좋아. 이제 돌아서서 문을 열어."

내가 말했다. 소니는 아주 천천히 돌아섰다. 나는 소니의 옷더미를 지나서 앞으로 걸어간 뒤 등뼈에 총구를 눌렀다. 소니의 몸이 굳는 것이 느껴졌다. 벌거벗은 살갗에 차가운 금속이 닿으니, 등 근육이 오그라들었다. 매듭을 꽉 묶는 것 같았다.

"문을 열었을 때 놀라지 마. 침착하게 있어. 그러면 다 괜찮을 거야."

내가 말했다. 소니가 한 손을 내려서 손잡이를 돌리고 문을 밀어서 열었다.

어두운 포치에 있다가 밝게 불이 켜진 입구에 들어오니, 거의 초현실적으로 느껴졌다. 무대 위로 올라온 듯했다. 루의 시체가 타일 바닥에 누워 있었다. 크게 웃는 듯 고개가 뒤로 젖혀져 있었다. 바닥이 거실 쪽으로 조금 기울어져 있는 게 분명했다. 피가 그 방향으로 흘러 있었기 때문이다. 피는 아까보다 더 짙어 보였다. 거의 검은색이었다. 그리고 전등 빛에 번들거렸다.

소니가 문을 크게 열어서, 경첩이 다 돌아가고 문은 벽에 쾅 부딪었다. 우리 형은 오른쪽에 서 있었다. 라이플총 총구는 아래로, 루의 시체 쪽으로 향해 있었다. 형은 깜짝 놀란 표정이었다. 우리를 뚫어지게 보면서 이제 무슨 일을 할지 기다리고 있었다. 소니는 움직이지 않았다. 그러나 나는 소니가 급히 숨을 들이쉬는 것을 느꼈다. 총구에 닿은 소니의 등이 펴졌기 때문이다.

"어서, 소니. 그냥 지나가."

내가 말했다. 나는 총으로 소니를 밀어서 안으로 들어가게 했다. 소니의 맨발이 타일 바닥에 찰싹 소리를 냈다. 소니는 그렇게—한 발은 안에, 다른 발은 밖에 둔 채— 멈췄다. 노새처럼 잠시 움직이지 않으려 했다. 나는 다시 소니를 밀었다. 이번에는 더 세게 밀었다. 그러다가 갑자기 그 자리에 소니가 없었다. 창고로 가는 길은 우리 형이 막고 있었고, 거실 앞에는 루의 시체가 놓여 있었으므로, 소니가 갈 곳은 단 한 군데뿐이었다. 소니는 한 번에 두 단씩 계단을 곧장 달려 올라갔다.

나는 뒤쫓아서 뛰었다.

꼭대기에 오르자 소니는 오른쪽으로 돌았다. 복도를 내달려서 침실로 갔다. 소니가 왜 그 방향으로 갔는지 나는 지금도 모르겠다. 내가 소니를 두고 싶었던 그 지점으로 정확히 간 것이다. 어쩌면 소니는 탁자 맨 위 서랍에 총이 숨겨져 있는 것을 알았는지도 모른다. 아니면 그저 반쯤 열린 문에서 흘러나오는 빛 때문에 그곳에서는 안식과 보호를 얻을 수 있을지 모른다는 암시를 느꼈는지도 모른다. 그러나 방 안으로 뛰어가서 그곳의 망가진 모습을 보았을 때, 피와 물을 보고 자기 뒤에 아주 가깝게 울리는 내 발소리를 들었을 때, 분명 소니는 끔찍한 충격을 받았을 것이다. 그때에는 소니도—입구에 누워 있는 루의 시체를 본 뒤에도 아무 의구심을 품지 않았다 해도— 분명히 알았을 것이다. 내가 자신을 죽이려고 여기에 데려왔음을.

소니는 달리던 탄력 때문에 곧장 방 안, 침대 발치까지 갔다. 소니가 낸시의 시체를 내려다보는 모습을 내 눈으로 보지는 않았지만, 분명히 소니는 시체를 보았을 것이며, 적어도 흘깃 보기는 했을 것이다. 소니는 나를 때리기라도 하려는 듯이 양손을 주먹 쥐고 위로 들어올렸다. 벌거벗고 있어서 원시인처럼 난폭해 보였다. 얼굴은 일그러져 있었다. 공포와 분노와 혼란이 끔찍하게 뒤섞여 있었다. 턱은 피범벅이었다.

나는 소니가 도망을 못 치게 막으며 문간에 있었다. 총을 꺾자, 빈 탄피가—내가 낸시를 죽일 때 쓴 총알의 탄피가— 튀어나와서 내 발치에 떨어졌다. 그런 뒤, 잠깐 생각도 하지 않은 채 소니의 가슴에 총을 쏘았다.

내 몸에 반동이 왔다. 큰 폭발음과 함께 피가 담요에 축축하게 흩어져 떨어졌다.

소니는 침대에 쓰러져 있었다. 철벅거리는 소리를 내며 쓰러질 때, 매트리스 가장자리에 작은 물결이 일었다. 소니의 가슴은 빨강과 분홍과 흰색으로 얼룩덜룩 엉망이었지만, 아직 살아있었다. 다리를 버둥거리며, 고개를 들려고 애썼다. 소니는 나를 노려보고 있었다. 눈이 튀어나와서 흰색이 거의 대부분인 듯이 보였다. 오른손으로 침대 커버를 움켜쥐고 몸쪽으로 당기고 있었다.

나는 한 번 더 산탄총을 꺾었다. 빈 탄피가 카펫에 떨어졌다. 그런 다음, 앞으로 걸어나가서 소니의 얼굴을 겨냥했다. 방아쇠를 당길 때 내 눈에는 소니가 눈을 감는 것이 보였다. 매트리스는 말 그대로 폭발했다. 헤드보드와 그 뒤의 벽에 물을 뿜어냈다. 옷을 적시지 않으려고 뒤로 펄쩍 뛰어올랐어야 했다.

안전한 문간에서, 나는 나머지 두 발을 침대 위 천장에 쏘았다. 그런 뒤, 주머니에 손을 넣어서 새 총탄 다섯 알을 장전하고, 이 다섯 발을 방 곳곳에 마구잡이로—왼쪽에 있는 의자, 욕실 문, 화장대 위의 거울에—발사했다.

피가 튄 곳이 없는지 내 몸을 살피고 총을 다시 장전했다.

계단을 내려가면서 천장에 한 번 총을 쏘았다. 밑에 내려왔을 때 돌아서서 거실을 겨냥했다. 가죽 소파를 쏜 뒤, 텔레비전을 쏘고, 마지막으로 우리가 쓴 유리잔들이 놓인 탁자를 쏘았다.

총에 장전된 총알은 한 알이 남았다.

형은 욕실에 숨어 있었다. 변기 뚜껑을 내리고 그 위에 앉아 있었다. 형의 라이플총은 발치에 놓여 있었다. 소니의 파카와 부츠는 형의 무릎 위에 놓여 있었다.

"됐어."

내가 말했다. 나는 문가에 서 있었다.

"됐어?"

형이 물었다. 형은 나를 올려다보지도 않았다.

나는 깊이 숨을 들이쉬었다. 떨리고 흥분되고 조금 자제력을 잃은 듯한 기분이었다. 내가 생각을 제대로 하고 있는 것인지 막연한 의심이 들었다. 그리고 이제 침착하게 행동하려고 애썼다. 나는 스스로를 타일렀다. 힘든 부분은 지나갔어. 남은 것은 우리 역할을 연기하는 것뿐이야.

"끝났어."

내가 말했다.

"죽었어?"

내가 고개를 끄덕였다.

"왜 그렇게 총을 많이 쐈어?"

나는 대답하지 않았다.

"형, 가자. 가야 해."

"그렇게 많이 쐈어야 했어?"

"루 형이 완전히 돈 것처럼 보이려고 그랬어. 정신을 잃은 것처럼 보이려고."

나는 손으로 얼굴을 닦았다. 장갑에서 화약 냄새가 났다. 경찰에 신고하기 전에 트럭에 장갑을 숨겨야 한다고 머릿속에 새겼다. 천장 구석에서 물줄기가 떨어지기 시작했다. 세라믹 변기 뚜껑에 떨어지며, 시계가 똑딱거리는 것 같은 소리를 냈다. 물침대에서 나온 물이었다. 석고 보드가 벌써 젖기 시작했다.

형은 안경을 벗었다. 동요하고 있는 형의 얼굴이 드러났다. 볼과 턱은 빨갛고 번들거렸다. 얼굴 가장자리에는 살이 혹처럼 솟아 있었다. 그 위로 눈은 어둡고 흐릿하고 나약해 보였다.

"나중이 두렵지 않아?"

형이 물었다.

"나중?"

"죄책감. 나쁜 기분."

나는 한숨을 쉬었다.

"형, 이미 끝난 일이야. 하지 않을 수 없었고, 이미 끝났어."

"네가 소니를 쐈어."

형은 그 사실에 놀란 듯 말했다.

"맞아. 내가 쐈어."

"죽였어. 냉혹하게."

형이 말했다. 그 말에 뭐라고 답해야 할지 몰랐다. 우리가 한 일을 생각하는 것은 피하고 싶었다. 따져보아야 좋은 결과는 아무것도 나오지 않을 것을 본능적으로 알고 있었다. 지금까지는 내 모든 행동이 어쩔 수 없는 일이었다고 생각했고, 그래서 위안을 느꼈다. 나는 그 일에 전적으로 몸을 담그면서도, 그저 지켜보는 사람인 듯, 나의 모습을 영화에서 보고 있는 듯 느꼈으며 아무리 사소한 일에도 달리 행동할 수 있다는 환상은 품지 않았다. 운명이야. 어떤 목소리가 내 귀에 속삭이는 것 같았다. 그리고 나는 내 손에서 고삐가 미끄러져 사라지게 그냥 두었다. 그러나 이제 형이 그 질문으로 내 생각을 갉아먹고 있었다. 형은 내가 되돌아보게, 천장을 통해 떨어지는 핏물이 거기 있는 것은 내가 내 의지를 발휘했기 때문임을 느끼게 만들고 있었다. 나는 그 생각을 밀치고, 그 자리를 즉시 형에 대한 들끓는 분노로 채웠다. 내가 범죄를 저지를 수밖에 없는 상황에 빠진 것은 형이 당황해서 경솔하고 어리석게 굴었기 때문인데도, 형은 얼빠진 채 뚱뚱한 몸으로 멍하니 화장실에 앉아서 나를 심판하고 있다니.

"형이 루를 죽이지 않았으면 이런 일은 하나도 안 일어났어."

내가 말했다.

형은 고개를 들었다. 형은 울고 있었다. 그 모습에 나는 충격을 받았다. 형의 두 뺨에 눈물이 흘러내리고 있었다. 내 속에 후회가 가득 찼다. 형에게 그렇게 심한 말을 하는 게 아니었는데.

"난 널 구했어."

형이 말했다. 말 사이사이에 숨을 꺽꺽거렸다. 형은 오른쪽으로 고개를 돌려서 얼굴을 감추려 했다.

"형, 이러지 마, 제발."

형은 대답하지 않았다. 형의 어깨가 들썩였다. 한 손으로 두 눈을 누르고 있었다. 다른 한 손, 안경을 들고 있는 손은 무릎에 둔 소니의 부츠 위에 놓여 있었다.

"지금 정신을 못 차리면 안 돼. 아직도 상대할 사람이 많아. 경찰, 기자⋯⋯."

"난 괜찮아."

형이 말했다. 꺽꺽대는 목소리였다.

"침착해야 해."

"그냥⋯⋯."

형은 입을 열었지만 끝마칠 말을 못 찾고, 다른 말을 했다.

"내가 루를 쐈어."

나는 형을 내려다보았다. 형 때문에 겁이 나기 시작했다. 우리가 조심하지 않으면, 모든 일이 어떻게 밝혀질지 훤히 내다보이기 시작했다.

"형, 가야 해. 신고를 해야지."

형은 깊이 숨을 들이쉬고 잠시 숨을 참더니, 다시 안경을 쓰고 일어서려고 애썼다. 형의 얼굴은 눈물로 젖어 있었고, 턱은 떨렸다. 나는 소니의 파카와 부츠를 형의 손에서 뺀 뒤 복도 벽장으로 가져갔다. 거실은 아수라장이었다. 탁자는 산산조각 나고 텔레비전은 터졌다. 소파의 흰 솜은 아이들이 뜯어낸 듯 구름처럼 커다랗고 둥글게 튀어나와 있었다.

형이 라이플총을 욕실에 두고 나왔다. 그래서 내가 가져와야 했다. 형은 개처럼 나를 졸졸 쫓아다녔다. 형은 다시 울기 시작했다. 형이 우는 소리를 들으니 가슴이 서늘했다. 빌딩에서 떨어지기라도 하는 듯, 고소공포증을 느꼈다.

나는 현관문을 열고 말했다.

"트럭으로 가. 가서 무선으로 경찰에 신고해."

"무선?"

형은 정신을 못 차리는 듯 그 목소리가 아득하기만 했다. 내 몸이 부르르 떨렸다. 땀에 젖어서 축축한 등 살갗을 따라 차가운 공기가 밀려오는 느낌이었다. 나는 외투 지퍼를 올렸다. 장갑처럼 외투에서도 화약 냄새가 났다.

"형이 겁에 질려서 신고하는 것처럼 보여야 해. 내가 루를 쏜 걸 방금 본 것처럼. 안으로 들어가는 대신, 트럭으로 달려간 거야."

형은 루의 몸을 다시 내려다보고 있었다. 축 처진 얼굴이었다.

"너무 많이 이야기하지 마. 그냥 총질이 있었다고만 해. 앰뷸런스를 보내라고 하고, 끊어."

형은 고개를 끄덕였지만 움직이지는 않았다. 눈물이 계속 흘렀고, 눈초리에서 하나씩 계속 넘치면서 얼굴로 흘러내렸다. 눈물은 파카 앞에 떨어져서 천을 검게 만들었다.

"형."

형은 눈을 위로 치켜뜨고 나를 흘깃 본 뒤, 손등으로 뺨을 훔쳤다.

"이제 정신 바짝 차려야 해. 해야 할 일을 다 명심해야 해."

형은 고개를 다시 끄덕이고 한 번 더 깊이 숨을 쉬었다.

"난 괜찮아."

그런 뒤에 형은 문으로 향하기 시작했다.

형이 소파에 다다랐을 때 내가 형을 세웠다. 나는 문간에 있었다. 형이 루를 쏘았을 때 루가 서 있던 바로 그 자리였다.

"라이플총 잊지 마."

내가 말했다. 내가 형에게 총을 건네자 형이 받았다. 나는 깨달았다. 나는 여전히 심연에 있었다. 저편에 다다르려면 아직 네 번째 단계가 남아 있었다.

형이 빙판길을 내려가기 시작하는 것을 지켜보면서 산탄총을 몸에 바싹 붙이고 마지막 탄알을 약실에 장전했다.

내 친형이었으니, 나는 형이 루에게 피더슨 이야기를 한 것, 차에 있던 사람이 소니였다고 거짓말한 것을 용서했다. 그러나 형의 나약함은 용서할 수 없었다. 그때 깨달았다. 형의 나약함은 루의 탐욕과 어리석음보다 더욱 큰 위험이었다. 형은 오늘 밤 경찰의 심문을 받으면 정신을 못 차릴 것이다. 형은 자백을 하고 나를 끌어들일 것이다. 나는 형을 믿을 수 없었다.

형이 보도 끝에 다다랐을 때, 나는 형을 불렀다. 그날 저녁, 그때까지 내가 이미 저지른 일들로도 나는 피곤하고 지쳐 있었다. 그래서 이 일이 오히려 더 쉬웠다.

"형."

내가 말했다. 형은 뒤로 돌았다. 나는 형의 가슴 높이로 루의 총을 들고 문간에 서 있었다.

무슨 일이 일어나고 있는지 형이 깨닫기까지는 잠깐 시간이 걸렸다.

"미안해."

형은 혼란스러운 듯 거대한 앵무새처럼 고개를 옆으로 기울였다.

"이럴 계획은 없었어. 그렇지만 해야 해."

형의 몸은 무슨 이유에서인지 가라앉는 것 같았다. 얼어붙어서 응고되는 것 같았다. 형이 마침내 상황을 파악했다.

"절대 말 안 할게."

형이 말했다. 나는 고개를 가로저었다.

"형은 다 망칠 거야. 내가 알아. 형은 우리가 저지른 일을 짊어지고 살아갈 수 없어."

"행크."

형의 목소리는 이제 애원하고 있었다.

"난 네 형이야."

나는 고개를 끄덕였다. 산탄총을 잡은 손에 힘을 주고 조금 높이 들어서, 표적을 조준했다. 그러나 쏘지 않았다. 기다렸다. 주저하고 있었던 것은 아니다. 이제 되돌릴 수 없다는 것을, 이미 저지른 일이나 마찬가지라는 것을 나는 알고 있었다. 그저 내가 무엇을 잊은 것 같은, 결정적인 단계를 빠뜨린 것 같은 느낌이 들었기 때문이었다. 아직 일어날 일이 남아 있었다.

메리 베스가 갑자기 어둠 속에서 나타나 우리 둘 다 깜짝 놀랐다. 메리 베스는 꼬리를 미친 듯이 흔들며 목걸이의 이름표를 잘랑거렸다. 형에게 다가가서 형의 다리에 몸을 붙이고 쓰다듬어주기를 기다렸다. 그런 다음 나를 향해 달려왔다.

형은 내가 개를 보고 있자 재빨리 라이플총을 들어서 방아쇠를 당겼다. 찰칵 소리만 났다. 약실이 비어 있었다. 라이플총에 탄알이 하나밖에 없었던 것이다. 새해 전날, 이 모든 일이 맨 처음 시작될 때, 우리가 여우를 쫓아서 숲으로 들어갈 때 형이 장전했던 한 발뿐이었다. 형의 얼굴에 애처로운 미소가 자리했다. 형은 어깨를 으쓱하는 듯 마는 듯했다.

나는 형의 가슴에 총을 쏘았다.

경찰에 전화하기 전에 안으로 들어가서 소변을 보았다. 욕실 바닥은 물로 뒤덮여 있었다. 이제 소형 레인샤워기처럼 천장 예닐곱 곳에서 물이 떨어졌다. 석고보드는 물 때문에 옅은 갈색으로 색이 변했다.

포치에서 소니의 옷을 집어서 침실로 가져간 뒤 침대 옆 물에 떨어뜨렸다. 권총을 찾아서 내 외투에 닦은 뒤 서랍에 다시 넣었다.

다시 아래층으로 내려왔다. 남은 산탄총 총알을 꺼내서 루의 주머니에 넣었다. 총은 루의 어깨 옆에 놓았다. 루의 표정은 그대로였다. 피웅덩이는 거실 경계까지 번져서, 거실의 올이 긴 카펫에 조용히 스며들고 있었다.

소니의 트레일러에 불이 켜져 있어서, 재빨리 차를 몰고 거기까지 간 뒤 불을 꺼야 했다. 트레일러 안에 있는 동안, 낸시의 가운을 트레일러 침실 옷장에 걸고 립스틱을 욕실 세면대에 놓았다.

루의 집으로 다시 차를 몰고 오면서 메리 베스를 찾았다. 그러나 개는 총소리에 놀라서 사라지고 보이지 않았다.

루의 집 진입로에서 경찰에 신고했다. 겁에 질린 목소리를 내려고 애쓰며, 무선으로 간략히 설명했다. 주소를 알리고, 총성이 있었다고 말했다. 접수자의 질문들에는 대답하지 않았다. 나는 흐느끼는 목소리를 내려고 애쓰며 말했다.

"우리 형이……."

그런 다음, 무선을 껐다. 나는 잘 알고 있었다. 연기를 잘했다. 설득력 있었다. 그러자 갑자기 자신감이 용솟음쳤다.

스스로에게 말했다. 그럴싸했어. 잘될 거야.

셔츠 주머니에서 녹음기를 꺼내서 마지막으로 한 번 재생했다. 이렇게 트럭 좌석에 앉아서 그 목소리들을 앞뒤로 듣고 있자니, 그리고 그 사람들이 죽었음을 알고 있자니 섬뜩했다. 나는 끝까지 다 돌아가기 전에 정지시키고 모두 다 지운 뒤 녹음기를 시트 아래에 숨겼다.

잠시 트럭에서 기다리다가 밖으로 나와서 보도로 올라갔다. 구급차가 왔을 때 형 옆에 있고 싶었다. 거기 웅크리고 앉아서 내 양팔로 형을 안고 있고 싶었다.

메리 베스를 찾았지만 나타나지 않았다. 몇 분 동안 보도에 서서, 추위에 떨며, 개 이름표 소리에 귀를 기울였다. 장갑은 녹음기와 함께 숨겼고, 외투의 화약 냄새는 바람에 날려 사라지기를 바라고 있었다.

구급차 불빛만 딱 구별할 수 있었다. 지평선 저쪽에서 빨강과 하양 불빛을 깜박이며, 들판 너머 저 멀리, 그러나 빨리 다가오고 있었다. 그때였다. 형이 손을 뻗어서 내 발목을 잡았다. 거세게 꽉 잡았다. 다리를 두 번이나 홱 잡아당긴 뒤에야 뿌리칠 수 있었다.

형의 가슴에서 골골거리는 소리가 아주 희미하게 흘러나왔다. 그 소리를 듣자마자, 쉽게 숨이 끊어지지 않으리라는 것을 깨달았다.

나는 형 옆, 형의 손이 닿는 곳을 살짝 벗어난 곳에 웅크리고 앉았다. 형의 파카는 찢어지고 완전히 피로 물들어 있었다. 헤드라이트 불빛들이 더 가까이 오는 것이 보였다. 불빛은 세 세트였다. 동쪽에서 사이렌 없이 조용하게 루의 집으로 모여드는 두 세트, 더 가까이 그러나 아직 멀리 떨어져 있는, 남쪽에서 오는 한 세트.

형은 손을 들려 했지만, 들지 못했다. 형의 눈이 나를 찾기까지는 잠시 시간이 걸렸다. 그런 다음, 조금 초점을 맞추다가 흐릿해지다가 다시 초점을 맞추었다. 형의 안경은 보도 위, 형 옆에 놓여 있었다.

이제 달려오는 구급차의 엔진 소리가 내 귀에 들렸다.

"도와줘."

형이 헐떡이며 말했다. 형은 그 말을 두 번 했다.

그런 뒤에 의식을 잃었다.

7

이튿날 아침 8시가 막 지난 시각, 나는 델피아 시립병원 이층 빈 방에 앉아서 텔레비전에 나온 내 모습을 지켜보고 있었다. 처음에는 아나운서가 스튜디오에서 종이에 적힌 것을 읽으며 뭐라 말했다. 텔레비전이 고장 나서 아나운서가 하는 말은 들리지 않았다. 그러나 전날 밤에 일어난 일을 이야기하는 것임을 알 수 있었다. 스튜디오 장면에서 나를 촬영한 장면으로 곧장 이어졌기 때문이다. 짧은 영상이었다. 오 초쯤 될까. 내가 경찰차에서 나와 병원으로 걸어가는 모습이었다. 나는 등을 굽히고 고개를 숙인 채 황망한 모습이었다. 내 모습 같지 않았다. 그 점이 나에게는 안심이 되었다. 화면 속의 나는 그 뉴스 속에 속해 있는 듯, 충격을 받고 떠는 모습이었다.

이어 여자 기자가 나왔다. 루의 집 앞에서 마이크를 잡고 말하고 있었다. 두툼한 오리털 파카를 입고 두꺼운 노란색 스키 장갑을 끼고 있었다. 기자가 말을 하는 동안, 긴 갈색 머리카락이 어깨에서 2센티미터쯤 바람에 떨며 위로 올라갔다. 기자 뒤, 진입로에는 경찰차 예닐곱 대가 진을 치고 있었다. 앞뜰에는 타이어 자국이 이리저리 나 있었다. 루의 집 현관문은 활짝 열려 있었고, 입구에 두 남자가 웅크려 앉아서 사진을 찍고 있는 모습이 보였다.

기자는 한참 이야기를 했다. 심각하고 비통한 얼굴이었다. 기자 장면이 끝나자 아나운서가 다시 나왔다. 아나운서는 기자를 위로하는 말을 하는 듯했다. 그런 뒤에 뉴스 속보가 끝났다.

이어서 광고가 나왔고 그다음에는 만화가 나왔다. 엘머 퍼드가 대피 덕을 쫓고 있었다엘머와 대피 덕은 사냥꾼과 검정 오리로, 미국 만화영화 〈루니 툰〉의 등장인물. 나는 브라운관에서 눈을 돌렸다. 내 옆에는 아내와 아만다가 앉아 있었다. 그 방은 전에 침대가 두 개 있는 이인실, 준특실 입원실로 쓰던 곳이었는데, 무슨 이유인지 모르지만 가구는 치워져 있었다. 침대도 탁자도 모두 사라졌다. 아내와 내가 앉아 있는 접의자 두 개를 빼고, 방은 휑했다. 바닥은 하늘색이었다. 침대가 놓였던 자리를 알 수 있었다. 그 자리의 타일 색이 약간 짙었다. 그림자처럼 벽에 붙은 두 개의 완벽한 사각형이 있었다. 창이 하나 있었다. 건물 옆면으로 난 틈새 같은 작은 창으로, 그 크기와 형태가 옛날 성城에서 화살을 쏘기 위해 낸 작은 창과 똑같았다. 창 너머로 병원 주차장이 보였다.

텔레비전은 천장에 붙은 브래킷에 매달려 있었다. 텔레비전을 올려다보고 있자니 멀미가 났지만, 어쩔 수 없이 보지 않을 수 없었다. 텔레비전을 빼면 아내를 보는 것밖에 할 일이 없었고, 아내를 보고 있기는 싫었다. 아내를 보면 나는 당연히 이야기를 시작할 테고, 그곳에서 이야기를 하는 것은 안전하지 않았다.

사람들이 우리를 그 방에 넣은 이유는, 우리에게 개인 공간을 주려는 배려였다. 아래층 대기실에는 기자들이 있었다. 나는 밤새 한숨도 못 잤으며, 전날 이후로 아무것도 못 먹었다. 면도도 못 했고 지저분하고 기운도 없었다.

FBI는 아직 끼어들지 않았다. 펄튼 카운티 경찰국뿐이었다. 나는 카운티 경찰 사람들과 두 시간 동안 이야기를 나누었으며, 잘 끝났다. 그 사람들은 칼 젠킨스 같은 평범한 사람들이고, 아내와 내가 예상한 그대로 사건을 보았다. 루가 술에 취한 채 집에 와서, 소니와 낸시가 침대에 함께 있는 것을 발견하고, 총을 가져와서 두 사람을 쏘았다. 우리 형과 나는 차를 타고 가려다가 총성을 들었고, 형은 총을 들고 집으로 달려갔다. 루가 문을 열고 산탄총을 겨누자, 두 발의 총성이 밤공기를 갈랐다.

보안관 부관들은 나를 깍듯이 대접했다. 용의자가 아닌 희생자로 대했다. 나는 형이 의식을 회복하면 어쩌나 하는 근심을 숨길 수 없었지만, 부관들은 내 모습을 동생의 진심 어린 슬픔으로 오해했다.

형은 세 시간째 수술중이었다.

아내와 나는 방에 앉아서 기다렸다.

아내도 나도 말할 마음이 없는 듯했다. 아내는 아기에 신경 썼다. 아기에게 젖을 물리고 속삭이고 아기와 조금 놀았다. 아기가 잠들자, 아내도 눈을 감고 접의자에서 앞으로 몸을 숙였다. 나는 소리가 나지 않는 텔레비전을 보았다. 만화, 퀴즈쇼, 〈오드 커플 1970년대에 처음 방송된 미국 텔레비전 시트콤〉 재방송. 광고가 나올 때 창으로 가서 주차장을 내려다보았다. 아스팔트 들판 같은 넓은 주차장이었다. 자동차들은 건물 주위에 모여 있었고, 건물에서 먼 쪽은 텅 비어서 황량해 보였다. 주차장 너머는 진짜 들판이었다. 눈에 덮여 있었다. 바람이 불면 눈가루가 반투명한 작은 물결이 되어 아스팔트 위를 지난 뒤, 병원 건물에 부딪었다.

아내와 나는 기다리고 또 기다렸다. 의사와 간호사와 경관 들이 문밖으로 지나다녔다. 그 사람들의 구두 소리가 타일이 박힌 복도에 이리저리 울려서, 누가 지나갈 때마다 나와 아내는 그쪽으로 시선을 돌렸다. 그러나 우리에게 말을 하러 오는 사람은 아무도 없었다.

아기가 울기 시작할 때마다, 아내는 아기에게 허밍으로 노래를 들려주었고, 아기는 조용해졌다. 조금 뒤, 나는 그 노래가 무엇인지 깨달았다. '프레르 자크'였다. 아내가 부르는 것을 듣고 있으니 내 머릿속에도 그 노래가 박혔고, 아내가 노래를 멈춘 뒤에도 그 노래가 내 머리를 떠나지 않았다.

11시가 막 지난 때, 보안관 부관 한 사람이 방으로 들어왔다. 나는 의자에 앉아 있다가 일어서서 그 사람과 악수를 했다. 아내는 양손으로 아기를 안고 있어서, 미소를 지으며 고개를 끄덕이는 것으로 인사를 대신했다.

"이런 때에 얼굴을 비추게 되어서 정말 면목 없습니다."

부관이 말을 꺼냈다. 그러다가 무슨 말을 하러 왔는지 까먹은 듯이 말을 멈췄다. 부관은 텔레비전만 바라보았다. 토요타 자동차 광고였다. 그리고 얼굴을 찌푸렸다. 내가 앞서 이야기를 나눈 적이 없는 부관이었다. 경관이 되기에는 너무 어려 보였다. 옷을 차려입은 어린아이 같았다. 제복이 너무 컸고, 검정 구두는 조금 지나치게 반짝였으며, 보안관 모자 위 가운데를 접은 선은 너무 확실했다. 텔레비전을 보며 얼굴을 찌푸릴 때는 얼굴 전체를, 눈까지 찌푸렸다. 정말로 동그란 얼굴에는 주근깨가 조금 있었다. 하얗고, 밋밋하고, 달덩어리 같은 것이 영락없는 농장 아들의 얼굴이었다.

"형님 일은 정말 안됐습니다."

부관이 다시 말을 꺼냈다. 수줍게 우리 아내를 보고, 지나가는 눈길로 아기도 한번 보았다. 그런 다음 다시 텔레비전을 보았다. 나는 마음을 단단히 먹고 기다렸다.

"형님 개를 저희가 데리고 있습니다. 범죄 현장에서 찾았습니다."

부관이 말했다. 텔레비전에서 눈을 떼면서 목청을 가다듬었다. 그리고 망설이는 표정으로 나를 보았다.

"그 개를 직접 돌보실 생각이 있으신가 해서요."

부관은 몸 중심을 다른 발로 옮겼다. 반짝이는 검정 구두에서 삐드득 소리가 났다. 부관은 빠르게 말했다.

"그럴 생각이 없으시다면, 지금은 그런 것까지 생각할 여유가 없으시다면, 개는 잠시 유기견 보호소에 두겠습니다. 상황이 진정될 때까지요."

부관은 아내를 흘깃 보았다. 나도 아내를 바라보았다. 아내는 고개를 끄덕였다.

"괜찮습니다. 개는 우리가 돌보죠."

내가 말했다. 부관은 미소를 지었다. 짐을 던 표정이었다.

"그러면 제가 개를 댁에 데려가겠습니다."

부관은 나가기 전에 나와 한 번 더 악수를 했다.

사십 분 뒤, 의사가 들어와서 형의 수술이 끝났다고 말했다. 중환자실로 옮겼으며 아직 위중한 상태라고 했다. 산탄으로 폐와 심장, 대동맥, 척추 세 개, 횡격막, 식도, 간, 위장에 모두 손상을 입었다고 했다. 의사는 접힌 도표를 펼쳐서 나와 아내에게 그 내장들이 몸속 어디에 있는지 모두 보여주었다. 의사는 각 부위를 언급할 때마다 빨간 펜으로 도표에 동그라미를 쳤다.

"지금으로서는 저희가 할 수 있는 일을 다 했습니다."

의사가 말했다.

의사 말로는, 살아날 확률은 십분의 일이었다.

나중에, 내가 다시 창가에 서 있을 때, 아내가 내 쪽으로 몸을 돌리고 속삭였다.

"살아있는지 왜 확인 안 했어?"

아내의 목소리로 미루어, 아내는 눈물을 흘리기 직전이었다.

"살아나면……."

아내가 말했다.

"쉿."

나는 문 쪽을 흘깃 보았다. 우리는 잠시 침묵 속에 서로를 마주 보았다. 그런 뒤에 나는 창으로 돌아섰다.

3시 직전, 새로운 의사가 나타났다. 마치 우리에게 몰래 다가온 듯했다. 아내도 나도 그 의사가 들어오는 기척을 느끼지 못했다. 그냥 갑자기 문가에 떡 나타났던 것이다. 키가 크고 호리호리하고 잘생긴 남자였다. 회색 머리는 짧게 자르고, 흰 의사 가운을 입었다. 가운 아래, 빨강—아주 밝은 빨강— 넥타이를 맸다. 그 넥타이를 보자 내 머릿속에는 피가 떠올랐다.

"저는 리드 박사라고 합니다."

의사가 말했다. 리드 박사는 재빨리 꽉 쥐었다가 놓는 악수를 했다. 뱀의 공격 같았다. 말도 빨랐다. 언제 호출이 있을지 몰라서 마음을 졸이며, 호출이 있기 전에 자기가 해야 할 말을 다 마치고 싶은 듯했다.

"형님이 의식을 찾았습니다."

갑자기 목에서 열기가 밀려와 얼굴로 뻗는 느낌이었다. 아내 쪽으로는 고개도 돌리지 않았다.

"횡설수설하고 있지만, 동생분의 이름을 계속 부르고 있습니다."

나는 의사를 따라서 방을 나갔다. 아내는 아기와 함께 앉아 있게 두었다. 의사와 나는 성큼성큼 복도를 지났다. 의사는 큰 보폭으로 성큼성큼 나아갔고, 나는 의사를 따라잡으려고 가끔 뛰다시피했다. 엘리베이터로 갔다. 우리가 앞에 서자마자, 마술처럼 누군가가 문을 열어주었다. 리드 박사는 오층 버튼을 눌렀다. 땡 소리가 울리고 문이 닫혔다.

"말을 합니까?"

내가 약간 숨이 찬 채로 물었다. 그 말이 수상쩍게 들릴지도 모른다는 생각에 나는 고개를 돌렸다.

의사는 엘리베이터 문 위의 숫자를 지켜보고 있었다. 뒷짐 진 양손으로 집게가 붙은 진료판을 잡고 있었다.

"정확하게 따지자면, 말을 하는 것은 아닙니다. 의식이 없이 횡설수설하고 있습니다. 우리가 알아들을 수 있었던 것은 동생분의 이름뿐이었습니다."

나는 눈을 감았다.

"보통 때라면 면회를 허락하지 않습니다. 하지만 솔직히, 형님을 볼 수 있는 기회는 이번이 마지막일 겁니다."

문이 열렸다. 우리는 오층으로 나왔다. 이곳은 조명이 한층 어두웠다. 엘리베이터 바로 맞은편에 있는 커다란 카운터 뒤에서 간호사 몇 명이 수군거리고 있었다. 우리가 나타나자 간호사들은 고개를 들었다. 간호사들은 나를 보지 않고 의사를 보았다. 간호사들 뒤에서 삐 하는 희미한 소리들이 들렸다.

리드 박사가 카운터 앞으로 가서 간호사 한 명과 이야기를 했다. 그런 다음 다시 돌아와서 내 팔꿈치를 잡고 서둘러 나를 끌고 갔다. 왼쪽으로 꺾어져서 문이 열린 방을 몇 개 지났다. 그러나 나는 그 방들을 기웃거리지 않았다. 형이 있는 방이 어딘지 이미 알 수 있었다. 복도 맨 끝, 왼편에 있는 방이었다. 젠킨스 보안관이 그 방 앞에 서서, 목장 아들 얼굴을 한 부관과 이야기를 나누고 있었다. 의사가 나를 들여보내자, 보안관과 부관이 나에게 고개를 끄덕여서 인사했다.

안으로 들어가자마자 형이 누워 있는 침대가 있었다. 이불 아래 형의 몸은 거대해 보였다. 죽은 곰 같았다. 그러면서도 왠지, 다 고갈된 듯, 형의 몸속의 것들이 모두 빠져나가고 이제 남은 것은 그저 형의 껍질뿐인 듯했다. 몸은 미동도 없었다. 곳곳에 튜브였다. 튜브들이 침대 틀을 따라 늘어져서 바닥에 어지럽게 깔려 있었다. 형은 줄들에 묶인 인형처럼 그 튜브들에 완전히 붙들려 있었다.

나는 침대 옆으로 갔다.

맞은편에는 남자 간호사가 있었다. 키가 아주 작은, 검은 머리의 젊은이로 튜브를 조작하고 있었다. 간호사는 나에게 아무 인사도 하지 않았다. 간호사 뒤의 카트 위에서는, 작은 노란색 비디오 스크린이 달린 커다란 상자 같은 기계가 계속 삐삐 소리를 내고 있었다.

큰 방이었다. 긴 사각형. 안에 다른 침대도 예닐곱 개 있었지만, 모두 흰 커튼으로 가려두었다. 사람이 있는지 없는지 알 수 없었다.

간호사는 투명한 고무장갑을 끼고 있었다. 고무장갑 사이로 간호사의 손등에 난 털이 보였다. 검은 철사 같은 털이 장갑 아래 피부에 꽉 눌려 있었다.

리드 박사는 침대 발치에 서 있었다.

"면회 시간은 일 분입니다."

박사가 말했다. 그런 다음 간호사를 보며 작은 목소리로 대화를 주고받았다. 의사는 간호사와 이야기를 나누면서 차트에 뭐라 끼적였다.

나는 숨을 꾹 누른 채 형의 손을 잡았다. 차갑고 무겁고 축축한 고깃덩어리 같았다. 더는 형의 몸에 붙어 있는 손이 아닌 듯했다. 역겨웠다. 그 손을 팽개치지 않으려고 손을 꽉 잡고 있어야 했다.

손을 꽉 잡히자 형의 눈이 깜박였다. 잠시 후에 뜨인 눈은 곧장 나를 향했다. 그런 뒤에 전혀 움직이지 않았다. 형의 코에는 튜브가 여럿 꽂혀 있고, 얼굴에는 핏기가 전혀 없었다. 너무 창백해서 투명한 듯했다. 관자놀이에 핏줄까지 보였다. 이마에는 땀이 송골송골 맺혀 있었다.

형은 잠시 나를 뚫어지게 보았다. 그러다가 입술을 움직이더니, 반사 작용처럼 미소를 지었다. 형이 평소에 짓던 미소가 아니었다. 내가 전에 보았던 형의 어떤 미소와도 달랐다. 입술이 얼굴 양쪽으로 곧장 벌어져서, 이를 드러내는 개 같았다. 눈은 나에게 고정된 채 꼼짝하지 않았다.

"나 여기 있어, 형. 바로 여기 있어."

내가 속삭였다. 형은 대답하려 했지만 허사였다. 목 깊은 곳에서 거칠게 숨을 내쉬는 소리를 내자, 삐 하는 기계음이 빨라졌다. 의사와 간호사가 이야기를 하다가 우리 쪽을 흘깃 보았다. 형은 눈을 감았다. 삐 소리는 점차 다시 느려졌다.

내가 형의 손을 잡고 있은 지 일 분쯤 지났을까. 의사는 면회 시간이 끝났다고 말했다.

리드 박사는 간호사와 병실에 남아 있었다. 그래서 나는 동행 없이 엘리베이터로 갔다. 보안관은 이제 복도 반대편 끝에 서서 어느 간호사와 이야기를 나누고 있었다. 농장 아들 얼굴은 보이지 않았다.

334

내가 엘리베이터로 들어갈 때, 눈길이 채 미치지 않는 곳에서 얼핏, 보안관이 간호사에게서 몸을 돌려서 내 쪽으로 서둘러 걷기 시작하는 것이 보였다. 나는 아무 생각 없이 닫힘 버튼을 눌렀다. 보안관이 두려워서라기보다 그저 혼자 있고 싶은 욕구 때문이었지만, 버튼을 누르자마자 그 모습이 어떻게 보였을지 깨달았다. 죄를 지은 사람이 심문을 더 받는 것이 두려워서 달아나려는 행동. 얼른 열림 버튼을 눌렀다. 너무 늦었다. 엘리베이터는 이미 서서히 내려가고 있었다.

엘리베이터 문이 다시 열렸을 때, 나는 밖으로 나와서 왼쪽으로 돌았다. 3미터쯤 갔을 때에야 깨달았다. 잘못 내렸다. 보안관을 피하려고 서두르다가 이층이 아닌 삼층 버튼을 눌렀던 것이다. 삼층은 산부인과 병동이었다. 아내 때문에 와본 적이 있어서 알 수 있었다. 뒤돌아섰지만, 엘리베이터 승강장에 다다랐을 때, 내가 타고 온 엘리베이터는 이미 문이 닫히고 사라졌다.

엘리베이터 맞은편에는 간호사 대기실이 있었다. 형이 있는 층의 것과 똑같은, 밝은 주황색의 'L' 자형 긴 카운터였다. 카운터 뒤에는 간호사 세 명이 앉아 있었다. 엘리베이터에서 내렸을 때 간호사들이 나를 쳐다보는 것을 보았던 터였다. 이제 그 간호사들이 나를 뚫어지게 보고 있는 것을 느낄 수 있었다. 나는 간호사들에게서 등지고 서서, 간호사들이 나를 알고 있는지, 텔레비전에서 내 모습을 보았거나 병원의 소문통을 통해서 내 이야기를 들었는지 생각하고 있었다. '어젯밤에 총에 맞은 사람 있지? 저 사람이 그 사람 동생이야.' 간호사들이 그렇게 수군대며 내 얼굴에서 비탄의 표식을 엿보고 있지 않을까 상상했다.

왼쪽 어딘가에서 아기가 울고 있었다.

오른쪽에 있는 엘리베이터에서 전자음이 울리더니 문이 열렸다. 안에는 젠킨스 보안관이 있었다. 보안관을 보자 얼굴이 달아올랐지만, 애써 침착한 목소리를 내려 했다.

"안녕하세요, 보안관님."

나는 앞으로 걸음을 내디디며 말했다. 보안관은 나를 보며 웃음을 지었다.

"여기서 뭐 하나, 행크? 아기가 또 생겼나?"

나도 미소를 지으며, 이층 버튼을 눌렀다. 문이 닫혔다.

"아내 면회에 익숙해져서요. 습관적으로 버튼을 잘못 눌렀네요."

보안관은 짧고 부드럽게 정중한 웃음을 보였다. 그런 다음 얼굴이 진지해졌다.

"정말 안됐네. 모든 일이 다."

보안관이 말했다. 양손으로 모자를 들고 있었는데, 그 말을 하는 동안 손으로는 모자챙을 만지작거리며 눈은 모자만 내려다보고 있었다.

"고맙습니다."

"내가 도울 일이 있으면 뭐든……."

"그렇게 배려해주셔서 정말 고맙습니다."

벨이 울리고 문이 열렸다. 이층에 도착했다. 나는 밖으로 나왔다. 보안관이 한 손으로 엘리베이터 문을 막았다.

"안에 있는 동안 말을 하던가?"

"형이요?"

보안관이 고개를 끄덕였다.

"아니요. 아무 말도."

나는 복도를 훑어보았다. 오른쪽에서 의사 두 명이 나지막하게 이야기를 주고받고 있었다. 왼쪽에서는 여자의 웃음소리가 들렸다. 보안관은 계속 팔로 문을 막고 있었다.

"그건 그렇고, 어젯밤에는 셋이서 뭘 하고 있었나?"

나는 보안관을 자세히 살폈다. 그 얼굴에 의심하는 징후가 없는지 찾았다. 부관이 똑같은 질문을 나에게 할 때 보안관도 옆에 있었으니, 내 대답을 이미 들은 터였다. 엘리베이터 문이 닫히려 하며 보안관의 팔에서 덜컥거렸다. 그래도 보안관은 계속 붙잡고 있었다.

"아기가 태어난 걸 축하하고 있었습니다. 형이 자리를 만들었죠."

보안관은 고개를 끄덕였다. 이야기가 더 나오기를 기다리고 있는 듯했다.

"저는 그다지 내키지 않았어요. 그렇지만 형은 삼촌이 돼서 무척 흥분해 있었죠. 거절하면 형이 실망할까봐 마음이 쓰였어요."

엘리베이터 문이 또 한 번 닫히려 했다.

"루가 제이컵을 쏘기 전에 무슨 말을 했나?"

"무슨 말요?"

"악담을 퍼붓거나 욕을 하거나."

나는 고개를 가로저었다.

"그냥 문을 열고 총을 들더니 방아쇠를 당겼어요."

복도 저쪽에서 의사들이 흩어지더니 한 명이 우리가 있는 쪽으로 걸어오기 시작했다. 타일 바닥에 구두가 또각또각 소리를 냈다.

"내려갑니까?"

의사가 물었다. 보안관은 고개를 내밀고 끄덕였다.

"자연보호림 근처에서 자네 세 사람을 보았던 그 밤은?"

거기서 우연히 마주친 일을 보안관이 언급하자 내 심장이 벌렁거렸다, 지금쯤이면 보안관이 잊었으리라 생각하고 있었다.

"그때 뭐요?"

내가 물었다.

"자네 셋이서 뭘 하고 있었나?"

뭐라 대답해야 할지 머릿속이 텅 비었다. 그 당시에 내가 보안관에게 뭐라고 말했는지, 말을 하기는 했는지, 아무것도 생각나지 않았다. 정신을 가다듬고 또 가다듬었지만, 내 머리는 너무 피곤했다. 의사가 우리 앞까지 다 왔다.

"새해 전날이었죠."

나는 시간을 벌려고 애쓰며 말했다. 내가 생각해낼 수 있는 일은 그것뿐이었다.

"놀러 가는 중이었나?"

나는 잘못된 대답인 줄 잘 알면서도, 달리 어떤 생각도 나지 않았기에 그냥 천천히 고개를 끄덕였다. 그런 뒤에 의사가 나를 지나쳐서 엘리베이터에 탔다. 보안관이 뒤로 물러섰다.

"도움이 필요하면 언제라도 전화하게, 행크."

엘리베이터 문이 닫히는 동안 보안관이 말했다.

"내가 할 수 있는 일이라면 무엇이든 기꺼이 도울 테니."

의사는 나에게 돌아가는 게 좋겠다고 말했지만, 나는 그날 오후 내내 병원에 남아 있었다. 형은 의식이 돌아왔다가 나갔다가 했다. 그러나 형의 면회는 다시 허락되지 않았다. 의사는 여전히 비관적이었다.

5시쯤, 어두워지기 시작할 때 아만다가 울기 시작했다. 아내가 젖을 먹이려 하고, 노래를 들려주고, 아이를 안고 방을 돌아다녔지만, 아이는 울음을 그치려 하지 않았다. 아이의 울음은 점점 더 커졌다. 나는 그 소리에 머리가 아팠다. 방이 점점 좁게 느껴지기 시작했다. 그래서 아내에게 아기를 데리고 집에 가라고 했다. 아내는 나에게 같이 가자고 했다.

"여기서 할 수 있는 일은 없어. 이제 우리 손을 벗어난 일이야."

아내가 말했다.

아만다는 울고 또 울었다. 작은 얼굴이 용을 쓰느라 벌게졌다. 나는 울고 있는 아기를 바라보면서 생각을 하려고 애썼지만, 너무 피곤했다. 마침내, 내 결정 때문에 무거운 그 무엇이 빠져나가는 듯이 끔찍하게 뒤틀리는 기분을 느끼면서, 아내에게 고개를 끄덕였다.

"그래. 집에 가자."

차에 오르면서 즐거운 해방감을 느꼈다. 종일 비밀을, 아내에게만 말할 수 있는 것들을 나 혼자만 안에 간직하고 있었다.

이제 무슨 일이 있었는지 말할 수 있게 됐다. 말한 뒤에는 집에 가서 뭘 좀 먹고 잠을 자야지. 그러는 동안, 잠을 자는 동안, 형의 너덜너덜한 몸, 살려고 투쟁하고 있는 형의 몸은 내 운명을 결정하겠지.

아내는 아기를 뒷자리에 둔 유아용 카시트에 앉힌 뒤, 운전대를 잡았다. 나는 아내 옆에 앉아서, 지쳐 늘어졌다. 피곤해서 근육이 쑤셨다. 메스껍기도 했다. 밖에는 해가 지고 있었다. 짙은 감색 하늘은 시시각각 암흑에 가까워지고 있었다. 별이 한둘 나타나기 시작했고, 달은 없었다.

나는 정신을 차리려고 머리를 차가운 차창에 댔다. 주차장을 벗어날 때까지는 입을 열지 않았다. 집으로 가는 길에 접어든 뒤 아내에게 모두 이야기했다. 술집, 술을 마신 것, 루의 집으로 돌아간 것, 루를 속여서 자백하게 한 것에 대해 말했다. 루가 총을 가져온 것, 형이 루를 쏜 것, 내가 낸시를 쏜 것도 말했다. 소니의 트레일러에 간 것, 포치에서 소니의 옷을 벗긴 것, 그 뒤에 소니를 쫓아 이층으로 올라가서 침실로 간 것도 이야기했다. 아내는 어두워진 시트 너머 내 쪽으로 고개를 기울이고 내 이야기를 귀담아들었다. 내 이야기에 주의를 기울이고 있다고 나를 안심시키듯, 가끔 고개를 끄덕였다. 손으로는 핸들을 이리저리 돌리면서 집으로 우리를 이끌었다.

아만다는 우리 뒤, 카시트 안전벨트에 묶인 채 계속 울었다.

형이 정신을 못 차렸다는 지점에 왔을 때, 나는 이야기를 멈췄다. 아내가 나를 흘깃 보았다. 아내의 발이 딱 알아차릴 정도로만 액셀러레이터를 놓았다.

"형이 울기 시작했어. 그래서 내가 하지 않으면 안 된다는 걸 깨달았어. 형은 경찰이랑 기자들이 오면 못 견딜 거야. 그걸 깨달았어. 형은 결국 자백했을 거야."

아내는 이미 짐작했다는 듯 고개를 끄덕였다.

"형이 정신을 차릴 가망은 없었어. 그래서 쐈어. 난 결정을 내렸고 실행에 옮긴 거야. 그게 옳다고 생각했고. 실행에 옮기는 내내, 나는 그게 옳은 일이라는 걸 잘 알고 있었어."

나는 아내의 반응을 기다리며 창밖을 내다보았다. 우리는 델피아 고등학교를 지나고 있었다. 현대적인 커다란 건물은 환하게 불을 밝히고 있었다. 그날 밤 학교에서 체육회나 연극이나 연주회나 무슨 행사가 있는 모양이었다. 굽은 진입로로 차들이 들어가고 있었다. 십대 아이들이 포장도로 주변에 듬성듬성 모여서 담배를 피우고 있었다. 부모들은 주차장에 줄을 서서 커다란 유리문으로 들어가고 있었다.

아내는 침묵을 지켰다.

"그런데 그러다가, 경찰에 신고한 뒤에, 형이 아직 살아있는 걸 알았어. 그래서 난 그냥 얼어붙었어. 내가 형의 숨을 완전히 끊을 방법을 생각해냈다 하더라도, 실행에 못 옮겼을 거야."

나는 아내를 보았다.

"형이 죽는 건 싫었어."

"지금은?"

나는 어깨를 으쓱했다.

"내 친형이잖아. 그 사실을 억지로 잊으려고 했던 것 같아. 그런데 그러다가 그 사실이 다시 생각나서 깜짝 놀라게 돼."

아내는 아무 말도 하지 않았고, 나는 눈을 감았다. 내 몸이 나를 잠으로 끌어당기게 내버려두었다. 나는 아만다의 울음소리에 귀를 기울였다. 그 울음소리의 리듬에, 그 울음소리가 어떻게 물결치듯 들려오는지에 귀를 기울였다. 소리가 점차 멀리 사라지는 듯했다.

다시 눈을 떴을 때, 우리는 포트오토와에 접어들고 있었다. 관목 울타리 뒤에서 사내아이 셋이 갑자기 나타나서 눈 뭉치들을 일제히 우리 차에 던졌다. 눈 뭉치는 멀리 못 오고, 우리 차 앞 포장도로에서 미끄러졌다. 눈 뭉치가 헤드라이트 불빛에 노랗게 보였다.

아내는 차 속도를 늦췄다.

"아주버님이 살아있으면, 우리 둘 다 감옥에 가게 돼."

"난 옳은 일을 하고 싶었지만 뭐가 옳은지 알 수 없었어. 난 우리를 보호하고 싶었어. 형도 구하고 싶었어. 그 두 가지를 다 하고 싶었어."

나는 반응을 살피려고 아내를 흘깃 보았다. 그러나 아내의 얼굴에는 표정이 없었다.

나는 또 말했다.

"그렇지만 할 수 없었어. 이것 아니면 저것, 선택을 해야 했어."

아내가 속삭임에 가깝게 목소리를 낮췄다.

"옳은 일을 했어."

"그렇게 생각해?"

"아주버님이 정신을 못 차렸으면, 우리는 지금 감옥에 있을 거야."

"자기도 형이 정신을 못 차렸을 거라고 생각하는 거지?"

나는 아내의 입에서 그렇다는 대답을 들어야 했다. 나에게는 그 간단한 확신이 필요했다. 그러나 아내는 그런 확신을 주지 않았다. 아내는 이 말만 했다.

"자기랑 아주버님은 형제잖아. 자기가 아주버님을 위험하게 생각했다면, 그 생각이 맞겠지."

나는 손을 내려다보면서 얼굴을 찌푸렸다. 손이 조금 떨렸다. 멈추려 했지만, 손은 말을 듣지 않았다.

"나머지 얘기를 해봐."

그래서 이야기했다. 형을 쏜 것, 소니의 트레일러로 다시 가서 불을 끈 것. 경찰에 전화한 것, 형이 내 발목을 잡은 것. 우리 집 진입로로 들어설 때, 나는 보안관 부관들에게 진술한 일을 이야기하고 있었다. 아내가 차고에 차를 넣은 뒤에도 그대로 앉아서—시동을 꺼서 주변 공기가 점점 차가워지고 있었지만— 이야기를 계속했다. 아만다는 계속 울고 있었다. 이전에는 성난 울음이었지만 이제 지친 소리로 들렸다. 나는 뒤로 손을 뻗어서 아만다의 안전벨트를 푼 뒤, 아만다를 아내에게 건넸다. 아내는 내가 이야기를 계속하는 동안 아만다를 무릎에서 둥둥 띄우고 얼굴에 입을 맞추며 달래려 했지만 허사였다.

나는 형을 면회한 이야기를 했다.

"나를 보며 미소를 지었어. 다 이해한다는 듯이."

내 입으로 말하면서도 스스로 그 말을 믿지 않았고, 아내는 혹시 내 말을 믿는지 확인하려고 아내의 얼굴을 살폈지만, 아내는 아기를 보며 과장된 표정만 짓고 있었다. 나는 덧붙였다.

"나를 용서한다는 것 같았어."

"아주버님은 쇼크 상태였을 거야. 무슨 일이 있었는지 지금까지도 모르고 있는지 몰라."

"나중에 기억을 해낼까?"

나는 형이 기억 못 하리라고 필사적으로 믿고 싶었다. 그 생각에 매달렸다. 나는 형이 살아나되 다 잊기를 바랐다. 돈도 총격도 모두 다.

"모르지."

"형이 입을 열면, 우리는 도망칠 새도 없이 잡힐 거야."

아내가 고개를 끄덕였다. 그런 뒤에 고개를 숙여서 아만다의 이마에 입을 맞추었다. 아만다는 여전히 울고 있었지만, 이제 살짝 딸꾹질을 하면서 조용히 울고 있었다. 아내는 아기의 이름을 속삭이며 불러댔다.

"돈을 집 밖으로 가져가야 해."

내가 말했다. 일단 말이 나오자, 공포의 실이 단어들을 서로 꽉 바느질한 듯, 단어 사이에 간격도 없이 속도가 붙어서 줄줄이 튀어나왔다.

"어디 묻어야 해. 아니면 어디 가져가서……."

"쉿."

아내가 달랬다.

"됐어. 우리는 괜찮을 거야."

"도망치는 게 어때?"

내가 급히 말했다. 말을 하는 사이에 떠오른 생각이었다.

"도망?"

"당장 짐을 싸도 되잖아. 돈을 들고 사라지는 거야."

아내가 엄한 표정으로 나를 보았다.

"달아나는 건 자백이나 다름없어. 그러면 잡히는 거야. 우리는 할 일을 다 했어. 이제 그냥 최선의 결과를 기다릴 수밖에 없어."

자동차 한 대가 도로로 지나갔다. 아내는 백미러로 그 차가 지나가는 모습을 지켜보았다. 아내가 다시 입을 열었을 때 아내의 목소리는 아주 부드럽게 흘러나왔다.

"의사들은 아주버님이 곧 죽을 거래."

"그렇지만 형이 죽는 건 싫어."

내가 말했다. 그것이 사실이기 때문이라기보다 그렇게 말하는 게 더 기분이 나았기 때문이다.

아내는 몸을 틀어서 내 얼굴을 바라보았다.

"우리는 여기서 살아남을 수 있어. 조심만 하면. 우리가 한 일에 죄책감을 느낄 여유가 없어. 잠시도 안 돼. 다 우연한 사고였어. 모든 게 다. 우리한테는 선택의 여지가 없었어."

"형 일은 우연한 사고가 아니야."

"아니, 맞아. 루가 나가서 총을 가져온 순간부터 모든 일이 다 우연한 사고가 된 거야. 그러니까 우리 잘못이 아니야."

아내는 손으로 아만다의 뺨을 쓰다듬었다. 그러자 아기는 마침내 조용해졌다. 아기 울음소리가 없자, 자동차 안에 갑자기 여유가 생긴 듯했다.

아내가 말했다.

"우리가 한 일이 끔찍하긴 해. 그렇다고 해서 우리가 사악한 건 아냐. 우리가 올바르지 않았던 것도 아냐. 우리는 살아야 했어. 자기가 한 일, 자기가 쏜 총알, 모두 정당방위였어."

아내는 몸을 틀어서 손으로 눈가의 머리카락을 넘기며 나를 보면서 내 반응을 기다렸다. 그리고 나는 깨달았다. 아내 말이 옳다. 우리는 스스로를 그렇게 타일러야 한다. 우리가 한 일은 그럴 법하고 용서될 만한 일이라고. 우리 행동의 잔혹함은 우리 계획과 욕망에서 나온 것이 아니라 우리가 어쩔 수 없이 휘말린 상황에서 나왔다고. 그래서 우리 잘못은 전혀 없다고. 우리는 스스로를 이 비극의 가해자로 볼 것이 아니라 그저 비극 속에서 불행하게 희생되는 여러 조연 가운데 두 사람으로 보아야 한다. 그것이 핵심이었다. 우리가 저지른 일을 짊어지고 살아갈 수 있는 유일한 길은 그것뿐이었다.

"알았지?"

아내가 속삭였다. 나는 아만다를, 그 둥근 머리를 물끄러미 내려다보았다. 내 귀여운 아기.

"알았어."

나도 속삭여서 대답했다.

스테이션왜건에서 내리고 있을 때, 차고에 갑자기 빛이 가득 찼다. 자동차 한 대가 진입로로 들어왔던 것이다. 나는 눈을 가늘게 뜨고 그 차를 보았다.

"경찰이야."

아내 말을 듣자, 맥이 탁 풀리며 온몸이 덜덜 떨렸다. 나는 공황에 빠졌다. 아니, 공황에 빠졌다는 말은 너무 이성적이다. 나는 그 이상이었다.

'형이 입을 열었구나.'

내 머릿속 깊은 곳에서 어떤 목소리가 속삭였다.

'널 체포하러 왔어.'

그 생각은 내 머리 곳곳에서 새처럼 퍼덕이며 춤췄지만, 머릿속에 내려앉지는 않았다. 내 깊은 곳을 건드리지는 않았다. 그렇게 마음이 움직이기에는 너무 피곤했다. 내가 할 수 있는 일은 이제 그 끝에 다다랐다.

헤드라이트가 꺼지자 경찰차의 모습이 드러났다. 어두운 진입로에

드리운 그림자. 차 문이 열렸다. 나도 모르게 신음이 흘러나왔다.

"쉿."

아내가 말했다. 아내는 나를 향해 자동차 위로 한 손을 뻗어서 차 지붕 위에 댔다.

"아주버님이 죽었다는 걸 알리려고 온 거야."

아내의 말은 틀렸다.

나는 간신히 진입로를 내려갔다. 농장 아들 얼굴의 부관이 차에서 나를 기다리고 있었다.

부관은 형의 개를 데려다주려고 온 것이었다.

집 안에서 아내가 남은 라자냐를 데웠다. 나는 식탁에서 라자냐를 먹고, 아내는 맞은편에 앉아 있었다. 아내는 라자냐를 조금 덜어서 메리 베스에게 주었지만, 개는 입도 대지 않았다. 그저 코로 킁킁거린 뒤 돌아서서 낑낑대며 주방을 나갔다. 밥을 먹는 동안 내 귀에는 메리 베스가 집을 돌아다니는 소리가 들렸다.

"형을 찾고 있나 봐."

아내는 먹고 있던 라자냐에서 눈을 들었다.

"쉿. 그런 말 하지 마."

나는 깨지락깨지락 먹었다. 라자냐를 보니 형과 함께한 마지막 저녁이 생각났다. 그 생각에 감정이 밀려왔다. 슬픔이나 죄책감이 아닌 이름 붙일 수 없는 온기의 물결, 내 가슴에 철썩이는 감동의 느낌 같은 것이었다. 완전히 지쳐 있어서 소리를 내며 울 수도 있었지만, 아내를 걱정시키고 싶지 않았다.

아내는 일어서서 개수대에 자기 그릇을 넣었다.

아만다가 다시 칭얼대기 시작했다. 아내도 나도 못 들은 척했다.

개가 낑낑대며 주방으로 돌아왔다.

나는 잠시 라자냐를 물끄러미 보았다. 그러다가 양손에 얼굴을 묻었다. 눈을 감자, 형의 몸이 그려진 의사의 차트가 보였다.

아내가 개수대에 물을 틀었다.

온통 빨간 동그라미였다.

잠에서 깼다. 침실이었다. 멍하고 기운이 없었다. 몸이 무거웠다. 누가 내 몸을 매트리스에 꿰매어놓은 듯했다. 아내가 나를 침대까지 데려왔겠지만, 기억은 나지 않았다. 알몸이었다. 내 옷가지들은 방 저쪽 의자에 차곡차곡 놓여 있었다.

커튼 너머로 들어오는 희끄무레한 빛으로 보아, 아침 같았다. 고개를 돌려서 시계를 보고 싶지는 않았다. 혼란스럽지는 않았다. 지난 일들은 선명하게 잘 떠올랐다. 갈비뼈 한쪽이 아팠다. 멍이 들기 시작했다. 산탄총을 쏠 때 반동으로 밀린 총에 치인 자리였다.

전화벨이 울리는 것을 아주 서서히 깨달았다. 아내가 아래층에서 전화기를 드는 소리, 웅얼거리는 아내의 목소리가 들렸다. 아내가 무슨 말을 하는지는 들리지 않았다.

개는 아직도 낑낑거렸지만, 지금은 마당에 나가 있는 듯, 낑낑대는 소리가 훨씬 멀리서 들렸다.

여전히 피곤해서 눈이 감기기 시작했지만, 아내가 계단을 오르는 소리에 다시 정신을 차렸다. 반쯤 잠들어서 간신히 실눈만 뜬 채로, 나는 방으로 들어오는 아내를 지켜보았다.

아내가 움직이는 모습을 보니, 내가 아직 잠을 자고 있는 줄 아는 게 분명했다. 아내는 먼저 창가로 가서, 아만다를 아기 침대에 뉘었다. 그런 뒤, 침대 옆에 와서 아주 천천히 옷을 벗기 시작했다. 나는 속눈썹 사이로 서서히 드러나는 아내의 몸을 지켜보았다. 두꺼운 면 티셔츠를 벗고, 그다음에는 브래지어를, 그다음에 양말, 그다음에 청바지, 그다음에 속옷.

아내의 가슴은 젖 때문에 부풀어 있었다. 그렇지만 임신 때 불었던 체중은 이미 많이 빠졌다. 아내의 몸은 날씬하고 다부지고 아름다웠다.

아만다가 다시 울기 시작했다. 창 너머에서 개가 낑낑거리는 소리를 흉내 내는지, 느리고 부드럽고 멜랑콜리하게 칭얼거렸다.

아내는 나를 슬쩍 보다가 아기 요람 쪽을 흘깃 본 뒤 다시 나를 보았다. 망설이는 듯했다. 그러다가 귀고리를 하나씩 빼서 탁자에 놓았다. 귀고리가 나무 표면에 닿으면서 잘그락거렸다.

아내는 알몸으로 이불 속에 들어왔다. 내 몸에 몸을 딱 붙였다. 오른 다리를 내 가랑이 사이에 넣고, 팔을 목에 둘렀다. 나는 꼼짝도 않고 누워 있었다. 아내의 피부는 부드럽고 보송보송했다. 그러자 내 몸이 깨끗하지 않은 기분이 들었다. 아내는 내 뺨에 가볍게 입을 맞추고 내 귀 가까이에 입술을 댔다.

나는 아내가 입을 열기도 전에 아내가 뭐라고 속삭일지 알았다. 그러나 나는 그 말이 깜짝 선물이기라도 한 듯, 기다렸다.

"아주버님이 죽었어."

8

매스컴에서 우리 집을 알아내기까지는 서른여섯 시간쯤 걸렸다. 기자들은 내가 델피아가 아닌 아셴빌에 살 것이라고 생각한 모양이다. 아니면 고풍스러운 예의를 갖추느라 조금 늦게 출발했는지도 모르겠다. 그러나 일요일 오후가 되자, 기자들이 완전히 밀어닥쳤다. 털리도의 텔레비전 방송국 세 군데―채널 11과 13과 24―에서 각기 밴을 보냈고, 디트로이트 채널 5에서 온 밴도 한 대 있었다. 털리도의 〈블레이드〉지, 디트로이트의 〈프리프레스〉지, 클리블랜드의 〈플레인딜러〉지 같은 신문에서도 기자와 사진가 들이 왔다.

기자들은 놀랄 만큼 공손했다. 우리 집 문을 노크하지도 않았고, 창문을 엿보지도 않았으며, 우리 이웃을 괴롭히지도 않았다. 그저 나와 아내가 나타나기를 기다리기만 했다. 우리가 진입로로 들어오거나 나가면, 자동차 주위로 흥분하여 모여들어서, 사진을 찍고 고함으로 질문을 던졌다. 우리는 고개를 숙인 채 그 사람들을 지나갔다. 나는 그 사람들이 달리 뭘 기대했는지 모르겠다.

매스컴 진영은 그 뒤로 날마다 조금씩 줄었다. 텔레비전 방송국 사람들이 가장 먼저, 그날 밤에 떠났고, 이어서 신문 기자들이 차례차례 더 자극적인 다른 기삿거리를 찾아서 떠났다. 마침내 일주일 뒤, 앞뜰이 갑자기 텅 비고 조용해졌다. 눈밭에 남은 어둡고 둥근 발자국들과 모퉁이에 늘어선 구겨진 종이컵과 샌드위치 포장지 들의 잔해만 기자들이 존재했음을 일깨웠다.

장례식이 하나하나 연이어 열렸다가 끝났다. 화요일에 낸시, 수요일에 소니, 토요일에 루, 그다음 월요일에 우리 형. 장례식은 모두 세인트 주드 교회에서 열렸고, 나는 다 참석했다.

장례식에 기자들도 왔다. 나는 또 텔레비전에서 내 모습을 보았다. 나는 텔레비전에 비친 내 모습을 볼 때마다 놀랐다. 음울하고 비통하고, 슬픔에 흐느적거리는 듯이 보였다. 내가 실제로 느낀 것보다 진지하고 엄숙해 보였다.

형에게는 정장이 없어서, 관에 넣을 때 입힐 정장은 내가 샀다. 형은 생전에 한 번도 정장을 입지 않았으므로, 어찌 보면 관에 정장을 입혀 넣는 것이 잘못된 일처럼 느껴지기도 했지만, 그래도 나는 정장을 입은 형의 모습에 마음이 흡족했다. 정장을 입히니, 형은 젊어 보였고 날씬해 보이기까지 했다. 턱 아래에는 갈색 페이즐리 넥타이를 매고, 재킷 가슴 주머니에는 행커치프를 잘 접어서 꽂았다. 장례식 때 관을 열어놓지는 않았지만, 나는 장례 의식을 치르기 전에 형을 보았다. 장의사가 형의 모습을 고쳐놓았다. 형이 어떻게 죽었는지 아무도 알 수 없게 잘 손보았다. 감긴 두 눈에는 안경도 씌웠다. 나는 잠시 형을 내려다보았다. 그런 뒤 형의 이마에 입을 맞추고 뒤로 물러섰다. 옷깃에 흰 카네이션을 꽂은 젊은이가 앞으로 와서 관 뚜껑을 닫았다.

아내는 형의 장례식에 아만다도 데려왔다. 아기는 장례식 내내 울었다. 제 엄마의 가슴에 얼굴을 묻고 조용히 칭얼댔지만, 가끔 갑자기 자지러지게 울기도 했다. 그 울음소리는 교회의 낮은 돔에 메아리쳐서 지하 감옥에서 울리는 비명처럼 길게 이어졌다. 아내는 아기를 어르고 흔들고 귀에 대고 속삭이듯 노래를 들려주었지만, 아무 소용 없었다. 아기는 달랠 수 없었다.

문상객 중에 형의 친구는 아무도 없었지만, 교회는 거의 꽉 찼다. 우리가 어릴 때 알던 사람들, 내가 라이클리 사료상에서 관계를 맺은 사람들, 그저 호기심에 온 사람들이었다. 형의 진짜 친구는 루뿐이었고, 루는 이미 교회 뒤 땅에 묻혀서 형을 기다리고 있었다.

목사가 나에게 추도사를 하겠냐고 물었다. 나는 하지 않겠다고 했다. 그럴 자신이 없다고, 하려다가는 정신을 잃을지도 모른다고 말했다. 그 말은 아마 사실이었을 것이다. 목사는 나를 이해하고 직접 추도사를 했다. 목사는 형을 잘 알고 있는 듯, 형을 아들로 생각해온 듯, 꽤 성공적으로 거짓 추도사를 마쳤다.

의식이 끝난 뒤, 우리는 묘지로 걸어갔다. 무덤이, 눈 속에 난 사각 구덩이가 기다리고 있었다.

목사가 몇 마디를 더 했다. 주신 자도 여호와시요 취하신 자도 여호 아시오니 여호와의 이름이 찬송을 받으실찌니이다.

관을 무덤 속에 내려놓을 때 눈이 조금 내리기 시작했다. 나는 얼어붙은 흙 한 줌을 관 위에 뿌렸다. 흙이 관 위에 떨어지며 텅 울리는 소리를 냈다. 이런 내 모습이 그날 저녁 〈블레이드〉지에 실렸다. 검은 정장을 입고 다른 상객들과 몇 미터 떨어져 무덤 구멍으로 몸을 숙인 내 손에서 흙이 떨어지고, 흰 눈송이들이 내 주위 허공에서 아래로 흩날리고 있었다. 역사 속 사진 같았다.

아내가 앞으로 나와서 관 위에 장미 한 송이를 던졌다. 아만다는 아내의 품에서 울고 있었다.

자리를 떠나면서 나는 열린 무덤을 마지막으로 한 번 더 보려고 뒤돌아섰다. 어느 노인이 굴삭기를 덜컥거리면서 벌써 무덤을 메울 준비를 하고 있었다. 그 노인 뒤 5미터쯤 떨어진 곳, 묘비 사이에서 어느 여자가 어린 두 아들과 숨바꼭질을 하고 있었다. 여자가 달려가서 큰 대리석 십자가 뒤에 웅크려 앉자, 두 아들은 깔깔거리며 눈밭을 지나 제 어머니가 있는 곳으로 아장아장 걸어가고, 어머니를 찾았을 때에는 즐거워서 소리쳤다. 여자는 일어서서 다음 비석으로 달려갔지만, 반쯤 가다가 내가 지켜보고 있는 것을 알아차리고 얼어붙었다. 두 아이는 들뜬 웃음을 지으며 제 어머니 주위를 맴돌았다.

슬픔을 표하지 않는 그 여자의 모습에 내가 모욕감을 느꼈을 것이라는 생각을 심어주기 싫었다. 그래서 나는 그 여자에게 살짝 손을 흔들었다. 아이들이 나를 보고 손을 흔들어서 답했다. 배를 타고 떠나는 사람들처럼 머리 위로 손을 높이 들어서 흔들었다. 그러나 여자는 아이들에게 뭐라 속삭였고, 그 즉시 아이들은 손짓을 멈췄다.

뒤에서 아내가 기다리고 있는 것이 느껴졌고, 아만다가 아내의 품에서 가늘게 우는 소리도 들렸다. 그러나 나는 돌아서지 않았다. 나는 꼼짝도 않고 서 있었다.

그날 중에서 가장 눈물을 흘릴 뻔한 순간이 그때였다. 왜 그랬는지는 지금도 모르겠다. 어쩌면 두 아이를 보자 어릴 적의 나와 형이 떠올랐는지도 모른다. 그러나 내가 느낀 감정은 어지러운 것이었다. 가슴과 머리가 꽉 막히고, 귀에 이명이 울렸다. 비탄도, 죄책감도, 가책도 아니었다. 그저 혼란이었다. 내가 저지른 일에 대한 당혹감이 갑작스레 밀려와서 거의 나를 휩쓸다시피 했다. 내 범죄들이 눈앞에 펼쳐졌다. 그 속에서는 아무런 의미도 찾을 수 없었다. 불가해하고 낯설었다. 다른 사람의 것 같았다.

아내의 손길에 정신이 들었다.

"자기야. 괜찮아?"

부드럽게 달래는 목소리였다. 나는 천천히 아내를 향해 몸을 돌렸다.

내가 아내를 물끄러미 보자, 아내는 차분한 미소를 지었다. 아내는 긴 검정 울 코트를 입고 겨울 부츠를 신었다. 손에는 얇은 가죽장갑을 끼고, 목에는 흰 목도리를 둘렀다. 아주 예뻤다.

"아기가 추워해."

아내가 내 팔을 잡으며 말했다.

나는 고개를 끄덕인 뒤, 노쇠한 노인처럼 아내 손에 이끌려 오솔길을 따라 차로 갔다.

차에 탈 때, 굴삭기 엔진이 부르릉거리는 소리가 들렸다.

이후 며칠 동안, 세상이 우리에게 손을 내밀었다. 이웃들은 우리 현관 앞에 음식 냄비, 집에서 만든 잼, 갓 구운 빵, 수프를 가득 담은 유리 밀폐용기 들을 놓고 갔다. 직장 동료와 지인은 전화를 걸어와 조의를 표했다. 내 이야기에 감동을 받은 낯선 이들도 찬송가와 자기계발 서적에서 슬픔에 관한 구절을 인용하고 조언과 위로를 담아서 편지를 보냈다. 이 모든 자발적인 배려는 놀랄 만큼 너그러웠지만, 나는 그 때문에 이상하게도 불안했다. 전에는 정말로 의식하지 못했던 것을 깨달았기 때문이다. 나와 아내의 인생에는 없는 것이 있었다. 친구가 전혀 없었다.

어쩌다가 그렇게 됐는지 정확히 집어낼 수 없었다. 대학교에 다닐 때에는 친구가 있었다. 아내에게는 친구가 많았다. 그러나 어쩌다 보니, 델피아로 이사 온 뒤로, 친구들이 사라졌다. 우리는 그 자리를 새

친구로 채우지도 않았다. 친구가 없어서 아쉬운 것이 아니라―외롭지 않았으니까― 그냥 그 사실에 놀랐다. 그렇게 오랫동안 폐쇄된 생활을 해왔다니, 서로에게 전적으로 만족하며 아내에게도 나에게도 바깥세상과 연결되려는 욕구가 없었다니, 나쁜 징조 같았다. 건강하지 않은 것 같았고 비정상적인 것 같았다. 우리가 체포된다면 이웃이 뭐라고 말할지 충분히 상상이 됐다. 이웃은 우리가 너무 비사교적이고, 너무 반사회적이고, 너무 비밀스러워서, 전혀 놀라지 않았다고 말할 것이다. 언제나 살인을 저지르는 사람은 외로운 사람이었다. 외로운 사람이라는 꼬리표가 우리에게도 적용될 수 있다는 생각에 나는 더 많은 생각을 하게 됐다. 우리는 특별한 상황의 덫에 갇힌 평범한 사람인 척했지만, 어쩌면 그것은 사실이 아닐 수도 있었다. 어쩌면 지금껏 벌어진 일들은 우리 부부의 탓인지도 몰랐다.

나는 그 생각을 믿는다 해도 반만 믿었다. 내 머릿속으로는, 연달아 길게 이어지다가 결국 형의 장례식으로 응축된 그 모든 사건을 여전히 다 떠올릴 수 있었으며, 어떻게 각각의 사건이 어쩔 수 없이 다음 사건으로 이어졌는지, 왜 다른 대안은 전혀 없었는지, 왜 그 길에 갈림길은 전혀 없었는지, 왜 우리가 이미 한 일을 되돌려서 취소할 기회라고는 전혀 없었는지 논리적으로 설명할 수 있었다. 내가 형을 쏜 것은 형이 정신 나가기 직전이었기 때문이며, 그것은 내가 소니를 쐈기 때문이며, 그것은 내가 낸시를 쏜 것을 숨겨야 했기 때문이며, 그것은 낸시가 나를 쏘려 했기 때문이며, 그것은 형이 루를 쐈기 때문이며, 그것은 형이 루가 나를 쏘려 한다고 생각했기 때문이며, 그것은 루가 산탄총으로 나를 협박했기 때문이며, 그것은 내가 루에게 드와이트 피더슨을 죽였다고 자백하도록 속였기 때문이며, 그것은 루가 나를 협박했기 때문이며, 그것은 내가 여름 전까지는 루에게 루의 몫을 주지 않으려 했기 때문이며, 그것은 내가 비행기를 찾는 사람이 아무도 없다는 것을 확인하고 싶었기 때문이며…….

그렇게, 하나의 일마다 원인이 있어서 그 일의 책임이 나에게 오지 않게끔, 내가 걸어온 길을 영원히 계속 되짚을 수 있을 것 같았다. 그러나 내가 이런 일을 해야 할 필요를 느낀다는―그리고 주문을 외듯 머릿속으로 그런 일을 강박적으로 자주 반복하고 있다는― 단순한 사실만 보아도, 걱정할 이유는 충분한 것 같았다. 나는 눈에 띄게 스스로를 의심하기 시작했다. 나는 우리 동기에 의문을 품기 시작했다.

형의 장례식이 있은 지 일주일도 채 지나지 않아서 사람들의 관심은 갑자기 희미해졌다.

나는 그 주 월요일부터 출근을 시작했고, 내 생활은 즉시 전의 일상으로 돌아갔다. 가끔 시내에서 사람들이 그 사건을 두고 이야기하는 소리가 어깨너머로 들렸다. 사람들은 한결같이 '비극'과 '충격적'과 '끔찍'과 '무분별' 같은 말을 썼다. 조금이라도 의심하는 사람은 전혀 없었다. 나는 의심의 영역을 벗어나 있었다. 나에게는 동기가 전혀 없었다. 사람들은 나의 범죄 가능성을 이야기하는 것조차 잔인하고 어리석은 일로 여기고 있었다. 어쨌든 나는 친형을 잃었으니까.

경찰이 소니의 트레일러에서 낸시의 가운과 립스틱을 발견했듯. 나는 낸시의 직장 동료가 텔레비전에서 한 인터뷰를 보았다. 그 여자는 낸시와 소니가 비밀리에 만난 지 꽤 오래된 것 같다고 말했다. 왜 그렇게 생각하는지 이유는 말하지 않았고, 기자도 묻지 않았다. 의심하는 것만으로도 충분했던 것이다. 사람들은 그날 밤 루가 랭글러에서 정말 난폭했다고, 무고한 청년에게 발을 걸었다고 뒤집어씌우며 시비를 걸었다고 말했다. 사람들을 루를 성마르고 호전적인 사람으로, 언제 폭력을 휘두를지 모르는 취객으로 기억했다. 마침내 우리 이야기의 신빙성에 마지막으로 힘을 더하며, 털리도 〈블레이드〉지에 루의 도박 빚에 관한 기사가 실렸다. 기사에는 루의 인생이 망가져서 산산조각 난 상태였다고 적혀 있었다. 루는 언제 일어날지 모르는 대재앙, 시한폭탄이었다.

아기는 자랐다. 몸을 뒤집었다. 아내는 그 모습을 보고 빠르다고 주장했다. 아내는 델피아 도서관 일을 파트타임으로 다시 시작했다. 아기도 도서관에 데려가서, 일하는 동안 도서 대출 카운터 뒤 바닥에 눕혀 두었다.

2월이 더디게 지나갔다.

형의 아파트를 치워야 했지만 계속 미뤘다. 마침내 2월이 끝나가자 집주인이 사료상으로 메모를 보내서, 3월 전에는 집을 치워야 한다고 알렸다.

나는 29일까지 계속 꾸물거렸다. 29일은 월요일이었고, 한 시간 일찍 퇴근했다. 먼저 식료품점에 들러서 종이 상자를 구했다. 그 상자들과 사료상에서 가져온 테이프를 차에 싣고 공구상 건물로 갔다. 가파른 계단을 올라 형의 방으로 갔다.

형의 방은 내가 기억하는 그대로였다. 냄새도 똑같고, 더러운 것도 똑같고, 어질러진 것도 똑같았다. 똑같이 먼지가 허공에 떠다녔다. 똑같이 빈 맥주병들이 바닥에 흩어져 있었다. 똑같이 더러운 시트가 반쯤 벗겨져서 침대 발치에 형태 없이 뭉쳐 있었다.

옷부터 시작했다. 옷이 가장 쉬워 보였기 때문이다. 옷을 접지 않고 그냥 상자에 처박았다. 그리 많지 않았다. 바지―청바지와 주머니 달린 작업복— 여섯 벌, 플란넬 셔츠 여섯 벌, 밝은 빨강 터틀넥 스웨터, 후드가 달린 큰 긴팔 티셔츠, 잡다한 반팔 티셔츠, 양말, 속옷. 위로 뛰어오르는 사슴 그림이 앞에 수놓인 파란 넥타이 하나가 고리에 걸려 있었다. 운동화 두 켤레, 부츠 한 켤레가 있었다. 모자와 장갑, 검정 스키 마스크 하나, 수영복 하나, 계절별 웃옷 들이 있었다. 형이 농장을 사게 도와달라고 부탁한 그날 아침에 입었던 회색 바지와 갈색 가죽 구두도 있었다. 나는 상자 하나가 찰 때마다 아래층으로 가져가서 차 뒤에 실었다.

옷 다음에는 욕실로—세면도구, 수건, 면도용품, 플라스틱 물총, 쌓여 있는 〈매드미국의 만화 잡지〉— 갔고, 욕실에서 형이 주방으로 쓰던 작은 반침으로 갔다. 냄비 두 개, 프라이팬 한 개, 짝이 안 맞는 주방 기구들이 가득한 쟁반 하나, 유리잔 네 개, 접시 여섯 개, 닳은 빗자루, 빈 코멧각종 표면을 닦는 데 쓰이는 가루 세제 캔. 모두 기름때가 끼고 더러웠다. 다음에는 식료품을 던졌다. 라비올리만두와 비슷한 이탈리아 음식 캔 하나, 켈로그 콘프로스트 한 상자, 썩은 우유 한 팩, 열지 않은 초콜릿 도넛 봉투, 곰팡이 슨 빵 한 덩어리, 슬라이스 치즈 세 장, 말라비틀어진 사과 한 알.

다음은 쓰레기를 치웠다. 맥주병과 옛날 신문, 과자 포장지와 빈 개사료 봉지. 그다음은 침대로 갔다. 시트를 벗기고 보온 내복으로 알람 라디오를 싸서, 모두 상자 하나에 처넣었다. 베개는 문으로 던졌다. 어디서나 희미하게 형의 냄새가 났다.

아파트 가구는 집주인 것이어서, 시트와 베개를 싼 뒤에는 트렁크만 남았다. 트렁크는 낡은 군인 사물함이었다. 우리 삼촌이 2차대전 때 쓰던 것으로, 삼촌은 형의 열 번째 생일에 형에게 선물했다. 나는 트렁크를 살펴보지 않고 아래층으로 곧장 가져갈 생각이었지만, 그러다가 맨 마지막 순간에 마음을 바꿔서 침대에 올리고 뚜껑을 열었다.

트렁크 안은 놀랄 만큼 깔끔했다. 왼쪽에는 여분의 침구와 대형 수건들이 단정하게 접혀서 쌓여 있었다. 아버지와 어머니가 쓰던 것이었다. 보자마자 알았다. 어머니 이름 이니셜이 수놓인, 닳아 보이는 파란 수건들. 침구에는 자잘한 장미 무늬가 들어 있었다. 트렁크 오른쪽에는 빨간 낚시 상자, 낡은 성경, 야구 글로브, 형의 라이플총 총알 상자, 그리고 마체테날이 넓고 무거운 칼가 있었다. 마체테는 형에게 트렁크를 준 그 삼촌의 것으로, 삼촌이 태평양 어디에서 가져왔다. 살짝 휘어진 두꺼운 칼날에 옅은 갈색 나무 손잡이가 달린 마체테는 길고 무시무시해 보였다. 박물관에서나 볼 수 있을 듯한, 원시적이고 치명적인 물건 같았다.

마체테 밑에는 아주 오래돼 보이는 커다란 책이 있었다. 호기심에 책을 꺼내서 매트리스 끝에 놓았다. 내가 집에 들어온 뒤로 해가 완전히 져서, 아파트 안은 어두웠다. 욕실에 전등을 켜두었지만 조명은 그것뿐이었으므로, 책의 제목을 읽는 데에도 정신을 집중해야 했다. 책 제목은 표지에 금빛 잉크로 찍혀 있었다. 《농장 경영 A부터 Z까지》.

표지를 넘겼다. 안쪽 깨끗한 흰색 첫 페이지에는, 연필로 쓴 우리 아버지의 이름이 보였다. 그 아래에, 형이 잉크로 자기 이름을 비뚤배뚤 써놓았다. 우리 아버지가 유언으로 형에게 남긴 시시한 것 중 하나임이, 약속한 농장을 대신하는 애달픈 물건임이 분명하다고 생각했다. 그러나 책을 휙휙 넘기다가, 나는 형이 이 유산 하나를 결코 하찮게 여기지 않았음을 깨달았다. 책에는 밑줄이 많이 그어져 있었고, 여백에는 갈겨쓴 메모가 빽빽이 적혀 있었다. 관개, 배수, 농기구 관리, 비료, 농작물 시장, 정부 법령, 운송료 등을 다룬 부분이 있었다. 내가 형에게 형은 전혀 모른다고 말한 것이 모두 있었다.

형은 농부가 되려고 공부하고 있었다.

다시 앞으로 넘겨서 판권을 살폈다. 1936년에 출간된 책이었다. 오십 년도 넘었다. 농약이나 제초제나 농약 공중 살포 같은 것은 전혀 언급되지 않았다. 책에 아주 길게 언급된 정부 법령은 이미 몇 차례나 바뀐 터였다. 형은 시대에 뒤떨어진 책을 헛되게 열심히 공부하고 있었던 것이다.

책 뒤쪽에 큰 종이가 접혀서 꽂혀 있었다. 우리 아버지 농장을 손으로 그린 지도로, 그 형태를 보니 형이 직접 그린 것이었다. 헛간, 농기구 창고, 곡물 저장고를 어디에 두어야 할지 표시해두었다. 곳곳에 간단한 수치를 넣어서 농장의 경계도 표시했고, 수로의 흐름을 작은 화살표들로 표시했다. 그 지도의 오른쪽 위 모서리에는, 클립으로 우리 집의 사진이 붙어 있었다. 집이 사라지기 직전에 찍은—창에 커튼이 없는 것으로 미루어 알 수 있었다— 사진이었다. 형은 집이 철거되는 모습을 지켜보러 갔던가 보다.

그 사진을 내려다보며, 메모로 가득한 책과 지도를 내려다보며, 내가 받은 느낌을 그대로 명확하게 표현하기는 어렵다. 내가 생각하기로, 처음에는 후회의 감정이었다. 트렁크를 열지 않았어야 한다는, 처음에 마음이 간 대로 트렁크 안에 든 것은 건드리지 않고 그냥 차로 가져갔어야 한다는 단순한 후회였다. 나는 형의 아파트를 재빨리, 냉정하고도 능률적으로 치울 계획이었다. 형의 물건이 나를 붙잡을지도 모른다는 위험을 예상했고, 그래서 최대한 조심하며 아파트를 치웠다. 형의 아파트에 위장 폭탄이 설치되어 있는 것처럼, 아무리 순수해 보이는 물건에도 슬픔과 후회라는 작은 폭탄이 연결되어 있는 것처럼 행동했다. 그 위험을 다 피해서 일을 완전히 끝마칠 참이었는데, 호기심 때문에 부주의해진 나머지 트렁크에서 멈추고 말았다. 그리고 이제 나는 형 침대 끄트머리에 걸터앉아 있었다. 눈에 눈물이 차오르고, 텅 빈 아파트에는 껄껄거리는 내 숨소리가 메아리치며 이어질 내 비탄의 흐느낌을 예고

했다.

비탄. 그 말이 내 느낌을 설명하기에 가장 가깝다. 가슴에 갑자기 확 자라난 종양 때문에 폐가 밀려나서 숨쉬기 위해 필요한 공간을 잃은 듯, 그래서 폐에 공기를 채우려면 크게 소리를 내서 헐떡거려야 하는 듯했다. 나는 여전히 아내가 한 말, 우리가 옳은 일을—우리 스스로를 구하기 위해서 할 수 있는 유일한 일을— 했다는, 내가 소니와 형을 쏘지 않았다면 우리는 붙잡혀서 감옥에 갔을 것이라는, 그 말을 믿고 있었다. 그러나 그와 동시에, 그 일들이 아무것도 일어나지 않았더라면 하고 진정으로 바랐다. 형이 겪었을 고통을 생각했다. 온갖 튜브에 꽂힌 몸, 갈가리 찢어진 내장. 형의 농장에 대한 계획, 그 메모와 지도를 생각했다. 결국에는 형이 나를 구하러 온 것을, 형제인 나를 보호하려고 가장 친한 친구를 쏜 것을 생각했다. 그 모두가 비탄으로 겹쳐졌다.

나는 깨달았다. 형은 순진무구한 어린아이였다. 아내가 우연한 사고와 정당방위와 유일무이한 선택에 대해 무슨 말을 할지라도, 형에게 일어난 일은 여전히 내 책임이었다. 나는 살인자였다. 그 사실에서 벗어날 길은 없었다. 그것은 나의 범죄, 나의 죄, 나의 잘못이었다.

나는 십 분, 아니 어쩌면 십오 분 동안 그대로 앉은 채 손으로 얼굴을 가리고 흐느끼고 있었다. 그러다가 울음이 멎었다. 그치겠다고 마음먹지도 않았는데 절로 멈췄다. 그렇게 울다 보니, 전처럼 기분이 좋아졌다. 마음이 정화된 것처럼, 맑고 깨끗한 기분이었다. 한바탕 토하고 난 뒤처럼 몸이 고요해졌다. 내 몸이 제 스스로 울음을 멈췄던 것이다.

나는 숨을 깊게 쉬며 다음에 무슨 일이 일어날지 잠시 기다렸다. 그러나 아무 일도 일어나지 않았다. 밤이 깊어지고 있었다. 내 머리 위 아파트에서 누가 이리저리 걷는 소리가 들렸다. 발걸음 아래로 마룻바닥이 삐거덕거렸다. 창밖에서는 메인스트리트를 달리는 차 소리가 드문

드문 들렸다. 라디에이터에서는 증기가 부드럽게 퐁퐁거렸다.

나는 손으로 얼굴을 훔쳤다. 지도를 다시 접어서 책장 사이에 끼웠다. 트렁크 바닥에 책을 놓고 뚜껑을 닫았다. 짐을 싸려고 걷어붙였던 셔츠 소매를 조심스레 다시 내리고 소매 끝 단추를 채웠다.

종일 한 입도 먹지 않은 것처럼, 떨리고 조금 어지러웠다. 몸을 누르는 옷의 무게까지 느껴졌다. 얼굴은 아직 눈물에 젖어 있었다. 눈물이 마르면서 피부가 당기는 것도 느껴졌다. 입술에 짠맛이 돌았다.

일어서기도 전에, 나는 그날 밤 그곳에서 일어난 일을 내 스스로 어떻게 생각할지 잘 알고 있었다. 나는 그 일을 이례적인 것으로, 내 인생 안의 괄호로, 비칠대며 빠질 뻔했다가 빠져나온 작은 절망의 구멍으로 볼 것이다. 아내에게는 그 일을 이야기하지 않을 것이다. 비밀로 감출 것이다. 그리고 그런 일이 분명 다시 일어날 것을 알고 있었으므로, 그럴 때면 이 과정을 되풀이할 것이다. 내가 울고 있는 동안에도, 내가 가만히 앉아서 숨을 헐떡이는 동안에도, 나는 그런 행동이 아무 의미가 없음을, 내 범죄를 없던 일로 만들 수 없음을, 그 범죄에 대한 내 기분조차 바꿀 수 없음을 깨닫고 있었다. 이미 저지른 일은 되돌릴 수 없다. 그렇게 받아들이는 것만이 내가 계속 살아갈 수 있는 유일한 길, 내가 형의 죽음을 딛고 살아남을 수 있는 유일한 길이었다. 그렇지 않으면, 내가 허점을 보이면, 비탄은 서서히 후회로 변하고, 후회는 가책으로, 가책은 벌을 받고자 하는 잠행성 욕구로 변할 것이다. 그러면 내 인생은 망가진다. 나는 비탄을 조절하고 억누르고 떼어놓아야 했다.

일 분쯤 뒤, 나는 일어서서 재킷을 입었다. 욕실로 가서 세수를 했다. 그런 뒤에 트렁크와 침구가 담긴 상자를 들고, 형의 아파트 현관문을 잠근 뒤, 아래로 내려갔다.

상자들은 차 뒤에 그냥 두었다. 상자들을 차에서 내리면 버리게 될 것을 알고 있었다. 아직은 그렇게 하기 싫었다.

　내 주위에서 형의 부재를 애도하는 존재는 메리 베스뿐이었다. 메리 베스는 우리 집에 도착한 뒤로 몇 주도 지나지 않아 성격이 눈에 띄게 변했다. 성마르고 잘 짖는 개가 됐다. 우리에게 으르렁대기 시작했고, 쓰다듬으려 하면 이를 드러냈다.

　아내는 개가 아기를 공격하지 않을까, 아기의 안전을 염려했다. 그래서 나는 개를 바깥에 두기로 결정했다. 매일 아침 출근길, 개를 우리 앞뜰 산사나무에 빨랫줄로 묶었고, 밤에는 차고에 두었다. 이런 새로운 생활은 개의 공격성만 부채질하는 듯했다. 메리 베스는 종일 앞뜰 눈밭에 앉은 채, 지나가는 차를 보고도 짖고, 길모퉁이에서 스쿨버스를 기다리는 아이들을 보고도 짖고, 늘 가는 길을 지나는 우체부를 보고도 짖었다. 묶인 줄과 씨름하느라 목걸이 밑 곳곳에 털이 빠졌다. 밤이면 차고에서 늑대처럼 울부짖었다. 길게, 계속해서 울부짖고 또 울부짖었고, 그 소리는 거리 아래위로 메아리쳤다. 이웃 아이들 사이에는 우리 집에 귀신이 들렸다는 소문이 돌았다. 밤에 나는 그 소리가 개 짖는 소리가 아니라 우리 형의 유령이 고문을 당하는 소리라는 소문이었다.

　전염되기라도 하듯, 아만다의 성격도 성마르게 변했다. 소란스럽고, 달래거나 어르기도 힘들었다. 전보다 더 많이 울었으며, 이제는 울음소리 끝이 더 날카로웠다. 단순히 불편해서가 아니라 정말 아파서 불평하는 것 같았다. 아기는 제 어머니만 찾았다. 제 어머니를 볼 수 없거나, 손길을 느낄 수 없거나, 목소리를 들을 수 없으면, 소리를 지르기 시작했다. 무시무시하게도, 아만다를 가장 잘 달래는 것은 형의 곰 인형이었다. 인형 가슴에 있는 남자 목소리가 노래를 부르기 시작하자마자,

아만다는 온몸으로 듣는 듯이 꼼짝도 않은 채 노래를 들었다.

프레르 자크, 프레르 자크,
도르메 부? 도르메 부?
소네 레 마티느. 소네 레 마티느.
딩 당 동. 딩 당 동.

나는 주위가 어둡고 아기가 아주 졸릴 때인 밤에만 아기를 달랠 수
있었다.

한참 깊이 생각한 끝에, 나는 형의 트럭을 사료상에 팔았다. 이제 매
일 아침 사료상으로 차를 몰고 출근할 때마다, 그 앞 도로에 세워진 형
의 트럭을 보게 되었다. 트럭 뒤는 곡물 자루 무게로 내려앉아 있었다.

형의 아파트를 치운 지 일주일 뒤, 보안관이 내 사무실로 왔다. 보안
관은 형의 라이플총을 어떻게 할 것인지 물었다.
"사실, 그건 생각도 안 해봤습니다. 파는 게 좋겠죠."
내가 대답했다.
보안관은 내 책상 옆에 있는 의자에 앉았다. 제복을 입고 그 위에 짙
은 녹색 경찰복 외투를 입었다. 모자는 무릎에 놓았다.
"그러지 않을까 생각했네. 경매에 참여할 사람 목록에서 나를 맨 위
에 두면 어떻겠나?"
"사고 싶으세요?"

보안관은 고개를 끄덕였다.

"좋은 사냥용 라이플총을 찾고 있었어."

보안관이 형의 총을 갖는다고 생각하자, 어렴풋이 불안한 기분이 들었다. 이유는 알 수 없지만, 그 라이플총이 증거물처럼 느껴졌고, 그래서 보안관이 총을 갖는 것은 내키지 않았다. 그러나 보안관을 말릴 방법이 생각나지 않았다.

"경매까지 할 일은 아닌 것 같아요. 그냥 값만 맞으면 보안관님께 팔겠습니다."

"400달러 어떤가?"

나는 손을 슬쩍 흔들었다.

"300달러에 드릴게요."

"흥정을 못 하는군."

보안관이 미소를 지었다.

"보안관님께 바가지를 씌우고 싶지는 않으니까요."

"400달러면 공정한 값이야. 총이라면 내가 잘 아니까."

"그럼, 좋습니다. 보안관님께서 그게 더 편하시다면야. 그렇지만 300달러에 드리고 싶어요."

보안관이 얼굴을 찌푸렸다. 이제 보안관은 값을 깎고 싶어도 어쩔 수 없이 400달러를 내게 됐다는 기분임을 느낄 수 있었다.

"제가 내일 아침에 보안관님 사무실에 들러서 총을 드리는 게 어떨까요? 그러면 보안관님께서 총을 자세히 살핀 뒤에 저에게 나중에 수표를 보내시면 되잖아요?"

보안관은 천천히 고개를 끄덕였다.

"좋은 계획 같네."

그 뒤로는 날씨, 우리 아내, 아기 등등 다른 이야기를 주고받았다. 그러나 보안관은 자리를 뜨려고 일어서며 다시 라이플총 이야기를 꺼냈다.

"정말 팔고 싶나? 억지로 팔게 하고 싶지는 않네."

"저한테는 큰 소용이 없는 물건입니다. 한 번도 사냥을 해본 적이 없거든요."

"어릴 때 자네 아버지가 사냥에 안 데려갔나?"

보안관은 놀란 듯했다.

"예. 총을 쏘아본 적도 없어요."

"한 번도?"

나는 고개를 끄덕였다.

보안관은 책상 너머에 가만히 서서 몇 초 동안 나를 뚫어지게 보았다. 양손으로 모자를 붙잡은 채 모자챙을 만지작거렸다. 일순 보안관이 다시 앉을 듯했다.

"그래도 총을 쏘는 법은 알겠지?"

나는 갑자기 조심스럽게 그 질문을 생각했다. 보안관의 목소리가 바뀌었다. 덜 가벼웠다. 지금 질문은 그저 대화를 나누려고 던진 것이 아니었다. 답을 듣고 싶어서 던진 질문이었다.

"안다고 할 수 있죠."

보안관은 더 긴 대답을 기대하듯 그대로 선 채 고개를 끄덕였다. 나는 눈길을 돌려서 책상 위에 똑바로 놓여 있는 내 두 손을 내려다보았다. 손가락 위에 난 털들이 스탠드의 밝은 불빛에 회색으로 보였다. 주먹을 쥐어서 손가락을 감췄다.

"소니와는 얼마나 친했나?"

보안관이 뜬금없이 물었다. 나는 보안관을 올려다보았다. 심장박동이 빨라졌다.

"소니 메이저요?"

보안관은 고개를 끄덕였다.

"별로 안 친했어요. 서로 누군지 아는 정도였죠. 그게 전부였어요."

"그냥 아는 사이라."

"예. 길에서 마주치면 인사를 하지만, 걸음을 멈추고 이야기를 나누지는 않는 정도요."

보안관은 잠깐 시간을 들여서 내 말을 머릿속에 넣었다. 그리고 모자를 썼다. 나갈 참이었다.

"왜요?"

내가 물었다. 보안관이 어깨를 으쓱했다.

"그냥 궁금해서."

보안관은 나를 보며 살짝 미소를 지었다.

나는 보안관의 말을 믿었다. 미심쩍어서가 아니라 그저 호기심에 물어본 것이었다. 근거는 알 수 없지만 그런 판단이 들었다. 보안관은 평소 나라는 인물에 대한 인상에 기초해서 내가 형과 소니와 낸시를 죽였을지도 모른다고는 전혀 생각 못 했듯, 루에 대한 호의적인 감정 때문에 우리 이야기를 받아들이기 힘들었던 것 같다. 지금 생각하니, 보안관은 그 일이 조금 이상하다고 느꼈지만, 정확히 무엇이 이상한지는 몰랐던 것이다. 보안관이 수사를 하고 있는 것은 아니었다. 그저 느긋하게 이것저것을 살피며 빠진 조각을 찾고 있었다. 나는 그 사실을 잘 알고 있었기에 보안관을 위험 요소로 여기지 않았다. 그러나 그래도 그 대화 때문에 기분은 나빴다. 보안관이 나간 뒤, 나는 내가 한 말, 내가 취한 몸짓을 모두 되씹고 되씹으며, 실수가 없었는지, 희미하게라도 유죄를 드러낸 것이 없었는지 살폈다. 아무것도 없었다. 물론, 흐릿한 불안감은 있었다. 그 불안감이 무엇 때문인지 명확히 보려 할수록, 불안감은 점점 흐릿하게 번졌다.

아내에게는 보안관에게 라이플총을 팔 것이라는 말만 하고, 보안관이 던진 질문에 대해서는 말하지 않았다.

보안관이 사무실을 다녀간 그날 밤, 아만다가 울어서 나와 아내는 밤늦도록 깨어 있었다. 불을 다 끄고 어두운 방에서 아기와 함께 침대에 누워 있었다. 내가 형의 곰 인형에 태엽을 감고 또 감는 동안 아내는 양팔에 아기를 꼭 안고 있었다. 자정이 한참 지난 뒤에야 아만다는 잠들었다. 아내와 나는 그 뒤로, 졸고 있는 아기를 다시 깨우지나 않을까 움직이기 두려워서, 마치 기절한 듯이, 아무 말 없이 앉아 있었다. 담요 밑으로 아내와 나의 다리가 닿아 있었다. 나는 아내의 피부를, 종아리의 작은 한 부분에서 전해지는 온기를 느낄 수 있었다.

"자기야."

아내가 나지막이 나를 불렀다.

"응?"

"돈 때문에 나도 죽일 수 있어?"

장난기 어린 목소리로 던진 농담이었지만, 나는 그 속에서 보이지 않게 숨은 진심을 알아차릴 수 있었다.

"돈 때문에 그 사람들을 죽인 건 아냐."

어둠 속에서도 아내가 고개를 돌려서 나를 흘깃 보는 것을 느낄 수 있었다.

"우리가 잡히는 일을 막으려고 그랬어. 우리를 보호하려고 그랬어."

아만다가 한숨을 쉬는 소리가 들렸고, 아내는 아만다를 앞뒤로 흔들었다. 아내가 속삭였다.

"그러면 잡히는 일을 막기 위해서라면 나도 죽일 수 있겠네?"

진심이 장난기를 밀어내며 더 커졌다.

"당연히 아니지."

나는 등을 아래로 내리며 말했다. 고개를 베개에 누이며, 그 동작을 애써 과시하려고 했다. 대화를 끝내려는 몸짓이었다. 나는 아내에게서 고개를 돌렸다.

"나를 쏘아야 자기가 살 수 있다면? 나를 쏘지 않으면 내가 자기를 고발한다면?"

"나를 고발할 리 없잖아."

"내 마음이 바뀌었다고 가정해봐. 내가 자백하고 싶어졌다고."

나는 잠시 기다렸다. 그런 다음 몸을 틀어서 아내를 마주 보았다.

"무슨 말이야?"

아내는 내 위로, 천장을 등진 어두운 형상으로 보였다.

"그냥 놀이야. 가정 게임."

나는 아무 말도 하지 않았다.

"자기가 감옥에 갈 판이라면?"

"그 사람들을 죽인 건 당신을 위해서야. 당신과 아만다를 위해서야."

아내가 몸의 중심을 옮기자 침대가 삐거덕거렸다. 아내의 다리가 내 다리에서 멀어졌다.

"피더슨을 죽인 건 아주버님을 위한 일이었다면서."

그 말을 잠깐 생각해보았다. 사실이지만, 사실이 아닌 것 같기도 했다. 나는 빠져나갈 길을 생각하려 애썼다.

"어떻게 당신을 죽여? 차라리 내가 감옥에 가지. 당신이랑 아만다는 내 전부야."

나는 아내를 쓰다듬으려고 손을 뻗었지만 아만다를 스치고 말았다. 아만다가 깨서 울기 시작했다.

"쉿."

아내가 말했다. 나와 아내는 꼼짝 않고 아기가 조용해질 때까지 울음소리만 듣고 있었다.

"아주버님을 죽이기 전에는? 아주버님을 죽일 수 있을 거라고 생각한 적 있어?"

아내가 속삭였다.

"그건 달라. 자기도 알잖아."

"달라?"

"자기는 믿을 수 있어. 형은 믿을 수 없었어."

말을 하자마자 그 말이 어떻게 들렸을지 깨달았다. 그 말은 내 생각을 반밖에 못 드러냈지만, 더는 아무 말도 하지 않았다. 되돌리려 할수록 점점 꼬이기만 하는 것 같았다.

아내는 가만히 앉아서 생각에 잠겼다.

"내 말뜻 알지?"

내가 속삭였다.

아내의 끄덕이는 고갯짓이 아주 희미하게 보였다. 잠시 후, 아내는 침대를 나가서 아만다를 아기 침대에 눕혔다. 다시 침대에 돌아온 아내는 내 몸을 꼭 끌어안고 누웠다. 목에 아내의 숨결이 느껴졌고, 그 숨결에 나는 몸이 부르르 떨렸다.

나는 잠시 망설이다가 입을 열었다.

"날 죽일 수 있어?"

"어머. 난 아무도 못 죽여."

아내가 하품을 하며 말했다.

바깥 차고에서는, 개가 실제 거리보다 훨씬 더 가까이 있는 듯, 울부짖는 소리가 들리기 시작했다. 나는 생각했다.

'형의 유령.'
아내는 고개를 들어서 내 뺨에 입을 맞췄다.
"잘 자."
아내가 말했다.

수요일 저녁, 퇴근해서 집으로 돌아오니, 식탁에 종이 석 장이 놓여 있었다. 털리도 〈블레이드〉지의 기사를 복사한 것이었다. 첫 번째 것은 1987년 11월 28일 자였다.

　이인조 악한, 여섯 명 살해, 상속녀 납치
　거액의 몸값 요구

디트로이트 백만장자 바이런 맥마틴의 열일곱 살짜리 딸 앨리스 맥마틴에 관한 기사였다. 11월 27일 저녁, 앨리스는 미시건 주 블룸필드 힐스에 있는 제 아버지 저택에서 총으로 위협을 받으며 납치되었다. 납치범들은 경찰복을 입고 배지와 경찰총, 경찰봉까지 갖춰서 경찰로 위장하고 저녁 8시 직전에 그 집으로 들어갔다. 보안 카메라에 납치범들의 모습이 녹화되었는데, 납치범들은 맥마틴 저택의 고용인 여섯 명—경비원 네 명, 가정부, 운전기사—의 양손을 등 뒤로 하여 수갑을 채우고 벽을 보게 한 뒤 무릎을 꿇렸다. 그런 다음, 납치범들은 돌아가며 경비원들의 리볼버로 희생자들의 등 뒤에서 머리를 쏘았다.
10시를 막 넘긴 시각에 사교 모임에서 돌아온 바이런 맥마틴과 그 아내는 시체 여섯 구를 발견했고, 딸이 없어진 것도 발견했다. 기사에는 신분을 밝히지 않은 취재원의 말을 인용하며, 납치범들은 몸값을 요구하는 편지를 남겼는데, 표식이 들어 있지 않은 지폐로 480만 달러를 요구했다고 적혀 있었다.

두 번째도 처음 것과 마찬가지로 〈블레이드〉지의 1면 기사였다.

상속녀의 사체, FBI가 신원 확인
아버지는 딸과 몸값 모두 잃어

이 기사 날짜난에는 '12월 8일, 오하이오 주 샌더스키발'이라고 표시되어 있었다. 기사 내용은 앨리스 맥마틴의 사체가 재갈과 수갑에 묶인 채, 사흘 전 에리 호수에서 그 지역 어부에게 인양된 과정이었다. FBI가 소녀의 신원을 확인하기 위해서 치과 기록을 찾아야 했다니, 사체가 꽤 오래 물속에 있었던 모양이었다. 소녀는 호수에 버려지기 전, 뒤통수에 총을 맞았으며, 사망 시각은 납치된 지 이십사 시간 이내일 것으로 추정되었다.

기사에 따르면, 앨리스의 아버지는 납치범을 잡는 데 도움이 될 것이라는 FBI의 조언에 따라 몸값을 이미 지불했다.

마지막 기사는 〈블레이드〉지 3면 기사였다.

FBI, 맥마틴 납치범들 신원 확인

FBI는 백만장자의 딸 앨리스 맥마틴을 납치 살인하고, 납치 과정에서 맥마틴 자택의 종업원 여섯 명을 살해한 용의자 두 명의 신분을 발표했다. 앨리스 맥마틴은 백만장자이자 종이컵 제조업자였던 바이런 맥마틴의 딸로, 지난 11월 27일, 맥마틴 저택에서 납치되었다. 이번 FBI의 수사는 납치 당일 보안 카메라에 녹화된 영상을 증거로 삼은 것으로, FBI는 이 두 용의자를 전국에 수배했다.

두 용의자는 스티븐 보코브스키(26)와 버논 보코브스키(35) 형제로, 거주지는 미시건 주 플린트로 되어 있다.

FBI는 두 납치범 중 한 사람이 맥마틴의 피고용인이었을 것이라는 직감에 따라 수천 명의 신상명세서를 확인하며 보안 카메라에 찍힌 질 낮은 흐릿한 영상과 일일이 대조했으며, 결국 동생인 스티븐 보코브스키의 신상명세서에서 일치점을 발견했다. 스티븐 보코브스키는 1984년 여름, 맥마틴 저택에서 정원사로 일한 바 있었다.

FBI는 또한 플린트에 살고 있는 스티븐 보코브스키의 부모 조지아나 보코브스키와 사이러스 보코브스키를 수사하던 중, 다른 한 유괴범이 스티븐의 형 버논 보코브스키임을 밝혔다. 두 용의자는 11월 내내 자신의 부모 집에 머문 것으로 전해진다. 사이러스 보코브스키는 〈블레이드〉의 기자와 전화 인터뷰를 통해 유괴 사건이 있은 11월 27일 이후로는 두 아들을 못 보았다고 말했다.

버논 보코브스키는 1977년 자동차 파는 일을 두고 이웃과 말다툼 끝에 이웃을 죽여서 이십오 년형을 선고받았고, 밀란 교도소에서 칠 년의 수감 생활을 마친 뒤 1986년 가석방 상태였다. FBI는 용의자를 추적해서 체포하는 데 자신감을 보였다. 한 요원의 말이 인용되어 있었다.

'이제 신원을 확인했으니 체포하는 것은 시간문제다. 마음껏 도망칠 수는 있겠지만, 조만간, 다음 주가 됐건 내년이 됐건 우리가 체포할 것이다.'

기사는 역시 그 요원이 형제의 잔혹한 범죄에 대해 분노를 표현하는 말을 인용하며 끝맺었다.

텔리 요원은 말했다.

'냉정하고 효과적이었다. 주도면밀하게 계획한 범죄임이 분명하다. 당황한 나머지 저지른 살인이 아니었다. 녹화된 영상을 본 뒤에는, 두 사람이 어떻게 저렇게 침착할 수 있었을까 하는 생각밖에 들지 않는다. 두 사람은 자신의 행동을 정확히 알고 있었다.'

텔리 요원은 용의자가 스티븐 보코브스키의 신원이 드러날 가능성을 없애기 위해서 맥마틴 가의 고용인 여섯 명을 살해했을 것이라고 추측했다.

텔리 요원의 말이다.

'두 용의자는 종업원들을 죽임으로써 완벽하게 신분을 숨겼다고 생각했지만, 우리에게는 다행히도, 카메라를 잊고 있었다.'

나는 첫 기사로 돌아가서 한 번 더 읽었다. 그런 다음, 두 번째 기사도 다시 읽었다. 세 번째 기사에는 사진이 세 장 있었다. 하나는 얼굴과 어깨까지 나온 스티븐 보코브스키의 사진이었다. 맥마틴 저택의 종업원 신상명세서에서 나온 사진이었다. 작은 체구, 검은 머리, 미소를 띤 얇은 입술. 눈은 퀭하고 피곤해 보였다.

두 번째 사진은 버논 보코브스키였다. 감옥에 있을 때 찍은 범인 사진이었다. 수염이 무성하고, 아픔을 참는 듯이 어금니를 꽉 물고 있었다. 스티븐 보코브스키보다 훨씬 체격이 컸다. 두 사람은 형제로 보이지 않았다.

세 번째 사진은 보안 카메라에 찍힌 영상을 확대한 것이었다. 무릎을 꿇은 남자의 뒤통수에 총을 겨누는 스티븐의 모습이었다.

나는 주방을 둘러보았다. 레인지 위 냄비에서 보글보글 끓는 소리가 났다. 비프스튜 냄새였다. 아내는 아기와 함께 위층에 있었다. 아내의 목소리가 들렸다. 낮게 울려서 들리는 그 목소리는 크게 소리를 내서 책을 읽는 소리 같았다. 식탁 맞은편에는 아내의 뜨개질감이 흩어져서 놓여 있었다. 긴 바늘들이 함정처럼 위를 곧장 가리키고 있었다.

나는 기사들을 한 번 더 읽었다. 다 읽은 뒤 위층으로 갔다.

아내는 욕실에서 아만다를 씻기고 있었다. 내가 들어서자 나를 쳐다보며, 내 손에 들린 종이를 재빨리 흘깃 보았다. 나는 아내가 자신의 발견에 즐거워하고 있음을 알 수 있었다. 아내의 얼굴이 의기양양하게 빛났다. 아내는 나를 보며 환하게 웃었다.

욕실에는 수증기가 가득했다. 나는 문을 닫고 변기 뚜껑 위에 앉아서 넥타이를 느슨하게 풀었다.

아만다는 따뜻한 물속에 누워서 크게 미소를 지었다. 아내의 허벅지 위에 놓여서 물에 떠 있었다. 아내는 몸을 숙인 채 양손을 깍지 껴서 아기의 머리를 받치고 있었다. 아내의 가슴은 아만다의 작은 발 하나가 닿아서 살짝 눌려 있었다.

아내는 아만다에게 옛날이야기를 들려주고 있었다. 내가 들어선 순간에만 잠깐 멈추었다가 이야기를 중단한 부분부터 다시 계속했다.

"왕비는 화가 단단히 났어요."

아내는 물속에서 아기를 살살 흔들면서 말했다.

"화난 얼굴을 이리저리 비추면서 펄펄 뛰듯 무도회장을 나갔어요. 왕이 왕비를 쫓아갔죠. 왕의 시종도 모두 멀리서 왕을 뒤따랐어요. '내 사랑, 나를 용서해요!' 왕이 소리쳤어요. 왕은 거리로 달려나가서 이리저리로 고개를 돌렸어요. '내 사랑!' 왕이 소리쳤어요. '내 사랑!' 왕은 병사를 보내서 온 도시를 샅샅이 뒤지라고 했어요. 그렇지만 왕비의 모습은 어디에서도 보이지 않았어요."

아만다가 까르르 웃었다. 한 손으로 물을 첨벙댔고, 그 소리는 벽에 울리는 박수 소리 같았다. 아기는 아내의 가슴을 발로 찼고, 그 발짓에 아내도 까르르 웃었다.

나는 아내의 옛날이야기가 그것으로 끝인지 알 수 없어서 잠시 기다렸다. 복사한 종이는 무릎에 두었다. 습기 찬 곳에 있으니 복사한 종이에서 흐릿하게 화학약품 냄새가 났다.

아내는 허벅지를 들었다가 내려서 아기를 놀라게 하는 장난을 쳤다. 아내와 아기 모두 목욕으로 몸이 분홍빛이었다. 아내의 머리카락 끝이 젖어서 나긋나긋했다.

"도서관에서 찾았어?"

내가 물었다. 아내가 고개를 끄덕였다.

"이게 우리 돈이겠지?"

아내가 다시 고개를 끄덕이며 아기에게 몸을 숙여서 아기의 이마에 입을 맞추었다.

"비행기에 있던 시체가 그 두 사람 중에 한 명이야?"

아내가 물었다. 나는 맨 마지막 장을 꺼내서 사진을 보았다.

"모르겠어. 까마귀가 얼굴을 다 쪼았거든."

"확실히 우리 돈이야."

"동생이겠지. 그 조종사는 체구가 작았어."

나는 사진을 아내에게 내밀었다.

"형은 덩치가 크잖아."

아내는 사진을 보지 않았다. 아만다를 보고 있었다.

"이상하지? 그 사람들도 형제라니."

"무슨 말이야?"

"자기랑 아주버님 말이야."

그 이야기를 계속할까 하다가 그만두었다. 정말이지 생각하기 싫은 일이었다. 나는 세면대 끝에 복사지를 놓았다.

"어떻게 찾았어?"

내가 물었다. 아내는 손을 뻗어서 욕조 마개를 뽑았다. 물이 빠지기 시작하면서 욕실 바닥 아래에서 물 흐르는 소리가 났다. 아만다는 꼼짝 않고 누워서 그 소리를 듣고 있었다.

"비행기를 발견했을 때부터 옛날 신문을 살피기 시작했어. 그다지 힘들지도 않았어. 1면에 바로 있었으니까. 보니까 전에 읽은 기억도 나더라."

"나도."

"그렇지만 그때에는 그냥 기사였잖아. 중요한 줄 몰랐지."

"이것 때문에 이제 상황이 달라졌지?"

아내가 나를 흘깃 보았다.

"어떻게?"

"우리가 그 돈을 갖기로 한 건 임자 없는 돈이라는 게 전제였잖아. 누구 돈도 아니고, 누구도 찾지 않는 돈."

"그런데?"

"그런데 이제 그 돈을 찾는 사람이 있는 걸 알았잖아. 이제는 훔친 게 아니라는 말을 못 하잖아."

아내는 욕조에서 뚫어져라 나를 올려다보았다. 혼란스러운 표정이었다.

"늘 훔친 거였어. 그냥 전에는 누구 돈을 훔쳤는지 몰랐을 뿐이지. 그 돈이 어디서 나왔는지 안다고 해서 달라질 건 없어."

물론 맞는 말이었다. 아내가 말하자마자 옳은 말이라는 것을 알았다.

아내가 말했다.

"그 돈이 어디서 왔는지 알고 있으면 우리에게 도움이 될 것 같았어. 그 돈이 위조지폐나 표시된 돈이 아닐까 하는 걱정이 들기 시작하던 참이었거든. 이렇게까지 했는데, 하나도 못 쓰는 쓸모없는 돈이면 어쩌나 하고."

"그래도 표시는 돼 있을지 몰라."

그렇게 말하면서도 그 생각에—돈이 쓸모없을지 모른다는 생각에—마음이 쓰라렸다. 그렇다면 종이 조각이 가득한 가방 하나 때문에 그 모든 사람을 죽인 셈이다. 그 생각에 머리가 어질어질했다. 그 모든 노력이, 그 모든 끔찍한 선택이, 이제, 이렇게, 물거품이 되다니. 그러나 아내가 내 생각을 날렸다.

"범인들이 표시 안 된 돈을 요구했어. 기사에 나왔잖아."

"그래서 여자애를 쐈을지도 모르지. 몸값을 받았는데 그 돈이……."

아내가 말을 잘랐다.

"아니야. 기사에는 여자애를 곧장 죽였다고 나왔어. 돈을 확인하기 전에 쐈어."

"보면 알 수 있지 않을까? 자외선 같은 것에 비춰보면?"

"표시된 돈을 주지 않았을 거야. 위험 요소가 너무 많아."

"그래도 그럴 것 같……."

"날 믿어. 알았지? 그 지폐에는 표시가 없어."

나는 아무 말도 하지 않았다.

"편집증이야. 일부러 사서 걱정을 하고 있는 거야."

욕조 한쪽 끝에 작은 소용돌이가 생겼다. 아내도 나도 그 소용돌이를 보았다. 아래 하수구에서 물이 빠지는 소리가 크게 울렸다.

"기사를 보니 비행기에 다시 가고 싶어. 그 사람이 맞는지 확인하러."

내가 말했다.

"지갑은 없었어?"

"확인할 생각도 못 했지."

"돌아가는 건 바보짓이야. 체포하세요 하고 부탁하는 꼴이야."

나는 고개를 가로저었다.

"정말 가겠다는 뜻은 아니야."

아내는 허벅지에 놓은 아기를 들었다. 욕조의 물은 거의 다 빠졌다. 아내가 말했다.

"수건 좀 줘."

나는 일어서서 수건걸이에 있는 수건을 당겼다. 나는 아내가 안고 있는 아기를 받아서 수건으로 감싼 뒤 아기를 안고 변기에 앉았다. 앉으면서 무릎에 아기를 올리고 조금 둥실둥실 튕겼다. 아기가 울기 시작했다.

나는 몸을 말리는 아내를 지켜보며 말했다.

"내가 두려운 건, 돈에 대해 아는 사람이 어딘가에 있다는 사실이야."

"FBI에서 수배령을 내렸으니까, 겁먹고 있을 거야."

"FBI가 잡겠다고 장담했잖아. 잡히면 동생이 돈을 들고 비행기로 사라졌다고 자백하겠지."

"그러면?"

"연관 관계가 금세 드러날 거야. 맞추기는 힘들지 않을걸. 보안관은 내가 자연보호림 근처에서 비행기 엔진 고장 소리를 들었다고 알고 있어. 보안관은 형이랑 루랑 소니와 낸시가 총에 맞은 것도 알아. 비행기가 발견되면 그 안에 400만 달러가 있어야 한다는 걸 알고 있을 거야."

나는 말끝을 흐렸다. 내 입에서 나오는 말을 스스로 들으면서, 그 즉시, 번득이는 공포를, 뒷덜미에 이는 전율을 느꼈다. 나는 세면대에 놓은 복사지에 손짓을 했다.

"유괴범들이 보안 카메라를 잊은 것과 마찬가지야. 우리가 간과한 게 분명히 있을 거야."

아내는 빨래함에 수건을 넣었다. 가운이 문 뒤에 걸려 있었다. 아내는 가운을 집어서 입었다. 그런 뒤에 내 무릎에 있는 아만다를 안았다.

아내가 침착하게 말했다.

"그 연관 관계라는 건 우리가 보기에만 명확한 거야. 다른 사람들 아무도 몰라."

아기는 서서히 울음을 그쳤다. 내가 일어섰다. 슈트 밑으로 땀이 흐르기 시작했다. 그래서 재킷을 벗어서 팔에 걸쳤다. 셔츠가 등에 달라붙었다.

"형이나 루나 낸시가 뭘 남겼으면? 일기나 뭐 그런 것. 아니면 셋 중 하나가 우리도 모르는 누구에게 말을 했으면……."

아내가 나를 안심시켰다.

"우리는 무사해. 자기 생각이 지나친 거야."

아내는 앞으로 몇 걸음 다가와서 한 팔로 나를 안았다. 아직 조금 칭얼대고 있는 아기는 아내와 내 몸 사이에 꼭 끼었다. 아내가 내 뺨에 뺨을 댔다. 나는 그대로 두었다. 아내의 피부에서 깨끗하고 촉촉하고 신선한 향이 났다.

"사람들이 자기를 어떻게 보는지 생각해봐. 자기는 그냥 평범한 사람이야. 친절하고, 다정하고, 정상적인 사람. 자기가 그런 일을 할 수 있다고 믿을 사람은 아무도 없어."

3월 12일, 토요일은 아내의 생일이었다. 나는 그 생일에 특별히 추억될 일을 만들고 싶었다. 아내의 서른 번째 생일이기도 했지만, 아기와 돈이 있기 때문이기도 했다. 그래서 두 가지 큰 선물을 준비했다. 둘 다 더플백을 발견하기 전의 내 수입에는 아주 벅찬 것이었다.

하나는 플로리다의 콘도미니엄이었다. 2월 말쯤, 정부에서 마약 단속으로 압류한 재산을 공매한다는 신문광고가 났다. 온갖 물건이 매물로 나왔다. 요트, 자동차, 비행기, 오토바이, 위성접시, 주택, 콘도미니엄, 보석 등이었고, 말 농장도 있었다. 시가의 10퍼센트도 안 되는 값에 살 수 있었다. 3월 5일, 돌아오는 토요일에 털리도에서 경매가 열릴 예정이었다. 아내에게는 출근해야 한다고 말하고 9시쯤 시내로 차를 몰고 갔다. 경매가 시작되는 시각이었다.

광고에 나온 주소지는 항구 아래에 있는 작은 창고였다. 안에는 접의자가 바닥에 줄지어 놓여 있고, 앞에는 나무 연단이 하나 있었다. 실제 물건은 없었다. 주차장에서 경매장 안으로 들어갈 때, 카탈로그 한 권을 받게 된다. 각각의 물건을 모두 사진을 찍고 자세한 설명을 적어서 만든 카탈로그다. 내가 도착하자 이미 마흔 명쯤 와 있었다. 모두 남자였다. 내 뒤로 몇 명 더 들어왔다.

경매는 늦게 시작됐다. 그래서 삼십 분쯤 앉아서 카탈로그를 훑어보았다. 괜찮은 보석 장신구가 있는지 보러 온 것이었지만, 번들번들한 종이를 넘기다가, 마음을 바꿨다. 네 번째 경매품이 플로리다 주 포트 마이어스 해변 바로 앞에 있는 침실 세 개짜리 콘도미니엄이었다. 데크와 자쿠지와 온실도 있었다. 카탈로그에는 콘도미니엄의 컬러사진이 실렸다. 내부와 외부 사진이 모두 있었다. 스페인 집 같은, 흰 회벽에 빨간 지붕이 있는 집이었다. 아름답고 호화로웠다. 그 즉시 아내를 위해 그 콘도미니엄을 사겠다고 마음먹었다.

시가는 33만 5000달러로 기재되어 있었다. 그러나 경매 시작가는 1만 5000달러였다. 아션빌 은행의 내 예금 잔고는 3만 5000달러를 조금 넘는 정도였다. 포트오토와에서 벗어나서 이사를 하기 위한 주택 자금이었다. 그런데 꽤나 즉흥적이게도, 상황에 따라서 그중 3만 달러는 쓰겠다고 마음먹었다. 최악의 상황이 되어서 그 100달러짜리 지폐들을 태워야 한다 해도, 콘도를 팔면 이익도 볼 수 있을 것이라고 스스로를 합리화했다. 투자라고 생각했다. 똑똑하고 잇속 밝은 투자.

경매는 난생처음이었다. 그래서 처음에는 사람들이 어떻게 입찰하는지 지켜보았다. 경매 진행자가 가격을 부르면 사람들이 손을 드는 게 전부였다. 그리고 마침내 누군가에게 낙찰되면, 서류철을 든 여자가 낙찰자를 옆으로 데려가서 뭘 적었다.

콘도에 입찰한 사람은 나 말고 세 명뿐이었다. 가격은 점점 올라가서 2만대를 지났다. 3만 달러에 가까워지자, 콘도를 손에 못 넣을지도 모른다는 생각에 신경이 곤두서기 시작했다. 그런데 그때, 갑자기, 다른 사람들이 모두 물러섰고, 결국 나는 3만 1000달러에 낙찰을 받았다.

서류철을 든 여자가 나를 옆으로 데려갔다. 얼굴이 갸름하고, 검은 머리를 짧게 자른, 젊은 여자였다. 옷에 단 이름표에는 '헤이스팅스'라고 적혀 있었다. 여자는 말이 아주 빨랐다. 숨죽인 목소리로 나에게 다음 할 일들을 말했다.

여자는 나에게 명함을 주었다. 다음 주까지 명함에 있는 주소로 낙찰가 전액을 수표 송금해야 했다. 서류 작성 과정이 있으므로 영수증은 열흘 뒤에 받을 수 있다고 했다. 그 뒤에는, 그 전에는 안 되고, 송금한 주소지로 직접 방문해서 물건을—내 경우에는 콘도미니엄 권리증을—받으면 된다. 여자가 말을 끝마친 뒤, 나는 이름과 주소와 전화번호를 적었다. 여자는 내 옆을 떠나서 다음 사람에게 갔다.

나는 다시 의자에 앉아서 감정을 정리하려 애썼다. 방금 나는 3만 1000달러를 썼다. 우리 부부의 저축 거의 전부다. 엄청나게 어리석은 일 같았다. 그러나 우리가 침대 밑바닥에 숨겨놓은 돈과 비교하면, 그 돈은 아무것도 아니었다. 그리고 나는 아주 좋은 거래를 했다. 시가의 십분의 일도 안 되는 가격에 콘도미니엄을 샀다. 앉아 있는 시간이 길어질수록 후자쪽 해석이 내 생각을 더 강하게 지배하기 시작했다. 어쨌든 나에게는 백만장자가 될 수 있는 돈의 네 배가 있었다. 이제는 백만장자처럼 행동하기 시작해야 할 것 같았다. 자리에서 일어서서 나설 때쯤에는, 그 거래에 기분이 즐거워져 걸음이 눈에 띌 만큼 경쾌해졌다. 그리고 출구로 나가는 도중에는, 걸어가면서 빙그르르 돌릴 수 있게 지팡이가 있었으면 하고 나도 모르게 바랄 정도였다.

두 번째 선물은 그랜드피아노였다. 피아노는 아내가 어릴 적부터 늘 바라던 것이었다. 아내는 피아노를 칠 줄 몰랐지만, 그것과는 상관없었다. 내가 생각에 아내에게는 피아노가 부와 지위의 굳건한 상징이었던 것 같다. 그러므로 이제 아내에게 그랜드피아노를 선물하는 것이 딱 맞는 일 같았다.

직장에서 여러 악기상에 전화를 걸며 두루 알아보았다. 피아노 가격에 놀랐다. 나는 전혀 몰랐다. 피아노는 내가 한 번도 생각한 적 없는 물건이었기 때문이다. 바니시 마무리에 흠이 있어서 헐값에 나온 피아노를 결국 발견했다. 뚜껑에 손자국 같은 큰 얼룩이 있다고 했다. 피아노 값은 2400달러였다. 우리 예금 잔고에 맞춘 듯했다.

12일 아침에 집으로 배달되게 했다. 아내는 도서관으로 출근하니, 피아노가 도착할 시각에는 집에 없었다. 피아노는 다리와 몸체가 따로 왔고, 세 남자가 운반했다. 조립은 거실에서 하게 했다. 그랜드피아노를 우리 거실에 놓으니, 터무니없어 보였다. 괴물 같았다. 다른 가구를 모두 난쟁이로 만들었다. 그러나 나는 만족스러웠다. 특별한 것, 아내가 좋아할 것이었으니까. 그리고 우리 다음 집에서는 훨씬 좋아 보일 것을 나는 잘 알고 있었다.

나는 천에 작은 빨강 리본을 테이프로 붙이고 피아노 위에 늘어뜨렸다. 콘도미니엄이 있는 카탈로그 페이지를 오린 뒤, 리본 옆에 놓았다. 그런 다음, 앉아서 아내가 집에 오기를 기다렸다.

아내는 콘도보다 피아노에 훨씬 큰 감명을 받는 듯했다. 아마 방에 실제로 모습을 갖춘 것이 피아노였기 때문일 것이다. 그저 사진만 있는 수천 킬로미터 떨어진 대상이 아니라, 부정할 수 없이 확고한 실체, 건반을 건드리고 소리를 낼 수 있는 물건이기 때문일 것이다. 콘도는 약속일 뿐 그 이상은 아무것도 아닌 반면, 피아노는 현실이었다.

아내는 피아노를 보자마자 말했다.

"어머나. 나 너무 행복해."

아내는 유일하게 아는 곡인 '성자들의 행진'을 손가락으로 뚱땅거리고, 뚜껑을 열어서 피아노 줄을 들여다보고, 발로 페달을 밟고, 건반에 손을 쭉 미끄러뜨렸다. 아만다를 위해서 '프레르 자크'를 연주하려고 애썼지만, 제대로 할 수 없을 듯했고, 아내가 실수를 할 때마다 아기는 울기 시작했다.

그날 밤―선물을 공개하고, 내가 요리한 속을 채운 뿔닭과 깍지콩과 매시트포테이토로 차린 특별한 저녁을 먹고, 와인 두 병을 마신 뒤― 우리는 피아노 위에서 사랑을 나눴다.

아내의 아이디어였다. 나는 우리 몸무게에 피아노가 주저앉지 않을까 신경이 곤두섰지만, 아내는 옷을 벗고 곧장 피아노 뚜껑으로 뛰어오르더니, 팔꿈치를 바닥에 대고 몸을 눕힌 뒤 다리를 넓게 벌렸다.

"어서."

아내가 나를 보며 미소를 지었다. 우리는 둘 다 조금 취해 있었다.

나는 옷을 벗고, 피아노 다리가 무너질 조짐으로 삐거덕거리지 않는지 계속 귀를 기울이며, 천천히 아내 위로 올라갔다.

기억에 남을 경험이었다. 피아노 속의 빈 공간에 우리의 한숨과 신음이 메아리쳐서 미묘하게 변한―팽팽하게 당겨진 피아노 줄들이 부드럽게 합창하듯 떨리는 소리가 숨어서, 독특한 여운과 풍성함이 더해진― 뒤, 다시 우리 귀에 들렸다.

"이제 새로운 삶이 시작됐어."

아내는 중간에 속삭였다. 내 귀에 입을 바싹 대고 있어서, 아내의 숨소리가 스쿠버다이버의 숨소리처럼 깊고, 격정적이고, 기묘하게도 아득히 들렸다.

나는 대답으로 고개를 끄덕이다가 무릎으로 피아노 뚜껑을 찍었다. 그러자 순간 피아노 전체가 신음을 하는 것 같았다. 길고 고통스러운 메아리가 나무 몸통에 스몄고, 피아노 몸통이 진동했으며, 벌거벗은 우리 몸에 닿은 부분도 부르르 떨렸다.

끝났을 때, 아내는 복도 벽장에서 가구광택제를 가져와 피아노에 묻은 땀을 닦았다.

월요일 점심시간에 잠깐 묘지에 다녀왔다. 비문을 읽으며 이곳에서 저곳으로 걸었다. 형, 아버지와 어머니, 피더슨, 루, 낸시, 소니.

흐린 오후였다. 구름이 짙게 깔리고 음울했다. 하늘은 낮게 내려앉아서 방수포처럼 무겁게 땅을 누르고 있었다. 묘지 풍경은 적막하고 황량

했다. 낮게 흩어진 비석들과 교회 너머 지평선 말고 아무것도 없었다. 몇 킬로미터 너머까지 그랬다. 피더슨의 무덤에는 꽃다발이 놓여 있었다. 노란 국화와 붉은 국화로, 그 생생한 색이 흐릿한 날에 지나치게 화려해 보였다. 본래 의도한 진지한 애도를 드러내기보다 지나가던 무뢰한이 페인트를 흩뿌려놓은 것 같았다. 교회 안에서는 누가 오르간 연습을 하고 있었다. 오르간 소리는 교회의 빨간 벽돌 벽 너머로 희미하게 흘러나왔다. 낮게 둥둥거리는 똑같은 악절이 계속해서 반복되고 반복됐다.

연달아 이어졌던 장례식 중 마지막 것 이후로 눈은 오지 않았다. 형이 묻히던 날, 잠깐 눈보라가 몰아친 이후로는 더는 없었다. 그래서 이후로 새로 생긴 무덤은 묘지에서 두드러졌다. 약간 낮은, 큰 검정 사각형들이었다.

어릴 적 나는 죽음이 살아있는 웅덩이라고 상상했다. 갯바닥과 꼭 닮은. 어쩌면 조금 더 어두울지도 모르고, 보통 갯바닥보다 더 깊을지도 모르지만, 사람이 옆을 지나가면 죽음은 물로 된 두 손을 뻗어서 그 사람을 잡아당기고, 아래로 삼키는 것이다. 그런 상상이 어디에서 나왔는지는 모르겠다. 그러나 오랫동안, 아마 열 살이나 열한 살까지, 나는 그런 상상을 품고 있었다. 우리 어머니가 나름대로 아이들에게 죽음을 설명하려고 그런 이야기를 들려주었는지도 모른다. 그게 맞다면, 형도 똑같은 상상을 품었을 것이다.

새 무덤은 뻘 같았다.

떠나기 전, 나는 우리 가족 구역 앞에 잠시 서 있었다. 형의 이름은 아버지 이름 바로 아래, 끝로 새겼다. 나는 알고 있었다. 비석의 오른쪽 아래 구석, 빈자리는 나를 기다리고 있었다. 그 자리가 절대 채워지지 않으리라고 ─ 앞으로 몇 달 안에 내가 죽지 않는 한 ─ 생각하자, 기분이 좋았다. 나는 이곳에서 멀리 떨어진 곳에 다른 이름으로 묻히리라. 그 생각을 하자, 일순 행복이 밀려왔다. 총격 사건 이후로 그렇게 기분이 좋은 적은 처음이었다. 우리 일이 있은 이후로 가장 자신이 넘쳤다. 어쩌면 처음이자 마지막으로, 우리가 손에 넣은 것이 우리가 치른 대가에 걸맞은 가치를 지닌 듯이 보였다. 우리는 우리 인생에서 벗어나리라. 저 화강암 육면체가 내 운명, 내 종착지였다면, 나는 그것을 깨뜨렸다. 몇 달 뒤면, 나는 나를 얽매던 모든 것을 박차고 세상으로 나가리라. 나는 스스로 다시 태어나리라. 나만의 길을 지도에 그리리라. 내 운명을 내 입으로 쓰리라.

목요일 저녁, 퇴근해서 집에 오니 아내가 주방에서 울고 있었다.

처음에는 나도 몰랐다. 나는 아내가 나에게 화가 난 듯, 딱딱하고 이상하게 격식을 차린다고만 생각했다. 아내는 개수대에 서서 설거지를 하고 있었다. 나는 슈트와 넥타이 차림 그대로 식탁에 앉았다. 아내의 말벗이 되려 했다. 그날 어떻게 지냈는지 이런저런 질문을 하자, 아내는 단답형으로만 대답했다. 목 안쪽에서 작게 툴툴거리는 목소리로 짧게 답했다. 아내는 나를 보지 않았다. 고개를 푹 숙이고 비눗물에 그릇을 닦는 손만 내려다보고 있었다.

"괜찮아?"

마침내 내가 물었다. 아내는 돌아보지 않은 채 고개를 끄덕였다. 어깨를 앞으로 숙이고 있어서 등이 굽어 보였다. 개수대 안에서 그릇이 쟁그랑거렸다.

"자기야."

아내는 대답하지 않았다. 그래서 나는 일어서서 조리대로 갔다. 아내의 어깨에 손을 댔다. 아내는 얼어붙는 것 같았다. 마치 무서워하는 듯했다.

"왜 그래?"

내가 물었다. 아내의 눈을 보려고 앞으로 몸을 숙이자, 아내의 얼굴에서 눈물이 천천히 흐르고 있는 것이 보였다.

아내는 잘 우는 사람이 아니었다. 아내가 우는 모습을 본 것은 한 손으로 꼽을 수 있다. 아주 큰 비극이 일어났을 때만 울었다. 그러므로 아내의 눈물에 대한 내 첫 반응은 공포와 혼란이었다. 그 즉시 아기가 떠올랐다.

"아만다는?"

내가 재빨리 물었다. 아내는 설거지를 계속했다. 고개를 옆으로 돌리고 코를 킁킁거렸다.

"위층에."

"아무 일 없이?"

아내가 고개를 끄덕이며 대답했다.

"자고 있어."

나는 손을 뻗어서 수돗물을 잠갔다. 수돗물 소리가 사라지니, 주방은 갑자기 고요해졌다. 그래서 그 순간이 더 무겁게 느껴지며 겁이 났다.

"무슨 일이야?"

나는 아내의 등에 팔을 대고 반쯤 안을 때까지 천천히 쓰다듬었다. 아내는 잠시 가만히 굳은 채 서 있었다. 손목이 부러진 듯 양손을 개수대 끝에 늘어뜨리고 있었다. 그러다가 나에게 몸을 기대고 가슴에서 솟아나는 울음을 터뜨렸다. 나는 양팔로 아내를 감쌌다.

아내는 내 품에 안긴 채 잠시 울었다. 아내의 젖은 손에서 떨어지는 비눗물이 내 목을 타고 등 뒤로 흘렀다.

“괜찮아. 괜찮아.”

내가 속삭였다. 아내가 진정하자, 나는 아내를 식탁으로 데려갔다.

아내는 의자에 앉으며 말했다.

“이제 도서관에서 일할 수 없게 됐어.”

“해고됐어?”

아내가 어떻게 도서관에서 해고될 수 있는지 상상이 가지 않았다.

아내는 고개를 가로저었다.

“아만다를 데려오지 말래. 사람들이 시끄럽다고 불평한대.”

아내는 손으로 뺨을 훔쳤다.

“아만다가 울지 않을 정도로 크면, 그때 다시 일하러 오래.”

나는 몸을 숙여서 아내의 손을 잡았다.

“지금 당장 꼭 직장을 다녀야 하는 것도 아니잖아.”

“나도 알아. 그래도…….”

“직장에 안 다녀도 돈은 충분해.”

내가 미소를 지었다.

“나도 알아.”

아내는 똑같은 말을 되풀이했다.

“울 일도 아닌 것 같은데, 뭐.”

“아냐. 그것 때문에 우는 게 아냐.”

나는 놀라서 아내를 보았다.

“그럼 뭣 때문에 우는데?”

아내가 다시 얼굴을 훔쳤다. 그런 다음 눈을 감았다.

“복잡해. 온갖 일들이 다 얽혔어.”

“우리가 한 일과 관계있어?”

내 목소리는 분명 기묘하게—어쩌면 신경질적으로, 아니면 겁먹은 듯— 나왔을 것이다. 그 목소리에 아내가 눈을 떴으니까. 아내는 나를 심판하듯 똑바로 보다가 고개를 가로저었다.

"아무것도 아냐. 그냥 너무 피곤했나봐."

아내가 말했다.

그 주말, 얼음이 풀리기 시작했다.

토요일 기온은 섭씨 영상 10도까지 올라갔고, 모든 것이, 온 세상이 녹기 시작해서, 갑자기 똑똑 떨어지고 흘러내리고 졸졸 물살을 탔다. 더할 나위 없이 흰, 커다란 구름들이 오후 내내 하늘에 떠서, 습기 품은 남풍의 손길에 살살 북쪽으로 움직였다. 공기에서는 성급하게 봄 냄새 가 났다.

일요일은 더 따뜻했다. 온도계는 15도까지 올라가며, 해빙에 속도를 더했다. 아침이 끝날 즈음에는, 사라지는 눈의 지저분한 흰빛 사이로 검게, 작은 사각형과 발자국만 하게 파인 자국으로 땅이 다시 그 모습 을 드러내기 시작했다. 저녁에는, 개를 풀어서 차고에 넣으려고 나갔을 때는, 개가 진흙탕에 앉아 있었다. 진흙탕 깊이가 2센티미터쯤 될 듯했 다. 땅은 스스로 베일을 벗고 있었다.

그날 밤, 나는 잠을 쉬 이루지 못했다. 창문 너머 처마에서 물이 계속 똑똑 소리를 내며 시끄럽게 떨어졌다. 집 전체가 삐거덕거리고 신음했 다. 움직이는 기운이, 온갖 것들이 풀려나고 자유로워지는 기운이, 허 공에 감돌았다.

침대에 누워서 피곤하다고 내 몸을 속이려고 애썼다. 의식적으로 근 육을 이완시키고, 숨을 일부러 천천히 깊이 쉬었다. 그러나 눈을 감을 때마다 비행기의 모습이 생생하게 떠올랐다. 비행기는 과수원 땅에 바닥을 댄 채 놓여 있었다. 날개와 동체에 있던 눈은 사라졌고, 금속 껍질은 햇살에 밝게 반짝이며 등대처럼 시선을 끌고 있었다. 나는 머릿속에서 그 비행기를 내려다보며, 비행기가 기다리고 있음을 알 수 있었다. 이제 비행기가 안달하고 있음을 느낄 수 있었다. 비행기는 발견되기를 갈망하고 있었다.

그 주 수요일, 이상한 일이 일어났다. 책상에 앉아서 맞지 않는 결산을 맞추고 있는데, 로비에서 형의 목소리가 들렸다.

물론 형의 목소리는 아니었다. 나도 알고 있었다. 그러나 그 음색과 높낮이가 이상할 만큼 친숙해서 나는 의자에서 일어나 조용히 문으로 걸어간 뒤 문을 열고 내다보지 않을 수 없었다.

로비에는 뚱뚱한 남자가 있었다. 전에 본 적이 없는 사람이었다. 고객은 아니었다. 그저 길을 물으려고 안으로 들어온 사람이었다.

그 사람은 형을 전혀 닮지 않았다. 늙고, 머리가 벗어졌고, 아래로 처진 빽빽한 코밑수염을 길렀다. 그 남자가 말하는 모습을 지켜보는 사이, 친숙하지 않은 손짓을, 입 위의 얼굴 표정을 지켜보는 사이, 그 사람의 목소리가 형의 목소리라는 환상은 점차 사라졌다. 그 목소리는 조금 너무 걸걸했고, 약간 너무 퉁명스러웠다. 노인의 목소리였다.

하지만 그러다가 나는 눈을 감았다. 그러자 즉시 그 목소리는 형의 목소리가 되었다. 나는 꼼짝도 않고 그 자리에 가만히 서서 그 소리에 온 정신을 집중했다. 그리고 귀를 기울였다. 내 깊은 곳에서 슬픔과 상실감이 걷잡을 수 없이 솟구쳤다. 전에 느꼈던 그 어떤 것보다 강하게 나를 휩쓸었다. 어찌나 강렬한지 실제로 내 몸에 구역질이 일었다. 나는 배를 세게 맞은 듯이 허리를 앞으로 조금 굽혔다.

"미첼 씨?"

목소리가 들렸다. 나는 몸을 펴며 눈을 떴다. 셰릴이 카운터 뒤에 서서, 몹시 걱정스러운 표정으로 나를 뚫어지게 보고 있었다. 뚱뚱한 남자는 로비 가운데에 서서 오른손으로 코밑수염 한쪽 끝자락을 만지작거리고 있었다.

"괜찮으세요?"

셰릴이 물었다. 당장이라도 내 옆으로 달려올 듯한 모습이었다.

나는 머릿속으로 방금 전의 일들을 재빨리 되살려서, 거기 선 채로 신음이나 탄식 같은 어떤 소리를 내지 않았는지 확인하려고 애썼지만, 완전히 깜깜했다.

"괜찮아요."

내가 대답했다. 나는 헛기침을 하고, 뚱뚱한 남자를 보며 미소를 지었다. 남자는 다정하게 고개를 끄덕였고, 나도 답례로 고개를 끄덕였다. 그런 뒤, 내 사무실로 들어가서 문을 닫았다.

그날 저녁, 신문에서 미드웨스트에서 최근, 아무 의심 없이 돈을 투자한 사람들에게서 수백만 달러를 갈취하는 엄청난 사기극이 벌어졌다는 기사를 읽었다.

지방신문에 가짜 광고가 실린다. 정부에서 마약 단속으로 압류한 물건을 공매한다는 광고다. 사람들은 정부가 실시하는 공매이니 수상쩍은 일은 전혀 끼어들 수 없다고 믿은 채, 실물도 공개되지 않은 물건에 입찰을 한다. 사기 일당은 사람들 속에 공범 몇 명을 섞어두고, 일부러 경매가를 높인다. 피해자들은 시가의 10퍼센트도 안 되는 값에 물건을 샀다고 생각하고 수표로 돈을 지불한다. 그 뒤, 이 주 후면 그 물건은 그저 카탈로그에 실린 사진뿐, 아예 존재하지도 않는다는 사실을 알게 된다.

나는 놀랄 만큼 침착하게 그 기사를 읽었다. 내 수표는 전날, 지불이 완료되었다. 내가 직접 은행에 가서 확인했다. 잔고는 1878.21달러로 표시되어 있었다. 나는 3만 1000달러를 날렸다. 우리 저축의 거의 전부다. 그래도 믿기지 않았다. 이렇게 조용히 일어나기에는 너무 끔찍한 일 같았다. 엄청난 재앙이었다. 내가 겪은 재앙 중 최악인 것 같았다. 그런데도 그 재앙은 신문 중간에 실린 조그마한 기사라는 너무도 작은 팡파르만 울리며 찾아왔고, 그래서 받아들이기 힘들었다. 더 큰 것이 필요했다. 한밤중에 전화벨이 울려서 잠에서 깨어나거나, 멀리서 사이렌 소리가 들리거나, 내 가슴 한가운데에서 갑자기 섬광 같은 통증이 이는 것 같은 일이 필요했다.

사실 비탄보다 안도감이 느껴져서 스스로에게 놀랐다. 내 머릿속에 더플백 생각이 계속 남아 있는 한, 나는 3만 1000달러를 사소한 것으로, 작은 실수이자 안타까운 오판으로 여길 수 있었다. 그리고 내가 그냥 잃어버린 것이 아니라 누가 훔쳤다는 생각에 이상하게 마음이 편안했다. 밖에는 나만큼 나쁜 사람, 아니, 더 나쁜 사람이 있다. 그 사람들은 전국을 돌아다니며 죄 없는 사람들의 저금을 강탈한다. 그렇게 생각하자, 내가 저지른 일은 조금 더 설명될 만하게, 조금 더 자연스럽게 느껴졌다. 그렇게 생각하자, 내가 저지른 일은 더 이해되기 쉬워졌다.

물론 두려움이 발작처럼 찾아오기는 했다. 그 점을 부인할 수는 없다. 내 안도감에는 차갑고 작은 공포의 핵이 섞여 있었다. 우리가 범죄의 낭떠러지에 떨어지지 않도록 내가 쳐놓은 안전망, 문제가 일어날 듯하면 곧장 돈다발을 태우겠다는 생각은 이미 멀리 휩쓸려 사라졌다. 앞으로 무슨 일이 일어나든, 이제 우리는 절대로 돈을 포기할 수 없다. 그 돈 없이는 가진 게 아무것도 없기 때문이다. 자유에 대한 내 마지막 환상이 벗겨졌고—그 점은 더할 나위 없이 명확하게 깨달았다—바로 그 생각이 내 두려움의 핵심에 자리 잡고 있었다. 나는 함정에 빠졌다. 이제부터는, 나는 그 돈의 절대적인 필요성이 시키는 바를 그대로 따를 수밖에 없으리라. 욕구에 따른 선택이 아닌, 어쩔 수 없는 선택이 되리라.

그 기사를 다 살핀 뒤, 그 면을 찢어서 변기에 넣고 물을 내렸다. 우리가 안전하게 멀리 사라지기 전에 아내에게 들키기 싫었다.

그날 밤 늦게, 메리 베스를 나무에서 풀어 차고로 데려가고 있을 때, 목걸이 밑에 털이 쓸린 곳들이 심하게 악화되어 있는 것을 발견했다. 이제 살갗이 벌어져서 피가 나고, 고름이 질질 흐르고 있었다. 그 주위 털에는 진흙이 딱딱하게 굳어 있었다.

그 모습을 보자 연민이 솟구쳤다. 젖은 땅에 무릎을 대고 앉아서, 메리 베스의 목걸이 걸쇠를 풀려 했다. 그러나 내가 손을 대자마자, 개는 고개를 뒤로 빼더니 아주 빨리, 아주 솜씨 좋게, 관목 울타리를 가지치기하는 사람처럼 내 손목을 물었다.

나는 깜짝 놀라서 펄쩍 뛰어올랐다. 메리 베스는 진흙 속에 움츠렸다. 개에게 물린 것은 난생처음이었다. 어떻게 대응해야 할지 알 수 없었다. 개를 발로 차고 마구 몰아서 앞뜰 한데에서 밤을 보내게 할까도 생각했지만, 그 생각은 접었다. 나는 알고 있었다. 정말 화가 난 것이 아니라 화가 나야 한다고 느꼈을 뿐임을.

손목을 잘 살폈다. 해가 졌고, 마당은 어두웠다. 그러나 느낌으로 보아서 살 속까지 물린 것은 아니었다. 살짝 문 것이었다. 주먹을 꽉 쥐고 날린 강타보다는 손바닥으로 찰싹 쳤다고 할까.

진흙에 엎드려서 앞발을 핥고 있는 메리 베스를 지켜보았다. 나는 알았다. 메리 베스를 위해서 해야 할 일이 있다. 이 개는 아프고 불행하다. 동물원에 있는 동물처럼 낮에는 내내 묶여 있고 밤에는 갇혀 있다.

현관 앞 등이 켜지더니 아내가 문밖으로 고개를 내밀었다.

"자기."

아내가 불렀다. 나는 여전히 물린 손목을 다른 손으로 잡은 채, 그쪽으로 몸을 돌렸다.

"뭐 해?"

아내가 물었다.

"개가 물었어."

"뭐라고?"

아내는 내 말을 못 들었다.

"아무것도 아니야."

나는 몸을 숙여서 조심스레 메리 베스의 목걸이를 잡았다. 메리 베스는 순순히 나를 따랐다. 나는 아내에게 말했다.

"차고에 넣는 중이야."

목요일 깊은 밤, 나는 눈을 뜨고 침대에서 윗몸을 일으켜 앉았다. 내 몸은 말 그대로 덜덜 떨고 있었다. 비이성적이고 당혹스러운 조바심 때문이었다. 깊은 꿈속에서 계획이 떠올랐던 것이다. 몸을 돌려서 아내를 깨우고 그 계획을 말하려 했다.

"여보."

나는 아내의 어깨를 흔들며 다급하게 불렀다. 아내는 반대쪽으로 돌아누웠다.

"하지 마."

아내가 투덜거렸다. 나는 불을 켜고 아내를 당겼다.

"여보."

나는 아내를 내려다보면서 아내가 눈을 뜨기를 기다렸다. 그러고는 아내가 눈을 떴을 때, 말했다.

"비행기를 없앨 수 있어."

"뭐?"

아내는 아기 침대를 흘깃 본 뒤 나를 보며 눈을 깜박였다. 아직 잠에서 덜 깬 얼굴이었다.

"용접기를 빌릴 거야. 숲으로 가져가서 비행기를 잘게 쪼개면 돼."

"용접기?"

"쪼갠 조각은 숲에 묻는 거야."

아내는 내가 하는 말을 머리에 담으려고 애쓰며 나를 바라보았다.

"이제 증거는 비행기뿐이잖아. 그것만 사라지면 걱정할 게 없어."

아내가 윗몸을 일으켜 앉은 뒤 손으로 머리를 넘겼다.

"비행기를 조각내겠다고?"

"누가 발견하기 전에 해야 해."

나는 잠시 말을 멈추고 생각했다.

"내일 해도 되겠다. 회사에는 휴가를 낼게. 여기저기 전화를 해보면 용접기를 대여하는 곳을 찾을……."

"자기야."

그 목소리에 깃든 어떤 기운 때문에 나는 말을 멈추고 아내를 돌아보았다. 아내 얼굴은 겁먹은 표정이었다. 굳게 팔짱을 끼고 있었다.

"왜 그래?"

내가 물었다.

"자기가 하는 말을 잘 새겨봐. 어떻게 들릴지 생각해봐."

나는 멍하니 아내를 바라보았다.

"미친 소리 같아. 용접기를 숲으로 가져가서 비행기를 잘라? 미친 짓이야."

듣자마자 그 말이 옳다는 것을 깨달았다. 갑자기 내 말이 터무니없게 느껴졌다. 어린아이처럼 옹알거리며 늘어놓은 잠꼬대 같았다.

"마음을 가라앉혀야 해. 상황에 휘말리면 안 돼."

아내가 말했다.

"나는 그저……."

"이런 행동은 안 돼. 이미 지난 일은 지난 일이야. 이제는 우리 삶을 살아야지."

나는 아내의 손을 쓰다듬어서 다 괜찮다는 것을, 내가 자제력을 찾았다는 것을 보여주려고 했다. 그러나 아내는 손을 뺐다.

"계속 이러다가는 결국 모두 다 잃게 돼."

아내가 말했다. 아만다가 잠깐 우는 소리를 내다가 멈췄다. 아내와 나는 아기 침대를 흘깃 보았다.

"결국 자백하게 돼."

아내가 속삭였다.

나는 고개를 가로저었다.

"자백할 일은 없어."

"이제 거의 다 끝나가. 조만간 누가 비행기를 발견하겠지. 소동이 일어날 거야. 그다음에는 사람들 생각에서 잊혀지기 시작할 거야. 그러면 우리는 떠날 수 있어. 그냥 돈을 갖고 떠나면 돼."

아내는 우리가 떠나는 상상을 하는 듯이 눈을 감았다. 그리고 다시 떴다.

"돈은 바로 여기 있어."

아내는 손으로 침대를 톡톡 쳤다.

"바로 우리 아래에. 잘 지키기만 하면 우리 것이야."

나는 아내를 물끄러미 보았다. 탁자 스탠드 불빛에 아내의 머리카락이 금빛으로 반사되었다. 마치 아내에게 후광이 있는 듯했다.

"그래도 가끔 괴로울 때가 있지 않아?"

내가 물었다.

"괴로워?"

"우리가 저지른 일 때문에."

"당연하지. 늘 괴로워."

나는 고개를 끄덕였다. 아내가 내 말을 인정하다니, 나는 마음이 가벼워졌다.

"그렇지만 어쩔 수 없이 안고 살아야 할 우리 몫이야. 그냥 다른 슬픔이나 마찬가지 것으로 생각해야 해."

"그래도 다른 슬픔이랑은 달라. 나는 내 친형을 죽였어."

"자기 잘못이 아니야. 스스로 선택한 게 아니잖아. 그 생각에 믿음을 가져야 해."

아내가 손을 뻗어서 내 팔을 쓰다듬었다.

"그 생각이 진실이야."

나는 아무 말도 하지 않았다. 아내는 내 팔을 살짝 꼬집듯 꽉 잡았다.

"내 말뜻 알지?"

아내가 물었다. 아내는 나를 뚫어지게 보며 내가 고개를 끄덕일 때까지 내 팔을 꽉 잡고 있었다. 그런 뒤에 시계를 보려고 고개를 돌렸다. 아내의 머리가 스탠드 불빛에서 멀어지자 후광도 사라졌다. 새벽 3시 17분이었다. 나는 이제 완전히 깨어 있었다. 머리도 맑았다. 마음속으로 아내의 말을 계속 되풀이했다.

'자기 잘못이 아니야.'

"이리 와."

아내가 말했다. 아내는 양팔을 내밀고 있었다. 나는 아내에게 몸을 기댔다. 아내는 나를 안고 천천히 앞으로 당겼다.

아내가 속삭였다.

"다 잘될 거야. 내가 약속할게."

아내는 내가 다시 일어나 앉지 않을 것을 확인하는 듯 잠시 그대로 있다가, 몸을 돌려서 스탠드를 껐다.

어둠 속에 누워 있을 때, 메리 베스가 울부짖기 시작했다.

"쏘아 죽일래. 그게 메리 베스를 불행에서 구하는 길이야."

"아, 제발."

아내가 이미 반쯤 잠에 빠진 채 한숨을 쉬었다. 아내는 내 오른쪽으로 몇 센티미터 떨어져서 누워 있었다. 우리 둘 사이에 벌어진 틈의 시트는 점점 차갑게 식었다.

"이제 총으로 다 해결하네."

동이 트기 전 어느 순간부터 겨울이 되돌아왔다. 북쪽에서 바람이 불었고, 공기는 다시 차가워졌다.

금요일 아침, 출근길에 농장 지역을 지나는 참에 눈이 오기 시작했다.

9

아침 내내 계속 내리던 눈은 오후까지 이어졌다. 하늘에서 누가 눈송이들을 내던지는 듯이, 끝없이 펑펑 내렸다. 라이클리 사료상으로 들어오는 손님들이 눈도 함께 끌고 왔다. 어깨에서 털어낸 눈, 부츠 발자국으로 찍힌 눈. 그렇게 눈이 문 앞 타일 바닥에 모여서 녹으며 작은 웅덩이가 생겼다. 눈의 갑작스러운 출현, 빠르게 떨어지는 눈의 속도, 눈이 마을에 드리운 유령 같은 정적. 이런 눈에 모두가 흥분한 듯했다. 감탄하는 사람까지 있었다. 로비에서 내 사무실로 흘러드는 목소리들은 지나치게 들떠 있었다. 활기차고 지나칠 만큼 다정한, 명절을 맞은 듯한 목소리였다.

그러나 나에게 눈보라는 흥분제가 아니라 진정제였다. 눈 때문에 나는 침착해지고 안정되었다. 일은 본체만체하고, 오전 시간 대부분 동안 책상에 앉은 채 창밖만 내다보았다. 마을에 내리는 눈이 자동차와 건물의 외곽선을 부드럽게 만들고 색을 지우며, 온갖 것을 하얗게, 똑같게, 특색 없이 만드는 것을 지켜보았다. 길 건너 묘지에 내리는 눈이 형과 루와 낸시와 소니의 검은 사각형 무덤을 지우는 것을 지켜보았다. 눈을 감자, 자연보호림에 내리는 눈이 과수원의 움츠린 나무 사이로 조용히 흩어지며, 천천히, 송이송이, 비행기를 덮는 광경이 떠올랐다.

나는 아내의 논리—어쨌든 비행기 잔해는 발견되어야 한다는 논리—를 받아들였다. 발견된 뒤에 잊혀져야 한다. 그래야 우리는 이곳을 떠나서 새로운 삶을 시작할 수 있다. 그러나 비행기 잔해가 표면에 떠오르기까지 오래 걸릴수록 우리가 더 안전하리라는 것 또한 나는 알고 있었다. 나는 조용히 기도했다.

'아무도 총격과 비행기의 돈을 연결하지 않게 해주십시오. 비행기를 생각할 때 총격을 기억하는 사람이 아무도 없게 해주십시오.'

눈보라를 지켜보고 있는 동안 나는 어디로 갈지, 어떻게 살지 백일몽을 꾸었다. 메모지에 끼적였다. 미니 요트, 콩코드 제트기, 외국 지명들. 어느 섬 해변에서 아내와 사랑을 나누는 상상을 했다. 외국 시장에서 산 값비싼 선물로 아내를 깜짝 놀라게 하는 상상을 했다. 이국적인 향수, 상아와 나무로 만든 작은 조각품들, 갖가지 크기와 색의 보석들.

눈은 수그러들지 않고 종일 계속 내리며, 아침에 난 발자국들을 채우고, 방금 눈을 치운 도로에 다시 날아들었다.

퇴근을 삼십 분쯤 앞두고 젠킨스 보안관이 전화를 했다.

"잘 있었나? 바쁜가?"

"아뇨, 괜찮습니다. 주말을 앞두고 정리하는 정도죠."

"그럼, 내 사무실에 들를 수 있나? 아주 잠깐이면 돼. 자네 도움을 필요로 하는 분이 있어."

"누구죠?"

"닐 박스터라고, FBI에서 오신 분이야."

눈을 헤치고 길을 건너면서 생각했다.

'내가 한 일과는 아무 상관 없어. 나를 체포할 생각이었다면 전화를 할 리도 없잖아. 직접 사료상으로 와서 잡아가지.'

보안관 사무실은 시청에 있었다. 시청은 납작한 이층짜리 벽돌 건물로, 정문 앞에 낮은 콘크리트 계단이 있었다. 나는 그 계단 발치, 알루미늄 깃대 옆에서 잠깐 걸음을 멈추고 얼른 매무시를 가다듬었다. 머리에 묻은 눈을 털었다. 오버코트 단추를 풀고 넥타이를 똑바로 당겼다.

보안관이 입구에 있었다. 나를 기다리고 있던 것 같았다. 보안관은 미소를 지은 채, 친한 친구에게 인사하듯 나에게 인사했다. 내 팔을 잡고 왼쪽, 자기 사무실 쪽으로 나를 이끌었다.

보안관 사무실은 바깥쪽의 큰 사무실과 안쪽의 작은 사무실, 이렇게 두 개가 있었다. 얼굴이 예쁘고 체구가 아담한 보안관의 아내 린다 젠킨스가 바깥쪽 사무실 책상에 앉아서 타자를 치며 일하고 있었다. 우리가 들어가자 젠킨스 부인은 미소를 지으며 인사했다. 나도 미소로 답했다. 젠킨스 부인 뒤, 열린 문 사이로, 뒤돌아 앉아 있는 남자의 모습이 보였다. 키가 컸고, 머리를 짧게 잘랐으며, 짙은 회색 정장 차림이었다.

나는 보안관을 따라서 안쪽 사무실로 들어갔다. 보안관이 문을 닫자, 젠킨스 부인의 타자 소리는 사라졌다. 작은 방에는 여유 공간이 거의 없었다. 나무 책상 하나, 플라스틱 의자 세 개, 창 맞은편 벽을 따라 놓인 캐비닛들. 캐비닛 위에는 사진 두 개가 있었다. 하나는 젠킨스 부인이 무릎에 고양이를 안고 있는 사진이고, 다른 하나는 젠킨스네 가족사진으로, 자녀, 손자, 사촌, 조카, 사돈, 모두가 파란 셔터가 있는 노란 집 앞 잔디밭에 옹기종기 모여 있는 사진이었다. 책상은 깔끔하게 정돈되어 있었다. 플라스틱 받침에 놓인 작은 미국 국기 옆에는 노란 연필이 가득 들어 있는 양철통, 아래에 종이 한 장 없는 돌 문진 하나가 있었다. 책상 뒤 벽에는 유리문이 달린 총 캐비닛이 걸려 있었다.

"이분은 박스터 요원이시네."

보안관이 말했다.

남자가 의자에서 일어서서 내 쪽으로 몸을 돌렸다. 남자는 악수를 하려고 몸을 숙였는데, 손을 내밀기 전에 바지 옆에 손바닥을 닦았다. 호리호리하지만, 어깨는 넓었다. 사각형 얼굴에, 권투선수처럼 코가 납작했다. 악수를 할 때는 짧고 다부지고 결단력 있게 손을 잡았다. 박스터 요원은 보안관이 나를 소개하는 동안 내 눈을 똑바로 보았다. 나는 이상하게도 왠지 이 남자가 친숙하게 느껴졌다. 영화배우나 운동선수를 닮아서 그런 것 같기도 했지만, 그 닮은 사람이 누구인지는 딱 꼬집을 수 없었다. 막연하게 비슷한 사람이 있다는 정도밖에 생각할 수 없었다. 품위 있는 사람으로, 주위를 진정시키는 능력이 은은한 빛으로 흐르는 듯했다.

자리에 앉자, 보안관이 말했다.

"이번 겨울에 자연보호림 근처에서 우리가 만났던 일, 기억나나?"

"예."

내가 말했다. 가슴 한가운데에서 주먹만 한 공포가 뭉치고 있었다.

"그날 제이컵이 그랬던가? 그 며칠 전에 비행기 엔진 소리를 들었다고?"

나는 고개를 끄덕였다.

"자네가 들었던 대로 이 박스터 요원에게 말 좀 해주겠나?"

피할 방법을 전혀 찾을 수 없었다. 거짓말을 하거나 그 질문을 빠져나갈 길은 없었다. 그래서 보안관이 부탁한 대로 했다. 형이 한 이야기를 끄집어내서 FBI 요원에게 내놓았다.

"눈이 오고 있었어요. 아주 많이요. 오늘처럼. 그래서 정말이지 확실하지는 않아요. 그렇지만 쿨럭쿨럭하는 엔진 소리 같았어요. 차를 길옆에 대고 귀를 기울였는데, 그것 말고는 아무것도 안 들리더군요. 충돌 소리도 없고, 엔진 소리도 없고, 아무것도 없었어요."

보안관도 박스터 요원도 입을 열지 않았다.

"그냥 스노모빌이었는지도 몰라요."

내가 말했다. 박스터 요원은 무릎에 작은 검정 수첩을 놓고 이제 메모를 하고 있었다.

"날짜를 기억하십니까?"

박스터 요원이 물었다.

"보안관님을 12월 31일에 봤죠. 그 며칠 전이었어요."

"우리가 마주친 곳에서 가까웠다고 말했지? 앤더스 보호림 외곽?"

보안관이 물었다.

"맞습니다."

"어느 방향으로 가고 있었나?"

"남쪽으로요. 가운데쯤을 지났어요."

"피더슨네 근처?"

나는 고개를 끄덕였다. 심장이 쿵쾅거리며 관자놀이까지 박동이 느껴졌다.

"그곳까지 안내를 부탁해도 될까요?"

박스터 요원이 물었다.

나는 요원을 보며 잘 모르겠다는 표정을 지었다.

"자연보호림까지요?"

보안관이 말했다.

"아침에 가야 하네. 눈보라가 지나간 뒤에."

내 오버코트에서 녹은 눈이 바닥으로 똑똑 떨어지고 있었다. 코트를 벗으려다가 그만두었다. 손을 받치던 무릎이 없자, 손이 얼마나 떨리는지 보았기 때문이다.

"왜 그러시죠?"

내가 물었다.

잠깐 침묵이 흘렀다. 보안관과 FBI 요원은 누가 말할지, 어디까지 밝혀야 할지 망설이고 있는 듯했다. 마침내 박스터 요원이 보안관에게 살짝 어깨를 으쓱했다. 더할 수 없이 가볍고 미묘한 몸짓이었다.

보안관이 말했다.

"FBI에서 비행기를 찾고 있네."

"물론 이건 다 기밀입니다."

요원이 말했다.

"행크도 그런 것은 충분히 알고 있을 겁니다."

FBI 요원은 의자 깊숙이 등을 밀고 다리를 꼬았다. 반짝이는 검정 구두에는 눈길을 걸어오느라 묻은 물이 작은 점들로 흩어져 있었다. 요원은 꿰뚫는 눈길로 한참 나를 보았다.

"작년 7월, 시카고 연방준비은행을 나서던 현금 수송 차량이 도난을 당했습니다. 우리는 처음부터 내부 공범이 있다고 의심했지만, 수사에는 아무 진전이 없었습니다. 그런데 지난 12월, 자동차 운전기사가 옛날 애인을 강간한 혐의로 체포됐습니다. 변호사에게 이십오 년형을 받을 것이라는 말을 들은 뒤에, 이 사람이 우리한테 얼른 전화를 걸어서 증언할 테니 감형해달라고 했습니다."

"공범들을 넘겼군요."

내가 말했다.

"그렇습니다. 어쨌거나 그 남자는 공범들에게 화가 나 있었죠. 공범이 돈을 훔친 뒤에 그 남자에게 제 몫을 주지 않고 도망쳤으니까요. 그래서 그 남자가 공범을 지목했고, 우리는 형량을 줄여주었습니다."

"그래서 은행 강도들은 체포하셨나요?"

"그 강도들 고향인 디트로이트까지 추적해서 아파트 바깥에 감시 팀을 두었습니다."

"감시 팀요? 왜 그냥 체포하지 않고요?"

"돈도 확실하게 증거로 확보해야 했습니다. 이 사람들이 돈을 쓴 증거가 아직 없었습니다. 두 사람 다 직업이 있고, 스타디움 아래쪽의 쥐구멍만 한 아파트에 같이 살고 있었습니다. 그래서 우리는 이 사람들이 돈을 어디 숨기고 아무도 찾지 않을 때까지 기다리고 있는 것으로 추측했습니다. 그런데 안타깝게도 우리 감시 팀이 부주의해서 용의자가 도망쳤습니다. 이튿날 캐나다 국경을 건너려는 용의자 한 명을 잡았습니다. 그렇지만 다른 한 명은 사라졌죠. 거의 포기하려고 할 때 정보원이 제 파트너에게 전화를 걸어서 용의자가 디트로이트 외곽 비행장에서 경비행기로 이륙하려 한다는 제보를 했습니다. 서둘러 그리로 갔지만, 도착했을 때는 비행기가 막 이륙한 직후였습니다."

"쫓아갈 수 없었나요?"

내가 물었다.

"그럴 이유가 없었습니다."

"FBI에서는 용의자가 어디로 가는지 알고 있었어."

보안관이 말했다. 보안관은 그 일이 아주 재미있는 모양이었다. 의자에 등을 딱 붙이고 앉아서 FBI 요원을 보며 씩 웃었다. 요원은 보안관의 웃음에 대꾸하지 않았다.

"제 파트너의 정보원이 용의자의 목적지도 밝혔습니다. 역시 작은 비행장으로 신시내티 북쪽에 있는 것이었습니다."

요원은 잠깐 말을 멈추고 나를 뚫어지게 보며 얼굴을 찌푸렸다.

"안타깝게도 비행기는 도착하지 않았습니다."

"다른 데로 갔겠죠."

"가능성은 있지만 희박합니다. 우리는 여러 이유로 우리 정보원의 말이 거의 의심할 바 없다고 믿고 있습니다."

"FBI에서는 가는 도중에 추락했을 거라고 생각하고 있어. 항로를 따라서 마을마다 수사를 하고 있지."

보안관이 말했다.

"비행기에 돈이 있었나요?"

내가 물었다.

"그러리라고 생각합니다."

요원이 말했다.

"얼마나요?"

박스터 요원은 보안관을 흘깃 보았다. 그런 뒤에 나를 보았다.

"수백만 달러입니다."

나는 믿기지 않는 척하려고 낮게 휴 하고 소리 내며 눈썹을 추켜세웠다.

"내일 아침 9시쯤에 출발하려고 해. 날씨가 갠 뒤에. 그때 올 수 있나?"

보안관이 말했다.

"비행기가 내려앉는 걸 보지는 않았어요. 그냥 엔진 소리만 들었어요."

두 사람은 나를 빤히 보면서 나의 다음 말을 기다렸다.

"그러니까 제 말은, 거기서는 정말이지 아무것도 못 찾을 것 같다는 말이죠."

박스터 요원이 말했다.

"미첼 씨, 확실하지 않다는 것은 우리도 잘 알고 있습니다. 그렇지만 확실하지 않더라도 조금의 가능성이 있는 곳이라면 어디든 수사하고 있습니다."

"그냥 제가 보여드릴 게 없어요. 저는 차에서 내리지도 않았어요. 그 냥 차를 타고 앤더스 보호림 도로를 따라가면 제가 본 것이랑 똑같은 걸 보실 수 있어요."

"그래도 와주시면 고맙겠습니다. 일단 거기 가면 생각나는 게 얼마 나 많은지 놀라실 겁니다."

"9시라서 불편한가? 원하면 더 일찍 만나도 돼."

보안관이 말했다. 내 고개는 따로 저만의 의지력을 갖춘 듯 도리질 했다. 보안관이 나를 보며 씩 웃었다.

"돌아오는 길에 내가 커피를 대접함세."

일어서서 나가려 할 때 박스터 요원이 말했다.

"이번 일이 기밀이라는 점을 저로서는 강조하고 또 강조하지 않을 수 없습니다, 미첼 씨. 이 모든 사건이 FBI로서는 부끄러운 일입니다. 언론에서 어떻게든 이 사건을 알게 되면 곤란합니다."

내가 뭐라 대답하기 전에 보안관이 끼어들었다.

"언론은 무슨. 저 숲에 400만 달러가 있다는 그 이야기가 새면 보물 사냥으로 빌어먹게 난리가 날 거요."

보안관이 웃으며 나에게 작별 인사로 윙크를 했다. 루가 하던 인사 와 같았다. 박스터 요원은 싸늘하게 웃었다.

집에 들어서니 아내는 이미 저녁을 준비하고 있었다.

"강도?"

아내가 내 이야기를 들은 뒤 말했다. 아내는 고개를 가로저었다.

"절대 아니야."

나는 맞은편에 앉아서 아내가 바비큐 치킨 다리 한쪽을 접시에 더는 것을 지켜보았다. 내 몫은 이미 접시에 놓여 있었다.

"절대 아니라니, 무슨 뜻이야?"

"말이 안 되잖아. 납치가 말이 돼?"

"이건 추측이 아니야. 가정도 아니야. FBI에서 온 사람이랑 이야기를 했다니까. 그 사람이 말한 거야."

아내는 얼굴을 찡그린 채 접시를 내려다보며, 포크로 쌀밥을 밀어서 콩과 섞었다. 아기는 우리 옆 바닥에 놓인 이동식 요람에 누워 있었다. 아기는 요즘 늘 짓는 표정 그대로였다. 방금이라도 울음을 터뜨릴 듯한 표정.

"돈이 가득 든 비행기를 찾고 있대. 이 근처에 그런 비행기가 또 있을 수 있어?"

"100달러짜리 지폐야. 현금 수송 차량이면 다른 지폐도 있어야지. 50달러짜리, 20달러짜리, 10달러짜리도 있어야 해."

"내 말은 뭘 들었어? 방금 말했잖아. 내가 직접 그 사람이랑 이야기를 했다니까."

"낡은 돈이야. 연방준비은행에서 나오고 있었다면, 새 돈이어야 해. 거기서 헌 돈을 태우고 새 돈으로 바꾸니까."

"그럼, 그 사람이 나한테 거짓말을 했다는 말이야?"

아내는 내 말을 듣지 않는 것 같았다. 입술을 깨물며 아기 쪽으로 고개를 돌리고 있었다. 갑자기 아내가 흥분한 표정으로 나를 보았다.

"그 사람이 배지를 보여줬어?"

"왜 나한테 배지를 보여주겠어?"

아내는 접시에 포크를 놓고, 의자를 뒤로 밀더니 주방을 뛰어나갔다.

나는 어리둥절하여 아내를 불렀다.

"여보!"

"잠깐만."

아내가 등 뒤에 대고 소리쳤다.

아내가 주방을 나가자마자 아기가 울기 시작했다. 나는 아기를 보지도 않았다. 어떤 자국도 남기지 않고 비행기로 돈을 가져갈 방법을 생각해내려고 애쓰며 나이프로 닭고기를 긁어서 뼈를 발라냈다.

아기는 울음소리를 더 크게 냈다. 몸 전체가 주먹처럼 딱딱해지고, 얼굴에 피가 쏠려서 새빨개졌다.

"쉿."

내가 나지막이 말했다. 천천히 식어가는 닭고기를 뚫어지게 보았다. 밤사이에 다녀와야 해. 저녁을 먹은 직후, 눈이 그치기 전에. 어둠 속에서 해야 해. 콘도미니엄으로 날린 돈을 만회할 수 있게, 세 뭉치만 내가 가져야지. 그리고 나머지는 다 돌려주는 거야.

조금 뒤, 아내가 돌아왔다. 종이 한 장을 들고 있었다. 볼에 홍조를 띤 채 기쁨에 들뜬 표정으로 앉더니, 들고 온 종이를 선물처럼 내 앞에 내밀었다.

나는 받자마자 알아보았다. 납치 기사를 복사한 종이였다.

"이게 뭐?"

내가 물었다. 아내가 나를 보며 방긋 웃었다.

"이 사람이지?"

아내는 몸을 숙이고 아만다의 얼굴을 어루만졌다. 아만다는 울음을 그쳤다.

나는 종이를 찬찬히 보았다. 사진이 있는 세 번째 기사였다. 왼쪽에서 오른쪽으로 사진들을 꼼꼼히 보았다. 동생의 사진, 형의 사진, 경비원을 죽이는 동생의 정지 영상이었다.

"그 사람이 자기 동생을 찾는 거야."

아내가 말했다. 내 눈은 가운데 사진으로 다시 돌아갔고, 한순간, 그 사람을 알아볼 것 같은 기분이 짧고 강렬하게 휘몰아쳤다. 그 남자의 눈에, 뺨에서 입으로 흐르는 얼굴선에, 고개를 들고 있는 방식에, 어딘지 친숙한 구석이 있었다. 그러나 그러다가, 그 기분은 온 만큼이나 빨리 사라졌다. 수염과 짙은 머리카락, 두꺼운 몸, 범인 사진에서 볼 수 있는 찡그린 표정 등 다른 모습에 휩쓸려 사라졌다.

"그 FBI 요원이 버논이라는 말이지? 형이라는 사람?"

나는 식탁 위, 나와 아내 사이에 종이를 놓았다.

아내는 여전히 미소를 지은 채 고개를 끄덕였다. 아내도 나도 아직 음식에는 입도 대지 않았다. 음식은 이제 차갑게 식었고, 닭고기 소스는 점점 끈끈해졌다. 나는 사진을 세세히 살폈다. 버논 보코브스키의 생김새에서 박스터 요원을 찾아내려고 애썼다. 집중해서 실눈을 뜨고 보니, 잠깐 박스터 요원이 떠오르는 듯했지만, 역시 순식간에 사라졌다. 사진은 몇 년 전 것이었다. 흐릿하고 입자가 거칠었으며 그림자도 짙었다.

"아니야. 오늘 내가 만난 남자는 더 날씬했어."

나는 종이를 아내 쪽으로 밀었다.

"머리도 짧고 수염도 없었어."

"살을 뺐겠지. 머리를 자르고 면도를 했겠지."

아내는 나를 보다가 기사를 보다가 다시 나를 보았다.

"충분히 그럴 수 있잖아."

"그냥 그 사람 같지 않다는 말이야."

"틀림없이 그 사람이야. 분명해."

"그 사람은 FBI 요원 같았어. 영화배우 같은, 프로페셔널한 모습이었어. 침착하고, 차림새도 완벽하고, 멋진 진회색 정장에……."

"그건 누구나 할 수 있어."

아내가 못 참고 말했다. 그러고는 기사를 찰싹 쳤다.

"납치하려고 경찰로 변장했던 사람이야. 몸값을 되찾으려고 FBI 요원인 척하는 게 뭐 어렵겠어?"

"그렇지만 너무 위험하잖아. 여기부터 신시내티까지 마을을 다 훑어야 해. 그 마을 경찰서마다 모습을 보여야 해. 어느 경찰서에는 수배 포스터가 붙어 있을 수도 있잖아. 잡아달라고 부탁하는 꼴이잖아."

"입장을 바꿔서 생각해봐. 아주버님이 돈을 몽땅 비행기에 싣고 날아갔는데, 사라졌어. 추락한 것 같은데, 기다리고 기다려도 기사 한 줄 안 나와. 그러면 나서서 찾지 않겠어?"

나는 식탁 위의 사진들을 물끄러미 보면서 아내의 말을 생각했다.

"자기가 그 사람이라도 그냥 포기할 리 없잖아. 최소한 돈을 찾으려고 나서기는 할 거잖아."

나는 조용히 말했다.

"그 사람은 더 날씬했어."

"돈을 지키려고 우리가 이미 한 일들을 생각해봐. 거기 비하면 그 사람이 지금 하고 있는 일은 아무것도 아니야."

"그렇지 않아. 지금 당신이 이야기를 지어내는 거야."

"진짜 FBI가 비행기를 이런 식으로 찾을까? 주를 다 훑는데 자동차로 요원 한 명만 보낼까? 그냥 공개 수배령 같은 걸 내리지 않을까?"

"언론에 사건이 새지 않기를 바라니까."

"그럼 전화를 쓰겠지. 요원을 보내지는 않을걸."

"그럼 납치범은 왜 전화를 안 썼을까? 그게 더 안전하잖아. 체포될 위험도 적고."

아내는 고개를 가로저었다.

"직접 가고 싶으니까. 자신이 일을 통제할 수 있기 바라니까. 자신이 입은 옷, 자신이 하는 행동으로 사람들을 믿게 하고 싶으니까. 당신도 넘어갔잖아. 전화로는 그렇게 못 하지."

나는 박스터 요원과 나눈 대화를 되새기며 단서를 찾아보았다. 손이 땀으로 젖은 듯 악수를 하기 전 바지에 손바닥을 닦던 모습을 떠올렸다. 사건이 언론에 알려지면 안 된다면서 기밀이라는 점을 얼마나 강조했는지 떠올렸다.

"모르겠어……."

"상상력을 발휘해. 그 요원 얼굴에 머리카락을 길게 칠하고 수염도 그려봐."

나는 한숨을 쉬었다.

"그게 중요해?"

아내가 포크를 들어서 닭고기를 찍었다.

"무슨 말이야?"

의심으로 주저하는 목소리였다.

"그 사람이 진짜 납치범이라고 결론을 내린다고 한들 내가 내일 할 일이 바뀌지 않잖아?"

아내는 닭고기를 네모나게 잘라서 입에 넣고 천천히 씹었다. 혹시 독이 들었을까 두려운 듯, 씹다가 사이사이 멈췄다.

"물론 그렇지."

아내가 말했다.

"그럼, 그 사람이 진짜 FBI 요원이라는 데 의견을 같이한 걸로 하자."

"그건 아니지."

"그냥 가정으로. 더 승강이하지 않게."

"좋아."

아내가 말했다. 아내의 포크가 접시 위에 가만히 떠 있었다. 아내는 내 말에 반박하려고 기다리고 있었다.

"난 어떻게 해야 하지?"

"비행기에 데려가야지."

"비행기로 데려갈 생각이라면, 오늘 밤에 돈을 가져가야 해."

아내가 포크를 접시에 내려놓았다. 포크가 접시에 닿으며 쟁그랑거렸다.

"돈을 가져간다고?"

"FBI는 돈이 비행기에 있다고 생각하고 있어. 조금이라도 비면, 수상하게 여길 거야."

아내는 이야기가 더 이어지기를 기다리는 듯, 식탁 너머로 나를 뚫어지게 보았다.

"돈을 비행기에 도로 둘 수는 없어."

"그래야 해. FBI에서 의심할 사람은 나밖에 없어. 우리가 이곳을 떠나자마자 알아차릴 거야."

"자기가 지금껏 한 일은 어쩌고? 그냥 포기하겠다고?"

"우리가 지금껏 한 일이지."

내가 아내의 말을 바로잡았다. 아내는 내 말에는 대꾸하지 않았다.

"돈은 그냥 우리가 갖고 있어야 해. 비행기로 안내하면 의심을 받지 않을 거야. 주변에는 눈 때문에 발자국도 없어. 비행기에는 아무도 온 적 없는 것처럼 보일 거야. 50만 달러를 발견하면, 정보가 틀렸다고 생각하겠지. 비행기 조종사가 나머지 돈을 어디 다른 곳에 숨겼다고 생각하겠지."

나는 그 말을 깊이 생각했다. 말이 되는 것 같았다. 위험은 따르지만, 몰래 돈을 비행기로 가져가는 것보다 위험할 것 같지는 않았다.

"좋아. 그 사람이 진짜 FBI 요원이라고 치자. 과감하게 생각하고, 그 사람을 비행기에 데려갈게."

아내가 고개를 끄덕였다.

"그 사람이 진짜 납치범이라고 결론짓는다면, 어떻게 해야 하지?"

"가면 안 돼."

"왜?"

"왜냐하면 살인자니까. 사람을 수없이 죽였어. 경비원, 운전기사, 가정부, 납치한 그 집 딸까지 죽였잖아. 보안관에게 전화를 걸어서 핑계를 대. 애가 아파서 병원에 데려가야 한다고 말해."

"나도 살인자야. 살인자라는 게 반드시 무슨 의미가 있는 건 아니야."

"비행기를 보자마자 자기랑 보안관, 둘 다 쏠 거야. 그래서 자기한테 같이 가자고 하는 거야. 목격자를 다 없애려고."

"내가 안 가도 보안관이 직접 데려갈 텐데?"

"그래서?"

"자기 논리대로 생각하자면, 비행기를 발견하면 그 남자가 보안관을 쏘잖아."

아내는 그 말을 생각했다. 입을 열었을 때, 아내의 목소리는 부끄러운 듯 낮았다.

“우리한테 그렇게 나쁠 것 없잖아. 그 사람이 폭력을 저지르면, 우리가 비행기랑 연관된 게 가려져. 우리는 오히려 위험에서 벗어날 수 있어.”

“그렇지만 그 사람이 확실히 버논이라면, 우리가 보안관을 죽음으로 내모는 셈이야. 우리가 직접 보안관을 쏘는 것만큼 나쁜 일이야.”

“그 두 사람이 유일하게 우리한테 위협이 되는 사람들이야. 자기랑 비행기를 연결해서 생각할 수 있는 사람은 그 둘뿐이야.”

“그래도 괴롭지 않겠어? 보안관이 그렇게 죽는다면?”

“내가 지금 보안관을 쏘라는 게 아니잖아. 그냥 옆으로 빠져 있으라는 거야.”

“그렇지만 그 사람이 버논이라면…….”

“어떡하고 싶은데? 보안관한테 경고할래?”

“그래야 할 것 같지 않아?”

“보안관한테 뭐라고 말할래? 왜 그 사람을 의심하게 됐는지 어떻게 설명할래?”

나는 얼굴을 찌푸리고 접시를 내려다보았다. 아내의 말이 옳았다. 비행기에 실린 물건에 대해서 내가 알고 있다는 사실을 밝히지 않고는 보안관에게 경고할 길이 없었다.

“보안관을 쏘지는 않을지도 몰라. 그냥 추측만 해본 거잖아. 돈만 가지고 사라질 수도 있어.”

나는 그 말을 진심으로 믿지는 않았다. 내 생각으로는, 아내도 그랬을 것이다. 나와 아내는 음식을 집었다.

“선택의 여지가 없어.”

아내가 말했다.

나는 한숨을 쉬었다. 또 그렇게 됐다. 선택의 여지가 없다고 스스로를 타이르는 일.

내가 말했다.

"어쨌든 아직 알 수 없는 문제야."

"무슨 말이야?"

"다 끝나기 전에는 그 사람의 정체를 모른다는 뜻이야."

아내는 그 말을 골똘히 생각하며 아만다를 물끄러미 내려다보았다. 아기는 한 손은 나를, 다른 한 손은 제 어머니를 향해, 양팔을 허공에 뻣뻣이 뻗고 있었다. 우리 손을 잡으려 하는 것 같았다. 그리고 일순, 나는 손을 뻗어서 아기를 만지고 싶은 유혹을 느꼈다. 그렇지만 참았다. 그래 봐야 아기를 울릴 뿐이라는 것을 알고 있었다.

"디트로이트에 있는 FBI에 전화하자. 박스터 요원을 찾아보는 거야."

"너무 늦었어. 다 퇴근했을 거야."

"아침에 하면 되지."

"9시에 만나기로 했어. 그 전에는 출근한 사람이 없을걸."

"잠깐 시간을 끌어. 내가 집에서 알아볼게. 자기는 자기 사무실로 가서 나한테 전화해."

"박스터라는 요원은 존재하지 않는다면?"

"그러면 안 가야지. 보안관한테 말해. 방금 내 전화를 받았는데, 애가 아파서 집에 가야 한다고."

"박스터 요원이 FBI에 있으면?"

"그러면 가. 가서 비행기로 데려가."

나는 얼굴을 찌푸렸다.

"어느 쪽이든 위험하네. 그렇지?"

"그래도 최소한 일이 벌어지긴 했잖아. 기다리는 건 끝났어. 이제 다 드러날 거야.”

아기가 짧게 소리를 냈다. 옹알이였다. 아내가 손을 뻗어서 아기의 손을 만졌다. 내 앞에는 먹지 않은 음식이 차갑게 식어 있었다.

아내가 말했다.

“이제 곧 떠나.”

내가 아닌 아만다를 달래는 듯했다.

“이제 곧 떠나서, 다 잘될 거야. 돈을 가지고, 이름을 바꾸고, 사라지는 거야. 그러면 다 잘될 거야.”

자정이 지난 어느 시각, 나는 아만다가 깨어난 소리에 눈을 떴다. 아기는 늘, 몇 분 동안 조용히 칭얼거리다가—목이 답답한 듯 흐느끼는 소리를 내면서 가끔 조그맣게 딸꾹질을 하는 것— 곧이어 한바탕 밤 울음을 터뜨렸다. 지금 그렇게 칭얼거리고 있었다. 공회전하는 자동차 엔진 소리와 비슷한 부드러운 작은 목소리가 이제 점점 커지고 있었다. 곧 그 소리는 고통의 비명이 아닐까 생각하지 않을 수 없는, 창문을 흔드는 갑작스러운 소리로 변할 것이다.

나는 이불 속에서 나와서 맨발로 방을 지나가 아기 침대에서 아기를 들었다. 아내는 침대에 엎드려 있었다. 내가 가만가만 나가자 아내는 손을 뻗어서 내 베개를 가슴으로 끌어당겼다.

나는 아기를 안고 흔들었다.

“쉿.”

내가 속삭였다. 하지만 아만다는 새 울음 같은 까악 소리를 길게 늘인 트림처럼 쭉 질러서, 그렇게 쉽게 달랠 생각은 말라고 나에게 경고했다.

나는 아기 소리에 아내가 깨지 않도록 재빨리 복도를 지나서 손님방으로 갔다. 거기 있는 침대에 올라가서 이불을 덮었다.

깊은 밤에 아만다와 벌이는 이런 일은 나의 즐거움이 됐다. 이때에만 유일하게 아만다와 살을 맞댈 수 있었다. 낮에 아만다는 내 손길이 닿자마자 울기 시작하곤 했다. 나는 오로지 밤에만 안거나 얼굴을 쓰다듬거나 이마에 부드럽게 입 맞출 수 있었다. 오로지 밤에만 달래고, 조용히 시키고, 잠재울 수 있었다.

나는 아기가 계속 울어서 고통스러웠다. 아기의 울음은 죄책감처럼 나를 짓눌렀다. 아기는 나와 단둘이 있게 되면 그 즉시 울기 시작했다. 소아과 의사는 단순한 발달 단계의 하나로, 잠시 환경에 더 민감해지는 것이라고 했지만, 언제 끝날지에 대한 대답은 주저하는 듯했다. 나는 소아과 의사의 말을 이해했고, 그 의견을 믿었다. 그래도—그러지 않으려고 애를 썼음에도 불구하고— 그런 아기의 행동에 영향을 받지 않을 수 없었다. 내 속에서 잔인한 애증의 감정이 자라고 있었다. 내 아이가 있다는 사실만으로도 나는 사랑과 연민으로 가득 찼지만, 아기의 울음이 선천적으로 성마르고 짜증을 잘 내는 성격 장애를 드러내는 상징인 양, 나에 대한 심판인 양, 내 사랑을 거부하는 것인 양, 막연하게 불쾌했다.

밤에는 웬일인지 이 모든 것이 사라졌다. 아만다는 나를 받아들였고, 내 속에서는 아만다에 대한 사랑이 넘쳐흘렀다. 나는 아만다의 얼굴 가까이에 고개를 숙이고, 그 몸에서 나는 부드러운 비누 향기를 들이쉬었다. 아만다를 가슴에 안고, 손으로 내 살을 잡게 하고, 내 코를, 내 눈, 내 귀를 만져보게 했다.

"쉿."

이제 그렇게 말하며 아기의 이름을 속삭일 수 있었다.

방은 추웠고, 구석진 곳은 어둠에 잠겨 있었다. 열어둔 방문 너머로 복도가 보였다. 아무것도 없는 흰 벽은 어둠 속에서 빛나는 듯했다.

아만다는 아주 서서히 조용해지기 시작했다. 고개를 앞뒤로 까딱거리며, 들숨과 날숨에 맞춰 리드미컬하게 손을 폈다 오므렸다 했다. 내 갈비뼈에 발을 밀었다.

그때까지 두 번, 나는 아만다가 말할 줄 아는 꿈을 꾸었다. 두 번 다, 아만다는 주방 식탁 옆에 놓인 이동식 요람에서 포크와 나이프로 밥을 먹고 있었다. 아만다가 앞뒤가 안 맞는 말을 재잘거린다. 놀랍게도 걸쭉한 쉰 목소리다. 텔레비전 카메라에 대고 말하듯, 시선은 곧장 정면에 고정되어 있다. 아만다는 이름을 쭉 나열한다. 색이름—파랑, 노랑, 주황, 보라, 초록, 검정. 자동차—폰티액, 메르세데스, 쉐보레, 재규어, 토요타, 폭스바겐. 나무—플라타너스, 자두나무, 버드나무, 참나무, 마로니에, 올스파이스 나무. 아내와 나는 놀라서 말도 없이 듣고 있다. 아만다는 웃음을 지은 채 우리 앞에 누워 있고, 아만다의 입술에서 단어들이 말 그대로 줄줄이 흐른다. 그런 뒤에 사람 이름을 나열한다. 피더슨, 소니, 낸시, 루, 제이컵……. 아만다가 형의 이름을 말할 때 나는 일어서서 아만다의 뺨을 때린다. 두 번 다 꿈은 그렇게 끝났으며—내가 아만다의 뺨을 때릴 때 잠에서 깼다— 그때마다 씻어낼 수 없는 기분이 남았다. 내가 아만다를 때리지 않았다면 아만다는 그 이름들을 계속, 하나씩, 읊을, 아니, 내뱉었을 것이라는 기분, 그 이름들이 끝나지 않으리라는 기분.

아만다가 조용해지자, 집의 소리가 들리기 시작했다. 눈은 그쳤고 바람이 불고 있었다. 바람에 벽이 삐거덕거리며 보트에서 나는 듯한 소리를 냈다. 바람이 세차게 불 때면 창문이 덜커덕거렸다. 한기가 돌아서 이불을 더 꽉 덮었다. 이불을 포개서 아기의 몸무게를 받쳤다.

이제 아만다를 침실로 데려가도 된다는 것을, 아만다는 곧 잠들 것을 알고 있었지만, 왠지 침실로 가고 싶지 않았다. 내 팔에 조용히 안긴 아만다와 함께 아직 손님방에 잠시 더 있고 싶었다.

이 침대는 형의 것이었다. 그 생각이 저절로, 생각지도 않게 찾아왔다. 그 생각에 곧장 이어진 것은, 형이 술에 취해서 거기 누워 있는 모습과 내가 몸을 숙여서 형에게 잘 자라고 입을 맞추는 모습이었다. 나는 무의식중에 퀼팅 이불을 코까지 끌어 올리고 숨을 들이쉬었다. 거기서 형의 냄새를 맡을 수 있다고 믿고 싶었기 때문이다. 그러나 물론 맡을 수 없었다.

'유다의 키스군.'

형이 그때 말했다.

바깥 거리에 제설차가 지나가면서 눈을 치우고 긁었다. 나는 아만다를 보았다. 아만다는 내 팔에서 깊이 잠든 양, 늘어져 있었다. 그러나 눈은 계속 뜨고 있었다. 아만다의 두 눈이 어둠 속에서 유리구슬처럼 반짝였다.

아침이 다가오기를 바라고 있을 때 속이 몹시 답답했다. 내가 어떻게 하기로 결정하든, 잘못되리라는 기분을 씻어낼 수 없었다.

나는 갑자기 깨달았다. 최선의 해결책, 완전히 무자비한 해결책은, 그냥 돈을 들고 달아나는 것이다. 아내와 아기는 포기할 수 있다. 그냥 혼자 밤의 어둠 속으로 향하면 된다. 처음으로 돌아가서 다른 인생을 새로 시작할 수 있다. 이름도 바꾸고 신분도 새로 만들 수 있다. 나는 눈을 감고 새 차를 사는 내 모습을 그렸다. 특이하고 스포티한 밝은색 차를 고르고, 할부금이나 대출금이나 상환 일정은 걱정하지 않은 채, 그저 돈다발에서 100달러짜리 지폐를 세서 깜짝 놀란 세일즈맨의 손에 건네는 모습 또한 상상했다. 그 새 차를 모는 모습을, 슈트케이스 하나 없이 사는 모습을, 입던 옷이 더러워지면 새 옷을 사는 모습을, 커다란 지그재그로 전국을 오가며 호텔에서 호텔—수영장과 사우나와 헬스클럽과 킹 사이즈 침대가 있는 값비싼 호텔—로 옮겨다니는 모습을, 한 장소가 지루해지면 곧장 이사하는 모습을. 내키는 대로 어디라도, 서쪽이나 남쪽이나 동쪽이나 북쪽이나 어느 방향이든 새로운 곳이기만 하면, 내가 있는 이곳, 내가 늘 있었던 곳, 고향, 오하이오에서 멀리 떨어진 곳이기만 하면.

못할 건 뭐지? 친형을 죽일 수 있었으면 뭐든 할 수 있겠지. 나는 분명 악한일 테니.

내 위, 다락방에서 바람이 신음했다. 나는 아만다를, 그 두 눈의 부드러운 광채를 내려다보았다.

아기도 죽일 수 있어. 퀼팅 이불로 싸서 질식시킬 수 있어. 발목을 잡고 벽에 내동댕이칠 수도 있어. 양손으로 머리를 꽉 눌러서 터뜨릴 수도 있어. 아내도 죽일 수 있지. 살금살금 복도를 건너가서 잠자고 있는 아내의 목을 조를 수도 있고, 베개로 질식시킬 수도 있고, 주먹질로 얼굴을 박살 낼 수도 있어.

나는 그 모든 것을 머릿속에 그렸다. 장면장면이 곧장 이어졌다. 나는 깨달았다. 나는 정말 그렇게 할 수 있다. 상상할 수 있다면, 계획을 세울 수 있다면 할 수 있다. 내 머리가 손에게 할 일을 지시할 것뿐이다. 내가 못 할 일은 없다.

복도에서 사각거리는 소리가 났다. 고개를 드니 아내가 문간에 있었다. 아내는 가운을 입었고, 거기 서서 가운 허리띠를 살짝 묶고 있었다. 머리에는 이미 머리핀도 꽂았다.

"뭐 해?"

나는 입을 다물고 아내를 올려다보았다. 잔인한 상상들이 천천히 내 머릿속에서 꿈처럼 빠져나가고, 비바람이 몰아친 뒤 남은 웅덩이 같은, 작고 얕은 죄책감의 웅덩이만 남았다.

'당연히 안 되지.'

그 생각이 내 머릿속에 물결치며 아주 깊은 곳으로 흘러갔다. 그 생각은 메아리가 되며 조금 바뀌어 되돌아왔다.

'나는 두 사람 다 너무나 사랑해.'

나는 고개를 숙이고 아만다의 속눈썹에 살짝 입을 맞추었다.

"아까 아만다가 잠에서 깼어."

내가 속삭였다. 아내가 방 안으로 들어왔다. 아내의 발밑에서 마룻바닥이 삐걱거렸다. 아내는 침대로 올라왔고, 나는 이불을 들어 아내를 덮은 뒤 팔로 아내의 허리를 감쌌다. 아내는 내 다리에 다리를 감고, 내 어깨에 머리를 기댔다. 아내의 머리는 아만다의 머리 바로 위에 있었다.

"아만다한테 옛날이야기 들려줘."

아내가 말했다.

"아는 이야기가 없어."

"그럼 지어내."

나는 잠깐 생각했지만 머릿속이 텅 비었다. 아내에게 속삭였다.

"도와줘."

"옛날옛적에 왕과 왕비가 살았어요."

아내는 내가 이어받기를 기다리며 말을 멈췄다.

나는 이야기를 시작했다.

"옛날옛적에 왕과 왕비가 살았어요."

"아름다운 왕비."

나는 고개를 끄덕였다.

"아름다운 왕비와 아주 현명한 왕이 살았어요. 두 사람은 강가에 있는 성에서 살았어요. 성 주위에는 들판이 있었어요."

나는 어찌할 바를 몰라서 말을 길게 끌었다.

"부자였나요?"

아내가 물었다.

"아뇨, 그냥 평범했어요. 다른 왕과 왕비와 마찬가지였어요."

"왕이 전투에 나가서 싸웠나요?"

"꼭 해야 할 때만요."

"왕의 전투 이야기를 하나 해주세요."

나는 일 분 가까이 생각했다. 그러다가 재미있어 보일 것 같은 아이디어를 하나 떠올렸다.

"어느 날, 왕이 숲속을 걸어가다가 낡은 나무 상자에 발이 걸려서 넘어졌어요. 처음에 왕은 그 상자가 관인 줄 알았어요. 관처럼 생겼거든요. 그리고 뚜껑에 못도 박혀 있었어요. 그렇지만 땅에 묻혀 있지는 않았죠. 그냥 풀숲에 놓여 있었어요. 그리고 관보다 무거웠어요. 왕이 그 상자를 들려고 하자, 등이 아팠어요."

"그 안에 뭐가 있었어요?"

아내가 물었지만, 나는 아내의 말에는 대꾸하지 않았다.

"왕은 집으로 갔어요. 그리고 아름다운 왕비에게 상자 이야기를 했죠. 왕이 말했어요. '왕비…….'"

"내 사랑."

아내가 속삭였다.

"내 사랑?"

"왕과 왕비는 서로 그렇게 부르는 거야. 내 사랑."

"왕이 말했어요. '내 사랑, 내가 숲에서 무거운 상자를 발견했소. 이리 와서 같이 집으로 가져갑시다.' 그래서 왕비도 같이 들었어요. 왕과 왕비는 상자를 성까지 가져갔어요. 왕은 두 공작을 불러서 같이 뚜껑을 열게 했어요."

"그러자 거기에는 마녀가 있었어요."

아내가 말했다.

"아니에요. 황금이 가득 들어 있었어요. 반짝이는 금괴."

"황금요?"

아내가 추임새를 넣었지만, 나는 망설였다. 나는 깨닫고 있었다. 전혀 재미있지 않은 아이디어일 수도 있다고.

"황금이 얼마나 많았어요?"

"아주 많았어요. 왕과 왕비가 꿈꿔온 것보다 훨씬 더 많았어요."

"그래서 왕과 왕비가 기뻐했나요?"

"기뻐하기보다 겁먹었어요. 이웃 왕과 왕비 들이 시기를 해서 군대를 보내 공격하고 황금을 훔칠지도 모른다고 생각했죠. 군대를 조직해야 했고 다른 사람이 황금에 대해서 알기 전에 새 성곽을 지어야 했어요. 그렇지 않으면 황금은 물론 왕국도 다 잃게 될 테니까요. 그래서 왕은 두 공작에게 방금 본 것을 절대 말하지 말라고 경고하고, 침묵을 지키는 대가로 두 공작에게 황금을 주겠다고 약속했어요."

나는 말을 멈췄다. 아내가 숨은 뜻을 알았는지 살폈지만 아내는 아직 모르는 것 같았다. 가만히 누워서 내 이야기를 기다리고 있었다.

"며칠이 지나고, 왕은 새 성곽을 쌓기 시작했어요. 그런데 그 뒤로, 아주 갑자기, 왕궁에서 소문이 들리기 시작했어요. 황금에 대한 소문이었죠. 왕은 겁이 났어요. 왕비도 소문을 들었어요. 그래서 왕비가 왕을 만나러 왔어요. 왕비가 말했어요. '내 사랑, 공작들에게 무슨 조치를 취해야 합니다.'"

"아, 자기야."

아내가 한숨을 쉬었다. 괴로워하는 목소리 같았다.

"왕도 찬성했어요. 왕과 아내는 공작들을 죽이기로 했어요. 그런데 그냥 공작들을 처형하면 왕궁에 도는 소문을 사실로 인정하는 셈이니, 그냥 죽일 수는 없었어요. 그래서 왕과 왕비는 기마 대회를 열고 시합을 하는 동안 공작들이 죽게끔 꾸몄어요. 한 공작은 창에 찔렸고, 또 한 공작은 자기 말에 짓밟혔어요. 확실히 사고로 보였죠."

"그 두 공작 중에 한 명이 왕의 형제였어요?"

나는 고개를 가로저으려고 하다가 젓지 않았다.

"네."

"그래서 이제 돈은 안전해졌나요?"

"황금이지."

"황금은 안전해졌나요? 왕과 왕비가 성곽을 짓고 군대를 모았나요?"

"아뇨. 왕과 왕비가 공작들을 죽인 직후에, 이웃 왕과 왕비 들이 군대를 끌고 나타나서 성을 둘러쌌어요."

나는 입을 다물었다. 눈을 내리깔자, 아만다가 나를 빤히 바라보고 있는 것이 보였다. 아만다는 내 목소리를 듣고 있었다. 방은 어둡고 추웠다. 그러나 이불 아래에 모여 있는 우리는 따뜻했다.

아내의 손이 내 배 위를 미끄러져 아기에게로 향하는 것이 느껴졌다. 그리고 아내가 손가락 끝으로 아기의 이마를 어루만지는 것을 지켜보았다.

"이야기는 어떻게 끝나?"

아내가 물었다. 내 어깨에 기댄 아내의 머리가 무거웠다. 돌 같았다.

"왕은 혼자 나가서 생각에 잠겼어요. 왕이 돌아와 보니, 왕비는 성의 흉벽 위에 올라가 있었어요. 왕은 비밀을 지키느라 너무 지쳤어요. 얼굴이 창백했어요. 왕이 무릎을 꿇고 왕비의 손에 입을 맞출 때, 왕의 입술이 떨렸어요. 왕이 말했어요. '내 사랑, 우리는 상자를 열지 말았어야 했나 보오. 상자를 그냥 가만히 두는 것이 더 좋았나 보오.'"

아내가 말했다.

"왕비가 왕의 이마에 키스를 해요."

아내는 몸을 일으켜서 내 이마에 키스를 했다.

"왕비가 말하죠. '내 사랑, 그렇게 의심을 품기에는 너무 늦었어요. 전투를 벌일 군대가 조직되었어요.' 왕비는 흉벽 너머로 팔을 흔들었어요. 눈길이 닿는 저 너머까지 군대의 진영이 불을 밝히고 있었어요."

"그럼, 언제 의심을 품었어야 하는데?"

"처음이죠, 내 사랑. 상자를 열기 전이요."

"그렇지만 그때는 그런 일을 저지르기 전이잖아. 그때는 그런 일들이 벌어지리라고는 생각도 못 했잖아."

아내가 고개를 뒤로 빼고 어둠 속에서 내 얼굴을 보려 했다.

"정말 포기했을까? 그런 일을 할 가능성이 있었다면?"

나는 잠시 침묵을 지켰다. 입을 열었을 때, 나의 말은 아내의 질문에 대한 답이 아니었다. 나는 그저 속삭였다.

"맨 처음에 신고했어야 했어."

아내는 그 말에 대답하지 않았다. 그냥 더 가까이 몸을 붙였다. 아기는 이미 잠들었다. 내 가슴에 닿는 부드러운 온기.

"이제 너무 늦었어."

아내가 속삭였다.

"너무 늦었어."

10

이튿날 아침 일찍, 해가 뜨기도 전에, 눈이 녹기 시작했다. 그 눈보라가 자연의 부끄러운 잘못이었던 듯, 후회스러운 실수여서 가능한 한 빨리 지우고 잊고 싶은 듯, 나타날 때와 똑같이 ―급하게 후다닥― 사라졌다. 기온은 5도까지 올랐고, 땅에 안개가 짙게 피어서 해 돋는 하늘도 가렸다. 눈은 끙끙거리고 쉭쉭거리고 똑똑거리며 빠르게 녹아서 곤죽이 되고, 곤죽은 더 빠르게 녹아서 물이 되었다. 그래서 내가 시내로 차를 몰고 가고 있던 8시 정각에는, 도로 위 빙판이 아닌 진흙이 방해가 되었다.

젠킨스 보안관은 혼자 사무실에 앉아서 신문을 읽고 있었다.

"아주 일찍 왔군."

젠킨스 보안관은 고개를 들어서 문간에 서 있는 나를 보고 말했다.

"9시가 돼야 출발할 텐데."

쾌활한 보안관의 목소리는 빈 사무실에서 더 크게 들렸다. 늘 그렇듯, 외롭던 차에 말벗을 만나서 기쁜 듯, 보안관은 나를 만난 것을 지나

치게 반가워했다. 보안관은 나에게 커피를 주고 도넛 한 개를 내밀었
다. 우리는 커다란 나무 책상을 사이에 두고 마주 앉았다.

내가 말했다.

"사료상에 아주 잠깐 다녀올 생각이었어요. 그런데 열쇠를 놓고 왔
네요."

"자네가 열쇠도 가지고 있나?"

보안관이 씩 웃었다. 윗입술 코밑수염에는 도넛의 설탕 가루가 묻어
있었다.

나는 고개를 끄덕였다.

"제 얼굴에 믿음직스러운 면이 있나봐요."

보안관이 내 얼굴을 자세히 살폈다. 내가 한 농담을 진지하게 들은
모양이었다.

"그래. 그런 것 같네."

보안관은 입술에서 설탕을 훔치고 창 너머로 길 건너 라이클리 사료
상을 흘깃 보았다.

"지배인이 올 때까지 기다려야 할 것 같아요. 9시쯤 되면 나올 겁니
다. 그래서 말인데, 저 때문에 조금 기다리셔야 할 것 같아서……."

보안관은 여전히 사료상을 내다보며 입술을 살짝 움찔거렸다.

"괜찮아. 기다리면 되지."

창 너머 도로는 눈이 녹아 젖어 있었다. 보슬비가 내리기 시작했다.

"정말 비행기가 있을 것 같나?"

보안관이 물었다. 나는 생각하는 척 고개를 갸우뚱 기울였다.

"글쎄요. 우리가 들은 게 비행기 소리였으면 충돌하는 소리가 났겠
죠."

보안관이 천천히 고개를 끄덕였다.

"그렇겠군."

"애초에 그런 말씀을 드린 게 죄송하네요. 잘못 알고 그 요원의 시간을 낭비한 거면 민망하잖아요."

"그 요원은 신경 안 쓸 거야. 이렇게 주 전체를 차로 돌아다니다니, 꽤 절박한 모양이니까."

잠시 침묵이 흘렀다. 그러다가 내가 물었다.

"그 사람이 배지 같은 걸 보여드리던가요?"

"배지?"

"영화에 나오는 FBI 배지랑 실제랑 같은지 늘 궁금했거든요."

"영화에는 어떻게 나오는데?"

"뭐, 번쩍거리는 은색이고, 가운데에 크게 FBI라고 찍혀 있죠."

"실제도 정말 그래."

"그 사람 배지를 보셨어요?"

보안관은 잠시 기억을 더듬다가 고개를 가로저었다.

"그 사람은 안 보여줬고, 내가 전에 본 적이 있지."

보안관이 나에게 윙크를 했다.

"자네가 그 사람한테 보여달라고 해봐."

"괜찮습니다. 그냥 호기심에서 해본 이야기인걸요. 그런 걸 부탁하면 실없어 보이겠죠."

보안관과 나는 다시 커피를 마셨다. 보안관은 도넛을 한입 더 베어 물고 신문을 보았으며, 나는 창밖을 내다보았다. 픽업트럭 한 대가 천천히 지나갔다. 트럭 위에는 젖은 개 한 마리가 웅크리고 있었다. 그 개를 보자 메리 베스가 절로 떠올랐다. 메리 베스의 모습이—앞뜰 산사나무에 짧은 빨랫줄로 묶인 채 추위에 떨며 괴로워하는 모습이— 내 머릿속에 잠시 나타났다.

그 순간, 그 모습이 떠오르자마자, 이상한 일이 일어났다. 바로 그 자리에서, 애를 쓰지도 않았는데, 좁고 난방이 지나치게 더운 보안관 사무실에서 손에 커피 잔을 들고 앞에 반쯤 먹은 도넛을 놓은 채로 앉아 있다가, 계획이 떠올랐다. 일을 잘 해결할 방법이 생각났다.

나는 창에서 고개를 돌리고, 시선을 보안관의 머리 위에, 그 뒤 벽에 걸린 총기 캐비닛에 두었다.

"총 한 자루를 빌릴 수 있을까요?"

내가 물었다.

신문을 보던 보안관이 고개를 들고 눈을 깜박였다. 입술에는 다시 흰 설탕 가루가 묻어 있었다. 그 때문에 보안관이 어린아이 같고 믿을 수 없는 사람처럼 보였다.

"총?"

"권총요."

"권총으로 뭘 하려고?"

보안관은 정말 놀란 것 같았다.

"형의 개를 안락사 시키기로 마음먹었습니다."

"총으로 쏘려고?"

"형이 없는 것에 정말이지 전혀 적응을 못하고 있어요. 더 사나워지기만 해요. 그래서 이제는 아기 가까이 두면 안 될 것 같아요."

나는 잠시 말을 멈췄다가 거짓말을 덧붙였다.

"저번에는 집사람을 물었어요."

"심하게?"

"흉터가 남을 만큼요. 그래서 이제 집사람이 개를 차고에 넣어두라고 해요."

"수의사에게 데려가지 그러나? 피트 밀러가 해줄 거야."

나는 그 말을 생각하는 척했다. 그러나 그런 다음, 한숨을 쉬면서 고개를 가로저었다.

"제 손으로 직접 하고 싶어요. 그 개는 형한테 가장 소중한 친구였어요. 형도 개를 안락사 시켜야 한다면 제가 직접하기를 바랄 겁니다."

"전에 개를 쏘아봤나?"

"아무것도 쏘아본 적 없죠."

"그 기분은 말도 못 하네. 못 할 일이야. 세상에서 가장 끔찍한 일이야. 나라면 수의사에게 데려가겠어."

"아니요, 그러면 잘못했다는 기분만 들 겁니다."

보안관이 얼굴을 찌푸렸다.

"하루면 됩니다. 오늘 오후에 해서 퇴근하실 때 가져올게요."

"총을 다룰 줄은 아나?"

"보안관님께서 알려주시면 뭐든 다 명심하죠."

"개를 들판에 데려가서 쏘기만 하겠다?"

"어릴 적 살던 집 근처에서 할까 생각중입니다. 거기에 묻을 생각이에요. 형이 그러기를 바랄 것 같아서요."

보안관은 잠시 얼굴을 찡그리고 진지한 표정으로 생각에 잠겼다가 입을 열었다.

"하루쯤은 괜찮겠지."

"정말 고맙습니다."

보안관은 총기 캐비닛을 마주 보게끔 의자를 돌렸다.

"권총이면 되나?"

나는 고개를 끄덕이며 더 잘 보려고 일어섰다.

"저건 어떤가요?"

나는 캐비닛 오른쪽 아래에 걸려 있는 검정 리볼버를 가리켰다. 보안관이 벨트에 차고 있는 총과 비슷해 보였다.

보안관은 주머니에서 열쇠 꾸러미를 꺼내 유리문을 열고 총을 꺼냈다. 그리고 자리에 앉아 서랍 아래 칸을 열고 총탄이 가득 든 작은 마분지 상자를 꺼냈다. 실린더를 열고 어떻게 장전하는지 보여주었다.

"총신을 따라서 겨냥하고 방아쇠를 당기면 돼. 확 낚아채지 말고 부드럽게 당겨."

보안관은 책상 너머로 총과 총탄 두 알을 건넸다.

"실린더는 자동으로 돌아가. 안전장치 같은 것은 전혀 없어."

나는 총탄을 나란히 책상 위에 놓았다.

"내가 옛날에 쓰던 총이라네."

보안관이 말했다. 나는 총을 손바닥에 놓고 들어보았다. 쇠주먹처럼 야무지고 단단한 느낌이었다. 촉감은 차갑고 미끌미끌했다.

"지금 차고 다니시는 총과 같은 건가요?"

내가 물었다.

"맞아. 그게 더 오래된 것뿐이지. 자네보다 먼저 태어났을걸. 내가 처음 경찰에 들어왔을 때 받은 총이니까."

우리는 다시 의자에 앉았다. 나는 총을 책상 끝, 총탄 옆에 놓았다. 총탄은 내가 생각한 것보다 작았다. 반짝이는 은색 탄피와 회색 탄두가 있었다. 권총 안에 들어가는 물건 같지 않았다. 나빠 보이지 않았다. 권총이 지닌 위협적인 느낌, 폭력을 행사할 수 있다고 확실히 드러내는 느낌이 총탄에는 없었다. 총탄은 장난감처럼 해가 없어 보였다. 나는 몸을 숙여서 총탄 하나를 집었다. 겉의 느낌은 총과 마찬가지로 미끌미끌했다.

"실제로 개를 쏘기 전에 연습 삼아 한두 번 쏘아봐야 할 것 같아요."

보안관이 나를 빤히 보았다.

"더 주실 수 있나요?"

보안관은 서랍을 다시 열어서 상자를 꺼냈다.

"몇 개나?"

"총에 몇 개나 들어가요?"

"여섯."

"그러면 네 알 더 얻을 수 있을까요?"

보안관은 상자에서 총탄 네 알을 꺼내서 하나씩 책상 너머로 굴렸다. 나는 손에 쥐어 모았다.

창 너머로, 사료상 지배인 톰 버틀러의 모습이 보였다. 보슬비에 어깨를 움츠리고 있었고, 밝은 주황색 비옷이 몸에 딱 달라붙어 있었다. 자동차 트렁크에서 무엇을 내리고 있었다.

내가 말했다.

"지배인이 왔네요."

나는 손목시계를 보며 일어섰다. 9시 십 분 전이었다.

"9시 5분까지는 마칠 수 있을 겁니다. 그때까지 기다리실 수 있죠?"

보안관이 손을 흔들었다.

"천천히 하게. 급할 것 없어."

문으로 가고 있는데 보안관이 나를 불렀다.

"잠깐만."

보안관의 말에 나는 깜짝 놀라서 돌아섰다. 보안관이 손을 내밀었다.

"총 좀 줘봐."

보안관은 도넛 봉투를 집더니 안에 든 것을 책상 위에 털어서 비웠다. 안에는 도넛 세 개가 있었다. 파우더 묻힌 도넛 두 개와 초콜릿 도넛 한 개였다. 초콜릿 도넛이 책상 나무 표면 위를 천천히 굴러가다가 책상 가장자리에서 잠깐 균형을 잡는가 하더니 부드럽게 털썩 소리를 내며 내 발치에 떨어졌다. 나는 도넛을 집으려고 허리를 굽혔다. 내가 몸을 펴자, 보안관은 도넛 가게의 종이봉투에 권총을 싸고 있었다.

"권총이 젖으면 안 되지."

보안관이 말했다. 나는 고개를 끄덕이며 봉투를 받았다. 분홍색과 흰색이 섞인 봉투에 파란 글자로 '리지스 도넛'이라고 써 있었다. 그 글자는 권총 손잡이의 윤곽을 따라 비스듬하게 접혀 있었다.

"조심하겠지? 내 권총에 실수로 자네가 다치기라도 하면 곤란해."

보안관이 당부했다.

"알겠습니다. 꼭 조심할게요."

시청 계단을 내려가고 있을 때, 차에서 막 내리는 박스터 요원의 모습이 보였다. 나는 보도에서 잠깐 멈춘 채 박스터 요원이 다가오기를 기다렸다.

박스터 요원이 성큼성큼 걸어왔다. 몸을 곧게 펴고, 비가 오는데도 고개를 꼿꼿이 세우고 있었다. 보도 여기저기에 반쯤 녹은 눈이 쌓여 있는데도, 부츠가 아닌 구두를 신은 발로 곧장 그 눈을 밟고 걸어왔다. 나는 박스터 요원이 다가오는 모습을 지켜보며, 그 얼굴에서 버논 보코브스키의 사진과 비슷한 곳을 찾으려 했다. 좁은 미간, 작고 낮은 코, 좁은 사각형 이마를 확인했다. 턱에 수염을 그리고 머리를 길게 하고 볼에 살을 더 넣어보려 했지만, 그럴 시간이 없었다. 박스터 요원이 곧장 내 앞에 와서, 자신을 보고 있던 내 시선을 똑바로 마주했다. 나는 그 시선에 어찌할 바를 몰랐다. 내가 수상하고 이상한 사람이 된 것 같았다. 나는 시선을 돌렸다.

"안녕하십니까, 미첼 씨."

박스터 요원이 인사했다. 박스터 요원과 마주치자, 일순 당혹감이 전
율처럼 일었다. 박스터 요원의 옷차림은 전날과 똑같았다. 진회색 슈
트, 오버코트, 반짝이는 검정 구두. 모자는 쓰지 않았고 장갑도 끼지 않
았다. 처음 만났을 때 나를 겁주던 그 자신감 넘치는 분위기도 그대로
였다. 그 옆에 있으니, 나는—낡은 청바지, 플란넬 셔츠, 지나치게 큰
파카를 입어서— 촌놈 같았다. 밭에서 방금 온 시골뜨기 같았다.

어쨌든 당혹감은 나타날 때처럼 금방 사라졌다. 나는 내 앞에 있는
남자를 보았다. 짧게 자른 머리가 비에 젖어서 번들거리고, 추위에 몸
이 시린 듯 보였다. 그러자 깨달았다. 걷는 자세, 악수, 예의와 격식 등
은 쇼일 뿐이다. 이 남자도 춥고 불편해하고 있다. 게다가 숲으로 갔을
때는 비참해지기까지 할 것이다.

"보안관은 안에 있습니다. 저는 출발하기 전에 길 건너에 잠깐 볼일
이 있어서요."

나는 사료상을 가리켰다. 지배인 톰 버틀러가 한쪽 겨드랑이 아래에
젖은 마분지 상자를 끼우고 사료상 정문 밖에 서 있었다. 주머니에 손
을 넣고 열쇠를 찾고 있었다. 온통 접히고 부푼 비옷이 장막처럼 막고
있어서 열쇠를 찾는 일이 쉽지 않아 보였다.

길을 건너려 할 때 요원이 물었다.

"그 봉투 안에 든 건 뭡니까?"

나는 요원 쪽으로 반쯤 몸을 돌렸다. 요원은 내 쪽으로 몸을 돌리고
서서 아주 희미하게 미소를 짓고 있었다. 나는 봉투를 흘깃 보았다. 가
슴에 붙여서 꽉 안고 있었지만 비에 젖어서 권총 형태가 확연하게 드
러났다.

"봉투요?"

"지금 도넛이 먹고 싶어서 죽겠습니다."

나는 미소를 지었다. 안도감이 마약처럼 온몸을 훑고 지나갔다.

"도넛은 안에 있어요. 카메라를 안 젖게 하려고 봉투만 빌린 겁니다."

요원은 봉투를 보았다.

"카메라요?"

나는 고개를 끄덕였다. 거짓말은 내가 의식적으로 생각하지 않아도 저절로 당위성을 만들어가는 것 같았다.

"보안관에게 빌렸어요."

나는 도로로 다시 몸을 돌리려다가 멈췄다.

"사진 찍어드릴까요?"

박스터 요원은 뒤로 한 걸음 물러섰다.

"아니요, 괜찮습니다."

"사양하지 마세요."

나는 봉투를 풀기 시작했다.

박스터 요원은 한 걸음 더 뒤로 물러서며 고개를 가로저었다.

"필름 낭비입니다."

나는 어깨를 으쓱하고 봉투를 다시 말아서, 가슴에 안았다.

"정 그러시다면."

길을 건너려고 몸을 돌리자, 주차된 어느 차의 비에 젖은 차창에 내 모습이 비쳤다. 내 어깨 위로 시청의 커다란 나무문을 향해 올라가고 있는 박스터 요원의 모습도 보였다.

생각을 정리하기도 전에 내 입에서 이름이 튀어나왔다.

"버논."

젖은 유리에 어둡고 희미하게 비친 요원의 그림자가 시청 문을 열다가 멈췄다. 요원이 나를 향해 고개를 반쯤 돌렸다. 모호했다. 어느 쪽으로도 해석할 수 있는 행동이었다.

"안녕, 버논."

나는 길 건너 라이클리 사료상으로 막 들어가고 있는 지배인에게 손을 흔들며 소리친 뒤 뛰어서 도로를 건넜다. 지배인이 상자를 여전히 겨드랑이 아래에 낀 채 몸을 돌려서 나를 보았다. 지배인은 문을 잡고 나를 기다렸다.

"나한테 버논이라고 했어?"

지배인이 물었다. 나는 파카에서 빗물을 털고 고무 매트에 부츠를 쿵쿵 털며, 영문을 모르겠다는 표정으로 지배인을 보았다.

"버논요?"

나는 고개를 가로저었다.

"'같이 가요'라고 말했는데요."

길 건너편을 돌아보았을 때, 시청 계단에는 아무도 없었다.

사무실은 어두웠다. 블라인드가 내려져 있었다. 그렇지만 불은 켜지 않았다. 곧장 책상으로 가서 봉투에서 권총을 꺼냈다. 권총은 도넛 부스러기로 덮여 있었다.

벽에 걸린 시계가 9시 1분을 가리켰다.

바지에 총을 문질러서 도넛 부스러기를 닦은 다음, 총탄을 넣었다.

시계가 9시 2분으로 넘어갔다. 수화기를 들고 아내에게 전화했다.

통화중이었다.

수화기를 내려놓았다. 파카 오른쪽 주머니에 권총을 넣으려 했지만, 거기 넣기에는 권총이 너무 컸다. 권총 손잡이가 주머니 위로 삐져나왔고, 권총 무게 때문에 파카가 이상한 각도로 비뚤어졌다.

파카를 벗고 셔츠 단추를 푼 뒤, 총구가 아래로 가게 해서 허리춤에 끼웠다. 잘 고정됐다고 느낄 때까지 계속 만지작거리며 위치를 고치다가 아랫배 한가운데에 놓았다. 살갗에 닿는 느낌이 날카롭고 차가웠다. 손잡이는 오른쪽으로 두었다. 총의 무게가 아랫배에 느껴지자, 기묘한 스릴이, 쾌감의 흥분이 살짝 몰려왔다. 서부극 속 총잡이가 된 기분이었다. 나는 셔츠의 단추를 채웠다. 셔츠로 총을 가릴 수 있게 셔츠 자락을 바지 안으로 넣지는 않았다. 그런 다음 파카를 다시 입었다.

9시 3분이 되었다.

다시 집에 전화를 걸었다. 신호음이 한 번 울리자 아내가 전화를 받았다.

"그 사람이야."

내가 말했다.

"무슨 말이야?"

나는 배지에 대해, 그 남자가 사진 찍히기를 싫어한 것에 대해, 도로에서 내가 버논이라고 부른 것에 대해, 아내에게 서둘러 말했다. 아내는 내 추론에 한 번도 질문하지 않고 조용히 들었다. 그러나 그럼에도, 내 입으로 말을 시작하자마자, 나는 확신이 사라지는 것을 느꼈다. 나는 깨달았다. 모두 달리 해석될 수 있는 일이었다. 내가 박스터 요원을 가짜로 몰 방향으로만 해석했을 뿐이었다.

"FBI에 전화했어."

아내가 말했다.

"그랬더니?"

"그랬더니 외근중이래."

그 말을 이해하기까지 잠시 시간이 걸렸다.

"박스터라는 요원이 있대?"

“그 사람들 말은 그래.”

“닐 박스터를 바꿔달라고 했어?”

“응. 닐 박스터 요원.”

잠시 얼어붙은 채 그대로 서 있었다. 어깨와 얼굴 사이에 수화기를 끼웠다. 충격이었다. 전혀 예상 못 한 일이었다.

“그게 무슨 의미일 것 같아?”

내가 물었다.

수화기 너머 아내가 어깨를 으쓱하는 모습이 보이는 듯했다.

“그냥 우연의 일치일 수도 있지.”

나는 내 말을 억지로 믿으려 해보았지만 효과가 없었다.

“박스터가 드문 이름은 아니잖아.”

아내가 말했다.

배 밑 깊이 권총이 내려갔다. 권총이 살아있어서 내 배를 치대는 것 같았다. 손으로 권총의 위치를 고쳤다.

아내가 말했다.

“물론 그 사람이 FBI에 닐 박스터라는 요원이 있다는 사실을 알았을 수도 있지. 일부러 그 이름을 썼을 수도 있어.”

“그러면 역시 납치범이라는 말이야?”

“자기가 좀 전에 나한테 한 말을 생각해봐. 그 사람한테 배지가 없었던 것부터 다.”

“배지가 없다는 말은 안 했어. 보안관한테 배지를 보여주지 않았다는 말만 했지.”

아내는 그 말에 대꾸하지 않았다. 아내 뒤로 배경음악처럼 형의 곰 인형에서 나오는 노래가 들렸다.

“말 좀 해봐.”

내가 재촉했다.

"뭘 말해?"

"그 사람이 납치범이라고 생각하는지."

아내가 망설이다가 입을 열었다.

"그래. 나는 그렇게 생각해."

나는 고개를 끄덕였지만 아무 말도 하지 않았다.

"자기 생각은?"

아내가 물었다.

"나도 그랬지."

내가 대답했다. 책상에서 창으로 걸어갔다. 블라인드를 조금 올리고 밖을 엿보았다. 세상이 안개에 덮여 있었다. 묘지 정문은 안개 속에서 그물처럼 검게 보였다. 그 너머 비석들은 차갑고 희미하게 잿빛으로 보였다.

"지금도 그런 것 같아."

"그러면 집에 올 거야?"

"아니, 갈래."

"하지만 방금 말하기로는……."

"권총을 구했어. 보안관한테서 빌렸어."

전화선 너머로 침묵이 흘렀다. 아내가 생각에 잠긴 것을 느낄 수 있었다. 아내는 숨을 꾹 참고 있는 것 같았다.

"보호할래. 다치지 않게 할래."

"누구를?"

"보안관. 그 사람이 버논이라서 총을 겨누면, 내가 쏘아야지."

"그러면 안 돼. 미친 짓이야."

"아니야. 벌써 한참 생각했어. 그게 옳은 일이야."

"그 사람이 버논이면, 우리한테는 그 사람이 도망가는 게 중요해. 그래야 비행기에 얼마가 있었는지 아무도 몰라."

"그 사람이 버논이면, 보안관을 죽일 거야."

"그건 우리 문제가 아니야. 우리는 그 일하고 전혀 상관없어."

"무슨 소리를 하는 거야? 다 우리하고 상관있어. 우리는 버논이 무슨 일을 꾸미고 실행할지 다 알잖아."

"그냥 추측이잖아. 확실하게 아는 건 아니야."

"내가 가면 막을 수 있어."

"그럴 수도 있고 아닐 수도 있지. 권총은 산탄총이랑 달라. 못 맞추기 십상이야. 못 맞추면 자기도 죽고 보안관도 죽어."

"못 맞출 리 없어. 내내 그 사람 바로 옆에 붙어 있을 거야. 아주 가까이에 있을 테니까 못 맞출 일은 없어."

"그 사람은 살인자야. 그런 일에 전문가란 말이야. 그 사람한테 맞설 기회도 없을 거야."

아내 뒤에서 곰 인형의 노래가 계속 흘러나왔다. 이제 노랫소리는 느릿느릿 떨렸다. 나는 권총을 벨트 아래로 더 깊숙이 찔러넣었다. 아내의 말을 듣고 싶지 않았다. 그냥 가고 싶었다. 그러나 아내의 말 한 음절 한 음절이 내 머릿속에 작은 씨앗처럼 박혀서 옅은 의심이 싹트고 있었다. 나는 흔들리기 시작했다. 파카 속에서 권총을 꺼내는 기분, 텔레비전에 나오는 형사처럼 땅에 엎드려서 버논의 가슴을 겨누고 방아쇠를 당기는 기분이 과연 어떨지 상상하면서 결심을 되살리려 해보았다. 그러나 대신 내 머릿속에는 잘못될 수 있는 일들만 온통 떠올랐다. 셔츠에 걸려서 안 빠지는 권총, 눈에 미끄러지는 부츠, 발사되지 않는 총, 혹은 비껴가거나 높이 가거나 내 발밑으로 나가는 총, 마지막으로 그 딱딱한 미소를 지으며 나를 향해 돌아서는 버논.

나는 깨달았다. 나는 그 사람을 두려워하고 있었다. 충격이었다.

"아기를 생각해야지. 나를 생각해야지."

아내가 말했다.

선택은 단순했다. 같이 가느냐, 그냥 남느냐. 가는 것이 더 용감하고 숭고하면서도 더 위험한 선택이라는 것은 나도 알고 있었다. 건너편에서 기다리고 있는 사람이 진짜 버논이라면, 아마도 보안관과 나, 두 사람 다 죽일 계획을 품고 있을 것이다. 집으로 가면, 나는 벗어날 수 있다. 보안관의 운명이 어떻든 보안관은 자기 운명에 맡기고, 나는 스스로를 보호하면 된다.

가만히 선 채, 이 두 가지 선택을 두고 깊이 생각했다. 아내는 내 말을 기다리며 침묵을 지켰다. 왼손이 주머니에 있었다. 동전들, 자동차 키, 우리 아버지 것이었던 작은 주머니칼이 손에 닿았다. 동전 한 닢을 꺼냈다. 25센트짜리 미국 건국 이백 주년 기념주화였다.

혼자 생각했다.

'앞면이 나오면, 간다.'

동전을 허공에 던진 뒤, 손바닥으로 받았다.

앞면이었다.

"여보세요? 안 끊었지?"

동전을 뚫어져라 내려다보고 있는 내 속에서 두려움이 웅덩이를 이루었다. 나는 깨달았다. 나는 뒷면이기를 바랐던 것이다. 뒷면이기를 진심으로 기도하고 있었던 것이다. 다시 던질까, 삼세번으로 할까, 망설였다. 그러나 동전 던지기는 사실 아무 상관 없다는 것을 나도 잘 알고 있었다. 그저 내 양심을 달래기 위한 눈속임, 내 비겁함에 대한 책임을 벗어나려는 방책일 뿐이었다. 가기는 너무 무서웠다.

"응. 안 끊었어."

“자기는 경찰도 아니잖아. 총도 전혀 모르잖아.”

아무 말도 하지 않았다. 손바닥에 있는 동전을 뒤집어서 뒷면이 위로 나오게 했다.

“여보세요?”

“알았어. 집에 갈게.”

나는 나지막이 말했다.

보안관에게 전화를 걸었다. 아기가 토하고 있어서 아내가 어쩔 줄 모르고 있다고 말했다.

보안관은 크게 염려했다.

“지금 내 아내가 여기 있네. 아내가 소싯적에 간호사 일을 했어. 도움이 필요하면 기꺼이 자네랑 같이 자네 집에 가줄 거야.”

“그렇게까지 생각해주셔서 정말 고맙습니다. 하지만 그 정도로 심각하지는 않을 겁니다.”

“확실한가?”

“그럴 겁니다. 그래도 혹시 모르니까 병원에 데려가려는 것뿐입니다.”

“그러면 곧장 집으로 가게. 우리끼리도 잘할 수 있어. 어쨌거나 자네는 아무것도 못 본 걸로 해야 하네. 알지?”

“예. 전혀 모르는 일로 두겠습니다.”

“공원 남쪽에서 들었다고 했지? 피더슨네 근처에서?”

“피더슨네를 조금 지난 곳이에요.”

“알았네. 다녀와서 전화함세. 어떻게 됐는지 알려주지.”

“기다리겠습니다.”

"애한테 아무 일 없기 바라네."

보안관이 전화를 끊으려 했다.

"보안관님?"

내가 끊지 못하게 불렀다.

"왜?"

"조심하세요. 아셨죠?"

보안관이 웃었다.

"뭘 조심해?"

나는 몇 초 동안 입을 못 열었다. 보안관에게 경고를 하고 싶었지만 적당한 방법이 떠오르지 않았다. 그러다가 마침내 입을 열었다.

"비 말입니다. 있다가 추워진답니다. 도로가 빙판이 될지 몰라요."

보안관이 다시 웃었지만, 내 배려에 감동한 듯했다.

"자네도 조심하게."

보안관이 말했다.

사무실 창에서 보안관의 트럭이 보였다. 교회 앞에 주차되어 있었기 때문이다. 그래서 나는 블라인드 뒤에 숨어서 보안관과 요원이 떠나는 모습을 보려고 기다렸다. 두 사람은 아주 금방 나타났다. 나란히 서서 걸어왔다. 보안관은 늘 입던 짙은 녹색 경찰복 외투를 입고 보안관 모자를 썼다. 비는 이제 짙은 안개가 되었다. 하수구에 웅덩이가 생기고, 날씨가 으슬으슬해졌다. 춥고 시린 느낌을 창문 너머에서도 느낄 수 있었다.

젠킨스 보안관의 트럭은 여느 픽업트럭과 같았지만, 위에 빨강과 하양의 비상등이 있고, 계기판 아래에 경찰 무전기가 있으며, 뒤 창 선반에 18.5밀리미터 구경의 산탄총이 걸려 있는 것이 달랐다. 군청색 차체 옆면에는 두꺼운 흰 글자로 '아셴빌 경찰'이라고 적혀 있었다. 보안관이 운전석에 타고 시트 너머로 요원에게 문을 열어주는 모습도 지켜보았다. 시동을 거는 소리가 들렸고, 안전벨트를 매는 것이 보였다. 와이퍼가 움직이며 앞 차창에서 빗물이 닦이는 것도 보였다. 보안관이 모자를 벗고, 손으로 머리를 한 번 매만진 뒤, 다시 모자를 썼다.

나는 두 사람이 도로를 빠져나갈 때까지 어두운 사무실 창가에 구부정하게 가만히 서 있었다. 두 사람은 서쪽으로, 피더슨네와 자연보호림으로, 버나드 앤더스의 무성하게 자란 과수원으로, 그 과수원 속, 움푹한 손바닥 위에 있는 듯이 놓여 있는 비행기로 갈 것이다. 비행기는 빗방울이 눈의 베일을 벗겨내는 동안 두 사람이 얼른 도착하기를 기다리고 있을 것이다.

트럭은 작별 인사하듯 브레이크등을 한 번 깜박인 뒤 메인스트리트로 사라졌다. 안개가 그 뒤로 내려앉았고, 창 너머에는 시내의 모습만, 춥고 텅 빈 보도와 칙칙한 상점들만 남았다. 그 모든 것 위로 비가 내렸다. 물방울을 씌우고 웅덩이를 만들었으며, �솨 하는 소리도 냈다.

집으로 왔다.

포트오토와는 고요했다. 묘지에 들어가는 것 같았다. 구불구불한 길, 흙을 덮어서 둔덕을 만든 텅 빈 잔디밭, 납골당 같은 작은 집들. 아이들은 모두 비를 피해서 집 안에 있었다. 창에는 빛이 시시각각 변했다. 커튼 뒤에서 파랗게 깜박이는 텔레비전 불빛이었다. 이웃을 지나고 있자니, 그 안의 모습이 눈에 선했다. 토요일 아침의 텔레비전 만화 방송, 직소퍼즐과 보드게임이 어질러진 카드 게임용 탁자, 가운을 입고 커피를 마시고 있는 부모들, 위층에서 늦잠을 자는 십대 자녀들. 모든 것이 아주 안전하고 아주 평범해 보였다. 그리고 우리 집에 도착했을 때, 우리 집도 다른 모든 이웃과 똑같아 보이는—적어도 밖에서 보기에는— 것을 확인하고 마음이 놓였다.

진입로에 차를 세우니 거실에 불이 켜 있었다. 메리 베스는 빗속에서 나무 옆에 부처처럼 앉아 있었다. 털이 젖어서 몸에 달라붙어 있었다.

차에서 내린 뒤 차고로 갔다. 차고 바깥벽에는 작은 삽이 고리에 걸려 있었다. 삽을 내리려고 손을 뻗는 순간, 뒤에서 아내가 문을 열었다.

"뭐 해?"

아내가 물었다. 나는 삽을 든 채 아내를 돌아보았다. 아내는 땅에서 한 단 올라간 현관 문간에 서 있었다. 아만다는 아내의 팔에 안겨서 고무젖꼭지를 빨고 있었다.

"개를 쏘려고."

"여기서?"

나는 고개를 가로저었다.

"아센빌로 데려가려고. 아빠 옛날 농장으로."

아내가 얼굴을 찌푸렸다.

"그런 일을 하기에 가장 좋은 때는 아니잖아."

"보안관한테 오늘 오후까지 권총을 돌려주기로 했어."

"월요일까지 기다리지? 월요일이 되면 수의사도 있고, 총도 필요 없잖아."

"수의사한테 맡기기 싫어. 내 손으로 직접 하고 싶어."

아내는 오른손에서 왼손으로 아만다를 옮겼다. 아내는 청바지에 짙은 갈색 스웨터를 입고 있었다. 머리는 아이처럼 뒤로 넘겨서 포니테일로 묶었다.

“왜?”

“형이 그걸 바랄 것 같아서.”

그렇게 말하면서도, 이 말이 정말 사실인지 그저 앞서 보안관에게 한 거짓말의 연장일 뿐인지 알 수 없었다.

아내는 그 말에 뭐라 대꾸할지 모르는 듯했다. 아내가 내 말을 믿은 것 같지는 않다. 아내는 얼굴을 찌푸리고 내 가슴을 내려다보았다.

“개가 불쌍해. 이 추위에 이렇게 밖에 두는 건, 개한테 못할 짓이야.”

아만다는 내가 말하는 동안 고개를 돌려서 나를 보았다. 둥근 얼굴을 올빼미처럼 옆으로 돌리며 눈을 깜박거렸다. 고무젖꼭지가 아만다의 입에서 빠지더니 차고 계단에 떨어져 튀어올랐다. 내가 앞으로 가서 고무젖꼭지를 집었다. 아만다의 침으로 축축하게 젖어 있었다.

“한 시간쯤 있다가 돌아올게. 그렇게 오래 걸리지 않을 거야.”

내가 아내에게 고무젖꼭지를 건네자, 아내가 두 손가락 사이에 끼우며 받았다. 아내의 손은 내 손에 닿지 않았다.

“자연보호림에 가려는 건 아니지?”

나는 고개를 끄덕였다.

“약속해?”

“응. 약속해.”

내가 메리 베스를 풀어서 차로 데려가는 동안 아내는 현관 유리창으로 지켜보고 있었다. 형의 물건들은 아직 차 뒤에 실려 있었다. 개는 차 안에 들어가자 킁킁대며 상자 냄새를 맡기 시작했다. 개가 꼬리를 흔들었다. 나는 운전석에 올랐다. 아내가 아만다를 안고 창가에 서서 아기의 조그마한 손을 잡고 앞뒤로 흔들고 있었다.

아내가 입술을 과장해서 크게 움직이는 것이 보였다.

“바이바이.”

아내는 그렇게 말하고 있었다.

"바이바이, 멍멍아."

메리 베스는 농장으로 가는 내내 뒷자리에서 몸을 둥글게 만 채 잠을 잤다.

날씨는 바뀌지 않았다. 하늘에서는 아주 가는 빗방울이 떨어지며 흩어져서 안개가 됐다. 지나가는 동안, 길가에 집의 형상들이 유령처럼 나타났다. 헛간과 창고, 별채에 둘러싸인 그 집들은 색이 바래고, 처마가 떨어져 있었으며, 앞뜰에는 낡은 차들이 아무렇게나 서 있었다. 곳곳에 벌써 땅이 드러나고 있었다. 눈 사이로, 짙고 질척거리는 흙덩어리들이 장갑을 낀 주먹처럼 솟아났다. 그런 흙덩어리들이 줄지어 있는 들판도 있었다. 간격을 두고 일렬로 행진하는 흙덩어리들은, 작년 고랑의 기억을 품고 그 끄트머리를 안개 속에 감췄다.

농장에 도착했을 때, 개는 차에서 내리지 않으려 했다. 내가 문을 열어주었지만 개는 뒤로 몸을 뺀 채 으르렁거리며 이를 드러냈고, 목 주위의 털을 세웠다. 빨랫줄을 잡고 개를 끌어내야 했다.

개는 땅에 내리자 몸을 털고 기지개를 편 뒤 나를 앞질러서 들판으로 달려갔다.

나는 왼손에는 줄을, 오른손에는 삽을 잡고 개를 쫓았다. 권총은 벨트 밑에 있었다.

눈이 빠르게 녹고 있었다. 그러나 곳곳에 아직 높이 쌓여서 부츠가 눈 속에 다 빠지는 곳도 있었다. 흰 진흙처럼 무겁고 축축했고, 그래서 눈을 뚫고 움직이기가 쉽지 않았다. 바지 아래쪽이 젖어서 색이 짙어졌고, 종아리에 달라붙어서, 무릎까지 오는 양말을 신고 니커보커스를 입은 듯한 모습이 됐다. 하늘에서 이어지는 이슬비가 머리와 어깨에 가볍게 내려앉아서 등으로 한기가 흘렀다.

파카 옷깃을 올렸다. 메리 베스는 내 앞에서 눈밭을 쿵쿵대며 지그재그로 움직였다. 꼬리를 흔들고 있었다.

나는 우리 집 현관이 있었던 듯한 자리에서 걸음을 멈추고, 빨랫줄과 삽을 내려놓았다. 개가 못 달아나게 빨랫줄을 부츠로 밟았다. 그런 다음, 허리춤에서 권총을 꺼냈다.

메리 베스는 뒤돌아서 도로 쪽으로 달리기 시작했지만 3미터쯤 가다가 빨랫줄이 팽팽해져서 멈춰야 했다. 메리 베스 뒤로, 눈밭 위에는 검고 둥근 우리 발자국이 있었다. 두 개의 구불구불한 선이 길가에 서 있는 스테이션왜건과 우리를 연결하고 있었다. 그 풍경에는 기분 나쁜 구석이 있었다. 안개는 자동차 바로 뒤로 희끄무레한 벽을 두껍게 만들며, 우리를 진흙탕 속에 가두고 도망치지 못하게 막는 것 같았다. 그림책 속에서 나온 그림, 위협과 공격이 사방에 도사린 그림 같았다. 나는 그 풍경을 보면서 공포에 가까운 기묘한 기분을 느꼈다.

보안관은 지금쯤 살해됐을지도 모른다. 나는 그런 일이 없었을 것이라고 믿고 싶었다. 두 사람이 갈 곳 모른 채 숲을 돌아다니며 아침을 보낸 뒤, 벌써 시내로 돌아오고 있을 것이라고 믿고 싶었다. 그러나 내 머리는 내가 그렇게 믿도록 놓아두지 않았다. 떠올리기 싫은데도 비행기 잔해가 계속 떠올랐다. 눈은 이미 녹았을 것이고, 비행기가 발견되지 않을 수 없을 것이다. 머릿속으로 비행기 잔해가 보였다. 까마귀들과 앙상한 나무들이 보였다. 버논이 아주 침착하게—너무 침착해서 전혀 해가 없는 동작으로 보이게— 재킷 속에서 권총을 꺼내서 보안관의 머리를 쏘는 모습이 보였다. 보안관이 쓰러지는 모습이, 눈밭에 흐르는 보안관의 피가 보였다. 총소리에 까마귀들이 날아올랐을 것이다. 까마귀 울음소리가 과수원에 울렸을 것이다.

나는 개를 쏘려다가 실수를 했다. 자비로운 행동이라고 계획한 일이 고문이 되었다.

메리 베스 뒤에서 목뒤를 겨냥했지만, 방아쇠를 당기는 순간에 메리 베스가 내 쪽으로 몸을 틀었다. 총알은 개의 아래턱에 맞았다. 아래턱이 부서져서 머리에 기괴한 각도로 매달렸다. 개는 옆으로 쓰러져서 낑낑댔다. 혀가 날아갔고, 입에서 피가 솟구쳤다.

개가 일어나려 할 때, 나는 당황한 채 다시 총을 쏘았다. 이번에는 어깨 바로 아래 갈빗대에 맞았다. 개는 눈 속에서 옆으로 뒹굴었다. 네 다리를 쭉 뻗고 그대로 굳었다. 다리가 땅에 닿아 경직되어 있었다. 개의 가슴이 나왔다 들어갔다 하면서, 깊은 곳에서 그르렁 소리를 냈다. 이 정도면 충분하다고, 곧 죽을 것이라고 생각했지만, 개는 곧 다시 일어서려고 안간힘을 썼고, 목에서 무시무시한 소리를, 짖는 소리보다 비명에 가까운 소리를 냈다. 그 소리는 커졌다 작아졌다 하면서 계속해서 이어지고 또 이어졌다.

나는 앞으로 가서, 개를 두 다리 사이에 두고 섰다. 이제 내 몸에 땀이 흐르고 있었다. 떨리는 손이 땀으로 미끄러웠다. 총구를 개의 정수리에 댔다. 금방이라도 토할 것 같아서 눈을 감고 방아쇠를 당겼다.

날카롭게 부서지는 소리, 먹먹한 울림, 그리고 정적.

비가 조금 거세졌다. 굵어진 빗방울이 눈밭에 구멍을 냈다.

피가 메리 베스 몸을 둘러쌌다. 메리 베스의 머리와 어깨 주위에 커다란 분홍빛 원이 생겼다. 그 모습을 보니 죄책감이 들었다. 아버지가 생각났다. 아버지는 도축되는 가축을 농장에서 키우지 않았다. 이웃들은 아버지를 비웃고 경멸했지만, 아버지는 그 생각을 쭉 지켰다. 이제 내가 아버지의 금기를 깨뜨렸다.

나는 물러서서 소매로 얼굴을 닦았다. 안개가 온통 나를 둘러쌌다. 나는 세상에서 격리되었다.

삽을 집어서 땅을 파기 시작했다. 맨 위는 젖고 진흙이 되어서 부드러웠다. 그러나 25센티미터까지만 그랬다. 그 뒤로는 콘크리트 덩어리를 파고 있는 것 같았다. 삽을 내려찍을 때마다 삽날이 댕댕 울렸다. 땅이 단단하게 얼어 있었던 것이다. 부츠로 흙을 찼지만 소용없었다. 더는 팔 수 없었다. 개를 여기 묻는다면—피투성이 시체를 차에 실을 수도 없으니 거기 묻어야 했다— 무덤 깊이가 25센티미터밖에 안 될 터였다.

나는 메리 베스의 다리를 잡고 끌어서 구멍에 넣었다. 그 위에 흙을 긁어 뿌렸다. 시체만 겨우 가려졌다. 약간 봉긋해질 때까지 눈으로 그 위를 덮어야 했다. 나도 알고 있었다. 그리 오래가지 않을 미봉책이다. 봄까지 들짐승이 파내지 않으면, 지금의 농장 주인인 조지 뮬러가 밭을 갈다가 발견할 것이다. 그 생각에 나는 폐부를 찌르는 가책을 느꼈다. 이렇게 올바르지 않은 일을 형이 볼 수 있었다면 무슨 생각을 했을지 상상했다. 여기에서도 나는 형을 배신했다.

집으로 가는 길, 형의 아파트에서 운 이후 처음으로 울었다. 무엇 때문에 울게 되었는지 지금도 잘 모르겠다. 모든 것이 조금씩 연관되었던 것 같다. 보안관과 형과 메리 베스와 소니와 루와 낸시와 피더슨과 우리 아버지 어머니와 아내와 나 모두. 나는 울음을 그치려 애썼다. 대신 아만다를, 그 일들에 대해서 전혀 모를 아만다를, 아만다가 우리 범죄의 고통은 전혀 느끼지 않고 그 혜택만 모두 받으며 자라게 될 것을 생각하려 애썼다. 그러나 믿을 수 없는 일 같았다. 동화 속 '영원히 행복하게 살았습니다'라는 결말은 환상 같았다. 나는 깨달았다. 우리는 미래를 장밋빛으로만 보고 있었다. 그것을 깨닫자, 내 비탄, 무의미하고 쓸모없는 일을 했다는 기분은 더 무거워졌다. 우리 미래는 우리가 상상한 바와 딴판일 것이다. 우리는 거짓과 핑계, 잡힐지 모른다는 끝없는 두려움으로 가득한, 힘들고 쫓기는 삶을 살아가게 될 것이다. 우리가 저지른 일에서 절대 벗어날 수 없을 것이다. 우리의 죄는 무덤까지 우리를 따라다닐 것이다.

포트오토와에 들어서기 전, 길가에 차를 세우고 눈물이 다 흐를 때까지 기다려야 했다. 운 사실을 아내에게 들키고 싶지 않았다.

집으로 돌아왔을 때는 거의 정오였다. 나는 차고 벽에 삽을 걸고, 집 안으로 들어갔다. 몸이 젖었고, 추웠다. 울어서 얼굴이 부은 것 같았다. 손은 힘이 없고 떨렸다.

거실에서 아내가 누구냐고 크게 외쳤다.

내가 소리쳤다.

"나야. 집에 왔어."

아내가 나에게 인사하러 나오려고 일어서는 소리가 들렸지만, 그때 전화벨이 울리기 시작했고, 아내는 나오지 않고 주방으로 갔다.

내가 막 부츠를 다 벗었을 때, 아내가 고개를 복도로 내밀었다.

"자기 전화야."

"누구야?"

나는 아내 쪽으로 가며 작은 소리로 물었다.

"누군지 안 밝히던걸."

보안관이 보호림에서 돌아오면 전화하겠다고 약속한 일이 기억났다. 큰 안도감이 들었다.

"보안관이야?"

아내는 고개를 가로저었다.

"아닌 것 같아. 보안관이었으면 아기 안부를 물었겠지."

아내의 말이 옳다는 것은 알고 있었다. 그래도 희망을 품었다. 주방
으로 가서 보안관의 목소리를 기대하며 수화기를 들었다.

"여보세요."

"미첼 씨입니까?"

"그런데요?"

"저는 풀턴 카운티 경찰서의 맥켈로이 보안관입니다. 잠시 아셴빌에
오실 수 있는지 해서요. 몇 가지 확인할 게 있습니다."

"예?"

"원하시면 차량을 보낼 수 있습니다. 그렇지만 직접 차를 몰고 오실
수 있으면 더 좋겠습니다. 지금 인력이 부족한 편이거든요."

"무슨 일인지 여쭤봐도 될까요?"

맥켈로이 보안관은 말해도 되는지 확신이 서지 않는 듯 대답을 망설
였다.

"젠킨스 경관 때문입니다. 칼 젠킨스요. 총에 맞았습니다."

"총에 맞아요?"

내가 말했다. 내 목소리의 공포와 안타까움은 진짜였다. 놀란 것만
거짓이었다.

"예. 죽었습니다."

"이런, 세상에. 말도 안 돼요. 오늘 아침에 만났는데."

"사실, 바로 그 일 때문에 미첼 씨를 뵙고자 하는……."

저쪽에서 누가 보안관의 말에 끼어들었고, 보안관이 송화기를 손으

로 가리는 소리가 들렸다. 아내는 주방 건너편에 서서 나를 지켜보고 있었다. 아기가 다른 방에서 조금 울기 시작했지만, 아내는 울음소리에도 아랑곳하지 않았다.

"미쳴 씨?"

맥켈로이의 목소리가 다시 들렸다.

"예?"

"어제 오후에 닐 박스터라는 남자를 만나셨나요?"

"예. FBI에서 온 사람."

"그 사람이 자기 신분을 밝히던가요?"

"신분요?"

"배지나, 사진이 있는 신분증이나."

"아니요, 그런 건 없었습니다."

"그 사람 인상착의를 말씀해주시겠습니까?"

"키가 컸어요. 190센티미터쯤일까. 어깨가 넓고, 검은 머리고, 짧게 잘랐어요. 눈 색깔은 기억이 안 나네요."

"뭘 입었는지는 기억나세요?"

"오늘요?"

"예."

"오버코트랑, 진회색 슈트에, 검정 가죽 구두요."

"그 사람 차를 보셨나요?"

"아침에 봤어요. 차에서 내리는 걸 봤어요."

"어떤 차인지 기억나세요?"

"파란색이고, 렌터카처럼 문이 네 개였어요. 번호판은 못 봤습니다."

"차종은 아십니까?"

"아니요. 세단인데, 큰 편이었어요. 뷰익 비슷하게요. 정확히 차종이

뭔지는 못 봤습니다.”

“괜찮습니다. 여기 오시면 저희가 사진을 몇 장 보여드릴 겁니다. 그 사진으로 확인할 수 있습니다. 곧장 오실 수 있나요? 저희 사무실은 시청 건물 안에 있습니다.”

“무슨 일인지 아직도 영문을 모르겠네요.”

“여기 오실 때까지는 모르시는 게 아마 가장 좋을 겁니다. 차량을 보내드릴까요?”

“아니요. 제가 운전하고 가겠습니다.”

“얼른 오실 거죠?”

“예, 지금 출발할게요.”

내가 말했다.

11

떠나기 전에 자동차에서 권총을 꺼내서 차고에 두었다. 경찰과 이야기할 때 갖고 있음직한 물건이 아닌 것 같았다.

비는 여전히 내리고 있었다. 차가운 보슬비. 그러나 곧 그칠 것을 알 수 있었다. 하늘이 밝아지고 있었고, 공기는 차가워지고 있었다. 도로에 연이은 들판은 갈색과 흰색으로 된 퀼팅 작품 같았다.

아셴빌은 술렁이고 있었다. 두 군데 텔레비전—채널 11과 채널 24—스태프들이 보도에서 카메라를 설치하느라 분주했다. 경찰차 몇 대가 시청 앞에 세워져 있었다. 도로는 구경꾼들로 붐볐다.

시청 블록 조금 아래에 차를 세웠다.

시청 계단 밑에 경관이 서 있었다. 처음에는 나를 막았다. 그러다가 위에서 나무 문 하나가 열리더니, 땅딸막한 남자가 고개를 내밀었다.

"행크 미첼 씨죠?"

남자가 물었다.

"예."

남자가 손을 내밀었고, 나는 계단을 올라가서 악수를 했다.

"제가 아까 전화로 말씀을 나눴던 맥켈로이 보안관입니다."

맥켈로이 보안관은 나를 안으로 데려갔다. 맥켈로이는 키가 아주 작았다. 뒤뚱거리는 걸음걸이, 하얗고 파리한 얼굴. 이발소에서 곧장 온 듯 헤어토닉 냄새가 짙게 나는, 짧고 색이 없는 머리카락.

시청 안 젠킨스 보안관의 사무실은 경관들로 꽉 찼다. 모두 마감 따위가 코앞에 닥친 듯, 아주 바빠 보였다. 아무도 나를 주목하지 않았다. 한 부관의 얼굴이 낯이 익었다. 형의 총격 사건 때 보았던 부관이었다. 우리 집에 메리 베스를 데려온, 농장 아들 얼굴의 그 부관이었다. 부관은 젠킨스 부인의 책상에서 전화로 누군가와 이야기를 나누고 있었다.

"콜린스!"

맥켈로이 보안관이 소리쳤다.

"미첼 씨 진술을 받아 적게."

경관 한 명이 앞으로 걸어왔다. 키 큰 남자로, 맥켈로이보다 나이가 많아 보였다. 갸름한 잿빛 얼굴에 입에는 담배를 물고 있었다. 나는 콜린스 경관과 함께 복도로 나갔다. 복도는 조금 조용했다.

경찰에 진술한다는 생각에 신경이 날카로워졌다. 그러나 알고 보니, 아주 간단한 일이었다. 내가 들려주는 이야기를 경관이 받아 적는 게 다였다. 심문도 없고, 고문도 없었다. 경관은 내가 하는 말에 딱히 관심도 없는 것 같았다.

나는 거의 석 달 전, 12월 말의 일부터 시작했다. 고장 난 비행기 엔진 소리를 들은 일, 그 사실을 젠킨스 보안관에게 이야기한 일, 그리고 젠킨스 보안관이 아마도 잘못 들었을 것이라고—실종 비행기에 관한 뉴스는 전혀 없었으므로— 말한 일.

"그 일에 대해서는 생각도 안 하고 있었습니다. 그런데 어제저녁 제가 퇴근하려고 할 때쯤 젠킨스 보안관이 전화를 했어요. 보안관 사무실에 FBI에서 온 사람이 있었습니다. 비행기를 찾고 있다고 했어요.”

“그 사람이 박스터 요원입니까?”

콜린스가 물었다.

“맞습니다. 닐 박스터.”

콜린스는 그 말을 적었다.

“왜 비행기를 찾고 있는지 말하던가요?”

“도망자가 있다고 했어요.”

“도망자요?”

“FBI가 찾는 사람요.”

“누구라고 말하던가요?”

나는 고개를 가로저었다.

“물어봤지만 그 사람들이 저한테는 말을 안 하더군요.”

“그 사람들요?”

“그 남자랑 젠킨스 보안관요.”

“그러면 젠킨스 경관은 알고 있었나요?”

“그랬을 겁니다. 제가 보기에는 그랬어요.”

콜린스가 그 말을 적었다. 그런 뒤 수첩을 새 장으로 넘겼다.

“오늘 아침에 그 사람들을 다시 만났죠?”

“맞습니다. 9시쯤 비행기를 찾으러 갈 계획이었어요. 그런데 막 떠날 참에 집사람이 전화를 했어요. 딸아이가 토한다고. 그래서 저는 집으로 갔습니다.”

“그게 젠킨스 경관이나 박스터 요원을 마지막으로 본 건가요?”

나는 고개를 끄덕였다.

“두 사람은 출발하고 저는 집으로 갔습니다.”

콜린스는 수첩을 보면서 내가 말한 내용을 다시 눈으로 훑었다. 어느 대목에 밑줄을 긋고 수첩을 덮었다.

"무슨 일인지 알 수 있을까요?"

내가 물었다.

"못 들으셨어요?"

"젠킨스 보안관이 살해됐다는 말밖에는."

"비행기를 찾고 있던 그 남자가 젠킨스 경관을 쏘아서 죽였습니다."

"박스터 요원이요?"

"그렇습니다."

"아니, 왜?"

콜린스가 어깨를 으쓱했다.

"우리가 아는 건, 선생님과 젠킨스 부인의 진술뿐입니다. 젠킨스 경관은 9시 15분경에 마을을 떠났습니다. 11시가 막 지났을 때 젠킨스 부인이 여기서 창밖을 내다보다가 박스터가 젠킨스 경관의 트럭을 타고 혼자 돌아오는 것을 봤습니다. 박스터는 트럭을 길 건너에 세우고 자기 차로 걸어가서 차를 몰고 갔습니다. 부인은 남편이 집에 내렸을 줄 알고 집으로 전화를 했습니다만, 받지 않았습니다. 그래서 어떻게 된 일인지 확인하려고 직접 자연보호림에 가기로 마음먹었습니다. 공원에 도착하자 눈에 난 발자국을 발견하고 따라갔습니다. 발자국은 숲으로 800미터쯤 이어지다가 작은 비행기 잔해 옆에서 끊겨 있었죠. 거기서 남편의 시체를 발견했습니다."

"부인이 직접 젠킨스 보안관 시체를 발견했다고요?"

나는 그 생각에 진저리를 치며 물었다.

콜린스는 고개를 끄덕였다.

"그런 뒤에 도로로 다시 달려와서 무선통신으로 신고했습니다."

"그렇지만 왜 젠킨스 보안관을 쐈죠?"

콜린스는 잠시 주저하는 듯하다가 펜을 셔츠 주머니에 꽂았다.

"박스터가 사라진 돈 이야기는 전혀 안 하던가요?"

"아뇨, 전혀."

나는 고개를 가로저었다.

"젠킨스 부인 말로는, 박스터가 젠킨스 경관에게 비행기에 400만 달러가 있다고 말했답니다."

"400만 달러요?"

나는 믿기지 않는 표정으로 콜린스를 멍하니 보았다.

"젠킨스 부인이 주장하는 바로는 그렇습니다."

"그럼 돈 때문에 젠킨스 보안관을 쐈어요?"

"확실하지는 않습니다. 박스터가 거짓말을 했을 수도 있죠. 박스터는 그 돈이 지난 7월 시카고에서 벌어진 현금 수송 차량 강도 사건에서 나온 것이라고 말했다고 합니다. 우리가 확인한 바로는, 그런 사건 기록은 전혀 없습니다. 우리가 아는 건 비행기와 관련이 있다는 것뿐입니다. 그 이상은 전부 추측이죠."

콜린스는 내 진술을 맥켈로이 보안관에게 보고하러 갔다. 나는 가도 되는지 알 수 없어서—앞서 보안관은 버논의 차를 확인하기 위해서 사진을 봐야 한다고 했으니까— 그냥 그대로 있었다. 보안관 사무실 중 바깥쪽 사무실에 접의자 몇 개가 더 놓여 있길래 하나를 집어서 창가에 앉았다. 내가 콜린스와 함께 안으로 들어갔을 때 농장 아들 얼굴의 부관이 나에게 고개를 끄덕여서 인사한 것을 빼고는 아무도 나에게 신경 쓰지 않았다. 누가 경찰 무전기를 놓아두어서 한쪽 구석에서 쉭 소리와 탁탁 소리가 났다. 벽에는 큰 지도가 걸려 있었다. 맥켈로이 보안 관이 때때로 그 앞으로 가서 지도에 선을 그렸다.

나는 알 수 있었다. 경찰은 버논을 잡으려고 추적하고 있었다.

밖에는 군중이 점점 불어났다. 사람들이 차에서 내리고 있었다. 두 텔레비전 방송국은 인터뷰를―채널 11은 주 경관을, 채널 24는 아센 빌 시장인 사이러스 스톨을― 촬영하고 있었다. 날은 개었고, 시내에 는 축제 기운이 감돌았다. 사람들은 삼삼오오 모여서 이야기를 나누고 있었다. 자전거를 타고 나와서 길 아래위를 달리는 아이들도 있었다. 어린 사내아이들이 주차된 경찰차 차창에 양손을 둥글게 말아서 대고 차 안을 엿보고 있었다.

비는 그쳤다. 북쪽에서 바람이 불었다. 가끔 차갑게 세찬 바람이 불 어서 시청 깃발이 펄럭펄럭 나부끼고, 깃발을 맨 끈이 알루미늄 깃대에 부딪으며 멀리서 울리는 종소리처럼 속이 빈 통 소리를 냈다. 깃발은 반이 내려와 있었다. 젠킨스 보안관을 추모하기 위한 조기였다.

나는 한 시간 가까이 그 자리에 앉아 있었다. 내 뒤의 사무실 안은 바 쁜 움직임으로 폭발할 듯할 때 나는 멍하니 창밖을 내다보고 있었다.

"미첼 씨 어디 있나? 집에 갔나?"

보안관이 고함치는 소리가 들렸다. 돌아보자, 부관 한 명이 나를 손 가락으로 가리키고 있었다.

"여기 있습니다."

콜린스와 농장 아들 부관이 모자와 재킷을 벗고 문으로 달려오고 있 었다. 모두가 동시에 말하고 있는 것 같았고, 나는 그 어느 말에도 주의 를 기울일 수 없었다.

맥켈로이 보안관이 소리쳤다.

"콜린스! 스위니! 미첼 씨와 같이 가. 시체 신원 확인을 부탁드려."

“시체요?”

“괜찮으시죠? 큰 도움이 될 겁니다.”

보안관이 사무실 저쪽에서 말했다.

“괜찮다니요? 뭐가요?”

“알려주신 박스터의 인상착의에 들어맞는 시체가 나타났어요. 그렇지만 확인을 해야 해요.”

보안관은 문가에서 기다리고 있는 콜린스와 농장 아들을 손가락으로 가리켰다.

“저 두 사람을 따라가세요.”

나는 재킷을 집고 문으로 가다가 중간에 걸음을 멈췄다. 그러고는 맥켈로이 보안관에게 물었다.

“집에 전화를 걸어도 될까요? 제가 어디에 있는지만 알리려고요.”

“그럼요.”

보안관은 이해한다는 표정으로 나를 본 뒤, 젠킨스 부인의 책상에 있던 부관을 쫓고 나를 거기 앉혔다.

나는 전화기를 들고 집 번호를 눌렀다.

젠킨스 부인의 책상 위에 젠킨스 보안관과 함께 찍은 부부 사진이 있다. 나는 그 사진에서 눈을 돌려서 창밖을 보았다. 그러나 그리 재빨리 눈을 돌린 것은 아니어서, 지금 젠킨스 부인은 어디에 있을까 하는 생각을 피할 수는 없었다. 나는 생각했다. 아마 집에 있겠지. 오늘 오전에 본 것―남편이 죽은 채로 눈 속에 누워 있는 모습―을 절대 못 잊겠지. 그런 생각이 들자 지쳤다. 가슴이 무감각했다.

오늘 아침처럼, 아내는 벨이 울리자마자 전화를 받았다.

“나야. 경찰서에 있어.”

“아무 일 없어?”

"젠킨스 보안관이 죽었어. FBI 요원이라는 사람이 총으로 쐈어."

"나도 알아. 라디오에서 들었어."

"그런데 경찰이 그 사람을 잡았다는 것 같아. 지금 그 사람이 그 사람인지 확인하려고 나를 데려가려 해."

"어디로 데려가?"

"모르지. 그 사람이 죽었나봐."

"죽어?"

"경찰이 '시체'라고 했어. 시체 신원 확인을 해달라고 했어."

"경찰이 죽였어?"

"모르겠어. 듣기에는 그런 뜻인 것 같았어."

"어머, 그거 완벽하다."

아내가 속삭였다. 나는 재빨리 말했다.

"여기 지금 경찰서야."

나는 듣는 사람이 없는지 사무실 안을 힐끔 둘러보았다. 콜린스와 농장 아들은 손에 모자를 든 채 문가에 서 있었다. 두 사람 다 내가 전화를 끊기만 기다리며 나를 보고 있었다.

아내는 입을 다물었다. 전화선 너머, 아내의 뒤에서 라디오 소리가 들렸다. 톤을 높인 남자의 목소리가 무슨 제품을 광고하고 있었다.

"언제 집에 오게 될지 알아?"

아내가 물었다.

"아마 조금 걸릴 것 같아."

"난 정말 안심돼. 정말 행복해."

"쉿."

"오늘 밤에 축하를 하자. 함께 새로운 삶에 공을 울리자."

"이제 그만 끊어야 해. 집에 가서 다시 얘기해."

나는 수화기를 내려놓았다.

농장 아들이 운전을 했다. 나는 조수석에 앉았다. 콜린스는 뒷자리에 앉았다. 차는 시내 남쪽으로 향했다. 비상등을 번쩍이며 속도를 냈다. 이제 기온은 떨어졌다. 도로 곳곳은 빙판이 되었다. 공기가 시시각각 맑아지고, 시야가 더 넓고 선명해지는 것 같았다. 저 위에서 빠르게 움직이는 구름 사이로 가끔 파란 하늘이 조각조각 모습을 드러냈다.

"맥켈로이 보안관이 '시체'라고 말씀하셨나요?"

내가 농장 아들에게 물었다. 농장 아들은 고개를 끄덕였다.

"그렇습니다."

"그럼, 박스터가 죽었나요?"

"완전히 죽었죠."

콜린스가 뒷자리에서 말했다. 즐겁기까지 한 듯한 목소리였다.

"몸에 온통 총알구멍이 났어요."

"숭숭 뚫렸죠."

농장 아들이 말했다.

"체처럼."

두 사람은 나를 보며 웃었다. 소풍 나간 아이들처럼 들떠 보였다.

콜린스가 말했다.

"애플턴 근처에서 죽었어요. 거기 톨게이트 입구에서요. 기마 경관 두 명에게 달려가서, 한 사람의 다리를 쏬어요. 그러자 다른 한 사람이 총을 갈긴 거죠."

"네 발이래요."

농장 아들이 말했다.

"가슴에 세 발, 머리에 한 발."

농장 아들은 고개를 돌려서 나를 보더니, 갑자기 진지하게 물었다.

"신경 쓰이세요?"

"신경 쓰이냐고요?"

"총에 맞은 사람을 신원 확인하는 거요. 피랑 뭐 그런 것들요."

콜린스가 말했다.

"머리에 총을 맞으면 아주 끔찍할 수도 있죠. 재빨리 흘깃 보기만 하는 게 좋을 겁니다. 그냥 고깃덩어리라고 생각하려고 애쓰세요. 분쇄육을 보는 거라고 생각하……."

농장 아들이 그 말을 막고 재빨리 말했다.

"이분 형님께서 총에 맞아 돌아가셨어요."

콜린스는 입을 다물었다.

"두 달 전 일 생각나요? 이 근처에서 어떤 남자가 외출했다가 집에 왔는데, 마누라랑 집주인이 한 침대에 있는 걸 보고 완전히 돌아버린 사건?"

콜린스가 나에게 물었다.

"그 사람이 형님입니까? 그 도박꾼?"

농장 아들이 고개를 가로저었다.

"이분 형님은 다른 사람이에요. 구하러 갔다가 총에 맞은 사람."

자동차 안의 분위기가 처지는 것을 실제로 느낄 수 있었다. 차가 그림자 속으로 들어간 것 같았다. 농장 아들이 앞으로 몸을 숙여서 히터를 최대로 높였다. 내 얼굴에 따뜻한 공기가 확 밀려왔다.

"미안합니다, 미첼 씨. 저는 몰랐어요."

콜린스가 말했다. 나는 고개를 끄덕였다.

"괜찮습니다."

"개는 잘 지내나요?"

농장 아들이 물었다. 그러면서 거울로 뒤에 앉은 자기 파트너를 흘긋 보았다.

"이분 형님이 정말 착한 개를 키우고 있었어요. 미첼 씨가 그 개를 입양했어요."

"종류가 뭡니까?"

콜린스가 물었다. 두 사람은 즐거운 기분을 되살리려고 같이 힘쓰고 있었다.

"독일 셰퍼드랑 리트리버가 섞인 잡종이었습니다. 그런데 제가 어쩔 수 없이 저세상으로 보냈어요."

두 사람 다 아무 말도 하지 않았다. 농장 아들은 무전기를 만지작거렸다.

"개는 형이 없어진 것에 너무나 적응을 못 했어요. 점점 사나워졌죠. 제 아내를 물기까지 했습니다."

콜린스가 말했다.

"개들이 그렇습니다. 주인한테 충성을 하죠. 개들도 사람처럼 애통해합니다."

그 뒤로, 목적지에 도착할 때까지 아무도 입을 열지 않았다. 농장 아들은 운전에 정신을 집중했다. 콜린스는 뒤에서 담배를 피웠다. 나는 차창 밖으로 도로를 내다보았다.

버논은 애플턴 바로 아래에 있는 오하이오 톨게이트에 들어가려다가 거기서 총을 맞았다. 주차권을 받으려고 차를 세우는데, 차가 작은 빙판에 미끄러져서 앞차를 세게 받았다. 중앙분리대 맞은편에 기마 경관 두 명이 있었고, 사고를 본 두 사람은 도와주려고 다가갔다. 그 순간에 버논이 침착하기만 했어도 달아날 수 있었을지 모른다. 아셴빌을 벗어난 뒤 어느새, 파란색 차를 빨간색 차로 바꿨고, 울 모자를 써서 짧은 머리를 감추고, 파카도 입었다. 그래서 경관들이 찾는 사람으로는 보이지 않았다. 그러나 버논은 다가오는 경관들을 보고 극도로 당황했고, 차에서 내려 권총을 꺼냈다.

우리가 톨게이트를 지나는 데에는 조금 시간이 걸렸다. 진입 램프를 통제하고, 경찰이 차량을 서쪽으로 더 내려가도록 우회시키고 있었다. 작은 공간에 경찰차 대여섯 대가 기묘한 각도로 서 있었다. 우리가 도착할 때 구급차가 비상등을 깜박이며 막 출발하고 있었다.

출구 램프 주변은 한적했다. 주유소 두 곳, 가건물로 된 데어리퀸아이스크림과 햄버거를 주로 파는 미국 패스트푸드 체인점, 편의점. 평범하고 특색 없는 시골 농장 지역이었다.

우리는 길가에 차를 세우고, 내려서 톨게이트로 갔다. 버논의 차, 체리색 토요타 해치백의 문이 열려 있고, 그 주변 구역은 진노랑 테이프로 줄이 쳐져 있었다. 주 경관이 사방에 있었지만 아무도 일을 하지 않는 것 같았다. 버논이 뒤를 받은 차는 치워지고 없었다.

토요타 옆에 누워 있는 시체가 은빛 담요로 덮여 있었다.

우리는 노란 테이프 아래로 몸을 숙여서 안에 들어간 뒤 빈들거리는 경관들을 지나서 시체 옆으로 갔다. 농장 아들과 나는 시체 옆에 웅크려 앉았다. 농장 아들이 담요를 걷었다. 콜린스는 내 뒤에 서 있었다.

"그 사람 맞나요?"

콜린스가 물었다. 버논이었다. 머리 옆에 총알을 맞았다. 귀 바로 아래. 총알이 처음 들어간 구멍이 보였다. 10센트짜리 동전보다 크지 않은 작은 구멍. 사방에 피였다. 버논의 얼굴, 담요, 포장도로, 버논의 이에도 피가 있었다. 셔츠 칼라는 피로 물들어서 분홍빛이었다. 눈을 뜨고 있었다. 놀라서 부릅뜬 눈은 하늘을 똑바로 보고 있었다. 손을 뻗어서 눈을 감기고 싶은 유혹을 꾹 눌러야 했다.

"그래요. 그 사람입니다."

농장 아들이 담요를 다시 덮고, 나와 함께 일어섰다.

"괜찮으세요?"

농장 아들이 물었다. 농장 아들은 내 팔꿈치를 잡고 시체에서 내 몸을 돌렸다.

"괜찮아요."

내가 말했다. 그리고 그런 다음, 놀랍게도, 나도 모르게 내 얼굴에 웃음이 떠오르기 시작했다. 멈추기 위해서 정신을 집중해야 할 정도였다. 턱을 앙다물고 이를 악물어야 했다. 그런 웃음이 나오게 한 장본인은 안도감이었다. 그 힘에 나는 깜짝 놀랐다. 안도감은 젠킨스 보안관의 죽음에 대한 내 슬픔도 잠식했고, 그 죽음이 가치 있고 시기적절한 것, 보물로 가득한 가방에 당연히 지불해야 할, 누구나 생각할 대가 같은 것으로 느껴지게 만들었다. 우리가 돈다발을 갖기로 마음먹은 그 밤 이후 처음으로, 정말로 안전하다는 기분을 느꼈다. 아내의 말이 맞았다. 완벽했다. 이제 우리를 돈과 연결시킬 사람은 아무도 없었다. 모두가 죽었다. 버논과 그 동생과 젠킨스 보안관과 루와 낸시와 형과 소니와 피더슨. 모두가.

돈은 우리 것이었다.

콜린스는 맥켈로이 보안관에게 무전으로 내가 시체를 확인했다고 알리러 갔다. 농장 아들은 주 경관들과 이야기에 빠져 있었다. 나는 차로 돌아가려—밖은 이미 추워졌고, 나는 앉고 싶었다—하다가 마음을 바꾸고 그 자리에 그대로 머물렀다. 경찰이 돈 가방을 찾았는지 궁금했고, 거기 있으면 돈 가방 이야기를 들을 수 있으리라 생각했다. 나는 톨게이트 쪽, 노란 테이프를 바로 지난 곳으로 자리를 옮긴 뒤, 주머니에 손을 넣고 수상해 보이지 않으려 애쓰면서 가만히 서 있었다.

빨간 머리 경관이 사진을 찍기 시작했다. 담요를 젖히고 버논의 시체를 찍었다. 토요타, 톨게이트, 포장도로의 피 등 모두 각도를 달리하며 여러 장씩 찍었다. 날씨는 계속 개고 있었지만 그래도 아직 어두워서 카메라 플래시를 썼다. 햇빛이 거울에 반사되어 번쩍이듯, 조그맣게 터지는 플래시 불빛이 빠른 리듬으로 계속 또 번쩍이고 번쩍였다.

몇 분 뒤, 뉴스 스태프가 탄 노란 밴이 나타났다. 밴 옆면에는 비스듬히 커다란 빨간 글자로 '채널 13'이라고 적혀 있고, 그 아래에는 검은 글자로 '액션뉴스'라고 적혀 있었다. 방송 뉴스 스태프들은 미니캠을 들고 범죄 현장을 촬영하기 시작했다. 버논의 시체를 촬영하려고 했지만, 경관 한 사람이 물러서라고 명령했다.

밴이 온 뒤 곧이어 짙은 갈색 자동차가 도착했다. 남자 두 명이 나왔다. 보자마자 FBI 요원임을 알 수 있었다. 버논의 모습과 비슷했다. 키가 크고 늘씬하고 머리가 짧고 모자는 쓰지 않았다. 두 사람 다 검은 슈트와 수수한 넥타이 위에 단추를 채우지 않은 채 오버코트를 입고 있었다. 발에는 검정 가죽 구두를 신고, 손에는 검정 가죽 장갑을 꼈다. 내가 버논과 처음 만났을 때 버논이 아주 잘 흉내 냈던, 차분한 프로페셔널한 분위기, 냉철하게 명확하고 상대를 제압하는 기운이 이 두 사람 주위에도 온통 똑같이―두 사람이 움직이는 방식과 경관에게 말할 때 취하는 몸짓에서― 맴돌고 있었다. 그리고 그 분위기는 이제 전과 똑같이 나를 겁먹게 했다. 가슴이 답답하고, 심장박동이 빨라지고, 등에 땀이 흐르기 시작했다.

내가 놓친 게 있을지도 모른다는, 남겨놓은 단서가 나의 유죄를 드러낼 흔적이 있을지도 모른다는 끔찍한 두려움이 머릿속으로 환풍기 바람처럼 흩날려 들어왔다.

나는 그 두 사람이 버논의 시체로 다가가서 그 옆에 웅크려 앉는 모습을 지켜보았다. 담요를 벗기고 주머니를 뒤집으며 살피기 시작했다. 한 사람이 버논의 얼굴을 검사하듯, 버논의 턱을 잡아 고정시키고 머리 위쪽을 아래위로 흔들었다. 버논의 얼굴을 손에서 놓은 뒤, 동료에게 뭐라 중얼거리며 담요에 손을 닦았다. 그 동료는 고개를 가로저었다.

두 사람은 버논의 시체에서 토요타로 옮겨서 수사를 계속했다. 토요타를 살핀 뒤에는 경관들을 모아서 잠시 회의를 가졌다. 일 분쯤 뒤, 한 경관이 농장 아들을 불러서 두 요원을 소개했다. 잠시 이야기를 나누더니, 농장 아들이 내가 있는 쪽을 손가락으로 가리켰다.

"미첼 씨?"

한 요원이 나를 불렀다. 내 쪽으로 걸어오기 시작했다.

"행크 미첼 씨?"

"예?"

나는 그 사람 앞으로 걸음을 내디디며 말했다.

"제가 행크 미첼입니다."

요원은 재킷 안으로 손을 넣어 지갑을 꺼냈다. 지갑을 열어서 배지를 보였다. 그 요원의 행동을 보자, 내가 체포되는 듯이 불안해졌다.

"저는 FBI에서 온 렌킨스 요원입니다."

나는 배지를 물끄러미 보면서 고개를 끄덕였다.

"저희와 함께 시내로 가면서 이번 일에 대해서 아는 바를 다 말씀해 주실 수 있을까요?"

"경찰에 벌써 다 말했는데요. 제 진술은 경찰에서 확인하시면 안 될까요?"

"저희에게 직접 들려주시면 고맙겠습니다."

렌킨스 요원은 버논이 짓던 것 같은 가식적인 미소를 지었다.

나는 대답하지 않았다. 선택의 여지가 없는 게 분명했다. 다른 요원도 우리 쪽으로 왔다. 그 요원은 겨드랑이 밑에 검정 비닐봉투를 끼고 있었다.

"저희 차가 여기 있습니다."

렌킨스가 차를 가리키며 말했다. 그런 뒤, 돌아서서 나를 이끌었다.

나는 뒷자리에 타고 갔다. 렌킨스가 운전을 하고, 동료인 프리몬트 요원은 조수석에 앉았다. 뒤에서 보니 두 사람은 거의 쌍둥이 같았다. 어깨너비가 똑같고, 시트 위로 올라온 머리 높이도 똑같았으며, 똑같이 짙은 갈색 머리카락이 똑같은 부피와 두께로 똑같이 둥근 두상을 덮고 있었다.

두 사람 사이의 차이는 하나뿐이었지만, 큰 차이였다. 프리몬트의 귀가 머리에 비해서 지나치게 컸다. 톨게이트 광장에서 빠져나가는 동안, 나는 그 귀를 뚫어져라 보지 않을 수 없었다. 딱딱해 보이고, 놀랄 만큼 하얀, 돌돌 말린 거대한 타원형이었다. 그 귀에 나는 무척이나 끌렸다. 귀 때문에 프리몬트 요원이 금세 좋아졌다. 나는 생각했다. 틀림없이 프리몬트 요원은 어릴 때 귀 때문에 놀림을 당했을 거야. 형의 어린 시절과 형이 몸무게 때문에 당한 괴로움이 떠올랐고, 프리몬트 요원에 대한 동정심이 밀려들었다.

경찰차 앞에 앉아 있던 것과 FBI 요원의 차 뒤에 앉아 있는 것은 그 느낌이 크게 달랐다. 요원의 차는 평범했다. 출장을 다니는 세일즈맨이 가질 만한 차였다. 검정 플라스틱 내부, 문에 붙은 작은 재떨이, 사물함

위에 달린 싸구려 카스테레오. 그러나 뒷자리에 혼자 있으니, 갇힌 듯한 기분, 두 요원에게 체포된 기분, 두 요원에게 지배된 기분을 느꼈다. 경찰차에 타고 있을 때는 못 느꼈던 느낌이었다.

우리는 아센빌로 향했다. 수직으로 뻗은 농장 도로를 따라서, 처음에는 북쪽으로, 다음에는 동쪽, 이어서 다시 북쪽으로, 방향을 제대로 잡으며 움직였다. 가는 동안 나는 이야기를 했다. 두 사람은 내가 말하는 동안 계속 녹음기를 켜놓았지만, 내가 해야 하는 말에는 비교적 관심이 없는 듯했다. 나에게 아무 질문도 하지 않았다. 말을 멈추어도 나를 돌아보지 않았으며 계속 말하라고 고개를 끄덕여서 부추기지도 않았다. 두 사람은 내 앞에 냉담하게 앉아서 유리창 앞 도로만 보고 있었다.

내가 그날 오후 좀 더 이른 시각에 콜린스와 농장 아들과 같이 차를 타고 온 경로를 그대로 다시 지났다. 똑같은 지형들, 똑같은 집들, 똑같은 농장들을 지났다. 이제 날이 개었다는 것, 공기가 옅고 건조하다는 것만 달랐다. 태양은 천천히 호를 이루며 지나가는 제 행로에서 이제 그 서쪽 끝에 가까워지며, 멀리 떨어진 지붕들 위를 밝게 빛냈다.

나는 말을 하는 동안, 두 요원의 침묵이 둘 중 하나를 뜻한다고 결정을 내렸다. 하나는, 두 요원이 이미 내 이야기를 인정했고 지금은 단지 형식상 듣고 있는 것이다. 다른 하나는, 두 요원이 범죄 현장을 수사하던 중에 내 유죄를 입증하는 것, 내 말을 모두 씻어버릴 증거를 발견했고, 내 가면을 벗겨서 거짓말쟁이, 도둑, 살인자라는 정체를 밝히기 전에 내 거짓말을 더욱더 깊이 파도록 내버려두며 내가 끝내기만을 기다리고 있는 것이다.

이 두 가지 가능성 중에 어느 것이 나를 기다리고 있는지 확인하기가 두려운 나머지, 이야기의 마지막에 가까워지면서 나는 머뭇거렸다. 사이사이 말을 멈추고, 말을 되풀이했다. 그러다가 어쩔 수 없이 끝에 다다랐다.

프리몬트 요원은 버튼을 눌러서 녹음기를 멈췄다. 그런 다음, 나를 돌아보았다.

"미쳴 씨, 그 이야기에 문제가 딱 하나 있습니다."

그 말을 듣자 속이 갑갑해졌다. 나는 창밖을 스치는 들판을 바라보면서, 입을 열기 전에 시간을 두려고 스스로를 억눌렀다. 멀리서, 검정 옷을 입고 막대에 세워진 허수아비가 보였다. 허수아비는 밀짚모자를 쓰고 있었고, 이렇게 멀리서 보자니, 언뜻 보기에는 진짜 사람 같았다.

"문제요?"

내가 물었다.

프리몬트가 고개를 끄덕였다. 코끼리 같은 귀가 머리 양옆에서 배의 노처럼 아래위로 움직였다.

"아까 저기서 확인하신 시체의 주인공 말입니다. 그 사람은 FBI 요원이 아닙니다."

그 말에 어찌나 큰 안도감을 느꼈는지, 실제로 몸에 그 영향이 나타났다. 내 온몸에 걸쳐서 땀구멍이 열리고 땀이 나기 시작했다. 방광을 조절할 수 없게 된 듯이 기묘하며 끔찍하기까지 한 느낌이었다. 갑작스러운 해방, 어지러운 자제력의 상실이었다. 그래서 낄낄 웃고 싶었지만 꾹 눌렀다. 나는 손으로 이마를 닦았다.

"무슨 말씀인지 모르겠군요."

내가 말했다. 내 목소리는 생각보다 거칠게 흘러나왔다. 프리몬트 요원은 못 알아차리는 것 같았다.

"그 사람은 버논 보코브스키입니다. 지난 12월에 엔진 고장 소리를 들은 그 비행기에는 그 사람 동생이 타고 있었어요. 비행기가 자연보호림에 추락했죠."

“동생을 찾고 있었나요?”

프리몬트 요원은 고개를 가로저었다.

“이걸 찾고 있었죠.”

그리고 발치에 두었던 비닐봉투를 들어 올렸다. 나는 자세히 보려고 몸을 앞으로 기울였다. 그 봉투를 보자 전율이 일었다. 그 봉투는 비밀을 알고 있었다.

“쓰레기봉투요?”

“그렇죠.”

프리몬트 요원이 씩 웃었다.

“아주 값비싼 쓰레기로 가득 찬 쓰레기봉투죠.”

프리몬트는 봉투 아가리를 열어서 내가 볼 수 있게 돈을 흔들었다.

나는 뚫어져라 보았다. 놀라서 입을 못 여는 것처럼 보이려고, 머릿속으로 열을 센 뒤 물었다.

“진짜 돈입니까?”

“진짜죠.”

프리몬트는 검정 장갑을 낀 손을 봉투 안에 넣어서 돈 한 다발을 꺼낸 뒤 내 눈앞에 내밀었다.

“몸값입니다. 보코브스키 형제는 지난 11월에 맥마틴 가의 딸을 유괴한 유괴범들입니다.”

“맥마틴 가의 딸요?”

“상속녀죠. 그 형제가 총으로 쏘아 죽이고 호수에 버렸어요.”

나는 시선을 계속 돈에 두었다.

“만져봐도 되나요? 장갑은 꼈습니다.”

두 요원이 웃었다.

“그럼요. 만져보세요.”

퍼몬트 요원이 말했다.

내가 손을 빼자 퍼몬트 요원은 들고 있던 다발을 내 손에 얹었다. 나는 손바닥으로 무게를 재며 돈을 내려다보았다. 렌킨스 요원은 얼굴에 다정한 미소를 머금은 채 백미러로 나를 지켜보았다.

"무겁죠?"

렌킨스 요원이 물었다.

"예. 작은 책 같아요."

이제 아셴빌에 거의 다 도착했다. 교차로 주변에 다닥다닥 붙은 낮은 건물들이 지평선으로 떠오르는 모습이 보였다. 오즈 도시처럼, 환영으로, 가짜로 보였다.

나는 돈다발을 프리몬트에게 건넸고 프리몬트는 봉투에 다시 넣었다.

아셴빌은 내가 없는 사이 평소 모습으로 돌아갔다. 텔레비전 스태프들은 떠났고, 군중은 사라졌고, 이제 도시는 여느 토요일 오후와 똑같이, 텅 비고, 노곤하고, 가장자리가 조금 닳은 듯이 보였다. 몇 시간 전의 비극을 일깨우는 것은, 깃대에서 힘없이 펄럭이는 반쯤 내려진 조기뿐이었다.

렌킨스 요원은 시청 앞에 차를 세웠다. 우리는 보도로 내려가서 작별 인사를 했다.

프리몬트 요원이 말했다.

"이런 일에 끌어들여서 미안합니다. 잘 협조해주셔서 고맙습니다."

우리는 시청 계단 발치에 서 있었다. 남아 있는 경찰차는 한 대뿐이었다.

"아직도 무슨 일인지 잘 모르겠군요."

렌킨스가 나를 보며 씩 웃은 뒤 말했다.

"제가 말씀드리죠. 디트로이트 외곽에서 형제가 어떤 소녀를 납치했습니다. 형제는 납치한 소녀까지 일곱 명을 쏘아 죽이고, 480만 달러라는 몸값을 챙겨서 달아났습니다. 그런데 형제 중 한 명이 비행기를 타고 가다가 그 공원에 추락했습니다. 다른 한 명이 FBI 요원인 척하며 찾으러 왔고, 비행기를 발견하자 젠킨스 경관을 쏜 겁니다."

렌킨스는 크게 미소를 지었다.

"그리고 경찰이 그자를 쏘았고요."

"그 봉투에 480만 달러가 들어 있어요?"

나는 그 말을 기꺼이 믿겠다는 듯이 물었다.

"아뇨. 50만 달러입니다."

"나머지는 어디 있죠?"

렌킨스가 프리몬트를 흘깃 보면서 어깨를 으쓱했다.

"모릅니다."

나는 멍하게 도시를 바라보았다. 그 블록 위 시궁창에서 새 두 마리가 먹을 것을 놓고 싸우고 있었다. 서로 상대를 향해 시끄럽게 날카롭게 소리치며, 번갈아서 먹이를 물고 날아가려 했다. 그러나 그 먹이는 너무 커서, 두 새 모두 못 들어 올렸다. 그 먹이가 무엇인지는 내 눈에 보이지 않았다.

"그러면 어딘가에 430만 달러가 그냥 둥둥 떠다니고 있는 건가요?"

"나타나겠죠."

프리몬트가 말했다. 나는 프리몬트의 얼굴을 자세히 살폈지만, 전혀 표정이 없었다. 렌킨스는 길 위쪽의 새들을 보고 있었다.

"무슨 뜻입니까?"

내가 물었다.

"FBI에서는 맥마틴 씨가 범인이 지정한 장소로 몸값을 가져가야 하는 시각보다 두 시간 앞서서 돈을 마련했습니다. 표식을 할 수는 없었습니다. 납치범들이 표식을 알아내서 인질을 죽일지도 모르니까요. 그래서 요원 스무 명으로 긴급 팀을 조직해서 돈의 일련번호를 최대한 기록했습니다."

프리몬트는 농담을 하고 있는 듯이 나를 보며 웃었다.

"5000개쯤 기록했죠. 지폐 열 장 중 한 장 꼴이죠."

나는 아무 말도 하지 않았다. 말문이 막혀서 그냥 프리몬트만 멍하니 보았다. 정말이지, 프리몬트가 하고 있는 말이 전혀 머리에 들어오지 않았다.

"찾아낼 겁니다. 기다리기만 하면 됩니다. 기록해놓은 일련번호의 지폐가 나타날 테니까요. 100달러짜리 지폐를 쓰는 사람은 흔치 않으니 사람들이 기억하기 마련이죠. 결국 확실한 목격자가 나타날 겁니다."

"표시가 된 돈이군요."

내가 천천히 말했다. 나는 아래를 내려다보며 얼굴을 찌푸렸다. 이 새로운 사실에 반응하지 않으려고, 침착하고 무심하고 상관없는 듯이 보이려고 애썼다. 내 부츠에만 온 정신을 집중하며, 부츠의 색을 나타내는 이름들을 떠올리려고 애썼다. 프리몬트가 밝힌 사실이 지닌 무게를 짊어지면 내가 쓰러지리라는 것을 무의식중에 알고 있었으므로, 색의 이름을 생각하는 데에 온 힘을 다 쏟았다.

"그런 셈이죠. 표시가 된 돈이라고 할 수 있죠."

프리몬트가 말했다.

"범죄로는 돈을 못 벌죠."

렌킨스가 말했다.

나는 생각했다. '고동색. 갈색.' 집중을 하며 계속 생각했다. '호박색.' 그러나 내가 알고 있던 어휘에 대한 지식은, 금이 간 틈으로 새는 물처럼 흘러내렸다.

프리몬트가 악수를 청하며 손을 내밀었다. 나는 애써서 그 손을 잡았고, 손을 굳게 쥐려고 안간힘을 썼다. 그런 뒤에 그 일을 렌킨스와도 되풀이했다.

"FBI에서 일련번호를 알고 있다는 것은 당연히 기밀입니다. 이 사건에 연루된 사람을 잡을 유일한 수단이죠."

프리몬트가 고개를 끄덕였다.

"그러니까 미쳴 씨가 언론에 말하면……."

"예, 잘 알겠습니다."

내가 고개를 끄덕였다.

"혹시 저희가 미쳴 씨의 도움이 필요하면 또 연락드려도 되겠죠?"

렌킨스가 물었다.

"물론이죠. 저기가 제 직장입니다."

나는 건너편 라이클리 사료상을 가리켰다. 두 사람은 사료상을 보며 고개를 끄덕였다.

렌킨스가 말했다.

"아마 또 폐를 끼치는 일은 없을 겁니다. 특별히 남는 의문점은 없는 것 같으니까요."

"예."

내가 맥없이 말했다. 그러고는 생각했다. '황토색. 암갈색. 흙색.'

"이번 일 때문에 고생을 겪으시게 해서 죄송할 따름입니다. 이 빌어먹을 사건 전체가 비극이죠."

렌킨스는 작별 인사로 내 어깨를 한 번 툭 쳤다. 두 사람은 차례로 뒤돌아서서 시청 계단 위로 올라간 뒤 문 너머로 사라졌다.

내 두 발이 모퉁이를 향해 움직였다. 나는 그저 움직이는 발을 지켜보았다. 두 발은 번갈아 움직이며 거리를 지나더니, 길 맞은편으로 움직였다. 내 차가 저기, 그 블록에서 조금 아래에 있었다. 내 부츠는 블록 뒤쪽으로 나를 이끌고, 자동차 문에 닿았을 때 멈췄다. 마술처럼, 내 손이 재킷 주머니에서 자동차 키를 들고 나타났다. 손은 키를 넣어서 잠금장치를 끄르고 차 문을 열었다. 내 몸이 허리를 숙였다. 내 고개가 앞으로 수그러들었다. 나는 시트에 놓여 있었다.

그제야, 문을 굳게 닫은 내 차 안에서 안전해진 뒤에야, 나는 내 머리가 마음대로 흘러가도록 두었다. 프리몬트의 말을 생각하도록, 그 말을 스펀지처럼 빨아들여서 그 말에 푹 젖도록 두었다.

쓸모없는 돈이었다.

내가 보도에 프리몬트와 렌킨스와 서 있을 때부터 이미 조금씩 느끼기 시작한 첫 반응은 걷잡을 수 없는 절망의 물결이었다. 피더슨과 낸시와 소니와 우리 형의 피범벅된 시체들이 모두 내 앞으로 밀려왔다. 이제 아무 가치도 없는 돈, 그저 색종이 뭉치일 뿐인 돈이 든 가방에서 내 몫을 지키려고 그 네 사람의 생명을 내 손으로 끝장냈다.

절망 뒤에는 곧바로 피로감이 이어졌다. 구름 한 점에서 내리는 비 같았다. 내가 저지른 끔찍한 일에 대한 내 몸의 반응이었다. 뼈저린 피로, 포기하고 인정하는 기분. 나는 시트 깊이 몸을 묻었다. 고개를 앞으로 툭 떨어뜨렸다. 석 달 가까이 꽉 묶인 긴장의 매듭 속에서 살아왔다. 그 매듭이 방금 전 날카로운 칼질 한 번에 느슨해졌다. 아니, 끊어지기까지 했다.

적어도 그 안에는 위안이 깃들어 있기도 했다. 이제는 정말 끝났으니까. 집에 가서 돈을, 마지막 저주스러운 증거를, 해결되지 않은 마지막 증거를 불태울 수 있었다.

'움직여.'

그 생각이 내 절망과 피로감 사이로 깜박였다. 내 마음속 깊은 구석 어느 최전선에서 전쟁이 끝났음을 모른 채, 여전히 조심스럽게, 여전히 계획을 세우고 전투를 계속하려 하면서 내보내는 경고였다.

그 경고는 이렇게 속삭였다.

'프리몬트나 렌킨스가 보안관 사무실 창에서 내다보고 있다면, 네가 여기 멍하니 있는 게 보일 거야. 그러면 의심을 살 거야. 차에 시동을 걸어. 차를 몰아.'

그 목소리에는 힘이, 조심해야 한다는 힘이 있었다. 석 달 가까이 내가 주의 깊게 귀 기울여 온 목소리였다. 지금도 나는 마치 프로그래밍된 듯, 자동적으로 그 말에 귀를 기울였다. 내 손이 위로 올라와서 자동차 키를 넣었다.

그러다가 멈췄다.

내 뒤로 15미터쯤 떨어진 곳, 길모퉁이에, 전화박스가 있었다. 그 전화박스의 강화유리 벽들이 지는 햇빛에 반사되어 반짝였다. 목소리가 말했다.

'차를 몰아. 지금.'

나는 거리를 살폈다. 교차로 건너, 교회 앞 보도에서, 한 여자가 유모차에 어린 아기를 태우고 내려오고 있었다. 여자는 말을 하고 있었고, 아기는 유모차에서 몸을 틀어서 여자를 바라보고 있었다. 여자와 아기는 색을 맞춘 듯 밝은 노란색 파카를 입고 있었다. 아는 사람이었다. 프리드먼 세탁소의 주인인 알렉스 프리드먼의 딸과 손녀, 칼라 드레이크와 루시 드레이크였다. 칼라와 나는 같은 고등학교를 졸업했다. 칼라는 나보다 세 살 위로, 형과 같은 반이었다. 칼라와 그 딸이 세인트주드 교회 진입로로 올라가서 안으로 사라지는 동안, 나는 쭉 두 사람을 지켜보고 있었다.

목소리가 재촉했다. 황급한 어조였다.

'차를 몰아.'

나는 그 목소리를 무시했다. 보안관 사무실 창을 보았다. 그러나 유리창은 거울처럼 햇빛만 반사하고 있었다. 프리몬트와 렌킨스의 모습을 확인할 수 없었다.

나는 전화박스를 돌아보았다. 그런 뒤, 마지막으로 한 번 더 거리를 살폈다. 거리는 텅 비어 있었다.

서둘러 차에서 내렸다.

아내는 벨이 세 번 울릴 때 전화를 받았다.

"여보세요?"

아내가 말했다. 나는 입을 열지 않았다. 한참, 꽤 긴 침묵이었다. 차에 앉아 있을 때에는, 아내에게 당장 이야기하는 것이 왠지 도움이 될 듯했다. 내 가슴을 짓누르는 비탄을 아내의 가슴으로 조금 옮겨서 덜 수 있을 것 같았다. 아내에게 알려서 아내를 달래고 싶었다. 괜찮다고 말하고 싶었다. 그러면서 나 자신도 달랠 수 있다는 것을 잘 알고 있었기 때문이다. 그러나 아내의 목소리를 듣자마자 전화로는 그 이야기를 할 수 없음을 깨달았다. 직접 해야 했다. 이야기하는 동안 아내를 어루만질 수 있어야 했다.

"나야."

"아직도 경찰서야?"

"아니. 길거리야. 공중전화."

"그럼 이야기해도 돼?"

"해도 돼."

"뉴스에서 다 봤어."

아내의 목소리에 깃든 흥분을, 안심을 느낄 수 있었다. 아내는 다 끝났다고 생각하고 있었다. 우리가 자유롭다고 생각하고 있었다. 나도 아내처럼 생각하고 싶었다.

"응."

내가 말했다.

"이제 끝났지? 이제 아는 사람은 우리 둘뿐이야."

의기양양한 목소리였다. 아내가 웃음을 터뜨리지 않을까 하는 생각이 설핏 스쳤다.

"응."

나는 같은 대답을 되풀이했다.

"집으로 와. 축하 파티를 시작하고 싶어. 벌써 다 계획했어. 이제 우리는 백만장자야. 바로 이 순간부터."

아내의 목소리에는 즐거움이 넘쳤다. 그 목소리는 칼이 되어 나를 찔렀다.

"여보……."

아내가 내 말을 가로챘다.

"이제 자기도 걱정 안 하겠지만, 내가 바보 같은 일을 했어."

"바보 같은 일?"

"나가서 샴페인을 샀어."

나는 눈을 감고 수화기를 귀에 딱 붙였다. 아내의 입에서 무슨 말이 나올지 이미 알고 있었다. 그 말이 눈에 선했다.

"그 돈을 좀 썼어. 그 100달러짜리."

나는 전혀 놀라지도 당황하지도 않았다. 애초부터, 비행기에서 더플백을 끌어내던 바로 그 순간부터, 이런 일이 일어날지 알고 있었던 것 같았다. 그렇게 느껴졌다. 당연한 일로 느껴졌다. 이마를 전화박스 옆면에 댔다. 살갗에 닿는 강화유리는 차갑고 매끈했다.

"여보세요? 자기야! 화났어?"

나는 말을 하려 했지만 목이 꽉 멨다. 먼저 목청을 가다듬어야 했다. 약을 먹은 듯한, 반쯤 잠든 듯한, 죽은 듯한 기분이었다.

"왜?"

내가 말했다. 목소리는 아주 작게 새어나왔다.

"왜라니?"

"왜 그 돈을 썼어?"

아내는 즉시 변명을 했다.

"그냥 그게 출발점으로는 좋을 것 같아서."

"손대지 않기로 약속했잖아."

"그렇지만 내가 맨 먼저 돈을 쓰는 사람이 되고 싶었어."

나는 입을 다문 채 이 일을 해결할 방법을 찾으려고 안간힘을 썼다. 마침내 내가 물었다.

"어디서?"

"어디서라니?"

"어디서 샴페인을 샀어?"

"그 점이 내가 기지를 발휘한 부분이지. 이 근처가 아니거든. 아주 멀리, 공항 근처까지 가서, 거기서 샀어."

"공항 근처 어디?"

"어머, 자기야. 화내지 마."

"화 안 났어. 그냥 어디인지 궁금해."

"알렉산더스라는 곳이야. 고속도로 길가에 있는 작은 주류 전문점이야. 공항 진입로 도착하기 직전에."

나는 아무 말도 하지 않았다. 생각을 하고 있었다. 정신은 탈출구를 찾아서, 그 상황 주위를 고통스럽게 느릿느릿 움직였다.

"내가 처신을 잘했어. 들어보면 자기도 날 칭찬할걸? 생일 선물로 받은 지폐여서 쓰지 않고 두었는데 어쩔 수 없이 쓴다고, 여동생이 막 청혼을 받아서 축하 선물을 사야 하는데 은행은 문을 닫았으니 쓸 수밖에 없다고 말했거든."

"아기도 데려갔어?"

아내가 우물쭈물했다.

"응. 왜?"

나는 대답하지 않았다.

"별일 아니야. 계산원은 신경도 안 쓰는 것 같았어. 그냥 지폐를 받고 거스름돈을 줬어."

"가게에 계산원 말고 다른 사람은?"

"무슨 말이야?"

"다른 손님은 없었어? 다른 점원은?"

아내가 잠시 생각했다.

"아니, 계산원뿐이었어."

"어떻게 생겼어?"

전화선 너머에서 잠시 침묵이 흘렀다.

"자기야, 그 사람은 신경도 안 썼어."

"어떻게 생겼어?"

내가 목소리를 높이며 한 번 더 물었다.

"그러지 마. 그 사람은 내가 누군지 몰라. 별일 아니야."

"별일이라는 이야기가 아니야. 그 사람이 어떻게 생겼는지만 말해."

아내는 화가 난 듯이 한숨을 쉬었다.

"덩치가 컸어. 검은 머리고, 턱수염을 길렀어. 어깨가 넓고 목이 두꺼웠어. 풋볼선수처럼."

"나이는?"

"몰라. 젊어. 이십대 중반쯤. 왜?"

"내가 집에 갈 때까지 이제 쓰지 마."

나는 내 말이 농담처럼 들리게 하려고 억지로 조금 웃었다.

아내는 웃지 않았다.

"지금 집에 와?"

"좀 있다가."

"뭐?"

"좀 있다가."

나는 조금 더 분명하게 말했다.

"여기서 처리할 일이 좀 있어. 마친 뒤에 집에 갈게."

"화났어?"

"아니."

"화 안 났다고 약속해."

나는 고개를 들어서 교차로 너머를 바라보았다. 칼라 드레이크와 딸 루시가 교회에서 다시 거리로 나왔다. 이제 건너편 길에서 내려가고 있었다. 얼굴은 노란 후드에 가려서 보이지 않았다. 어린 딸은 잠든 것 같았다. 두 사람은 내가 지켜보는 것을 눈치 못 챘다.

"여보세요?"

아내가 말했다. 나는 한숨을 쉬었다. 지친 한숨이었다.

"화 안 났다고 약속할게."

내가 말했다. 그리고 아내와 작별 인사를 했다.

전화기 아래에 줄로 단 전화번호부가 있었다. 전화번호부에서 알렉산더스를 찾아서 그 번호로 전화를 걸었다. 젊은이의 목소리가 전화를 받았다.

"알렉산더스입니다."

"예, 오늘 몇 시까지 영업하나요?"

"6시까지입니다."

손목시계를 보았다. 4시 52분이었다.

"고맙습니다."

내가 말했다.

차가 있는 곳까지 반쯤 갔을 때, 다른 것이 생각났다. 계획의 첫 번째 부족한 면이었다. 걸음을 도중에 멈추고 전화박스로 돌아갔다.

전화번호부에서 경찰서 번호를 찾았다.

여자가 전화를 받았다.

"경찰서입니다."

"여보세요. 수상한 사람이 있어서 알리고 싶은데요."

경찰이 통화를 녹음할 경우를 대비해서 내 목소리를 숨기려고 낮게 목소리를 깔았다.

"수상한 사람요?"

"히치하이커요. 앤아버 부근에서 제 차에 태우고 남쪽으로 가고 있는데, 마체테를 꺼내더니 그 자리에서 날을 갈기 시작하지 뭡니까. 바로 제 차 조수석에서요."

"뭘 꺼냈다고요?"

"마체테요. 큰 칼 말입니다. 그래서 제가 내리라고 했죠. 말썽은 부리지 않고 내리더군요. 그런데 그 뒤로 아이들이 위험할지도 모른다는 생각이 들었습니다. 그래서 경찰서에 전호를 하기로 마음먹었어요. 혹시나 하는 마음에.”

“그 사람이 마체테로 선생님을 위협했나요?”

“아니요. 그런 일은 없었습니다. 내가 내리라고 하니까, 내렸어요. 그냥 경찰이 조사해보면 어떨까 해서요.”

“그 사람을 어디서 내려주셨나요?”

“털리도 외곽에서요. 공항 근처요. 마체테로 비행기를 납치하는 농담을 했어요.”

“공항 고속도로인가요?”

“예. 편의점 근처요.”

“그 사람 인상착의를 알려주시겠습니까?”

“젊었어요. 열여덟쯤 됐을까. 말랐고. 표정이 멍하다고 해야 하나, 졸리거나 마약을 한 것처럼…….”

“백인인가요?”

“예. 빨강 머리에, 피부는 하얗고, 주근깨가 있었어요. 두꺼운 긴팔 티셔츠를 입었어요. 회색이고, 후드 같은 게 달려 있고.”

“키는요?”

“보통이었어요. 180정도? 그것보다 조금 작았나?”

“선생님 성함을 알려주시겠습니까?”

“그건 좀 곤란한데요. 저는 플로리다에 삽니다. 지금 플로리다로 돌아가는 중입니다. 여기서 문제에 휘말리고 싶지 않아요.”

“알겠습니다.”

여자가 말했다. 간결하고 딱딱한, 사무적인 목소리였다.

“전화 주셔서 고맙습니다. 본부에 알려서 순찰 대원들에게 경계령을 내리게 하겠습니다."

그런 다음, 내 차 안, 메인스트리트의 바로 그 자리에서 이십 분 동안 앉아 있었다. 세인트주드 교회에서 시보가 울렸다. 멜로디가 있는 작은 벨소리에 이어서 큰 종소리가 다섯 번 울렸다. 태양은 서쪽 지평선에 가까이 갔다. 그 주위 하늘은 분홍빛으로 물들어 있었다. 날은 이미 근사한 저녁으로 변해 있었다. 공기가 너무 맑아서 공기 자체가 없는 듯했다. 사물들이—길에 늘어선 자동차, 상점, 주차 미터기, 교회 첨탑들이— 평소보다 훨씬 명확하게 윤곽을 드러내는 듯했다. 마치 경계에 검은 선을 그은 것 같았다.

도시는 조용했다. 버려진 도시 같은 모습이었다.

아내가 사용한 지폐를 추적당하지 않을 확률은 90퍼센트였다. 그 점은 나도 잘 알았다. 그 정도면 충분할 수도 있었다. 그러나 나에게는 충분하지 않았다. 머릿속으로 그 일을 생각하며 혼자서 논쟁을 벌였다. 그 지폐 중 표식이 있는 것이 한 장뿐이었다면, 아니 열 장뿐이었다면, 아니 백 장이라 해도, 나는 다르게 행동했으리라고 생각한다. 그냥 운에 맡겼을 것이다. 그러나 5000장이었다. 십분의 일이었다. 너무 많았다. 위험을 감수할 수 없었다.

5시가 지난 직후, 프리몬트와 렌킨스가 시청 계단을 내려왔다. 두 사람은 나를 못 보았다. 보도를 걸어서 오른쪽으로 사라졌다. 프리몬트는 활달하게 몸을 움직이며 말을 하고 있었고, 렌킨스는 프리몬트의 말에 힘껏 고개를 끄덕이고 있었다. 두 사람은 차에 타고 동쪽, 털리도로 향해 갔다. 운전석에는 렌킨스가 있었다.

손목시계를 보며 5시 10분까지 기다렸다. 그런 뒤, 차에 시동을 걸었다. 길모퉁이에서 차를 빼서, 나도 동쪽으로 향했다. 지는 해가 백미러에 커다랗고 빨갛게 비쳤다. 나는 조심스럽게 시내를 빠져나갔다.

공항까지는 자동차로 삼십 분 거리였다.

12

공항에 도착하기 직전까지 계속 농장 지대였다. 그러다가 고속도로가 4차선으로 넓어지고 건물이—편의점, 비디오 대여점, 선술집, 싸구려 호텔, 당구장, 패스트푸드 식당 들이— 나타나기 시작했다. 건물은 동쪽으로 갈수록 더 빽빽하고 높고 밝아졌다. 차량이 많아졌고, 자동차가 들어오고 빠져나갔으며, 깜박이들이 반짝였다. 이곳이 털리도 경계였다. 네온전구와 형광등의 긴 대로가 도시 중심에서 더듬이처럼 뻗은 곳이었다.

알렉산더스는 창고 같은, 초라해 보이는 상점이었다. 낮은 콘크리트 벽에 지붕은 평평했다. 창에는 십자 모양 철창이 있었다. 문 위에는 'BEER'라는 글자의 분홍과 파랑 네온등이 꺼졌다 켜졌다 하며 번쩍였다. 조그마한 주차장에 차는 한 대뿐이었다. 진흙이 튄 검정 지프가 도로 옆에 서 있었다.

그곳을 지나갔다가 유턴으로 차를 돌렸다.

알렉산더스에서 30미터 올라간 곳에 온실이 있었다. 주말이라 문을 닿아서 어두웠다. 나는 자갈이 깔린 온실 주차장으로 들어간 뒤, 나중에 도망칠 때를 대비해서 길을 마주하고 차를 세웠다.

고속도로 맞은편, 도로와 나란히, 가시철조망이 이어져 있었다. 멀리 관제탑이 아주 희미하게 보였다. 밤하늘을 천천히 선회하는 스포트라이트가, 그리고 그 아래, 빨강과 초록으로 희미하게 빛나는 활주로가 보였다.

차에서 내린 뒤, 스테이션왜건 뒤로 가서 뒷문을 열었다. 형의 트렁크가 거기 있었다. 형의 아파트를 치울 때, 그 트렁크를 맨 마지막에 실었다. 재빨리 뚜껑을 열고 안으로 손을 넣었다. 내 손은 목욕 수건이 쌓인 곳, 낚시 도구 상자, 야구 글러브를 지나서, 마체테 칼날의 차가운 금속 끝을 더듬었다.

마체테는 트렁크 오른쪽, 내가 둔 곳에 그대로 있었다. 마체테를 꺼내서 범퍼에 놓았다. 그런 다음, 다른 상자들을 뒤지기 시작했다. 맨 처음 연 상자에서 형의 스키 마스크를, 두 번째 상자에서 두꺼운 긴팔 후드 티셔츠를 찾았다.

재킷을 후드 티셔츠로 갈아입었다. 나한테 너무 컸다. 소매가 손가락 끝까지 내려왔고, 후드는 수도승의 두건처럼 완전히 내 얼굴을 다 덮었다. 그러나 그것이 바로 내가 원하던 바였다. 머리카락과 이마를 덮어서, 가게로 들어가 가게가 비었는지 확인하는 동안 내 생김새를 가려야 하니까. 그런 다음에 스키 마스크를 쓸 생각이었다.

마체테를 손잡이부터 오른손 소매 안에 넣었다. 칼끝이 손바닥 가운데에 닿으며, 날카로운 통증이 왔다. 스키 마스크를 바지 주머니에 넣고, 엉덩이로 자동차 뒷문을 닫았다. 그런 뒤, 가게로 출발했다.

6시 십오 분 전이었다. 해는 방금 완전히 졌다. 운전자들은 헤드라이트를 켜고 있었다.

알렉산더스의 주차장에 들어설 때, 비행기 한 대가 머리 위에서 우레 같은 소리를 내며 공기를 흔들었다. 내 위, 30미터도 채 떨어지지 않은 곳으로 거대한 금속 덩어리가 지나갔다. 착륙하기 위한 비행기 조명들이 일순, 플래시가 번쩍이듯 아스팔트에 광채를 비추더니 고속도로를 훑으며 사라졌다. 비행기 엔진이 속도를 줄이면서 윙윙거렸고, 플랩이 내려왔으며, 바퀴가 땅으로 뻗었다. 나는 비행기가 착륙할 때까지 계속 바라보았다.

가게 문을 밀어서 열자 머리 위에서 종이 울렸다. 계산원에게 손님이 왔음을 알리는 종이었다. 계산원은 왼쪽에 있는 계산대 뒤에 앉아서 신문을 읽고 있었쪽. 계산원 뒤에서 라디오 소리가 흘렀다. 기독교 방송으로, 소리가 무척 컸다.

라디오 속 남자의 목소리가 말했다.

"듣는 것도 가려서 들어야 합니다. 하느님의 말씀이 있듯, 사탄의 말도 있습니다. 듣기에는 그 두 가지가 똑같습니다. 정말 똑같습니다."

계산원은 나를 힐끗 보고 고개를 끄덕인 뒤, 다시 신문을 보았다. 아내가 설명한 그대로였다. 덩치가 크고 근육질에 수염을 길렀다. 청바지와 흰 티셔츠를 입었고, 팔에 검은색과 녹색으로 날아가는 새를 그린 문신이 있었다.

나는 계산원을 지나 상점 중앙 통로로 갔다. 걸을 때 오른팔을 몸 옆에 딱 붙여서 마체테를 고정시켰다. 상점은 폭보다 길이가 길었다. 끝까지 가자 계산원의 눈에는 띄지 않았다.

후드를 벗고 주위를 돌아보았다.

뒷벽에는 미닫이 유리문들이 늘어서 있고, 그 유리문 뒤에는 청량음료와 맥주 캔, 아이스크림, 냉동식품 들이 놓여 있었다.

나는 재빨리 왼쪽으로 갔다가 다시 오른쪽으로 가면서, 다른 두 통로를 살폈다. 둘 다 비어 있었다. 상점 안에 다른 사람은 없었다.

라디오에서는 설교가 계속됐다. 이제 성경 구절을 읊고 있었다.

"그러나 자족하는 마음이 있으면 경건은 큰 이익이 되느니라. 우리가 세상에 아무것도 가지고 온 것이 없으매 또한 아무것도 가지고 가지 못하리니 우리가 먹을 것과 입을 것이 있은즉 족한 줄로 알 것이니라.'"

냉장 디스플레이 케이스 너머, 건물 오른쪽 끝 구석에는 문이 있었다. 문은 조금 열려 있었고, 그 안은 어둠에 빠져 있었다. 그 너머는 창고일 것이라고 생각했다.

"오직 너 하나님의 사람아 이것들을 피하고 의와 경건과 믿음과 사랑과 인내와 온유를 좇으며…….'"

가운데 복도 끝에는 거대한 레드와인 진열장이 있었다. 4리터짜리 초록색 큰 와인병 여섯 개가 세 개씩 두 층으로 쌓여 있었다. 이 병들의 위에는 마분지가 있고, 그 위에 또 와인병 여섯 개가 있었다. 이런 것이 다섯 층이 있었다. 모두 서른 병이었다. 쌓인 와인병 높이는 내 턱 바로 아래까지 왔다.

"우리 주 예수 그리스도 나타나실 때까지 점도 없고 책망받을 것도 없이 이 명령을…….'"

스키 마스크를 꺼내서 머리에 썼다. 형 냄새가, 형의 땀 냄새가 났고, 처음에는 숨이 막혀서 입으로 숨을 쉬어야 했다.

"이게 성경입니다. 하느님의 말씀입니다. 그 속에서 부름을 들은 뒤에는…….'"

나는 소매에서 미끄러지듯 마체테를 꺼냈다.

"성경은 누가 썼습니까?' 한 여자가 물었고…….'"

고개를 복도 아래 상점 입구 쪽으로 돌렸을 때, 나는 아주 침착했다.

침착은 스스로를 먹이로 삼는 듯 시시각각 더 강하고 강해졌다. 비슷한 상황에서 공황이 그랬을 듯이.

계산원은 신문을 읽고 있었다. 스툴에 앉은 채 두 팔을 계산대에 올려놓고 있었다. 나보다 15센티미터는 너끈히 컸고, 아마 40킬로그램은 더 나갈 것 같았다. 젠킨스 보안관의 권총을 가져올걸 하는 생각이 들었다. 계산원은 내가 앞에 서 있은 지 몇 초가 지난 뒤에야 나를 쳐다보았다. 그리고 그냥 물끄러미 보기만 했다. 겁먹지도 놀라지도 않은 듯했다. 계산원이 아주 천천히, 신문을 접었다.

나는 마체테로 위협하며, 금전등록기 쪽으로 고개를 까딱했다.

계산원이 계산대 너머로 손을 뻗어서 라디오 볼륨을 낮추고 말했다.

"무슨 짓이야?"

"금전등록기 열어."

내가 말했다. 다급하고 당황한 목소리로 들렸다. 이런 목소리를 내야 할 사람은 내가 아니라 계산원이었는데.

계산원이 빙긋이 웃었다. 계산원은 내가 처음 생각한 만큼 어리지 않았다. 가까이에서 보니, 나보다 나이가 많을 것 같기도 했다.

"여기서 꺼져."

계산원이 침착하게 말했다. 나는 당황한 얼굴로 계산원을 보았다. 스키 마스크에서 풍기는 형의 땀 냄새 때문에 어지러웠다. 일이 계획대로 진행되지 않을 것을 깨달았고, 그러자 아래로 꺼지는 듯한 기분이 들었다. 속에서 작지만 확실하게 욕지기가 일었다.

"날 찌르려고? 그 칼로 날 죽이려고?"

계산원은 화가 나서 목청을 높이기 시작했다.

"돈만 내놓으면 돼."

내가 말했다.

계산원은 팔에 있는 문신을 손으로 긁었다. 그런 뒤에 수염을 잡고 코 쪽으로 들어올리며 생각에 잠겼다.

"기회를 한 번 주지. 지금 달아나면, 그냥 보내줄게."

계산원은 문을 향해 손을 흔들었다.

나는 움직이지 않았다. 말없이 그대로 서 있었다.

"도망치거나 여기 있거나. 둘 중 하나를 골라."

나는 마체테를 쳐들었다. 계산원을 내려치려는 듯 머리 위에 들고 있었다. 나 자신이 한심스럽게 느껴졌다. 진짜처럼 보이지 않는다는 것을 스스로도 알 수 있었다. 나는 마체테를 허공에 휘둘렀다.

"해치고 싶지 않아. 벌써 한두 명을 죽인 게 아니야. 난 살인마야."

위협이라고 뱉은 말이었지만 애걸하는 듯이 들렸다.

계산원이 나를 보며 씩 웃었다.

"여기 그냥 계시겠다?"

계산원은 스툴에서 내려와서, 거의 아무렇지도 않은 듯, 계산대 앞으로 나왔다. 나는 마체테를 가슴 앞에 내민 채, 상점 가운데로 뒷걸음쳤다. 계산원이 문으로 나갔다. 일순 나는 계산원이 상점을 나가는 줄 알았다. 그러나 계산원은 나를 얼마나 겁내지 않는지 강조하려는 듯이 나한테 등을 보인 채 주머니에서 열쇠 꾸러미를 꺼내서 자물쇠를 잠갔다.

"이봐. 돌아다니지 마."

내가 말했다.

계산원은 열쇠 꾸러미를 다시 주머니에 넣고 내 앞으로 한 걸음 다가왔다. 나는 가운데 통로에서 뒷걸음쳤다. 마체테를 양손으로 잡고 몸 바로 앞에 들고 있었다. 무섭게 보이려고, 그 상황에서 주도권을 잡으려고 애쓰고 있었다. 그러나 먹혀들지 않는다는 것을 잘 알았다.

계산원이 입을 열었다. 목소리에 갑작스레 악의가 깃들었다.

"이제부터 내가 하는 일은 정당방위야. 경찰에서 그렇게 보겠지. 네놈이 그 칼을 갖고 여기 와서 나를 협박하고 내 것을 훔치려 했어. 네놈이 네놈 발로 법의 보호권 밖으로 나간 거야."

계산원은 이를 드러내며 씩 웃는 채 천천히 내 앞으로 다가왔다. 자기가 하는 일을 즐기고 있는 듯했다. 나는 계속 뒷걸음쳤다.

"나는 네놈에게 달아날 기회를 줬어. 그게 기독교인이 해야 할 일이라고 알고 있기 때문이야. 그런데 네놈은 사라지지 않았어. 그래서 이제 내가 확실히 하겠어. 경찰이 여기 와서 네놈을 어떻게 하든, 네놈이 다시는 이런 짓을 못 하게 만들어주지. 다른 사람의 재산을 존중해야 한다는 것을 네놈한테 가르쳐주지."

이제 계산원은 통로에서 나를 쫓아오고 있었다. 거리는 3미터쯤이었다. 나는 마체테를 오른손에 쥐고 다시 휘둘렀다. 계산원은 내 칼질을 보지도 않는 것 같았다. 마치 무엇을 찾고 있는 듯, 오른쪽으로 고개를 돌려서 선반만 보고 있었다. 계산원이 손을 위로 뻗어서 콩 통조림 하나를 꺼내는 동안, 나는 지켜보고만 있었다. 계산원은 통조림 깡통을 손바닥에 놓고 무게를 재듯 톡톡 튕겼다. 그런 뒤에, 아주 침착하게, 서두르는 듯한 행동은 전혀 없이, 팔을 뒤로 젖혔다가 깡통을 나에게 던졌다. 깡통은 아주 큰 소리를 내며 내 가슴, 왼쪽 젖꼭지 바로 아래를 세게 쳤다. 나는 헉하며 뒤로 비틀거렸다. 갈비뼈 하나가 부러진 것 같았다.

"이런 기회는 흔하지 않지. 남을 실컷 괴롭히고도 나는 무사히 빠져나올 수 있는 기회 말이야. 내가 지금 그 기회를 잡은 거야."

이 상황을 어떻게 대처해야 할지 아무 생각도 나지 않았다. 그냥 계산원에게 돈만 받을 생각이었다. 그런 뒤에 계산원을 바닥에 엎드리게 하고 내가 차까지 달려가는 동안 100을 세게 할 생각이었다.

"나는 범죄자를 물리쳤다고 축하까지 받겠지. 사람들이 나를 영웅 대접할 거야."

나는 계속 통로에서 뒤로 물러섰다. 아까 보았던 창고를 통해서 건물 뒤로 나가는 비상구가 있을 것이라고 추측했다. 거기 도착할 때까지 계산원을 막을 수 있다면 그 문을 통해 밖으로 나가서 내 차가 있는 곳까지 내달릴 수 있을 것이라고 생각했다.

계산원이 다시 손을 위로 뻗더니 선반에서 올리브 조림 병을 꺼내 던졌다. 이번에는 내 어깨에 맞고 떨어져 내 발치에서 산산조각이 났다. 묵직하고 얼얼한 통증이 팔을 타고 내려왔다. 손가락이 저절로 벌어졌다. 마체테가 손가락에서 빠져나가서 올리브 위에 떨어졌다. 왼손으로 마체테를 집어야 했다.

내가 말했다.

"그만하면 됐어. 갈게. 돈은 안 건드릴게."

계산원이 머리를 가로저으며 웃었다.

"네놈은 기회를 놓쳤어. 열려 있던 문이 이제 닫혔어."

복도 끝에서 팔이 무엇에 걸렸다. 계산원에게서 눈길을 떼지 않은 채 팔을 빼려 했다. 재빨리 뒤돌아보니 레드와인이 잔뜩 쌓인 진열장이 보였다. 레드와인 셋째 층과 넷째 층을 나누는 마분지에 커다란 철심이 삐져나와 있었다. 후드 티셔츠 소매가 바로 그 철심에 걸렸던 것이다.

계산원을 흘깃 보았다. 2미터 앞까지 와 있었다. 한 걸음만 더 나오면 손을 뻗어서 나를 잡을 수 있을 거리였다. 완전히 당황하여 철심에서 팔을 홱 당겼지만, 팔만 빠지지 않고 마분지까지 딸려왔다. 그 마분지가 받치고 있던 와인병들은 마술처럼 흔들리면서도 잠깐 그대로 균형을 잡더니 쓰러지기 시작했다. 진열된 와인병이 눈앞에서 무너져서 하나씩 바닥에 떨어졌다. 와인병 깨지는 소리가 크고 길게 이어졌다.

가게 안에는 잠시 침묵이 흘렀다. 그 정적 사이로 목사의 목소리가 통로를 지나 우리 귀까지 흘러왔다.

"스스로 태만한 것과 남에게 떠넘기는 것, 두 죄에 차이가 있을까요? 지옥의 불구덩이에서 죄값을 치르는 데 차이가 있을까요?"

내 발치의 타일은 와인으로 검붉게 변했다. 사금파리들이 삐죽삐죽한 섬처럼 흩어져 있었다. 나는 와인 웅덩이가 바닥에 번지는 모습을 지켜보면서 뒷걸음치다가 뒷벽까지 다다랐다.

계산원은 고개를 가로저으며 휘파람을 분 뒤 물었다.

"저 와인 값을 누가 내게 될 것 같아?"

둘 다 산산조각이 난 병들을 내려다보았다. 마분지는 내 팔에 매달린 채 흔들리고 있었다. 나는 마분지를 떼서 바닥에 떨어뜨렸다. 손가락이 아직도 얼얼했고, 숨쉴 때마다 가슴이 욱신거렸다. 창고 쪽으로 가고 싶었지만, 다리가 움직이지 않았다. 내 두 다리는 마비된 채, 냉장고의 차가운 문에 내 몸을 누르며 나를 그 자리에 붙들고 있었다.

계산원이 웅덩이를 피해서 통로 옆쪽을 지나며 앞으로 다가왔다. 1미터 앞에서 잠시 걸음을 멈추더니, 등을 돌리고 허리를 굽혀서 깨진 와인병 중 갈때기 모양의 큰 조각을 주웠다. 그 유리 조각은 웅덩이 한가운데에 있어서, 계산원은 발끝으로 서서 몸을 숙여야 했다.

나는 알았다. 계산원이 그 유리 조각을 무기로 쓸 것이다. 일어서면, 유리 조각으로 나를 찌를 것이다.

나는 창고 쪽을 흘깃 보았다. 있는 힘껏 달리면 잡히지 않고 거기까지 갈 자신이 있었다. 계산원은 몸을 숙이느라 몸의 균형을 잃은 상태였다. 계산원이 예상도 못 하게 달아날 수 있었다. 냉장고에서 몸을 뗄 때는 그럴 생각이었다. 달아날 생각이었다. 그러나 그러지 않았다. 대신, 그럴 생각조차 하지 않은 채, 나도 모르게 계산원 앞으로 다가갔다.

양손으로 야구방망이를 쥐듯 마체테를 꽉 쥐었다. 두 눈을 계산원의 뒷덜미에 고정한 채, 마체테를 머리 위로 쳐들었다. 그런 뒤, 있는 힘을 다해서 내리쳤다.

그 행동을 하고 있을 때, 내 위의 허공에서 쉭 하는 칼날 소리를 들었을 때, 바로 그제야 깨달았다. 나는 바로 그 행동을 내내 간절히 바라고 있었던 것이다.

계산원은 공격을 알아차린 듯했다. 계산원이 일어서면서 몸을 오른쪽으로 트는 바람에, 내가 계산원의 오른쪽에서 내리치고 있었으므로, 마체테는 뒷덜미를 비껴가서 턱 바로 아래를 가격했다. 칼날은 목까지 내려가서 꽂혔다. 깊이 뱄지만, 내가 바란 만큼 깊지는 않았다. 잔인하게 들리겠지만, 나는 한 번에 목을 쳐서 순식간에 끝내고 싶었다. 그러나 내 힘이 부족했거나, 칼날이 충분히 날카롭지 않았나 보다. 5센티미터 정도 들어가다가 멈췄던 것이다. 계산원이 바닥에 쓰러지자, 나는 마체테를 휙 당겨서 빼야 했다.

또 한 차례 고요가, 정적이 흘렀다.

라디오 소리가 상점 안에 메아리쳤다.

"그리고 예수께서 말씀하셨습니다. '엘리, 엘리, 라마 사박타니?' 그 말은 이런 뜻입니다. '나의 하나님, 나의 하나님, 어찌하여 나를 버리셨나이까?'"

계산원은 엎드려 있었다. 팔굽혀펴기를 하는 듯 두 손을 가슴 양쪽 아래에 묻은 채였다. 피가 엄청나게 많이 났다. 내가 예상한 것보다 훨씬 많았고, 사람의 몸속에 들어 있을 것 같은 피의 양보다 더 많기까지 했다. 굵은 끈 같은 피가 목에서 리드미컬하게 솟구치며 와인 웅덩이에 섞였다.

내가 계산원의 동맥을 끊었던 것이다.

"예수 그리스도께서도 그 순간에 하나님에 대한 의심을 품었을진대, 하물며 한갓 유한한 생명인 우리가, 이렇게 결점이 많은 우리가, 그처럼 하나님에 대한 의심을 품지 않을 길이 과연 있을까요?"

나는 가만히 서서 계산원이 피를 뿜는 모습을 지켜보았다. 마체테에서 흐르는 피가 바지에 떨어지지 않도록 마체테를 내 몸에서 멀찍이 들었다. 이제 기다리기만 하면 된다는 것을 알 수 있었고, 그래서 마음이 놓였다. 계산원을 한 번 더 내려치기에는 너무 지치고 힘들었다.

"살면서 나쁜 일이 생겼습니다. 몸이 아픕니다. 직장을 잃었습니다. 그러면 말하죠. '이런 일에 하느님의 손길이 어디 있단 말인가?'"

나는 마체테를 오른손에서 왼손으로 바꾸어 잡으며, 앞으로, 웅덩이로, 발을 내디뎠다. 남자의 상처에서 피가 계속 흘렀지만, 몸은 전혀 움직이지 않았다. 아직 죽은 것 같지는 않았지만, 죽음에 가까이 있음은, 그 경계에 접근하고 있음은, 그 경계 너머로 들어가고 있음은 분명했다. 내가 그때 혼자한 생각은 지금도 또렷하다.

'내가 지금 사람 죽는 걸 구경하고 있구나.'

그러나 뒤이어 놀라운 일이 일어났다. 계산원이 아주 천천히, 마치 위에 있는 줄에 당겨 올라가듯, 손과 무릎을 바닥에 대고 몸을 일으키기 시작했다.

나는 너무 충격을 받아서 뒤로 물러설 수도 없었다. 그 옆에 그대로 선 채, 경악하며 지켜보고 있었다. 나도 모르게 윗몸이 앞으로 숙여졌고 고개가 갸우뚱 기울어졌다.

어떻게 그럴 수 있었는지는 모르지만, 계산원이 일어서려고 안간힘을 쓰고 있었다. 그 행동은 어색하게 뚝뚝 끊어졌다. 손을 허벅지에 대고 구부정하게 서더니 움직이지 않았다. 목의 상처에서는 아직도 굵은 피가 샘솟고 있었다. 계산원의 티셔츠는 그 피로 검붉게 젖어서 몸에 착 달라붙었다. 티셔츠 천 사이로 젖꼭지의 형태까지 보였다. 얼굴은 더할 수 없이 창백했다.

"하느님이 나를 버렸거나, 하느님이 일부러 내가 가는 길에 시련을 주시는구나'라고 말하죠. 하지만 왜 그런 일을 겪어야 하는지 이유를 알 수 없습니다. 올바르게, 독실하게, 온정 넘치게, 확고부동하게, 점잖게, 그렇게 살아왔는데도, 하나님은 시련을 주시고……."

나는 계산원에게서 한 걸음 뒤로, 냉장고 쪽으로 물러섰다. 계산원은 고개를 들었다. 나를 노려보았다. 눈을 아주 빨리 깜박댔다. 숨소리는 가슴에서 출렁거렸다. 폐가 피로 차 있었던 것이다. 계산원은 양손을 자기 목에 댔다.

나는 뒤로 한 걸음 더 물러났다. 나도 알고 있었다. 다시 내리쳐야 한다는 것을, 죽여야 한다는 것을, 그것이 더 인간적이라는 것을 알고 있었다. 그러나 마체테를 들 힘이 남지 않은 듯했다. 힘을 다 써서 기진한 기분이었다.

계산원은 말을 하려 했다. 입이 열렸다가 닫혔다. 그러나 소리는 나지 않았다. 그저 가슴에서 그르렁그르렁 소리를 냈을 뿐이었다. 그 뒤, 아주 천천히, 물속에서 움직이는 듯이, 왼손을 목에서 떼서 옆에 있는 선반으로 뻗었다. 선반에 놓인 케첩 병을 손가락으로 잡고, 던지기보다는 미는 것에 가깝게, 나를 향해 허공으로 케첩 병을 던졌다.

케첩 병은 내 다리에 맞았다. 아프지 않았다. 병은 바닥에 떨어지더니 거의 똑같은 크기로 세 조각이 났다. 나는 케첩 병을, 또 다른 붉은 색을 내려다보았다.

"이런 말을 할 겁니다. '하나님은 신비로운 방식으로 움직이신다고? 그게 나한테 무슨 의미야?' 이런 말도 할 겁니다. '책임 회피 같은 것 아니야? 상황이 나빠졌을 때 목사들은 해명할 방법이 없으니까 그런 구절을 이용해서 벗어나는 것 아니야?' 이런 말도 할 겁니다. '책임감은 어디 있어? 정의는 어디 있어?' 화가 나고, 의당 대답을 받아야 한다고 생각할 겁⋯⋯."

계산원은 다시 목에 손을 댔다. 손가락 사이로 피가 솟구쳤지만, 이제 피 흐름도 약해졌다.

자기 역할을 과장되게 연기하는 배우처럼, 행동 하나하나 사이에 잠깐씩 뜸을 들이며, 연극을 하는 듯 쓰러졌다. 먼저 무릎을 꿇었다. 와인병 사금파리 위에 무릎을 떨구었고, 사금파리는 계산원의 체중에 가루가 되는 끔찍한 소리를 내면서 부서졌다. 계산원은 잠시 멈췄다가 엉덩이를 뒤꿈치에 대고, 다시 잠시 멈추고, 그런 뒤에 바닥에 모로 쓰러졌다. 머리를 선반 다리에 쾅 부딪더니 이상한 각도로 튕겨나갔다. 양손은 목에서 떨어졌다.

이 모든 일이 슬로모션으로 일어났다.

"누가 이런 말을 한다고 가정해봅시다. '주신 자도 여호와시요 취하신 자도 여호와시오니' 그 말이 어떻게 들립니까?"

계산원을 내려다보았다. 자연보호림 경계에서 피더슨에게 했던 것처럼 머릿속으로 숫자를 셌다. 숫자 하나마다 숨을 한 번씩 쉬며 오십까지 셌다. 내가 지켜보고 있는 동안, 남자의 목에서 솟구치던 피가 서서히 멈췄다.

나는 해적처럼 마체테를 벨트에 끼웠다. 그런 다음, 스키 마스크를 벗었다. 얼굴에 닿는 공기가 시원하고 상쾌했지만 형의 체취는 여전히 코에 들러붙어 있었다. 기름때처럼 볼에 달라붙은 것 같았다. 나는 머리 위로 끌어올리듯 윗옷을 벗었다. 등은 식은땀으로 흠뻑 젖었다. 땀이 작은 줄기를 이루어 등뼈를 타고 흘러내리며 팬티 허리밴드를 적시는 것이 느껴졌다.

"이런 말도 합니다. '사람은 자기가 갈 길을 계획하지. 그렇지만 하느님은······.'"

계산원의 맥박을 확인하고 싶었다. 그러나 손목을 잡는다고 생각하자 속이 메스꺼웠다. 그래서 그냥 두기로 했다. 계산원은 죽었다. 바닥에 흐른 피의 양만 보아도 알 수 있었다. 거대한 웅덩이가 가게 뒤에 퍼져서 가운데 통로까지 흘러갔다. 와인과 케첩과 사금파리 들과 섞여서, 악몽에 나오는 것처럼 초현실적이고 무시무시해 보였다.

"이런 말도 합니다. '하느님은 만물에 제각기 목적을 두고 만드셨다. 사악한 사람이라도 힘든 시기에는······.'"

가만히 서서 목사의 목소리를 들었다. 스튜디오에서 방송하는 것 같았고, 가끔 '아멘'이나 '할렐루야'를 외치는 청중 소리도 들리는 것으로 보아, 스튜디오에 사람들도 있는 것 같았다. 그 지역—오하이오, 미시건, 인디애나, 일리노이, 켄터키, 웨스트버지니아, 펜실베이니아— 사방에 수백 아니 수천 명이 집에 앉아서, 차를 타고 가면서 듣고 있을 터였다. 그 사람들 모두가 목사의 목소리 하나로 서로 연결되어 있었고, 그 모두는 나에게 연결되어 있었다.

나는 생각했다.

'그리고 그 사람들은 모르지. 이 일에 대해서는 아무것도 모르지.'

아주 천천히, 나도 모르는 새, 마음이 가라앉기 시작했다. 맥박이 가라앉았다. 손은 이제 떨리지 않았다. 이곳에 와서 만사를 망칠 뻔했지만 이제 해결했다. 우리는 무사할 것이다.

셔츠를 들어서 가슴을 살폈다. 벌써 멍이 들기 시작했다. 갈빗대에 짙은 보랏빛 꽃이 피었다.

"형제자매여, '운명'에 대해서 이야기할까 합니다. '운명'이라는 말이 어떤 의미로 들립니까? 제가 여러분에게 언젠가 죽을 운명이라고 말하면, 저에게 질문을 하실 분이 있을까요? 물론 없을 겁니다. 하지만 제가 어느 특정한 날, 어느 특정한 시각, 어느 특정한 방법으로 죽을 운명이라고 말하면, 여러분은 고개를 저으며 저를 바보라고 말할 겁니다. 그런데도 저는 바로 그 말씀을 여러분에게 드리는 겁니다. 저는⋯⋯."

나는 망연자실한 듯 고개를 가로저었다. 중앙 통로를 재빨리 지나서 건물 앞으로 갔다. 계산대에 몸을 기댔다. 라디오를 껐다. 앞문에는 '죄송합니다. 영업이 끝났습니다.'라는 표지판이 달려 있었다. 표지판을 뒤집어서 그 면이 밖을 향하게 했다. 불도 끄고 싶었다. 일 분 가까이 스위치를 찾았지만 결국 불을 끄겠다는 생각을 포기하고 다시 가게 뒤쪽으로 갔다.

목사의 목소리가 없으니, 건물 안에는 불길한 정적이 감돌았다. 내가 내는 소리 하나하나가 선반 식료품에 메아리쳐 되돌아왔다. 쥐가 내는 듯한 수상쩍은 소리로 들렸다.

나는 계산원의 발을 잡고 어두운 창고로 끌기 시작했다. 피가 빠져나간 계산원의 몸은 생각보다 가벼웠지만 그래도 힘들었다. 시체를 다루기가 까다롭고 불편했으며 바닥의 피가 거추장스러웠다.

움직일 때마다 가슴이 고동쳤다.

창고는 아주 작고 좁은 사각형이었다. 걸레와 양동이가 있고 선반에 청소용품 몇 가지가 있었다. 뒤에는 개수대와 지저분해 보이는 변기가 있었다. 소독약 냄새가 진동했다. 비상구는 없었다. 그곳으로 도망쳤더라면 갇혔을 것이다.

계산원의 발부터 안으로 끌고 들어갔다. 그러나 문이 좁아서 중간에 멈추고 시체의 팔을 정리해야 했다. 관 속에 있는 시체처럼 계산원의 양팔을 가슴에 포갰다. 그런 뒤에 안으로 마저 넣고, 계산원의 다리를 변기에 올렸다. 그래야 문을 닫을 공간이 생겼다. 계산원의 지갑과 손목시계, 열쇠 꾸러미를 꺼내서 내 주머니에 넣었다.

시체를 안전하게 숨긴 뒤, 웅덩이를 지나서 가게 앞쪽으로 갔다. 계산대 뒤로 가서 금전등록기를 열었다. 서랍 바닥에 100달러짜리 지폐가 있었다. 한 장뿐이었다. 지폐를 반으로 접어서 청바지 앞주머니에 넣었다.

계산대에는 종이봉투가 쌓여 있었다. 하나를 집은 뒤, 흔들어서 봉투 아가리를 벌리고, 금전등록기에 있는 나머지 것들을—지폐, 잔돈, 모두를— 봉투에 넣었다.

서랍을 닫으면서 눈으로는 도둑이 훔칠 만한 다른 물건이 없는지 주위 선반들을 살피고 있을 때, 자동차 한 대가 주차장에 들어왔다. 그 광경에 나는 말 그대로 마비되었다. 그 자리에서 얼어붙었다. 손은 금전등록기 위 허공에 붕 떠 있었다. 나는 자동차가 헤드라이트 불빛을 앞유리창에 비추며 건물 바로 앞까지 다가오는 모습을 지켜보았다.

후드 티셔츠와 스키 마스크는 내 앞 계산대 위에 놓여 있었다. 티셔츠를 집어서 입기 시작했다. 그러나 팔이 다 엉키고, 머리를 뺄 수도 없었다. 마침내 포기하고, 마치 티셔츠 뒤에 몸을 숨길 수 있기를 바라는 듯 티셔츠로 가슴 앞을 가렸다.

헤드라이트가 꺼지고 엔진도 꺼졌다. 여자가 차에서 내렸다.

나는 벨트에서 마체테를 꺼낸 뒤 계산대에 놓고, 계산원이 읽던 신문으로 덮었다.

정문에서는 피와 와인이 섞인 웅덩이가 훤히 보였다. 중앙 통로에서 상점 뒤쪽까지 바로 보였다. 거기서부터 내 부츠를 뒤쫓을 수도 있었다. 내 발자국이 계산대까지 쭉 이어져 있었다. 댄스 교습소 바닥에 칠해져 있는 스텝 그림처럼 타일에 칠을 해둔 듯이 보였다. 번들거리는 밝은 빨간색은 확실하고 분명하게 눈에 띄었으며, 그 가장자리는 아직

덜 말라서 빛을 반사하며 반짝였다. 계산대에서 발자국들을 물끄러미 보았다. 당황하여 가슴이 꽉 막히고 구역질이 났다. 내가 생각이 없었다. 부주의했다. 나는 증거를 남기고 있었다.

여자가 정문에 가까이 오자, 비행기 한 대가 또 머리 위로 날아가며 공항에 착륙하느라 굉음을 냈다. 그 엔진 소리에 건물이 떨렸다. 여자는 몸을 돌려서 비행기를 보았고, 그 소리에 본능적으로 조금 움츠러들었다. 늙은 여자였다. 육십대 후반쯤으로 보였다. 우아한 옷차림—검은 모피 코트, 진주 귀고리, 검정 하이힐, 작은 검정 핸드백—이었다. 짙게 화장했지만, 최근 병을 앓은 적이 있는 듯 얼굴에 깃든 창백한 기운은 가리지 못했다. 어딘가에 늦어서 시간을 절약하기 위해 서두르는 듯 빡빡하고 굳은 표정이었다.

문을 열려고 하다가 잠긴 것을 알고, 검정 장갑을 낀 손을 눈 위에 댄 채 유리창 너머로 안을 들여다보았다. 여자의 시선은 그 즉시, 계산대 뒤에 꼼짝도 않은 채 서 있는 나에게 닿았다. 여자는 나에게 자기 손목시계를 확인하는 몸짓을 지어 보였다. 그런 뒤에 손가락 두 개를 펴 보였다. 나는 여자의 입 모양을 보았다. '아직…… 6시…… 이…… 분…… 전이에요!'

나는 고개를 저었다.

"끝났어요."

내가 소리쳤다.

머릿속에서 목소리가 미친 듯이 속삭였다. 광적으로 높은 소리였다.

'가게 놔둬. 저 여자는 아무것도 기억 못 해. 저 여자 눈에는 네가 그냥 가게를 정리하고 있는 것으로 보일 거야. 퇴근 준비를 하는 것처럼 보일 거야. 가게 놔둬.'

나는 양손으로 계산대를 짚고 고개를 가로저으면서, 그 여자가 자동차에 다시 타기를 간절히 빌었다.

여자는 문을 흔들었다.

"그냥 와인 한 병만 사면 돼요."

여자가 유리창 너머에서 소리쳤다. 소리가 들리기는 했지만 먹먹하게 들렸다. 그 목소리에서 내가 아는 사람이 떠올랐지만 그게 누구인지는 생각나지 않았다.

"영업 끝났어요."

여자는 주먹으로 유리창을 탕탕 두드렸다.

"부탁이에요."

나는 양손을 내려다보았다. 아주 천천히, 손가락 하나하나 살피며, 피가 묻지 않았나 확인했다. 고개를 들어서 다시 보니, 여자는 아직도 거기 있었다. 나는 깨달았다. 여자는 기필코 문을 열게 할 작정이었다. 그냥 가지 않을 터였다.

여자가 다시 문을 흔들었다.

"젊은이!"

나는 무엇을 해야 할지 알았다. 어떻게 끝날지도 눈에 선했다. 지난 석 달이 나를 그렇게 바꿨다. 나를 훈련시켰다. 이제, 전에 있었던 일들의 엄청난 무게는 다른 모든 가능성을 쓸모없는 것으로, 반밖에는 가치 없는 것으로 보이게 만들어서 쓸어버리고, 가장 극단적인 것만 떠오르게 만들었다. 나는 몇 시간 전에 경찰과 세 시간 동안 이야기를 나누었다. 여자가 내 옷차림을 설명하면, 경찰은 내 정체를 금방 알 것이다. 그러면 나는 체포되고 감옥으로 갈 것이다. 나는 내가 하려는 일이 얼마나 끔찍한지 잘 알고 있었다. 내가 저지른 일 가운데 최악의—우리 형을 죽인 것보다 더 나쁜— 일, 평생토록 후회할 일이 될 것임을 잘 알고 있었다. 그러나 나는 내 자유의지로 그 일을 선택했다. 나는 겁먹고, 당황하고, 덫에 갇힌 기분이었다. 방금 마체테로 사람을 죽였다. 바지와 부츠에는 피가 있었다. 그리고 숨을 쉴 때마다 형 냄새가 났다.

계산대 뒤에서 나갔다.

유리창 너머에서 여자가 소리쳤다.

"와인 한 병이면 돼요."

나는 계산원의 열쇠 꾸러미로 잠금장치를 끌렀다. 문을 열었다. 여자에게 동행이 없는지 차를 흘깃 보았다. 차는 비어 있었다.

"잠깐이면 돼요. 만찬에 선물로 가져갈 와인만 사면 돼요."

여자가 말했다. 조금 숨찬 목소리였다.

여자가 안으로 들어왔다. 나는 문을 닫았다. 찰칵 소리와 함께 잠금장치를 잠갔다. 열쇠 꾸러미는 주머니에 다시 넣었다.

여자가 나를 돌아보았다.

"와인 팔죠?"

"물론이죠. 와인, 맥주, 샴페인……."

여자가 내 말을 기다렸지만, 나는 더 말하지 않았다. 나는 가만히 선채로 미소를 짓고 있었다. 내 몸은 여자와 문 사이에 있었다. 이미 결정을 내린 지금, 나는 놀랄 만큼 침착했다. 소니 사건 때 느꼈던 것과 똑같았다. 즉흥연기에 끼어들어서 다른 인물을 연기하는 것 같았다.

"그래요? 어디 있죠?"

여자는 피 묻은 발자국들을 아직 못 보았다.

"먼저 조건이 있습니다."

"조건요?"

여자가 어리둥절히 묻고 나를 보았다. 정말로 바라보았다. 처음으로 나를 살피면서, 내 얼굴을, 내 눈의 표정을 읽었다.

"젊은이, 농담할 시간이 없어요."

508

여자는 고개를 매처럼 도도하게 갸우뚱 기울였다.

"제가 레드와인들을 쓰러뜨렸어요."

나는 가게 뒤쪽을 가리켰다.

여자가 중앙 통로의 웅덩이를 내려다보고 말했다.

"어쩌나."

"창고 선반에 대걸레가 있는데 걸레를 꺼내려면 사다리를 올라가야 합니다. 사다리를 잡아줄 사람이 필요해요."

여자는 다시 나를 뚫어져라 보았다.

"나한테 사다리를 잡아달라는 말인가요?"

"지금 제가 손님의 편의를 봐드리잖아요. 제 덕분에 이렇게 가게 안에 들어오셨잖아요."

"편의?"

여자가 코웃음을 쳤다.

"젊은이가 일찍 문을 닫았잖아요. 정해진 시각보다 일찍 집에 가려고. 이곳 사장이 보면 이런 일을 편의라고는 생각하지 않을 것 같은데요."

"그냥 사다리만 잡아주시면……."

여자가 손목시계를 손가락으로 톡톡 쳤다.

"6시 이 분 전이었어요. 편의라니! 그런 이야기는 내 평생 처음이에요."

"손님, 걸레가 없으면 청소를 못 해요. 손님 도움이 없으면 걸레를 못 꺼내고요."

"대체 누가 대걸레를 선반 위에 둬요?"

"아주 잠깐만 시간을 내주십사 부탁하는 겁니다."

"만찬에 가려고 옷을 차려입었어요. 날 봐요! 이렇게 차려입고 사다리를 잡을 수 있겠어요."

"와인을 공짜로 드리면요? 가게 안에 있는 것 뭐든 고르세요. 창고로 가서 사다리만 잡아주시면 돼요."

여자가 망설였다. 생각을 하느라 얼굴에 주름이 잡혔다. 창 너머로, 자동차가 차례로 지나면서 불빛이 계속 흘러갔다.

"샴페인도 있다고 했나요?"

나는 고개를 끄덕였다.

"돔페리뇽도?"

"예, 물론이죠."

"그럼 할게요."

"좋습니다. 돔페리뇽은 손님 것입니다."

나는 계산대로 물러선 뒤 신문으로 마체테를 감싸서 집었다. 그리고 여자 옆으로 가서 여자의 팔꿈치를 잡았다.

"옆쪽 통로로 가면 웅덩이를 피할 수 있습니다."

여자는 내가 이끄는 대로 따랐다. 하이힐 소리가 타일 바닥에 크게 울렸다.

"지저분해질 일은 없죠? 더러운 것을 만져야 하면 안 하겠어요."

내가 안심시켰다.

"아주 깨끗합니다. 그냥 사다리만 잡고 계시면 됩니다."

우리는 옆 통로로 가고 있었다. 내 눈은 지나가는 선반을 따라 움직이며, 물건들을 되는 대로 눈여겨보았다. 빵, 크루통, 샐러드 소스, 화장지, 크리넥스, 스펀지, 과일 통조림, 쌀, 크래커, 프레첼, 포테이토칩.

"시간이 별로 없어요."

여자가 말했다. 여자는 모피 코트를 손으로 쓸면서 재빨리 손목시계를 흘깃 보았다.

"벌써 늦었어요."

나는 여전히 여자의 팔꿈치를 잡고 있었다. 마체테는 왼손에 있었다. 신문 사이로 마체테 칼날이 느껴졌다.

"제가 사다리를 올라갔다가 내려오고, 손님께 드릴 샴페인을 찾고, 그다음에는 나가시면 됩니다."

나는 여자를 잡았던 손을 놓고 손가락을 폈다.

"정말 별난 일이네요. 이런 일은 처음이에요."

나는 다시 여자의 팔꿈치를 잡았다. 여자가 나를 보았다.

"내가 다시 오지 않을 손님이라는 걸 알고 이러는 거죠? 내가 이런 가게에 행차할 일은 다시 없을 테니까. 그래서 손님을 이런 불편한 상황으로 모는 거야. 이건 손님을 쫓는 일이에요. 불쾌하게 만드는 일이라고요."

나는 건성으로 들으면서 고개를 끄덕였다. 그 일이 닥쳐오고 있다는 생각을 하기도 전에 갑자기 극도로 긴장되었다. 혈관이 너무 좁은 듯, 머리 전체에서 맥박이 뛰는 것이 심하게 느껴졌다. 우리는 통로 끝 가까이에 있었다. 웅덩이는 벽을 따라서 온통 퍼지다가 문턱에 막혀 있었다. 문 주위에는 발자국들이 있고, 계산원의 시체를 끌고 간 자국도 있었다. 여자는 그 광경을 보고 잠깐 멈춰서서 발을 굴렀다.

"저 속으로는 안 들어가."

나는 여자의 팔을 꽉 쥐고 여자 뒤에 섰다. 여자를 창고 쪽으로, 앞으로 밀었다.

"대체 왜 이러는 거예요, 젊은이?"

나는 신문지로 싼 마체테를 겨드랑이 아래에 끼운 뒤, 양손으로 여자를 잡았다. 반쯤은 들어 올리고 반쯤은 밀면서 여자를 검붉은 웅덩이로 밀었다. 여자는 무릎을 높이 들며 가볍게 걸음을 옮겼다. 춤추듯 지나가며 발을 타일에 탁탁탁 디뎠다.

"이건 말도 안 돼."

여자의 목소리가 올라가서 새된 소리가 됐다.

나는 문손잡이를 만지작거리다가 잠시 멈췄다. 아래를 내려다보니, 여자의 구두가 보였다. 구두는 웅덩이에 젖어 있었다. 어린아이의 구두처럼 아주 작은 구두였다.

"참지…… 않겠어…… 감히…….."

여자가 딱딱거리며 내 손에서 벗어나려고 버둥거렸다. 그러나 나는 여자의 코트를, 모피를 굳게 잡은 채, 여자를 놓아주지 않았다.

"……일개…… 점원이…… 나를…… 거칠게……."

나는 문을 열고 손을 여자의 등에 댄 뒤, 안으로 밀었다. 다른 한 손으로는 마체테를 숨기고 있던 신문을 털었다. 신문은 펄럭이며 웅덩이에 떨어졌다.

여자는 놀랄 만큼 중심을 잘 잡고 섰다. 앞에 놓인 것이 무엇인지 실제로 알아차리기 전에 시체가 있는 것을 직감적으로 아는 것 같았다. 그리고 한 발은 계산원의 머리 옆을, 다른 한 발은 가슴 옆을 디디는 빠른 발놀림 두 번으로 다시 몸의 균형을 잡았다.

여자가 나를 향해 고개를 돌리기 시작했다. 입은 항의하듯 벌리고 있었다. 그런 다음, 여자의 두 눈은 아래로, 발치에 가로놓인 끔찍하고 친숙한 형태로 향했다.

"어머, 세상에."

여자가 말했다. 나는 빨리 해치울 계획이었다. 가능한 한 빨리, 깨끗하게, 뒤에서 여자를 세게 내리치고, 떠날 계획이었다. 그러나 그 여자의 말에 나는 동작을 멈췄다. 그 말에 떠오르는 사람이 있었다. 그게 누구인지 깨달으며 나는 충격을 받았다. 아내였다. 말투와 목소리의 높낮이가 똑같았다. 다만 나이로 톤이 조금 높았을 뿐이다. 그 말 밑에 깔린 강인한 태도가 똑같았으며, 자신감과 단호한 태도도 똑같았다. 나는 속으로 말했다.

'사라가 나이를 먹으면 바로 이런 목소리로 말하겠지.'

여자는 내가 망설이는 틈을 타서 나를 돌아보았다. 그 얼굴의 표정—두려움, 혐오, 혼란이 섞인 표정— 때문에 나는 더 한참 멈칫거리게 되었다.

여자가 입을 열었다.

"나는……."

하지만 그러다가 고개를 가로저으며 입을 다물었다. 창고 안은 어두웠다. 내가 서 있는 열린 문틈으로 들어오는 빛밖에 없었다. 내 그림자가 여자의 허리까지 덮고 있었다. 나는 마치 여자를 보호하는 듯, 앞에 마체테를 들고 있었다.

"이게 다 무슨 일이죠?"

여자가 물었다. 목소리가 약간 떨렸지만 여전히 놀랄 만큼 침착하게 들렸다. 나는 여자가 나를 마주 보려고 조심스레 발을 옮겨 딛는 모습을 지켜보고 있었다. 여자는 계산원의 양쪽 옆구리 옆에 두 발을 각각 놓아서, 다리 사이에 시체를 둔 것 같았다. 모피 코트 끝자락이 시체에 닿아서 약간 위로 들렸다.

나는 알고 있었다. 여자를 죽여야 한다는 것을. 여기서 시간을 더 끌수록 내가 더 위험해진다는 것을. 그러나 질문을 받으면 대답을 하는 것이 적절한 사회적 행동이라고 배운 교육의 힘이 더 강했다. 생각도 하기 전에, 자동적으로, 나는 그 질문에 대답했다.

"내가 죽였어요."

여자가 계산원의 얼굴을 잠깐 내려다보았다. 그런 다음 다시 나를 보았다.

"그걸로?"

여자는 마체테를 가리키며 물었다.

"예, 이걸로."

내가 고개를 끄덕였다. 그런 뒤, 우리는 서로 노려보았다. 십 초에서 십오 초 사이였겠지만 훨씬 더 길게 느껴졌다. 우리는 둘 다 상대가 먼저 말을 꺼내기만 기다리고 있었다.

나는 마체테를 쥔 손에 힘을 더 꽉 주었다. 내 머리는 내 팔에 명령을 보내고 있었다. 분명하고 간결하고 직접적인 명령이었다.

'여자를 내리쳐.'

그러나 내 팔은 내 앞에 움직이지 않은 채 그대로 있었다.

여자가 마침내 물었다.

"젊은이, 대체 어떻게 된 사람이야?"

그 질문에 나는 깜짝 놀랐다. 생각에 잠겨서 여자를 멍하니 보았다. 여자에게 친절하게 대답을 하는 게 중요한 것 같았다.

"그냥 평범한 사람입니다. 다른 사람과 마찬가지로."

"평범? 이런 일은 괴물이나 할 수 있는⋯⋯."

"직장도 있습니다. 아내와 어린 딸도 있습니다."

여자는 듣고 싶지 않은 양 시선을 돌렸다. 자기 코트가 시체에 닿은 것을 알고 코트 위치를 바꾸려 했지만, 코트가 너무 길었다. 여자는 다시 나를 올려다보았다.

"그런데 어떻게 이런 일을 할 수 있어?"

"해야 했으니까요."

"해야 해?"

여자는 그 말이 요령부득인 양 되묻고 마체테를 혐오스럽게 바라보았다.

"그걸로 이 사람을 죽여야 했다고?"

"내가 돈을 훔쳤어요."

"당연히 사람을 죽이지 않고는 돈을 뺏을 수 없었겠지. 당연히⋯⋯."

나는 고개를 가로저었다.

"이 사람한테서 훔친 게 아닙니다. 비행기에서 발견했어요."

"비행기?"

나는 고개를 끄덕였다.

"400만 달러였어요."

이제 여자는 얼떨떨한 모양이었다. 갈피를 못 잡는 듯했다.

"400만 달러?"

"몸값이었어요. 납치범이 뜯어낸."

여자는 그 말에 내가 거짓말을 한다고 생각하는 듯 얼굴을 찌푸린 뒤 시체를 가리키며 성난 목소리로 물었다.

"그게 이 사람하고 무슨 상관인데? 나하고는 무슨 상관인데?"

나는 설명을 하려고 애썼다.

"우리 형과 나는 돈을 발견한 것을 들키지 않으려고 어떤 사람을 죽였어요. 그 뒤에, 우리 형이 나를 보호하려고 자기 친구를 죽였죠. 그리고 나는 우리 형을 보호하려고 형 친구의 애인을 죽이고 그 두 사람이 살던 집의 집주인도 죽였어요. 그런데 그 뒤에 우리 형이 정신을 못 차려서, 나는 자신을 보호하려고 형을 쏘아야 했어요. 그 뒤에 납치범이⋯⋯."

여자가 나를 뚫어지게 보았다. 그 얼굴에 깃든 공포 때문에 나는 말을 멈췄다. 내 말이 어떻게 들렸을지 깨달았다. 제정신이 아닌 듯, 사이코패스가 하는 소리인 듯 들렸을 것이다.

나는 목소리를 이성적이고 침착하게 내려고 애쓰며 말했다.

"저는 미치지 않았습니다. 그 모든 일들이 다 말이 됩니다. 하나씩 연달아 일어났죠."

긴 정적이 이어졌다. 마침내 그 정적은 또 한 번 머리 위로 날아가는 비행기의 굉음에 깨어졌다. 비행기 엔진 소리가 건물 전체에 울렸다.

"아주머니를 보내드리려고 했어요. 그런데 계속 문을 두드렸죠. 내 말을 안 들었어요."

여자가 핸드백을 열었다. 손을 올려 한쪽 귀고리를 빼서 백 안에 넣고, 다른 쪽 귀고리도 빼서 넣었다.

"자."

여자가 백을 내밀며 말했다. 나는 백을 내려다보았다. 어쩌라는 것인지 이해가 안 됐다.

"가져요."

여자가 말했다. 나는 왼손을 뻗어서 가방을 받았다.

"돈 때문에 죽인 게 아니에요. 잡히지 않으려고 죽였어요."

여자는 아무 말도 하지 않았다. 내가 하는 말을 못 알아듣고 있었다.

"옛날이야기에 나오는, 자기 영혼을 판 사람 같은 겁니다. 나쁜 짓 하나를 했는데, 그것 때문에 더 나쁜 일이 일어나고, 그렇게 계속 불어나고 불어나죠. 그래서 결국 여기까지 왔습니다. 여기가 밑바닥입니다."

나는 마체테로 계산원을 가리켰다.

"이게 가장 나쁜 일입니다. 더는 나빠질 수 없어요."

"그래요. 더는 나빠지지 않을 거예요."

여자가 내 마지막 말을 강조하며 말했다. 내가 자기를 살려주겠다는 뜻으로 받아들였는지 몸을 곧게 폈다.

여자는 나에게 손을 뻗기 시작했다. 나는 중심을 옮기며 뒤로 물러섰다.

"여기서 그만둘 거죠?"

여자는 내 눈을 똑바로 보려 했다. 그러나 나는 시선을 피하며 계산원의 시체를 내려다보았다. 시체의 눈은 천장을 노려보고 있었다.

"여기서 멈춰요."

여자가 말했다. 여자는 얼어붙은 연못에서 얼음이 얼마나 미끄러운지 확인하면서 걷는 듯, 타일에 발을 끌면서, 주저주저 앞으로 걸음을 내디뎠다.

여자의 목소리 표면 바로 아래에서는 여전히 아내의 목소리가 느껴졌다. 아내의 목소리를 지우려 했지만 소용없었다. 왼손에는 핸드백이, 오른손에는 마체테가, 움직임 없이 내 앞에 들려 있었다.

"여기서 멈출 수 있게 내가 도울게요."

여자는 이제 바로 내 옆에 있었다. 내 몸을 피해서 내 뒤의 열린 문으로, 천천히, 조심스럽게 움직였다. 마치 내가 작은 야생동물이어서 깜짝 놀라 달아나지 않을까 염려하는 듯했다.

"괜찮을 거예요."

여자는 바닥에 발을 끌며 한 걸음 더 옮겼고 이제 문가까지 갔다. 나는 몸을 틀어서 여자를 보았다.

일순 나는 여자를 놓아주겠다고 생각했다. 여자가 나 대신 이 일을 마무리하게 할 참이었다. 여자의 손에 나를 맡길 참이었다.

그러나 그다음, 여자의 등이 내 눈에 보였다. 여자는 웅덩이에 조심스레 발을 디디고 있었다. 그 앞으로 가게의 모습이 펼쳐져 있었다. 나를 머뭇거리게 만든 것이 무엇인지 몰라도, 그것은 사라졌다. 나는 여자를 쫓아서 걸음을 내디디며, 머리 위로 마체테를 쳐들고, 목으로 휘둘렀다. 계산원처럼 여자도 마체테에 맞기 직전에 마체테가 다가오는 것을 알아차렸다. 여자는 몸을 돌리며 손을 들어올렸다. 목에서 칵 소리가 짧게 났다. 어이없게도 웃음을 애써 참는 듯한 소리였다. 그다음, 칼날이 여자를 쳤다. 여자는 왼쪽으로 쓰러졌다. 선반에 부딪은 뒤 바닥에 엎어졌고, 통조림 수프 깡통 몇 개가 그 위로 떨어졌다.

계산원이 보여준 멜로드라마 같은 죽음의 고통은 없었다. 여자는 그저 웅덩이에 쓰러져서 피를 흘린 채 죽었다. 수프 깡통들은 작은 금속성 소리를 내며 타일 위를 굴러다녔다. 마침내 그 소리가 멈추자, 상점 안의 정적은 더 깊어졌다.

아주 고요하기만 했다.

7시가 채 되기 전에 집 앞에 도착했다. 차를 진입로에—이웃 창에 너무 가까이 대지 않으려고 조심하며— 세우고, 마체테와 여자의 모피 코트는 차에 두었다.

현관을 향해 올라가는데, 나무를 태우는 포근한 향이 짙게 코에 닿았다. 아내가 벽난로에 불을 피워둔 것이다.

나는 포치에서 부츠를 벗은 뒤 손에 들고 집 안으로 들어갔다.

복도는 어두웠다. 거실로 향하는 문은 닫혀 있었다. 복도 저쪽, 주방에서 아내가 움직이는 소리가 났다. 냉장고가 열릴 때 고무 패킹이 내는 부드러운 뽁 소리, 유리잔이 쟁강대는 소리. 열린 문으로 아내가 흘깃 보였다. 가운을 입고, 머리카락은 묶지 않았다. 아내가 지나가면서 나를 보며 미소를 지었다.

"기다려. 들어오라고 할 때까지 들어오지 마!"

아내가 소리쳤다. 주방 불이 꺼졌다. 아내가 거실로 움직이는 소리가 들렸다. 나는 어두운 입구에서 꼼짝도 않고 서 있었다. 한 손에는 부츠를, 다른 한 손에는 돈이 든 종이봉투를 든 채 소리에 귀를 기울였다. 아내가 행복하고 들떠 있는 것을 목소리로도 알 수 있었다. 아내는 이제 우리가 자유롭다고, 자유로운 부자라고 생각하고 있었다. 그래서 축하 파티를 계획했던 것이다. 그렇지 않다는 말을 어떻게 해야 할지 생각조차 할 수 없었다.

"됐어. 들어와."

아내가 소리쳤다. 나는 앞으로 발걸음을 내디뎠다. 양말을 신은 발로 소리 없이, 왼쪽 겨드랑이 아래에 종이봉투를 끼운 채 문을 열었다.

"짜잔!"

아내가 의기양양하게 말했다.

아내는 팔꿈치를 괴고 바닥에 엎드려 있었다. 가운을 벗고, 벽난로 가에 있던 곰 가죽 깔개를 담요처럼 몸에 두르고 있었다. 그 아래에는 알몸이었다. 유혹적으로 얼굴에 늘어뜨린 머리카락 때문에 아내의 표정을 볼 수 없었지만, 고개를 들고 있는 자세만으로도 아내가 나를 보며 미소 짓고 있는 것을 알 수 있었다. 팔꿈치 옆 바닥에는 샴페인이, 그 옆에는 잔 두 개가 있었다.

조명은 모두 꺼져 있었다. 벽난로에서 타고 있는 장작 불빛과 그 불빛이 맞은편 벽에 있는 거울에 비친 반영뿐이었고, 떨리는 불빛이 흔들려서 집 밖에서 누가 주먹을 휘두르고 있는 듯했다. 앞 커튼은 닫혀 있었다.

돈이 눈에 띄기 전에 더플백이 먼저 눈에 띄었다. 더플백은 비워진 채 주방 입구에 거꾸로 놓여 있었다. 돈은 바닥에 있었다. 다발째 꼼꼼하게 빈틈없이 카펫 위에 깔려서 녹색 바닥을 이루고 있었다. 아내는 돈으로 만든 깔개 위에 엎드려 있었다.

"이게 계획이야."

아내가 마스크처럼 앞을 가린 머리카락 너머로 허스키하게 말한 뒤, 나를 향해 샴페인병을 들어 올렸다.

"살짝 취한 뒤에, 돈 위에서 섹스를 하는 거야."

아내는 애써 섹시한 척 낮은 목소리로 말했지만, 마지막에는 그다지 자연스럽지 않았고, 갑자기 부끄러워하며 깔깔 웃었다.

"잠자리는 만들어놓았어."

아내는 손으로 돈을 가리키며 말했다.

"이제 이 위에서 자면 돼."

그러나 나는 문가에서 움직이지 않았다. 여전히 모자를 쓰고 파카를 입고 있었다. 한참 정적이 흘렀다. 아내는 내가 말을 꺼내기만 기다렸다. 나는 입을 열지 않았다. 머릿속이 텅 비어 있었다. 마비되어 있었다.

"우선 뭐 좀 먹을래?"

아내가 물었다. 목소리에 걱정이 서려 있었다.

"아직 저녁 안 먹었지?"

아내는 조금 몸을 일으켰다. 곰 가죽 깔개가 어깨에서 흘러내려서, 한쪽 가슴이 드러났다.

"냉장고에 차가운 닭고기가 조금 있어."

아내가 말했다. 나는 문을 닫은 뒤 돌아서서 아내를 마주 보았다. 어떻게 말해야 할지 몰랐다. 말머리를 꺼낼 구실을 찾고 있었다. 내가 앞으로 할 일이 아주 잔인하게만 느껴졌다.

"아만다는 어디 있어?"

달리 할 말이 떠오르지 않아서 그렇게 물었다.

아내는 얼굴에서 머리카락을 넘기고 대답했다.

"위층에. 자고 있어."

아내는 잠시 말을 멈췄다가 이었다.

"왜?"

나는 어깨를 으쓱했다. 아내는 조금 더 몸을 일으켜서 손을 짚고 앉은 뒤 호기심 어린 표정으로 한참 동안 나를 보았다.

"무슨 일이야?"

나는 방 안으로 들어갔다. 돈을 피해서 걸음을 옮겨 아내 뒤에 있는 피아노 의자에 앉았다. 몸을 숙여서 부츠를 바닥에 놓다가, 마음을 바꿔서 내 무릎, 돈 봉투 위에 놓았다. 돈 봉투가 부츠 무게에 잘그락거렸다. 부츠 밑창은 검게 변해 있었다. 부츠에서 와인 냄새가 났다.

"술 마셨어?"

아내가 물었다. 아내가 나를 보려면 몸을 돌려야 했는데, 결국 아내는 몸을 돌린 뒤 상체를 다 일으켜서 다리를 꼬고 똑바로 앉았다.

나는 아내를 보며 천천히 고개를 가로저었다.

"저 돈은 표시가 돼 있어."

아내는 그냥 나를 뚫어지게 보기만 했다.

"자기, 취했어. 술 냄새가 여기까지 나잖아."

아내는 깔개를 어깨로 당겨서 가슴을 가렸다. 왼쪽 무릎이 드러나 있었다. 벽난로 불빛에 비친 무릎은 대리석처럼 매끈하고 하얬다.

"표시가 돼 있어."

내가 다시 말했다.

"어디 다녀왔어? 술집?"

"그 돈을 쓰면 붙잡혀."

"아휴, 냄새야. 아주버님 같은 냄새가 나."

두 번째 말에서 아내의 목소리는 화가 난 듯이 올라갔다. 내가 아내의 축하 파티를 망치고 있었다.

“술은 한 모금도 안 마셨어. 말짱해.”

“냄새가 나는데.”

“부츠랑 바지에서 나는 거야.”

나는 부츠를 아내에게 내밀었다.

“와인에 젖었어.”

아내는 먼저 내 부츠를, 다음에는 내 청바지에 검게 튄 자국들을 바라보았다. 내 말을 믿지 않았다.

“술을 마셨으니 부츠랑 바지가 이렇게 된 거 아니야?”

아내의 목소리는 따지는 투였다.

“공항 근처에 갔어.”

“공항?”

아내는 내가 거짓말을 하고 있다는 듯이 나를 보았다. 내 말뜻을 아직도 못 알아들었다.

“돈은 표시가 돼 있어. 돈을 쓰면 추적 당해.”

아내는 나를 뚫어지게 보았다. 얼굴에는 서서히 화난 표정이 깃들었다. 아내가 머릿속으로 조각들을 맞추는 것이, 조각들이 하나씩 제자리를 찾아가는 것이 눈에 선했다.

“표시는 없어.”

나는 대답하지 않았다. 대답할 필요가 없었다. 아내도 이제는 알고 있었다.

“어떻게 표시가 있을 수 있어?”

아내가 물었다. 나는 머릿속으로 조용히, 여자를 죽인 뒤에 내가 한 일들을 모두 떠올리며 하나씩 살피고 있었다. 피곤하고 무감각했다. 중대한 것을 놓치고 있는 것 같았다.

“신경과민이야. 돈에 표시가 있다면 신문에 그렇게 났겠지.”

아내가 말했다.

"FBI 요원들이랑 얘기했어. 그 사람들한테 직접 들었어."

"자기가 돈을 가져갔다고 의심하는지도 모르지. 그냥 겁을 주려고 그러는 거겠지."

나는 슬프게 미소를 지으며 고개를 저었다.

"표시가 있으면 신문에 그렇게 났을 거야. 틀림없어."

"아니야. 그게 FBI가 놓은 함정이야. 그렇게 해서, 돈을 가져간 사람을 잡을 계획이래. 몸값을 주기 전에 일련번호를 적었대. 은행에서 그 일련번호를 찾고 있대. 돈을 쓰자마자 추적 당해."

"말도 안 돼. 지폐가 4만 8000장이야. 평생을 적어도 다 못 적을걸."

"전부 다 적은 게 아니야. 5000장만 적었대."

"5000장?"

내가 고개를 끄덕였다.

"그러면 나머지는 괜찮아?"

아내의 생각이 어디로 향하는지 알 수 있었다. 그래서 나는 고개를 가로저었다.

"괜찮은 돈과 아닌 돈을 구분할 방법은 전혀 없어. 나가서 지폐 한 장을 쓸 때마다 그게 표시가 된 돈일 확률이 십분의 일이야. 그런 위험을 감수할 수 없어."

아내가 그 말을 곰곰 생각하는 사이, 벽난로 불빛 때문이었다. 아내의 얼굴에 빠르게 흔들리며 어른거리는 그림자가 생겼다.

"내가 은행에 취직하면 돼. 일련번호 목록을 빼내면 돼."

아내가 말했다.

"보통 은행에서는 알 수 없어. 연방준비은행에서만 돼."

"그럼 연방준비은행에 취직하면 되지. 디트로이트에 하나 있지 않아?”

내가 한숨을 쉬었다.

“그만해. 끝났어. 그래봐야 일을 더 복잡하게만 만드는 거야.”

아내는 얼굴을 찌푸린 채, 돈으로 만든 깔개를 내려다보았다.

“벌써 한 장 썼는데. 오늘 한 장 썼어.”

나는 바지 앞주머니에 손을 넣어서 100달러짜리 지폐를 꺼낸 뒤 펴서 아내에게 내밀었다.

아내는 몇 초 동안 그 돈을 뚫어지게 보았다. 그런 다음 내 부츠를 보았다.

“죽였어?”

나는 고개를 끄덕였다.

“다 끝났어, 내 사랑.”

“어떻게?”

아내에게 내가 한 일을, 경찰에 히치하이커를 거짓 신고한 일, 강도처럼 꾸미려고 했는데 계산원이 나에게 덤빈 일, 내가 마체테로 계산원을 내려친 일을 말했다. 셔츠를 걷어서 멍을 보여주었지만, 불빛이 어두워서 아내에게는 보이지 않았다. 내가 여자 이야기를 꺼내기 전에 아내가 내 말을 가로막았다.

“세상에. 어떻게 그런 일을 할 수 있어?”

“선택의 여지가 없었어. 돈을 되찾아야 했어.”

“그냥 두었어야지.”

“계산원은 자기를 기억할 거야. 아기를 기억할 거야. 돈에 대해서 자기가 한 거짓말을 기억할 거야. 경찰이 우리를 추적할 거야.”

“그 사람은 몰랐어. 내가 누구인지 그 사람은⋯⋯.”

“자기는 텔레비전에 나왔어. 형 장례식 때. 계산원이 자기 인상착의

를 이야기하면, 그게 자기인 걸 떠올리는 사람이 있겠지. 그러면 경찰
은 사건을 다 연결시키겠지.”

아내는 그 말을 잠시 생각했다. 곰 가죽 깔개가 다시 어깨에서 미끄
러졌다. 그러나 아내는 신경 쓰지 않았다.

“20달러짜리 지폐 다섯 장을 가져가서 100달러짜리를 돌려달라고
부탁하지 그랬어. 의미 있는 선물인데 아내가 그 돈을 썼다고 말하지
그랬어.”

나는 참을성을 잃었다.

“20달러짜리 다섯 장을 구할 시간이 없었어. 그러려면 집까지 다시
와야 하는데, 가게 문을 닫기 전에 가야 했단 말이야.”

“은행에 갈 수도 있었잖아.”

“은행 영업시간은 끝났지.”

아내가 무슨 말을 더 하려 했지만, 나는 아내의 말을 가로막았다.

“이제 상관없어. 다 끝난 일이야.”

아내는 아직도 말을 하려고 입을 연 채 나를 빤히 보았다. 그런 다음
입을 다물고 고개를 끄덕였다.

“알았어.”

아내가 나지막이 말했다. 그 뒤로 일 분쯤 둘 다 아무 말도 하지 않았
다. 둘 다 지금 우리가 어디에 와 있는지, 앞으로 무엇을 해야 할지 생
각하고 있었다. 벽난로에서 장작 하나가 아래로 떨어지면서 불꽃이 확
일고 겨우 느낄 만한 열기를 살짝 뿜었다. 난로 선반에서 재깍거리는
시계 소리가 들렸다.

아내는 돈다발 하나를 집어서 손에 들었다.

“적어도 우리가 잡히지는 않겠네.”

아내가 말했다. 나는 아무 말도 하지 않았다.

아내는 나를 보며 억지로 미소를 지었다.

"내 말은, 세상이 끝난 것도 아니라는 뜻이야. 출발점으로 돌아온 것뿐이잖아. 콘도를 팔면 되고 피아노도 팔면 되고……."

콘도 이야기가 나오자, 가슴 한가운데가 화살에 맞은 듯이 몹시 아렸다. 손가락으로 가슴뼈를 만졌다. 콘도미니엄은 깡그리 잊고 있었다. 의식적으로 머리에서 몰아냈던 것이다.

아내의 말은 이어졌다.

"우리가 끔찍한 일들을 저지르긴 했지. 하지만 어쩔 수 없었어. 그 상황에 내몰린 것이었어. 꼬리를 물면서 이어진 일이었어."

나는 고개를 가로저었지만 아내는 내 고갯짓에 아랑곳없었다.

"문제는, 진짜 중요한 것은, 우리가 잡히지 않았다는 거야."

아내는 모든 일의 방향을 바꾸려고 애쓰고 있었다. 모든 일을 가능한 한 가장 좋은 불빛 아래 놓으려고 애쓰고 있었다. 나는 금방 알아차렸다. 그것이 비극을 다루는 아내의 방식이었다. 평소에 나는 아내의 그런 면을 존경했다. 아내가 그렇게 하면, 나에게는 일이 더 쉬워졌기 때문이다. 그러나 이제 그런 생각은 너무 단순해 보였다. 아내는 우리가 저지른 일들을 잊고 모든 일을 너무 가볍게만 여기는 것 같았다. 아홉 사람이 살해됐다. 그중 여섯 명은 내가 죽였다. 있을 수 없는 일처럼 보였지만, 사실이었다. 아내는 그 사실에서 숨으려고 애쓰고 있었다. 그 사람들이 우리 때문에, 우리가 계속해서 세운 계획들 때문에, 우리 탐욕과 두려움 때문에 죽었다는 사실을 가리려고 애쓰고 있었다. 그것을 인정하면 어떤 일이 벌어질지 아내는 알고 있었으므로 피하려 했다. 우리 둘 다 그것이 우리 인생에 상처를 입히리라는 것을 알고 있었고, 아내는 그 상처에서 도피하려고 했다. 그러나 우리는 도피할 수 없었다. 나는 그때에도 그 사실을 알고 있었다.

“그것들은 못 팔아.”

아내가 나를 올려다보았다. 내 말에 놀란 것 같았다.

“뭐?”

“피아노는 할인 판매품이었어.”

나는 뒤로 손을 뻗어서 건반을 만졌다. 건반 하나를 눌렀다. 높은 음의 건반이었다. 땅 소리가 났다.

“반품을 안 받아줄 거야.”

아내는 그 말에 어깨를 으쓱했다.

“신문에 광고를 내고 직접 팔면 돼.”

“콘도미니엄은 없어.”

내가 눈을 감으며 말했다. 눈을 뜨자, 아내는 혼란스러운 표정으로 나를 빤히 보고 있었다.

“사기였어. 내가 사기를 당했어. 돈을 날렸어. 나는……”

아내가 입을 열었다.

“무슨 말을 하는 거야?”

“가짜 경매였어. 그 사람들이 내 수표를 가져가서 현찰로 바꿨어. 콘도는 존재하지도 않아.”

아내가 고개를 가로저었다. 말을 하려고 입을 열었다가 다물었다. 그리고 마침내 다시 입을 열었다.

“어떻게?”

나는 무릎 위에 부츠를 나란히 다시 정리했다. 이제 부츠가 딱딱해진 것 같았다. 피가 말랐던 것이다.

“나도 몰라.”

“경찰에 신고했어?”

나는 아내를 보며 미소 지었다.

"자기도 알잖아."

"그 돈을 그냥 포기했어?"

내가 고개를 끄덕였다.

"우리가 저축한 걸 모두?"

"그래. 전부 다."

아내가 한 손을 얼굴에 올리고 손등으로 이마를 짚었다. 손에는 아직 돈다발을 쥐고 있었다.

"이제 여기 매여 살겠네. 그렇지? 절대 이사는 못 가겠지?"

나는 고개를 가로저었다.

"직장이 있잖아. 저축은 다시 시작하면 돼."

아내를 위로하려 했지만, 내가 말하면서도 나 역시 아내의 말을 아주 무겁게 느끼기 시작했다. 하루아침에 우리는 백만장자에서 궁핍한 처지나 다름없이 변했다. 은행에 남은 돈은 1,878달러였다. 아무것도 아닌 돈이었다. 당장이라도 아끼기 시작해야 했다. 집과 차에 들어가는 월 불입금, 전화 요금, 전기 요금, 휘발유 요금, 수도 요금. 신용카드 대금도 갚아야 한다. 음식과 옷도 사야 한다. 이제부터 모든 일이 투쟁이 될 터였다. 수입과 지출을 맞추려는 끝없는 싸움이 될 터였다. 우리는 가난했다. 내가 어른이 된 후 내내, 절대 되지 않겠다고 스스로에게 맹세한 처지에 우리가 처하게 됐다. 우리는 우리 아버지 어머니와 같은 처지였다.

포트오토와를 떠날 수도 없을 것이다. 이사를 할 만큼 돈을 저축했을 때는 아만다의 교육, 혹은 새 차, 혹은 내 은퇴를 걱정하게 될 터였다. 우리는 여기 평생 머무르게 될 것이며 우리가 저지른 일을 우리 집에서 씻어낼 수 없을 것이다. 방마다 그 끔찍한 기억의 무게는 늘 그 자리에서 우리를 비난하려고 매복하고 있을 것이다. 우리가 더플백을 숨긴 침대 아래 바닥, 형이 마지막 밤을 보낸 손님방, 아기 포대기에 돈을 쌌던 주방, 술에 취해 우리가 함께 새 인생을 축하하려 했던 피아노. 그 장소는 변하지 않고 그대로 있을 것이다.

아내는 그저 출발점으로 되돌아간 것이라고 애써 주장했지만, 우리는 그럴 수 없었다. 우리는 모두 잃었다. 맨 처음 그날부터 미처 깨닫지도 못 한 채 다 잃어버린 것이다. 이제 우리가 아무리 오래 살아남는다 해도 되살릴 수는 없었다.

"그래도 아직 돈은 우리 수중에 있어."

아내가 말했다. 아내는 돈다발을 내 앞으로 내밀었다.

"종이쪽이야. 아무것도 아니야."

"우리 돈이야."

"태워야 해."

"태워?"

아내가 놀란 듯이 물었다. 아내는 돈다발을 무릎에 내려놓고 어깨의 깔개를 매만졌다.

"태우면 안 돼. 번호가 안 적힌 지폐들도 있잖아."

"부츠도 없애야 해. 부츠를 어떻게 없애야 하지?"

나는 부츠를 위로 들어서 이리저리 돌리며 불빛에 비췄다.

"돈을 태우게 두지 않겠어."

"거기서 산 저 샴페인이랑, 그 사람 지갑이랑 시계랑 열쇠도."

아내는 내 말을 듣고 있지 않는 것 같았다.

"돈을 들고 달아나면 돼. 그냥 나가서 계속 움직이면서 돈을 쓰면 돼. 이 나라를 떠나면 돼. 남아메리카, 오스트레일리아, 어디든 아주 멀리. 보니와 클라이드1930년대 전설적인 미국의 은행 강도 커플처럼 무법자로 살면 돼."

아내는 말끝을 흐리며 밑에 깔린 돈다발들을 내려다보았다. 돈이 벽난로 불빛에 빛났다. 아내가 나지막이 말했다.

"번호가 안 적힌 돈들도 있어."

내가 말했다.

"핸드백도. 모피 코트도."

"오래오래 기다리면 돼. 경찰이 일련번호를 잊을 때까지 기다리는 거야. 늙을 때까지 돈을 갖고 있으면 돼."

"모피 코트는 어떻게 없애지?"

아내의 시선이 다시 나를 향했다. 내 얼굴에 날카롭게 초점을 맞추었다.

"모피 코트?"

나는 고개를 끄덕였다. 약간 어지러웠다. 아침부터 아무것도 못 먹었다. 너무 지치고 허기져서 몸이 쑤셨다. 갈빗대의 멍을 살피며 뼈가 부러지지 않았는지 확인하려 했다.

"모피 코트가 어디서 났어?"

"어떤 늙은 여자. 내가 거기 있을 때 들어왔어."

"어머, 세상에. 어머."

"마스크를 벗고 있었어. 그냥 쫓으려고 했는데, 여자가 안 떠났어."

위층, 우리 머리 바로 위에서, 아기가 울기 시작했다.

나는 방 저쪽 벽난로를 멍하니 보았다. 정신이 혼미하고 어지러웠다. 내 생각을 나도 믿을 수 없을 것 같았다. 웬일인지 비행기에 있던 조종사, 버논의 동생이 떠오르기 시작했다. 그리고 그 첫날, 조종사의 시체 쪽으로 나를 끌어들이던 힘, 시체를 만져보게 떠밀던 불가해한 힘이 떠올랐다. 그런 뒤, 알렉산더스를 생각했다. 떠나기 직전, 내가 바닥에서 부츠 발자국을 걸레질하려고 할 때, 피를 닦으면 닦을수록 피가 점점 더 붉게 보인 것을, 검은 기운은 모두 사라지고 분홍빛에 더 가깝고 가까워진 것을, 생각했다. 이어서 형의 모습이 떠올랐다. 빨간 파카를 입고 눈 속에 선 채, 코피를 흘리며, 드와이트 피더슨의 시체를 두고 울고 있는 형. 그 마지막 장면, 우리 형의 장면이 내 머릿속에서 녹아 사라지며, 나는 불길한 예감에 전율을 느꼈다. 나는 깨달았다. 이제 갚아야 할 빚은 돈뿐이 아니다. 나에게 갚아야 할 것들이 있다. 설명하고 합리화할 것들, 내가 짊어지고 살아야 할 것들. 그것들에 비하면 돈을 잃은 것은 하찮은 일에 지나지 않는다.

나는 속으로 말했다. 머릿속에서 저절로 솟아오른 말이었다.

'우리에게는 아무것도 남지 않았어. 우리에게는 아무것도 남지 않았어.'

"어머, 세상에."

아내가 다시 나지막이 말했다.

나는 부츠를 피아노 의자에 내려놓고 일어섰다. 지폐로 만든 깔개를 조심스레 피해서 벽난로로 갔다. 아내는 내가 움직이는 대로 고개를 돌리며 나를 지켜보았다.

"자기야."

아내가 말했다.

나는 벽난로 스크린을 당겨서 열었다. 돈이 가득 든 종이봉투를 불타는 장작들 위에 재빨리 던졌다.

"돈을 갖고 있자. 그냥 두고 어떻게 되는지 지켜보면 돼."

아내가 말했다.

종이봉투는 주먹을 쥐듯 오그라들며 금세 불붙었다. 재로 사라지기 시작하면서, 동전이 하나씩 떨어졌다. 장작 아래 시멘트 바닥에 연주를 하듯 통통 소리를 냈다. 동전 하나, 검게 그을린 25센트짜리 하나가 난

롯가에 이리저리 굴러다녔다. 나는 그 동전을 발로 다시 벽난로 안에
차 넣었다.

"돈을 태우게 가만두지 않겠어."

아내가 말했다. 아만다의 울음소리가 높아졌다. 이제 고래고래 고함
을 지르고 있었다. 울음소리는 충계로 메아리쳤다. 나와 아내 모두 아
만다는 상관하지 않았다.

"태워야 해. 돈이 마지막 증거야."

"안 돼. 태우지 마."

아내가 애원했다. 눈물을 흘리기 직전인 듯, 목소리가 떨렸다.

나는 불 앞에 웅크렸다. 얼굴에 열기가 닿아서 땀구멍이 열렸다.

"문제가 생기면 돈을 태우겠다고 내가 약속했지? 그렇지?"

아내는 대답하지 않았다.

나는 뒤쪽으로 바닥에 팔을 뻗어서 더듬거리며 돈다발을 찾았다. 돈
다발 하나를 집은 뒤, 보지 않으려고 억지로 애쓰면서 장작 위에 던졌
다. 돈이 타기까지는 잠시 시간이 걸렸다. 다발이 너무 빽빽하게 묶여
있었던 것이다. 연기는 가장자리에서만 조금 났다. 잉크가 검게 변하더
니 녹색이 감도는 불꽃을 냈다. 손을 뒤로 뻗어서 한 다발을 더 쥐고 첫
번째 다발 위에 던졌다. 나는 깨달았다. 돈을 다 태우려면 시간이 오래
걸릴 것이었다.

그다음에는 재를 치워야 했다. 뒷마당에 묻거나 변기에 흘려보내야
했다. 그리고 부츠, 스키 마스크, 후드 티셔츠, 핸드백, 모피 코트, 마체
테, 여자의 귀고리, 계산원의 손목시계와 지갑과 열쇠 꾸러미.

뒤에서 바스락거리는 소리가 들렸다. 아내가 돈을 집는 소리였다.

아만다는 아직도 울고 있었지만, 그 소리는 이제 더 먹먹하게 들렸
다. 창밖으로 지나가는 차 소리처럼, 그냥 배경에 깔린 소음 같았다.

나는 고개를 돌려서 아내를 보았다. 아내는 몸에 곰 가죽 깔개를 두르고 두 다리를 앞에 모으고 앉아 있었다. 인디언 노파 같았다. 아내의 눈길은 내 너머 벽난로 불에 고정되어 있었다.

"제발."

아내가 말했다.

나는 고개를 가로저었다.

"해야 해. 선택의 여지가 없어."

아내가 고개를 들어서 나를 보았다. 아내는 울고 있었다. 눈물로 피부가 반짝였다. 가는 머리카락 한 가닥이 뺨에 붙어 있었다. 내가 보고 있는 동안, 깔개가 아내의 어깨에서 흘러내려서 무릎이 드러났다. 아내는 무릎 위에 스무 다발쯤을 불에서 구하려는 듯 모아놓고 있었다.

"이 돈이 없으면 우리한테 뭐가 남아?"

아내가 말했다. 말은 점점 잠기다가 흐느낌으로 끝났다.

나는 대답하지 않았다. 그저 앞으로 몸을 숙인 뒤, 아주 천천히, 아내의 손을 돈에서 떼어냈다. 그런 다음, 아내의 무릎에서 돈다발을 하나씩 집어서 불 속에 넣었다.

"우리는 무사할 거야. 두고 봐. 우리는 달라질 게 없어."

내가 말했다. 아내를 안심시키려는 거짓말이었다.

돈을 태우는 데에는 네 시간이 걸렸다.

일요일 〈블레이드〉지 1면은 젠킨스 보안관 살인 사건으로 온통 도배되어 있었다. 비행기, 돈이 가득 든 봉투, 버논의 시체 등의 사진이 있었다. 그러나 알렉산더스에 관한 뉴스는 없었다. 그날 새벽 5시가 조금 지난 시각까지 시체들이 발견되지 않았던 것이다. 그래서 저녁 뉴스까지 기다려야 했다.

늙은 여자의 이름은 다이애나 베이커였다. 공항까지 아들을 배웅하고 페리스버그로 저녁 만찬에 참석하러 가는 길이었다. 파티에 나타나지 않자 파티 주인이 그 여자의 집에 전화를 했고, 전화를 받지 않자 경찰에 전화를 걸었다. 이튿날 이른 아침, 지나가던 순찰차가 알렉산더스 주차장에서 여자의 차를 발견했다. 경찰관이 조사해보려고 멈췄고, 상점 앞 유리창으로 안을 들여다본 뒤, 내가 내 발자국을 걸레질하면서 바닥에 남긴, 문질러진 핏자국을 보았다.

보스턴에서 변호사로 일하는 그 아들 외에, 여자에게는 딸과 손자들 네 명이 있었다. 남편은 칠 년 전에 죽었다. 그 남편이 죽은 이유는 뉴스에 나오지 않았다. 계산원의 이름은 마이클 모턴이었다. 부모는 신시내티에서 살고 있었지만, 형제나 자매도 없고, 아내나 아이도 없었다.

주 경찰은 내가 전화로 알린 인상착의대로 용의자의 몽타주를 그려서 배포했다. 마약에 중독된 떠돌이 젊은이, 사회 낙오자. 예상한 그대로였다. 여자의 아들은 플로리다 주의 모든 주요 신문에 광고를 실었다. 그날 저녁 경찰에 전화한 사람에게, 나타나서 정보를 더 달라고 애원하는 광고였다. 많은 사람이 자기가 그 사람이라고 나서서 수사를 더 미궁에 빠뜨리기만 했다. 계산원과 노파의 장례식이 끝나자, 그 이야기는 더는 뉴스거리가 되지 않았다.

돈을 태운 뒤, 재는 변기에 내려보냈다. 남은 물건들은 아직도 가지고 있다. 더플백, 마체테, 스키 마스크, 후드 티셔츠, 늙은 여자의 핸드백과 귀고리와 모피 코트, 계산원의 손목시계와 지갑과 열쇠 꾸러미. 언 땅이 풀리면 숲 어디로 가서 커다란 구멍을 파고 잿물과 함께 묻을 계획이었지만, 벌써 오 년 반이 흘렀는데도 아직 실행에 옮기지 않았으니 앞으로도 하게 될지 모르겠다. 그 모두를 형의 트렁크에 숨겨서 다락방에 치워두었다. 나도 안다. 위험하고 어리석은 일이다. 그러나 사람들이 수색영장을 가지고 우리 현관을 두드릴 지경까지 온다면, 그냥 결정적인 단서를 그 사람들이 발견하게 해서 일을 아주 빨리 끝내는 편이 더 나을 것 같다.

살인 사건들이 있은 지 몇 달 뒤, 나는 신문에서 바이런 맥마틴이 FBI를 상대로, FBI가 업무 태만으로 딸을 죽게 했다며 소송을 제기했다는 기사를 읽었다. 그러나 그 소송이 어떻게 되었는지는 전혀 듣지 못했다.

아내와 나는 이 년 전, 또 아기를 가졌다. 아들이었다. 참회라고 부를 수밖에 없는 이유로, 나는 아기 이름은 형 이름을 따르자고 제안했다. 아내는 출산의 고통으로 녹초가 되었으면서도 그 제안에 찬성하여 나를 놀라게 했다. 그렇게 이름을 지은 것을 후회할 때도 있지만, 생각처럼 그리 잦지는 않다. 우리는 아기를 제이컵보다는 잭이라고 부른다.

아만다의 동생이 태어난 지 육 주 뒤, 6월, 아만다에게 사고가 났다. 뒤뜰에 아만다를 위해서 작은 비닐 풀장을 두었는데, 내가 집으로 들어가서 화장실에 갔다가 돌아오니, 웬일인지 아만다가 혼자서는 빠져나올 수 없는 자세로 물속에 얼굴을 처박고 있었다. 내가 발견했을 때는 의식을 잃은 상태였다. 손과 입술이 파랗고 몸은 차가웠다. 나는 아내에게 구급차를 부르라고 소리치고, 텔레비전에서 본 대로 아만다의 가슴을 누르고 입에 숨을 불어넣기 시작했다. 구급 요원들이 도착할 때쯤 나는 간신히 아만다의 숨을 되살렸다.

구급 요원들이 아만다를 병원으로 데려갔다. 아만다는 두 주 동안 병원에 있었다. 뇌 손상과 저산소증이 있었지만 어느 정도인지는 의사들도 확답을 못 했다. 의사들은 콜럼버스에 있는 뇌 치료 전문 병원에 더 입원시키기를 — 그러면 더 빨리 회복되리라고 장담했다 — 권했지만 우리 보험은 그것까지 보장하지 않았다. 우리가 처한 곤경에 대한 소문이 아센빌에 퍼졌고, 세인트주드 교회에서는 우리를 위해서 기금을 모으기 시작했다. 6000달러가 모였다. 그 병원에 한 달 동안 입원하기에 충분한 돈이었다. 수표와 함께 쾌유를 비는 거대한 카드를 주었다. 기부한 사람들 서명이 모두 들어간 카드였다. 카드에는 드와이트 피더슨의 미망인 루스 피더슨과 젠킨스 보안관의 미망인 린다 젠킨스의 이름도 있었다.

그 병원에 어떤 장점이 있었는지는 잘 모르겠다. 그러나 의사들은 결과에 만족하는 것 같았다. 지금도, 아내와 나는 아만다가 평생 손상을 안고 살아가리라고 확신하는데도, 의사들은 아직도 어린아이의 신체 회복력을 이야기하고, 비슷한 증상에서 거의 기적처럼 갑자기 회복된 사례들을 이야기했다. 의사들은 우리에게 절대 희망을 포기하지 말라고 하지만, 아만다의 신체 발달은 정지 상태에 가깝게 느리다. 아만다는 여전히 삼십 개월 된 아기의 모습, 내가 풀장에서 꺼낸 그날 오후의 모습 그대로다. 팔다리는 여전히 똑같이 가늘고, 똑같이 크고 둥근 머리는 그 아래에 있는 몸이 자라기를 참을성 있게 기다리고 있다. 언어 능력도 발달하지 않았고, 움직임도 조화롭지 않다. 대장과 방광 조절력도 없다. 아만다는 아직도 형의 곰 인형에 애착을 보이며, 곰 인형 없이는 아무 데도 가지 않으려 한다. 아만다는 때로 한밤중에 잠에서 깨어나 곰 인형의 태엽을 감곤 한다. 그러면 어둠 속 복도 너머에서 우리 침실로 흘러오는 '프레르 자크' 소리에, 나는 깊은 잠에서 갑자기 깬다. 아만다는 전에 손님방으로 쓰던 곳, 형의 옛 침대에서 잠을 잔다.

아내는 아만다의 사고에 대해 놀랍도록 숙명론적인 태도를 취하고 있다. 아내는 그것이 벌이라고, 우리 죄의 대가라고 믿는다는 암시를 지금껏 몇 차례 했다. 그리고 아내가 잭의 곁을 맴도는 모습을 보아도 아내의 생각을 알 수 있다. 아내는 우리가 잭을 빈틈없이 보호하지 않으면 잭에게도 무슨 일이 생길 것이라고 생각한다.

나는 여전히 사료상에서 일한다. 직책도 그대로다. 몇 년에 걸쳐서 급여가 조금 오르기는 했지만, 물가 상승을 맞추는 정도일 뿐이다. 아내는 다시 도서관에서 일한다. 이제 풀타임으로 일한다. 돈이 필요하기 때문이다. 간신히 불리던 적은 저축은 아만다의 사고에 다 썼다.

우리가 어떻게 하루하루를 지내는지, 우리 스스로가 저지른 일을 짊어지고 어떻게 살아갈 수 있는지 밝혀야 할 것 같다. 아내와 나는 그 돈이나 살인에 대해서 절대로 이야기하지 않는다. 단둘만 있을 때에도 우리는 그런 일은 전혀 일어나지 않은 척한다. 물론 나도 말하고 싶을 때가 있다. 그러나 아내에게 말하고 싶은 적은 전혀 없다. 낯선 사람에게 말하고 싶다. 내가 저지른 일에 대해서 어쩌면 객관적인 의견을 줄지도 모르는 사람에게 말하고 싶다. 고해를 하고 싶은 충동은 아니다. 그런 것은 전혀 느끼지 않는다. 편견 없는 사람과 하나씩 순서대로 그 일들을 되짚어보고 싶은 욕구에 가깝다. 그래서 그 사람의 도움으로, 내가 처음 어디에서 잘못되기 시작했는지 발견하고, 모든 것이 피할 수 없는 일로 변한 순간을 집어내고 싶다.

아이들은 그 일을 조금도 모를 것이다. 그 점에는 위안이 되는 구석이 있다.

간신히 우리 죄를 전혀 떠올리지 않고 지나가는 날도 있다. 그러나 그런 날은 드물고, 그날들 사이의 간격도 아주 넓다. 다른 때, 그 일들을—머리 위로 마체테를 쳐들고 알렉산더스에 서 있는 나를, 양손에 산탄총을 들고 루의 문가에 서 있는 나를— 생각할 때면, 정말로 일어나지는 않은 듯 비현실적으로 보인다. 그렇지만 나는 그 일들이 일어났음을 마음속 깊이 알고 있다. 내가 무슨 일을 할 수 있는지 정확히 알고 있다. 그 자리에 있어 본 사람이 아니라면, 비슷한 상황에 빠져 치명적 선택을 해본 사람이 아니라면, 절대 알 수 없을 방식으로 알고 있다.

한동안 나는 꿈을 꾸었다. 꿈속에서 나는 늙은 여자가 탈출하게, 문 밖으로 달려가서 멀리 차를 몰고 떠나게 두었다. 그러나 이제 그 꿈은 멈췄다.

나는 아내와 전혀 그 이야기를 나누지 않았으므로, 아내가 어떻게 느끼는지 사실 모른다. 그저 단서만 있을 뿐이다. 아들 이름을 형 이름을 따라 짓자는 데 동의한 것도 단서고, 내가 다락방에서 아내의 모습을 발견한 일도 단서다. 그때 아내는 형의 트렁크에 앉은 채 생각에 잠겨 있었다. 아내의 무릎에는 여자의 모피 코트가 덮여 있었고, 그 코트 칼라는 마른 피로 굳어 있었다. 짐작하건대, 아내도 나와 마찬가지로―우리는 이제 살고 있는 것이 아니라 그저 존재하는 것이라고, 벌어졌던 일들을 떠올리지 않으려고 늘 애쓰지만 늘 그리 성공은 못한 채, 공허하고 당혹스러운 기분을 안고 하루에서 이튿날로 옮겨가는 것이라고― 느끼고 있을 것이다.

유난히 기분이 좋지 않을 때면 나는 억지로 형을 생각한다. 형이 아버지의 농장으로 나를 데려간 날의 모습대로 형을 떠올린다. 형은 회색 플란넬 바지, 가죽 구두, 밝은 빨강 파카 차림이다. 모자를 쓰고 있지 않으니 숱 없는 머리가 추워 보이지만, 형은 추위도 모르는 것 같다. 형은 몸을 돌리며 헛간이 있었던 곳을, 트랙터 창고와 곡물 저장고가 있었던 곳을 가리킨다. 멀리서, 바람이 불 때, 아버지의 풍차가 삐거덕거리는 소리가 내 귀에 들린다. 생각은 늘 거기에서 그친다. 그 순간에 언제나 흐느껴 울게 되기 때문이다. 그리고 그렇게 흐느껴 울 때는 나 자신이 다른 사람과 똑같은 인간으로 여겨진다. 내가 저지른 그 모든 일 때문에 그렇게 보일 수 없다 하더라도.

A
SIMPLE
PLAN

옮긴이 **조동섭**

서울대학교 언론정보학과를 졸업하고 한양대학교 연극영화학과 대학원에서 영화를
공부했다. 옮긴 책으로는 《정키》《퀴어》《싱글 맨》《텔레니》《독거미》《빅 픽처》 등이
있다.

심플 플랜

1판 1쇄 발행 2009년 3월 23일 **개정1판 1쇄 발행** 2026년 4월 15일
지은이 스콧 스미스 **옮긴이** 조동섭
펴낸이 박강휘
편집 장선정 박정선 **디자인** 송윤형
마케팅 박유진 이수빈

발행처 김영사
주소 경기도 파주시 문발로197(문발동) 우편번호10881
등록 1979년 5월 17일(제406-2003-036호)
주문 및 문의 전화 031)955-3200 **팩스** 031)955-3111
편집부 전화 02)3668-3295 **팩스** 02)745-4827 **전자우편** literature@gimmyoung.com
비채 블로그 blog.naver.com/viche_books
인스타그램 @drviche @viche_editors **X(트위터)** @vichebook
ISBN 979-11-7332-574-8 04840
책값은 뒤표지에 있습니다.

비채는 김영사의 문학 브랜드입니다.